Susana Rubio

Los secretos de Alexia

ellas.
Montena

Primera edición: ocubre de 2018

Travessera de Gràcia, 47-49. 08021 Barcelona

Printed in Spain – Impreso en España

ISBN: 978-84-17460-03-7
Depósito legal: B-16.661-2018

Compuesto en Compaginem Llibres, S. L.

Impreso en Romanyà Valls, S. A.
Capellades (Barcelona)

GT 6 0 0 3 7

Penguin
Random House
Grupo Editorial

Para Juan, Aleix y Arlet.
Y a todas mis Alexias, gracias por inspirarme

Prólogo

El impacto había sido brutal. El hielo causado por las bajas temperaturas en Madrid aquel invierno había provocado que su coche se descontrolase, que sus manos se agarrasen al volante con tanta fuerza que los músculos se tensaran hasta dolerle. Pero aun así no pudo evitar el camión que venía de cara. Lo último que escuchó fue un estruendo antes de quedar atrapado entre el amasijo de hierros de aquel Audi rojo.

El sonido de las ambulancias y los bomberos envolvió el lugar. Luces, voces, gritos. Una imagen esperpéntica para un sábado por la noche. Sangre, humo y órdenes muy concretas: sacar aquel cuerpo del coche rojo. Los especialistas se afanaron en hacerse paso entre todo aquel conglomerado para encontrar a los heridos. Era su trabajo y, pese a mancharse de sangre, lo llevaban a cabo aguantando el tipo.

Uno de ellos llegó hasta el conductor y pudo observar la sangre que cubría su rostro, su camisa blanca teñida de rojo y la extraña postura que ofrecía su cuerpo. Colocó los dedos en su cuello, sabiendo que no encontraría pulso. Daba igual, debían sacarlo de allí. Los sanitarios serían los encargados del siguiente paso.

En ese momento oyó un gemido y se dio cuenta de que a su lado, en el asiento del copiloto, había alguien atrapado por el salpicadero.

—¿Estás bien? Tranquila...

Una chica llena de arañazos lo miró con miedo. Seguidamente volvió su rostro hacia el conductor.

—¡¡¡Papáááááááá!!!

1

—¿No estás ansiosa por que llegue mañana?

Miré a Lea con cara de aburrida. ¿Ansiosa? ¿Acaso la universidad iba a suponer un gran cambio en mi vida? Profesores, exámenes y más alumnos agilipollados por las hormonas. ¿Algo nuevo?

—Estoy tan ansiosa que no sé si pintarme los labios de rojo o de rosa —respondí observando a Adam, el camarero del bar El Rincón, donde solíamos ir porque nos pillaba cerca de casa.

—Cojones, Alexia, estás de un humor de bulldog.

—Querrás decir de perros.

Lea, mi mejor amiga, solía usar dichos, pero los modificaba siempre a su bola. Era alocada, risueña, divertida. Y guapa: pelo rubio, corto y con un flequillo más largo hacia un lado. Sus labios siempre rojos reclamaban ser besados y su cuerpo voluptuoso pedía a gritos un poco de guerra. Era un par de centímetros más alta que yo, metro sesenta y siete, y vestía siempre a la última.

—Es que tú tienes en la cabeza las pelis esas americanas —le dije cogiendo el botellín de cerveza—. El baile de fin de curso, el alumno guapo que te persigue por los pasillos y las tontas aquellas con eso en las manos...

—Los pompones de las animadoras —especificó riendo—. Y estoy segura de que habrá material nuevo.

Alzó sus cejas y sacó la lengua en plan viciosa. La miré negando con la cabeza.

—Si vas con esa mala leche los vas a espantar —añadió.

—Me la suda, Lea. No tengo ninguna intención de ligar en la universidad.

—Pues yo no tengo otra cosa en mente —dijo mirando hacia el techo—. Ayer conocí a un tío por el chat que me tiró los trastos a los cinco segundos y no veas qué morbazo.

—No sé cómo te fías de esos chats...

Bueno, yo tampoco era manca en ese tema, aunque lo mío era distinto. Había conocido días atrás a un tipo en Instagram: D.G.A. El chico hizo un comentario sobre música diciendo que el cantante Porta era el rey del rap y yo le contradije diciéndole que el rey siempre fue y sería Eminem. A partir de ahí surgió un pique entre los dos hasta que entró en mi privado para tontear conmigo. No era el primero que lo intentaba y muchas veces pasaba de responder a según qué tonterías. Pero D.G.A. me había llamado la atención.

—No me voy a casar con ellos, Alexia. Es una manera más de conocer gente y de divertirme. ¡Ah!, no, calla, que tú hoy has borrado esa palabra del diccionario —dijo bizqueando y mirándose la nariz.

Me reí porque era una payasa.

—Venga, te voy a confesar algo —le dije relajando mi humor.

—¿Sexo telefónico? ¿Te has estrenado?

Puse los ojos en blanco, algo que mi madre odiaba y yo solía hacer a menudo, sobre todo para fastidiarla.

—No te pases... El otro día respondí a un privado en Instagram de un tal D.G.A.

Lea me miró entornando sus ojos.

—Mmm... interesante. ¿Y qué?

—Es divertido —respondí mirando hacia el baño del bar.

—¿Nada más, sosa?

—Por ahí sale tu ex —dije para cambiar de tema.

Alberto, su último capricho, salía del baño. No nos había visto y su mirada al frente lo corroboraba.

Lea lo había dejado con él un par de semanas atrás y el chico se había quedado hecho polvo. Era habitual del bar y vecino de nuestro barrio.

—¿Lo llamo? —le pregunté para picarla.

—Ni se te ocurra. Es un psicópata de mucho cuidado. Ayer me mandó un ramo de rosas al centro de mi madre.

Su madre era esteticista y tenía un centro bastante decente a dos calles de allí.

—Joder —le dije riendo—. Eso te pasa por enamorarte en dos días y desenamorarte en medio.

Lea era así, una enamorada del amor, de los chicos, del sexo y de la vida en general. Siempre estaba en una nube, a todos los chicos les veía algo y a Alberto, en concreto, le vio una buena tranca. Eso lo dijo ella, que conste en acta.

—Alberto... —susurré cantando.

Lea me miró riendo y me señaló con el dedo.

—No te pases un pelo porque te meto en un lío en menos que canta un pato.

—¿Un pato? Qué miedito... —le dije haciendo aspavientos con las manos.

Lea me pilló el móvil de la mesa y me miró como una gánster.

—Llamando a Gorka...

—¿Qué vas a decirle?

—Que me cante Estopa —respondió ella sonriendo.

¡La madre que la parió!

—¡Alberto!

Le indiqué a Alberto con la mano que se acercara y él me miró sorprendido hasta que vio a Lea delante de mí y sonrió.

—Mala *people*... —me dijo Lea en voz baja antes de que llegara Alberto a nuestra mesa.

—Mala suerte —contesté sonriendo y aleteando mis pestañas—. Alberto, ¿qué tal? —le pregunté con simpatía.

El muchacho era guapetón, rubio como mi amiga y con unos ojos pequeños y achinados que desaparecían cuando reía.

—Bien, bien, ¿y vosotras?

Su mirada estaba puesta en Lea y ella le ofreció una sonrisa más bien falsa. Quizá los demás no lo notaran, pero yo lo veía a leguas. Hacía apenas año y medio que éramos amigas, pero desde el primer día nuestra conexión había sido brutal. Yo había llegado nueva al instituto y ella había estado a mi lado en todo momento, hasta cuando la mandaba a la mierda porque no quería saber nada de nadie.

Hasta entonces había viajado con mi padre por todo el mundo porque él trabajaba para una empresa multinacional de importación y exportación y era el encargado del servicio de postventa. Aunque no teníamos residencia fija, me encantaba viajar y conocer diferentes culturas. Lo había mamado desde que era una enana. Había tenido la oportunidad de aprender muchos idiomas y de vivir experiencias únicas como observar de cerca una boda masái cuando estuvimos en Kenia o visitar la Pirámide de Keops en El Cairo. De ahí mi pasión por los idiomas y de ahí que escogiera Traducción e Interpretación entre los miles de salidas universitarias.

Lea iba a estudiar lo mismo, aunque su motivación era puramente económica. Era lista, sacaba buenas notas sin trabajar mucho y buscó una salida laboral que le pudiera aportar un buen beneficio económico. Siempre decía que se iría a Nueva York a trabajar en la sede de la ONU como traductora y que se haría un vestido de dólares americanos; como Lady Gaga, pero en vez de con filetes de carne cruda con billetes verdes.

—Aquí andamos, hablando de la uni —le dijo Lea dándole a entender que no tenía muchas ganas de charlar con él.

—¿Empezáis mañana? —preguntó entusiasmado.

Él estudiaba segundo de Derecho, aunque en otro campus. Lea y yo habíamos investigado sobre las diferentes posibilidades que ofrecía nuestra ciudad. Al final el campus Madrid On había salido como la opción ganadora.

Estaba en las afueras de la ciudad, a unos veinte minutos en autobús desde nuestro barrio. Habíamos escogido esa universidad porque era muy nueva, contaba tan solo con cinco años de antigüedad. Además, disponía de unas modernas instalaciones que nos conquistaron nada más verlas: un gigantesco y cálido anfiteatro, unos laboratorios de lengua dotados con aparatos de última tecnología, unas amplias salas de ordenadores, un bar enorme con diferentes espacios, una zona verde inmensa y una biblioteca de dos pisos que no tenía nada que envidiar a la de Harry Potter. ¡Ah! Y una piscina olímpica que pertenecía a la facultad del INEF, pero que podíamos disfrutar con un pase universitario.

—Mañana a las ocho y media —le dije yo—. ¿No coincidiremos en el autobús, Alberto?

Lea me miró echando chispas por los ojos.

—No, no, yo voy con la moto... Si quieres... —respondió él mirando a mi amiga.

Lea le cortó antes de que terminara la frase.

—En la moto no cabemos los tres, gracias. —Su sonrisa falsa se ensanchó.

—Bueno, quizá podemos quedar un día de estos... —comentó él precavido.

—¿Para ir al cine? —pregunté yo con una risilla.

Lea me miró un segundo y la entendí a la primera: o te callas o te clavo un palillo en el ojo. Me reí mentalmente y decidí no putearla más.

—Voy al baño —les dije escapando de sus rayos X.

—Alexia.

Me volví ante el tono de súplica de Adam, el camarero. Se acercó a mí con la bandeja entre las manos.

—Esto... ¿haces algo mañana?

—¿Mañana? —repetí para darme tiempo a pensar.

Sabía que Adam me echaba miraditas, pero no me esperaba que se atreviera a pedirme una cita. A ver qué le decía... Era un tipo alto, de nuestra edad, que llevaba el pelo cortado a lo militar y con unas gafas de culo de vaso que dejaban mucho que desear. Adam no era mi tipo. A ver, no tenía un tipo determinado, pero lo primero que necesitaba era que me entraran por los ojos. No, no digo que tuviera que estar megabueno, sino que tuviera algo..., una mirada profunda, unos labios bonitos, una conversación interesante... Y Adam era plano para mí.

—O cuando puedas —dijo en un hilo de voz.

Pensé en ese momento que salir con él en plan amigos podía ser una opción. ¿Por qué no?

—Oye, ¿vamos al cine un día de estos?

—¿En serio? —preguntó ilusionado.

Quizá la estaba cagando con él, pero el muchacho me caía bien.

—Claro. Mira la cartelera y me dices algo, ¿ok?

—Genial —dijo más relajado.

Cuando sonreía, se le formaba un bonito hoyuelo en una de sus mejillas. Si te fijas con la atención suficiente, todo el mundo tiene algo especial.

Cuando regresé del baño, Lea ya se había quitado de encima a Alberto.

—Esta me la pagas —dijo haciéndose la ofendida.

—Eso te pasa por jugar con mi móvil.

Lea me miró sonriendo y se volvió hacia Adam.

—¿Y puedo saber por qué nuestro camarero nuevo tiene esa cara de flipado?

—Hemos quedado.

—¿Para? —preguntó entornando los ojos.

—Para ir al cine y eso.

Me miré las uñas color rosa fucsia para no ver lo que decían sus ojos.

—Y si te cachondeas, te voy a mandar a la mierda, ¿lo sabes? —Volví de nuevo la vista hacia ella.

—Yo no digo nada.

Hizo el gesto de cerrarse la boca como si fuera una cremallera, pero a los cinco segundos la volvió a abrir. Puse los ojos en blanco.

—¿Qué? —le dije resignada.

Fuera lo que fuese me lo iba a decir igual...

—Pilla tú condones, dudo que Adam lleve en la cartera.

La miré mal y ella alzó las manos a modo de rendición.

—Yo solo te aviso...

Le sonreí en una mueca y ella se echó a reír con ganas.

Realmente la adoraba, no podía negarlo.

2

Lea vivía a tres calles de mi casa y me acompañó hasta el portal. Eran casi las diez de la noche, un poco tarde, pero me daba igual. Sabía que, aunque llegara antes, mi madre buscaría cualquier otra excusa para meterse conmigo: tienes la habitación desordenada, no has cepillado al gato o deberías aprender a planchar la ropa. Tonterías varias que le servían para tocarme la moral.

Entré en mi casa pensando en lo mucho que me gustaría vivir por mi cuenta, pero, de momento, no era posible. En cuanto pudiera, me largaría de allí, lo tenía clarísimo. Me iría a vivir sola o compartiría piso como hacían muchos otros estudiantes.

—Menuda hora de llegar —soltó mi madre nada más oírme entrar.

—La misma que cada día —respondí con desprecio.

Mi madre estaba en su despacho. Era una mujer alta, elegante, que solía llevar su pelo castaño con algunos reflejos dorados, igual que el mío, recogido en una coleta tirante. Era una abogada de renombre y poseedora de uno de los bufetes más prestigiosos de Madrid. Todo eso debido a su constancia, a su esfuerzo durante años y a su rechazo a criar a su hija. Hija que, de repente, le había caído del cielo y que tenía que educar sin saber cómo.

Mi madre vivía sola en aquel dúplex vanguardista, estaba forrada de dinero, aunque le costaba soltar billetes, y era una de aquellas personas que no tenían pareja porque estaban acostumbradas a ir a su rollo. No es difícil imaginar lo que le supuso que yo apareciera en su vida, a mis diecisiete años, en plena adolescencia y con mi afecto hacia ella en menos ¿cien?

—Si quieres cenar, tú misma.

Ya lo sabía. Si no estaba a las nueve en la cocina, no había cena. Al principio pensé que ella acababa comiéndose mi ración, pero un día vi la comida en el cubo de la basura. Aquello al principio me dolió. Vale, yo era una niñata que no sabía llegar a la hora, pero ¿no se suponía que ella era la madura? ¿Tirar la cena a la basura para que yo tuviera que comer cualquier otra cosa?

En el año y medio que llevaba allí había aprendido a cocinar. No iba a acatar sus normas de esa manera. Y si antes la odiaba, ahora la repudiaba.

Abrí la nevera y me preparé unos filetes rebozados. Cené con la única compañía de la televisión y cuando acabé lo recogí todo para no oírla más. Cuanto menos tuviera que decirme, mejor.

El primer día que pisé aquella casa, mi madre me miró como si fuera casi una extraterrestre. Cogió mi maleta como si le diera asco y me enseñó mi habitación. Era toda blanca, con una cama nido sin cabezal y con un nórdico blanco. Una mesa roja con patas de metal, una silla también blanca y un armario empotrado con las puertas vestidas del mismo blanco. ¿Se podía tener menos gusto? Era tan impersonal como la habitación de un hospital y me sentí como si me hubieran metido en un psiquiátrico. Lloré durante unos minutos hasta que, todavía con lágrimas en los ojos, me dediqué a decorar aquel cuartucho con algunas de mis fotos, un par de dibujos de una amiga y las cuatro cosas que traía en la maleta.

Ella no me quería, pero yo a ella menos.

Apareció de repente en la cocina.

—Alexia, estamos casi a mitad de mes y si continúas a este ritmo te quedarás sin dinero.

Tenía una paga mensual que me ingresaba directamente en mi cuenta y que administraba yo, pero parecía que mi madre la controlaba constantemente a través de la pantalla de su móvil.

—Es mi problema —le dije en un tono aburrido.

—Si no tienes para coger el autobús, tendrás que ir andando. Yo no voy a pagar nada, ya hago bastante.

¿Bastante? Mi madre también cobraba por tenerme ahí; mi padre lo había dejado todo bien atado y cubría con ese dinero todos los gastos que yo pudiese generar en aquel piso.

—Ya conseguiré el dinero de otro modo. —Me miró atenta y aproveché el momento para hundir un poco más nuestra relación—. ¿Sabes que hay chicos que pagan por hacerles una mamada?

—Si vuelves a hablar así, te echo de esta casa.

Su tono grave me supo a hiel. Gilipollas. Ella tenía las de ganar y yo las de perder, así que mejor retiraba la artillería. Me dirigí al piso de arriba, hacia el único lugar de aquel enorme dúplex donde no me sentía tan mal.

Me di una ducha rápida en el baño que, por supuesto, tenía mi habitación y dejé que mi larga melena se secara al aire mientras colocaba bien mis pintalabios. Los coleccionaba y tenía cientos y de todo tipo: de barra, labial líquido, brillo de labios, en crema, en rotulador... Y con todos los efectos posibles: mates, semimates, brillantes, satinados, de larga duración... Me gustaba llevar los labios pintados, incluso en casa, así que cogí un brillo rosa y reseguí mis labios. Me miré en el espejo y arrugué la nariz. Me parecía bastante a mi madre con esos ojos grandes y expresivos, esa nariz pequeña y una boca perfilada en un rostro ovalado que en general agradaba. No era tan alta como ella, pero medía metro sesenta y cinco y tenía un cuerpo atlético gracias al deporte. Este verano me había dedicado a salir a correr y le había cogido el gustillo.

Oí a mi madre pasar por delante de mi habitación. Hablaba por teléfono y reía como una gallina clueca. Sí, sabía reír, pero no conmigo. Conecté los auriculares al móvil y me puse a escuchar a Eminem. En ese momento me acordé del tipo de Instagram y abrí la aplicación para hablar con él. Me había escrito durante aquella misma tarde.

Sigues sin atinar.

Se refería a las iniciales de su perfil. ¿D.G.A.? A saber. Le había escrito varias opciones: Diego, David, Dylan, Damián, ¿un Divertido Gato Asqueroso?, ¿un grupo de rap con esas letras?... Nada.

Me rindo

Sonreí al ver que me contestaba al segundo.

Ya sabes que tendrás que acompañarme al concierto de Porta.

Leí su mensaje un par de veces. Qué listo...

Yo te dije qué significaba L. P. sin coacción.

¿No serás abogada?

¿No serás tú un asesino en serie?

D.G.A. tenía cero fotos en su perfil, así que no podía saber si mentía, si realmente era joven o viejo, o si era un chalado. De mí tampoco podía descifrar demasiado porque no subía fotos mías. Odiaba el postureo y solo solía subir alguna foto de algún libro, alguna película o algún grupo de música que me apasionaba. Mis siglas se referían al significado de mi nombre: Alexia, la protectora.

Jajaja, vas mal... D... Dios

¿Dios? ¿El nombre de un dios? Claro, un dios griego...

Dios Griego Apolo o Adonis. Si eres listo, supongo que serás Apolo, porque, aunque los dos eran guapos, Adonis no usaba demasiado su cerebro. ¿Con cuál nos quedamos?

D.G.A. tardó unos segundos en responder y sonreí satisfecha por mi respuesta. Estaba segura de que había acertado.

Vaya, vaya, me has dejado impresionado, letrada. Me quedo con Apolo. Pero me debes un concierto porque has necesitado el comodín del público.

El chico era insistente y me halagaba que alguien que no sabía ni qué cara tenía quisiera invitarme a salir. Quizá lo de Apolo era una manera totalmente antagónica de describirse y era un tipo realmente feo..., pero me daba igual porque no iba a tener una cita con un desconocido. No era tan idiota. Le escribí con la intención de cambiar de tema.

¿No crees que más bien eres un Adonis? Lo digo porque eres tú mismo el que se llama tío bueno, ¿es lo normal en tu vida?

Jajaja, es una segunda cuenta que solo uso para ligar.

Joder con el tipo este. No tenía pelos en la lengua.

De ahí que no tengas fotos, vale. Empiezo a pensar que eres un cardo borriquero.

Me reí al escribir aquello porque sabía que le picaría.

Mala mujer. ¿Qué más te da si soy guapo o no? Lo importante es el interior.

Casi ni te leo de lo usada que está esa frase.

Jajaja, ¿sabes? Me gustas.

Me mordí los labios al leer aquel comentario y sonreí con malicia.

¿Sabes? Conmigo lo tienes jodido. Hora de dormir, Adonis.

Me van los retos, mi protectora. Llámame Apolo, por favor. Buenas noches.

Salí de Instagram y dejé mi teléfono en la mesita con una amplia sonrisa. D.G.A. tenía algo que me atraía. Una mezcla de frescura, osadía y desfachatez que lo hacía diferente.

Dios Griego Apolo... Menudo nick.

Sangre, luces azules, gritos y yo buscando mis piernas. Estaba en el coche de mi padre y él me gritaba: «¡Alexia, tus piernas! ¡¡¡Alexia!!!». Miraba hacia abajo y tenía las piernas cortadas a la altura de mis muslos. Salía mucha sangre... tanta que sabía que iba a morir... ¡¡¡Papáááááááááá!!!

Me levanté de golpe de la cama, sudando, con el pulso acelerado, temblando y gimiendo.

—Joder...

Coloqué una de mis manos en mi boca para no hacer ruido. Cuando empecé a tener pesadillas mi madre me dio un toque: «Deja de gritar por las noches, Alexia, ya no eres una cría». Ahora procuraba no llorar en alto y no chillar, aunque no siempre lo lograba. No quería darle más razones para meterse conmigo.

Me tumbé en la cama y cerré los ojos, pero no pude dormir. Miré el móvil: las cinco de la mañana. Abrí de nuevo Instagram.

Me fui a la cama pensando en ti, mala mujer.

¿Qué edad tendría ese tal Adonis? Su juego inicial había logrado que me picara la curiosidad: el trato era nada de datos personales ni de fotos. Según él, quería saber si podíamos conocernos sin saber apenas nada el uno del otro. Cuando lo leí, primero pensé que estaba chiflado, pero después... después me gustó y logró que le siguiera el rollo.

Adonis, ¿no querrás que me crea eso?

Supuse que estaría durmiendo así que me dediqué a dar likes a varias cuentas de amigos que tenía esparcidos por el mundo: Tokio, Nueva York, París, Shangai, Londres, Los Ángeles, Moscú, Estambul, Bangkok... y algunas ciudades que ni recordaba porque era muy pequeña cuando había estado en ellas. Había viajado siempre junto a mi padre y había estado rodeada de canguros féminas que se desvivían por mí. Mi padre trabajaba mucho y no podía estar las veinticuatro horas del día conmigo, pero procuraba que mis cuidadoras fueran las mejores de la ciudad. Y siempre había acertado, excepto con mi propia madre.

¿Cómo podía ser que ella no sintiera nada por mí?

Aquella pregunta me la había hecho muchas veces. Me parió y no se lo pensó dos veces al darle la custodia a mi padre. Ella tenía una carrera prometedora por delante, la pareja no funcionaba y creía que no serviría para educar a un bebé. Me respondía a mí misma que debía de faltarle el instinto maternal. Se quedó preñada sin querer y mi padre no dejó que abortara, prometiéndole que todo iría bien. Pero la realidad fue otra, porque al cabo de un mes yo provoqué la ruptura definitiva entre ellos: pañales, gritos, malos olores y horas sin dormir... Fue demasiado para mi progenitora y llegaron al simple acuerdo de que mi padre me criaría y que cuando pasásemos por Madrid mi madre podría verme o estar conmigo.

En todos esos años nos habíamos visto en una docena de ocasiones, no más. Y a los ocho años le dije a mi padre que no quería verla más.

—Papá, no me gusta estar con ella. Me mira como si fuera un bicho raro y le molesta todo lo que hago...

Y ahora, joder. Ahora con dieciocho años me veía atada de pies y manos por voluntad de mi padre. Vale, no era una chica fácil. Había probado la hierba, el chocolate y había bebido más de la cuenta en alguna ocasión. Y sí, mi padre me había pillado liándome con un tío en el sofá de nuestro apartamento en Londres y en otra ocasión, esta vez en París, en el coche con un vecino. Pero, joder, tenía la edad propia de hacer locuras. No era una desmadrada ni una santa, solo tenía ganas de vivir la vida y de divertirme, nada más.

Si hubiera sido más razonable, quizá mi padre habría confiado en mí, pero no había sido así y ahora me tocaba vivir con mi madre. Menuda mierda, convivir con ella, con la abogada de trajes Armani que me miraba como si yo fuera un parásito. Me sentía encarcelada. Con mi padre todo era mucho más sencillo. Tenía que dar explicaciones de lo que hacía o dejaba de hacer y a veces me caían broncas de campeonato, pero había algo que jamás me había faltado: amor.

Abrí el cajón de mi mesilla y saqué mi cuaderno verde con topos dorados. Sus páginas eran las únicas que sabían todo lo que había pasado: quién era antes del accidente, en quién me convertí después. Todo lo que pasó. En él estaban plasmadas mis lágrimas, mis enfados, mi dolor... En ese cuaderno era yo sin maquillaje, estaba al desnudo.

Leía de vez en cuando algunas páginas, aunque muchas de ellas me las sabía de memoria. Y escribía en él cuando sentía la imperiosa necesidad de sacar mis sentimientos.

Aquella libreta me la regaló Antxon cuando cumplí los dieciséis. Casi un mes después él cumplía los dieciocho.

—Para que escribas en ella todo lo que quieras, lo que sientes, lo que piensas, lo que deseas, tus sueños, tus amores...

Me reí cuando Antxon dijo aquello y él sonrió.

—Ahora mismo paso de amores —le repliqué riendo.

—Ya llegará el día, enana...

Me revolvió el pelo, como solía hacer a menudo de forma cariñosa. Todo aquel amor era el que echaba tanto de menos...

3

Lea y yo nos encontramos en la parada del bus. Ella llevaba una falda bien corta y un top que mostraba su abdomen liso. Yo me había puesto vaqueros oscuros con un par de rotos en las rodillas y una camiseta gris que me compré en París donde se leía: OUI, C'EST MOI. No me apetecía ir dando la nota el primer día.

—Qué sexi —me dijo con ironía.

—Es lunes y vamos a la universidad, no a una fiesta de mojitos.

Lea sonrió y me miró de cerca.

—¿Qué haces? —le pregunté dando un paso atrás.

—Tienes ojeras.

Tener una madre esteticista hacía que Lea se fijara en cualquier cambio, mancha o peca de mi rostro. Pero no era solo eso: sabía que las bolsas de mis ojos estaban directamente relacionadas con mis noches sin dormir. Sin nombrar las pesadillas, sacó un miniespejo de su bolso rosa y me lo tendió. Lo cogí resoplando y me miré.

—Toma —me dijo, y me dio un corrector antiojeras.

—Qué suplicio contigo.

Le di la espalda y me apliqué aquel corrector. Me miré y junté mis labios rojo cereza.

—Mucho mejor —asintió aleteando sus pestañas cargadas de rímel mientras subía al autobús.

Cuando llegamos a nuestro destino, ambas nos miramos con complicidad. Habíamos estado allí antes de escoger aquella universidad como mejor opción, pero en ese momento me pareció que estaba en un sitio desconocido debido a la inmensa cantidad de estudiantes que circulaban por allí.

El campus estaba formado por varias facultades que ofrecían diferentes grados. Nuestra facultad era la de Filología, donde se impartía el grado de Traducción e Interpretación junto a otros como Filología Clásica o Lenguas Modernas y sus literaturas, entre otras muchas. Los edificios estaban situados alrededor de una plaza enorme de adoquines de colores y estaban rodeados de multitud de zonas verdes. Podías acceder a ellos a través de diversos caminos de baldosas, cada uno de un color. Era llamativo y a simple vista veías una mezcla de muchos colores que te invitaba a entrar en el campus con una buena sensación. Los edificios eran más discretos, pero aun así el buen gusto arquitectónico estaba presente en ellos.

—La virgen, ¡cuánto tío bueno! —soltó Lea mirando hacia un lado y otro.

—Lea, relaja la faja.

—No llevo ni faja ni braguitas ni tanga. Hoy a pelo.

Me volví hacia ella abriendo mucho los ojos. ¿Sería capaz? Soltó una buena carcajada y le di un codazo.

—Joder, pensaba que la mujer del autobús venía del mercado y resulta que eras tú la que olía a pescado —le dije divertida.

—*Serda* —soltó también riendo.

Tomamos el camino azul para llegar a la plaza y la cruzamos con paso seguro hasta llegar a la facultad echando un vistazo a nuestro alrededor: alumnos perdidos, alumnos asustados, alumnos sonriendo y otros, los más mayores, charlando con el entusiasmo del reencuentro. Entre ellos..., uno que me miraba con cierta insistencia. Aparté la vista de inmediato, pero me fijé en sus ojos verdes y en que era bastante alto. ¿Quizá lo conocía? Estuve a un tris de volverme, pero mi voz interior me aconsejó que no lo hiciera. Estaba casi segura de que tenía sus ojos puestos en mí y no quería demostrarle que me había picado la curiosidad por su forma de mirarme. ¡Bah! Sería uno de esos que iban a la caza el primer día... Tipo Lea, pero en chico.

Llegamos al edificio y buscamos nuestra aula.

—La número ciento trece —le dije a Lea mirando el papel donde teníamos apuntadas las asignaturas y sus correspondientes clases.

—Agárramela que me crece. —La miré poniendo los ojos en blanco—. ¿Y si vamos al bar a tomar un café y me despejo?

—Lo tuyo no se arregla con un café, guapa.

—No seas petarda, quedan veinte minutos todavía. ¿Sabes que ayer me llamó Alberto? Me preguntó si yo te había pedido que llamaras su atención. Ese tío no se entera de nada.

—A ver, rompes con él y al cabo de unos días te lo tiras de nuevo. ¿Qué quieres?

El bar era muy amplio, con una barra larguísima tras la cual había varios camareros. El suelo resplandeciente, las mesas blancas y las sillas grises le daban un aspecto muy moderno. Nos sentamos a una de las mesas que había libres.

—No fue culpa mía, fue un... calentón de verano.

—Sí, sí, claro. Si quieres un café, ya puedes espabilarte porque hay cola.

Lea se fue a la barra para pedir un café solo con dos azucarillos. Yo aproveché para observar el ambiente. El bar estaba hasta los topes y había alumnos por doquier. Se notaba quiénes éramos los nuevos porque estábamos más desperdigados. Los veteranos formaban grupos más numerosos.

Dejé de analizar a la gente cuando me crucé con unos ojos verdes y rasgados que me miraban con insistencia. Uf..., joder. Era el chico de antes. Esta vez no retiré la mirada y observé sus facciones: pelo castaño con tupé al estilo Nick Bateman, una nariz recta, unos labios carnosos y un rostro de lo más interesante. Era guapo de verdad y me dio un buen repaso hasta que Lea nos interrumpió.

—Menudo jamelgo, ¿eh? —comentó Lea alzando ambas cejas.

—Bueno, tampoco es para tanto. Tiene unos ojos bonitos.

—Venga, Alexia, que nos conocemos...

—Yo a ti no te conozco de nada, petarda. Espabila que faltan diez minutos.

Volví a mirarlo sin darme cuenta, como si mis ojos necesitaran verlo de nuevo. Se había girado hacia una chica para hablar con ella. Llevaba una camisa de cuadros que marcaba su ancha espalda e imaginé que tendría buen cuerpo... Y ya puestos a imaginar...

—Se te van a caer las canicas de tanto mirar —canturreó Lea dejando la taza vacía en el plato.

—A ver si no voy a poder mirar, pesada.

—Es que te has ido a fijar en un tío mayor y que está como un dios.

—¿Será de tercero?

—O de cuarto, ahí hay mucho cuerpo...

Su voz de viciosilla me hizo reír.

Empecé a elucubrar sobre ese chico... ¿Sería listo, inteligente, divertido? ¿O sería el típico guapo con medio cerebro colgando? De esos había conocido varios. Mucho músculo en el cuerpo y poco en la cabeza. Me reí yo sola por mis propios pensamientos hasta que me di cuenta de que un amigo de aquel chico me miraba. Era un chico con la tez oscura, con el pelo a lo afro y unos ojos grandes y bonitos. Me mostró sus dientes blancos y yo le sonreí.

—Y el amigo no está nada mal, ¿no crees? Además...

—Lea, sin comentarios obscenos, por favor. Solo son las ocho y media de la mañana.

—Únicamente iba a decirte que ese tono morenito de piel me parece de lo más sexi.

La miré alzando una de mis cejas y Lea rio con ganas.

—Vale, sí, y lo que estabas pensando también lo iba a decir.

Nos reímos las dos a carcajada limpia. No hacían falta más palabras, nos entendíamos a la perfección.

Cuando llegamos al aula, observamos que estaba bastante llena. En total éramos unos ciento ochenta alumnos de primer año que nos dividíamos cuando era necesario según la opción de lenguas que hubiéramos escogido. En Francés yo sabía que éramos cuarenta alumnos y en Alemán, la lengua que había escogido mi amiga, solo eran veinte.

Lea y yo nos sentamos juntas al final de la clase, pero la dejé sola en el aula para ir al baño porque todavía faltaban cinco minutos. Cuando salí, ignoré a un grupo de alumnos de tercero o de cuarto que me miraron por encima del hombro. Ya sabía de qué iba aquello; me había topado con esas miradas en muchas ocasiones. Se creían que por estar uno o dos cursos por encima eran más listos que yo, pero la mayoría de las veces no era así. Podían haber vivido más tiempo o haber experimentado más cosas, pero estaba segura de que en un duelo dialéctico, en cualquier idioma, no podrían conmigo. Cosa que tampoco iba a demostrar porque lo último que quería era ser «la señalada».

Cuando regresé del baño observé que los mayores charlaban tranquilamente fuera del aula. Sonreí al pensar en la diferencia entre nosotros y ellos. Los de primero estábamos todos dentro, inquietos, esperando con ansia la llegada del profesor. Y, en cambio, los mayores estaban como Pedro por su casa por aquellos pasillos.

—Creo que este año hay tías espectaculares en primero...

Casi me detuve al oír aquello, pero no por lo que decía, sino por cómo lo decía. Una voz grave y profunda recorrió mi cuerpo como si estuviera a mi lado, tocándome. Joder, qué voz. Me obligué a seguir hacia delante y pasar olímpicamente de aquel comentario, aunque me moría de ganas de saber de quién era aquella voz.

Al minuto entró el profesor Carmelo y nos dio la bienvenida. Estábamos todos atentos, intentando no perder el hilo y comprender lo que nos explicaba. Nos hizo un breve resumen del contenido de la materia, puso unas diapositivas en el proyector y todos copiamos con rapidez aquello en nuestro ordenador personal. Finalmente, nos pasó un documento con el material, el temario y las fechas de entrega de varios trabajos.

En la siguiente hora Lea y yo nos separamos. Ella había escogido como primera opción el alemán y yo el francés, con lo cual no coincidiríamos en todas las clases. Ella cursaría un nivel más bajo de francés como segunda lengua; igual que yo con el italiano.

Al entrar en clase, eché un vistazo rápido y empecé a controlar algunas de las caras de mis compañeros. El profesor Peña hizo acto de presencia y todo el mundo calló. Se dirigió a nosotros en francés desde el segundo uno hasta el final de la clase e iba mirando nuestros rostros con sus ojos achinados. Daba la impresión de que te estaba haciendo una jodida radiografía. Sonreí y en ese momento me miró inquisitivamente.

—Señorita, ¿puede presentarse en francés? Así empezaremos a ver el perfecto francés que hablan ustedes.

—Me llamo Alexia Suil, vivo en Madrid, tengo dieciocho años y me apasionan los idiomas.

Todo eso lo dije rápido, en francés y con acento parisino.

—¿Ha estado usted en París, señorita?

—Hace dos años estuve en París y cursé allí mis estudios durante unos seis meses.

El profesor se acercó a mí con sus ojos de ratoncillo.

—Bonito acento —dijo más amable, y yo le sonreí, dudosa—. Este año tenemos un proyecto muy importante entre manos. Una empresa de Niza nos ha pedido que colaboremos con ellos en un proyecto de traducción literaria que implicará desarrollar sus habilidades traductoras. Es un proyecto pequeño pero potente que solo puedo ofrecer a cinco alumnos... —«¿Cinco entre cuarenta? No está mal»—. Hablamos de los cuatro cursos, por supuesto. —«Joder, qué putada...»—. Mañana les pasaré una prueba donde podrán demostrar sus dotes de traducción y en unos días colgaré en el tablero de administración el nombre de los cinco seleccionados que podrán trabajar con la editorial francesa.

Vale, estaba claro quiénes tenían todos los números... ¿Los de cuarto? Obvio.

Total, que esto no iba a ser demasiado distinto del instituto. Mucha gente, instalaciones algo más grandes y profesores que metían mucha caña. En parte me alegraba, pero esperaba más. Esperaba el típico profesor chiflado que da las clases de forma diferente y, sobre todo, esperaba poder participar en los proyectos de la facultad, cosa que ya veía que no sería posible. Una chica que estaba sentada a mi lado, María, me había explicado que los enanos de primero y segundo no entraban jamás en esos proyectos por falta de nivel. Y lo entendía, vale, pero ¿no podrían ofrecer una alternativa a los novatos?

Después de aquellas dos primeras clases tuvimos media hora de descanso y bajamos al bar a tomar algo. Lea me iba explicando con pelos y señales cómo le había ido en clase de Alemán: el profesor era genial y al ser tan pocos las lecciones iban a ser muy participativas, y eso a Lea le iba.

—Te toca ir a por el café, yo me quedo observando el percal. ¡No te olvides de coger los dos azucarillos!

No sabía por qué me lo decía si siempre tomaba el café del mismo modo.

Caminar por entre toda aquella gente impresionaba un poco, la verdad, pero si te fijabas había muchos estudiantes que no sabían bien ni dónde estaba la puerta, así que me dediqué a buscar los jodidos azucarillos antes de pedir el café en aquella extensa barra de color blanco. Una chica muy amable me indicó dónde estaban y a los cinco minutos ya tenía los cafés en las manos. Lea estaba inmersa en su móvil.

—Así no vas a ligar nada —le dije divertida.

—¿Así?

—Con la cabeza metida en el teléfono.

—Estaba mirando la web del campus. Oye, ¿sabes que este jueves es la primera fiesta, la fiesta de bienvenida a los novatos?

Las novatadas estaban prohibidas e incluso habíamos firmado un papel al ingresar comprometiéndonos a no hacerlas. Desde su inauguración, Madrid On promovía todo lo contrario: los mayores montaban una fiesta en una de las discotecas de moda de Madrid para los primerizos.

—¡Hola, chicas! —Una voz masculina nos interrumpió y ambas lo miramos.

Vaya, era el muchacho de los ojos bonitos y sonrisa Profidén. El que estaba con el tío bueno de la camisa de cuadros y mirada increíble...

—¿Sabéis lo de la fiesta del jueves? —El chico me miró a mí directamente, pero Lea respondió al momento.

—Sí, estábamos hablando de ello. ¿Eres de cuarto?

El chico se sentó al lado de Lea y lo miré con curiosidad.

—Exacto. Estamos preparando la fiesta y mañana os pasaremos unos flyers donde indicamos el lugar y la hora.

—¿En qué discoteca será? —le pregunté yo.

—En Magic, en Moncloa, ¿la conoces?

—No, ni idea —le dije con sinceridad.

—Eso es que no has ido a ninguna fiesta universitaria, porque es la sala por excelencia donde acabamos muchos jueves. —Su tono era agradable y su sonrisa le acompañaba en todo momento—. ¿Te gusta bailar?

Me quedé un poco cortada por su pregunta. ¿Y ese interés?

—Es una magnífica bailarina —respondió Lea por mí.

—Pues ya veréis que la música es muy variada; reguetón, pachangeo, house, trap...; un poco de todo. —Volvió la mirada hacia Lea y continuó hablando—: No es necesario ir de etiqueta, aunque hay que ir arreglados...

—¿Con tacones? —preguntó ella, muy coqueta.

—No hace falta...

Aquel chico la miró unos segundos de más, como si en ese momento se hubiera dado cuenta de la presencia de Lea.

—Si necesitáis cualquier cosa, preguntad por Adrián.

—Gracias —dijo Lea con su habitual simpatía—. Yo soy Lea y ella es Alexia, de primero de traducción...

—Lo sé, os he visto antes entrando en clase —nos dijo mientras se levantaba—. Os dejo que tengo que ir pasando la información. Bienvenidas. ¡Ah! Y si os aburrís por las tardes, nos encontraréis a muchos en Colours, en la Plaza Mayor. Nos reunimos para tomar algo y desconectar, así que espero veros pronto por allí...

Y se fue a otra mesa para hablar con más alumnos de primero. Miré a Lea, que tenía sus ojos fijos en él.

—No te me enamores que te caneo.

—No me importaría hacer un café con leche; él, el café, y yo, la leche...

—Déjalo, Lea.

Busqué a su amigo, el de los ojos verdes, ¿iba también por ahí haciendo publicidad de aquella fiesta? No, estaba muy concentrado en su móvil y pude observar bien su perfil. ¿Me lo parecía a mí o cada vez que lo miraba lo veía más guapo?

4

En la siguiente hora no teníamos clase, así que Lea se dirigió al despacho de administración para terminar el papeleo de la beca y yo opté por ir a la biblioteca. Allí reinaba un silencio agradable. En la sala dominaba la madera, lo que le daba un aire cálido a la estancia.

Me senté en la primera mesa que encontré libre, al lado de un par de chicas que trabajaban muy concentradas. Había bastante gente y eso que era el primer día de curso... Pero claro, yo en mi agenda ya tenía cuatro trabajos pendientes e iba a empezar por el del profesor Carmelo.

Le pregunté a la bibliotecaria dónde podía encontrar la información que necesitaba y me dijo que podía usar los ordenadores o subir a la planta de arriba, en la sección de Didáctica de la Traducción. Preferí subir y así echar un vistazo a los libros que había por allí. Encontré con rapidez lo que buscaba y empecé a leer los diferentes títulos. Cogí un libro para echarle un vistazo por dentro y sentí una presencia detrás de mí.

—No te lo recomiendo, está un poco desfasado.

¡Joder! Un escalofrío agradable recorrió mi columna al oír esa voz profunda que me habló en un suave murmullo. Me quedé paralizada. Lo normal habría sido volverme y ver quién era, pero mi mente no reaccionó con cordura.

—Ya... —atiné a decir como una idiota que no sabe verbalizar más de una palabra seguida, cosa bien extraña en mí.

Su mano pasó por encima de mi hombro y cogió un libro más grueso.

—Este es mucho mejor. —Esa voz susurrante me hizo cosquillas en la nuca.

«Vamos, Alexia, espabila. ¡Es solo un tío, por favor!»

Cogí el libro de su mano, observando sus inmaculadas uñas y una pulsera de piel trenzada que llevaba alrededor de su muñeca.

—Gracias... —dije con intención de girarme, pero pasó su mano de nuevo por encima de mí y no me dio opción a darme la vuelta.

¿Estaba demasiado cerca o eran imaginaciones mías? Sentí el roce de su brazo con mi hombro y el calor subió a mis mejillas. Joder, ¿qué coño me pasaba?

—Y este libro le pirra a Carmelo, no dejes de consultarlo. —Su tono de voz era tan bajo que tuve que esforzarme para escucharlo bien.

Traducción e Interpretación de María Luisa Romana...

En cuanto lo cogí de sus dedos, desapareció como un fantasma. Me volví, pero no llegué a verlo. Joder..., ¿estaba soñando o qué? No, para nada. Aún podía oler el perfume de ese chico.

Di un par de pasos rápidos para ver si lo veía por el otro pasillo, pero allí solo había dos chicas que me miraron un segundo antes de continuar con su charla entre susurros. No podía haberse esfumado sin más, ¿verdad? Tenía que estar por allí. Dejé los libros en su sitio y caminé por entre los pasillos, fingiendo que buscaba un libro para ver si encontraba al dueño de aquella voz, pero... ¿cómo iba a saber quién era si solo había visto su mano y su brazo desnudo? Su brazo parecía bañado por el sol. Era moreno de piel, pero poco más podía decir.

La impresión me había dejado sin palabras, y eso no era fácil de conseguir.

Uf. Me detuve frente a una estantería con mi mente puesta en aquella voz. Joder, había sentido más con aquel tío en medio minuto que con otros chicos en millones de ocasiones. ¿Qué tenía ese tono que me atraía tanto? Pensé que casi era mejor no saber a quién pertenecía esa voz porque ¿y si resultaba que era un tío feo y baboso? En mi cabeza lo imaginaba superatractivo y prefería que siguiera siendo así.

Dejé de buscarlo y volví a la sección de Didáctica para coger el libro que me había recomendado el misterioso chico de la voz grave. ¡Mierda! Ya no estaba, alguien lo había cogido mientras yo estaba perdiendo el tiempo buscando un fantasma. Bajé las escaleras como un rayo, intentando no hacer ruido, para preguntarle a la bibliotecaria por el libro.

—Lo siento, cielo, se lo acaban de llevar. Hace medio minuto.

«Qué mala suerte.»

—Son dos semanas de préstamo, ¿verdad? —le pregunté, aunque ya sabía que era así.

—Sí, cielo, son dos...

Miré un segundo el ordenador de la bibliotecaria y pude ver el nombre del alumno, aunque no el apellido.

Thiago.

—Gracias —le dije maldiciendo al muchacho aquel mientras regresaba a mi mesa.

En fin, siempre podía tirar de ordenador, pero prefería trabajar con libros en papel. El trabajo debía entregarlo al cabo de diez días, así que el tal Thiago me había fastidiado la recomendación de aquel chico. Pensé en su mano rozando mi hombro y uf... Esa mano de uñas perfectas seguro que acariciaba como su voz..., con rudeza, pero con firmeza...

—¿Alexia? —Lea me miraba muy seria—. ¿Has fumado un porro y no me has avisado?

—¿Qué dices? —le espeté arrugando la nariz.

Lea se sentó a mi lado para poner en orden sus papeles de la beca.

—Perdona, ¿eres Alexia?

Levanté la cabeza y vi a un chico de pelo largo, castaño y rizado, ojos pequeños y nariz prominente. No, no lo conocía de nada... ¡Joder! ¿Era el tal Thiago? Más que nada porque el libro que me había recomendado el chico misterioso estaba en aquel preciso momento en sus manos.

—¿Y tú eres...?

—Soy Luis, de cuarto curso.

¿Luis? ¿Y ese acento tan extraño?

—¿Eres ruso? —le pregunté en un susurro, observando bien sus facciones.

—¿Tanto se me nota? —preguntó sonriendo por primera vez.

—¿De Rusia? —intervino Lea sonriendo.

Él la miró frunciendo el ceño, como si no entendiera la broma.

—Bueno, esto..., tengo que darte este libro —me dijo a mí.

—¿Lo has cogido tú?

No entendía absolutamente nada.

—Yo cumplo órdenes, Alexia —me dijo muy serio, y de repente colocó sus pies juntos como si fuera un soldado.

¿«Cumplo órdenes»? Cada vez lo comprendía menos.

Miré a Lea, quien a su vez miraba alucinada al tipo aquel. Volví mi vista hacia Luis.

—¿Órdenes? ¿De quién?

—No puedo decir nada —me respondió en voz baja, pero con la mirada al frente.

«Este tío está chalado.»

—Cuando no lo necesites, me lo pasas para que podamos devolverlo. Tienes dos semanas, recluta —añadió con el mismo tono.

¿Recluta?

Volví a mirar a Lea; estaba tan sorprendida como yo. Aquel chico se marchó y nos dejó a las dos con la boca abierta.

—¿Será una broma? —preguntó mi amiga mirando hacia ambos lados.

—No tengo ni idea...

En aquel momento no me apeteció explicarle mi encuentro con aquella voz sexi. Demasiadas explicaciones. Cogí el libro y le eché un vistazo esperando hallar alguna pista. Seguidamente miré a la gente de la biblioteca y no observé nada extraño. Si no era una broma, ¿qué significaba todo aquello?

—Perdona, se te ha caído esto. —Una chica que pasó por mi lado me dio un papel doblado.

¿Una nota? Desdoblé el papel sintiendo el pulso acelerado. Menuda tontería, ¿verdad? Probablemente encontraría apuntado el nombre de algún autor o quizá era una pequeña chuleta de algún estudiante que la había dejado en el interior de aquel libro. Pero no, era para mí y estaba escrita en francés: «¿Qué andabas buscando entre los pasillos? De nada...».

Joder, esa nota era del tipo que me había recomendado el libro. Tenía una caligrafía bonita y la letra ene la escribía al revés, como yo. Sonreí pensando en ello hasta que me recordé a mí misma que si tenía el libro en mis manos era porque él mismo lo había cogido. ¿Todo eso para qué? Y encima mandaba a un mensajero chiflado... ¿Y si Luis era Thiago? No, Luis tenía una voz más aguda. Descartado. ¿Sería aquel tipo como la Bestia, que se escondía en aquel castillo con la seguridad de que todo el mundo lo encontraba horroroso? Entonces yo era la Bella... Volví a reír mentalmente.

—Alexia...

—¿Eh?

—¿Una nota de amor? —preguntó Lea cogiendo aquel papel.

—Anda, vamos fuera que te lo explico todo...

Le expliqué a Lea aquel encontronazo: la increíble voz de aquel tipo, su brazo rozándome, su desaparición repentina... Y me escuchó en silencio, cosa rara en ella.

—Ese tío quiere tema —dijo tocándose la barbilla como si fuera un gran filósofo.

—Ya te digo yo que será un friki, a ver por qué se ha largado de ese modo.

—¿Y si está jugando contigo?

—¿Al gato y al ratón? Venga ya.

—Quiere llamar tu atención, eso está claro. Y no es un novato.

Lea se quedó mirando un punto fijo, pensativa.

—¿Qué piensas? —le pregunté.

—¿Eh? ¡Ah!, en qué me voy a poner el jueves. ¿El vestido negro «casi se me ve todo» o la falda de pliegues «se intuye que llevas tanga»?

La miré poniendo los ojos en blanco.

—Me está acosando un loco y tú pensando en salir de juerga. ¿Y yo qué me pongo?

Rompimos a reír las dos a la vez y nos dirigimos hacia la siguiente clase. Debíamos ir a una de las aulas de ordenadores porque la materia era la de Informática aplicada a la traducción. Era la tercera hora del día y se notaba que estábamos todos más relajados. Dentro de la clase solo estaban la mitad de mis compañeros, la otra mitad estábamos en el pasillo charlando entre nosotros.

Lea había hecho migas en la clase de Alemán con una tal Estrella, una chica de Barcelona un poco más baja que yo, con un corte de pelo a lo *bob* y con unas pestañas extralargas. Estrella era atractiva, aunque iba sin maquillar, su ropa era muy informal y poco personal y cuando la mirabas a los ojos solía rehuir tu mirada para dirigirla a otras partes de tu cuerpo. ¿Mentía cuando hablaba? Siempre había oído que quien no te mira a los ojos cuando te habla es porque está inventando lo que dice, aunque... en otras sociedades no mirar a los ojos se interpretaba como una señal de respeto.

—¿Así que vives con dos chicas? —le pregunté con interés.

En cuanto pudiera, yo haría lo mismo.

—Sí, ellas estudian Periodismo. Nos estamos adaptando, porque es la primera vez que salimos de casa, pero nos apañamos bastante bien.

Vi que Estrella bajaba de nuevo la vista hacia el suelo y supe que era porque en ese momento pasaron por nuestro lado alumnos más mayores. No me habría fijado en ellos si no hubiera visto al chico que me había dado el libro: Luis. Él me sonrió y me guiñó un ojo y yo le devolví la sonrisa, pensando a la vez que quizá el tal Thiago estaría a su lado. Pero Luis entró en la clase de enfrente y no me dio tiempo a fijarme en sus amigos porque alguien acaparó mi mirada.

Me dio la impresión de que sus ojos verdes me traspasaban y le planté cara. Yo no iba a retirar mi mirada; si quería, que lo hiciera él. Pero sus ojos siguieron fijos en mí mientras andaba hacia la clase, rodeado por sus compañeros.

«Vaya, vaya, menudo guaperas. Encima chulito.»

Su entrada en clase puso fin a aquellos pensamientos.

—¿Bragas calcinadas? —preguntó Lea como quien pregunta si llueve.

Estrella la miró abriendo la boca.

—No le hagas caso —le dije—. Su madre, durante el parto, tonteó con la güija y de ahí que Lea sea así.

Lea se echó a reír y Estrella sonrió.

—Oye, Estrella. ¿Irás este jueves a la fiesta? —le pregunté yo.

—¿Habéis dicho fiesta?

Un tipo bastante alto, delgado y con el pelo cortado a la última se colocó a mi lado. Sus ojos oscuros expresaban simpatía y su sonrisa era de aquellas que llamaban la atención, aunque no era un guaperas.

—Eso mismo. Soy Lea, ¿y tú? —se presentó mi amiga a aquel chico.

—Max, para serviros, rubia. Y tú eres Alexia y tú Estrella —nos dijo con su bonita sonrisa.

—¿Nos tienes fichadas? —le pregunté sorprendida.

—Qué va, tengo buena memoria...

—¿No serás un psicópata? —Lea se acercó a él y se rieron los dos.

—No, pero tengo coche. ¿Vamos juntos el jueves a la gran fiesta?

Lea y yo nos miramos unos segundos. ¿Nos fiábamos de él?

—Hecho —le dijo Lea, seguro que pensando que así nos ahorraríamos una pasta.

—¿Dónde vives, Estrella? —le preguntó Lea.

—En Chamartín...

—¡Genial! Como yo. ¿Piso de estudiantes? —le preguntó entonces Max.

—Sí... —respondió ella insegura.

—Compartimos gastos de gasolina, ¿eh? —nos dijo Max sonriendo a las tres.

—¿Pagamos en especias? —soltó Lea riendo.

Él la miró con descaro y ella le dio un empujón. Si es que a Lea no le costaba nada llevárselos al huerto.

—Nosotras vivimos en el barrio de Salamanca, así que solo tendrás que hacer una parada —le informé yo.

Nos intercambiamos los teléfonos y quedamos en que iríamos los cuatro juntos a aquella fiesta.

—A ver qué se cuece en esas fiestas —dijo Lea antes de entrar en clase.

—Yo no me pierdo ni una. ¿Y si en esa fiesta conozco a mi futuro marido? —soltó Max con naturalidad.

Lo miramos las tres con los ojos bien abiertos. ¿Marido...?, ¡por Dios! ¿Quién pensaba en un marido? Era momento de divertirnos, de conocer gente y de pasarlo bien. Max bromeaba, estaba clarísimo. Pero me gustó que fuera sincero, directo y que no escondiera sus preferencias sexuales. Estrella lo miraba como si fuera un conejillo de Indias.

—Mientras no me quites al mío —soltó Lea entre risas.

—Yo estoy abierto a todo —dijo alzando sus cejas un par de veces.

¿Bisexual? Últimamente había conocido a más de uno, así que...

—¿Chicos y chicas? —le pregunté sonriendo.

—Lo que se tercie —respondió Max con su bonita sonrisa.

Vaya, pues sí. Había que reconocer que tenían más donde elegir.

—Vaya... —dijo Estrella—. Entonces, ¿futuro marido o futura mujer? Me he liado un poco...

Nos reímos por su manera de decirlo y ella amplió su sonrisa.

—Estrella, de momento ni lo uno ni lo otro; pero que me daría igual —respondió Max con amabilidad.

—Vale, ya lo pillo —dijo ella más suelta.

—Alexia, habrá que vigilar al lagarto Juancho este... —me dijo Lea haciendo una mueca.

Nos reímos los cuatro hasta que el profesor Guerrero nos indicó que entráramos en clase. Una clase que se nos pasó volando, que nos encantó a todos y que nos hizo salir con cara de satisfacción.

Bien, esto empezaba a molarme más.

5

Durante la vuelta a casa en el autobús, Lea y yo nos liamos con los móviles. Ella chateaba con un tío y yo me metí en Instagram para ver la respuesta de D.G.A. a mi último mensaje:

Adonis, ¿no querrás que me crea eso?

Me había escrito a media mañana.

El trato era conocernos de verdad, así que nada de mentiras. Pensé en nuestra charla, en tus inesperados conocimientos sobre mitología griega y en lo interesante que me resultas.

Estaba en activo y aproveché para responderle.

Entonces nuestros pensamientos se sincronizaron porque a mí también me sorprendiste con tu nick, la mayoría solo llegan al yogur griego.

¿Yogur griego? Jajaja. Si fuera una tía, diría que me meooo de la risa, pero como soy muy hombre diré que me estoy descojonando contigo. Me alegra saber que no soy del montón. ¿Estudias o trabajas?

Sonreí ampliamente al ver que había roto el trato: nada de información personal. Eso quería decir que le picaba la curiosidad...

Apolo, estoy jubilada, haciendo ganchillo en mi mecedora y con unas gafitas redondas muy cuquis. En fin, que nada de datos personales, ¿no? Estudio. ¿Y tú?

Me mordí los labios esperando su respuesta.

Yo uso bastón y leo el periódico en un banco al sol mientras veo pasar a una abuela de gafitas redondas que me tiene atontado. También estudio, en la universidad. Dime que no estás en primaria.

Me reí en voz alta y Lea me dio un codazo.

—¿Con quién cotorreas?

—Con el de Insta —le dije volviendo al móvil.

Jajaja, soy universitaria. Quédate tranquilo, abuelo. ¿De los de primera fila o última? ¿Biblioteca o bar? Por cierto, ¿llevas un espejito en tu carpeta, Apolo?

Jajaja, me has pillado, pero yo soy más fashion: uso espejo de bolso y doble. (Sé que existe eso por mi prima.) Desde la última fila se ve todo y no me gusta perderme nada. Mmm..., biblioteca y bar, en las dos puedes conocer a gente interesante, ¿no crees?

Joder, que me lo dijeran a mí...

Totalmente de acuerdo contigo, aunque yo en la biblioteca suelo estudiar (casi siempre...).

Aquellos veinte minutos conversando con Apolo se me pasaron volando y cuando me di cuenta ya habíamos llegado.

—¿Quieres comer con nosotros? —me preguntó Lea al bajar del bus.

Le sonreí agradecida. Mi amiga sabía lo que se cocía en mi casa.

—No, tranquila. Yo me preparo cualquier cosa y empezaré los ejercicios de Carmelo.

—Joder, yo también. Tela con los trabajitos de los cojones...

—Mejor eso que no tener solo exámenes, tía.

Nos despedimos y subí al dúplex, donde sabía que solo me recibiría el gato persa de mi madre: Snoopy. Era el único de la casa que buscaba carantoñas.

—¿Qué pasa, enano?

Lo acaricié nada más entrar y él se paseó varias veces por entre mis piernas, cosa que no hacía cuando estaba mi madre presente. ¿Intuición gatuna? Probablemente.

Vi una nota en la nevera. Era la manera habitual de comunicarnos.

«He pasado a recoger algo de ropa, esta noche estaré fuera.»

—Sí, mamá, el primer día de universidad me ha ido genial...

Lo dije en voz alta y Snoopy maulló como si quisiera contestarme.

—Sí, gatito, ha sido interesante. Pensaba que me iba a aburrir bastante, que sería más de lo mismo, pero realmente ha estado bien.

Mientras hervía la pasta le envié un mensaje a Lea y a Natalia diciéndoles que estaría sola en el piso porque mi madre pasaba la noche fuera. Lea dijo que traería la botella de ginebra, y Natalia, la tónica y algo para picar.

Mi madre solía desaparecer así y yo tenía mi propia teoría: se iba al piso de algún maromo a desahogarse un poco porque aunque tuviera cara de mal follada suponía que alguien se atrevería a tocarla, ni que fuera con un palo.

Mejor dejar de pensar en eso porque si no acabaría no probando bocado.

Comí mirando la serie de Netflix *Por trece razones* y pensé en mi fortaleza. Dentro de todo, tenía esa suerte. Llevaba viviendo con mi madre año y medio y no había pensado ni una sola vez en tirarme por la ventana. Y si era fuerte, era por mi padre, eso también lo sabía. Él me había enseñado a no acobardarme ante las putadas de la vida y gracias a eso seguía siendo una chica medio normal. Lo de medio lo digo porque lo de mi madre no era normal, aunque tampoco era algo que iba explicando por ahí. Era cosa mía y un tema que solo había compartido con Lea y Natalia. Sabían que me llevaba mal con mi madre, sabían que hasta entonces había vivido con mi padre, pero no conocían toda la historia al completo. Ellas siempre habían estado a mi lado y con ellas había aprendido a soportar a mi madre, las dos le daban el toque de color que necesitaba mi vida. Lea era la loca y Natalia la que ponía un poco de cordura en aquel trío, aunque también hacía de las suyas.

Natalia tenía dos años más que nosotras, era amiga de Lea y desde que nos conocimos formamos un estupendo trío. Era una chica de mi estatura, de pelo rizado y pelirrojo y con unos ojos azules muy claros. Era muy mona y sabía sacarse mucho partido. Había estudiado el grado medio de Técnico en Gestión Administrativa y en verano había empezado a trabajar como secretaria clasificando, archivando y registrando documentos en una asesoría. Cobraba una miseria, pero de momento no podía negarse porque necesitaba adquirir experiencia e ir completando su currículum.

A las seis en punto de la tarde se presentaron las dos en la puerta de mi casa.

—¿Has invitado al vecino? —me preguntó Lea nada más entrar.

Nos reímos las tres al recordar la bronca que nos metió el vecino del segundo cuando le tiramos la compra al salir como locas por el portal la última vez que estuvieron aquí.

—He invitado al morenito —le dije guiñándole un ojo.

—¿Ya te has enamorado de algún universitario? —preguntó Natalia yendo hacia la cocina.

—Si solo fuera de uno... —respondí riendo.

Cogí tres vasos, les puse hielo y Lea echó la ginebra.

—Tía, no los cargues tanto —le dije viendo que se pasaba de la raya.

—Tenemos que celebrar que mis braguitas han sobrevivido al primer día de uni.

Soltamos unas risillas y brindamos.

—Coge las patatas —le dije a Natalia yendo hacia el salón—. Ya sabéis, ni una mancha, guapas. No tengo ganas de oír a la bruja.

—Venga, zorris, quiero saberlo todo...

Le explicamos por encima cómo había ido nuestro primer día. Para Lea había sido como un desfile de maromos y para mí un poco más variado.

—¿Y tú qué tal en el curro? —le preguntó Lea mordiendo una patata.

—Pues como siempre, un tostón. Hoy al calvo le ha dado por decirme que no me sé el abecedario porque unos papeles estaban mal archivados...

Con el calvo se refería a su jefe. Era un gilipollas de mucho cuidado y un cuarentón de esos amargados que se creían que la empresa era su vida. Estaba en el saco de adultos insoportables, como mi madre o el padre de Natalia.

—Qué asco de vida —dijo Natalia tomando un sorbo de su gin-tonic.

—Se nota que es lunes, joder —dijo Lea recostándose en el sofá.

—¿Y si salimos a dar una vuelta? —propuso Natalia.

—¿En serio? —pregunté yo porque me daba palo salir de casa.

—¡Eh! Podríamos ir a Colours, ¿no? Adrián, el morenazo, nos ha dicho que suelen ir por allí. Quizá está el guaperas de ojos verdes. —Lea me miró pasando la lengua por sus labios.

—¿Lo dices por mí? —le dije en plan chula—. A mí ese niño me la trae floja.

—Niño, dice. —Lea se rio escandalosamente y Natalia la miró esperando más información jugosa—. El tío es de cuarto, o sea, tendrá unas espaldas de metro y medio, más o menos. Es alto, ¿metro noventa?

—¿Lo has medido? —le pregunté divertida.

Era alto, sí, pero no me había fijado tanto...

—Lleva el pelo en plan modelo, así con un tupé. —Lea siguió a lo suyo y pasó de mí—. Y tiene unos ojos para comérselo entero.

—Vale, ahora hablo yo —le dije a Natalia, que nos miraba sonriendo—. Camisa de cuadros, pero de Armani, seguro. Vaqueros Diesel y zapatillas Munich. ¿Conclusión? Un tío inseguro que necesita marcas para sentirse vestido.

—Ni caso —me interrumpió Lea con un movimiento de mano—. Un tío que tiene buen gusto y punto.

—Sí, claro. Un pijo redomado que debe vivir en algún chaletazo, ¿nos apostamos algo?

—Tu pintalabios Chanel de edición limitada —soltó por esa maldita boca.

La miré unos segundos sopesando la apuesta.

—Está bien. Y si pierdes tú me das tu vestido plateado de Calvin Klein...

—¡Ni hablar! —saltó Lea frunciendo el ceño.

—Pues no hay trato, cobarde —concluyó Natalia entre risillas.

Estábamos picando a Lea y ella había caído de lleno. La conocíamos demasiado bien.

—Hecho. Te digo yo que ese tío no es un pijo de esos porque los tíos con pasta estudian en universidades de pago —concluyó Lea, satisfecha.

—O no —le dije yo alzando mis cejas—. Gorka estudia en la Complutense.

—Gorka es de otro planeta —me replicó con rapidez.

—Sobre todo en la cama —añadí yo y nos reímos las tres con una risa más floja debido al gin-tonic.

Gorka y yo éramos amigos con derecho, es decir, que estábamos de lío, sin ataduras ni compromisos. Nos veíamos cuando nos apetecía y nos enrollábamos en el piso que compartía con su hermano gemelo Lander. Eran de Vitoria y habían preferido estudiar en Madrid porque les apetecía vivir un poco a su aire. Venían de una familia de mucha pasta y eso se les notaba a tres leguas. Ambos estaban en cuarto de Ingeniería Informática y nos habíamos conocido una noche de fiesta por La Latina.

—¿Sigue cantando Estopa en la cama? —preguntó Natalia haciendo el movimiento de una bailaora de flamenco.

Volvimos a reír y afirmé con la cabeza. A Gorka le gustaba ese grupo y antes de entrar al tema siempre me cantaba una estrofa de alguna de las canciones de Estopa, con lo que lograba que yo me partiera de la risa con él.

—Lleváis cinco meses juntos, ¿no? —preguntó Lea antes de levantarse para recoger todo aquello.

—Llevamos cinco meses enrollados, no juntos —especifiqué con retintín—. De los cuales uno ha estado en su ciudad.

—Que yo sepa, el verano tienes tres meses —dijo Lea para picarme.

Gorka se había quedado en Madrid porque hacía trabajillos como modelo para una agencia. El tío tenía planta y era guapo.

—Pues ya te dura —dijo Natalia levantándose también.

—Porque no me agobia ni me pide cosas imposibles —les dije con sinceridad mientras Lea recogía los vasos de encima de la mesa—. Dejadlo en el lavavajillas. Me cambio en dos minutos.

Subí rauda y veloz y sustituí mis cómodas mallas negras por una falda corta y un top de cuello ancho que dejaba al descubierto uno de mis hombros. Me solté el pelo y me masajeé la cabeza para dejar que cayera por mi espalda. ¿Color de labios? Rojo vino y permanente, así si bebía no necesitaría retocarlo demasiado.

Me miré en el espejo y me guiñé un ojo a mí misma. Al verme haciendo ese gesto, me recordé tanto a mi padre que durante unos segundos me asusté. Cerré los ojos y saqué todo el aire de mis pulmones para volver a inspirar con más tranquilidad.

Ya.

6

Colours estaba en la Plaza Mayor, así que cogimos el metro desde Velázquez hasta Goya y de allí hasta Sol, para llegar dando un pequeño paseo. Miramos el bar desde fuera con interés porque hasta entonces no habíamos entrado nunca en él: sabíamos que era zona reservada para universitarios. El cartel de letras negras junto a un birrete de colores estaba colocado encima de una puerta de madera tallada y con unas cortinas blancas que no dejaban ver su interior.

Al abrir la puerta una multitud de voces nos recibió y me quedé impresionada al ver tanta afluencia dentro: gente charlando en las mesas, gente en la barra bebiendo cerveza, gente de pie o yendo de un lado a otro y varios camareros con camisa blanca que iban de aquí para allá. Eran las siete y media de la tarde, pero allí daba la impresión de que eran las diez de la noche y que todo el mundo estaba predispuesto a salir de fiesta.

—Joder, cómo mola esto, ¿no? —dijo Lea entrando con paso seguro.

El local era más grande de lo que parecía por fuera y no era la típica sala cuadrada. Un montón de columnas dividían el lugar en diferentes estancias y había mesas por doquier, cualquier rincón era aprovechado para colocar una mesa y un par de sillas.

—A ver dónde nos sentamos —dijo Natalia a mi lado.

Vimos una mesa libre y nos dirigimos hacia ella.

—Aquí tenemos que pedir en la barra... —dijo Natalia observando a la gente del local.

—Pido yo, ¿qué queréis? —les pregunté decidida.

—Gin-tonic, cargadito —respondió Lea.

—Yo también, pero suave.

Me fui a la barra a pedir y le indiqué al camarero el número de mesa en la que estábamos. Al volverme me topé con alguien.

—¡Joder! Perdona...

Era Adrián, con su pelo a lo afro más despeinado que por la mañana.

—Lo sé, lo sé —me dijo pasando su mano morena por aquel pelo—. No hay manera de dominar esto.

Me reí con ganas y él sonrió.

—Te queda bien, no te preocupes. Hasta luego...

—¡Espera! —me cortó con rapidez antes de que me pudiera despedir—. Quería preguntarte algo...

Lo miré sorprendida. ¿Algo? ¿Era sobre Lea? Seguro que sí...

—¿Sales con alguien? —me preguntó a bocajarro.

—¿Perdona?

—Si sales con alguien o estás liada con alguien o tienes novio o algo parecido, ya sabes.

—Te he entendido perfectamente, Adrián. Pero me gustaría saber por qué me preguntas eso.

Me crucé de brazos y esperé con chulería su respuesta.

—Peleona, peleona. Tal cual habíamos predicho —dijo casi en un murmullo.

—¿De qué hablas? —le pregunté alucinada.

«¿Habíamos predicho?»

—Sigo órdenes, recluta —dijo guiñándome un ojo.

—Joder, con la tontería. ¿Eres amigo de Luis?

—A ratos, es un poco pesado, ya sabes. Le va el rollo de la informática y me tiene el coco rallado con el tema ese. Y como no calla ni debajo del agua...

Adrián le daba a la sin hueso con una facilidad increíble.

—Vale —le corté antes de que siguiera contándome la vida de Luis—. ¿Quién coño me ha dejado el libro?

Me acerqué a él para ver si mentía al responder.

—Alexia, ese sujetador negro es peligroso. No lo vayas enseñando así...

Me eché hacia atrás al segundo porque supuse que al inclinarme hacia él había visto mi ropa interior. Ese era el peligro de ir con camisetas sueltas.

—¡Joder! Me estás mosqueando —le dije frunciendo el ceño.

—No te enfades, chica. No puedo decirte quién es el del libro, pero... sí puedo decirte que se está tomando muchas molestias, ¿no crees? Llevo cuatro años con él y es la primera vez que lo veo haciendo el gilipollas...

—¿Se llama Thiago? —le pregunté interrumpiéndolo.

Pasó los dedos por su boca como si la cerrara con una cremallera y no me respondió, pero vi en sus ojos sorprendidos que había acertado.

—Lo vi en la ficha de la biblioteca —le dije, dándole a entender que lo había calado—. Pues dile al tal Thiago que muchas gracias, pero que la próxima vez no me haga de canguro porque sé cuidarme solita...

No sabía por qué decía todo eso, quizá porque no entendía todo aquel rollito raro. ¿A qué venía tanto misterio?

—¿Algo más? —preguntó Adrián divertido.

—Sí, sí —dije con ganas de soltarlo todo—. Dile también que es un cobarde por mandarme mensajeros, que si es tan feo con una careta lo podemos arreglar y que si no sabe hablar con chicas... tú mismo le puedes hacer un curso, porque supongo que el tío este está en cuarto... Joder, que en cuarto tenga que tirar de amigos para conocer a alguien, no sé yo. ¿Sabes qué? Mejor no le digas nada, ya ni me apetece conocerlo.

Adrián soltó una risotada y yo acabé riendo también. Cuando bebía un poco, se me soltaba la lengua, ¿y a quién no?

—Va a flipar cuando se lo diga —me dijo aún riendo.

—Que no, que te calles —le repliqué entre risas.

—De todos modos entiendo que esté tan tonto, eres la caña —me dijo con una sonrisa sincera.

Volvimos a reír y sentí el peso de una mirada. De reojo vi a un tipo alto que entraba con una chica. Me volví para verlo, no sé por qué, y vi al ojazos con una bolsa de deporte en la mano y con una tipa despampanante a su lado.

¿Su novia? A mí qué coño me importaba...

—Gracias, a pesar de ser su amigo, eres muy majo...

Adrián se echó a reír y me despedí de él. Lea nos miraba con interés y cuando llegué a la mesa me hizo un interrogatorio en toda regla, al que, por supuesto, tuve que responder.

Seguimos las tres charlando con entusiasmo de Adrián y de sus muchas cualidades físicas hasta que necesité ir al lavabo. No pregunté y me dirigí hacia el fondo del local. ¿Dónde cojones estaba el baño? No veía ninguna puerta ni cartel que lo indicara.

—¿Te puedo ayudar? —me preguntó un chico con un pelazo rubio peinado hacia un lado.

—No encuentro los...

—¿Baños? —preguntó alzando una de sus cejas.

—¿Eres adivino? —le repliqué, divertida.

El chico estaba de buen ver: ojos negros, nariz bonita y labios finos, pero bien perfilados.

Soltó una risita y le sonreí.

—Ahí los tienes —dijo señalándome una puerta blanca en uno de los rincones—. Por cierto, soy Nacho.

—Alexia...

Nos dimos dos besos y me rozó la mano más de lo necesario. Todo eso mirándome fijamente y demasiado cerca para ser un desconocido.

—Me gusta tu nombre —comentó guiñándome un ojo y pasando una de sus manos por su pelo mientras daba un paso atrás—. ¿Eres nueva por aquí?

—Es la primera vez que vengo y hoy ha sido mi primer día en la universidad, ¿tanto se nota?

—No es eso, pero una carita como la tuya la tendría fichada.

—Ya veo, eres un ligón —le repliqué sin miedo.

—Y tú estudias Medicina.

Me hizo sonreír.

—Para nada.

—¿Derecho?

Estaba claro que quería alargar aquella charlita, y como yo no quería parecer una borde, le seguí el rollo.

—No, Traducción e Interpretación en Madrid On.

—Vaya, yo también... ¿De inglés?

—Francés —respondí mirando hacia Lea.

Ella me respondió con un gesto obsceno con la mano, como si se la comiera a un tío, y aparté la vista de ella antes de que me entrara la risa tonta.

—¿Y eso? ¿No se te da bien el inglés? ¿O es que eres francesa? —Esto último lo dijo imitando el acento francés y me reí.

—Qué va, soy de Madrid, aunque he estado poco por la ciudad. Estudié hace un par de años en París y me apetecía seguir con el idioma. El inglés se habla en muchos sitios y es más fácil, ¿no crees?

—Estás hablando con un alumno de cuarto de Filología Inglesa, cuidadito. —Su tono bromista me hizo sonreír de nuevo.

—El inglés es un idioma universal y dominante, hay que reconocerlo, pero no me puedes negar que la musicalidad del francés es única y exquisita —le dije en un inglés rápido y, como los londinenses, sin vocalizar.

Nacho me miró con interés y seguidamente sonrió.

—¿También hablas así de bien el francés? —preguntó más serio.

—Lo intento —respondí un poco arrepentida de haberle vacilado con mis conocimientos.

Realmente no era algo que soliera hacer.

—Tengo que ir... al baño —le dije dando un paso hacia un lado.

—Nos vemos por aquí, Alexia —se despidió en un inglés perfecto.

Le sonreí y entré en los lavabos. Antes de salir me miré en el espejo y me repasé el color de labios pensando en ese chico... Nacho... era muy guapo, pero estaba segura de que era uno de aquellos que iban cada día con una tía, de aquellos que te hacían creer que eres única para ellos y luego te salían rana.

—¿Haciendo amigos? —preguntó Lea con ironía cuando me senté de nuevo con ellas.

—Yo soy inocente.

—Sí, claro, tú nunca haces nada.

—Es mi encanto natural, ser tan borde los pone como motos —le dije soltando una risilla.

—Niñas, he visto a unos chicos guapos, guapos. Hay uno con el pelo a lo afro y otro con los ojos verdes. ¿De qué me suenan? Por cierto, tontas no sois —comentó Natalia riendo.

Lea y yo nos miramos unos segundos antes de buscarlos. ¿Dónde estaban sentados?

—A las tres y cuarto —nos informó Natalia.

Lea clavó su mirada en ella.

—¿Qué cojones significa eso? ¿Tenemos pinta de *boy scouts*? —le soltó riendo.

—¿Tanto estudiar para esto? —Natalia miró hacia su derecha—. A dos mesas de la nuestra, petardas. Suerte tenéis de que estoy en todo.

Lea y yo miramos hacia allí riendo y comprobamos que Natalia no mentía. Allí estaba Adrián con su amigo el de los ojos verdes, tres chicos más y dos chicas. Una de ellas era la despampanante morena que había entrado en Colours con el ojazos, la otra era una chica menuda vestida con un mono ajustado y una trenza azul a un lado.

—El morenazo y el otro han mirado alguna que otra vez hacia nuestra mesa.

Lea y yo pusimos la antena al mismo tiempo.

—Que me quedo con todo, chicas. Parece que no me conozcáis, coñe.

Era cierto, Natalia tenía un don. Nosotras le llamábamos el don de la abuela del visillo, porque era capaz de charlar contigo y a la vez saber qué ocurría en la mesa de enfrente.

—¿El moreno me miraba a mí? —preguntó ansiosa Lea.

Yo me reí porque parecía que estaba preguntando a una adivina si le iba a tocar la lotería.

—Ahora mismo el buenorro de Alexia la está mirando.

¿En serio?

Me volví de golpe hacia él, sin pensar, y sus ojos se enredaron con los míos. Nos miramos durante unos segundos intensos y un cosquilleo recorrió toda mi espina dorsal. ¿Y eso?

7

ADRIÁN

El curso había empezado con un ambiente distinto. Estábamos en cuarto y muchos de nosotros acabaríamos la universidad en junio y nos convertiríamos en adultos que deberían buscarse la vida a partir de entonces.

Ese verano Thiago y yo habíamos trabajado un par de meses como camareros en un pub de un colega. Thiago no necesitaba la pasta, pero yo sí, y me había ido de perlas poder contar con ese dinero. Además, nos habíamos divertido de lo lindo y habíamos ligado tras la barra casi más que bailando en medio de la pista. Aquellas camisetas negras ajustadas que nos pasó mi colega atraían a las chicas como moscas.

Thiago y yo somos muy distintos. En lo referente a nuestra físico es evidente, solo hace falta vernos. Pero en cuanto a carácter tampoco nos parecemos. Yo hablo por los codos y él habla lo justo y necesario. Yo hablo con todo quisqui, y en cambio él necesita sentirse cómodo con su interlocutor. Thiago siempre me dice que en vez de traducción debería haber estudiado relaciones públicas. Soy muy extrovertido y no me cuesta hacer amigos. Thiago es más selectivo y no confía en todo el mundo. También es verdad que hemos tenido vidas muy distintas, nada que ver.

Él viene de una familia de pasta y yo no. Sus padres son dos empresarios de esos que no paran en casa y que van siempre trajeados. Los míos salen con zapatillas a tirar la basura después de atender en la carnicería de nuestro barrio. Thiago ha recibido una educación estricta, aunque su madre se desvive por él. Mi educación ha sido más ligerita, mis padres son más hippies en según qué cosas, incluso creo que alguna vez me han pispado algo de maría de mi cajón.

A pesar de todo esto, Thiago y yo somos amigos de los de verdad. Con una mirada nos entendemos. Él me cubre las espaldas cuando es necesario. Yo le hago favores sin que me los pida. Estamos el uno pendiente del otro. Eso sí, sin mariconadas.

—¿Y la niña esa? Joder... —dijo Thiago al ver pasar a una novata el primer día de uni.

—Es mona, sí —corroboré yo resiguiendo el cuerpo de la chica.

—Lástima que sea una cría —añadió sin dejar de mirarla.

—Quince años no tendrá, macho. ¡Qué exagerado eres! —le dije pensando que si tenía diecisiete pronto cumpliría los dieciocho.

—Paso de niñatas. En verano ya viste la que me lio Carol —dijo volviendo la vista hacia mí.

—Esa tía estaba pirada. No van a ser todas unas locas, digo yo.

—Adri, que paso —dijo dando por terminada la charla.

Lástima que no me aposté los gin-tonics de la fiesta del jueves; habría acabado bebiendo gratis.

Se cruzó con ella en la biblioteca y no se le ocurrió más que hacer el gilipollas. Pero debía reconocerlo: había llamado la atención de la novata, segurísimo.

Metió en todo el meollo a Luis, nuestro amigo el cerebrito, que siempre estaba dispuesto a liarla de un modo u otro. Cuando Thiago le explicó su misión, Luis no se lo pensó dos veces y se metió en su papel de mensajero que no puede decir ni mu. El tío es un cachondo a la par que listo. La única pega es que siempre está conectado a su ordenador y que nos cuesta un año que salga de juerga con nosotros. Porque, evidentemente, caen muchos jueves a lo largo del curso.

La chica se llama Alexia y es cierto que es muy guapa. He hablado con ella en un par de ocasiones y es lista de cojones. Parece mayor y un poco chula, pero eso sé que le gustará a Thiago, porque no soporta a las tías pánfilas y que esperan a su príncipe azul.

¿Lo mejor de Alexia? Su amiguita.

Joder, qué bombón. Rubia y con un flequillo largo que dan ganas de apartar de su frente para besar sus labios siempre rojos. Tiene un cuerpazo y no me importaría perderme en esas curvas.

—¿Sale o no con alguien? —me preguntó Thiago después de hablar con Alexia en Colours.

—No ha dicho ni sí ni no...

La verdad era que la tía se había ido por la tangente con mucha maestría y yo había olvidado la pregunta inicial.

—¿Y qué te ha dicho? —insistió él.

—Sabe que un tal Thiago cogió el libro de la biblioteca.

—¿Por qué lo sabe?

—Porque lo vio en la ficha del ordenador.

—Pero no sabe que soy yo.

—No tiene ni idea —le dije mirando hacia ellas.

Thiago miró a Alexia.

—Esa chica tiene algo... —dijo en voz más baja, como si hablara para él.

—Macho, no te vayas a enamorar.

—No digas tonterías, Adri.

Ya, ya...

8

Por favor…, ¿alguien podía apagar el maldito despertador?

Joder, mi cabeza. Parecía que tenía un par de tambores dentro. Cerré los ojos y me concentré en respirar hondo para levantarme con calma y darme una buena ducha. Intenté darme prisa, pero no llegué a tiempo y perdí el autobús, así que tuve que esperar diez minutos largos hasta que llegó el siguiente. Ya le había mandado un mensaje a Lea para que no se preocupara, no hacía falta que llegáramos tarde las dos. Además, a primera hora no coincidíamos en clase porque yo tenía Italiano y ella Francés.

Me retoqué el pintalabios rojo pasión, necesitaba un color que me reconfortara un poco. La resaca del gin-tonic no me sentaba bien y, aunque lo sabía, me había animado demasiado.

Obviamente salimos de Colours bastante contentillas y cogimos un taxi ante la insistencia de Natalia. No nos despedimos de nadie porque entre tanta risa no nos acordamos ni de decir adiós.

Subí algo agobiada al siguiente autobús que pasó, porque a Italiano asistíamos solo unos cuarenta alumnos y encima era el primer día. Menuda mierda, iba a llegar tarde, fijo.

Al adentrarme en el campus, vi a poca gente por ahí porque la mayoría estaba en sus clases. Busqué el aula corriendo como una loca, tanto que tropecé al subir las escaleras y me di un buen golpe en la pierna.

—¡Dios!

Maldije en mi cabeza a todos mis espíritus.

—¿Estás bien?

Adrián me ayudó a levantarme.

—Joder, no lo sé...

Me dolía muchísimo y me subí un poco los vaqueros que, afortunadamente, eran elásticos, para mirarme la pierna.

—¿Puedes mover bien el pie?

—Creo que sí. —Moví los dedos de los pies y seguidamente giré el tobillo a uno y otro lado.

Dejé de apoyarme en el hombro de Adrián para saber si podía mantener el equilibrio sin su ayuda.

—Uf, ya está —le dije frunciendo el entrecejo.

La verdad es que me dolía y me saldría un buen cardenal, pero mientras solo fuera eso.

—Corrías demasiado. Te he visto pasar como una bala y he pensado: «Mira, si ha venido a visitarnos Supergirl».

Solté una buena risotada y Adrián recogió mis libros del suelo.

—Gracias, caballero. Has sido muy amable.

—Me debes una —me dijo alzando sus cejas.

—¡Uy, uy! Que sé por dónde vas...

Lea, estaba segura.

—Paso de hacer de celestina con ella, estás avisado —le dije con sinceridad.

Si quería algo con mi amiga, que se espabilara. Lea y yo no solíamos meternos en ese tipo de cosas. Cada una a lo suyo.

—Que no es eso, joder —comentó riendo.

Miré el reloj y vi que ya había pasado casi media hora de clase.

—¿A qué asignatura llegas tarde?

—A Italiano...

—¿Con Baggio?

—Sí, con el mismo. ¿Lo conoces?

—Todo el mundo lo conoce. Tiene una mala hostia que no puede con ella, así que ni se te ocurra entrar ahora en su clase, puede traumatizarte de por vida con uno de sus «*mamma mia*» seguido de otras cositas más fuertes.

—Pues gracias por avisar. ¿No tienes clase?

—Hoy empezamos una hora más tarde y he ido a la biblioteca a dejar unos libros. Iba al bar a tomar un café, ¿me acompañas?

—Eh...

No quería estar con sus amigos, la verdad.

—Los de mi curso no han llegado, tranquila.

Nos encaminamos juntos hacia el bar y Adrián continuó con su verborrea.

—Entiendo que es tu segundo día, que eres de primero y que los de último curso imponemos respeto. Bueno, algunos porque yo paso de esas tonterías. Quiero decir que hay gente que cree que los de primero sois unos mierdecillas, y eso es una chorrada bien grande, ¿no crees? Todos empezamos desde abajo, así que mejor tender una mano a los novatos. Como mi colega que te pasó el libro preferido de Carmelo, eso fue un puntazo, ¿no?

Lo miré sonriendo. Madre mía lo que hablaba el chico.

—¿Intentas sonsacar información para tu amigo el de las verrugas?

—¿Qué? —preguntó juntando sus cejas—. ¿De qué verrugas hablas? Bueno, yo lo he visto en pelotas porque nos gusta nadar desnudos...

Abrí tanto los ojos que se detuvo.

—Me explico, me explico. Mi amigo tiene casa con piscina y cuando no están sus padres nos despelotamos y...

—¿También eres bisexual? —le pregunté interrumpiendo su monólogo.

—Joder, niña. ¿Se te va la olla un poco, no?

Me reí al ver su expresión y él acabó sonriendo también.

—Por partes, señorita. Mi amigo no tiene verrugas y yo no soy bisexual. Vale, aclarado esto. ¿A qué viene eso de las verrugas? —lo preguntó con cara de asco.

—Porque me lo imagino así —le dije tomándole el pelo—. Con un montón de verrugas por toda la cara.

Me miró frunciendo mucho la frente.

—Tú no eres normal —afirmó muy serio.

—Ni tu amigo tampoco —le dije aguantándome la risa.

Ese chico me gustaba.

—Mi amigo está agilipollado contigo, nada más. Lo tuyo no tiene excusa.

Me reí porque no pude más y Adrián me miró sorprendido.

—O sea, que te salvo el culo de romperte la crisma y tú me lo pagas así, muy bien —dijo bromeando y mostrando sus blancos dientes.

—A ver, he exagerado, pero si se esconde de mí, será por algo...

Lo miré fijamente y él sonrió.

—¿Café, cortado o un gin-tonic? —preguntó cambiando radicalmente de tema.

—No me hables de ginebra, por favor. Un café solo, gracias.

Adrián se fue hacia la barra, donde no había demasiada gente y yo eché un vistazo a mi alrededor. Había algunos estudiantes, aunque no muchos; algunos escribían en el ordenador, otros toqueteaban el móvil y los menos estaban con un libro. Crucé mi mirada con una chica mayor que yo de pelo muy negro, grandes gafas redondas y dos moños en la cabeza. Me miraba fijamente y por unos momentos pensé que quizá nos conocíamos, pero su mirada no era nada amigable. ¿Qué le pasaba conmigo?

—Ni caso. No te preocupes por ella, parece que va a morder, pero es así con todo el mundo —comentó Adrián sentándose de nuevo a la mesa—. Tu café, Supergirl.

—¿Quién es? ¿Va a tu clase? —le pregunté con curiosidad por saber más.

—Sí, empezó con nosotros en segundo. Vino de Valencia y tiene no sé qué fobia... ¡Ah, sí! A relacionarse y eso...

—Fobia social —le aclaré.

—Eso. No le gusta la gente y punto. Y su manera de relacionarse es esa, parece que esté en plan te muerdo en la yugular, pero luego pasa de todo, así que no te comas la cabeza por esas miradas porque no es nada personal.

—Conocí a un chico con el mismo trastorno, sé de qué va.

Cuando tenía dieciséis años y vivía en Tokio, tenía un compañero con esa fobia. Iba a terapia y se medicaba, con lo cual estaba bastante integrado entre nosotros, aunque en sus peores momentos se pasaba el día sin mirar a nadie a la cara, frotándose las manos con nerviosismo y con un continuo balanceo de piernas. No era ninguna tontería.

Miré de nuevo a aquella chica y la vi escribiendo en un papel con un gesto extraño en la posición de su brazo.

—¿Cómo se llama?

—Elisabet. Saca muy buenas notas y sabe varios idiomas. Un día se puso a hablar en ruso con uno de los profesores hasta que se dio cuenta de que era el centro de atención de nuestra clase. Thiago la sacó del lío.

—¿Thiago?

Lo miré sonriendo y él se tapó la boca con una de sus manos. Parecía que los ojos se le iban a salir de las órbitas.

—¿Sabes qué dicen en Nueva York? —le solté con una sonrisilla—. Que, por estadística, si hablas mucho la puedes cagar más.

—Yo no he dicho nada —dijo mirando a ambos lados, haciendo el tontaina.

Nos reímos los dos.

—¿Nueva York? Eso me lo tienes que explicar...

—Ni hablar, primero sigue con tu historia —le exigí en broma.

—Pues que Elisabet se quedó muy cortada y... Toni, ¿eh? He dicho Toni... Él empezó a hablar también en ruso con el profe y toda la atención recayó sobre él.

—¿Habla ruso?

Aquel chico misterioso me empezaba a caer bien.

—Sí, lo aprendió mientras estudiaba en el instituto, en una academia o algo así. Ella le dio las gracias nada más acabar las clases. A... Toni es de los pocos a quienes saluda. A los demás solo nos mira con mala hostia, pero no dice nunca nada.

La observé de nuevo y no sé por qué me dieron ganas de acercarme a hablar con ella. Yo me había sentido aislada en muchas ocasiones, sobre todo durante mis primeros días en algún lugar perdido del mundo, y podía empatizar perfectamente con esa chica.

—¿Tiene amigas? —seguí preguntando.

—Elisabet no quiere amigas, es así de simple. Ella no necesita a nadie, creo que más bien le molestamos, así que es mejor dejarla a su aire.

—Pero a Thiago lo saluda...

—A Toooni —me dijo poniendo los ojos en blanco y me reí—. Yo te he dicho lo que hay, si quieres que te mande a la mierda, adelante.

—Vale, lo he captado —le dije tomando un sorbo de mi café.

—Entonces, ¿has estado en Nueva York? ¿Viste a Beyoncé o a Jennifer Aniston?

Lo miré pensando si lo decía en serio y por su cara vi que sí. O era muy ingenuo o era un cachondo de mucho cuidado.

—Claro, en el Starbucks que había al lado de mi instituto. Y también solían ir Lady Gaga y Madonna...

Me miró abriendo más aún sus grandes ojos y no pude evitar reírme de su expresión.

—¿Sabes qué? Te pareces demasiado a Toni, no me mola un pelo —dijo mostrando un falso enfado.

Vaya, vaya. Sin querer Adrián me estaba dando mucha información del tal Thiago y cada vez me picaba más la curiosidad por conocerlo. Aquel gesto con esa chica, con Elisabet, me volvía a confirmar que era un tipo amable y agradable. Aunque fuera más feo que pegarle a un padre, yo quería conocerlo y tenía claro que tarde o temprano Adrián me llevaría hacia él. Podía esperar tranquilamente, no tenía ninguna prisa.

Justo en ese momento pasó por nuestro lado el ojazos con un par de chicas.

—Buenos días, Adrián —le saludaron ellas.

—Buenos sean —saludó él con una gran sonrisa.

El guaperas me miró fijamente y después saludó con la cabeza a Adrián. Bajé la vista hacia mi reloj para dejar de mirar al tío bueno aquel. Joder, con la tontería iba a llegar tarde también a mi próxima clase.

—Tengo que irme —le dije apurada recogiendo mis cosas.

—No te pegues otro piñaco por las escaleras, Cenicienta.

Me reí al escuchar sus palabras.

9

—¿A que no sabes con quién he tomado un cafelillo? —le pregunté a Lea cuando nos encontramos en el aula de la siguiente clase.

—Con tu buenorro —soltó riendo.

—No, con el tuyo. —Alcé ambas cejas y me dio un empujón con el culo.

—Qué jodida, llegas tarde y te vas al bar a ligarte al amigo.

—No flipes. Me he pegado una santa castaña al subir las escaleras, nos hemos encontrado y me ha recomendado que pasara de entrar a media clase. Se ve que Baggio es de armas tomar.

—Alexia. —Me volví al oír a Estrella—. No has venido a Italiano.

—Lo sé, he perdido el autobús esta mañana y he preferido no interrumpir la clase. ¿Qué tal? —le pregunté con amabilidad.

—Menudo es el Baggio ese; ya nos ha mandado un libro para leer, varios textos para traducir y un trabajo superlargo para final de curso. Toma, lo he cogido para ti. —Estrella me dio un papel donde estaba indicado todo aquello con detalle.

—¡Gracias!

—No hay de qué, para eso están las amigas, ¿no?

La miré con interés. ¿Amigas? Bueno..., yo más bien diría simplemente conocidas y compañeras de carrera, de momento. En fin, era verdad que había gente que establecía vínculos personales con mucha más rapidez que yo. A mí me costaba confiar; para que alguien fuera mi amiga debía pasar un tiempo prudencial durante el que se demostrara que esa amistad era real. Y aun así te podías equivocar, porque ¿quién no ha tenido una amiga que te da la espalda cuando las cosas se complican o que no se moja por ti?

En la siguiente clase volvimos a coincidir los ciento ochenta alumnos y el profesor de Metodología nos pasó un ejercicio que debíamos realizar de forma individual. Era tan fácil que a los diez minutos ya lo había terminado, así que me dediqué a mirar al resto del personal. La mayoría estaban con la cabeza gacha, escribiendo. Podría decir que había más chicas que chicos, pero tampoco muchas más, ¿un sesenta por ciento de féminas quizá? Más o menos.

—Perdone, señorita...

El profesor se dirigió a mí.

—Alexia Suil —le dije con rapidez.

Algunos rostros se volvieron para mirarme.

—¿Puede venir un momento?

—Te ha tocado —dijo por lo bajini Lea, y le sonreí.

Me acerqué al profesor y me habló bajando el tono.

—Me he dejado unos papeles en mi despacho, ¿sabe dónde están los despachos?

Afirmé con la cabeza: había pasado un par de veces por delante.

—El mío es el número veinte y ahora mismo está el profesor Peña dentro. Le dice que me he dejado las fotocopias del proyecto número tres, él ya sabrá qué papeles son, ¿de acuerdo?

—Sin problemas —le dije memorizando en mi mente sus palabras.

Despacho veinte. Proyecto número tres.

Salí de la clase, busqué su despacho y llamé con los nudillos a la puerta de madera que estaba semiabierta.

—Adelante...

Abrí con cuidado y al entrar vi al profesor Peña con alguien más. Joder, hasta en la sopa me lo iba a encontrar. El ojazos de cuarto me miraba con ambas cejas levantadas. Él y el profesor estaban apoyados en la mesa, supuse que leyendo aquellos papeles esparcidos por allí.

—¿Se ha perdido? —preguntó Peña en su perfecto francés.

—No, profesor. —Lógicamente yo también le respondí en francés—. El profesor Samaniego me ha pedido que le lleve las fotocopias del proyecto número tres.

—¿Del número tres? ¿Segura? ¿No será del dos?

—Me ha dicho del tres.

Estaba segurísima.

—Varela, ¿puedes darle aquellos papeles?

El profesor señaló hacia una estantería y volvió a lo suyo, resiguiendo con el dedo aquel escrito.

El ojazos cogió los folios y me los tendió, pero sin moverse.

—Todo tuyo —me dijo en francés, pero me quedé clavada en el sitio al tenerlo tan cerca. Ese aroma...—. Alexia, ¿estás aquí o en otro mundo?

Parpadeé y fruncí el entrecejo. ¿Por qué sabía mi nombre? ¿Se lo habría dicho Adrián? Quise hacerle mil preguntas, pero no delante del profesor de Francés. Di un paso hacia él y cogí las fotocopias. Me sonrió alzando una de sus cejas, en plan chulo.

—Gracia, Varela —le dije molesta.

No quería quedarme mirándolo como una idiota mientras él me tomaba el pelo, así que me volví hacia la puerta inspirando con fuerza. En ese momento oí su risilla. Menudo imbécil. Encima delante del profesor Peña, quien seguro que se había quedado con la copla. Madre mía, qué lela.

Noté que alguien salía tras de mí y me volví extrañada. Era él y había cerrado la puerta del despacho.

—Esto... No te preocupes, novata —empezó hablando español, pero cambió automáticamente de idioma: ¿italiano? Joder, lo que me faltaba, con lo que me gustaba ese acento—, no eres la única que se queda en las nubes hablando con uno de cuarto.

¿De qué iba? Menudo gilipollas. Le respondí en italiano; a mí, vacile poco.

—Mira, Varela, no me conoces de nada para decir algo así. ¿Sabes qué ocurre? Que suelo quedarme en las nubes cada cinco minutos y justo en ese momento me ha dado el tic. —Se cruzó de brazos y esperó a que siguiera, mirándome con interés—. ¡Ah! Y no te preocupes, listillo, no eres el único que se cree un semidiós por tener unos ojos verdes, pero por si nadie te lo ha dicho, los bonitos maniquíes que hay en los escaparates están vacíos por dentro. ¿Lo pillas? Lo digo porque quizá ni eso pillas.

El guapito de cara esbozó una media sonrisa. Lo había captado, vale.

—Que tú me digas eso me confunde, novata...

—Si quieres te hago un esquema —salté como un resorte.

—Creo que tienes tú más de maniquí que yo. ¿Acaso soy yo el que lleva los labios pintados de rojo pasión? —siguió hablando en italiano y tuve que obligarme a no quedarme mirando su boca como una quinceañera.

Junté mis labios unos segundos antes de replicarle.

—¿Perdona? ¿Me estás diciendo que eres uno de esos que cree que el maquillaje es de superficiales?

—Lo has dicho tú, no yo. Y te recuerdo que has sido tú quien me ha llamado maniquí.

—Mira, cree lo que quieras, no sé por qué pierdo el tiempo contigo —le dije pensando que el profesor Samaniego acabaría echándome la bronca por tardar tanto.

Me di la vuelta y empecé a andar con rapidez.

—Buen acento, novata —soltó con su voz grave y en español.

Me volví porque por un momento me dio la impresión de que lo conocía, pero su sonrisa irónica me tocó la moral y no le respondí.

«Que te den.»

Durante el descanso estuve de mal humor; entre la resaca del alcohol y el encontronazo con el de cuarto, no estaba mi cuerpo para farolillos.

Y encima, en la siguiente clase, el profesor Peña nos iba a pasar aquella prueba para poder participar en el proyecto de Francés.

—Tipa, espabila que solo es un tío —me aconsejó Lea viendo mi mal humor.

Ella había lidiado con mi mala leche durante meses, los primeros en el instituto, y sabía cómo animarme.

—No es solo por él. Ayer me costó un montón dormir.

Las jodidas pesadillas se acentuaban con el alcohol. Cada vez que me ocurría pensaba que sería la última vez que bebería, pero durante el día olvidaba mis buenas intenciones. Lo mismo me pasaba si fumaba hierba; acababa llorando como una desconsolada y alguna que otra vez había montado algún buen numerito. Así que apenas fumaba ya.

—Venga, que es la última clase de hoy. ¿Comemos juntas?

La miré sonriendo y le di un beso inesperado en la mejilla.

—Yo invito —le dije sabiendo que su economía era aún más floja que la mía.

En la siguiente clase, el profesor Peña nos indicó que nos sentáramos separados para realizar aquella prueba de francés. Eran cuatro páginas, dos de ellas tipo test, otra con una pequeña comprensión lectora y la última era de expresión escrita. La terminé sin problemas y me levanté para entregársela.

Había estado muchas veces en Francia: París, Niza, Marsella... Además, había estudiado francés y lo dominaba casi a la perfección.

El profesor Peña miró mi nombre escrito en el papel y seguidamente clavó sus pequeños ojos en mí.

—Señorita Suil, ¿de dónde es?

—Soy española, pero he viajado bastante porque mi padre trabajaba para una multinacional.

Noté que se me formaba un grueso nudo en la garganta tras nombrarlo. Todavía me costaba digerir todo aquello.

—¿Domina varios idiomas? —preguntó bajando el tono.

—Sí, algunos.

—¿Cuáles? —preguntó recostándose en la mesa.

—Eh... —No quería vacilar, pero si lo preguntaba...—. Inglés, francés, alemán, ruso, chino, japonés, hindi, italiano y un poco de árabe...

—Un buen currículum —me dijo en chino.

—Gracias —respondí inmediatamente en chino también.

—Puede irse —soltó entonces en japonés, y le sonreí—. Los resultados estarán el próximo lunes.

Vaya, el profesor de Francés dominaba bien el japo.

—Esperaremos al lunes —le respondí en ese mismo idioma.

Peña sonrió y volvió la vista hacia mi prueba.

¿Tendría alguna oportunidad? Que supiera muchos idiomas no era una ventaja porque a él solo le importaba el francés, por supuesto. Para mí sí que era interesante aquel proyecto, porque implicaba empezar a introducirme en el mundo real; pero era una novata, no debía olvidarlo.

Novata... el ojazos... Aquel tipo me había llamado la atención. Que era muy guapo no hacía falta decirlo, pero además era un poco descarado y eso... eso lo hacía diferente. Muchos tíos solían decir sí a todo para llevarte al huerto, y eso era muy aburrido... Aun así, seguro que le sobraban pretendientas o que ya estaba más que servido con aquella modelo de pasarela que lo acompañaba el día anterior. La tipa era guapísima, debía reconocerlo, pero le faltaba chispa en la mirada... A veces ser guapa no es suficiente.

—¿Dónde comemos? —preguntó Lea acomodándose en el bus.

—¿Vamos al bar?

Me refería al bar al que íbamos siempre, a El Rincón.

—Venga, sí. Ahora déjame cinco minutos que tengo al tío del chat en espera. —Me guiñó un ojo y empezó a escribir como una loca en su móvil.

Yo aproveché para mirar mi Instagram porque D.G.A. me había respondido. Lo último que yo le había escrito era que en la biblioteca solía estudiar (casi siempre...).

¿Buena estudiante? ¿O eres de las que salen cada jueves?

Sonreí al pensar que aquel iba a ser mi primer jueves de juerga universitaria.

Las dos cosas, Apolo.

No supe qué más decirle, no estaba nada lúcida.

Varela, el guaperas de cuarto, se me había metido en la cabeza y no paraba de imaginar diferentes respuestas que debería haberle escupido a la cara: «Pienso que eres un maniquí porque solo hay que ver cómo andas por el bar con esa mirada de "soy el más guay"» o «No es que yo piense que eres un maniquí, es que lo eres».

Total, daba igual. No sabía por qué continuaba pensando tanto en él. Era absurdo seguir en aquel bucle.

Fui mirando fotos de otros amigos y cuando estaba a punto de salir de la aplicación vi la bolita roja con el número uno. ¿Sería él?

¿Te imaginas que nos cruzamos este jueves? O lo que es mejor aún, ¿que nos conocemos o bailamos juntos?

Sonreí ante su respuesta.

Dicen que el mundo es un pañuelo, pero ¿tanto? ¿Llevarás un clavel en la solapa? Así fijo que sé quién eres.

Jajaja, o dos. ¿Has visto la película *Pieles*?

Sí, claro. Y me gustaba su mensaje: el físico nos condiciona en nuestra sociedad, para bien o para mal, y sin haberlo elegido nosotros.

¿Y si tuviera el rostro quemado, como Jon Kortajarena?

Fruncí el entrecejo unos segundos. Un rostro quemado como aquel no era nada agradable... ¿Y tocarlo? Arrugué la nariz al pensarlo. Joder, me daba rabia ser tan simple, pero no era perfecta.

Dijiste que no querías datos personales ni descripciones físicas, ¿es por algo así?

A ver, el chico podía ser feo, o feo para mí. Quizá podía ser desgarbado, muy bajo o yo qué sé, tuerto, por decir algo. Pero tampoco era mi intención tener algo con él... ¿Me estaba metiendo en camisa de once varas?

No es mi caso, pero no has respondido.

Ante preguntas hipotéticas, respuestas hipotéticas: no lo sé. Si tuvieras algún tipo de deformidad no sé cómo reaccionaría, sinceramente. No voy a ser hipócrita diciéndote que no me importaría, ¿te importaría a ti?

Bueno, yo me había mojado, ahora le tocaba a él.

Teniendo en cuenta que el físico es nuestra carta de presentación, si no te conociera probablemente me costaría acercarme a ti, en el hipotético caso de que tuvieras alguna deformidad. Si te conociera..., tampoco lo sé. ¿Y si fuera todo lo contrario? ¿Si yo fuera un Adonis de esos que toda chica mira al pasar?

Escribí con rapidez porque lo tenía claro.

¿Un tío bueno de revista? ¿De esos que se miran en el cristal de los escaparates? ¿De los que no llevan jamás un pelo fuera de lugar? Ya sabes qué opino.

Mucho postureo, ¿verdad? A mí tampoco me van las divas, ligando con todos, coqueteando a todas horas y con los humos subidos. Me aburren, la verdad.

Me quedé pensando en sus palabras... ¿Le aburrían? ¿Porque no trataba con ellas o porque las trataba demasiado? Sonreí abiertamente, D.G.A. era un tipo interesante, fuera guapo o no.

10

Después de comer con Lea en el bar y comentar las mejores jugadas del día, le dije que quería ir a casa para darme una ducha y trabajar un rato, pero cuando la vi doblar la esquina anduve en dirección hacia la parada del autobús para ir al cementerio.

Lo necesitaba. De vez en cuando necesitaba ir allí, ver su lápida, darme cuenta de que su muerte era real y pasar unos minutos junto a él. Todavía no podía creer lo que había ocurrido aquel 17 de febrero en aquella maldita carretera.

Habíamos puesto música de los ochenta, concretamente Mecano porque le pirraba la voz de la cantante. Íbamos los dos cantando a grito pelado: «*Allí me colé y en tu fiesta me planté. Coca-Cola para todos y algo de comer. Mucha niña mona, pero...*». Sonó el móvil y lo cogí, pero antes de poder responder sentí un fuerte latigazo en mi cuello y golpes varios por todo mi cuerpo al mismo tiempo que un ruido ensordecedor me provocó un tremendo dolor de oídos.

Fueron momentos de desconcierto en los que me protegí con mi propio cuerpo sin saber qué había pasado. ¿Qué era todo aquello? ¿Qué había ocurrido? ¿Y ese olor a gasolina? ¿Y por qué estábamos parados? ¿Y la música? ¿Y él...? El terror me atrapó y no supe reaccionar.

Sentí una quemazón en mi pantorrilla izquierda y algo que me escurría por la pierna, pero no quise saber qué era... ¿Líquido del coche? ¿Agua? ¿Sangre?

Oí sirenas y con los ojos cerrados fui capaz de vislumbrar los destellos de las luces que estaban a nuestro alrededor. Alguien intentaba entrar en el coche y yo temblaba, ¿nos querían hacer daño? ¿Dónde estábamos?

Una voz masculina preguntó cómo estaba y me volví para ver quién era y pedirle ayuda porque sentí mi pierna izquierda muerta, no podía moverla. Pero cuando lo vi a él, en aquella posición antinatural, grité con todas mis fuerzas. Y no pude parar de gritar por mucho que aquellos hombres me pidieran que me calmara o me dijeran que enseguida me sacarían de allí. Tenía que hablar con mi padre, tenía que hacerlo. No dejé de gritar «papá» hasta que estuve fuera, lejos de ese cuerpo inerte que ya no respiraba, que ya no hablaba y que ya no cantaba como estaba haciéndolo cinco minutos atrás. ¿Cómo podía ser? ¿Dónde estaba escrito que ese era su destino? ¿Por qué él sí y yo no? ¿Por qué?

Aquel 17 de febrero crecí de golpe. Un golpe duro, doloroso y que provocó en mí un cambio drástico. Hasta entonces era una chica alegre, risueña, que se lo pasaba bien, que vivía entre algodones, a la que nunca le había pasado nada fuera de lo normal. Alguien que incluso tenía muy asumido que su madre no la quería, pero que mientras no la viera no pasaba nada, era feliz.

Pero aquel accidente me hizo ver la puta realidad: hoy estás aquí, ¿y mañana? Aquello enfrió mi alma y me cambió para siempre.

Los primeros días con mi madre los recuerdo vagamente. Yo apenas hablaba y ella tampoco hacía ningún esfuerzo por saber cómo me sentía. Y la verdad era que me sentía seca por dentro, como si alguien hubiera arrancado mis ilusiones de golpe.

A la semana de instalarme en su dúplex, tuve que ir al instituto porque mi madre me amenazó con dejarme en la calle y aquello todavía me horrorizaba más que vivir con ella. Así que saqué fuerzas de donde no había y fui al instituto, con pocas ganas y adoptando una actitud muy borde con todo el mundo. Lógicamente espanté a las primeras personas que intentaron conocerme, pero Lea no se dejó intimidar por mi cara de bulldog y me dijo muy suelta algo que siempre recordaré.

—Mira, Alexia, sea lo que sea lo que te haya pasado, podemos solucionarlo juntas, así que espabila.

La miré de reojo, pensando que su tono de voz, entre divertido y serio, me gustaba. Y a partir de ahí fuimos inseparables. Lo único que no compartía con Lea eran esos momentos en el cementerio.

Necesitaba estar sola.

Me sonó el móvil y lo busqué maldiciendo a quien me llamara en ese momento. ¿Mi madre? Me extrañó porque casi nunca me llamaba.

—Alexia, soy yo. —Ya sabía quién era, ¿qué coño quería?—. Te llamo porque esta noche cenaremos fuera.

¿Me estaba llamando a mí o se equivocaba de Alexia?

—¿De qué hablas? —le pregunté en un tono despectivo.

Ella continuó con su tono de «no se me mueve un pelo por mucho viento que haga».

—Uno de mis mejores clientes nos ha invitado a cenar en su casa, en el Viso.

Joder, pasta larga, fijo. Era un barrio residencial de lujo situado en Chamartín con jardines privados y pijadas de esas.

—Sabe que vives conmigo y nos ha invitado a las dos. —Mi madre se calló esperando una respuesta, pero no dije nada. No entendía qué pintaba yo allí—. Ha insistido él —recalcó.

Ya, sabía que ella hubiera preferido que no me invitaran a esa cena y estuve a un tris de decirle que se metiera el convite por el culo, pero mi parte juiciosa apareció de repente: si me negaba, ella tendría otra excusa más para darme por saco durante unos días, y encima se saldría con la suya, la de ir sola. En cambio, si aceptaba... si aceptaba, la putearía doblemente.

—Está bien —le dije sonriendo y observando el nombre de la lápida.

—¿Cómo? —preguntó agudizando su voz.

—Que iré a la cena esa. ¿A qué hora es?

Mi madre tardó unos segundos de más en responder. Supuse que no entendía por qué aceptaba sin oponer resistencia. No solía cumplir ni una de sus sugerencias.

Me reí por dentro y por primera vez en muchos días sentí que en ese duelo ganaba yo.

«Jódete.»

—A las ocho y media debes estar lista. Vestido y tacones —dijo como último recurso para que me echara atrás.

—Vestido y tacones, perfecto —le dije con el mismo tono serio que usaba ella, aunque en realidad me estaba aguantando la risa.

Colgó sin decir nada más.

—¡Sí! Que te follen, mamá.

Salí de allí con el ánimo mejorado y, nada más traspasar la puerta de barrotes de hierro del cementerio, llamé a Lea para explicarle lo de aquella cena.

—Oye, ¿y si el dueño de la casa está bueno? —preguntó entusiasmada.

—¿Tú estás tonta o qué? Que será un abuelo, joder. Además, a mí el dinero me la trae floja.

Lea no lo sabía, pero el dinero no iba a ser un problema en mi vida en un futuro no muy lejano.

—Podría ir contigo y hacerme pasar por tu gemela, ¿no?

Lea siempre estaba con ganas de aventuras y ya la veía montándose su propia película.

—Lea, probablemente será una casa de esas cargadas de figuritas y cuadros horribles, como sus amos, que seguro que tienen el gusto en el culo...

—¿Tendrán hijos?

—Sí, dos gemelas pálidas con dos triciclos.

Nos echamos las dos a reír.

—Por cierto, ¿dónde estás? —me preguntó.

—He salido a correr un poco —le mentí.

—Quiero fotos de la casa, de la cena y de las gemelas, ¿vale?

Le dije que sí entre risas y nos despedimos con un sonoro beso.

A las ocho y media estaba en el salón, sentada en el sofá, esperando a que mi madre bajara de su habitación. Me había puesto un vestido negro de tirantes anchos y falda corta que marcaba ligeramente mis curvas. Me había recogido el pelo en una coleta muy formal, como una niña buena. Y el disfraz lo complementaba con unas sandalias negras con algunos brillantes y con un tacón considerable.

Labios rojo carmesí, ¡cómo no!

Cuando me miré en el espejo, me sentí poderosa. Eso de darle la razón a mi madre empezaba a gustarme, era una buena manera de fastidiarla. Estaba segura de que cuando me viera con el pelo recogido se quedaría pasmada. Yo siempre iba con el pelo suelto; solo me hacía coletas cuando salía a correr o cuando practicaba deporte.

—Alexia, ¿estás lista? —preguntó con desdén, esperando que no hubiera terminado.

—Llevo varios minutos esperándote —le dije con retintín.

Me miró como si examinara un cuadro de Picasso y vi en sus ojos cierto brillo que no reconocí. ¿Tanto le molestaba que le siguiera la corriente? ¿Tanto que no era capaz de decir nada?

—Vámonos —ordenó con sequedad.

«Gracias, mamá, sé que estoy espectacular, sé que estoy a la altura de lo que esperabas, sé que estás orgullosa de tu hija de dieciocho años...»

A veces, mi cabeza vivía una realidad paralela donde una madre amorosa me acariciaba, me besaba, me decía palabras cariñosas y me apoyaba en todo, aunque me equivocara. Pero era solo eso, una falsa realidad. La verdad de mi vida era muy distinta.

Nos fuimos en su Mercedes, coche en el que había subido en contadas ocasiones. Ambas procurábamos no coincidir demasiado y menos en espacios tan pequeños. Yo me pasé el viaje mirando el móvil y ella escuchando las noticias en la radio. Cuando llegamos a aquel chalet, salí del vehículo e inspiré con fuerza, necesitaba aire fresco.

Realmente el edificio impresionaba: grande y de ladrillo blanco, con mucha luz a su alrededor, una piscina de aguas cristalinas y un césped perfecto. Las ventanas eran muy anchas y el porche impresionante, con una larga mesa de madera y unos sofás con cojines blancos. En pocos segundos hice un esbozo de sus amos: padres modernos con unos hijos perfectos, con los cuales yo no encajaría. Por mucho dinero que hubiera tenido siempre mi padre, jamás vivimos en ese plan, él decía que no era necesario tanto lujo y que era mejor ser humildes.

Un matrimonio salió a recibirnos. Un hombre alto, con algunas canas, y una mujer elegante y con una bonita sonrisa.

—Alexia, ellos son los señores... —empezó a decir mi madre en tono neutro.

—¡Uy! Nada de señores —la interrumpió ella con mucha amabilidad.

Le sonreí de manera espontánea, había algo en ella que me agradaba.

—Yo soy Carmela y él es Joaquín...

Me dio dos besos inesperados y él me ofreció la mano para darme un apretón contundente.

—¿Y el niño? —preguntó Carmela mirando a su alrededor.

—Estaba terminando no sé qué trabajo en el ordenador —le respondió su marido—. ¿Entramos?

Seguimos el camino de piedras que nos guio hacia el edificio. Observé durante unos segundos la piscina y pensé que no me importaría darme un baño. Todavía hacía calor y un bañador azul oscuro colocado encima de una de las hamacas indicaba que su dueño lo había usado horas atrás para disfrutar de ese agua transparente.

«Qué suerte tienen algunos...»

El niño debía ser el típico niño pijo, de mejillas sonrosadas y lleno de pecas, como su madre. ¿Qué tendría? ¿Nueve, diez años? Esperaba que no me tocara hacer de canguro con el enano... A ver si me habían invitado con esa intención. Bueno, si podíamos bañarnos en esa piscina, quizá podía hacer el sacrificio de aguantar al mocoso de turno.

Al entrar en la casa seguí observándolo todo con curiosidad. Realmente tenían buen gusto o el decorador había hecho un gran trabajo. Los espacios eran amplios, los colores suaves y no era nada recargado. No había cuadros de bodegones ni de reyes del año de la catapum.

Mientras los mayores se servían una copa de vino antes de la cena, yo me dediqué a mirar algunas fotografías colocadas sobre una de las estanterías de aquel enorme salón: una foto de la boda de Joaquín y Carmela, una foto de Joaquín con varios hombres en una oficina, una foto de ambos en París, otra en Marsella, otra con un niño de dos años en brazos... «El niño», supuse. Qué mono, ¿no?

—Buenas noches...

Una voz masculina y grave interrumpió la charla de los adultos con un murmullo suave y yo abrí los ojos, sorprendida. Esa voz susurrante... ¿de qué me sonaba?

«Joder, joder, era la voz del tipo de la biblioteca...»

Me volví como si me fuera la vida en ello y cuando lo vi aluciné por partida doble.

«Madre mía, me bajo de la vida.»

11

LEA

Joder, lo que escocía la jodida depilación láser. Acababa de salir de la cabina, donde Sofía, la encargada de la depilación, me había dejado sin un pelo.

—¿Qué tal, Lea?

Mi madre me sonrió enseñándome su perfecta dentadura.

—Pica un poco, pero bien. En las ingles ya no me sale casi nada.

—¿Lo ves, cariño? Si ya te decía yo que te la hicieras.

Mi madre estaba quitando el polvo de unas estanterías que había en la entrada. Aunque fuera la jefa, siempre arrimaba el hombro. Era una currante de mucho cuidado. Por eso su centro funcionaba tan bien; sus clientes estaban encantados con ella.

—¿Preparo algo de cena o pedimos una pizza? —le pregunté dándole un beso.

—Tu padre ya está en casa y me ha dicho que iba a preparar una de sus tortillas...

Mi madre y yo nos miramos y arrugamos la nariz a la vez. Nos reímos porque las tortillas de mi padre eran todo un experimento. Pero lo que cuenta es la intención, ¿no?

—¿Necesitas algo? —le pregunté antes de irme.

—¿Podrías pasar por la farmacia y coger un paquete de pañales para la abuela? Mañana voy a ir a su casa y se los llevaré.

Mi abuela vivía con una cuidadora que estaba con ella las veinticuatro horas del día porque, aunque su cabeza funcionaba mejor que la mía, físicamente no estaba muy bien.

—Ahora mismo —le dije a mi madre guiñándole un ojo.

Nos llevábamos muy bien, desde siempre, aunque eso no me libraba de alguna que otra bronca. Pero tanto ella como mi padre estaban pendientes de mí, me ofrecían todo lo que podían y se esforzaban para que tuviera un futuro mejor que el suyo. Solo habían tenido un hijo por ese mismo motivo: para no tener que repartir su economía entre dos o más pequeños. Y no me importaba ser hija única, porque tenía muchos primos y siempre había estado rodeada de otros niños de mi edad. Jamás me había faltado el cariño familiar. Por eso mismo no entendía cómo Alexia lo soportaba, porque yo en su lugar ya hubiera tirado a su madre por la ventana. Menuda hija de puta...

Entré en la farmacia de toda la vida, cogí de un estante los pañales que usaba mi abuela y saqué mi móvil al ver que había mucha gente esperando su turno.

—Una caja de preservativos...

—¿De seis?

—De doce, gracias.

Intenté ver quién era el dueño de esa voz... ¡Los cojones de san Benito! Solté una risilla que no pude evitar. Pero si era el chico que parloteaba con Alexia en Colours... ¿Nacho? Sí, Nachete, el que a todas horas la mete. Pasó por mi lado y le di un leve empujón.

—¿Eh? Perdona... —Se quedó un poco cortado y me aguanté la risa.

—Lea condón, quiero decir Lea Martos. ¿Nacho, verdad?

Me miró con los ojos bien abiertos y seguidamente sonrió con chulería.

—¿Nos conocemos, rubia?

—No, pero ya te gustaría —le dije con la misma chulería que él.

Miró mis manos y sonrió.

—¿Vienes a por tus pañales? —preguntó bromeando al tiempo que señalaba mi mano.

—¡Oh! Nachete, qué mente tan ingeniosa la tuya. No sé si pedirte que hagamos una fiesta de condones o una guerra de globitos. Cuidado que caducan.

Nacho rio con ganas y yo le dediqué una mueca.

—Lo tendré en cuenta, rubia. Cuídate —me dijo antes de irse.

—*Ciao*...

Aún tenía que nacer el tío que me vacilara a mí. ¡Ja!

Inmediatamente le mandé un mensaje a Alexia:

Tu nuevo amigo el rubiales acaba de comprar cien preservativos. Cuidadito, novata.

Eran casi las nueve de la noche y supuse que Alexia estaría en la gran mansión de los Monster, conociendo a las gemelas aquellas y masticando solomillo de los Pirineos.

¿Hablas en chino? No sé de qué me hablas.

Me reí al leerla... ¿En chino? Ella sí que sabía hablar en chino. Todavía nos reíamos al recordar aquella broma...

Estábamos en El Rincón tomando una cerveza. Entraron dos chinos y se sentaron en una mesa a nuestro lado. Eran de nuestra edad, más o menos, iban vestidos muy modernos, con un pelazo a la moda y eran guapillos.

—Fíjate, si parece el modelo aquel de Instagram —le dije a Alexia echándoles un ojillo.

Ella los miró sonriendo y ellos nos saludaron con la cabeza.

—Es el modelo aquel —afirmó ella mirándome a mí.

—¡Qué dices!

Lo miré de nuevo porque no me lo creía. No podía ser.

—Están hablando de una sesión de fotos para mañana y su amigo lo ha llamado por su nombre de pila. Es él —dijo ella como si hablara del tiempo.

Sacó su pintalabios rojo y se repasó los labios sin mirarse en ningún espejo.

—¡Joder! ¿Estás segura? Yo quiero un autógrafo.

—¿Qué dices, flipada? Vas a parecer una niña de esas que van tras ellos como locas.

—¿Y qué te crees que soy? ¿Una adulta con sentido común?

Nos reímos las dos con ganas y aquel par nos miraron sonriendo. ¡Ay, que me iba a dar algo!

—Dile al Chun-li que sabemos quién es, que me firme una teta o ahora mismo se lo cascamos a todas las jodidas adolescentes que hay en el bar —le dije cuando dejé de reír.

Era domingo por la tarde y el bar estaba hasta los topes, como si todos quisiéramos apurar el fin de semana hasta el último momento.

—¿Lo dices en serio?

—Joder, claro.

Alexia puso los ojos en blanco, pero seguidamente se dirigió a ellos y les habló en chino. Yo, claro está, no pillé nada, pero entre ellos parecían entenderse porque charlaron durante un par de minutos hasta que se sentaron a nuestra mesa.

—Conseguido —dijo Alexia sonriéndome.

El modelazo se sentó a mi lado y yo le sonreí.

—Sí, quiero —me dijo de repente en un español bastante extraño.

Jolines, qué guapo era el tío..., pero quizá lo de la teta era demasiado descarado.

—¿Cuándo? —preguntó él.

—¿Cuándo qué? —repliqué sin entenderlo.

—Tú y yo casarnos —dijo él, aunque sonó como «casalnos».

Di un pequeño bote en la silla y lo miré alucinada.

—No, yo autógrafo en teta —le dije con rapidez.

—Casarnos mañana —replicó sonriendo.

¡La madre que parió al Chun-li!

—A ver, tú firmar. —Le hice el gesto de escribir con la mano, pero él solo me miraba sonriendo.

—Preciosa boda —dijo «pleciosa», claro, y yo alucinaba.

—Tía, creo que no te ha entendido. ¿Seguro que sabes chino? —me dirigí a mi amiga del alma.

Alexia se estaba aguantando la risa y cuando vi su expresión supe que me había tomado el pelo. ¡Joder! Me puse a reír también y aquellos dos chicos se unieron a nuestras risas. Hablaban un español perfecto, los muy mamones. Entre los tres me habían tomado el pelo, pero pasamos una tarde genial con ellos.

Sonreí al recordarlo. Adoraba a Alexia; esa chica era como una hermana para mí.

12

En ese momento me sonó un mensaje en el móvil, era Lea diciéndome no sé qué de unos ¿preservativos?

—Cariño, ¿ya has terminado el trabajo? —le preguntó Carmela a su hijo.

Niño... niño no era, joder.

—Sí, estaba repasando unos apuntes —respondió él tendiéndole la mano a mi madre para saludarla.

Él me miró fijamente y sus padres se afanaron en presentarnos. Se acercaron ellos porque yo estaba clavada en mi sitio.

¿Se podía ser más gafe?

—Thiago, ella es Alexia... Alexia, te presento a mi hijo Thiago.

«Thiago... El chico misterioso de la biblioteca... La madre que me parió...»

Se aproximó y se agachó un poco para darme los dos besos de rigor.

—Encantado, Alexia —dijo con aquella voz grave que me ponía los pelos de punta.

Joder, joder. Así que era él.

—¿Qué estudias, Thiago? —le preguntó mi madre con su particular amabilidad.

Me sonrió con arrogancia y se volvió hacia ella.

—Estoy en cuarto de Traducción e Interpretación...

—Vaya, como Alexia. ¿En la privada? —preguntó ella, esperando una respuesta afirmativa para echármelo en cara de un modo u otro.

Me había negado en rotundo a ir a una universidad privada.

—No, no —respondió él con rapidez—. Me matriculé en Madrid On, y la verdad es que estoy muy contento con su sistema.

Mi madre lo miró como si le hubiera dicho algo extraño, pero cambió el gesto a una sonrisa más falsa que una moneda de cuero.

—Qué cosas, Alexia también ha empezado a estudiar allí...

—¡Vaya! ¡Qué casualidad! Mira, Alexia, así ya tienes un amigo en la universidad —dijo su padre sin segundas intenciones.

«Sí, un amigo de puta madre», pensé yo.

—¿Cenamos? —preguntó la madre de Thiago.

Cuando nos sentaron uno frente al otro, alzó una de sus cejas y lo miré poniendo los ojos en blanco. Mi madre me dio un pequeño codazo que capté a la primera. Me había visto haciendo ese gesto que no soportaba. Debía comportarme porque no quería acabar dándole la razón a ella, pero Thiago no me iba a poner las cosas fáciles.

Sus ojos verdes no dejaron de observarme durante toda la jodida cena.

Los mayores charlaron de sus aburridos temas y Thiago y yo nos dedicamos a comer en silencio hasta que llegó el postre. Lo tomamos fuera en la terraza, en aquellos sofás con esos cojines inmaculados. Thiago se sentó frente a mí, igual que durante toda la cena. ¿Quería fastidiarme con esas miraditas?

—¿Has escogido Francés? —me preguntó de repente.

Justo en ese momento se metía la cucharilla con el helado de vainilla en la boca y tuve que retirar la mirada para no acordarme de la escena de la tercera parte de *Cincuenta sombras*, donde el señor Grey y Anastasia se lamían mutuamente el helado por sus perfectos cuerpos. ¿Tendría tableta, Thiago? «¡Alexia!»

—Sí, Francés e Italiano —respondí intentando no apartar mi mirada de la suya.

El muy cabrón miraba sabiendo lo que provocaba en el sexo femenino. Estaba segura.

—Yo elegí lo mismo. ¿Qué tal la prueba de Peña para el proyecto?

—Era fácil —le dije sin intención de vacilar.

—¿Fácil? —Abrió un poco los ojos.

Dudé entre responderle con ironía o ser amable con él. Al fin y al cabo me había dejado el libro que tanto le gustaba al profesor Carmelo. Me moría por preguntarle aquello, pero debía encontrar el momento. Recordé que también me había vacilado esa misma mañana al salir del despacho de Peña...

—Tan fácil como pintarme los labios a oscuras. —Mi tono fue más bien irónico al final.

Me mostró una media sonrisa de aquellas que podían desintegrar varias braguitas a la vez.

—Serás capaz —dijo lamiendo la cuchara.

Joder, el tío ese estaba jugando fuerte.

—¿Y esa coleta? —preguntó señalando mi pelo.

—Lo dejo a tu imaginación —le respondí poniendo morritos.

A guarrindonga no me ganaba nadie.

Thiago soltó una risilla y dejó la cucharilla de marras en la copa de helado.

—Así que a la novata le gusta desafiar a los chicos mayores... —bajó el tono de voz para que no nos oyeran.

—¿Chicos mayores? —Giré mi cabeza hacia un lado, como si buscara algo—. ¿Dónde?

Su sonrisa se ensanchó, le estaba divirtiendo.

—A ver, señorita Suil, ¿sabes lo que es la jerarquía?

Vi por dónde iba y dejé mi helado para acercarme a él y hablarle en un susurro.

—¿Y tú sabes lo que es ser un prepotente?

Nos miramos a los ojos, muy cerca, por primera vez, y ambos nos retiramos hacia atrás casi a la vez. Él no sé por qué lo hizo. Yo sí: había sentido un cosquilleo extraño en mi cabeza y seguidamente en mi sexo.

—Lástima que no puedas entrar en el proyecto, sería divertido ver cómo sobrevives entre nosotros.

Me daba donde más me dolía, parecía que me conocía demasiado y no había razón alguna para que fuera así. Aquella era la primera vez que hablábamos y, que yo supiera, no le había comentado nada de ese tema a su amigo Adrián.

—Lo divertido es ver cómo tiras de amigos para acercarte a una novata —le solté sin florituras.

Sonrió con los labios juntos y no pude evitar pensar que le hubiera dado un mordisquito. ¡Joder con el niño!

—Eso ha sido una simple distracción...

—¿En serio? ¿Y lo del libro?

Me miró más serio y se acercó de nuevo a mí.

—No sabía ni quién eras. —Mentía, estaba claro.

—¿Y por qué me lo entregó Luis, el recluta chalado?

Thiago soltó una risilla que me hizo reír a mí también. Vaya..., qué guapo era el mamón.

—¿El chalado? ¿El de las verrugas? ¿Quién eres? ¿Doña Perfecta?

Seguía con sus ojos clavados en los míos, esperando mi respuesta. Mi madre se volvió un momento y me di cuenta de que quizá se estaba quedando con algo de nuestra charlita, así que decidí cambiar de idioma.

—¿Hablas ruso, verdad?

Mi acento ruso no tenía nada que envidiar al de un nativo. Thiago mostró sorpresa en esos ojazos verdes y afirmó con la cabeza.

—Soy una novata a la que no le das ningún miedo, chico guapo. Más bien al contrario, me entra la risa cada vez que pienso que no sabes acercarte a una chica por tus propios medios. Y pienso... ¿será un friki de esos que no han besado nunca unos labios?

—Como los tuyos seguro que no, y no me importaría, que conste. Pero paso de adolescentes que solo tienen una cosa en la cabeza.

Hizo una pausa y pasó su mano por esa barbita de tres días.

—¿Una cosa? —pregunté por inercia.

Quería saber cómo iba a terminar esa frase.

—Follar como descosidas.

Parpadeé un par de veces y abrí la boca antes de saltar como una leona.

—¿Tú eres imbécil? —Alcé un poco la voz y, aunque hablábamos en ruso, mi madre nos miró unos segundos de más.

Thiago rio como si yo hubiera dicho algo muy gracioso y los adultos continuaron a lo suyo.

—Peleona, peleona —dijo entre risas.

—Lo que yo haga o deje de hacer con mi cuerpo no es asunto tuyo, y si tengo ganas de tirarme a todo el campus, tampoco.

Me miró con interés.

—¿Fumas? —preguntó obviando mi respuesta—. Ven.

Se levantó y lo miré alucinada. ¿Estaría solo jugando conmigo? «Probablemente, Alexia, probablemente.»

Lo seguí sin pensármelo demasiado hasta llegar a la zona de la piscina. En una de las esquinas había una caseta de madera pequeña y Thiago entró para coger un paquete de tabaco. Me ofreció un cigarrillo y lo encendió con buen pulso. Si mi madre me pillaba fumando, se me iba a caer el pelo; no soportaba el humo ni el olor a tabaco. Por eso mismo le di la espalda a Thiago, porque el aire llevaba el humo de los cigarrillos hacia mi ropa.

—¿Te has enfadado? —preguntó con su voz grave y en español.

—Deberías importarme para que me enfadara —le respondí canturreando.

Sin verlo supe que sonreía. Sentí que se acercaba a mí y por un momento pensé que él era Hache y yo Babi en la película *Tres metros sobre el cielo*, donde él acariciaba a Babi en medio de una discoteca.

—¿A qué hueles?

Su voz ronca en mi cuello me erizó la piel.

—Es Candy de Prada —respondí dando una calada.

—Yo huelo a... —Olisqueó en mi pelo y me estremecí—. A vainilla y caramelo. ¿Tienes frío?

Su tono amable me acarició el cuerpo como una mano con un guante de seda.

—Estás demasiado cerca, ¿no crees? —Intenté parecer indiferente, pero costaba lo suyo no derretirse ante él.

—Siempre puedes dar un paso y separarte de mí —murmuró muy cerca de mi mejilla derecha.

Me volví para mirarlo y sus ojos verdes cargados de deseo me traspasaron. Así que el guapo quería seducirme... ¿Para qué? ¿Para confirmar su teoría de que éramos facilonas? ¿Para apuntarse un tanto? ¿Para vacilar ante sus amigos?

—No puedo creer que te tenga a mis pies. —Mi tono de chula logró su objetivo: picar al guaperas.

—No vayas de lista. —Su tono más grave me indicó que no le habían gustado nada mis palabras—. No eres más que una cría.

Arqueé las cejas y él me miró desde su altura.

—¿Una cría que te la pone dura?

Frunció el ceño y respondió mosqueado:

—Los tíos somos simplones, eso no tiene mérito. Lo raro sería que me gustaras a otro nivel.

—¿Otro nivel?

—El nivel de querer compartir algo más, de salir con alguien o de enamorarse. ¿Sabes de lo que hablo, novata?

«Menudo gilipollas.»

—Lo que no sé es si tú podrías estar a mi nivel, Varela. Tienes tres o cuatro años más que yo, pero creo que en el fondo eres un niñato que no tiene ni puta idea de lo que es la vida. Un pijo de mierda que lo tiene todo y que se las liga a pares, pero que dudo que sepa qué es querer de verdad.

—¿Y tú sí? ¿Sabes algo del amor?

Nos miramos como dos fieras a punto de atacarse: con rabia, con ganas de morder el cuello del otro, con la ira corriendo por nuestras venas.

—Hace año y medio, sí...

Respondí aquello sin saber muy bien por qué. No iba a contarle mi historia a aquel estúpido que no dejaba de tratarme como a una niña. Joder, tenía dieciocho años y en pocos meses cumpliría los diecinueve. Había visto más mundo que él, más penas, más desgracias y muchas otras cosas que la vida te ofrecía para curtirte como persona. ¿Cómo se atrevía a hablarme de ese modo sin conocerme?

13

Cuando tienes tres años y tu padre te pasea en brazos por Hyde Park, eres feliz. Cuando tienes cinco y tu padre te compra uno de los mejores helados de Florencia, eres muy feliz. Cuando tienes siete años y dominas varios idiomas y tu padre te mira con orgullo, eres feliz. Pero cuando llegan los once, los doce, los trece... y ves que eres distinta, que tus compañeros tienen una familia y tú no, cuando en Navidad no hay nadie a quien visitar, cuando tus amigas te preguntan por qué no tienes relación con tu madre..., de repente, todo cambia. Te sientes feliz, pero extraña.

Mi padre conoció a Judith en Disney, una manera curiosa de conocer a tu futura pareja. Nos alojábamos en el mismo hotel y su hijo y yo conectamos al momento. Yo tenía catorce años y él dieciséis, y nos reímos al saber que era nuestra primera vez en el parque de atracciones, sobre todo porque ya éramos algo mayorcitos. En mi caso, no habíamos podido ir antes y yo siempre había querido visitarlo. Su caso era distinto. Eran españoles, concretamente de Logroño, y habían esperado a que trasladaran a su madre a París por temas laborales. En ese momento vivían allí, aunque era algo temporal; un par de años o tres como mucho.

Judith era viuda. Su marido había muerto al año de nacer su hijo a consecuencia de un accidente laboral en el mundo de la construcción y se quedó sola con un bebé. Yo la admiraba por eso; casi podría decir que la idolatraba. Una mujer sola, jodida por la muerte de su pareja, que luchó a muerte por sacar adelante a su pequeño. Antxon, su hijo, era un tipo con carácter, que tenía las cosas claras y que sabía qué quería. Creo que nos quisimos desde el segundo uno.

—¿Alexia o Álex? —me preguntó nada más conocernos.

—Alexia, odio que me llamen Álex, Al o algo parecido.

Nos sonreímos con simpatía.

—Te entiendo, a mí no me gusta nada que me llamen Antonio, aunque eso es lo que pone en mi DNI.

—Antxon suena mejor.

—Además como soy medio vasco... Mi padre era de Bermeo, un pueblecito de Bilbao. Murió cuando yo tenía poco más de un año, en un accidente.

—Vaya, lo siento. Menuda putada.

—Tengo a mi madre, que vale por dos —me dijo con una gran sonrisa.

Se le llenaba la boca cuando hablaba de ella, como a mí con mi padre.

—Yo también estoy sola con mi padre. Mi madre vive en Madrid, pero como si no existiera.

Antxon me miró unos segundos a los ojos y sonrió de nuevo.

—Joder, pues juntamos a tu padre y a mi madre. Me apetece tener una hermana que me dé consejitos sobre tías.

Nos reímos los dos sin saber que aquello iba a hacerse realidad.

—¿Alexia?

Mi madre interrumpió mis pensamientos mientras me tomaba un vaso de leche con cacao en la cocina.

—¿Qué? —le pregunté sin interés.

—Te acabo de ingresar dos mil euros en tu cuenta.

La miré abriendo muchos los ojos. ¿Qué coño decía?

—¿Por qué? —le pregunté escamada.

—Alexia, cuando alguien hace bien su trabajo, es lógico que reciba algún tipo de recompensa. Y esta noche te has comportado como una auténtica dama en casa de los Varela.

La miré flipada. ¿Estaba mal de la cabeza esta mujer? ¿Dos mil euros? Subió a su habitación sin esperar respuesta y yo pasé de la sorpresa a la decepción más absoluta.

«Sí, claro, gracias, mamá por tus palabras, por tu abrazo y por todo el cariño que me das.»

Mi madre acababa de comprarme y yo me sentí como una auténtica mierda. Al final, la batalla la había ganado ella, joder. Subí casi llorando a mi habitación y busqué con desespero el tabaco que tenía escondido en mi cajón. Me lie un cigarro a toda prisa, necesitaba fumar, desconectar y olvidar todo aquello durante un buen rato. Después me tumbé en la cama, me acaricié la cicatriz que se dibujaba en mi muslo izquierdo, cogí mi cuaderno para leerlo un poco y me dormí sabiendo que esa noche las pesadillas serían más intensas.

Y que al día siguiente mis ojeras llamarían la atención de Lea.

—Joder, petarda, ¿te fuiste de fiesta con las gemelas? —me preguntó Lea nada más verme en la parada del bus—. Suerte que la tita Lea está en todo y lo sabía, sabía que vendrías con esa cara de trol.

Me pasó un neceser rosa con una A grabada en el centro.

—Cógelo, estoy hasta al moño de dejarte mi antiojeras.

Lo abrí y sonreí al ver su interior: una máscara de pestañas, una sombra dúo de tonos *nude*, un lápiz de cejas, una BB crema y un antiojeras. Lea sabía que tenía de todo en mi tocador, por eso su gesto me encantó. La miré con los ojos brillantes, andaba un poco sensible por lo de mi madre.

—Ni se te ocurra llorar —me avisó dándome un abrazo.

—Palabrita —le dije pegada a su cuerpo.

Era de los pocos abrazos que recibía; de ella, de Natalia y los de Gorka, después de tener sexo con él. Y los necesitaba, todos y cada uno de ellos, porque echaba de menos los de mi padre, los de Judith, los de Antxon...

Una lágrima corrió por mi rostro y me obligué a retener las otras que estaban a punto de seguirla. Me la limpié con la mano y en ese momento llegó el autobús. Durante el recorrido le expliqué todo lo sucedido en casa de los Varela. No pudo evitar soltar un grito al saber quién era el hijo de aquel matrimonio y algunas personas nos miraron con mala cara. Era muy pronto para ir armando escándalo, pero a Lea eso no le importaba lo más mínimo. Me acribilló a preguntas y yo las fui respondiendo una a una hasta que llegamos al campus.

Parecía que nada había cambiado desde el día anterior, pero yo me sentía extraña. Haber cenado en casa de Thiago; saber que era el tío de la biblioteca; saber que también era el que le echó un guante a aquella chica, a Elisabet; saber que el ojazos era él; saber que su voz era la que me había puesto los pelos de punta; y saber que me consideraba una niñata... Todo aquello era demasiado, incluso para mí, que estaba acostumbrada a pasar de todo.

—¡Preciosas! —Adrián se colocó de repente a nuestro lado.

—Adri, ¿qué tal? —le saludó Lea, contenta de verlo.

Caminábamos los tres hacia el edificio.

—Os paso el folleto de la fiesta, ayer se me olvidó —nos dijo entregándonos un papel donde se indicaba el lugar y la hora de la famosa fiesta.

—Gracias, guapetón —le replicó Lea.

—¿Alexia? ¿Todo bien? —preguntó Adrián ante mi mutismo.

—¿Eh? Sí, sí, iba pensando en mis cosas —le dije viendo en sus ojos que sabía algo...—. ¿Te lo ha dicho?

—Sí, me lo comentó por WhatsApp —respondió en un tono precavido.

—Entonces te enteraste antes que yo; la petarda esta no me ha dicho nada hasta hace un rato —murmuró Lea fingiendo un cabreo inexistente.

La miré sonriendo.

—Quise preguntarte sobre el mensaje ese de Nacho y sus condones, pero me lie leyendo un libro de John Green y me dormí.

Más mentiras. Mentiras inevitables.

—¿Nacho y condones? ¡Qué combinación tan extraña! —dijo Adrián haciendo el tonto y nosotras nos reímos.

—¿Lo conoces? —le preguntó Lea.

—Sí, claro, vamos juntos y eso...

Al subir las escaleras nos cruzamos con Thiago y Luis. Nos miramos unos segundos, pero ninguno de los dos dijo esta boca es mía. Después de lo de la piscina, escapé de él y me senté junto a mi progenitora, esperando estoicamente a que terminara aquel paripé. Thiago y yo no nos dijimos nada más.

—Buenos días —oí que se saludaban entre ellos, y seguí mi camino, sin mirar atrás.

—¡Eh! Alexia, ¿dónde vas tan rápido? —preguntó Lea corriendo a mi lado.

No me había dado cuenta, pero había acelerado demasiado el paso.

—Es que no quiero ni ver al gilipollas ese... me dan ganas de vomitar, en serio.

—Lástima, tiene un buen polvo.

Puse los ojos en blanco y Lea, al ver que yo no reía, dejó de bromear.

—A ver, nena, es solo un tío más entre mil que hay aquí, ¿vale? Estamos en primero y él en cuarto, así que si no quieres verlo no tendrás mucho problema, porque dudo que coincidáis en ninguna clase. Por lo demás, es cosa tuya no echarle el ojillo.

Sonreí ante su explicación. Era verdad, no sabía por qué le daba tanta importancia, joder.

—Buenos días, chicas...

Estrella se nos unió y empezó a explicarnos que una de sus compañeras de piso se iba un par de semanas fuera porque sus padres eran de Suecia y querían visitar a la familia.

—Vaya, así tienes una habitación libre —le dijo Lea alzando ambas cejas.

—Si algún día queréis quedaros las dos a dormir, ya lo sabéis.

Lea me miró sonriendo.

—¿Dormir con Alexia? ¿Y ser la envidia de todos estos jamelgos?

Nos reímos las tres ante su tono de payasa.

—Por mí cuando digáis. Si queréis quedaros mañana..., porque llegaremos tarde de la fiesta, ¿no? —comentó nuestra nueva amiga.

Lea frunció el ceño.

—¿Qué hora es tarde para ti? —le pregunté yo.

—¿Las ocho de la mañana? —preguntó ella riendo.

—Bien, muñeca, nos vamos entendiendo —le dijo Lea abrazándola por la cintura.

Estrella soltó una risotada, de aquellas contagiosas, y nos fuimos las tres hacia el aula entre risas, planeando la juerga del día siguiente y pensando qué ponernos.

—Por cierto, señorita Martos. —Lea me miró sonriendo—. Me debes un vestido.

Su sonrisa desapareció.

—¿No te vale el neceser?

—¡No!

—¿De qué vestido habláis? —preguntó Estrella sin entendernos.

Sus bonitos ojos se clavaron en los míos durante unos segundos y supe que a partir de ese momento Estrella iba a ser una de las nuestras. Entre Lea y yo la pusimos al corriente, sin entrar en detalles, de lo sucedido con Thiago. Ella nos miraba sorprendida, pero con ganas de saber más.

—¡Madre mía, si todo esto da para escribir un libro! —exclamó Estrella.

—O dos —añadió Lea.

—O tres, si nos ponemos...

Al salir de la facultad nos cruzamos con Adrián, y Lea se detuvo para hablar con él con esa sonrisa pícara que Adri no dejaba de mirar con deseo.

—Hola, preciosa...

Apareció Nacho a mi lado como por arte de magia. Lo miré sonriendo.

—¿Qué tal, ligón?

—Qué mala fama tengo... Podrías darme tu teléfono, ¿no te parece?

Qué morro le echaba el tío.

—Podría, pero entonces sería de las facilonas y le quitaríamos toda la emoción a esto, ¿no te parece?

Mi respuesta fue rápida y Nacho soltó una sonora carcajada.

—Si haces de esto un juego, quizá te quemes, Alexia.

Estaba serio, pero sonreía con los ojos. Tenía una mirada de esas que te podían subir la temperatura unos grados en pocos segundos. No era el primer donjuán con el que me topaba.

—O quizá te quemes tú, Nacho —le repliqué aleteando mis pestañas.

—Qué peligro tienes —dijo sonriendo y acercándose a mí.

—Estás avisado...

—¿Nacho? —Una voz aguda y femenina nos interrumpió, y él dio un pequeño salto que me hizo sonreír.

¿Quién era aquella chica rubia y de ojos azules que lo miraba con mala cara?

—Gala, ¿qué tal? —preguntó él arrugando el ceño.

—No tan bien como tú. —La chica habló mirándome a mí, ladeando la cabeza, y su mirada asesina me indicó que entre ellos había algo—. Aunque alucino con tus compañías. —Su tono era muy despectivo y no pude callarme.

—¿Gala no es una marca de sanitarios? —le pregunté a Lea muy seria.

Ella me miró asombrada, sin entenderme porque estaba parloteando con Adri.

—¿Perdonaaa? —A la amiguita de Nacho, por lo visto, no le gustó mi piropo.

Lea rio sin saber de qué iba aquello.

—No sé de qué te ríes, lo pregunto en serio —le dije a Lea ignorando a la tal Gala.

—Esta tía es imbécil. —Oí que le decía a Nacho—. ¿Podemos hablar un momento?

Por dentro me partía de la risa, claro. Cuando quería, podía ser muy teatrera. De pequeña mi padre y yo siempre andábamos disfrazándonos, imitando a actores varios y representando escenas de películas que nos habían gustado a los dos.

Nacho se fue con aquella chica y Adrián me miró sonriendo.

—¿Quién es esa? —le preguntó Lea.

—Eh... Están liados —escupió como si le quemara la lengua.

—Vaya, vaya, así que está liado con Gala W. C. —les dije yo riendo.

—¿Y cuántos cuernos lleva? —preguntó Lea sin cortarse un pelo.

Era algo que segurísimo habíamos pensado las dos.

—¿Gala? Eh... Eso deberíais hablarlo con él, ¿no? —contestó Adri sin querer mojarse.

—Eso significa que le pone los cuernos —concluí yo observando a Nacho mientras hablaba con Gala.

—Está clarísimo —añadió Lea—. Pero a ti eso te da igual.

La miré con una media sonrisa.

—¿Igual? No, igual no. Joder a esa pija va a ser un buen entretenimiento.

Nos reímos las dos y Adri negó con la cabeza.

¿Parecíamos dos brujas? ¿Con poca empatía? Quizá.

No había sufrido por amor, nadie me había dejado, ni había salido más de dos o tres meses con alguien, y las razones eran varias: la primera era porque con mi padre cambiaba de ciudad tan a menudo que no me daba tiempo a salir en serio con ningún chico, aunque tampoco lo necesitaba. Un rollete por aquí, un polvo por allá y listos.

Durante el último año y medio en Madrid podría haber establecido algún vínculo más fuerte, pero no se había dado el caso también por varias razones. La principal fue aquel accidente que me convirtió en una persona bastante intratable durante los primeros seis meses. Después de aquello no me apetecía demasiado relacionarme en serio con el sexo opuesto. Era más bien un desahogo hasta que me crucé con Gorka y me ofreció cierta estabilidad a nivel sexual, porque salir juntos lo habíamos hecho muy pocas veces. La mayoría de nuestros encuentros tenían lugar en su piso, más concretamente en su cama.

Así pues, fastidiar a alguien como Gala no me quitaría el sueño. A joderse, que la vida es muy dura.

14

La semana estaba siendo un poco agobiante y cuando Gorka me llamó para vernos en su piso le dije que sí sin pensármelo demasiado. Necesitaba distraerme, dejarme querer y hablar con alguien ajeno a todas aquellas movidas. Gorka apenas sabía nada de mí. Lo nuestro era una relación superficial entre dos jóvenes que no tienen apenas problemas.

Nada más entrar me recibió con un beso apasionado que me dejó los labios al rojo vivo. Gorka besaba de ese modo siempre, como si le fuera la vida en ello. Al principio me había parecido demasiado apasionado, pero con el tiempo me había acostumbrado.

—¿Y esa faldita? —preguntó colando su mano por debajo de ella.

Sabía que me gustaba que pasara sus dedos por mi muslo derecho sin llegar a tocar mi sexo.

—¿Te gusta? —le pregunté en un tono sensual mientras acariciaba sus torneados hombros.

Gorka se cuidaba, estaba fuerte y tenía buen cuerpo.

—Te va a durar poquito —dijo entre besos.

Me cogió en volandas y me apoyó en una de las paredes.

—¿Y tu hermano?

No me apetecía que apareciera su gemelo de repente y nos pillara en plena faena. Me llevaba bien con él y físicamente se parecía bastante a Gorka, aunque un lunar encima del labio de Lander era lo que más los diferenciaba.

—Ha salido, tranquila...

Me subió la falda y tocó mi sexo con maestría. Gorka sabía lo que se hacía. Aunque a veces era demasiado directo, sabía dónde acariciar.

—Dios, Alexia, estás...

—Estoy buena, lo sé —le dije besando su cuello.

—Estás muy buena —dijo atrapando mis labios de nuevo—. Estás tan buena que tengo que pensar en el Polo Norte para no irme antes de tiempo...

Me reí al oír sus palabras y Gorka soltó una risilla. Con él siempre era así: mucha charla mientras practicábamos sexo y alguna que otra canción de Estopa.

Me dejó unos segundos en el suelo, se bajó los pantalones y los calzoncillos para colocarse el preservativo y me atrapó de nuevo entre su cuerpo y la pared del salón.

—¿No me vas a cantar hoy? —le pregunté divertida.

Sus dedos apartaron mi tanga a un lado.

—«Que yo sé que la sonrisa que se dibuja en mi cara tiene que ver con la brisa que abanica tu mirada...» —canturreó en un tono perfecto. La verdad es que no se le daba nada mal.

Eché mi cabeza hacia atrás para reír y Gorka aprovechó el momento para entrar en mí. Nos miramos unos segundos y empezó a moverse a un ritmo lento. Gemí yo, gimió él. Mis dedos se apretaron en su piel y sus dedos se marcaron en mis nalgas desnudas. Más, Alexia, más... Cerré los ojos para saborear aquel placer, pero, repentinamente, se me jodió la historia: Thiago.

Thiago mirándome. Thiago moviendo sus labios de bizcocho. Thiago queriendo estar dentro de mí... ¡Joder!

Abrí los ojos y vi a tan Gorka concentrado en lo suyo que me reprendí a mí misma por pensar en otro mientras estaba con él. Era la primera vez que me ocurría algo parecido y me había descolocado bastante, tanto que tuve que poner todos mis sentidos para no acabar fingiendo. Con Gorka no había fingido nunca, con otros sí.

—Alexia, me voy... —su tono suplicante y sus gemidos graves junto con mis propias caricias lograron que acabara llegando mi orgasmo.

Uf... Sí...

Lo necesitaba. Era como un desahogo para mi cuerpo. Algo muy primario pero confortable.

Después de aquel asalto nos vestimos y tomamos un café en la cocina. Eran las siete de la tarde y ninguno de los dos tenía prisa alguna. Estuvimos charlando de la universidad, de la suya y de la mía. Le comenté lo de la fiesta para los de primero, pero ya estaba enterado del tema.

—Quizá me pase —dijo mirándome a los ojos para ver qué me parecía.

—¿Me concederás un baile? —le pregunté bromeando para que viera que no me importaba.

Los dos sabíamos de qué iba lo nuestro. Ni él quería más ni yo necesitaba más.

—Si me dejan las niñas, sí —respondió guiñándome un ojo.

—¡Gente!

Era el hermano de Gorka.

—Lander, estamos en la cocina. Vienes pronto, ¿no? —le preguntó Gorka alzando la voz.

—Me he encontrado a este par de colegas... —empezó a explicar Lander.

Entraron en la cocina y me cagué en todos mis muertos. ¿En serio?

—¿Te acuerdas de ellos? —le preguntó Lander a Gorka mientras yo miraba a Thiago y a Luis, alternativamente.

—¡Vaya! Sí, sí. Hicimos juntos un curso de informática en la academia aquella. —Gorka se levantó de la mesa para saludarlos con un golpecito en el hombro—. ¿Cómo va eso? Cuánto tiempo, macho...

—Pues les he dicho que subieran a tomarse unas birras... —continuó Lander yendo hacia la nevera.

Thiago le saludó, pero seguidamente me miró a mí. ¡Dios! Tierra trágame, ¿no?

—Ella es... —Gorka me miró para presentármelos.

—Alexia. Nos conocemos —dijo Thiago con su voz grave.

Luis no dijo ni mu, pero me dio la impresión de que hubiera preferido estar en otro lugar, como yo. ¿Por qué coño tenía que enterarse Thiago de que me tiraba a Gorka? Porque no tardaría en saberlo, eso lo tenía claro.

—¡Vaya! Si es que el mundo es pequeño de cojones, ¿una Mahou? —les preguntó Lander.

—Sí, estudiamos lo mismo —le dije a Gorka viendo su cara de no entender aquel mal rollito que su hermano no captaba.

—Anda, es cierto que estabais en Traducción... —comentó Gorka mirándonos a ambos.

—Coincidimos en la biblioteca y é me recomendó un libro para un trabajo —le aclaré yo.

—Y ayer cenamos juntos —añadió él con seriedad.

¡La madre que lo parió! ¿Tenía que cascarlo todo?

Gorka me miró con un gesto de no entender nada.

—¿En serio? A ver si le vas a levantar la chica a mi hermano —soltó Lander con una fuerte carcajada.

Puse los ojos en blanco ante aquellas palabras. Yo no era la chica de nadie, eso lo primero. Y lo segundo era que Gorka y yo no salíamos juntos, simplemente follábamos.

Thiago me miró a los ojos, esperando que yo confirmara aquello. Pero se iba a quedar con las ganas.

—Tengo que irme —le dije a Gorka mientras me levantaba de la mesa.

—Te acompaño —replicó colocando una mano posesiva en mi cintura.

«Hombres...»

—¿Debo preocuparme? —preguntó cuando estuvimos en el pasillo. Se apoyó en el marco de la puerta y esperó mi respuesta.

Le di al botón del ascensor.

—¿Preocuparte?

—He visto cómo te mira —argumentó sin tapujos.

Respiré hondo y pensé en si ser o no sincera. No se merecía una mentira.

—Gorka, lo nuestro es lo que es, ¿estamos de acuerdo?

Me miró en silencio y temí que aquello empezara a ponerse demasiado serio. Me gustaban esos ratos con él, los disfrutaba y no era un tío complicado. Jamás me había pedido más.

—Sí, lo sé. Pero hasta ahora no me había topado con algo así...

—¿A qué te refieres?

—A ver cómo miras a otro tío. Tío que te gusta, está clarísimo.

No lo decía ni enfadado ni herido, decía lo que pensaba. Era una de las cosas que más me gustaban de él. Sabías por dónde andabas porque no mentía.

—Oye, si te preocupa que me vaya a liar con él, puedes estar tranquilo, no va a pasar —le dije segura.

—¿Y con otros? —preguntó casi sin dejarme terminar la frase.

¿Qué le pasaba? Jamás habíamos hablado de otros, de otras, de si yo me tiraba a alguien más o de si él llevaba a otras chicas al piso.

—Gorka —le dije en tono de aviso.

Sus ojos buscaron la respuesta en los míos.

—Está bien, no me hagas caso —dijo un poco mosqueado.

Me acerqué a él, me puse de puntillas y le di un beso suave en los labios.

—Anda, abrázame, tonto —le pedí con ganas de sentir su cariño.

Me rodeó con sus brazos y apoyé mi mejilla en su pecho. No quería perderlo, pero tampoco podía amarlo, porque no era aquel chico que me hacía perder el norte. Estaba bien con él, pero no había sentimientos fuertes de por medio.

Salí de allí como una bala, temiendo que Thiago me siguiera para acusarme de no sé qué... ¿De qué, Alexia? ¿Por qué pensaba tanto en ese tío? ¿Acaso nos conocíamos? ¿Acaso me importaba? ¿Acaso tenía algo con él? No le debía ninguna puta explicación de lo que yo hacía. Él no era nadie para mí.

Me llegó un mensaje de WhatsApp de un número que no tenía registrado.

Cenicienta, has perdido un zapato en tu huida.

¿Y eso? ¿Quién era?

El desconocido seguía escribiendo y esperé.

¿Sexo sin amor? Vaya, vaya, no esperaba menos de ti, novata.

Joder, era Thiago, seguro. ¿Quién le había dado mi número? ¿Lander quizá? Grabé el número con rapidez y le respondí.

Eres un hipócrita de mucho cuidado. Por lo menos da la cara cuando mandes mensajitos de quinceañero.

Me leyó y automáticamente apareció la foto de su perfil. Era Thiago nadando bajo el agua cristalina de una piscina, seguramente la suya. «Menudo cuerpazo...»

Chica mala.

Me quedé mirando el móvil y no supe qué responder. ¿Lo decía bromeando o qué?

También era mala suerte que se conocieran entre ellos. Me puse los auriculares mientras andaba hacia mi casa. Sonó «A Thousand Years» de Christina Perri y tarareé la canción mientras seguía pensando en Thiago.

Era cierto que me miraba con una intensidad que no lograba descifrar y que la noche anterior se había acercado a mí más de la cuenta.

Pero también era cierto que entre nosotros existía una especie de conflicto que no sabía de dónde surgía. Quizá no éramos compatibles y punto. A veces pasa, no caes bien a alguien sin saber por qué o no tragas a alguien sin conocerlo. Es algo intuitivo.

Mi móvil vibró de nuevo en mi mano y miré la pantalla: Thiago otra vez. Me pasaba el enlace de una canción. «Unconditionally» de Katy Perry: *«Oh, no, ¿me acerqué demasiado? Oh, ¿estuve acaso cerca de ver lo que realmente llevas dentro? Todas tus inseguridades. Todos tus trapos sucios. Nunca me hicieron pestañear una sola vez...»*.

Tragué saliva al oír aquella estrofa y continué escuchando con una sonrisa en los labios... «te amaré incondicionalmente». ¿Qué quería decirme Thiago con esa canción? Al terminar de escuchar a Katy Perry le respondí:

¿Incondicionalmente?

Y añadí también el enlace de «Titanium Acoustic Cover» de Collin McLoughlin, que decía mucho de mí: «Me derribas, pero no me caeré, soy de titanio».

Te hacía más de Enrique Iglesias, novata

Respondió al poco y sonreí ante su comentario.

Y yo a ti de Maldita Nerea, pijo.

Al momento me llegó un selfi y me partí de risa: era él bizqueando, con sus ojos mirando su propia nariz y abriendo mucho la boca. El careto era digno de enmarcar y pensé que me gustaba que no se cortara en exhibirse feo ante mí. Quizá no era tan gilipollas como había pensado, quizá Thiago tenía mucho que demostrar...

15

THIAGO

La niña se me había metido entre ceja y ceja y no había manera de quitármela de la cabeza. «¿Por qué, Thiago?» Eso me preguntaba constantemente, pero no entendía qué me ocurría con Alexia.

Era evidente que estaba buena. A pesar de tener solo dieciocho años, tenía un cuerpo esbelto, no era ni alta ni baja, su pelo largo le caía por la espalda y hombros, despreocupadamente, y vestía con estilo. Lo más fascinante de ella eran sus ojos y su boca, siempre pintada a la perfección. En conjunto era llamativa, y su andar seguro le hacía parecer un par de años mayor.

De acuerdo, una tía buena más con una mirada espectacular. Una de esas que pensarías que no sabrían unir la ene y la o para decir no. Pero qué va, encima tenía un par de ovarios bien puestos. Era deslenguada, insolente y lista, lista de cojones. Y eso..., eso me hacía desearla, aunque me repitiese a todas horas que era una cría de primero.

Me quedé con sus ojos el primer día de universidad y cuando la vi subir por las escaleras de la biblioteca no pude evitar seguirla con la mirada. Su primera clase había sido con Carmelo y buscaba libros de Didáctica. Decidí acercarme a ella para saber si simplemente era una tía buena más.

Cuando la sentí tan cerca, tuve que aguantarme las ganas de tocarla y de olisquear el aroma que provenía de su pelo. Creo que la asusté porque apenas habló y opté por dejarla con la incógnita de saber quién era yo. Me escondí entre aquellas estanterías y la vi buscarme. Sonreí y se me ocurrió seguir jugando con ella.

Pero Alexia no era una tía más. Me di cuenta de que muchos la miraban, muchos otros como yo. Era lógico. Incluso Nacho se había fijado en ella, y eso que estaba liado con Gala. Adrián me puso al corriente de todo y me picó más la curiosidad, aunque no quería pillarme los dedos.

Ese mismo verano había estado con Carol, una chica de dieciocho años, y me había liado unos numeritos increíbles para que no la dejara. Quedé bastante escarmentado y mi padre me advirtió que no quería volver a pasar por algo parecido. Así que pensé que lo mejor sería no mover ficha, pero el destino es caprichoso.

Cuando me la encontré en el salón de mi casa, no se me cayó la mandíbula al suelo de milagro; sí, sí, en plan dibujos animados.

Llevaba un vestido negro que te dejaba intuir a la perfección lo bien moldeado que estaba su cuerpo. Unas sandalias que estilizaban sus piernas y el pelo recogido en una coleta, tan formal que a mí me vinieron a la cabeza varias imágenes subiditas de tono: yo tirando de su coleta mientras besaba su cuello, mientras lamía su piel, mientras la hacía mía... Tuve que darme una ducha mental con hielo porque no era cuestión de saludar a su madre con una bonita erección.

Durante la cena me obligué a pasar de ella, aunque las miradas iban y venían. No sabía si yo le gustaba o más bien al contrario. Y durante el postre pudo conmigo y quise hablar con ella a solas para saber de qué palo iba. No me defraudó: contestona y descarada, no se dejó intimidar por mi acercamiento. Supe que yo le gustaba. Sus ojos llenos de rabia me lo confesaron en aquel momento y dejé que se fuera. No quería que se torcieran más las cosas entre nosotros; sin embargo, no me gustó saber que alguien ocupaba su corazón. Alguien que no estaba con ella, pero que permanecía en su cabecita.

—Hace año y medio, sí...

¿Quién sería el afortunado?

Gorka no era, eso lo tenía claro. Su relación era meramente sexual. Su hermano nos lo había resumido de ese modo, pero ¿y si Lander se equivocaba? ¿Y si Gorka era algo más para Alexia?

Joder..., tanto pensar en ella me iba a volver imbécil.

Había conseguido su móvil mirando los papeles del profesor Peña, a quien estaba ayudando a preparar el proyecto de francés. Yo era uno de los seleccionados, incluso antes de hacer la prueba, porque en los tres últimos años no había habido alumno que superara mi nivel en ese idioma. Y no fardaba de ello ni se lo había dicho a nadie, era algo que tanto el profesor como yo dábamos por hecho.

Así que, cuando vi el listado de los alumnos de primero, con sus correspondientes números de teléfono, no me costó nada memorizar el de Alexia. Número que no usé porque me sentía estúpido mandándole un mensaje. ¿Qué le podía decir? ¿Soy Thiago, el que te ha prestado el libro? O ¿me pareces el maniquí más bonito que he visto en mi vida? Para darme de hostias, vamos. Si Adri leyera esto, se estaría riendo de mí un año entero, joder.

La cuestión es que hoy me he atrevido a escribirle un wasap aunque picándola un poco y después le he pasado una canción que me mola, aunque no sea seguidor acérrimo de Katy Perry. Y me ha respondido con más simpatía.

Felices juegos y que la suerte siempre esté de su lado...

Me reí de mis propios pensamientos. Alexia me ponía de muy buen humor.

16

—¿Es un chiste, no? —me replicó Lea mientras se repasaba los labios delante de mi espejo.

—Con el dinero no bromeo, tía. Que te lo digo en serio —le dije mientras rebuscaba entre mis cientos de pintalabios.

—Yo creo que tu madre esnifa coca —comentó como si fuera lo más normal del mundo. La miré a través del espejo, seria—. ¿Qué? ¿Es que no ves las series de Netflix? Mucha gente con dinero se mete mierda de esa.

A Lea no le iban las drogas fuertes, les tenía respeto. Decía que le daba miedo probarlas por si le gustaban y después no podía salir de aquel vicio. Yo había probado la coca una vez, pero no me había gustado aquella sensación de euforia, me dio la impresión de que iba demasiado acelerada y no repetí más.

—Yo creo que mi madre no tiene ni puta idea de cómo decir gracias, que es distinto. Pero bueno, esta noche nos vamos a tomar unas cuantas copas a su salud. —Sonreí al espejo y Lea me miró con cariño—. Y el sábado nos vamos de compras, ¿te parece?

—Genial. Podríamos dar una vuelta por el centro y comemos por ahí, pero esta vez invito yo.

La miré frunciendo el ceño.

—Deja que nos invite la madrastra, va.

—Joder, qué fuerte lo de Thiago...

Cambió de tema radicalmente, pero era algo que Lea solía hacer sin darse cuenta.

—Ya te digo. Suerte que Gorka y yo ya estábamos vestidos.

Nos reímos las dos al imaginar el percal. Yo con el «empotrador» de Gorka en la pared del salón y ellos mirándonos con los ojos a punto de salírseles de las órbitas. No me hubiera molado un pelo la situación y me dije a mí misma que a partir de ahora lo haríamos en la habitación de Gorka, como casi siempre.

—Y qué fuerte que Gorka hablara de Thiago, ¿no? Siempre has dicho que lo vuestro no era nada.

—Yo también me quedé descolocada, pero creo que fue una tontería. Siempre estamos solos y ver a Thiago lo dejó un poco fuera de juego.

—Es que el tío te come con la mirada...

La miré sonriendo.

—¿Tú crees? —pregunté contenta de escuchar aquello.

—Alexia, está clarísimo que le molas. Y él a ti.

—Bueno, bueno, buenooo...

—Ni bueno ni mandongas oscuritas...

La miré extrañada.

—¿Estás pensando en Adrián? —pregunté soltando una carcajada.

—Joder, llevo una semana de orgasmos nocturnos que ni te cuento.

Reí más fuerte porque me mataba su manera de decir las cosas. Lo decía en serio, la muy jodida.

—Tú ríete, pero voy a dejar a Manolito sin pilas.

—Joder, Lea, no necesito tanto detalle. Te mola, punto.

—Esta noche me lo ligo —dijo cogiendo su bolsito negro.

Lea llevaba una falda plateada bien corta y una camiseta negra de tirantes pegada a su cuerpo. Parecía una muñequita.

Yo me decanté por una camiseta blanca que dejaba a la vista mi ombligo y una falda de flores negras y blancas, no muy corta porque siempre temía que se me viera la cicatriz. No me gustaba dar explicaciones de aquella marca en mi muslo, estaba claro que no era un simple arañazo.

—¿Lo tienes todo? —me preguntó.

—Llevo toda la artillería: maquillaje, clínex, tabaco y mechero.

El pijama y el neceser los habíamos llevado a casa de Estrella aquella misma tarde. Más que nada para no dejarlo en el coche de Max y que él no tuviera que estar pendiente de nosotras.

—¿Bajamos y los esperamos fuera? —le pregunté animada.

La noche pasada, inesperadamente, había dormido del tirón. Había vuelto a escuchar la canción que me había pasado Thiago y me había dormido con una sonrisa en los labios. Y descansar tan bien me sentaba de maravilla.

Mi madre no estaba; ya sabía que aquella noche la pasaría fuera. No le había pedido permiso, simplemente se lo había comentado.

Lea y yo nos quedamos en el portal, charlando y fumando un cigarrillo. No solíamos fumar a diario, aunque sí en ocasiones concretas y cuando salíamos de fiesta.

Max fue puntual y en el lado del conductor iba Estrella. Nos saludamos con más alegría de la habitual, se notaba que no eran las ocho de la mañana. Estábamos parlanchines, exultantes y con ganas de juerga. Max subió la radio, sonó «In the morning» de Jaded y empezamos los cuatro a cantar y a bailar dentro del coche. Estrella nos sorprendió porque se la sabía al dedillo y con su móvil como micrófono la iba cantando a grito pelado. Risas y más risas. Joder, ¿qué había mejor que los amigos?

Olvidé mis dudas con Max: ¿conduciría bien? ¿Podía fiarme? No es que yo fuera una miedica, pero desde lo del accidente pasaban por mi cabeza algunos pensamientos que estaba convencida de que, por ejemplo, a Lea ni se le ocurrían. ¿Y si se le iba la pinza conduciendo?

Llegamos bien y sin problemas. Dejamos el coche en el aparcamiento de la discoteca; habíamos decidido ir directamente allí para que Max pudiera tomar alcohol. Según él, más tarde dejaría de beber para poder conducir. Le habíamos dicho que no estuviera pendiente de nosotras, que si ligaba con alguna o alguno que no se preocupara porque ya cogeríamos un taxi.

Al salir del coche los cuatro observamos unos segundos el local desde el exterior.

Magic era una discoteca bastante grande, donde los universitarios solían montar muchas fiestas, sobre todo para recolectar dinero para los viajes de fin de curso. Constaba de un solo piso y estaba dividido en dos salas; en una sonaba música actual y en la otra básicamente música salsera para los aficionados a este tipo de baile. Disponía también de una amplia terraza para que los fumadores no tuvieran que salir del recinto. El aparcamiento era enorme y en ese momento no había muchos coches porque era pronto.

—¿Queréis ir a tomar algo a otro lugar o entramos ya? —preguntó Max.

—Entramos, ¿no? —respondió Lea mirándonos.

Estrella y yo estuvimos de acuerdo y seguimos parloteando hasta llegar a la entrada, donde pagamos los quince euros de rigor con consumición incluida en el precio. Max se encargó de pedir los gin-tonics nada más situarnos en una de las barras que había alrededor de la pista de la primera sala. Nosotras observamos el ambiente y el local.

No era muy diferente de otras discotecas: paredes oscuras, luces de colores, tarimas para subir a hacer el loco, gente bailando y la música muy alta. Aunque a esas horas se veía a más gente charlando que bailando y los pocos que bailaban lo hacían animados por los bailarines y bailarinas del local.

—Gin-tonic más chupito de tequila —nos indicó Max mirando hacia la barra—. Invita la casa.

—Mira qué bien —dijo Lea cogiendo la sal para colocársela entre el índice y el pulgar.

Estrella la miró frunciendo el ceño.

—¿Y eso? —preguntó acercándose a Lea.

—¿No has tomado nunca uno de estos? —le preguntó Lea, asombrada.

—En Barcelona no solía beber mucho...

—Pues mira, es muy sencillo. Lames aquí, colocas un poco de sal, ¿ves? Te tomas la sal y seguidamente bebes el tequila de un trago. Por último, chupas la rodaja del limón.

—¡Ah! No parece complicado —dijo Estrella, sonriendo.

—Depende de dónde coloques la sal, claro —intervino Max soltando una risilla.

—Cuenta, cuenta —le animé yo.

El saber nunca estaba de más.

—Una vez jugué al tequila sexi con una chica. Nos fuimos retando: la sal en el cuello, la sal entre los pechos, en el ombligo, en mis partes, en las suyas...

Max rio al recordarlo.

—Joder, cómo mola eso, ¿no? —comentó Lea.

—Lo malo fue que acabamos con un pedo de dos pares de cojones y no hubo manera de hacer nada decente...

Nos reímos los cuatro con ganas.

—Madre mía, yo nunca he cogido una de esas —nos informó Estrella, y la miramos muy sorprendidos—. Mi madre siempre estaba con el rollo de que el alcohol perjudicaba el cutis y mis amigas más de lo mismo.

Lea la miró de soslayo y le preguntó:

—¿Tú vienes de Barcelona o de otro planeta?

Estrella se rio y Lea le ofreció la sal.

—Si no estás muy acostumbrada, ve con cuidado —le dije yo, y Lea me miró parpadeando varias veces diciéndome con ese gesto que no fuera plasta—. Joder, como no está Natalia, alguien tendrá que poner cabeza aquí..., porque vosotros dos no lo creo.

Max me cogió de la cintura e hizo ver que me mordía en el cuello. Nos reímos ambos y Lea nos pasó la sal justo en el mismo momento en que vi a Adrián, Luis y Thiago caminar por entre la gente hacia la barra. Thiago me miraba demasiado serio.

—Ya tenemos aquí a los tres mosqueteros —le dije a Lea por lo bajini.

Lea con todo su descaro se volvió para buscarlos.

—¡La Virgen de los colores! Qué bueno está el jodido —dijo mientras brindábamos con el chupito.

—¡Por los tíos buenos! —exclamó Max antes de tomarse la sal y nos reímos.

—Joder, así no se puede —dije yo.

—¿Necesitas ayuda? —La voz grave de Thiago me dejó unos segundos paralizada y el chupito estuvo a punto de resbalarme de la mano.

Lo sentía detrás, en mi cuello, como si su cuerpo fuera un reflejo del mío. No me tocaba, pero podía notar su calor. Me tomé el líquido sin pensármelo más y me lamí los labios sintiendo el ardor en mi estómago. Me volví hacia él y nuestros ojos se examinaron. No vi a nadie más, aunque supuse que Luis y Adrián estarían saludando a mis amigos.

—¿Tengo pinta de necesitar ayuda? —le pregunté con ironía.

Aunque su mensaje de WhatsApp me había gustado, yo no iba a bajar la guardia con él. Aquel tío no era idiota, no era un sin cerebro, y no me apetecía que se quedara conmigo o que me tratara como a una más.

—Ya veo que te apañas muy bien. ¿Vas a beber hasta caer desmayada? ¿Tendré que vigilar que no se aprovechen de ti y llevarte a casa? ¿O ya eres mayor?

Lo miré molesta.

—¿Y a ti qué coño te importa?

—¿Hablas literal o simbólicamente? Porque si tengo que elegir...

Puse los ojos en blanco y él rio. «Será imbécil.» Me tomaba el pelo, estaba clarísimo.

—A ver, niño de papá. —Dejó de reír y me miró esperando mi disparo—. Sé cuidarme sola desde hace mucho tiempo. No soy una de tus amigas tontas que siempre han ido tras las faldas de mamá.

—¡Uy! No, claro. Tú no.

Lo miré notando que empezaba a hervirme la sangre.

—Por eso el otro día parecías una chica taaan rebelde. ¿Te riñó tu querida madre por no acabarte el postre? ¿Sabe que para ir al cole te quitas la coleta o te despeinas en el autobús? ¿O te dice que no te quiere si te portas mal?

Le clavé mi dedo en su pecho y me miró sorprendido.

—¡Tú no tienes ni puta idea!

Me tuve que morder la lengua para no decirle cuatro lindezas.

—Cuidado con ese dedito... —dijo acercando su rostro al mío.

No me aparté, por supuesto.

—Pues vigila lo que dices, no me conoces de nada —le amenacé yo acortando la distancia.

Sentí su aliento encima y cómo Thiago me miraba con una mezcla de prepotencia y de deseo.

—Algo sí sé, novata. Tenemos amigos en común, ¿recuerdas?

Alzó ambas cejas y esperó mi réplica.

—Pues será lo único que tengamos en común, aunque dudo que hagas con Gorka lo mismo que hago yo.

Le sonreí con falsedad y sus ojos se ensombrecieron. ¿Le jodía el temita? No haberlo sacado, listo.

—Es lo que toca a tu edad; follar como descosidas —volvió a repetir aquel comentario e inspiré aguantándome las ganas de mandarlo a la mierda.

—Y con cuantos más mejor —le dije en un tono de repipi—. Ya sabes, en la variedad está el gusto.

Thiago se lamió los labios y mis ojos resiguieron aquel movimiento, como si me hubiera hipnotizado por unos momentos.

—¿Vas de chula o eres así de...?

No terminó la frase, pero sabía qué quería decir... ¿puta? Vale, la cosa iba mejorando. Así que ellos eran los reyes de la fiesta y nosotras las zorras si decidíamos tirarnos a quien nos diera la real gana.

—¿Y tú eres tonto o lo pareces? —le repliqué al segundo, y me miró sorprendido.

—Un poco sí, por perder el tiempo hablando contigo, niñata —escupió con un tono más grave.

—Nadie te ha pedido que vinieras. ¿Es que no hay más carne en el asador? —le pregunté elevando mis manos hacia la gente que bailaba en la pista.

—Alexia, un día alguien te hará callar esa boquita —rugió muy cerca de mis labios.

Y yo, con toda mi picardía, le hablé cerca de su oído, rozando su piel.

—¿Y ese alguien no serás tú mientras me besas?

Me separé de él y observé sus ojos vidriosos.

Alexia 1-Thiago 0.

17

Pero Thiago no se achantó.

Me mostró su media sonrisa, aquella que sabía que no fallaba nunca ante las féminas, y pasó uno de sus dedos por mi cintura. Ambos miramos ese dedo peligroso.

—Podría besarte ahora mismo si quisiera...

Su voz ronca me dejó noqueada. Joder, ¿no? Mis partes íntimas reaccionaron y me obligué a no dejarme llevar por mis instintos. Yo era muy primaria: si tenía hambre, comía; si tenía sueño, dormía; y si sentía aquel cosquilleo en mi sexo... ¡No, joder! No iba a caer en sus redes. Tenía claro que estaba jugando conmigo y el tío sabía un rato largo. Dudaba que ninguna tía se le resistiera, pero yo sí, o lo iba a intentar, porque noté que humedecía mi tanga. ¡Mierda! Thiago me ponía...

—Eso es mucho decir, Thiago. —Clavé mis ojos en los suyos y aleteé mis pestañas de forma coqueta.

Sonrió abiertamente y volví a ver a aquel chico divertido y simpático. Sus cambios eran tan radicales que me dejaba un poco fuera de juego.

—Eso es que no sabes que me van los desafíos, Alexia. Y tú, sin saberlo, me estás desafiando...

—¿Ahora soy un juego? —le pregunté poniendo morritos.

Miró mis labios y vi que me deseaba. Bien, empezaba a tenerlo donde quería. Aunque Thiago tuviera tres años más que yo, en el arte del flirteo las chicas siempre íbamos un paso por delante. ¿Te crees que eres tú quien liga conmigo? Déjame que me ría, soy yo quien te ha cazado...

—Peligroso, pero fascinante. —Su voz ronca me acarició la piel.

Él también sabía jugar y eso me encantaba, para qué negarlo. La mayoría eran muy simplones y no le ponían emoción a nada.

—Fíjate, si están aquí haciendo la buena obra del día. ¿Qué pasa, chicos? —Una voz estridente nos cortó el rollo.

Era la chica despampanante acompañada por la del pelo azul y por nuestra gran amiga Gala. Thiago se volvió y ella se colgó de su cuello, sin perder el tiempo.

—Thiago, ¿te has traído a tu hermana pequeña? —le preguntó ella refiriéndose a mí.

—Débora, es la graciosa del otro día, la que te dije que lleva extensiones de los chinos —le comentó Gala alzando la voz para que la oyéramos todos.

Lea y yo nos miramos y nos entendimos a la primera.

—Este lugar me encanta, Alexia. Quería ir al baño, pero resulta que el retrete lo tenemos delante —dijo Lea señalando con su mano a Gala.

—Joder, sí, qué mal huele, ¿no crees? —añadí yo mirando a ambas.

La tal Débora dio un paso hacia mí, pero Thiago la cogió de la cintura sin dejar de clavar sus ojos en los míos. ¿Qué esperaba? ¿Que nos dejáramos insultar?

—Venga, vámonos —le ordenó él.

Luis y Adrián los siguieron, aunque este último se volvió para mirar a Lea.

Así que Débora... ¿Estaban juntos? Algo había, eso se veía a dos leguas. Además, dudaba que Thiago no estuviera con alguna o con más de una. No me extrañaba, tan solo me confirmaba lo que yo intuía de él: que se las ligaba a pares y que no le importaba enamorarlas como a tontas, cosa que a mí no me iba a ocurrir.

Max nos preguntó por el trío de petardas y le explicamos por encima quiénes eran.

—Lo raro es que no haya aparecido Nachete —dijo Lea justo en el mismo momento en que lo vi en la pista.

Charlaba con un par de chicos y como si supiera que lo miraba se volvió en nuestra dirección. Sonrió y me guiñó un ojo.

—Ya estamos todos —les dije divertida.

—No, todos no. A tu derecha a las nueve y veinte o treinta —dijo Lea riendo.

—¿Qué leches dices? —le pregunté sin entenderla.

—Gorka y Lander, a tu derecha —especificó.

Me di la vuelta y los vi. No tenía claro que Gorka fuera a asistir a la fiesta, pero ahí estaba, con sus vaqueros rotos, su camiseta negra y su pelazo moreno bien peinado.

—¿Y ese quién es? —preguntó Estrella abriendo mucho los ojos.

—El rollete de Alexia —respondió Lea.

—¡Ah! Pensaba que no salías con nadie —me dijo ella.

—No salimos juntos, solo...

—Follan, follan mucho —me cortó Lea entre risas.

Le di un culazo y ella me pellizcó.

—Vaya... —dijo Estrella mirando a Gorka con interés.

No era extraño, Gorka era un tipo muy atractivo, con una mandíbula cuadrada y unos ojos rasgados muy llamativos.

Nos miró en ese momento y me saludó con una sonrisa. Me gustó que no viniera a marcar territorio; yo estaba con mis amigos y él con su hermano, no me apetecía estar con él en plan parejita.

Bebimos, bailamos, reímos, saltamos y nos dejamos la piel en la pista a la vez que nos íbamos quitando varios moscones de encima. Max desapareció al cabo de un rato con una pelirroja y nosotras seguimos a lo nuestro, hasta que Adrián se nos acercó e inesperadamente me cogió para bailar. ¿Y eso? Si a la que le echaba constantes miraditas era a Lea.

—¿No te has equivocado de chica? —le pregunté acercándome a su oído.

Adrián rio y miró a Lea de nuevo.

—Solo quería saludarte y decirte que vayas con cuidado con aquellas.

—¿Son unas psicópatas? ¿La poli las tiene fichadas? —bromeé pensando que no me daban miedo alguno.

—Son tóxicas y muy celosas de lo suyo.

—Ya he visto qué es lo suyo —le dije con ironía.

La rubia despampanante estaba muy pendiente de Thiago, coqueteando con él y demostrando a todo el mundo que entre ellos había algo. Había cruzado mi mirada con él un par de veces, pero me había obligado a dejar de observarlo, ¿para qué?

—Solo es un rollo —me informó Adrián—. A Thiago no le interesa. Bueno, realmente, hace tiempo que no se interesa por alguien en serio, ya me entiendes. Salió hace un par de años con una amiga de la familia, estuvieron casi un año juntos, pero no cuajó.

—Hablas poco, ¿no? —le dije riendo.

—Es un defecto de fábrica. ¿Y Gorka, qué? —me preguntó directamente.

Lo miré alzando las cejas. ¿Así que venía a eso? ¿A recabar información?

—¿Qué de qué? —le pregunté yo alzando mi barbilla.

—¿Es un lío? ¿Es algo serio? ¿Una distracción? ¿El amor de tu vida?

Sus gestos teatreros me hicieron reír.

—Adrián, te voy a dar un consejo. Si vas así por la vida, alguien acabará jodiéndote. Eres demasiado transparente.

Me miró frunciendo el ceño, pero sonrió al momento.

—Si hablas de que alguien me pueda romper el corazón, puedes estar tranquila, salgo con una chica desde hace dos años y sigo entero.

Joder, aquello me sentó como una patada en el estómago. ¿Salía con alguien? Mierda... A Lea le iba a sentar peor.

—Enhorabuena, supongo. ¿Y dónde la tienes escondida?

—Está de Erasmus en Helsinki. Ha terminado Educación Primaria y hace unas semanas se marchó allí. Estará un año y vendrá cuando pueda.

Así que no estaba en Madrid. Interesante.

—Pero no me cambies de tema y cuéntame. ¿Qué?

—Dile a Thiago que si le interesa mi vida que me pregunte y que deje de enviarme recaditos —le contesté un poco molesta.

—Thiago no me ha dicho nada. Es otro el interesado.

Lo miré sin entenderlo.

—¿Otro?

—No puedo decírtelo, me juego el cuello. Y yo me quiero mucho.

Sus ojos se desviaron hacia Lea. Estaba claro que ella le hacía tilín. Mi amiga bailaba sola y a su bola porque Estrella estaba charlando con un chico. La cogí de un brazo y la acerqué hasta nosotros.

—Joder, bailad vosotros que tengo una urgencia —les dije dejándolos uno frente al otro.

Me fui en dirección al baño, pero en cuanto pude me di la vuelta para verlos: Adrián le estaba diciendo algo y ella reía coqueta con uno de sus mechones rubios del flequillo enredado en su dedo. Me di un beso mental en mi mejilla, ¡bien!

—¿Se ha perdido usted, Celestina?

Gorka me habló al oído y me reí.

—Caballero, no sé de qué me habla. —Parpadeé un par de veces en un gesto teatral y él también rio conmigo.

—He observado su estrategia, un poco descarada, pero efectiva.

—¿Me vigilas? —pregunté bromeando.

—Para nada, pero mis ojos siempre se van a la chica más guapa y esa eres tú.

Sonreí por el piropo y él colocó bien unos de mis mechones.

—Gracias...

Una voz que sonó por toda la sala nos interrumpió y la gente dejó de bailar para escucharla.

—¡Gracias a todos por venir a la fiesta de bienvenida para los de primero de Madrid On!

Una algarabía de gritos y vítores acompañaron sus palabras, pero continuó charlando por el micrófono.

—Ya sabéis que los de cuarto solemos hacer un regalito a los de primero, así que esta vez os regalamos un baile..., pero no un baile de reguetón o uno pachanguero. Un baile de los de antes, de aquellos que disfrutaban nuestros padres en las discotecas... Alumnos de cuarto, por favor, id buscando a vuestras parejas...

Hubo un movimiento de gente; chicos y chicas mayores buscando a los de primero.

—Las parejas no son aleatorias, los alumnos de cuarto de Filología Inglesa bailarán con sus compañeros de primero y así todos los demás. Llevamos una semana con las listas estas, pero queríamos deciros que... ¡nos encanta que estéis en nuestra universidaaaaaad!

Gorka y yo nos miramos sonriendo hasta que vi que miraba por encima de mi hombro, mucho más serio.

—¿Me permites? —¡Joder, era Thiago!

Me volví hacia él y me tendió su mano.

—Eh...

—Eres mi pareja —dijo Thiago igual de serio que Gorka.

¿Era casualidad? Claro que no, coño. No era tan ilusa.

Me volví de nuevo hacia Gorka.

—Después hablamos —le dije sintiendo en ese momento la mano de Thiago cogiendo la mía.

Bajaron las luces, algunos silbaron, había muchas parejas, pero no vi a nadie más...

Sonó «Perfect Duet» de Ed Sheeran y Beyoncé, y Thiago me abrazó por la cintura, acercándome a él. Había reducido la distancia de su altura con mis tacones, pero aun así debía alzar mi barbilla para mirarlo. Seguía serio y callado. Quizá me había escogido antes de saber quién era yo y ahora no le apetecía, pero... nadie le había obligado, ¿no?

«Encontré un amor para mí. Oh, querida, solo lánzate de cabeza y sígueme. Bueno, encontré una chica, preciosa y dulce. Oh, nunca supe que eras la persona que me estaba esperando. Porque éramos solo niños cuando nos enamoramos, sin saber lo que era. No voy a dejarte ir esta vez...»

Miré hacia los lados, incómoda, porque me sentía atraída hacia él, pero no quería sentir aquello. Mis manos apenas le tocaban los hombros... «El chico está durito... Seguro que su pecho también es así...» ¿Cómo sería acariciarlo? «¡Alexia!» Me lamí los labios diciéndome que dejara de pensar en esas cosas.

—No te voy a comer —dijo de repente.

Lo miré a los ojos y realmente parecía todo lo contrario con su mirada intensa.

—No me das ningún miedo, Thiago.

«Miedo no, pero ganas de otras cosas...»

—Entonces, ¿por qué no me coges?

Me estaba probando, lo sabía. ¿Quería jugar? Este no sabía con quién tonteaba.

Pasé mis manos por su cuello y entrelacé mis dedos, con lo que provoqué que nuestros cuerpos se rozaran por varios puntos. Asomó su media sonrisa.

—¿Mejor?

—Mucho mejor, creía que eras una de esas que delante de su chico cambian tanto que ni se las reconoce.

¿Perdona? Salté como una leona.

—Oye, guapo, ni tengo chico ni soy tan imbécil.

—¿No tienes chico? —preguntó con sorna.

¡Mierda! Ya le había dado demasiadas explicaciones.

—¿Me estás preguntando algo en concreto? —le pregunté directamente.

—¿Yo? Nada.

Nos miramos fijamente y sus ojos bajaron a mis labios unas milésimas de segundo, las necesarias para que yo pensara lo mismo: «Joder, me lo como...».

18

La música era demasiado bonita, la canción era ideal y Thiago me miraba de esa forma tan especial que cualquier otra chica hubiera caído en su tela de araña. Pero yo no era cualquiera.

—No ha sido por azar —le dije seria.

—No, no lo ha sido. —Su tono grave me acarició el cuerpo.

¿Cómo lo hacía? ¿Cómo podía su voz hacerme sentir tanto?

—¿Y puedo saber por qué? Creo que entre tú y yo no hay muy buena sintonía.

Era sincera porque, aunque nuestros cuerpos se buscaran, entre nosotros no había buen rollo. Siempre andábamos a la greña.

De repente, Thiago se acercó despacio hacia mí y me quedé mirando sus ojos verdes como si no hubiera nada más en el mundo. Apoyó su frente en la mía y sentí su exhalación.

—Alexia... Alexia...

Tragué el nudo que tenía en la garganta. Joder, joder..., ¿qué eran esas sensaciones que recorrían mi cuerpo entero? De pies a cabeza...

—Me tienes aturdido...

¿Aturdido?

—Y solo tienes dieciocho años...

Ya estábamos con el rollito de la edad. Separé su frente de la mía y me miró frunciendo el ceño.

—Qué puta manía con los años, ¿no? —le dije de mala leche—. Probablemente he vivido más cosas que tú, listo.

No lo soportaba. Cualquier palabra sobre la edad me hacía recordar todo lo que había vivido sin siquiera haber cumplido la mayoría de edad. Mi respuesta no tenía carácter sexual, pero él se lo tomó así. Ambos nos separamos, aunque la canción seguía sonando.

—¿Me vas a dar una lista de tus ligues? —preguntó con ironía.

—¿La quieres?

—¿Te paso la mía?

—A mí me da igual tu vida de pijo. Dudo mucho que hayas salido del cascarón.

—¿Te refieres a que no vivo solo como tu «follamigo»?

—No, me refiero a que estoy segura de que no sabes lo que es el mundo real, ese mundo donde no hay piscina, ni papás ricos ni amiguitas despampanantes que te la chupan con desidia.

Se me fue un poco la boca, vale, pero me había puesto de mala uva en dos segundos coma cero. No tenía por qué saber lo que me había sucedido, pero tampoco tenía derecho a tratarme así. Él tampoco planeaba quedarse callado.

—Fíjate, qué vocabulario. ¿Ya sabes qué significa desidia?

Lo miré cabreada. Solo buscaba picarme y al final lo había logrado.

—Vete a la mierda —le dije con desprecio antes de irme de su lado.

Me fui a la barra sin mirar atrás. Todavía cantaban Ed Sheeran y Beyoncé y la mayoría había aprovechado para bailar aquella canción bien pegaditos, incluso Gorka estaba bien arrimado a una chica. Genial.

—¿Qué te pongo, preciosa? —preguntó el camarero.

—¿Tienes cianuro?

—¿Cómo dices?

—Nada, un gin-tonic —le respondí de mal humor.

Me guiñó un ojo y me preparó la copa en un santiamén.

—Y un chupito de vodka rojo, vamos.

Me colocó el chupito delante y él tomó el suyo alzándolo para que brindáramos. Lo cogí, le di un golpecito al suyo y ambos nos sonreímos.

—A tu salud —me dijo antes de que los dos tomáramos aquello.

Uf, estaba fuerte de cojones, pero el gusto de frutos rojos me gustó.

—Gracias —le dije más simpática.

—¡Eh, loca! ¿Qué haces bebiendo sin mí? —Lea le hizo una seña al camarero—. Dos más de esos, guapetón.

—No, no... Yo paso...

Pero antes de terminar la frase ya tenía el chupito en la mano y a Lea colgada de mi cuello.

—Que no se diga, petarda, que no se diga que un vasito de estos puede con nosotras.

Brindamos entre risas y nos tomamos aquello de un sorbo. Estaba bebiendo demasiado, lo sabía, me conocía de sobra, pero me daba igual. No tenía que dar explicaciones a nadie y tampoco iba a conducir.

—¡Dios! Nena, he bailado con Adri y creo que se me han desintegrado las braguitas...

Volvimos a troncharnos de risa.

—¡Eh! Mira quién viene —le dije a Lea aún riendo.

—El señor condones...

Soltamos otra carcajada, teníamos la risa floja.

—Nacho, ¿qué tal? —le pregunté abrazada a Lea.

—No tan bien como vosotras —respondió él divertido.

—Eso seguro, guapo de cara —le dije yo muy suelta—. ¿Ya has gastado la cajita?

Nacho rio mirando a Lea.

—Qué cabronas sois... —De repente me cogió de la cintura y me atrajo hacia él—. Eres una chica muy mala...

Eso mismo me había dicho Thiago...

—¿Acaso te preocupa que la haya gastado entera? —preguntó Nacho mirándome a los ojos directamente.

—Está la hostia de preocupada... —Oí que decía Lea al aire y me reí de nuevo.

El alcohol..., el jodido alcohol me provocaba esa risilla fácil, tonta. Era complicado pensar con claridad.

—No podré dormir hoy pensando en eso, Nacho —le dije retándolo más seria.

Sus ojos se posaron en mis labios. Sabía qué quería. Esa mirada la conocía muy bien, pero... ¿y Gala?

Se acercó en un arrebato y me habló al oído.

—Eres una provocadora...

—Y tú un calzonazos —le dije con chulería.

Apretó sus partes bajas contra mi cuerpo y sentí su latente erección. El tío iba bien servido, pero me parecía que con Gala por ahí Nacho no se iba a atrever a dar ningún paso, así que lo piqué más.

—Lástima que estés liado con doña pija...

Me separé de él y volví a coger de la cintura a Lea, quien charlaba animada con el camarero simpático. La tía pasó de mí olímpicamente.

Noté el cuerpo de Nacho de nuevo a mi vera.

—Creo que has bebido un poco, ¿quieres que te lleve a casa? —preguntó clavando sus ojos en los míos.

Quería tema, claro...

—¿Y tu chica? —le pregunté volviéndome hacia él.

Pasó uno de sus dedos por mi mejilla y cerré los ojos ante ese contacto. Mmm...

—Alexia, coño... —El tono ronco de Nacho me hizo abrir los ojos.

—¿Qué... pasa?

Uf. Empezaba a notar los efectos del alcohol y empezaba a no atinar con mis palabras. Nacho cogió mi mano y me hizo seguirlo. ¿Adónde leches íbamos?

Rodeamos la pista y me llevó hacia la salida, pero antes de llegar a la puerta, se detuvo y yo choqué con su ancha espalda. ¡Joder!

—¿Adónde vas? —Oí que le decía alguien.

¿Quién era ese?

—Vamos a dar una vuelta. —Nacho apretó mi mano como si me fuera a escapar.

—Nacho, Gala te estaba buscando.

¿Era Thiago? Sí...

Era él, pero yo estaba realmente mareada. Joder, me estaba agobiando ahí parada entre toda aquella gente que bailaba a mi alrededor.

—Eh...

Quise decirles que me iba, pero no me escucharon y me coloqué al lado de Nacho.

—Pues le dices que no me has visto —le indicó él.

—Por ahí viene —le dijo Thiago canturreando.

—Mierda, échame un cable —gruñó Nacho mientras me soltaba de la mano.

Thiago me cogió por los hombros y yo apoyé mi cabeza en su pecho. ¡Dios! Qué mal me había sentado el vodka ese...

—Cariño, ¿dónde estabas? —preguntó Gala—. ¡Joder, Thiago! ¿Has perdido el buen gusto?

Eso lo dijo por mí e intenté volverme hacia ella para decirle cuatro cosas, pero Thiago se me adelantó y con sus manos cogió mi barbilla para que lo mirara.

—Madre mía... —Oí que decía Gala—. Débora se la va a comer cuando se entere...

—Ahora vuelvo —les dijo él muy serio—. ¿Vamos?

Intenté abrir los ojos ante sus palabras y su tono dulce. ¿Lo estaba imaginando?

Thiago me había preguntado aquello para que pasara de esa lagarta y lo logró porque solo tenía ojos para él.

—¿Al fin del mundo? —le dije de cachondeo.

Thiago me sonrió.

—¿Contigo? No me importaría.

Su voz sonaba grave, pero ¿lo decía en serio? No, solo tonteaba conmigo.

—Ven...

Me cogió por la cintura y salimos al exterior. El aire fresco me sentó bien, aunque lo veía todo borroso y no era capaz de parar aquella noria en mi cabeza. ¡Joder! No iba a beber nunca más.

—¿Cómo estás? —me preguntó Thiago buscando mis ojos.

Volví a acurrucarme en su pecho. Ahí sí que estaba bien. Cerré los ojos y le hablé en un tono quejumbroso.

—Creo que he bebido demasiado...

—Creo que sí. ¿Te llevo a casa?

—¡No! No... no... ¿Tienes coche? ¿Damos una vuelta? Así me despejo...

Joder, parecía que me quería subir en su coche y montármelo con él, pero realmente eso era en lo último que pensaba.

Thiago no dijo nada y me guio hasta un coche negro. Abrió la puerta y, cuando me senté, cerré los ojos.

Unas manos llenas de sangre recorrieron mis muslos dejando un camino rojo por donde pasaban. Una de ellas llevaba un cuchillo carnicero y clavó la punta en mi piel...

—¡Noooooo!

Me desperté de golpe y miré a mi alrededor. ¿Dónde estaba?

—Eh... Alexia...

Thiago tenía una de sus manos encima de la mía, justo en mi pierna izquierda.

—Me he dormido —le dije un poco cortada.

Había subido a su coche y me había quedado sobada. Thiago apartó su mano.

—Ya me he dado cuenta, ¿estás bien?

—¿Dónde estamos? —le pregunté intentando centrar mi mirada.

—Pues estamos en mi coche, has entrado, te has sentado y te has quedado frita. No sé dónde vives.

—Vale, no quiero ir a casa. Hoy duermo en casa de Estrella con Lea. Mejor volvemos a la fiesta ahora mismo —le dije poco convincente.

—¿Para qué? ¿Para que te coja cualquier gilipollas y te meta mano?

Su tono me sorprendió y lo miré entornando mis ojos para enfocar bien y ver si lo decía en serio o no.

Parecía que sí.

—Conozco a Nacho —le dije justificándome.

—¿De cuatro días?

¿Y este? A ver si ahora le iba a tener que dar explicaciones porque a él también lo conocía desde hacía muy poco.

—¿Dónde crees que te llevaba? —añadió alzando la voz.

—Thiago, no soy una puta cría, ¿vale?

—Pues lo pareces. Mira cómo estás —dijo señalándome.

—He bebido, simplemente. Y ahora estoy mejor —repliqué cabreada—. ¿Qué coño te pasa conmigo?

Thiago me miró unos segundos, pero no añadió nada más.

—Es que no te pillo. Estás con esa tía, pero vienes buscándome las cosquillas, ¿tienes alguna parafilia sexual conmigo?

Me miró sorprendido y de repente empezó a reír.

—Tú eres boba —me dijo aún riendo.

—Y tú pareces otro cuando ríes, pero eres un borde la mayoría del tiempo —le repliqué sintiendo que mi cabeza se iba despejando.

—Y tú eres preciosa, demasiado para terminar en ese estado.

Nos miramos a los ojos y yo sentí que me moría por besarlo, pero ninguno de los dos iba a mover ficha. Hacerlo hubiera supuesto una importante derrota.

—¿Cuánto he dormido? —le pregunté rompiendo aquel influjo.

—Casi media hora —respondió volviendo la vista a su caro reloj.

—Vaya..., ¿y qué has hecho tú mientras tanto? —le pregunté con curiosidad.

—¿Mientras tú dormías? —preguntó con su media sonrisa.

—Sí, eso mismo.

—Prefiero no decírtelo...

—¿Me has metido mano?

Mi pregunta iba en serio, pero Thiago soltó otra de sus carcajadas y acabé riendo con él. Podías enamorarte de él solo oyéndolo reír...

19

GORKA

Cuando Alexia me comentó lo de la fiesta en la discoteca, me dije a mí mismo: «Gorka, no vayas». Pero mi cabezonería pudo más, bueno, eso y saber que Thiago estaría por allí.

Había visto cómo se la comía con los ojos y había sentido algo raro en mi cabeza... ¿Celos? A saber. Hasta ese momento tenía muy claro que con Alexia teníamos un rollito especial, basado en el buen sexo y en largas charlas en mi cocina mientras tomábamos tranquilamente un café.

No era una relación de altibajos, ni de pasiones desenfrenadas, ni de salir al cine o a cenar. Lo nuestro era distinto y, por lo tanto, especial. No sabía si ella se liaba con otros ni ella sabía si lo hacía yo, pero a mí no me interesaban otras y yo pensaba que ella conmigo iba más que servida. Por eso, cuando apareció Thiago en mi cocina y vi cómo se buscaban con los ojos, me molestó. Y se lo dije, por supuesto. Alexia y yo siempre habíamos sido sinceros el uno con el otro, para lo bueno y para lo malo. Ella me dio a entender que pasaba de él, pero una cosa era lo que decía y otra lo que sentía.

Cuando los vi bailar juntos, me sentó como una sonora patada en los cojones. Daba la impresión de que se conocían desde hacía años, de que las manos en el cuello de aquel tipo siempre habían estado allí. Me dolió, debo reconocerlo. Y no esperaba tampoco notar ese pinchazo en el estómago. ¿Sentía más por ella de lo que yo mismo pensaba? ¿Podía ser? ¿O eran simplemente celos posesivos? Quizá simplemente era eso.

Así que cuando aquella chica rubia de pelo rizado se me acercó para bailar aquella canción lenta no me lo pensé dos veces. Sería la manera de comprobarlo.

Estaba bien jodido. No dejé de buscar a Alexia y de querer saber por dónde andaba. No entendía de qué iba ella; se había ido con un tipo rubio con el que había tonteado delante de mis narices. Dejé a aquella chica plantada para seguirlos, pero me detuve en cuanto vi que Thiago entraba en escena y al final se largaba con él.

Media hora más tarde, justo cuando estaba a punto de irme después de localizar a Lander, la vi entrar con él. Algo despeinada, sonriendo y con sus bonitos ojos brillantes.

De puta madre.

20

Aquella fiesta fue una locura, pero al final me lo pasé bien bailando con Lea y Estrella, hasta que a las seis de la madrugada ya no pudimos con nuestra alma y decidimos irnos en taxi hacia el piso de Estrella.

Nos dormimos las tres al instante, aunque mis pesadillas se sucedieron una tras otra, evidentemente.

Me desperté con un terrible dolor de cabeza y al notar entre mis manos unos dedos, pensé que estaba en la cama con algún tío. ¿Gorka? ¿Nacho? ¿Thiago? No, joder. Estaba con Lea y había cogido su mano como siempre que dormía con ella. De esa forma mis pesadillas se suavizaban y podía dormir sin gritos ni lloros.

Eran las dos del mediodía y ellas seguían durmiendo. Cogí mi móvil y eché un vistazo. Nada importante. Pensé en la noche anterior y sonreí al recordar algunos momentos, aunque también pensé que había parecido una auténtica gilipollas quedándome dormida en el coche de Thiago. Ya le había dado material suficiente para meterse conmigo durante todo un año. Estaba segura de que en un momento u otro me lo echaría en cara. ¿Qué quería Thiago de mí? Y lo más importante..., ¿qué quería yo de él? De momento, nada. No tenía ganas de liarme con un tío tan... complicado.

¿Y Nacho? ¿Había intentado aprovecharse de mí? Tampoco iba tan ciega, aunque... ¿me habría liado con él? No, le habría dado largas y tenía claro que no me hubiera metido en su coche. Menudo peligro. Y, en cambio, con Thiago no lo había dudado... No tenían nada que ver el uno con el otro.

Nacho era un ligón de primera clase, de esos que se saben guapos y que usan su *sex appeal* para enredar a las chicas. Sus impulsos sexuales eran superiores a él y aunque estaba liado con Gala no podía resistirse a una chica que lo provocara, tal y como yo había hecho. En definitiva era una presa fácil.

En cambio Thiago... Thiago era otro cantar. Era mucho más atractivo, más maduro y no se dejaba engatusar a la primera de cambio, aunque sabía que yo le atraía. Él era muy distinto de Nacho porque procuraba controlar sus deseos y tenía las ideas mucho más claras. O eso me parecía a mí.

Por cierto, ¿y Gorka? Había desaparecido de la faz de la Tierra. ¿Se habría liado con aquella chica? Probablemente. ¿Me molestaba? En absoluto. En aquel momento, en la disco, estaba cabreada por Thiago, no porque él estuviera bailando con otra chica.

—Me llamo Alexia y soy alcohólica...

La voz de Lea me sacó de mis pensamientos. Nos miramos y nos reímos, con esa complicidad tan nuestra.

—Me llamo Lea —dije yo riendo—, y soy ninfómana.

—Pues a mí me gustan tres tíos, soy la jodida mantis religiosa...

Más risas y seguimos con ese tema.

—A mí me gusta uno que... ¡Hostia!

—¿Qué?

—¿Hablaste de algo con Adrián? —le pregunté recordando que salía con una chica y que yo no le había dicho nada.

—Largo y tendido, ¿qué te dijo a ti?

—Que salía con una —respondí escuetamente.

—Sí, sí, lo sé todo. Me lo explicó mientras bailábamos.

—¡Vaya! Pues no te vi nada afectada...

Era cierto. Nadie lo hubiera dicho.

—¿Afectada? La que va a quedar afectada será la otra porque Adri va a ser mío en menos que canta un gallo —dijo riendo.

—Lea... —le dije avisándola.

—¿Qué? No es un capricho...

La miré más seria para saber si lo decía de verdad.

—Me gusta mucho —dijo en un tono quejoso a la vez que cogía uno de mis largos mechones.

—¿Tanto como Alberto?

—Más...

—¿Tanto como Isaac?

Isaac era su único ex formal, con el que estuvo saliendo cuatro meses hasta que él le pidió ir más en serio y ella se acojonó.

—Algo así —susurró en un tono infantil.

—Joder, Lea, con la de tíos que hay y te has ido a fijar en uno que tiene novia... Que llevan juntos dos años...

—¿Y qué quieres? Una no elige de quién se enamora.

La miré abriendo los ojos al oír esas palabras tan... fuertes.

—Es el chico de mis sueños, lo sé —dijo muy digna.

—Y yo estaré a tu lado, para lo que sea. Ya lo sabes..., pero no corras tanto, ¿vale?

—Sí, *mamasita*. Así que te dormiste, ¿eh? ¿Te caería la baba como esta noche?

Le di un golpe de cojín y ella rio.

—¡Yo no babeo!

—Mira que sobarte... Has perdido mucho, muuuuucho...

—También es verdad, ya me vale. Lo que no entiendo es qué hizo mientras...

—Te miraría... en plan pajero...

—¡Qué cerda! Thiago no es así.

—¡Ay, no! Mi Thiago no es así —me imitó haciendo el tonto y nos reímos como dos locas.

Pero realmente me hubiera gustado verlo por un agujerito para saber qué había estado haciendo durante aquella media hora. ¿Mirarme? Eso sonaba bien...

Sonó el móvil y vi que era mi madre.

—¿Qué? —respondí desganada mientras Lea se iba al baño.

—Están en la ciudad.

—No quiero verlos —le dije tajante.

—Alexia...

No entendía por qué mi madre hacía de mensajera.

—Dijeron que necesitaban tiempo, ¿no? Pues ahora la que quiere el tiempo soy yo.

—Pero...

—¡No, mamá! ¡No es no!

—Piensa en Judith...

¡Ja! Que pensara en Judith..., qué gracia. Como si no lo hubiera hecho un millón de veces. Fue ella precisamente la que me rechazó. Ella, la que parecía haber cambiado mi concepción de las madrastras para luego alejarse como si no significase nada para ella. ¿Y ahora llamaba para que me reuniese con ellos? No, ahora se podían ir a la puta mierda los dos. La habían jodido bien conmigo, y yo a las buenas podía ser encantadora, pero a las malas podía llegar a ser muy mezquina. Yo también lo había pasado mal, también había estado en el hospital completamente magullada y con el muslo lleno de grapas. Cada vez que veía aquella herida la empapaba de lágrimas pensando que hubiera dado mi pierna entera por devolverle la vida. Pero no, el destino había sido así de cabrón y me había dejado viva con ese dolor permanente a un lado de mi corazón.

—Si vuelves a nombrármelos...

Mi voz sonaba oscura y mi madre no dijo nada más.

—Y avísales de que, si dan un paso en falso para verme, acabaremos mal.

Mi madre colgó sin decir ni adiós, indicándome así lo disconforme que estaba con mi decisión. Esperaba que todos acataran mi voluntad como en el último medio año.

Solo había hablado una vez por teléfono con ellos... y fue un desastre, porque mi rabia salió en forma de palabras y dije muchas barbaridades. Ellos me habían abandonado, como mi madre había hecho en su día. Ahora que Judith estaba mejor querían verme, pero yo no iba a perdonar su alejamiento, por muy jodida que estuviera ella. Me habían dejado con mi madre y eso era imperdonable.

No tenían derecho a pedirme nada después de haber escuchado sus palabras: «No sabes qué dices, no tienes ni idea, no sabes lo que ha sido perderlo...» «¿Y a un padre? ¿Sabes tú qué es perder a un padre? ¿Y vivir con una madre desnaturalizada? ¿Y no tener familia? ¿Sentir que no tienes raíces? ¿Que estás sola, muy sola?»

El día que tuvimos el accidente regresábamos de una fiesta. En el hospital, Judith me miró con ojos de «es culpa tuya». Esa mirada me persiguió durante meses y aún ahora la veía algunas noches en mis pesadillas. ¿Era verdad? ¿Había sido culpa mía?

—Bueno, petarda, ¿qué quería doña Estirada?

Se refería a mi madre, claro.

—Molestar, como siempre.

No quería explicarle aquello a Lea porque en parte temía que dijera que me estaba equivocando. ¿Era así?

—Estrella nos está preparando un plato de espaguetis, nos quedamos, ¿no?

—Claro que sí, tendremos que comentar la jugada —le respondí intentando cambiar mi humor.

—Ha dicho que podemos usar la ducha, pero que rapidito, para que no gastemos todo el agua caliente.

—¿Vas tú primero? Quiero mirar una cosa en el móvil.

Hacía un par de días que no sabía nada de D.G.A., pero ahí lo tenía de nuevo...

¿Me echabas en falta? He tenido un poco de lío en la uni y hoy estoy de resaca. ¿Saliste ayer?

Un ratito y no te vi, ¿o eras tú el que bailaba como un mono en medio de la pista?

21

El sábado era uno de mis días favoritos porque no tenía que madrugar y porque mi madre solía ir unas horas a trabajar. Me levantaba tarde, desayunaba en pijama, tomaba una ducha larga y caliente y volvía a estirarme en la cama mientras leía un rato o respondía mensajes en el móvil.

Justo en el mismo momento en que subía una foto del último libro de John Green, me llegó un mensaje de D.G.A.

¿Me viste y no me saludaste?

Me reí al leerlo. Este chico me gustaba; era divertido y parecía listo.

¿Dónde has aprendido a bailar tan... raro?

Perdone, usted, pero bailo de vicio, aunque me gusta más parlotear.

¿En plan maruja?

Me aguanté la risilla.

Jajaja, en plan conversación inteligente e instructiva, ¿quieres que hablemos de la lógica binaria?

No, gracias. Es muy pronto, jajaja. Me queda claro que tienes varias neuronas rondando por tu tejado.

Y a mí que me pica la curiosidad por saber más de ti.

Me quedé pensando en qué querría saber... ¿Sexo? Esperaba que no, me hubiera defraudado.

Por ejemplo, ¿qué música escuchas? ¿Lees poco o mucho? ¿Sueles ir al cine?

¡Joder, el cine! Se me había olvidado que había quedado aquella tarde con Adam, el camarero de El Rincón, para ir a ver *La forma del agua*.

Escucho de todo un poco, aunque me encanta Ariana Grande. Leo todo lo que cae en mis manos, aunque me apasionan las novelas de amor, y me encanta ir al cine. ¿Y qué hay de ti?

¿Justin Bieber? No, jajaja. Me va todo, pero lo que más me gusta escuchar es rap. También leo bastante, sobre todo novelas policíacas y de terror, me apasionan. Y suelo ir al cine con mis amigos, pero no tanto como quisiera. ¿Próxima peli?

Voy a ir a ver *La forma del agua*, pinta genial.

Esa no la he visto, ¿me invitas?

Me reí mientras respondía.

Tres son multitud.

A ver qué decía...

¿Se me han adelantado? Vaya, creía que yo era el hombre de tu vida. Dime a qué cine vas y me sentaré a tu lado sin que se entere el tercero en discordia, porque lo sabe, ¿no? Que él es el tercero en discordia...

Me reí de nuevo al leer sus tonterías.

Jajaja, no lo sabía ni yo. Le preguntaré si no le importa que venga Apolo. El tercero es solo un amigo.

Alexia..., ¿no estabas dando muchas explicaciones? ¿Es solo un amigo? ¡Bah! Qué más daba. Tampoco iba a decirle dónde vería la película ni él iba a aparecer por ahí.

Dile que soy un dios de lo más discreto, que no como palomitas y que lo único que haré es quitarle a la chica.

Solté una sonora carcajada. Qué morrazo le echaba el tío.

¿No comes palomitas?

No me gustan, ¿soy raro?

A mí lo raro me va...

Pues yo soy superraro, estás avisada. Soy gamomaníaco, ¿sabes?

¿Perdona?

Es una manía simplona, sin más...

¿Manía a qué?

Es como una obsesión a pedir matrimonio a las mujeres.

Releí dos veces el último mensaje. ¿En serio?

Y ahora es cuando te estás preguntando si estoy loco, ¿ves? También soy adivino.

Sonreí ante su broma. Me tomaba el pelo...

No me parece tan raro, yo colecciono muñecos. Los lavo cada semana, los visto, los peino y les doy de comer.

Me aguanté la risa, como si D.G.A. me pudiera ver.

¡La hostia! Lo tuyo es peor, jajaja.

No sé qué decirte, ¿con cuántas te has prometido ya? Jajaja.

¿Quieres casarte conmigo? Cuidaremos juntos esos muñecos.

Me partía de la risa con él. Qué tonto...

Un poco loco sí estás...

Pero te encanta.

Sí.

Como tú a mí...

Me mordí los labios al leerlo. Joder, que me iba a pillar de un desconocido... ¿Y si había llegado el momento de conocerlo? No, no. Era muy pronto y estaba segura de que acabaría decepcionándome. Y no porque no fuera guapo, pero quizá no me gustaba su forma de hablar o su voz o yo qué sé.

En ese momento me llamó Lea y tuve que cerrar Instagram. Ese sábado habíamos quedado para comer por el centro, así que me espabilé para arreglarme antes de que sonara el timbre.

Lo que más me gustaba de Lea era su optimismo, su entusiasmo por la vida y sus ganas de vivirla a tope. Siempre tenía unas palabras para animarte o un plan loco de los suyos para que olvidaras cualquier preocupación.

—¿Una cita a ciegas? —le pregunté mientras paseábamos por el centro.

—¿Qué? Puede ser divertido.

—Pero a ver, que ni los conocemos...

Me había propuesto salir con su amigo el del chat y el amigo de este. Una cita a cuatro, vamos.

—¿Y qué más da?

—¿Y si no son de fiar?

—Vamos a La Latina, nos tomamos algo con ellos y nos vamos. ¿Qué puede pasar en medio de un pub? Nada.

La verdad era que si no la acompañaba, Lea acabaría yendo sola. La conocía y no se cortaría un pelo en quedar con el tío ese sin mí.

—Tú solo vienes de acompañante, ya lo sabes. Su amigo irá del mismo palo, así que no te preocupes.

—A mí la que me preocupas eres tú —le dije con sinceridad.

Lea se detuvo y me dio un achuchón de los suyos.

—¿Eso es un sí? —preguntó pegada a mí.

—Sí, petarda. Pero ¿cómo quedamos? Primero voy al cine con Adam.

—¿Cenarás con él? —preguntó mirándome con su sonrisa irónica.

—Pues no lo hemos hablado, pero supongo que picaremos algo después. No tengo ni idea.

La verdad era que habíamos quedado a través de wasaps.

—Yo he quedado con Dani a las once en Marte.

—¿Pues quedamos tú y yo a las diez y media?

—Genial, eres la mejor —me dijo cogiéndome del brazo para continuar con nuestro paseo.

No me gustaba nada conocer a gente de esa forma, pero tenía claro que no la iba a dejar sola con vete a saber quién.

—¿Te apetece ver esta película?

Adam y yo estábamos ya sentados en la sala del cine y él me preguntaba si quería ver la película. Sonreí al pensar en su poca picardía. Teníamos la misma edad, pero daba la impresión de que tenía un par de años menos al ver su comportamiento conmigo. Yo intentaba que se sintiera a gusto, pero por lo visto lo ponía nervioso.

—Mucho, ¿y a ti?

La pregunta era absurda, puesto que ya estábamos acomodados, pero quise que tuviera un buen recuerdo de aquella «cita».

—Sí, mi primo me dijo que tenía muy buenas críticas.

—Yo también he oído hablar muy bien de ella —le respondí antes de meterme una palomita en la boca.

—Sí, creo que él también iba a verla.

—Ajá...

—Solo.

Lo miré frunciendo el ceño. ¿Por qué hablaba tanto de su primo?

—¿Le pasa algo a tu primo?

—¿Eh? No, no. Es que yo no vendría nunca solo al cine.

—¿Y por qué no? Yo lo he hecho miles de veces. Recuerdo una vez en Londres que me tocó sentarme entre dos abuelas asustadizas y que me lo pasé genial con ellas.

Adam me miró como si no me conociera.

—¿Qué? Tampoco es tan extraño...

Nos reímos los dos.

—Adam, creo que tienes que echarle más huevos a la vida. Ya sabes lo que dicen: el tren pasa una vez y, si lo pierdes, a la mierda. Así que ya sabes.

—Vaya, pareces Gandalf...

Solté una risilla.

—Prefiero ser Bilbo Bolsón.

—¿Has leído *El hobbit*? —preguntó entusiasmado.

—Pues claro, ¿por quién me tomas? ¿Por una de esas que solo leen a Moccia? También lo he leído, pero me gusta el rollo fantasía. *El hobbit, El señor de los anillos, Los juegos del hambre, Divergente...*

—¡Caray! A mí también me gustaron.

Me miraba con los ojos brillantes, como si esa coincidencia fuera un gran prodigio. En ese momento pensé que ojalá Adam encontrara una chica que no le rompiera el corazón, porque de momento estaba muy verde.

Empezó la película y agradecí que no fuera de aquellas personas que no dejan de hablar durante la sesión, porque no lo soportaba. Me gustaba ver la película en silencio, meterme de lleno en la historia y disfrutarla al cien por cien.

Cuando terminó, nos miramos ambos con cara de satisfechos y al salir la comentamos con entusiasmo.

—Qué bonita coincidencia...

Me volví sorprendida. Era Thiago.

—¡Eh, Thiago!

¿Adam lo conocía? ¿Estaba en Madrid o en un pueblo de quinientos habitantes?

—¿Qué tal, Adam? ¿Te ha gustado la película?

—Una pasada... Mira, te presento a Alexia.

Thiago me miró a los ojos.

—Encantado, Alexia. Soy Thiago.

Me dio dos besos y me quedé bloqueada.

—Adam me ha hablado de ti. ¿Así que sois muy amigos?

—Eh...

No sabía qué le había explicado Adam, pero eso de muy amigos... Miré a Adam y al ver su cara de apuro me salió la vena amable con él.

—Sí, voy al bar donde trabaja y siempre acabamos conversando de... del mundo en general.

Thiago no era tonto y sabía que me estaba inventando la mitad de la historia.

—¿Y vosotros? ¿De qué os conocéis? —añadí esperando que Adam no se sintiera incómodo.

—Es mi primo, del que te he hablado antes —me informó Adam sonriendo.

—Vaya..., el primo —dije yo alucinando.

—El mismo —comentó Thiago alzando sus cejas—. ¿Vais a picar algo por ahí?

Lo preguntó mirando a Adam.

—¿Y si vamos los tres? —preguntó Adam a su vez.

«Tres son multitud», pensé con una sonrisa al recordar a D.G.A.

—Dicen que tres son multitud, pero si no os importa —respondió Thiago mirándome a mí.

Sus ojos verdes tenían un brillo especial, y supuse que jugar a los desconocidos le divertía.

—Por mí perfecto —dijo Adam.

Bueno, si a él no le molestaba que viniera su primo el buenorro, a mí menos. Un día de estos tendría que hablar con Adam; no sé, explicarle cuatro cosas sobre las chicas. Si sales con una tipa y te interesa, no puedes perder la ocasión compartiéndola con tu primo. Quizá no se presenten más ocasiones o quizá ella crea que no te interesa lo suficiente. No era mi caso, a mí me parecía genial que viniera Thiago, porque... porque me gustaba mucho.

Ya lo había dicho.

22

Me costó cinco minutos darme cuenta de que Thiago no estaba allí de casualidad. Joder, claro, Adam le debía de haber hablado de mí y él, al oír mi nombre, seguro que le había preguntado más cosas para asegurarse de que aquella Alexia era yo.

Qué mamón, el primo que va solo al cine resultaba ser un embaucador de mucho cuidado. Se lo había montado todo solito para verme y para estar los tres en aquel garito tomando una caña y unas tapas.

Me gustaba la idea, no iba a negarlo, pero eso no quitaba que lo fuera a dejar pasar como si nada.

—¿Así que sueles ir solo al cine? —le pregunté a Thiago con ironía.

—De vez en cuando —respondió con su media sonrisa.

—¿Vives cerca?

—Vivo en Chamartín, pero he quedado con unos colegas más tarde y he aprovechado para ir a ver esa película. Una amiga me había hablado de ella y me apetecía verla.

—Tiene una casa con una piscina espectacular. —Adam nos interrumpió y lo miré pensando que no era necesario que alabara más a su primito.

—¿La casa o la piscina? —le pregunté con simpatía.

—La casa, sobre todo porque en los bajos tiene una sala de juegos alucinante.

«Sí, vale. Fascinante.»

Thiago me miró y sonrió.

—¿Juegas a la Play? —me preguntó Adam con interés.

—Eh... No, no me va mucho.

—Alexia tiene pinta de ser más de revistas de moda y maquillaje. —El tono de Thiago era amigable, pero yo sabía que quería picarme.

—Me gustaría saber qué clase de revistas tienes tú escondidas bajo la cama —le solté haciendo una mueca.

—¿Por qué las iba a esconder? —preguntó Adam en su mundo sideral—. Yo compro todas las de motos y las tengo en un cajón.

—Creo que Alexia se refiere a revistas guarras —le aclaró Thiago.

Puse los ojos en blanco al ver que Adam me miraba casi asustado. ¡Madre mía con Adam!

—Pero, Alexia —continuó Thiago—, con el móvil esas revistas ya no son necesarias.

—¿Ah, no? —comentó Adam pensativo.

—Sin detalles, gracias —le dije a Thiago, y él se rio por mi falsa sonrisa.

Thiago y yo terminamos la caña a la vez mientras que Adam iba por la mitad de la suya.

—Bebes como un hombre —señaló Adam, y lo miré frunciendo el ceño.

—Adam, bebo como una mujer del siglo XXI, o sea, como me apetece. —Lo dije un poco molesta porque esas frases me repateaban bastante.

—No... si ya... —dijo él, cortado ante mi comentario—. Si a mí me gustan las chicas de hoy, no las que se parecen a mi madre.

Thiago soltó una risilla y cuando lo miré se calló.

—Perdón, perdón —comentó.

—Las chicas como tú —se atrevió a decir Adam.

Creo que la presencia de su primo le daba seguridad y me gustó que Thiago tuviera buen rollo con él.

—Gracias...

—¿Sales con alguien? —me preguntó de golpe Adam.

Joder, había cogido carrerilla el chaval.

Pasé de mirar a Thiago porque no quería que se metiera en aquello.

—No, Adam, y ahora mismo no me apetece salir con nadie en plan serio, ya me entiendes...

—Ya —respondió él pinchando una patata.

No me dio pena, pero sí me sentí obligada a explicarme un poco más.

—No he salido nunca con nadie en serio...

—¿Y eso? —saltó Thiago como si fuera algo muy extraño.

Lo miré a los ojos y vi que se moría por saberlo.

—Haciendo un pequeño resumen de mi vida: desde que tengo meses he viajado por el mundo con mi padre y no he estado en una ciudad más de tres o cuatro meses seguidos, excepto en París, que estuve los últimos seis antes de... de quedarme aquí en Madrid. Llevo aquí año y medio.

No quise añadir que estaba con mi odiosa madre, que durante el principio de ese año y medio en lo último que pensaba era en tíos y que me costaba profundizar en las relaciones. Nos quedamos los tres callados hasta que Adam rompió aquel incómodo silencio.

—No te has enamorado nunca —dijo sin darle demasiada importancia.

—Yo no, ¿y vosotros? —pregunté cambiando las tornas.

—Yo una vez, pero la tía pasó de mí —respondió Adam con rapidez.

—¿Y el primo? —pregunté con retintín mirando a Thiago.

Tenía la mirada fija en mí. ¿Qué estaría pasando por esa cabecita?

—El primo de varias —respondió Adam riendo.

—Lo puedo imaginar —le repliqué yo—. Seguro que ha ido dejando un reguero de corazones rotos.

—Más que menos —añadió Adam entre risas.

—Dos veces, solo me he enamorado en dos ocasiones, Adam. No seas tan bocas —dijo Thiago al fin—. ¿Y en París, en la ciudad del amor, no hubo nadie especial?

—No, si te refieres a esa clase de amor, no —le concreté para que me entendiera.

Y su bonita sonrisa apareció por arte de magia, como si aquella información le hubiera sentado de maravilla.

—Oye, Alexia, ¿quieres ir a tomar algo por La Latina? —preguntó Adam, cambiando de tema totalmente.

—Eh..., no puedo, lo siento. Le he prometido a Lea que nos veríamos en Marte.

Lamenté ver su cara de decepción, pero tampoco quería que se hiciera ilusiones conmigo. Habíamos ido al cine juntos como amigos, punto.

Thiago insistió en pagar la cena y yo intenté que no lo hiciera, pero se me adelantó al llegar antes a la barra.

—La próxima la pagas tú —me dijo en un susurro.

—¿Qué próxima? —dije retándolo.

—Bicho...

Me reí ante su tono y regresé a la mesa para despedirme de Adam. No había estado mal, sobre todo con la compañía de su primito.

—¿Lo estás diciendo en serio? Tía, lo que no te pase a ti.

Le acababa de explicar a Lea mi cita con Adam y la aparición de su primo.

—Este tío quiere tema, pero en mayúsculas —dijo haciendo aspavientos con las manos.

—Creo que le va el tonteo y que no debía tener nada mejor que hacer.

—Joder, pues ya se molesta el niño para verte, ¿no crees?

La miré sonriendo. ¿Un poco sí, no?

—¿Lea?

Nos volvimos ambas al oír aquella voz y nos encontramos con dos tipos altos, musculosos y rubios. Casi podría decirse que eran hermanos, aunque de cara no se parecían en nada.

Hicimos las pertinentes presentaciones. Ellos eran Dani, el chico del chat de Lea, y Mario. Pensé en Mario Casas... Joder, porque tenía un cuerpo parecido y era morenito como él, aunque no tan guapo.

Lo que debía ser una cita a cuatro, a los cinco minutos se convirtió en una cita a dos entre Lea y Dani. El tal Mario y yo nos vimos obligados a conversar entre nosotros. A ver, el chico era majo y simpático, pero no era mi mejor plan para un sábado por la noche. Lea siempre me metía en unos buenos embolados...

Encontramos un hilo en común: los libros, y eso me sorprendió porque nos pasamos media hora larga hablando de Stephen King y de Agatha Christie.

—Para mí el mejor de King es *IT*, sin duda alguna. Un monstruo que se alimenta del miedo, es fascinante, ¿no crees?

—Sí... —le respondí desviando mi vista hacia la puerta.

«Oh, oh, ¿en serio?»

Mis ojos se cruzaron con los suyos, verdes. ¿Me estaba siguiendo? Sabía que había quedado ahí con Lea, lo había comentado durante la cena. Vaya..., y encima con Adrián. «Genial.»

Thiago retiró su mirada de la mía, con demasiada seriedad.

—Las películas no suelen ser lo mismo —siguió hablando Mario.

—¿Eh? No, no, para nada. Eso siempre suele ocurrir.

—Tú te imaginas el monstruo a tu manera e incluso el disfraz de payaso y luego llega la decepción.

Eché un vistazo a Lea; no se había enterado de la llegada de Thiago y Adrián y seguía a su rollo con Dani. Así era ella: feliz. A veces la envidiaba por vivir en su mundo de purpurina.

Busqué a aquel par con disimulo mientras Mario continuaba explicándome cosas de la película y yo iba afirmando con la cabeza prestándole poca atención. Estaban en la barra, a pocos metros, pero Lea no los veía porque les daba la espalda. Se pidieron una cerveza cada uno y brindaron con las botellas. Seguidamente, les entraron un par de chicas y hablaron con ellas sin dejar de sonreírles.

Thiago, apoyado en la barra, con una cerveza en la mano, la cabeza ladeada, su media sonrisa y sus ojos brillantes. Estaba para comérselo enterito. No me extrañaba nada que aquella chica usara todas sus armas de mujer para ligárselo: escote pronunciado, risas coquetas, aleteo de pestañas y toqueteos innecesarios. Iba dando señales claras, pero Thiago no parecía dispuesto a mover un dedo. ¿Era de los que se dejaban querer? Era lo más probable. No debía de ser complicado para alguien como él ligar con chicas.

—¿Bailamos? —preguntó de repente Mario—. A mí me gusta mover el esqueleto.

¿Mover el esqueleto? ¿Eso no lo decía la madre de Lea?

—Lea... —Bajé del taburete y ella me miró—. Vamos a bailar...

Me dio la impresión de que me iba a decir algo, pero entonces los divisó y no dijo ni mu. Su cara de sorprendida me lo confirmó.

—Sí, son ellos —le dije en un susurro y sin vocalizar demasiado.

—Joder, ¿por qué no me has avisado antes? —preguntó en un murmullo.

—Estabas muy ocupada —le dije yéndome de allí.

Dani nos miraba y parecía que tenía la antena parabólica puesta.

—¿Vamos? —le dije a Mario.

En Marte, la música que sonaba era variada, pero pinchaban muchas canciones de música latina, salsera y, cómo no, de reguetón. En ese momento pusieron «Vacaciones» de Wisin. A mí me pirraba bailar porque desconectaba de todo, me dejaba llevar y me daba la impresión de que la música entraba en mi cuerpo. La disfrutaba y no necesitaba a nadie para pasármelo bien, pero Mario me sorprendió porque empezó a moverse con estilo.

«Fíjate, el muchacho...»

Sabía bailar, sabía mover las caderas y sabía arrimarse bien para seguir a una chica. Me divertía, la verdad, con sus manos en mi cintura, su cuerpo moviéndose sensualmente frente al mío y su sonrisa, que denotaba que estaba disfrutando tanto como yo. Pero el chico se emocionó y pegó su cuerpo al mío, demasiado.

—Guapo, que corra un poquito el aire —le dije de buen rollo en el oído, con lo que aprovechó la cercanía para colocar su mano en mi nuca.

—¿Estás segura, preciosa? —preguntó sonriendo.

—Lo estoy —respondí tranquila.

Mario bajó sensualmente por mi cuerpo, bailando, y yo me reí. Estos chicos... no sabían cómo llevarse a una a la cama.

—¿Puedo bailar con tu chica?

La voz de Thiago detuvo el baile de Mario, que lo miró con mala cara.

—No es mi chica, así que no —le respondió Mario en un tono chulesco mientras Thiago cogía mi cintura para acercarme a él.

Mi espalda en su pecho, mi cuerpo junto al suyo... Uf...

—A ver, tío, ¿cómo te lo digo? —Mario se encaró a él y entonces reaccioné.

Solo faltaba que se montara allí una pelea de gallitos.

—Mario, es un amigo —le dije intentando tranquilizarlo.

Él me miró a los ojos y asintió lentamente con la cabeza antes de irse a la barra.

Me volví hacia Thiago y sus ojos verdes desmontaron toda la artillería que tenía preparada para decirle que dejara de meterse en mi vida.

—¿Bailamos?

Su voz me acarició el cuerpo como si se tratara de sus manos y me quedé como una idiota observando sus labios de bizcocho.

En ese momento empezó la canción «Enamorada» de Pedrina y Rio de la película española *Kiki* y ambos nos reímos.

«Quiero decirte que te quiero, y confesarte lo que siento, ya me cansé de ser tu amiga con derechos...»

Thiago colocó su mano en mi cintura y me acercó de golpe. Me reí, como una boba y sentí el temblor de su pecho al reír conmigo. Empezó a bailotear llevando él el ritmo y me dejé guiar. Los dos cantábamos la canción haciendo el tontaina y me sorprendió que él se la supiera...

«Que me tienes trastornada y muy... enamoradaaa, enamoradaaa, enamoradaaa...»

El ritmo se aceleró un poco en el estribillo y Thiago me dio la vuelta colocando mi espalda en su pecho, sus manos en mi cintura y su boca cerca de mi oído cantando aquello... Uf, madre mía. No sabía si reír o morderme los labios de deseo...

La música cambió de ritmo y bailamos de aquel modo, despacio, pegados, juntos, muy juntos...

«Y darte muchos, muchos picos...»

Sentí su sexo en mi trasero y cada vez era más consciente de que mi cuerpo pedía a gritos el suyo. Estuve en un tris de volverme y buscar sus labios, pero me aguanté las ganas, aún no sé cómo.

—Alexia...

Cerré los ojos al oír mi nombre en ese tono ronco y grave. Una de sus manos acariciaba mi cintura, creo que inconscientemente, y él mismo acabó girando mi cuerpo hacia él.

«Quiero decirte que te quiero...»

—No bailas mal... —le dije con mis manos en su pecho.

Sonrió y se lamió los labios. ¿Lo hacía adrede o era un gesto habitual en él? Empezaba a dudarlo.

—Gracias. Tú tampoco. Te esperan —dijo alzando las cejas.

Joder, ni me acordaba de que Mario debía estar allí solo, esperando. Miré hacia ellos y los vi a los tres parloteando.

—Demasiado músculo para ti —me dijo en un tono neutro.

—No es mi tipo, lo sé —le repliqué sin darle más explicaciones.

—No, no lo es.

Lo miré con interés. Hablaba de mí como si me conociera de toda la vida.

—Y según tú, ¿cuál es mi tipo? —le pregunté divertida.

Me gustaban sus respuestas irónicas y directas. A ver con qué me salía ahora: un tipo con músculo en el cerebro, no solo en los brazos o un tipo que te trate como a una princesita...

—Yo soy tu tipo.

Abrí la boca de la impresión.

—Eres un poco creído, ¿no?

—No...

Entonces se acercó a mí para rozarme con su aliento en mi oído.

—Cuando te atrevas a conocerme, me darás la razón...

Y se fue rápidamente, dejándome con la piel de gallina y una sensación de vacío que no entendía. Su tono no había sido ni prepotente ni mordaz, sino más bien sensual y erótico.

Joder, con Thiago. Me había dejado con más ganas de catarlo y lo último que quería era quedarme colgada de alguien como él. Además, me lo había dejado clarito en varias ocasiones: me consideraba una enana. Aunque por lo visto era una enana con la que se divertía. Tenía que ser un poco más orgullosa con él, porque daba la impresión de que hacía conmigo lo que quería. Y eso sí que no.

23

LEA

A veces tienes unas expectativas demasiado altas y después pasa lo que pasa.

Al ver a Dani pensé que no estaba nada mal: un tío alto, fuerte y musculado, con un rostro corriente, pero que en conjunto se dejaba mirar.

La cosa mejoró al oírlo hablar, tenía una de esas voces graves que tanto nos gustan, pero... cada vez que abría la boca subía el pan. Al principio, hablando de temas triviales, no me di cuenta de que su charla no era demasiado profunda. A ver, no creáis que necesito una conversación trascendental del tipo ¿de dónde vengo y adónde voy? Pero sí un poquito interesante, ¿no? Pues nada. No salíamos del tema películas y fútbol.

Cuando quise darme cuenta, Dani y yo nos habíamos separado de Alexia y su amigo, y encima yo les daba la espalda, con lo que no podía mandarle ninguna señal a mi amiga del alma para que me salvara el culo. Pero, por fin, Alexia me llamó la atención y, cuando quise decirle que nos marcháramos de allí con alguna de nuestras excusas, vi a Adrián... mmm... guapísimo. Y me dejó tuerta y muda.

Alexia se fue a bailar con el otro musculoso y yo fui mirando de reojillo a Adrián, quien charlaba animado con una morenaza. Él no me había visto y lo supe porque en una de estas que lo observaba con poco disimulo, él me miró con cara de sorpresa. Yo retiré la vista porque Dani me preguntó no sé qué sobre Penélope Cruz, ¿y a mí qué me importaba esa actriz? A mí me interesaba Adrián, simplemente. Y cuando volví a por sus ojos, él tenía los suyos fijos en aquella tipa.

—Voy un segundo al baño —me dijo Dani colocando su mano en mi muslo.

Bueno, podía liarme con él, pero estando por ahí Adrián se me quitaban las ganas. Era como cuando puedes elegir entre un plato que está bien y otro que te encanta y, por supuesto, eliges el segundo. Y pasas del primero. Le daría largas a Dani, aunque no sé si colaría una actitud mojigata en mí porque por el chat se me había ido la lengua en más de una ocasión. ¿Y por qué chateando me había parecido otro tío? No entendía de dónde salían aquellos comentarios ingeniosos porque en persona era más bien un memo. En fin. Quizá los buscaba en Google, a saber. Yo por los chats ya había visto de todo. Una vez me quedé pillada de un tío y al final resultó ser una tía. El día que nos lanzamos a vernos por Facetime aluciné en colores. A ver, no soy bisexual, pero siempre he pensado que si me enamoro de una chica no voy a negarlo, una se enamora de las personas, supongo. Pero aquella mentira pudo más que todo, porque si algo no soporto es que la gente no sea sincera conmigo.

Busqué a Alexia y vi que bailaba con Mario. No le pegaba nada porque el tío estaba tan hinchado que ella parecía diminuta a su lado. ¡Uy! Justo en ese momento Thiago se había acercado por detrás y les decía algo. Estaba segura de que le molaba Alexia mucho más de lo que él mismo creía. A las pruebas me remito: había ido solo al cine sabiendo que ella estaría allí con su primo y se las había ingeniado para cenar con ellos. Lo que no entendía era por qué no se lanzaba a por ella. También sabía que a Alexia le gustaba, aunque dijera que pasaba de salir en serio con nadie. Y fijo que se tenían ganas... Joderrr, que si se tenían ganas, solo hacía falta ver cómo bailaban en ese momento, aunque no pude ver mucho más porque Mario se acercó a mí.

—¿Y Dani? —preguntó no muy risueño.

—En el baño, ¿todo bien? —le pregunté.

—Sí, sí. ¿Y tú qué tal?

—Bien, sí, bien...

Me miró con interés a los ojos.

—No te noto muy convencida —dijo con un sonrisilla.

—Es que soy una indecisa de la vida —repliqué alzando mis hombros.

—En el chat parecía que os divertíais...

—Pues sí —dije convencida—. ¿Es tímido tu amigo?

Mario volvió a reír.

—Para nada, le cuesta arrancar, nada más. Ya sabes que hay que dar para recibir...

Me volví hacia él con los ojos bien abiertos y, cuando le iba a preguntar sobre lo que sospeché en ese momento, apareció Dani a nuestro lado. Mientras charlábamos yo los iba observando a ambos como una auténtica espía rusa.

«No jodas, no jodas...»

Y eso que por el chat ya me había pasado de todo. Al final Alexia tendría razón y tendría que dejar de usar esa mierda de páginas. ¡Bah! ¿Y qué hacía? ¿Se lo decía a ellos o pasaba?

Alexia regresó a nuestro lado cuando yo aún estaba decidiendo qué hacer.

—Petarda, lo siento, Thiago me ha secuestrado...

—Secuestrado, secuestrado... —le dije yo riendo.

—¿Así que solo un amigo? —inquirió Mario delante de ella, esperando una explicación.

—Perdona, Mario —le llamé la atención y me miró a mí—. ¿O debería llamarte Dani?

Aquellos dos paletos se miraron entre ellos y Alexia me contempló desconcertada.

Sí, ese era el resumen: Mario se había hecho pasar por Dani en el chat para que su amigo, el lelo, ligara.

—Eh... esto... —Mario miró a Alexia.

—No necesitamos más explicación que esa —le dijo ella cogiendo mi brazo—. Vosotros os lo perdéis.

Y nos fuimos las dos de allí, muy dignas, sin darnos cuenta de que dos pares de ojos nos seguían con mucho detenimiento.

24

—Después dices que me pasan cosas a mí, ¿y lo tuyo? —le dije a Lea, aún riendo por aquella tomadura de pelo de los musculosos.

—Coño, ¿cómo iba a saber que se habían intercambiado? Anda que...

—Podríamos hacer un día eso tú y yo.

—¿Me quedo con Thiago y tú con Adri?

—¡Ja! No alucines —le solté entre risas.

—Y estaban en Marte porque...

—Qué mamón, sabía que estaríamos allí. Adam me ha preguntado si quería tomar algo más y le he dicho que había quedado en Marte contigo.

—Mucha información das tú —dijo Lea con ironía.

—No lo he dicho para que viniera, ¿es que no tiene nada mejor que hacer?

En realidad me agradaba, aunque no tenía claro cuál era su objetivo final.

—Se ve que no. Este quiere meterte el mondongo...

Me reí al oír esa expresión.

—Joder, ¡y cómo baila! —le dije yo recordándolo.

Entramos en LoveHate y la música nos envolvió. Teníamos ganas de bailar, así que nos adentramos en la pista y nos pusimos a movernos como dos locas. A los pocos minutos mi vejiga me avisó de que iba a estallar, así que me fui al baño dejando a Lea a su bola.

Aquel pub era bastante grande y los baños también. Había un espejo largo donde varias chicas se retocaban. Yo miré un segundo mi pintalabios y vi que estaba perfecto. Cuando dejaron uno de los baños desocupados, entré y mientras estaba allí oí una voz estridente que me sonaba: era Gala.

—Tela, la de gente que hay hoy. Nos quedamos un rato, pero luego vamos a la disco, ¿te parece?

—Sí, porfa. A ver si así puedo ver a Jaime. Me dijo Débora que solía estar por aquí los sábados —dijo su amiga.

—A ver si lo vemos. Fíjate, a quien sí he visto es a la rubia de bote aquella ¿Lila? ¿Lola? ¿Lula? ¿Cómo era? ¡Bah! Da igual. Seguro que anda con su amiga, la del pelo-alfombra.

Esa debía de ser yo...

—Menudo par de zorras. Esas son de las que se abren de piernas el primer día y se dejan dar por culo.

—Ya, de las que ellos no quieren a su lado —añadió Gala.

—Solo para follar.

—Eso mismo dijeron los dos guapitos —confirmó la tonta de Gala.

—¿Thiago y Adri?

Puse más atención al oír sus nombres. Ellas no sabían que yo estaba dentro; por lo que había oído, acababan de llegar al pub.

—Ya te digo. Thiago dijo algo así como... a esa niña la engatuso con un par de bailes y me la llevo al coche cuando me dé la gana. Y Adri pasa de tías, ya sabes.

Joder, joder..., ¿sería verdad? Claro, idiota. A ver por qué iba a mentir Gala.

—Adri sale con Leticia y no le ha sido nunca infiel. No lo va a ser ahora con esa rubia palurda —continuó Gala con aquella voz de pito—. Bueno, y si te digo lo que me dijo Nacho...

Joder..., ¿más?

—La otra noche la Alexia esa se le tiró encima como una loba y no sabía cómo quitársela de encima hasta que llegó Thiago. Llevaba un pedal del quince y Thiago no supo qué hacer con ella, así que la dejó por ahí. A saber quién acabaría follándosela...

Oí cómo reían las dos y cómo la sangre me subía a la cabeza.

«Respira, Alexia.»

Par de cabronas.

Cuando dejé de oírlas, salí de allí con una mala hostia que no podía con ella. Y lo último que me faltó fue ver a Lea charlando con aquellos dos gilipollas, con Thiago y Adri.

—Alexia, mira quién...

—Me piro —le dije sin darle tiempo a continuar.

Una mano cogió mi brazo y me frenó. Más le valía a Thiago no ser él...

—No-me-to-ques —le dije iracunda.

Thiago no me soltó, pero me miró muy sorprendido.

—Métete tus manos en tus partes y dale a la manivela. Conmigo ni a la esquina, ¿lo entiendes? —le escupí con rabia.

—Pero...

Me solté de su mano y salí de allí con el corazón en la garganta.

«Idiota, imbécil, estúpida... Qué manera de reírse de mí, ¿no? Pero joder, Alexia, ¿qué esperabas? Si lo sabías y él te lo había dicho: eres una puta cría. Entonces..., ¿a qué jugábamos? Joder, Alexia, pareces nueva, ¡hostia! Eres un jodido entretenimiento, una más en la lista de conquistas, un capricho pasajero, una boba que ha creído que sus miradas significaban algo. Y no, no eres distinta. ¿Por qué deberías serlo?»

Eso... ¿Por qué debería ser distinta? Realmente era lo que esperaba. Y al principio de conocerlo había estado a la defensiva, pero poco a poco me había ido ganando terreno. Y esta noche, al bailar con él... se me habían removido cosas por dentro. Pero no pasaba nada, lo iba a dormir todo de un mazazo, punto.

—¡Alexia! —Lea me seguía por detrás y la oí jadear hasta que me alcanzó—. Tía, ¿qué coño te pasa?

—¿Que qué me pasa? Joder, Lea, esos dos se están riendo a nuestra costa.

—¿Qué?

—¡Taxi!

—Pero, Alexia...

El taxi paró justo delante de mí.

—¿Vienes o te quedas?

Lea entró conmigo en el coche y no dijimos nada más hasta que el taxista paró. Yo no dejé de repetir en mi cabeza aquellas palabras de Gala y su amiguita. No quería que se me olvidaran y las grabé en mi mente sin dejarme ni una coma.

Cuando le relaté a Lea lo que había oído en el baño, se cabreó tanto o más que yo. Las dos éramos impulsivas y, aunque los comentarios de Thiago no fueran con ella, le molestaban igual.

—Menudo gilipollas el Thiago este. Le vas a cantar las cuarenta, supongo.

Lo había pensado durante el trayecto en el taxi, pero había acabado sacando la misma conclusión, ¿para qué? Él lo negaría o diría que yo lo había entendido mal y la que pasaría un mal rato sería yo. Y además pensaba que continuaría burlándose de mí con sus amigos, cosa que me ponía de muy mala hostia. La mejor opción era olvidarlo, pasar de él y no hacerle el menor caso, en nada. En pocos días se cansaría y acabaría buscando otra víctima. Estaba segura de que en menos de una semana lo vería tontear con otra por el bar de la facultad.

Lea y yo nos despedimos un poco desanimadas por todo lo que había ocurrido aquella noche: el fraude de Dani, el musculoso, y después las burlas de Thiago y sus amigos, Adrián incluido. No nos olvidemos del simpático amigo que se había acercado a mí para que su amigo acabara follándome en un coche...

Cuando ya estuve en mi cama, continué pensando en ello. Si solo quería sexo conmigo, ¿por qué no lo había intentado ya? Quizá esperaba a que yo no pudiera resistirme más, la verdad era que se me había metido en la cabeza poco a poco. Joder, ¿cómo podía ser tan mezquino? Cuando habíamos estado solos en su coche, o bailando, o incluso en su casa, había sido amable, agradable, divertido... «¿Y? Eso no quiere decir nada, Alexia, ¿o te crees que los maltratadores de mujeres se presentan el primer día dando un manotazo a su chica? Empiezan embaucando a su presa con palabras bonitas y las van enredando hasta que logran que ellas queden bajo su dominio.»

Thiago había hecho algo parecido. Había coqueteado y tonteado conmigo, me había dado largas, pero a la vez se había acercado a mí, me había rozado en más de una ocasión y todo para lograr un trofeo del que acabaría fardando ante sus amigos. Encima, delante de aquellas arpías. Estaba segura de que la tal Débora se estaría partiendo la caja con toda aquella historia.

Bueno, quizá tres años más sí que otorgaban cierta experiencia que yo no poseía. Pero no me iba a dejar pisotear por esa panda de pijos de mierda. Más jodida había estado tras el accidente... Aquello iba a ser pan comido.

Natalia, la cordura personificada, nos escuchó atenta mientras le íbamos explicando todo lo ocurrido aquel sábado por la noche. Ella no había podido salir con nosotras porque tenía una celebración familiar.

Era domingo por la tarde y estábamos en El Rincón.

—Pues si ya lo tienes claro, perfecto —me dijo Natalia ante mi objetivo de pasar de Thiago.

—¿Y si insiste? —preguntó Lea.

—Dudo que lo haga —respondí yo tomando un sorbo de café.

—No sé... —Lea no estaba convencida.

—Lea, ya sé que si busco la palabra optimismo en Google sale tu foto, pero las cosas son así, no seas ilusa —le repliqué con seguridad.

—Reconoce que ese tío sabe fingir —dijo ella.

Recordé sus ojos clavados en los míos. Joder.

—¿Y Adrián se ha compinchado con él? Es que no creo que sean tan... así. —Lea continuaba en sus trece.

—Pues lo son, son dos capullos con mayúsculas —dije agobiada—. Las oí perfectamente y ellas no sabían que yo estaba en el baño. Y puede que Thiago deba demostrar ante sus amiguitos que es un chulito, pero a mí me la suda. ¿Cambiamos de tema? ¿Qué tal la cena de anoche? —le pregunté a Natalia.

Había sido el cumpleaños de su padre y se habían reunido tíos y primos.

A Natalia le cambió el gesto. ¿Qué le ocurría? ¿Tan mal había ido?

—Bien, fue bien —respondió desviando la vista hacia otro lado.

—¿Solo bien? —preguntó Lea mirándome un segundo a mí.

Allí se cocía algo y no era algo bueno.

—Sí, sí. Cenamos, sopló las velas y le dieron los regalos.

—Un rollo, vamos —dijo Lea intentando que Natalia explicara algo más.

—¿Pasó algo, Natalia? —le pregunté directamente y ella me miró a los ojos.

Nadie dijo nada durante unos segundos y ella negó con la cabeza. Lea y yo nos volvimos a mirar. Sabíamos que se llevaba fatal con su padre porque era muy autoritario y siempre la había tratado a gritos. Ella era la tercera de tres hermanos. Los dos primeros, dos chicos que se llevaban con ella más de diez años, hacía ya tiempo que vivían por su cuenta. Natalia no se había ido de casa porque no quería dejar sola a su madre con aquel ogro. Era de aquellos tipos trogloditas que no entendían lo que era la igualdad de sexos. Su madre siempre se lo había permitido todo, incluso que le diera a Natalia alguna que otra sonora bofetada cuando era una niña.

—Nada, nada. Después de la cena, mi madre y yo tuvimos que recoger todo aquello porque mi padre lo quería todo limpio.

—Tu padre es gilipollas —soltó Lea con asco.

Natalia agachó la cabeza y yo reñí a Lea con la mirada.

—Pero oye, que todas tenemos lo nuestro. Mira a Alexia, que tiene a la bruja de Blancanieves en casa —añadió Lea intentando levantarle el ánimo a Natalia.

—Yo creo que habla con el espejo, fíjate qué te digo —comenté soltando una risilla.

Natalia sonrió.

En ese momento me sonó el móvil.

—¡Tías! ¿No me habrá puesto un puto micro? —les dije arrugando la nariz.

Les enseñé la pantalla y soltamos las tres a la vez una sonora carcajada.

«Mamá móvil.»

25

Nada más entrar en casa me recibió la voz de mi madre. Hacía media hora que me había llamado y no le había cogido el teléfono.

—Alexia, ¿por qué no me has cogido la llamada?

Pasó por mi lado con su maleta de marca.

—No he oído el móvil...

—¿De verdad piensas que me lo creo? No sabéis estar sin mirar el móvil más de cinco minutos seguidos.

No respondí y la observé colocarse su americana entallada. ¿Se iba con su «follamigo»?

—Me voy un par de días...

¿Cómo? ¿Así de repente?

—Me ha salido un trabajo urgente en Lisboa y tengo que coger un vuelo ahora mismo para estar allí a primera hora. Si no pasa nada, volveré el miércoles.

—Muy bien —le dije mostrando indiferencia.

—Tienes dinero, pero no gastes a mansalva —dijo en tono neutro.

«Sí, mamá, estaré bien, no te preocupes por mí.»

«Muy bien, cariño, te he dejado la nevera llena...»

«Gracias, mami, eres la mejor...»

—¿Me has oído?

—¿Qué? —pregunte saliendo de golpe de mi realidad paralela.

—Que no quiero ni fiestas ni chicos en casa, ya lo sabes —dijo en un tono más duro.

—Tranquila, prefiero los coches —le dije yéndome hacia la cocina. «Puta realidad.»

No se había encontrado jamás ni con lo uno ni con lo otro. En aquella casa no se podía cambiar ni una foto de lugar, así que hacer una fiesta hubiera sido mi propio suicidio. En cuanto a chicos, no había subido a nadie. No me apetecía explicar cosas como ¿por qué no hay ni una foto tuya en el salón? O ¿por qué toda la casa parece sacada de una revista de muebles y en cambio tu habitación da pena de lo cutre que es?

Oí cómo la puerta se cerraba y me senté en la mesa de la cocina. No tenía ganas de cocinar ni tampoco hambre, aunque sentía una punzada en la boca del estómago. Sabía qué era. Necesitaba cariño, amor, abrazos y mimos. Porque yo era cariñosa y siempre había recibido ese afecto por parte de mi padre, pero ahora... ahora estaba absolutamente sola.

Subí a por mi cuaderno y escribí cuatro cosas en él. Necesitaba desahogarme un poco.

Menuda semana de mierda. Me había pasado de todo y tan solo en siete días. Thiago se me había metido bien adentro y debía sacarlo. Pero ¿cómo? A Lea y Natalia les había dicho que pasaría de él, pero sabía que no iba a ser tan sencillo. Quizá si me liaba con otro... Joder, tampoco me apetecía. No me apetecía ni con Gorka, a quien debería haberle dicho algo ya, pero me daba palo.

Más tarde, subí a mi habitación, me puse el pijama y bajé al salón para ver alguna película, pero estaba descentrada. Abrí Instagram para escribir a D.G.A. y lo pillé en activo.

Apolo, ¿estás de luna de miel?

Jajaja, peque, me has pillado

¿Peque?

Intuyo que eres más peque que yo. ¿O eres una estudiante de cuarenta años?

A saber...

Esperé su respuesta.

Yo te echo unos veinte.

¿No serás uno de esos maduros de cincuenta que se ponen a estudiar una tercera carrera?

Jajaja, no usaría Instagram. Ese del que hablas es mi padre y no sabe que a través de Insta se pueden mandar mensajes, imagina.

Sonreí al leerlo.

Entonces ambos tenemos entre... ¿18-22?

No quería que nos dijéramos la edad, así me parecía más divertido y por lo visto a él también.

Afirmo, peque.

¿Y eres un tío?

Recordé las aventuras de Lea y preferí preguntar para ver qué respondía.

¡Joder! Que yo sepa sí... Espera que miro... Sí, sí, todo anda en su sitio.

Me reí con ganas. Qué bobo...

Tú ríete, pero tengo una amiga que ha tenido una cita a ciegas con un tío con el que chateaba y ha resultado que con quien chateaba realmente era con su amigo.

Te puedes fiar de mí, soy sincero al cien por cien. Tu mejor amiga debería ir con más cuidado...

Es un poco loca, bueno, las dos lo somos, jajaja. Si no, no andaríamos juntas. ¿Y tú? ¿Tienes un mejor amigo? ¿Chico a chica?

Chico, aunque ahora cuesta más quedar con él.

Entonces, ¿él no salía con nadie? No sería el primer tío que ligaba por las redes y tenía chica.

¿Tú sales con alguien?

Apolo se me adelantó y sonreí. Últimamente era una pregunta demasiado habitual en mi vida.

Si me preguntas si tengo pareja, es un no.

¿No ha llegado Él?

Leí aquello tres veces seguidas, me gustó cómo lo decía.

Eso parece.

Llegará... o quizá estás chateando con él ahora mismo y no lo sabes, jajaja.

Volví a reír. Me gustaba esa mezcla en sus conversaciones de temas serios y bromas divertidas.

¿No sería demasiada casualidad, Apolo?

La casualidad la busca uno mismo, peque. De momento estamos aquí los dos, confiándonos cosas que no diríamos a cualquiera.

Tú no me has confesado nada.

Más de lo que crees. Te he dicho que yo también creo que hay un Ella para mí. Y si me preguntas si tengo pareja, es un no.

Cada vez me gustaba más, lo tenía clarísimo. ¿Debería conocerlo en persona? Siempre acababa pensando eso, pero también acababa diciéndome que lo suyo sería dejarlo así, de momento.

Mañana en la uni pensaré en ello.

Y yo en ti.

Uf.

Por la noche tuve pesadillas, como casi siempre, pero no tuve que contenerme porque no estaba mi madre. Aun así no pasé buena noche porque me desvelé varias veces con un leve dolor de cabeza. En una de esas ocasiones miré la hora en el móvil y vi que tenía un wasap de Thiago. No pude resistirme a leerlo, aunque fueran casi las cuatro de la madrugada.

No puedo dormir pensando en el sábado. ¿Qué ocurrió, Alexia?

Mandaba cojones... Ocurrió que me enteré de rebote de que estás jugando conmigo, que eres un rastrero y un falso de los grandes. Debería haberle escrito todo aquello y más, pero eliminé su mensaje y no respondí. Que te ignoraran jodía más. ¿Y en la facultad qué? Pues nada, Alexia, como si no lo conocieras, punto.

Y eso fue lo que hice nada más verlo. Mis ojos tenían un radar que parecía detectarlo, y al cruzar aquella plaza de colores para llegar a mi edificio, lo divisé con algunos de sus amigos. Thiago estaba sonriendo y charlando con ellos, lo que me molestó más aún. ¿Qué esperaba? ¿Verlo cabizbajo?

—¿No me dijiste que hoy os decían lo del proyecto aquel? —preguntó Lea con su mirada al frente.

Supe que también los había visto porque Lea solía ir echando un vistacillo a todo ser viviente que hubiera a su alrededor.

—Tienes razón, ni me acordaba. Peña colgaba hoy la lista con los nombres de los cinco alumnos. Estoy segura de que serán todos de cuarto, solo espero que no salga su nombre.

Lea sabía que me refería a Thiago. Había optado por odiarlo, a ver si servía para quitármelo de la cabeza.

—Vamos a verlo —me animó Lea.

—Todavía no han colgado nada —me dijo una chica que iba conmigo a Francés nada más plantarme ante el panel.

Pues tocaría esperar. No es que tuviera muchas esperanzas, pero nunca se sabía.

—Alexia...

La voz grave de Thiago sonó a mi espalda. Lo miré por encima de mi propio hombro de forma despectiva.

—¿Nos conocemos? —le pregunté en un tono de indiferencia.

—Deja de comportarte como una...

Me volví de golpe antes de que terminara la frase y le hablé directamente en ruso para que la gente que estaba por allí no se enterara de lo que iba a decirle.

—¿Como una qué? ¿Como una niña? Estoy hasta los mismísimos de oírte decir siempre eso. ¿Qué pasa? ¿Que no hay más repertorio en ese cerebro tuyo? Oye, vamos a hacer una cosa muy simple, ¿sí? Me olvidas y te olvido.

—Bien, pero dame una explicación a tu comportamiento. ¿O es que eres bipolar? —Thiago respondió en el mismo idioma y de un modo demasiado tranquilo.

Me exasperaba, la verdad.

—No te debo ninguna explicación. Que yo sepa, ni nos hemos enrollado, ni somos amigos ni nada de nada. La mala suerte ha hecho que nos cruzáramos demasiadas veces, ¿lo pillas?

—¿Es por Gorka? —preguntó más serio.

Puse los ojos en blanco y miré hacia un lado. Lea me esperaba unos pasos más allá.

—Tengo que ir a clase —le dije a modo de despedida y lo dejé allí plantado.

—¿Lo has mandado a la mierda? —preguntó Lea mientras andábamos a paso rápido.

—Más o menos. Creo que se ha dado por enterado. Se acabó.

—¡Chicas!

¡El que faltaba! Adri se nos unió de camino al bar.

—Mira quién está aquí —dijo Lea sin mirarlo—. El mismísimo Judas.

—¿Hablas de mí? —preguntó Adri extrañado.

—Otro que va de listo —le dije yo a Lea ignorándolo.

—El mundo está lleno de gilipollas —soltó ella con rabia.

—Pero, chicas, ¿qué os pasa?

—Que tenemos la regla —respondió Lea entrando en uno de los baños para quitarnos de encima a Adri.

—Bueno, espero que se dejen de rollitos —le dije retocando mi pintalabios rosa fucsia y observando que estaba un poco pálida.

—Joder, me ha dado penilla...

Miré a Lea a través del espejo: Adrián le gustaba de verdad.

—Oye, que si quieres puedes...

—¡No! —me cortó—. Adrián es su mejor amigo, ¿no? —Afirmé con la cabeza—. Pues también ha sido un capullo porque sabe de qué palo va Thiago. Además, ¿quién no me dice a mí que él también es un cabrón? Dios los cría y ellos se juntan.

—Que nos lo digan a nosotras...

Nos reímos las dos. Afortunadamente nos teníamos siempre la una a la otra.

26

Nada más acomodarnos en el bar, Nacho se sentó a mi lado en la mesa.

—Voy a por el café —dijo Lea yendo hacia la barra.

—Buenos días, princesa.

—¿Princesa? —le pregunté en un tono nada amistoso.

—Quería hablar contigo —dijo colocando bien su tupé.

—¿Sobre que te acosé el jueves en la fiesta?

Arrugó la frente y me miró sin entenderme.

—¿De qué hablas?

—¿No has dicho tú que me tiré encima de ti en plan loba?

Observé sus ojos y no vi que mintiera.

—¿Quién coño te ha dicho esa mentira?

—Quizá el coño que te follas.

—¿Gala?

—Vale, ya sé que te tiras a más tías, pero sí, hablo de ese.

—No sé qué te ha dicho, pero probablemente ha salido veneno por su boca porque lo he dejado con ella. El jueves en la fiesta discutimos y lo vi claro.

Nacho calló esperando mi respuesta.

—Pues me alegro por ti porque me había hecho a la idea de que eras más listo.

—Y lo soy —afirmó con seguridad.

—¿Cuándo se lo dijiste? —pregunté por curiosidad.

—El viernes por la tarde quedamos y le dije que no quería seguir con aquel rollete, tampoco éramos pareja, pero lo parecía. Lo parecía demasiado, y cuando en la fiesta me vi tan condicionado por ella, lo tuve clarísimo.

—Pues felicidades —le comenté pensando que la bruja de Gala no le había dicho nada de aquello a su amiga en el baño. Cualquiera que las hubiera oído habría pensado que seguían juntos.

—Gracias, ¿haces algo esta tarde?

—Un consejo, Nachete.

Me acerqué a él y su rostro quedó a cinco centímetros del mío.

—Aquella frase de «A rey muerto, rey puesto» no siempre funciona. ¿Por qué no disfrutas un poco de tu libertad?

Me miró sonriendo y acortó un poco más las distancias.

—¿Y qué te crees que estoy haciendo? No te estoy pidiendo que te cases conmigo.

Solté una risilla.

—¿Sexo? —le pregunté a bocajarro.

—¿En tu casa o en la mía?

Alzó ambas cejas haciendo el idiota y me hizo reír de lo lindo.

—Y ahora en serio, una simple cerveza, princesa.

—Deja de llamarme así o... —le dije echando mi cuerpo hacia atrás.

De reojo vi que Thiago nos miraba y mi impulsividad me dominó.

—¿O qué? —preguntó sonriendo.

—O me veré obligada a usar otros métodos. —Nacho reconoció mi tono sensual y se acercó de nuevo hacia mí para tontear.

—¿Ah, sí? ¿Cuáles?

Coloqué mis manos en su cuello y junté mis labios.

—No sé si serás capaz de soportarlo.

—Tú prueba...

Su tono ronco me hizo sentir poderosa y me aseguré de que Thiago estuviera pendiente de nosotros antes de acercarme al oído de Nacho.

—Tú y yo envueltos en sábanas blancas.

—Joder, Alexia...

Me separé de él y lo dejé con las ganas. Ellos jugaban con nosotras, ¿por qué no hacer lo mismo?

—Quizá podemos quedar un día de estos, ya te diré —le dije.

—Entonces, ¿me das tu teléfono?

Lo miré sonriendo y busqué un bolígrafo en mi bolso. Le cogí la palma de la mano y me gustó su tacto. Sus manos eran grandes pero suaves y sus uñas estaban perfectamente recortadas. Un tío presumido. Le escribí mi número con rapidez y Nacho rio.

—Me haces cosquillas —dijo cuando le miré.

—¡¡¡Alexia!!! —Me volví al oír el grito de Estrella—. ¡¡¡Estás en el proyecto!!!

Dio un par de saltitos y la miré alucinada. ¿Cómo?

—Que sí, que acabo de pasar por delante y he mirado por curiosidad. Y está tu nombre, ¡tía!

—¿El proyecto de qué? —preguntó Nacho mirándola.

Me levanté como si tuviera un petardo en el culo y fui corriendo hacia secretaría. Había varios papeles en aquel panel, pero era cierto que había uno nuevo:

Proyecto de Peña

Lucía Gómez 4º

Ana Gallardo 4º

Thiago Varela 4º

Hugo Castro 3º

Alexia Suil 1º

—¡¡¡Síííííí!!!

Di una vuelta sobre mí misma, de la alegría. No me lo podía creer.

—Enhorabuena —oí a Thiago a mis espaldas.

Estaba tan feliz que ni me acordé del cabreo que llevaba con él y me di la vuelta con una gran sonrisa.

—Gracias, es increíble...

—Lo es, hace muchos años que no entra alguien de primero en uno de estos proyectos —dijo mirándome bastante serio.

—¿No estás contento? Por ti, digo.

Me extrañó que no sonriera.

—Sí, claro. Y me alegro por ti también.

Pues lo demostraba bien poco, la verdad.

—¡Alexia! ¿Estás dentro? —Lea venía corriendo por el pasillo y fui hacia ella.

—¡Sííí!

Nos abrazamos y empezamos a saltar como dos locas y la gente se nos quedó mirando con una sonrisa.

—Qué fuerte, ¿no?

Me cogió del brazo mientras íbamos en dirección al bar.

—Estoy que no me lo creo, Lea. Esto es una superoportunidad.

—¿Thiago ha entrado? —preguntó en un murmullo al verlo pasar por delante de nosotras.

—Sí... No me lo voy a quitar de encima ni con lejía. Han entrado tres de cuarto, uno de tercero y yo.

—Joder, qué guay. Me alegro un montón.

Regresamos con nuestra compañera Estrella y le dimos a la sin hueso como tres metralletas.

—¿Vamos a clase? —propuso Estrella levantándose—. Por cierto, ¿qué tal con tu chico? —me preguntó.

—¿Con qué chico? —dije mientras cruzaba mi mirada con la de Thiago, quien venía hacia nosotras con sus amigos.

—Tiene tantos, la zorra, que ha de numerarlos —dijo Lea riendo y dándome un culazo de los suyos.

—Hablo del de la disco, de Gorka.

Miré a Estrella y le sonreí.

—Pues no sé nada de él, esta tarde lo llamaré, que tengo a mi madre de viaje.

—¡Oh, oh, folleteo! —soltó Lea gimiendo.

—Lea, joder, que es muy pronto —me quejé riendo.

—El número uno, Gorka, que la tiene como una mazorca. —Lea colocó sus manos como si midiera algo enorme.

—¡Lea! —exclamé entre risas.

Salimos del bar y sentí la presencia de Thiago. Iban detrás de nosotras.

—El número dos, Nachete, el que en cuanto te despistes te la mete —continuó ella pasando de todo.

Estrella y yo nos partíamos de risa con sus comentarios.

—Y números tres...

—¡Lea! —la avisé, pero pasó de mí, iba a su bola y no se había dado cuenta de que Thiago, Adri y los demás estaban solo a unos pasos de los nuestros.

—El número tres, Thiago... ¡ay! ¿Qué hago? No sé, me la follo o no me la follo...

Lea se tronchaba de risa y Estrella más de lo mismo.

—Pues a mí no me hace ninguna gracia. —Era Thiago hablando en ruso, conmigo, claro.

Las tres nos volvimos y se nos cortó la risa de golpe.

—Pues te aguantas —le contesté en el mismo idioma observando que Luis, su amigo ruso, no estaba con ellos.

Sus amigos se detuvieron y nos miraron, extrañados.

—Eres una niñata —me gruñó entre dientes.

—Y tú un chulo que se cree que todas perdemos el culo por ti. Pero resulta que a algunas nos pareces muy patético con esa pose de guaperas.

—Yo no me voy liando con la primera que aparece ni voy escribiendo mi teléfono en la mano de las tías mientras las pongo cachondas. Eso tiene un nombre, ¿lo sabes?

Di un paso hacia él, cabreada, y le señalé con el dedo.

—Cuidado con el dedito —escupió enfadado.

Seguíamos hablando en ruso, suponiendo que ninguno de nuestros amigos seguía el hilo, pero por nuestras expresiones se podía deducir que estábamos discutiendo.

Nos miramos a los ojos con rabia.

—Si vuelves a insultarme...

—¿Qué? ¿Me vas a torturar como a Nacho?

Joder con Thiago, me daba la impresión de que siempre iba un paso por delante de mí.

—¿Puedo saber por qué me vigilas?

Cambié totalmente de tema, sabiendo que por ahí quizá podría pillarlo.

—Yo no te vigilo —dijo, algo menos seguro.

—No me has quitado el ojo de encima, ¿por qué? ¿Eres un *voyeur* o de qué vas?

—Mira, novata, no te imagines cosas que no son.

—Sí, claro. Ahora me lo invento.

—Alexia... —Lea nos interrumpió—. Subimos a clase, ¿vale?

—Sí, sí, yo también —dije volviéndome para irme, pero Thiago me cogió del brazo y detuvo mi paso.

Nos volvimos a mirar con intensidad. No entendía lo que ocurría entre nosotros. Pasaba de tener ganas de mandarlo a paseo a tener ganas de comérmelo a besos.

—Cuidado con Nacho —me dijo con su voz grave.

—¿Y eso por qué?

—Yo solo te lo digo.

Soltó mi brazo y durante unos segundos nos miramos los labios. ¡Mierda! No podía evitar pensar que era el tío más guapo con el que me había cruzado en mi vida.

27

THIAGO

No sabía qué tenía esa chica, pero me estaba volviendo majara. Alexia era como una gran incógnita que no sabía resolver. A veces dulce y otras amarga, a veces débil y otras más fuerte que yo. Estaba llena de contradicciones y lo único que pensaba era que me iba a traer problemas. La veía venir.

Era de aquellas chicas guapas, con carisma, que tienen algo que atrae a todo bicho viviente, pero que apenas se dan cuenta y que usan su belleza de forma casi inconsciente. De aquellas que podían romperte el corazón en dos porque te enamoran despacito hasta que caes rendido a sus pies y entonces te sueltan ese «No estoy segura», «No sé si quiero seguir con esto» o «Soy muy joven para atarme a alguien». No era la primera vez que conocía a una de ese estilo.

Aun sabiendo todo esto no podía no acercarme a ella como un gilipollas: en la discoteca, en el cine, en Marte... Cuando no la tenía cerca, me repetía como un mantra que iba a pasar de ella, pero a la menor oportunidad ya estaba a su vera, joder. ¿Qué cojones me ocurría con Alexia?

Incluso Débora me había calado.

—Esa tía te mola...

—Qué va...

—No lo dudes.

Débora se olía algo, por supuesto. No era tonta y sabía que Alexia no me pasaba desapercibida. Me conocía bastante porque éramos amigos, aunque solo hacía unos meses que habíamos empezado a enrollarnos. Una noche de esas que acabas bebiendo un poco más de lo normal, nos liamos en mi coche y a partir de ahí nos habíamos acostado juntos en más ocasiones.

Débora era de esas tipas casi perfectas, con un rostro bonito y un cuerpo de infarto que cuidaba como si fuera su mejor inversión. Estaba seguro de que acabaría casada con algún ricachón en una supermansión, a pesar de que estaba terminando la carrera de Farmacia. Le había dado por mí, pero se le pasaría. Sabía que lo nuestro era algo puntual y que entre nosotros no había ningún tipo de compromiso.

Follar con Débora ya me estaba bien y me daba pocos quebraderos de cabeza. Prefería estar así, sin alguien a quien dar explicaciones de lo que hacía o dejaba de hacer, como le pasaba a Adrián con Leticia. Su chica, aun estando lejos, lo controlaba a todas horas. Era patético, pero Adrián estaba ciego con ella, así que poco podía decir yo. Alguna que otra vez se lo había insinuado, pero él no se daba por enterado. Por suerte, ahora ella estaba en Helsinki y la cosa iba a durar un largo año, con lo cual yo podía disfrutar de mi amigo al cien por cien. ¿Y quién sabía? Quizá Adri acababa dándose cuenta de que no echaba tanto de menos a su novieta o de que Lea podía ser alguien importante para él.

A ver, veía cómo miraba a Lea y eso que Adri no era de los que iban coqueteando con todas. No era Nacho, para que se entienda. Él creía en el amor, en que Ella existía y en la fidelidad. Pero Lea tenía algo que le atraía: ¿su descaro? ¿Sus curvas voluptuosas? ¿Su risa escandalosa? La cuestión era que le molaba, aunque no tuviera intención de ir más allá de esas miraditas y de alguna que otra charla con ella.

Por eso me hacía gracia verlo revoloteando como una mosca allí por donde andaban las dos amigas. Parecíamos dos quinceañeros con nuestros ojos puestos en ellas. Alexia me había preguntado por qué la vigilaba y yo lo había negado, pero era cierto, no podía dejar de mirarla, de verla reír, de observar sus gestos... Estaba atontado perdido y lo peor de todo era que me daba cuenta, pero su influjo podía más que mi voluntad.

¿Y si me la tiraba? No, no. Debía recordarme que Alexia no me convenía; que lo único que acababa logrando con ella era un pique continuo entre los dos que confirmaba aquella absurda teoría de que los que se pelean se desean.

Lo veía en sus ojos. Alexia me deseaba, tanto como yo a ella. No podía negarlo, pero no quería tropezar de nuevo con una historia que no me condujera a ninguna parte. Eso no me impidió cruzarme en el camino de Nacho cuando vi que se la llevaba a saber dónde. Ella no estaba bien, o no del todo, y me tocó los cojones que Nacho quisiera liarse con ella en esas condiciones. Estaba tan mareada que acabó durmiendo en mi coche durante una buena media hora en la que yo aproveché para observarla y pensar que se me iba la pinza con ella.

Cuando se despertó con un grito aterrador, me asustó de veras, joder. Supuse que había tenido una pesadilla. Estaba encantadora con esa carilla de sobada y el pelo cayéndole por los hombros, algo despeinada. En esos momentos pensé en cómo sería levantarse con ella por la mañana... y tuve que darme un toque: «Thiago, ¿qué coño estás pensando?». Pero Alexia me distrajo de mis pensamientos cuando me preguntó si le había metido mano mientras dormía. No pude más que soltar una buena carcajada.

«Esta niña va a acabar entrando en mí...»

Y no, no era lo que yo quería.

28

—¿Qué te ha dicho? —preguntó Lea yendo hacia clase.

—Tonterías de las suyas, no lo soporto —le respondí en un quejido.

—Yo no sabía si os estabais peleando o si os ibais a besar —comentó Estrella.

Lea y yo la miramos sorprendidas.

—¿Qué dices? Al enemigo ni agua —intenté ser convincente.

—Joder, qué bien hablas ruso, ¿no? —comentó de nuevo Estrella—. Y Thiago estaba sexi de verdad.

Lea soltó una carcajada de las suyas.

—En eso te doy la razón. A mí si me hablan así se me cae el tanga, fijo.

Entramos en clase entre risillas, pero yo no dejaba de sentir el mal gusto de boca que me había dejado discutir con Thiago. ¿Por qué siempre acabábamos así? ¿Incompatibilidad de caracteres? ¿Era eso? Pero a la vez nos buscábamos. Yo lo miraba. Él me miraba, por mucho que lo negara. Se había quedado con todo lo que había ocurrido con Nacho. ¿Y por qué me avisaba sobre él? Ya sabía que era un ligón de los de manual, no era tan tonta como para creer que Nacho quería algo serio conmigo. Pero ¿quién decía que yo sí? No me iba enrollando con cualquiera, pero tampoco era una monja de clausura. Me gustaba divertirme y Nacho me resultaba divertido, además de guapo.

¿Y Thiago? Uf, Thiago era enigmático y eso me atraía irremediablemente. Estaba bueno, aquello no lo podía negar nadie, pero además tenía esa seriedad que me resultaba de lo más interesante. Al principio pensé que esa pose tan solemne era simplemente eso: una pose. Pero no, Thiago era así y esa forma de ser me encandilaba como a una tonta. De vez en cuando recordaba el baile del jueves y veía otro final...

Él se acercaba despacio a mis labios y yo me ponía de puntillas para facilitarle el camino. Su boca rozaba la mía y yo sentía que me derretía cuando su lengua buscaba la mía con lentitud. Era un beso lento, dulce, aunque cargado de deseo, porque entonces Thiago juntaba todo su cuerpo con el mío y sentía su erección bajo mi abdomen. Madre mía, estaba duro como una piedra y yo loca por sentirlo dentro de mí...

—Alexia. —Lea me dio un codazo y la miré sorprendida.

—Señorita Suil, ¿puede venir un momento? —preguntó el profesor Peña que estaba junto al profesor Carmelo—. Recoja sus cosas.

—Sí, sí...

Bajé con la mirada de toda la clase puesta en mí. Joder, y yo enrollándome en sueños con Thiago...

Salí con el profesor Peña de clase, sin entender muy bien el motivo.

—Felicidades por el examen, eso lo primero...

—Gracias, profesor...

—Los demás alumnos del proyecto están en mi despacho. Ahora tengo una hora libre y quería comentaros por encima cómo va a ir el tema.

—Perfecto —le dije un poco nerviosa.

Cuando llegamos al despacho, los elegidos estaban charlando entre ellos y me saludaron en cuanto Peña nos presentó. Thiago me saludó con un movimiento de cabeza, Ana y Lucía con la típica superioridad de las de cuarto y Hugo me sonrió con simpatía.

Me coloqué al lado de Hugo, y el profesor Peña nos explicó con más precisión de qué iba el proyecto. Se trataba de una editorial de Niza que publicaba cuentos para niños de un autor francés y quería fomentar su lectura a otras lenguas, en nuestro caso al castellano. La obra era una amplia colección de cuentos que nosotros nos encargaríamos de traducir a la perfección, bajo la supervisión del profesor, por supuesto. Nos preguntó si disponíamos del tiempo necesario porque aquel proyecto implicaría un trabajo extra a nuestros estudios.

—Si os digo que el viernes por la mañana os necesito, debéis estar aquí a la hora convenida.

Las dos chicas de cuarto se miraron entre ellas con una sonrisilla.

—No se preocupe, profesor, si hace falta no saldremos el jueves —dijo Ana.

Peña nos miró al resto y yo afirmé con la cabeza indicándole que estaba conforme.

—Solo dos cosas más —añadió mirándonos uno a uno—. La primera es que trabajamos en equipo, lo que significa que tenéis que dejar a un lado cualquier tema personal. Quizá a Lucía no le caiga bien Hugo, por poner un ejemplo —explicó con simpatía—. Aquí no hay amigos ni enemigos. Somos compañeros, trabajamos juntos y hay que sacar el proyecto adelante. Cuando estéis trabajando en una empresa, la actitud debe ser la misma. Nada de malos rollos ni de favores, vais a trabajar, no a hacer amigos. ¿Queda claro?

Todos asentimos, aunque yo no pude dejar de pensar en Thiago. Iba a tener que templar mi actitud con él y no saltar ante sus provocaciones. Más me valía.

—Lo segundo es que dentro del proyecto hay un viaje.

¿Un viaje?

—Todavía no sé cuándo, pero la idea es ir a Niza unos días y familiarizarnos un poco con la editorial, visitarla y conocer su sistema de trabajo.

—Vaya... —dijo Hugo.

—Me encanta —comentó con alegría Ana.

—¿Algún problema con esto?

Peña me miró a mí en concreto.

—Ninguno, Niza es preciosa.

Peña sonrió y le devolví el gesto.

—¿Ha estado en la ciudad? —me preguntó entonces en francés y todos nos miraron.

—Que yo recuerde tres veces. La primera un par de meses y las otras apenas uno.

—Yo estuve hace muchos años y me quedé prendado del mercado de las flores.

¡Oh, sí!

—No me extraña, profesor, yo he paseado por allí muchas veces. ¡Es tan pintoresco!

—Cierto, un lugar que no dejaremos de visitar cuando vayamos.

El profesor volvió la vista hacia mis compañeros y siguió hablando en francés.

—Alexia es una alumna de primero, pero como acabáis de comprobar su nivel es de diez.

Nadie dijo nada y yo sonreí para mis adentros. Peña me había preguntado aquello para demostrar mi nivel de francés ante los demás.

—Es extraño que un alumno de primero esté en el proyecto, pero su examen fue casi perfecto. Supongo que no hay más que decir sobre el tema.

Lucía y Ana se miraron un momento, pero nadie dijo nada.

—Yo tengo una pregunta —dijo de repente Thiago, y temí lo peor—. ¿Vamos a trabajar de forma individual o en grupo?

Respiré más tranquila al ver que no se refería a mí.

—De forma individual no, mejor en grupos reducidos, ¿os parece? Podríamos empezar con dos grupos, Ana y Lucía en uno. Y tú, Thiago, trabajas con Hugo y Alexia. Después ya iremos cambiando.

Hala, ya me había tocado la lotería. Pero no me iba a quejar, claro. Lo que iba a hacer era seguir el consejo del profesor Peña: nada de amistades ni de enemigos. Adoptaría ese tono neutro que muchas veces Thiago usaba conmigo. Eso mismo haría.

—Pues os paso los documentos, os doy una llave de la sala de estudio a cada uno para que la uséis para el proyecto, aunque podéis trabajar donde más os apetezca. La cuestión es que en una semana debéis entregarme los primeros borradores, ¿de acuerdo?

—Perfecto —dijo Thiago con formalidad.

Lo miré unos segundos y él hizo lo mismo. ¿Iba a poder trabajar con él como si nada? Una semana atrás hubiera pensado que era una afortunada por poder trabajar con dos tíos guapos, pero ahora... Habían pasado mil cosas en aquella semana y muchas con Thiago.

Volví la vista hacia el profesor, procurando ser seria y formal, pero Peña me miraba con sus ojillos entornados. ¿Qué estaría pensando?

—Eso es todo, chicos —nos dijo con una amplia sonrisa—. Podéis organizaros cuando queráis.

Salimos de allí y Hugo fue el primero en hablar:

—Bueno, tendremos que decidir cuándo nos va bien quedar y eso.

—Lo que digáis —les dije yo, pensando que no tenía nada en concreto que me atara.

—Cuanto antes empecemos mejor, si después sobra tiempo estaremos más tranquilos para el próximo documento, ¿no creéis? —preguntó Thiago sin imponerse.

—¿Os va bien hoy? —nos preguntó Hugo—. Yo como aquí los lunes porque de seis a siete tengo una optativa, pero no sé si a vosotros...

Thiago y yo nos miramos. Joder, ¿comer juntos? «Todo sea por la patria.»

—A mí no me espera nadie, no tengo problema —respondí.

—Vale, yo también puedo quedarme, aunque a las seis y media tengo entreno.

Lo miré de nuevo.

—Juego a pádel —me especificó.

—Pues ya está, quedamos en el bar a la una, ¿os va bien? —concretó Hugo.

—Perfecto —respondí sintiendo que estaba haciendo todo lo contrario a lo que me había propuesto: pasar de Thiago.

29

—¡Qué fuerte, qué fuerte me parece todo! —Lea exageraba los gestos mientras decía aquello.

—Estáis predestinados —concluyó Estrella mirándome con cara de enamorada.

Acababa de explicarles que iba a trabajar codo a codo con Thiago en el proyecto de Francés, que aquel día íbamos a comer juntos y que pasaríamos muchas horas viéndonos los caretos.

—Predestinados a pelearnos —añadí riendo.

—Muy disgustada no estás... —dijo Lea abrazándose en plan lascivo.

—A ver, es un proyecto no apto para novatos. ¿Cómo quieres que esté? —pregunté con una gran sonrisa.

—Sí, claro, Thiago no tiene nada que ver —añadió ella con ironía.

—¿Te imaginas que os enamoráis haciendo ese proyecto juntos? —Estrella seguía en su mundo de Disney.

Lea y yo la miramos con cariño. Nos conocíamos desde hacía muy poco tiempo, pero la inocencia de Estrella era como una bocanada de aire fresco, algo muy agradable.

—Puestos a imaginar podríamos soñar que viene Mariano DiVaio y me pide un hijo, ¿no? —le contesté medio riendo.

—¿Y qué ibas a hacer tú con un hijo? —soltó Lea alzando las manos—. No sé por qué te gusta tanto ese modelo. Yo solo veo pelo y más pelo en esa cabeza.

—Venga, Lea, que eso es un pelazo.

—Como el del amigo, ¿eh? —Lea señaló con la cabeza a Thiago, que pasaba por nuestro lado acompañado de Luis.

Lo miré de reojo, pero me pilló y sus ojos verdes se clavaron en los míos mientras aparecía en sus labios una media sonrisa. Dios, cualquier día se me iba la cabeza y me tiraba a mordisquearlo... Pero no, no Alexia. Debía recordar que aquel guaperas se estaba mofando de mí.

Mientras Lea y Estrella dedicaron la hora libre que teníamos los lunes a organizar su trabajo de alemán por parejas en el bar, yo me fui a la biblioteca para seguir con lo mío.

Eché un vistazo al entrar; había más gente que el lunes anterior, aunque había bastantes sitios libres. Opté por una mesa donde solo había una chica de pelo rizado con los auriculares puestos leyendo un libro. Y la imité. Saqué el móvil para enchufar los auriculares y vi un mensaje de Gorka.

¿Qué tal, guapa? ¿Todo bien?

Sonreí al leerlo.

Todo bien, ¿y tú? Más tarde te llamo.

Abrí Spotify y busqué música tranquila para poder trabajar.

A los cinco minutos vi entrar a Thiago y Adri, y en cuanto me divisaron vinieron hacia mí. Volví a meterme en el libro que Thiago me había prestado y no los miré cuando se sentaron a la misma mesa: Adri delante y Thiago a su lado. Joder, qué par. Mira que había mesas. Debían tener ganas de tocarme la moral, pero iba a ignorarlos.

Al minuto, Adri me pasó un papelito. Lo miré y vi su horrible caligrafía:

Me gustaría saber por qué debo pedirte disculpas.

Mierda, esa no me la esperaba. Los miré a ambos y estaban los dos inmersos en sus libros.

Sonreí al verlos, se parecían un poco a Lea y a mí juntas. Siempre juntas, para lo bueno y para lo malo.

Decidí responderle del mismo modo y escribí en el reverso de aquel papelillo:

Judas vendió a Jesucristo por unas monedas. Tú has ido de amigo conmigo y lo único que querías era ofrecerle un polvo a tu colega.

¿Un poco duro? Tal vez, pero era la realidad. No dejé de observarlos porque sabía que le diría algo a Thiago. Lo leyó y le dio un codazo a su amigo pasándole la nota. Thiago me miró y yo alcé la barbilla. Esta vez fue él el que escribió y me pasó el papel:

No necesito que Adrián me haga ese tipo de favores. Lo del libro de la biblioteca fue una broma, ya te lo dije. Y no entiendo a qué vienen esas palabras, creo que en ningún momento he querido montármelo contigo.

La leí dos veces porque mi cabeza iba a mil. Había algo en mí que me lo había dicho en varias ocasiones: en el coche no se propasó y pudo intentarlo.

Nos miramos a los ojos, yo intentando entender de qué iba Thiago... ¿Y las palabras de Gala?

No os conozco, no sé de qué vais ni tengo por qué creeros. Solo diré que he oído de viva voz esto: «A esa niña la engatuso con un par de bailes y me la llevo al coche cuando me dé la gana». Refiriéndote a mí, claro.

Thiago frunció el ceño y seguidamente me miró negando con la cabeza. Claro, ¿qué iba a decir?

Sea quien sea, ha mentido. Yo no he dicho eso en ningún momento. De todos modos, antes de cabrearte conmigo quizá deberías preguntar.

Mis ojos se clavaron en los suyos, intentando saber si mentía ¿Lo había juzgado mal? ¿Quizá a Gala se le había ido la boca con su amiga y punto? Mientras yo pensaba en ello, me pasó otro de aquellos papeles.

Si hubiera querido liarme contigo, ya lo habría intentado, ¿no crees?

Me gustó que no dijera «ya lo habría hecho», aunque me picó leer si hubiera querido liarme contigo... ¿Es que no quería? No, claro. Quedaba bien patente en aquellas palabras. Tonteaba conmigo, nada más, y tal vez era yo la que le daba demasiadas vueltas al tema Thiago.

Está bien, supongo que deberé creerte.

Solucionado, tú la has cagado y yo he venido a pedirte explicaciones. Me debes una cerveza.

Sonreí al leerlo y lo miré atenta. Thiago me mostró su media sonrisa y me guiñó un ojo.

Le respondí en otro idioma: concretamente en chino, para que no me entendiera.

Cuando crezca un poco, igual me animo.

Arrugó la frente y sonrió al ver la nota. ¿¿¿Acaso sabía chino???

Se volvió hacia una de las mesas y se dirigió hacia allí con la nota. ¿Dónde coño iba? Vi que hablaba con un chico y que este miraba la nota. Vaya, vaya... Suerte que no había escrito ninguna barbaridad...

Thiago volvió sonriéndome y escribió de nuevo.

Yo te veo crecidita. Cena el sábado.

Joder, ¿así? ¿A saco?

Hecho.

Lo escribí sin pensar y cuando me leí a mí misma sonreí. Me iba la aventura y era un poco masoca.

Thiago ensanchó su sonrisa y Adrián nos miró con la cara apoyada en sus manos.

—¿Amigos? —me preguntó en un susurro.

—Amigos —le respondí del mismo modo.

Sonreímos los tres y nos pusimos a trabajar de nuevo, aunque Thiago y yo nos íbamos echando miraditas poco disimuladas.

Aquello parecía la jodida montaña rusa: un día lo deseaba y al siguiente lo odiaba. A primera hora lo hubiera mandado a la mierda y a tercera me lo hubiera comido a besos. Aunque, bien pensado, si Gala había mentido, yo había pecado de impulsiva, como casi siempre.

Cuando entró Lea para ir juntas a clase y los vio en la mesa, los miró preguntándome con un gesto qué hacían ahí. Yo le respondí bromeando con mi mano como si me comiera una minga, alzando mis cejas varias veces. Lea se tapó la boca para no reír y yo dejé de hacer aquello al ver que Thiago levantaba la cabeza. ¿Me habría visto?

—Hola, Adri. —Lea le habló rozando su cuello y él dio un pequeño salto en la silla.

—Joder —murmuró volviéndose para mirarla.

Estaban tan cerca...

Thiago me miró y repitió el mismo gesto que había hecho yo, pero indicando con la cabeza que se refería a ellos. Me tapé la boca con la mano para no soltar una buena risotada. ¿Así que para Thiago también era evidente que Lea se comía con los ojos a su amigo?

—Eh... ¿ya no estás enfadada? —le preguntó Adrián a Lea en un susurro.

—Para nada, ya se me ha ido el período. —Lea aleteó sus pestañas y él se quedó mirándola como un bobo.

Thiago hizo el payaso una vez más y puso morritos, como si diera besos al aire. Me mordí los labios para no reír, pero no pude evitar soltar una risilla y Adrián y Lea me miraron.

—Es culpa suya —les dije señalando a Thiago.

Inmediatamente, él dejó de hacer el tonto y se puso serio. Ellos lo miraron y después me miraron a mí. Vi de reojo a Thiago volver a dar esos besos al aire y centré mi vista en el libro antes de que me diera un ataque de risa.

—Déjala, que está enamorada —le dijo Lea.

—Sí, ya, menudo par —le comentó él.

Sentí los ojos de Thiago en mí y levanté la vista despacio hacia él. Sus ojos verdes decían mil cosas..., pero ¿eran las que yo creía?

En la última clase de la mañana Lea estaba eufórica: no había dejado de hacerme preguntas sobre aquellos papelitos. La verdad era que me había gustado que los dos vinieran a aclarar las cosas, eso significaba que les importaba y que no querían estar a malas con nosotras.

Lea insistió en quedar por la tarde, pero me negué porque acabaría tarde con el tema del proyecto y me apetecía llegar a casa, darme una ducha y relajarme. Además, no estaría mi madre y quedarme en el dúplex sin ella tenía un encanto especial.

A la una nos despedimos y me dirigí al bar, donde divisé a Hugo en una de las mesas.

—Hola —le saludé sentándome enfrente de él.

—Hola, Alexia. ¿Esperamos a Thiago?

—Claro —le dije observando sus facciones.

Tenía unos ojos bonitos, una nariz recta y fina y unos labios bien dibujados. Era moreno de piel y llevaba un poco largo su pelo oscuro.

—Así que has estado en Niza, ¿de vacaciones? —me preguntó con simpatía.

—No, no. Mi padre viajaba constantemente a causa de su trabajo y estuvimos en Niza en tres ocasiones.

—Vaya rollazo, ¿no? Y toda la familia detrás, claro.

Lo dijo tan seguro que dudé en corregir su error.

—Bueno, mis padres se separaron y yo me quedé con mi padre.

Hugo me miró extrañado.

—Cosas que pasan —dije alzando los hombros—. Ahora estoy con mi madre, aquí en Madrid.

—Ya, yo también vivo con mi madre. Mi padre murió hace cuatro años. Un ataque de corazón, así de repente. Joder, fue una gran putada para todos.

—Ya imagino. —Me sorprendió que me lo explicara.

—Lo echo de menos —dijo clavando sus ojos marrones en los míos.

Joder, ¿y esa confianza?

—Lo echo de menos en muchas ocasiones y a veces incluso hablo con él mentalmente, como si estuviera a mi lado.

Ya...

—Pensarás que estoy chalado —dijo con una sonrisilla.

—No, no, me parece muy normal que pienses en él. Lo raro sería que no lo hicieras, ¿no crees?

Hugo me sonrió.

—Tú y yo nos vamos a llevar bien.

Lo dijo con tanta seriedad que me hizo reír.

—Y me gusta tu manera de reír, y eso es importante —añadió—. ¿Tú qué opinas, Thiago?

Justo en ese momento Thiago se sentó entre nosotros dos, en la esquina de la mesa.

—¿Sobre qué?

—Sobre la manera de reír de las personas. Yo creo que es algo que puede acercarte más a alguien.

Thiago le sonrió.

—Os conocíais, supongo —les dije viendo aquella complicidad.

—Si te digo que somos primos, ¿te lo creerás? —me preguntó Thiago clavando sus ojos en los míos.

—No —respondí riendo.

—¿Primos? —repitió Hugo—. Qué va. Trabajamos juntos el año pasado en un par de optativas y nos salió todo de puta madre. Una de ellas era de Peña, y supongo que por eso nos ha puesto juntos de nuevo.

—Aquí donde lo ves es un coco —me comentó Thiago señalándolo.

—Bueno, y aquí el amigo no se queda corto —replicó Hugo.

Los miré a ambos y sonreí. Estaba segura de que trabajar con ellos iba a ser realmente interesante.

—¿Comemos? —añadió Hugo—. Te estábamos esperando.

—Vamos.

Nos levantamos los tres para ponernos en la cola para pedir.

—Alexia...

La voz de Thiago a mi espalda me hizo mirarlo por encima del hombro.

—¿Qué?

—Recuerda que me debes una cerveza.

Reí al escuchar sus palabras.

—Y te aviso sobre esa risa tuya: es demasiado, no abuses de ella porque puedes ir enamorando al personal...

Su aliento me hizo cosquillas en el cuello y sentí que algo recorría mi columna hasta llegar a mi cerebro.

Uf.

Qué peligro tenía Thiago.

30

Comimos los tres con una camaradería envidiable: parecíamos amigos de toda la vida y me hicieron sentir tan cómoda que me olvidé de lo poco que me gusta hablar de mí.

—Pues es que no os lo podéis imaginar. Estar allí fue lo más —dije entusiasmada.

Les estaba explicando la vez que estuve en una boda masái.

—Joder, me parece acojonante —dijo Hugo mirándome con admiración—. ¿No te interesaría explicarlo en un vídeo?

—¿Cómo? —le pregunté sin entenderlo.

Thiago sonrió.

—Hugo es youtuber. ¿Queréis café?

—Yo no, gracias —respondió Hugo.

—Un café solo —pedí yo buscando mi monedero.

—Invita la casa, novata —me dijo con su media sonrisa antes de irse hacia la barra.

—¿Qué me dices? —insistió Hugo.

Lo miré a él.

—¿Lo dices en serio? ¿De qué va tu canal?

—De viajes, aventuras, experiencias y un poco de humor, claro. Tengo casi quinientos mil seguidores.

—¡Joder! Eso son muchos seguidores.

—Te pagaré —me dijo de inmediato—. Eh, no sé cuánto, pero podría pagarte, ¿no?

Me reí ante su tono.

—No sé, déjame pensarlo. No me gusta que me graben...

—Ni te enterarás. Mira, en mi casa lo tengo bien montado. Nos sentaremos en el sofá y te iré haciendo preguntas para que expliques lo mismo que nos has contado hace un rato.

—Me lo pienso —le dije divertida.

—¿Ya te ha convencido? —preguntó Thiago mientras me daba el café.

—Casi —respondió Hugo sonriendo—. Y podríamos repetir con otras vivencias de tus viajes... Sí, sí, lo veo, lo veo.

Thiago y yo nos echamos a reír.

—No corras tanto, que no te he dicho que sí.

—Vaya, qué raro —comentó Thiago mirándome.

—¿El qué? —pregunté yo.

—¿Alguien que no quiere ser famoso? Eres rara —dijo Thiago bromeando.

—¿Saldrías tú? —le inquirí divertida.

Me miró frunciendo la frente. Joder, ¿por qué era tan guapo?

—Me has pillado —respondió cruzándose de brazos.

Me acabé el café y busqué mi neceser para retocarme el pintalabios rosa mirándome en el pequeño espejo.

—Cuando queráis, yo ya estoy —les dije alzando la vista.

Los dos me miraban como si fuera un alienígena.

—¿Qué? —les pregunté extrañada.

—¿En Kenia también llevabas los labios pintados? —preguntó Thiago con su media sonrisa.

—Siempre, ¿por?

Me respondió Hugo gesticulando con las manos.

—Esa mezcla tuya de chica pija y chica de la calle resulta...

—Encantadora —terminó diciendo Thiago.

—Vosotros también sois raros, que lo sepáis —les dije riendo.

Del bar pasamos a la sala de estudio que nos había ofrecido el profesor Peña. Era una habitación pequeña con una mesa alargada con ocho sillas, una pizarra con la superficie blanca para escribir en rotulador y una estantería bajita con diferente material como bolígrafos, colores y hojas.

Nos sentamos en una esquina, Hugo en el centro y Thiago y yo de frente, y empezamos a trabajar en la traducción de aquel documento. Si se nos resistía alguna palabra, usábamos el portátil de Hugo para buscarla, pero la verdad era que entre los tres lo íbamos sacando casi todo. Al cabo de un par de horas, nos dimos un respiro. Ellos se fueron al baño y yo me levanté para estirar un poco las piernas. Me gustaba trabajar con ellos, se notaba que sabían organizarse, que estaban acostumbrados al mundo universitario y que, además, conocían al profesor Peña al dedillo.

—¿Todo bien? —me preguntó Thiago cogiendo un rotulador de la pizarra nada más entrar.

—Sí, sí —le respondí mirando qué hacía. Escribió:

¿Una cerveza?

Me reí. Cogí otro de aquellos rotuladores y escribí yo.

¿No necesito crecer?

Leyó y sonrió.

Me gustas bajita.

Me reí como una quinceañera, pero no lo pude evitar.

Mido uno sesenta y cinco, no soy bajita.

Lo que yo decía, no necesitas crecer = cerveza.

Me reí de nuevo, el tío era ingenioso. Me atreví a escribir.

¿Mañana por la tarde?

Hecho.

Y lo borró todo en un santiamén, justo en el mismo momento en que me sonó el teléfono.

—Hola, Gorka.

—Alexia, ¿qué tal?

—Bien, ¿y tú?

Su voz sonaba como siempre, amigable.

—Pues bien. Vengo de la uni y he pensado que podrías pasarte por aquí.

—Pues aún estoy en la facultad —le dije mirando hacia Thiago, quien se había sentado a leer algunos de los papeles que teníamos esparcidos por la mesa.

—¿Mucho trabajo?

—Es que me han cogido para un proyecto de francés y nos toca currar mucho, pero estoy supercontenta.

—Oye, eso es un notición.

—Sí, lo es.

—¿Acabarás tarde? —preguntó con voz remolona.

—No, supongo que hacia las cinco y media.

—¿Te pasas luego entonces?

Lo pensé unos segundos. ¿Me apetecía? Le di la espalda a Thiago antes de responder.

—Sí, cuenta con ello.

—Te tengo ganas. —Su tono sensual me hizo sonreír, pero recordé que no estaba sola.

—Tengo que colgar...

—¿Tenemos público? Qué morbo...

—Gorka... —le avisé.

—Vale, vale. No vayamos a poner cardíaco al personal. Nos vemos luego.

—Hasta luego —le dije sonriendo.

—Perdonad —Hugo entró y se sentó en su sitio—, pero me ha pillado el de informática a medio camino y me ha metido la chapa. ¿Seguimos?

Trabajamos durante otra hora más, hasta que Thiago dijo que tenía que irse. Hugo se fue hacia el bar y nosotros hacia la salida.

—¿Te llevo? —me preguntó saliendo de la facultad.

—No, no —contesté algo incómoda.

—No me cuesta nada y sé dónde vives.

Parpadeé un par de veces.

—Lo comentaron mis padres después de aquella cena.

—Ya, pero gracias, no hace falta.

—No me cuesta nada, en serio.

—Llegarás tarde a pádel —le dije avisándolo.

—Anda, no seas cabezona. A saber cuándo pasa el autobús.

Al final cedí y me fui con él hacia el aparcamiento.

—Vaya, vaya, menudo cochecito —le dije admirando su reluciente Golf negro.

Entramos ambos en el vehículo.

—Es el mismo que el del jueves pasado...

—Bueno, es que de noche todos los gatos son pardos —le repliqué con rapidez.

Thiago soltó una de sus encantadoras carcajadas y me quedé mirándolo con una sonrisa.

—¿Qué? —preguntó con sus ojos verdes fijos en los míos.

—Nada —dije negando también con la cabeza.

—Nada no, me estabas mirando y pensando algo.

—¿Lees la mente?

—No sabes lo que daría por leer la tuya.

Metió la llave en el contacto y me miró las piernas.

—¿Y tú qué miras?

Llevaba falda, aunque no extracorta.

—Nada, solo pasaba por aquí —dijo sonriendo.

—Nada no, me acabas de dar un repaso.

—Yo no tengo la culpa de que tengas unas piernas bonitas —comentó sonriendo.

Arrancó el coche y no respondí porque a mi mente vino la imagen de mi cicatriz. De bonitas nada.

—¿Te dejo en tu casa? —me preguntó al poco.

—¿Eh? Sí, sí, necesito una buena ducha. ¿A qué horas entrenas?

—Hoy a las seis y media, pero depende del profesor. Suelo entrenar los lunes y algunos miércoles.

—¿Y eres bueno?

Thiago me miró unos segundos y volvió la vista al frente.

—No lo hago mal —respondió sin añadir nada más.

Miré por la ventanilla y pensé que era muy curioso ir en su coche. En ese momento parecíamos dos simples compañeros de universidad, pero los dos sabíamos que entre nosotros había algo. Pero ¿el qué? Me costaba ponerle nombre: ¿una simple atracción? ¿Qué era aquello realmente?

Lo miré de reojo y me gustó verlo conducir. Parecía tan seguro como siempre, con sus manos inmaculadas en el volante, con su pose tranquila y seria. No me hubiera importado que parara en un arcén y que me hubiera dicho: «Nena, necesito besarte». Porque eso era lo que yo acababa pensando cuando lo observaba más de la cuenta.

—Hemos llegado —dijo aparcando en doble fila.

—Gracias, te debo un viaje también.

—Anotado —replicó sonriendo.

—Hasta mañana —le dije abriendo la puerta del coche.

—Mañana la cerveza —me recordó, y yo reí al salir.

Thiago... Thiago... ¿Qué quería de mí?

31

ADRIÁN

—Hola, Leticia...

—Adrián, ¿cómo te encuentras?

—Bien, bien...

El último día que hablamos por Facetime llevaba una buena resaca, pero a mi chica le dije que estaba congestionado. Leticia es un poco tiquismiquis con según qué cosas y no le mola nada que me vaya de juerga con Thiago. Cree que es una mala influencia porque no tiene novia formal y porque le gusta salir de fiesta conmigo.

—¿Y tú? ¿Cómo va por esas tierras? —le pregunté mientras observaba que se había cortado un poco su melena rizada.

—Estoy muy contenta y estoy aprendiendo más que en toda la carrera. Esto es increíble...

Siguió hablando y me explicó todo lo que hacía, dónde iba, con quién iba y no sé cuántas cosas más; tantas que hubo momentos en que desconecté de su monólogo sin darme cuenta. Vinieron a mi mente Lea y Alexia. Aquel par de chicas nos habían troleado de buena mañana y en clase no había dejado de pensar en ellas. ¿Qué mosca les había picado?

Ni Thiago ni yo entendíamos nada. El sábado por la noche Alexia mandó a la mierda a Thiago de repente y sin motivo alguno. Y el lunes por la mañana parecía que los ánimos continuaban igual de caldeados. Por eso, cuando Thiago me propuso ir a la biblioteca y hablar directamente con Alexia, no me lo pensé dos veces. Alexia me caía bien y Lea..., bueno, Lea era otro tema.

—Por mí perfecto —le dije a Thiago—. ¿Le digo que salga y lo hablamos los tres?

—No querrá salir —comentó él como si la conociera de siempre.

—¿Entonces?

—Nos sentamos con ella y le escribimos una nota.

Lo miré incrédulo.

—¿En plan tengo dieciséis años? —pregunté divertido y sabiendo que funcionaría.

—En plan me muero por saber qué cojones te pasa, nena —respondió Thiago de muy buen humor.

Últimamente estaba más contento de lo normal y yo sabía la razón: Alexia.

No es que Thiago sea un tipo antipático, pero sí que suele ser más formal y serio que el resto, sobre todo cuando no te conoce o no te tiene confianza. En grupos muy reducidos se desmadra un poco más. Supongo que es cuestión de lo que ha mamado en casa. Luego lo ves de fiesta y es otro, porque el alcohol lo desinhibe, está más relajado, más suelto y dice muchas más gilipolleces. Algo como yo en mi estado natural.

—¿Qué te parece? —Mis neuronas me avisaron de que Leticia me estaba preguntando algo.

—¿Y a ti? —respondí inmediatamente.

—Pues no sé, ya te he dicho que si acepto tendría que quedarme en Navidades aquí... y me apetece verte, ver a los míos y a mis amigas...

¿De qué coño hablaba?

—Tienes tiempo de pensarlo —me arriesgué a decir.

—Sí, eso sí. El profesor me ha dicho que tengo hasta la semana que viene para pensármelo. Pero ¿te imaginas? ¿Yo haciendo de profe unos días?

Vale, era eso.

—Quizá deberías decir que sí, es una muy buena oportunidad...

—¿No quieres verme? —preguntó con un punto de mala leche.

—Joder, cielo, no es eso.

Ciertamente era extraño que yo no me quejara ni un poco.

—Además, ya lo hablamos. Un año no es tanto y menos para nosotros...

«Porque lo nuestro es especial...» ¿Lo era? ¿Qué hacía preguntándome eso? Miré la cerveza que me había tomado para ver si estaba caducada. Menudas tonterías se me pasaban por la cabeza.

—Lo sé, cari. Te quiero mucho —me dijo más contenta.

—Y yo, cielo.

—¿Y por la uni qué tal? ¿Y tu amigo?

Mira que le costaba llamarlo por su nombre.

—Sin muchas novedades, todo igual que siempre...

«Excepto que he conocido a una chica rubia, de pelo corto que me mira con ganas... Las mismas que siento yo en mi entrepierna por las noches cuando recuerdo alguna de sus miradas...»

Era cierto, me había masturbado pensando en ella. Yo estaba convencido de que aquello no era un infidelidad, aunque tampoco era algo que le iba a explicar a Leticia.

Charlamos durante unos veinte minutos más y cuando colgó no me quité de encima la sensación de que me había parecido todo muy forzado. ¿Era yo? Sí, era yo el que había pensado en Lea varias veces mientras charlaba con mi novia.

Debía quitarme a Lea de la cabeza, fuera como fuese.

32

Nada más entrar en el piso, Gorka me alzó en brazos y me empujó contra la pared buscando mi boca con desespero. Recordé el último día que habíamos acabado follando ahí en medio y también que a la media hora llegó su hermano con Thiago y Luis.

—Gorka...

—Mmm...

Él seguía besándome como si se fuera a acabar el mundo y cuando una de sus manos se introdujo por dentro de mi camiseta lo detuve.

—En tu habitación —le dije con suavidad.

—Lo que mande mi chica.

Me llevó hasta allí a pulso y al cerrar la puerta oímos la de la entrada.

—Es mi hermano —dijo empujando mi cuerpo con delicadeza hacia su cama.

—¿Viene solo? —pregunté pensando en Thiago de nuevo.

Gorka me miró a los ojos, como si buscara algo.

—No lo sé, ¿por qué?

—No, no, por nada. No me gustaría que estuvieran pendientes de nosotros —mentí descaradamente.

—No te preocupes, te haré gritar flojito —murmuró con su boca en mi cuello.

Gorka bajó su mano hasta mi entrepierna y pensé que iba demasiado a saco, pero... ¿desde cuándo pensaba que iba demasiado rápido? Lo nuestro siempre había sido así: preliminares pocos.

Su mano se introdujo en mis braguitas y buscó mi punto débil. Cerré los ojos, intentando concentrarme, pero cuando Gorka empezó a acariciarme me sentí incómoda. ¡¡¡Joder!!! ¿Qué leches me ocurría?

Unos repentinos golpes en la puerta nos separaron.

—¿Gorka?

Era Lander.

—Estoy... ocupado, ¿qué quieres?

—Vamos a hacernos una rayita, ¿te apuntas?

Miré a Gorka abriendo los ojos.

—No, no. Ya hablamos luego —dijo sin dejar de mirarme.

—¿Una rayita? —le pregunté levantándome de la cama y colocándome bien la falda.

—Eh... Yo qué sé, el otro día pillamos coca y tenemos ahí un par de gramos.

—¡Ah! Muy bien. ¿Miro también debajo de la cama a ver si tienes a otra escondida?

—Vamos, Alexia, todo el mundo toma coca de vez en cuando.

—Todo el mundo —repetí flipada.

Conocía a Gorka desde hacía casi medio año y no tenía ni idea de esa faceta suya. A decir verdad, nos conocíamos poco, pero quizá podía haberme dicho que esnifaba mierda de esa, ¿no?

—¿Por eso vas como una moto? —le escupí crispada.

—¿Qué dices? No tomo siempre, Alexia. Y si estoy excitado contigo, es por ti, no por la coca.

Dio un paso hacia mí y yo di otro hacia atrás.

—A ver, nena, nos metemos alguna que otra raya, no hay más. Y si la pruebas, verás que no es para tanto.

—La he probado —le corté tajante.

—¿Ves? ¿Y qué? Solo es coca.

Lo miré como si no lo conociera en absoluto. «Solo es coca... No me jodas, hombre.»

—Entonces si yo me metiera esa mierda no te parecería mal.

—No, claro que no.

—¿Y si me chuto algo? ¿Heroína?

Arrugó la nariz como si hubiera dicho una gran barbaridad.

—Joder, Alexia, no exageres, coño. Eso lo hacen los colgados. No compares una cosa con la otra.

—Son drogas, punto —le dije yendo hacia la puerta.

Gorka me alcanzó antes de que pudiera salir y me cogió de la cintura abrazándome. Sabía que adoraba sus abrazos y se aprovechaba de ello. Me habló con sus labios en mi cuello y con un tono muy suave.

—Vamos, cielo, no te cabrees. No le des importancia a algo que no la tiene. Tú y yo estamos por encima de eso y vienes aquí porque...

Su mano volvió a buscar mi sexo y me dio un leve pellizco que me estremeció.

—... nos lo pasamos bien... y yo necesito estar dentro de ti...

Con maestría me bajó las braguitas y colocó su sexo de tal manera que rozaba el mío. El calor me atrapó y, aunque en mi cabeza seguía mosqueada, el deseo por sentirlo pudo más.

Se colocó el preservativo con su habitual rapidez y entró dentro de mí despacio, como a mí me gustaba. Gemí echando la cabeza hacia atrás.

—Alexia..., me tienes loco...

Sus labios se juntaron con los míos y su lengua recorrió mi boca a la vez que empezó a embestirme con más dureza. Sentía mi cuerpo contra la puerta al golpearla, pero no paramos, ya no podíamos parar, aunque quizá al otro lado su hermano pudiera estar oyéndonos.

—Sí... Alexia..., déjame que te folle duro...

Gorka sujetó mis nalgas con sus manos y acabó con algunas arremetidas más hasta que gemí sintiendo que el orgasmo recorría mi cuerpo entero.

Había logrado desconectar y dejarme llevar, pero no dejaba de ser un polvo rápido y casi desesperado. ¿Era eso lo que realmente quería?

—¿Estás bien? —Gorka estaba recostado en su cama y yo en su pecho, ambos vestidos.

—Sí, ¿tienes un cigarro?

—Claro.

Me pasó la cajetilla y el mechero que sacó de uno de los cajones. Me encendí un cigarrillo y él hizo lo mismo. Colocó el cenicero a nuestra izquierda.

—Alexia.

—¿Mmm?

—¿Te tiraste a Thiago el jueves?

Vaya, directo al grano.

Di una bocanada y saqué el humo sin prisas.

—No...

—¿Estás segura? —insistió.

Me volví para verle los ojos.

—Segurísima. ¿Por?

—Te vi entrar con él y pensé que os habíais enrollado.

Su tono neutro no me gustaba nada. Hubiera preferido que lo dijera cabreado o mosqueado o yo qué sé.

—Pues te equivocaste. No me encontraba bien y estuve con él hasta que se me pasó un poco. Nada más.

—Reconocerás que resulta un poco raro...

—Joder, Gorka. El que está raro eres tú. Que yo sepa tú andabas con una tía en la disco y yo no te he dicho nada. ¿Desde cuándo nos pedimos explicaciones? ¿Somos pareja o qué?

Me separé de él y seguí fumando con el ceño fruncido.

—Alexia, llevamos juntos unos cinco meses, ¿qué quieres que haga? ¿Hago ver que me la pela si te veo con otro? ¿Qué pensarías entonces de mí? ¿Que me suda la polla lo que hagas? ¿Es lo que quieres? —preguntó molesto.

Fumé nerviosa y apagué el cigarro.

—No sé. —Me levanté de la cama y me calcé mientras le hablaba—. No sé qué quiero, pero que me controlen no, eso seguro.

—Está bien. Fóllate a toda la puta universidad —dijo alzando las manos.

—Creo que la coca te sienta mal —le dije para tocarle los cojones.

Abrí la puerta y salí dando un portazo. Lo último que me faltó fue ver a Lander echándose unas risas con Luis en el salón. De puta madre.

—¡Hasta luego, *cuñá*!

—Hasta luego —les dije saliendo rápidamente de allí.

—¡Alexia, espera! —Gorka me siguió escaleras abajo y me pilló en el portal.

—Ya hablaremos —dije malhumorada.

—Alexia, por favor, no te vayas así...

Su tono dulce regresó y lo miré a los ojos con rencor.

—Te lo voy a decir solo una vez más: tú y yo follamos, si te está bien, perfecto. Y si no, lo dejamos aquí y ahora.

Era un ultimátum.

Gorka me miró serio. Lo estaba pensando. ¡Mierda!, y si lo estaba pensando era porque para él aquello significaba más que para mí. ¿Cómo no me había dado cuenta antes? Tan lista que me creía a veces...

—Está bien —dijo poco convencido.

Me cogió el rostro con ambas manos y sus ojos me miraron buscando algo que no había... Yo no sentía nada por él, o nada en el plano romántico.

—No quiero pelearme más —susurró con su habitual tono relajado.

—Ni yo —dictaminé más calmada.

De camino a casa mi cabeza iba a mil por hora pensando en todo aquello.

¿Podía ser que buscara en Gorka el cariño que me faltaba en mi vida diaria? La mayoría tenía el amor de su familia, de su madre, de su padre, de sus hermanos y de sus abuelos. Yo no tenía nada, absolutamente nada de eso. En mi casa, simplemente tenía el cariño de un gato.

No estaba enamorada de Gorka, pero me gustaba estar con él y era cierto que él demostraba su afecto sin cortarse un pelo. Y me encantaba que fuera cariñoso, que después de follar le gustara estar abrazado a mí o que de vez en cuando nos pasáramos un buen rato charlando de nuestras cosas. Jamás me había pedido más y ahora no entendía qué paranoia le había entrado. Me había visto con Thiago, vale. Pero yo también lo había visto a él con un pibón, e incluso había llegado a pensar que se había liado con ella.

Ahí radicaba la diferencia: a mí me daba igual; a él no. Joder, joder. ¿Debería dejarlo con él? No quería hacerle daño, ni quería que sufriera ni quería que se enamorara de mí, porque el sentimiento no era recíproco. Yo me conocía de sobra y sabía que Gorka no era esa persona con la que deseas pasar el resto de tu vida. Con Gorka estaba en mi zona de confort, estaba cómoda y era todo sencillo. Yo siempre había imaginado que con el hombre de mi vida las cosas debían ser mucho más intensas, tanto que no fuera capaz de pensar en nada más que en él.

Y eso no me había ocurrido nunca. Tampoco me preocupaba. Tenía dieciocho años y me quedaban muchos por delante para encontrar al chico de mis sueños.

Ese chico especial, distinto, con un toque divertido, guapo, listo, encantador... ¿Estaba describiendo a Thiago? Me reí para mis adentros. Qué tonta estaba con él y qué poco me costaba relacionarlo todo con su nombre.

Lo de las notitas en la biblioteca me había resultado de lo más divertido y sus escritos en aquella pizarra... Thiago era realmente diferente y eso me atraía. Con ese cuerpo y ese rostro casi perfecto, había pensado que era el típico chulo de playa que te vacilaba a la que podía y que intentaba llevarte al huerto para sumar una conquista más. Pero Thiago era un tipo curioso: daba la impresión de que era bastante serio, aunque en realidad era muy ocurrente y gracioso.

Había quedado con él para tomar una cerveza. ¿Y si acababa pillada por él? Más me valía tener las cosas claras, no quería sufrir más.

Me sonó el móvil: tenía un mensaje de Thiago. Así era complicado no pensar en él... Me había pasado el enlace de «Enamorada» de Pedrina y Rio y sonreí como una lela.

Peligro, Alexia...

33

Estaba pensando qué cenar cuando llamaron a la puerta del dúplex. Miré por la mirilla y sonreí al verla.

—¿Qué haces aquí, petarda? —Vi la pequeña maleta que llevaba en su mano y me reí—. ¿Vienes a vivir conmigo?

—Ayer ya dormiste sola y he pensado que hoy querrías compañía —respondió Lea dándome dos besos.

—¿Y si te digo que tengo un tío en la cama?

—Pues no me lo creo. ¿Es Thiago? —preguntó de repente.

Me reí al ver su cara de asustada.

—Sabes que aquí no entra ni Dios, tranquila.

—Joder, pues no me extrañaría. Esta mañana lo odiabas y al cabo de un rato te lo comías con los ojos.

—Está bueno, ¿qué quieres?

—Si solo fuera eso...

—¿Tienes hambre? ¿Te apetece pizza? —le pregunté abriendo la nevera.

—Sí, genial. ¿La preparamos nosotras?

—Venga, sí. Pero primero hacemos como en las pelis y abrimos una botella de vino, ¿vale?

Me encantaba tener a Lea allí. Me hubiera gustado poder vivir a mi aire con ella, pero la realidad era otra muy distinta.

—¿Cómo ha ido eso? —preguntó sirviendo el vino en las copas mientras yo iba sacando todos los ingredientes.

—Genial, Lea. Hemos trabajado superbién y he estado con ellos comodísima, como si nos conociéramos de siempre...

Le expliqué cómo era Hugo y el tema de su canal en YouTube.

—¿En serio quiere grabarte en vídeo? Joder, qué pasada, ¿no? Le habrás dicho que sí a la primera.

—Pues no, ya sabes que a mí esos rollos no me van.

—Lo que daría yo porque me vieran quinientas mil personas. ¡Vamos, petarda! Que puede ser divertido. Si quieres, te acompaño.

—Lo que tú quieres es salir en el vídeo ese, que te veo venir.

Lea rio y me pasó la copa. Brindamos y tomamos un sorbo.

—Dile a tu madre que el vino está riquísimo.

—Me echará la bronca, pero me da igual. Le diré que lo usé para cocinar. Cincuenta euritos —le informé cruzando mis ojos.

Lea se rio.

—Un vino de cincuenta euros para cocinar, no eres pija tú ni nada.

Reímos de nuevo y seguimos charlando de nuestras cosas.

—¿Y con Adrián qué? —le pregunté recostada en la encimera.

—Un hueso duro de roer, ya te digo. La Leticia esa lo tiene bien cogido por los huevos. No da un paso el tío, pero no deja de echarme miraditas. No sé si atacarlo u optar por usar la técnica de paso de ti.

—Creo que vas a tener que darle un empujón. Si pasas de él, no creo que reaccione. Lleva dos años con su chica, y si están juntos será por algo.

Lea me miró pensativa. Tal vez lo que le estaba diciendo no le molaba nada, pero ella sabía que entre nosotras era mejor dejar las cosas claras. No iba a ir de falsa diciéndole que seguro que Adri se colaba por ella y dejaba a su chica. ¿Para qué mentir? Al final lo único que conseguiría sería joder más a Lea y crearle falsas esperanzas. Y, que yo supiera, eso no era de amigas.

—Pues optaremos por la primera opción. Ya lo había pensado, no creas. Llevo en la maleta la falda rosa...

—¿La extramegacorta?

Lea rio por mis palabras.

—La que no falla nunca. —Me guiñó un ojo y nos reímos las dos. Aquella falda casi era un cinturón y se la ponía en contadas ocasiones.

—A ver, loca, que vamos a la uni. ¿Y si...?

Yo había quedado con Thiago para tomar una cerveza... ¿me echaría un cable en este tema?

—Pásame el móvil —le pedí a Lea.

—¿Qué estás pensando?

—Tú dime que sí —le dije abriendo el WhatsApp.

—Sí, sí, no te jode, sí ¿a qué?

¿Podríamos sumar a la cerveza a Lea y Adri?

Thiago estaba en línea y no tardó nada en leerme. Me gustó que estuviera pendiente de mí.

¿Haces de casamentera? Yo se lo digo, claro que sí.

No esperaba que dijera que no, pero tampoco que aceptara con esa inmediatez. ¿Cómo me lo debía tomar?

En mis ratos libres me dedico a eso. Gracias.

Quizá te pido consejo un día de estos. De nada, novata.

Me reí al leer ese «novata»; ya no sonaba igual.

—¿Qué, qué? —preguntó Lea insistente.

—Mañana por la tarde anula cualquier cosa que tengas: nos vamos a tomar una cerveza los cuatro.

—¿Los cuatro? ¿Con Adri?

—No, con su padre. Pues claro, con Adrián.

Lea soltó un gritito y me saltó encima, abrazándome.

—¡Eres la puta Celestina!

Me reí y me la quité de encima como pude.

Confirmado, Adri acepta tu proposición indecente.

Sonreí al leer que a Adri le apetecía estar con Lea.

—Que se nos quema la pizza, loca...

—Vale, pues la falda rosa para la tarde. Tengo que jugar bien mis cartas, porque si se me acojona tal vez no tenga más oportunidades. ¡Ay, Dios! Es tan raro que un tío no se deje llevar un poquito...

—Los dos son diferentes, es verdad —afirmé pensando que no podía decirse que Thiago y Adrián fueran los típicos chicos del montón.

Saqué la pizza y la corté en varios trozos.

—Pues sí. Dime tú si es normal que Adri me busque, pero no quiera nada porque su chica está en la Siberia esa.

Solté una risilla.

—Y dime tú si es normal que Thiago me mire como si fuera un bombón de chocolate y después me repita hasta la saciedad que soy una cría para él.

—Menudo par...

Nos sentamos a la mesa de la cocina y empezamos a comer.

—Tía, haces unas pizzas cojonudas —comentó Lea masticando.

—Receta de mi padre —le confesé sonriendo.

Lea me miró unos segundos dudando si sacar el tema, y como la conocía de sobra, me adelanté.

—¿Dónde podríamos quedar con ellos? ¿Y si quedamos en El Rincón? Adam no curra esta semana, así que no habría problema.

No era que me preocupara en exceso, pero tampoco quería ir fastidiándolo.

—Por mí sí, a ver qué dicen ellos.

—Ellos dirán lo que digamos nosotras —le dije pasando mi lengua por mis labios en plan viciosa.

Lea y yo nos reímos de nuevo.

—Tú ríete, pero el otro día bailando con Adri... Joder, no te lo conté, pero el bailecito ese con la canción de «Perfect Duet»...

—¿Qué? —pregunté tomando un poco más de vino.

—La bailamos superpegados y, claro, se le levantó la bandera del todo.

Me reí de lo lindo al oírla.

—No te rías, coño. No sabes lo excitante que fue. —Su cara de ensoñación lo decía todo—. Madre mía, si hubiera sido otro me lo llevo al baño, te lo juro. Además, el bulto no era precisamente pequeño...

—¡Lea! No entres en detalles, joder.

—No seas pava. Yo creo que llega a los treinta centímetros.

La miré abriendo mucho los ojos.

—¿Qué dices? ¡A ver si te va a partir en dos!

Entre el vino y las tonterías, las risas estaban aseguradas.

—¿Te imaginas que no me cabe?

No podía parar de reír.

—Joder, déjame comer, ¿puedes? —le dije secándome una lágrima de la risa.

—Pero vayamos por partes. Primero tengo que enamorarlo.

—Enamorarlo —repetí, divertida.

—Sí, Adrián es de sentimientos. No es de los de un rollo y ya está.

—Pero, Lea, si apenas lo conoces. ¿Y si quien se enamora eres tú?

—Hay algo en él, Alexia. —Lea me miró más seria y la creí.

Si Lea te hablaba en ese tono, era por algo. Y en fin, a veces una sabe que esa persona puede ser especial en tu vida.

Acabamos de cenar cotilleando un poco sobre los compañeros de clase. Luego lo recogimos todo, excepto las copas y el vino, y nos trasladamos al salón para seguir bebiendo mientras veíamos una película en la televisión.

La miré de reojo. Lea estaba concentrada en la peli y pensé que la quería un montón. En esos momentos era la persona más importante en mi vida. Mi mejor amiga siempre estaba ahí, incluso había venido a casa sin preguntar, sabiendo que estaba sola y que mis noches eran más bien malas. Iba a hacer todo lo posible para que ella y Adri se conocieran más, aunque eso implicara no estar a solas con Thiago. De todos modos, lo mío con Thiago tampoco sabía por dónde iba a tirar. El indescifrable Thiago era precisamente eso: indescifrable. No quería un rollo conmigo ni quería algo serio con una niñata; entonces, ¿qué quería? Tal vez solo pretendía que fuéramos amigos: yo le había caído bien o se aburría o vete a saber cuál era la razón. Que yo le gustaba lo sabía, pero ¿hasta qué punto?

Le mandé otro mensaje: el enlace de una canción de Eminem, uno de mis cantantes predilectos y que escuchaba cuando necesitaba un poco de caña. La canción era «Love The Way You Lie» y la cantaba junto a Rhianna. Era un vídeo que me gustaba mucho por la pasión que expresaba aquella pareja, peleándose y amándose a la vez. Una de aquellas relaciones destructivas, con demasiado frenesí y que solían terminar mal. ¿Podía ser así la nuestra?

Thiago me respondió al poco.

¿Me encanta la forma en que mientes?

Era el título de la canción. Sonreí y recordé una estrofa que me gustaba mucho.

¿Has amado tanto a alguien que apenas puedes respirar cuando estás con esa persona?

Me mordí los labios esperando su respuesta.

Quizá eso es lo que pasa cuando un tornado choca con un volcán.

—¡Joder! —exclamé muy sorprendida.

Aquello también era una estrofa de la canción. ¿Thiago escuchando a Eminem?

—¿Con quién zorreas? —me preguntó Lea medio sobada.

—Con Thiago —le dije sonriendo como una boba.

Vaya, vaya, el chico era una cajita de sorpresas y a mí me apetecía mucho abrirla.

34

—Loca... —me dijo Lea.

Estábamos las dos en mi habitación, yo leyendo en mi cama y ella mandando mensajes con el móvil en la otra cama que había debajo de la mía.

—¿Y el tipo aquel de Instagram? —preguntó con curiosidad.

—Hablé con él el domingo. Es un tío listo y divertido.

—Que no te salga rana, como a mí. ¿Has pensado en quedar con él? Yo podría acompañarte.

—Tú te apuntas a un bombardeo, pero no, de momento no vamos a quedar. No quiero que se rompa la magia.

—¿La magia?

—Sí, la magia, Lea. ¿Y si después me llevo un chasco como tú? ¿Y si no es lo que parece?

—Claro, ¿y si no está igual de bueno que Thiago? —comentó a la vez que toqueteaba su móvil.

—Eso no es lo principal, aunque sí, para qué negarlo, si no me gusta un helado no me lo voy a comer.

—¿Hablas de helados o de mingas?

—Joder, Lea. Siempre acabamos hablando de trancas.

—¿Es que hay algo mejor que eso?

Nos reímos las dos.

—Voy a ver si lo pillo...

Lea había despertado mi gusanillo por saber de D.G.A. Últimamente no miraba tanto Instagram, estaba demasiado ocupada con... con Thiago, Nacho, Gorka... Me reí yo sola.

—Le podrías pedir una foto, así sabrás si es un trol.

—Y que me ponga la de un modelo, sí, claro.

—Pues yo qué sé, sus ojos o alguna parte, y no me refiero a la minga dominga.

—No sé, Lea, ya veremos. De momento me hace reír, que ya es mucho.

—Pues sí, con lo siesa que eres...

—¡Eh! —Le di un manotazo en el culo y Lea se rio.

Tenía un par de mensajes de D.G.A.

Me gustó nuestra charla sobre Él, sobre Ella, sobre el Amor...

Por cierto, me preguntaste si era un chico, ¿y tú? ¿De qué especie eres? ¿Eres de nuestro planeta? ¿Eres real? ¿O eres un sueño? ¿No serás un robot virtual de esos que crean para hacerle a uno feliz?

Me reí en voz alta y Lea me miró.

—Este tío es lo más —le dije justificándome.

Si soy un sueño, me siento muy viva, no me fastidies. A mí también me gustó saber que crees en el Amor, supongo que en tu vida real no es algo que vas compartiendo con todo el mundo.

Si era un tipo de aquellos melancólicos que siempre andaban mostrando sus sentimientos a todo hijo de vecino, me podía dejar de hacer gracia en cero coma cero segundos. Me gustaban los chicos que sabían expresar lo que sentían, pero no los que lo usaban como una tarjeta de presentación para ligar. No lo soportaba.

—Pídele los ojos —comentó Lea volviéndose hacia mí.

—En bandeja —le repliqué, divertida.

Aproveché para responder a un par de amigas virtuales con las que había leído algún libro de forma conjunta.

—Los ojos son el reflejo del alma. —Lea seguía con lo suyo.

—¿Ah, sí? ¿Y los de Dani qué te decían? ¿No sé ni hacer la o con un canuto?

—A ver..., que la foto era borrosa y que una cagadita la puede tener cualquiera, digo yo.

—D.G.A. me dijo que tuvieras más cuidado.

Lea me miró frunciendo el ceño, pero seguidamente cambió el gesto a una de sus bonitas sonrisas.

—¿Le has hablado de mí?

Me reí al ver su cara de ilusionada.

—Le comenté lo de Dani, así por encima.

—Pues la próxima vez le hablas de mi salero, petarda.

Nos reímos las dos.

—Míralo, aquí está... —le dije volviendo la vista al teléfono.

—Y dile también que soy muy mona y que tengo un culo perfecto.

—Ahora se lo digo —le dije prestándole poca atención.

En mi vida real jajaja. ¿Instagram es una realidad paralela?

Jajaja ya me entiendes...

En mi otra vida, en aquella que soy un GEO con cuerpo de bombero, me cuesta más soltarme, totalmente cierto. ¿Y tú, cómo eres?

Llevo dos alitas en la espalda porque soy una modelazo de Victoria's Secret. Aparte de ese detallito insignificante, no soy la persona más sociable del mundo. Podríamos decir que me cuesta confiar en la gente.

Esto se estaba poniendo intenso, ¿no?

Entonces puedo sentirme halagado de que me confíes todo esto sin apenas conocerme. ¿Me pasas tu book? Jajaja.

Jajaja, cuando quieras, aunque te aviso que puede darte un infarto, tú mismo. Sobre lo otro, aún tengo muchos secretos...

La verdad era que no me costaba mucho abrirme a él. D.G.A. era alguien sin rostro, alguien que estaba al otro lado, alguien que no sabía nada de mi vida. Quizá por eso me sentía tan cómoda. La parte oscura de mi vida no existía con él. Mis secretos estaban a buen recaudo.

Tus secretos. Quiero descubrirlos...

Me pareció incluso escucharlo. «Quiero descubrirlos...»

Está bien, solo tres secretos y que sea un quid pro quo. ¿Hecho?

Solo tres, hecho.

Secreto número uno. Tengo pesadillas.

Lo escribí casi sin pensar, pero por lo visto necesitaba sacarlo, ¿y a quién mejor que a un desconocido?

¿Pesadillas del tipo veo fantasmas o del tipo me persiguen por la calle y no me sale la voz de la garganta?

Pesadillas reales. Sufrí un accidente de coche, grave, y desde entonces no duermo bien.

¿Has buscado ayuda?

No.

Ya no me apetecía hablar de aquello. ¿Para qué había abierto la boca? Resoplé agobiada.

—¿Todo bien? —me preguntó Lea al oírme.

—Sí, sí.

Vale, tienes pesadillas de algo que no quieres hablar. No es solo por el accidente.

Lo leí una vez más, despacio. Vaya, sabía entender un simple «no».

Es complicado. Es un tema del que no me gusta hablar. Es algo mío, ¿entiendes?

Entiendo. Me quedo con tu secreto número uno: tienes pesadillas. Tal vez en el número dos me descubras algo más.

Sonreí. Me gustó mucho que no me presionara, que no preguntara y que no insistiera en saber más.

Grito por las noches, me despierto y a veces lloro. Después me cuesta dormirme pensando en ello.

Te propongo algo: cuando te pase eso, si tienes ganas, me buscas.

Jajaja, ¿te mando un mensaje?

Eso es. Tal vez te distraigas e incluso tal vez tengas alguna sorpresa...

¿Sorpresa?

¡Ah! Ese es mi secreto.

Me reí de nuevo.

Gracias, Apolo. Eres un encanto.

Se lo dije de corazón.

De nada, peque. Gracias a ti por confiar en mí.

Hora de dormir, buenas noches.

Buenas noches, nena.

Nena..., nena... ¡Ay! Que D.G.A. empezaba a adentrarse en mi cabeza sin apenas darme cuenta.

Cuánto coqueteo últimamente: Thiago, Apolo... Hablemos claro, tenía dieciocho años y mis sentimientos estaban a flor de piel. Era lo normal, digo yo. ¿Cuándo iba a tontear de ese modo? ¿A los setenta o a los ochenta? Dudaba que entonces tuviera tantos pájaros en la cabeza, así que el momento de las locuras era aquel. Acababa de salir de la adolescencia y tenía un pie en el mundo de los adultos, pero mientras tanto iba a pasármelo bien. Tampoco hacía nada malo porque con Thiago no tenía compromiso alguno y con Apolo menos. Nos estábamos conociendo y no había ninguna norma escrita que dijera que no podías conocer a más de un chico a la vez.

Thiago me gustaba muchísimo: su mirada, sus ojos verdes, su pose tranquila, su madurez, esa forma tan clara de hablar...; todo, vamos, que me gustaba todo. Por su parte, D.G.A. tenía ese punto de misterio que implicaba hablar con alguien sin saber ni cómo era. Además, era listo, ocurrente y me transmitía buenas sensaciones. En ese momento no sabía a cuál de los dos habría elegido, porque si hubiera tenido que guiarme por sus conversaciones, los dos me atraían por igual. Aunque, siendo realistas, lo más probable era que Thiago ganara por goleada: estaba muy muy bueno el tío.

—Me estoy sobando —comentó Lea dejando el móvil.

—A dormir se ha dicho —le dije dejando también el mío.

Apagué la luz y cogí la mano de Lea. Ella murmuró un buenas noches y yo le di un beso en la mejilla.

—Buenas noches...

Un ruido atronador me despertó y vi a los pies de mi cama una figura. ¡Era mi padre!

—¿Papá?

—Cariño, debes ceder...

—No, papá... Tú, tú me abandonaste.

—Cariño, lo hablamos. Las cosas se pondrán en su sitio.

—No, papá, ya nada estará en su sitio, ¡nunca! ¿Me oyes? ¡Nunca!

—Cariño, necesito verte.

Empecé a llorar desconsoladamente al oír su tono de súplica.

—Papá...

—Alexia, en la pierna solo tienes una cicatriz. Donde había una herida grave ahora hay una simple marca.

Lo miré con los ojos llenos de lágrimas.

—Esto es lo mismo, cariño.

—¡No! Hiciste como mamá. Te fuiste. Me dejaste. ¡No me quieres!

—Sabes que no es verdad. Sabes que te quiero como a nadie y durante diecisiete años te lo di todo. El accidente solo cambió nuestra situación, pero en tu corazón sabes que sigo ahí, por eso te dejé...

—No, no, no...

—Cariño, escúchame. Solo eso.

—Yo no tuve la culpa, papá. No la tuve.

—Lo sé, lo sé...

—¡¡¡Desapareciste!!! No puedo perdonarte...

Mi padre alargó la mano y cuando quise tocarlo se convirtió en un humo negro que envolvió mi muslo. Sentí que aquello me apretaba tanto que empecé a pensar que me iba a cortar la pierna y grité con todas mis fuerzas.

—¡¡¡Papáááááá!!!

—Alexia... ya, ya está...

Lea me abrazó con cariño y yo busqué mi cicatriz esperando encontrarla abierta. No..., todo había sido un mal sueño de los míos.

—¿Estás bien? —me preguntó ella.

—Sí...

No era cierto. Estaba sudando y respiraba con dificultad. Enfrentarme a la noche cada vez era más complicado y no quería tener miedo también a dormir. Sabía que necesitaba descansar, pero aquellos sueños tan reales me ponían los pelos de punta. ¿Cuándo acabaría todo aquello?

35

D.G.A.

L.P. me tenía un poco idiotizado, cierto.

Había creado aquella cuenta para tontear por Instagram dos años atrás y apenas la usaba, pero cuando me topé con ella, la había mirado casi a diario.

La Protectora. Cuando me dijo su nombre, ya me llamó la atención. Muchos de mis amigos de Insta tenían simplemente iniciales, así que no me extrañó que aquella fuera su cuenta habitual. Cuando miré sus fotos, no la encontré en ninguna de ellas. Allí solo había libros, grupos de música y alguna que otra imagen de países lejanos.

Al principio pensé en ir a saco con ella e incluso le insistí para ir a un concierto juntos, pero poco a poco su verborrea me atrapó y estaba como enganchado, esperando sus ingeniosas respuestas.

L.P. era una tía divertida y me reía con ella con ganas. Me gustaba su sentido del humor, parecido al mío. Y creía que ella también se divertía conmigo. Pero no todo era cachondeo, porque también hablábamos de temas más serios. Sin saber cómo habíamos empezado a confiarnos cosas más íntimas. Y no, no hablo a nivel sexual. L.P. no era de ese tipo de chicas.

Me apetecía conocerla, mucho, aunque de momento no habíamos hablado más sobre vernos en persona. Debo confesar también que mientras la leía yo me la imaginaba a mi rollo: guapilla, menuda, ¿con gafas?, pelo corto, ojos azules... Un bomboncito.

La chica me atraía y tenía claro que iba a poner mis cinco sentidos en conocerla.

—¿Vamos? —me preguntó mi amigo saliendo del bar—. Y deja ya el puto móvil, joder.

—Estaba hablando con una amiga.

Nadie sabía de la existencia de L.P. No tenía ganas de compartirla con mis amigos.

—Sí, la amiga de mi madre, ¡espabila!

—Joder, qué plasta estás.

—¡Eh, chicos!

Ambos nos volvimos ante ese grito exagerado. Era Gala.

—Hola, Gala, ¿querías algo?

—Yo siempre quiero algo —respondió mostrando sus labios rojos.

36

Aquel martes Lea y yo nos sentíamos como Katniss en los *Juegos del hambre*: fuertes, invencibles y con nuestro arco preparado. Aquella cita a cuatro con los dos guaperas de cuarto nos tenía de muy buen humor y con ganas de que llegara la tarde.

Lea no comentó nada de mis gritos nocturnos y se lo agradecí porque no quería darle más a la cabeza. Me había costado una hora larga volver a coger el sueño, y eso que Lea estaba a mi lado. No quise analizar las palabras que habíamos cruzado mi padre y yo en sueños, sabía a qué se refería. Pero las cosas no eran tan fáciles. Me habían hecho demasiado daño, me había sentido traicionada y además me habían dejado en manos de mi madre, la persona menos apropiada para estar conmigo tras el accidente.

No había tenido noticias de ella desde que había salido por la puerta del dúplex. Si algún día le pasaba algo, tardaría en enterarme, porque ella hacía su vida y yo la mía. La llamaba mamá, pero en realidad no se lo merecía porque de madre tenía lo mismo que yo de piloto de carreras. Pero no iba a llamarla por su nombre, jamás.

—Hola...

Se nos unió Adri por el camino y me hizo gracia verlo algo tímido.

—¡Adrián! ¿Dónde vas tan guapo? —le preguntó Lea sonriendo.

Llevaba unos vaqueros muy ajustados y una camiseta blanca que marcaba su cuerpo y resaltaba su tono de piel moreno.

Pasó una de sus manos por su pelo afro y le sonrió.

Ay, qué monos, me moría de amor con los dos. ¿No se daba cuenta Adri de que se la comía con los ojos?

—Es que esta tarde tengo una cita —se atrevió a decir.

Lea soltó una risilla coqueta.

—Qué suerte la de esa chica...

—Quizá la suerte sea mía...

En una película hubieran volado a su alrededor un puñado de corazones y hubiera sonado algo como... «Llegaste tú» de Sofía Reyes.

«Y es así que dejamos todos los miedos en el camino. Y es así que nos damos...»

Me aguanté la risa.

—¿Qué os parece si quedamos en El Rincón? —le preguntó Lea.

—¿Dónde está eso?

—Es el bar de mi primo. —Thiago nos asustó a los tres cuando nos habló por detrás.

Nos volvimos y mis ojos se clavaron en los suyos.

—¿Es una buena idea? —me preguntó a mí refiriéndose a Adam.

—Tu primo está de vacaciones —respondí dejándole espacio para que se colocara a mi lado.

—¿Es donde trabaja Adam? —dijo Adrián.

—¿También lo conoces? —quiso saber Lea.

—Sí, claro. Lo sé todo del amigo —respondió él con sorna.

Ellos dos se miraron y su sonrisa cómplice me recordó a la mía con Lea.

Thiago me miró de reojo con su media sonrisa.

—¿Te gusta Eminem? —me preguntó en un tono más bajo.

—¿A mí? Qué va —respondí bromeando.

—Novata, no me vaciles...

Su mano rozó la mía sin querer. ¿O quizá fue queriendo? No lo sabía, pero sentí que me moría por tocarlo, por coger esas manos y por sentirlas en mi piel.

—¿A ti? Dios me libre —le dije alargando mi sonrisa.

—Creo que alguien está de muy buen humor.

Nos miramos unos segundos y nos sonreímos.

—¿Qué tal el pádel? —le pregunté entrando en el edificio.

—Bien, más tarde vi a tu amigo.

—¿Qué amigo?

—A Gorka.

Lo miré sorprendida.

—¿Y quieres decirme algo con eso? —le pregunté intentando sonar indiferente.

Thiago me miró más serio.

—Eh, no es asunto mío, creo.

—¿De qué hablas?

Uy, uy, ¿qué pasaba allí?

—No quiero meterme, Alexia. Quizá debería explicártelo él.

—¿Meterte en qué?

—En vuestra relación. —Thiago seguía igual de serio.

Llegamos al bar y sus amigos lo llamaron.

—¿Me lo explicas esta tarde? —le pregunté, y no respondió—. Por favor.

—Está bien —contestó no muy convencido.

¿Qué sabía Thiago de Gorka? ¿Mi relación? No había ninguna relación, o no tan seria como para que me pudiera joder que Gorka estuviera con alguna chica allí. Éramos libres, los dos. En eso habíamos quedado la última vez.

Vale, pues si antes tenía ganas de que llegara la tarde, en ese momento quise que pasaran las horas volando. Y más o menos fue así. La hora de Italiano, la de Metodología y la tercera con Peña pasaron con rapidez y en la media hora de descanso nos fuimos a tumbar en el césped de la facultad, para tomar el sol de septiembre y escuchar las anécdotas de Max.

Estaba claro que de los cuatro era el que le daba más a la lengua. Con él y Lea la charla estaba asegurada, y yo, aunque iba siguiendo el hilo de sus conversaciones, aprovechaba aquellos momentos para pensar en mis cosas,.

¿Había llegado el momento de dejar a Gorka? Hasta entonces yo me había sentido cómoda con él, sin pedir explicaciones ni tener que darlas, pero últimamente Gorka parecía otro. Además estaba el tema de la coca, que no me hacía ni puta gracia. A mí no me afectaba directamente, pero que tomara aquello decía muy poco de él.

—Bonita... ¡Hola, gente!

Levanté la vista y vi a Nacho, que se sentó a mi lado. Los demás lo saludaron.

—Nacho, ¿qué tal? —le pregunté.

—Ahora mejor —comentó alzando ambas cejas.

—Una frase muy manida —repliqué sonriendo y cerrando los ojos de nuevo.

—Tienes razón, déjame cambiar.

Pensó unos segundos y se acercó a mí. Lo miré: se había recostado en su brazo y me miraba con una sonrisa en los ojos.

—Miedo me das —dije soltando una risilla.

—Es que estás para hacerte una foto, pero no me vas a dejar —dijo frunciendo el ceño mientras rebuscaba algo en una mochila azul—. Aquí está mi chica.

Me mostró una funda de donde sacó una cámara réflex de tamaño medio.

—¡Vaya! ¿Y eso? —le pregunté volviéndome hacia él con interés.

—Es un pasatiempo, pero me gusta.

—A ver...

Me pasó la cámara y le eché un vistazo. No era como la de mi padre, pero parecía buena.

—¿Puedo? —le pregunté enfocándolo.

—Si tú puedes, yo también puedo.

Me reí y no respondí. A mí no me importaba que me hicieran fotos, estaba más que acostumbrada a la cámara de mi padre desde bien pequeña.

Nacho se peinó el pelo hacia un lado y me hizo sonreír. «Presumido...» Le di al disparador y le hice un par de fotos. Las miramos juntos y puso cara de sorprendido.

—No se te da mal —comentó entusiasmado.

—Mi padre me enseñó —le dije con nostalgia.

—Ahora me toca a mí.

Me enfocó y yo le sonreí. El recuerdo de mi padre haciendo aquello mismo me atrapó y suspiré.

—Eres superfotogénica —dijo Nacho mirando la foto en su cámara.

—Gracias, tú tampoco has salido mal —contesté divertida.

—¿Haces algo esta tarde? —preguntó de repente.

—Eh..., sí, he quedado —respondí apartando la vista de sus ojos.

—¿Se me han adelantado? —preguntó acercándose a mi rostro.

Volví a mirarlo, realmente estaba cerca.

—Algo así —dije apartándome un poco.

Nacho colocó uno de mis mechones detrás de mi oreja y su dedo recorrió mi mejilla hasta mi cuello. No era de piedra, a ver, pero no quería enrollarme con él en ese momento y menos ahí en medio. Sus ojos decían todo lo contrario.

—Nacho —le avisé.

—No puedo resistirme —dijo con voz ronca.

Realmente Nacho sabía embaucar a una chica con todas sus estrategias: su mirada intensa, su lengua recorriendo sus labios, su tono de voz profunda... Quizá por eso me habían advertido tanto sobre él.

—Vas a tener que aguantarte —le dije tumbándome de nuevo en el césped y separándome así de él.

Supuse que entendería el mensaje, pero Nacho era impulsivo, tanto o más que yo.

Sentí sus labios en los míos, el calorcito de su aliento y primero pensé... ¿por qué no? Era agradable sentirlo en mi boca, pero a los pocos segundos mi parte racional me advirtió de que estaba en medio del campus, con mis amigos a un lado y con Thiago rondando por allí.

Lo aparté con mis manos y Nacho no opuso resistencia.

—Como miel en mis labios, ahora sí que la he cagado... —Me miraba con un deseo contenido mientras decía aquello—. Alexia, vas a ser mía, ¿lo sabes?

Me reí por su manera de decirlo y Nacho sonrió sin quitarme la vista de encima.

—Yo no soy de nadie, listillo.

—Un trocito sí, un trocito será mío.

Nos reímos los dos. «Este Nacho...»

A la vuelta, en el autobús, estuve pensando en él. Era un descarado y se había atrevido a besarme, aun sabiendo que le podía caer una sonora hostia. Pero le había echado huevos y eso me atraía. Me gustaban los chicos que daban el paso, que se arriesgaban, aunque no estuvieran seguros de la respuesta. Para mí era un indicativo de que sabían lo que querían, de que no tenían miedo a decir lo que pensaban, a acercarse, a provocar reacciones. Y Nacho era así.

Al verlo con Gala había pensado que era un calzonazos, pero al final la había dejado. No por mí, eso también lo sabía, aunque él hubiera insinuado que yo había tenido algo que ver. Nacho se había cansado de estar medio atado. Él era un alma libre, podía reconocerlo sin problemas. Quería divertirse, disfrutar del sexo y vivir la vida.

Nacho era aquella opción para pasarlo bien, para tener un rato de buen sexo, pero debías tener claro que no podías pedirle mucho más. Si te enamorabas de él, podías sufrir y mucho. Porque en ese tema me daba a mí que Nacho estaba verde, que no pensaba en el amor, que no tenía la necesidad de salir con alguien en serio.

Tampoco era lo que yo buscaba, claro que no. A mí también me estaba bien divertirme y poco más, pero en aquellos momentos rondaba Thiago por mi cabeza y tampoco quería estropear algo que ni había empezado.

¿Y si todo eran ilusiones mías? ¿Y si con Thiago no surgía nada?

37

Lea subió a casa un rato antes de las siete, hora a la que habíamos quedado en El Rincón con Adri y Thiago. Las dos estábamos un poco nerviosas, aunque no sabíamos bien la razón. Bueno, Lea sí. Según ella, se lo jugaba todo, y aunque al final no se había puesto la faldita rosa, estaba guapísima con otra un poco más larga, con vuelo y de color negro con estrellitas plateadas. La conjuntaba con una camiseta de manga corta muy fina y gris que dejaba entrever su ropa interior. Si Adri no caía a sus pies, es que era tonto. Vale, sí, era un decir.

Adri tenía chica y también era verdad que Lea no lo habría mirado del mismo modo si él hubiera caído en sus redes a la primera de cambio. Si sales con alguien, se supone que le debes un mínimo de respeto, y si no le eres fiel, es porque no eres de fiar. Y a Lea le gustaba mucho Adri, tanto como para querer algo más con él.

Y mis nervios se debían a la charla pendiente con Thiago. Le había enviado un mensaje a Gorka preguntándole cómo estaba, a ver si me contaba algo de Thiago, pero me había respondido con un simple:

Todo genial, cielo, te llamo.

Cuando entramos en el bar, ellos ya estaban allí. Adri con una camisa de cuadros y Thiago con una camiseta gris claro. Ambos con vaqueros y sus zapatillas de deporte de marca.

Nada más entrar nos dieron un buen repaso a las dos.

Yo llevaba unos shorts vaqueros a medio muslo y una camiseta a ras de cintura de un rosa suave a conjunto con mis Converse rosas. El pelo lo llevaba suelto, aunque Lea me había hecho una pequeña trenza que caía hacia mi rostro.

Nos saludamos con los besos de rigor y con unas sonrisas sinceras. Yo me senté junto a Thiago y Lea al lado de Adrián.

—¿Qué queréis beber? —preguntó Adri tomando la iniciativa.

—Yo una Mahou —dije segura.

—Yo también —afirmó Lea.

Ellos ya habían pedido y estaban tomando lo mismo, aunque sin copas, bebían directamente de la botella.

Adrián volvió a tomar las riendas de la situación y muy animado comenzó a charlar con nosotras. Yo le iba observando y cada vez tenía más claro que se sentía atraído por mi amiga, y sorprendentemente Lea se comportó y no fue a saco con él. Incluso en una de esas la vi bajar la mirada, ¿tímida? Madre mía, y yo que creía que ya lo había visto todo.

Thiago se levantó para ir a la barra a pedir una segunda ronda de cervezas y yo aproveché el momento para ir al baño y dejar solos a los dos tortolitos.

Al salir del baño vi que Lea y Adri tenían sus cervezas delante y que Thiago estaba sentado a la barra con las nuestras. ¿Y eso?

—Les he dicho que me dieran cinco minutos, que necesitaba hablar contigo —me comentó Thiago alzando una de sus cejas.

—Buena estrategia para darles intimidad.

—¿A ellos o a nosotros? —preguntó con su media sonrisa.

Le devolví el gesto y me senté en el taburete. En la barra había poca gente, la mayoría estaban sentados a las mesas. Algunas caras me eran conocidas y otras no.

—¿Vas a explicarme lo de Gorka? —le pregunté mirando sus ojos verdes.

—¿Has hablado con él? —dijo cogiendo su botellín.

—No.

Me miró con intensidad y se lamió los labios. Mis ojos se desviaron hacia allí y por unos segundos olvidé de qué estábamos hablando. «¡Alexia!»

—¿Qué viste? —le pregunté saliendo de mis pensamientos calenturientos.

Thiago frunció un poco la frente.

—Me parece que no es lo que crees. Gorka vino pidiéndome explicaciones.

—¿Perdona?

Parpadeé un par de veces intentando entender el significado de sus palabras. ¿Cómo? ¿Qué? ¿Cuándo? ¿Por qué?

—¿Puedes explicarte? —pregunté un tanto irritada.

—Puedo... Me dijo:

»—Thiago, ¿qué pasa con Alexia?

»—¿Qué pasa? —pregunté yo muy tranquilo.

»—Eso mismo te estoy diciendo. ¿Sabes que está conmigo?

»Lo miré sopesando si seguir con aquella charla o dejarlo estar. Estábamos en medio del bar y no quería liarla allí.

»—¿Quieres decirme algo en concreto? —intenté hablarle con calma, pero daba la impresión de que le provocaba el efecto contrario.

»—A mí no me chulees, Thiago. Aléjate de ella y no me toques los cojones —me dijo.

»—Creo que eso me lo tiene que decir ella.

»No me gustaba nada su tono. ¿Quién se creía que era? ¿Tu amo y señor?

»—Estás avisado —gruñó con su dedo frente a mi cara.

»—No me toques —le dije entre dientes.

»No soporto que me pongan un dedo encima.

»—Eres un gilipollas, Thiago. Si vuelvo a verte haciendo el capullo con ella, te romperé tu bonita cara.

»—¿Tú y cuántos más? —le pregunté con rabia.

»¿Quién se había creído que era?

»—Thiago... —Adrián me cogió del brazo, recordándome que yo no era de los que saltaba a la mínima. Pero Gorka me estaba tocando mucho los huevos.

»Su amigo, un tío más bien bajo y fuerte, también lo apartó de mí asiendo su brazo.

»Nadie quería pelea. Y yo tampoco, pero ¿me estaba diciendo que no podía verte? ¿A santo de qué?

»—No habrá más avisos —escupió con desprecio.

»—Que te jodan —le dije asqueado.

»Y entonces me dio un empujón. No fue muy fuerte y solo trastabillé, pero hizo que la adrenalina se disparara por todo mi cuerpo; adrenalina que iba a salir directa hacia él a través de un buen puñetazo. Por suerte, algunos de mis amigos que había por allí se levantaron y se colocaron delante de mí.

»—Thiago, déjalo... No tienes ni por dónde empezar... No vale la pena...

»Lo miré con desprecio entre las cabezas de mis colegas. Si lo hubiera pillado, lo habría machacado, seguro. Pero mis amigos le salvaron el culo.

Lo miré incrédula mientras me explicaba todo aquello. ¿De qué coño iba Gorka? Joder, joder.

—No sé qué rollo tenéis, Alexia, pero quizá lo tienes confundido.

Lo miré mordiéndome los labios y negando con la cabeza.

—Te lo voy a resumir. Gorka y yo follamos, punto.

Sus ojos se oscurecieron, pero no quería mentirle.

—Y justo ayer lo hablamos, joder.

—¿Estuviste con él ayer?

¿Mentía? ¿Para qué? Mentir solo servía para fastidiar más las cosas.

—Sí... y me preguntó por ti. Me preguntó si nos habíamos enrollado el jueves. Y después nos cabreamos y le di un ultimátum. Nosotros no salimos juntos. No es ese tipo de relación.

—Tal vez para ti no. —Thiago dejó de mirarme y observó su botellín—. ¿Eres consciente de lo que le pasa a Gorka?

Sus ojos buscaron de nuevo los míos.

—Está pillado por ti —dijo con naturalidad—. Y no te das cuenta.

Resoplé agobiada porque aquello me superaba. Yo pensaba que Gorka y yo estábamos en la misma onda, que teníamos clarísimo que lo nuestro no era serio y que... yo qué sé... Menuda mierda.

—O puede ser que sí te des cuenta y ya te esté bien porque tú también estás pillada por él.

Thiago pidió una tercera cerveza y yo bebí de la mía, casi llena.

—Eso no es así. Sé lo que siento, Thiago. No me jodas.

—No sé, tampoco te conozco tanto —dijo en un tono neutro que me molestó.

—Puedes pensar lo que quieras, yo sé qué siento o dejo de sentir.

—¿Y por qué estás con alguien dándole falsas esperanzas?

—Perdona, pero es él quien me miente. Aquí nunca nadie ha hablado de sentimientos, y si estoy con él es por eso mismo, porque hasta ahora no me pedía nada más.

Thiago me miró con interés, pero no dijo nada durante un largo minuto.

—Empiezas a preocuparme, ¿no piensas enamorarte nunca? ¿Es una especie de apuesta personal?

Me hizo sonreír y me miró con más calidez.

—No es eso, y ya sabes por qué no me he enamorado nunca.

—¿Ni un amor de verano? ¿De esos de dos meses?

—Apenas estaba dos o tres meses seguidos en ninguna ciudad, y también es verdad que me cuesta abrirme a alguien. No soy enamoradiza y no soy de las que pierden el sentido ante un chico.

—¿Eres «Frozen»?

Nos reímos los dos por su gilipollez.

—Sí, un poco fría sí soy, pero a la vez necesito todo el cariño del mundo. ¿Un poco contradictorio? Será porque las circunstancias me han hecho así.

—Supongo que ese es uno de tus encantos.

Thiago y yo nos miramos a los ojos ¿mil minutos? Me lo pareció, aunque supongo que tan solo fueron unos segundos. Pero era mirarlo y sentir que mi cuerpo se trasladaba a otra dimensión donde no había nadie más que nosotros dos.

—¿Tomamos la última o nos vamos a picar algo? —Adrián rompió aquel momento.

Desperté de ese pequeño sueño y miré hacia Lea, que me sonreía muy contenta. Me había olvidado por completo de ellos, pero daba la impresión de que la cosa iba viento en popa y a toda vela.

—¿Vamos al Flower? —dijo Thiago.

—¿Conoces la zona? —le pregunté yo, sabiendo que aquel bar de tapas estaba a tres calles de allí.

—Mi primo vive aquí, ¿recuerdas? —me dijo guiñándome un ojo.

Uf..., qué guapo era.

—Genial, vamos allí —comentó Adrián antes de volver a la mesa con Lea.

—Invito yo —le dije atrapando su mano al ver que sacaba la cartera de su bolsillo trasero.

Miró mi mano y estiró la comisura de sus labios en una sonrisa seductora.

—Ni lo pienses —replicó mirándome con la cabeza gacha.

—Te debía una cerveza, ¿recuerdas?

—Te lo cambio por...

Calló y sonrió.

—Me estás tocando mucho —dijo mirando de nuevo mi mano encima de la suya.

La retiré como si quemara y él rio.

—No seas machista —le dije sacando el billete de mi monedero.

—¡Joder, Alexia, se te ha borrado el pintalabios!

—¿En serio?

Busqué mi espejito en el bolso y me miré en él. Estaba impecable... Al levantar la vista vi a Thiago ofreciéndole al camarero el billete que tenía en la mano y dedicándome la mirada más traviesa que había visto en mi vida.

Me reí, mucho, muchísimo... Me reí como hacía tiempo que no me reía con un chico.

«Ay, Alexia, el poder de la risa..., la risa que enamora...»

38

Al salir del bar, Lea se cogió de mi brazo y dejamos que ellos se adelantaran un poco. Ella me miró preguntándome con sus ojos cómo iba la cosa y yo le respondí con una sonrisa.

—¿Y tú? —le pregunté en un murmullo sin abrir casi la boca.

Me respondió mordiéndose los labios con fuerza y poniendo los ojos en blanco, lo que significaba que Adri la tenía loca.

Adrián se volvió unos segundos para mirarla y ella le sonrió. Yo me aguanté las ganas de decirle: «Chico, ¿te das cuenta de que estás pilladito por mi amiga?». Pero lo que hice fue dejar de mirarlo y fijar mis ojos en el culo de Thiago.

¡Joder! Tenía un buen culo, de esos que apetece coger, de esos que los pantalones marcan en su justa medida. Mi mirada bajó un poco más, resiguiendo la forma de sus piernas. Se notaba que hacía deporte: eran fuertes y robustas. Seguro que aguantaban lo suyo...

Volví la vista hacia su espalda ancha cubierta por aquella camiseta fina.

Una podía perderse entre esos hombros y esa espalda. Me vi tumbada a su lado recorriendo con un dedo esa espalda desnuda. ¿Tendría la piel áspera o suave? ¿Cómo sería estar tocándolo de esa forma...? Madre mía, qué calor me estaba entrando de repente.

—A saber dónde estás...

Thiago había aparecido a mi lado y me miraba fijamente. Sin saber cómo, Lea y Adrián estaban situados unos pasos por delante de mí, charlando animados. Ni me había enterado de ese cambio de posiciones. Últimamente se me iba demasiado la cabeza y siempre por su culpa.

—Mejor no te lo digo —le contesté con una risilla.

—Soy muy curioso, no te cortes —me animó bromeando.

—Créeme, mejor que no lo sepas.

—¿Algo malo? —preguntó mirándome de reojo.

—Al contrario —respondí riendo.

Menuda tontería llevaba encima. Pero me gustaba jugar con él, no era un niñato. Era un tío que sabía cómo llevar una conversación.

—Ajá, ya veo por dónde vas. ¿Y quién era el afortunado de tus sueños?

Lo miré sonriendo y alcé mis cejas un par de veces.

—A saber —respondí coqueta.

—¿Lo conozco? —preguntó siguiéndome el rollo.

—Sí.

—¿Es alto?

—Sí.

Me reí.

—¿Es muy muy guapo?

—Lo es —respondí mirándolo.

Nuestros ojos brillaban y aquellas miradas decían más cosas que todas nuestras palabras juntas.

—A ver, es alto y muy guapo. ¿Es listo, divertido, ingenioso y la mar de simpático?

—Bueno, casi todo. La simpatía es selectiva —le dije en un tono de sabelotodo.

Thiago rio y me encantó verlo reír de aquel modo. Al reír se rasgaban más sus ojos verdes, unas pequeñas arruguitas acompañaban el gesto y sus labios bien delineados mostraban unos dientes blancos y perfectos. Todavía estaba más guapo, si es que eso era posible.

—Creo que intuyo quién puede ser. ¿Y qué dices que pensabas? —preguntó al entrar en el Flower, aguantando la puerta para que yo pasara.

—No lo he dicho —repliqué con rapidez.

—Peleona, peleona... —susurró detrás de mí y me reí.

Eché un vistazo al local, que estaba bastante lleno. No era muy grande, las mesas eran de madera gruesa con unos bancos pequeños para sentarse donde solo cabían dos personas. La extensa barra estaba llena de platos con sus correspondientes pinchos. El sistema para picar algo era como el de otros muchos locales: cogías el plato, te servías tú mismo y después contaban los palillos que habías consumido. Lea y yo habíamos ido allí alguna que otra vez con Natalia, quien por cierto últimamente andaba un poco desconectada de nosotras. Debía recordarme hablar aquel tema con Lea en un momento u otro, aunque no aquella noche.

Nos sentamos a una de las pocas mesas que quedaban libres y seguimos haciéndolo del mismo modo: Lea al lado de Adri y Thiago junto a mí. Adrián se había espabilado a sentarse a su vera: de esa forma tenían más intimidad si querían hablar entre ellos. Thiago y yo nos miramos con complicidad y al sentarnos chocamos sin querer.

—¡Eh! Sin empujar —le dije bromeando.

—Es que quería tocarte y ya no sabía cómo.

—Quizá sí que tendré que darte unas clases de cómo tratar a una chica.

—Es verdad, casamentera, que tienes un curro muy complicado.

—No se me da tan mal —le dije alzando mis cejas en dirección a Lea y Adrián.

Ya estaban a su rollo, hablando de sus cosas.

—Pues vamos a medias con los beneficios, porque sin mí no habría habido negocio —me dijo mirándome con su bonita sonrisa.

La camarera nos tomó nota de las bebidas: cuatro cervezas. Y seguidamente los chicos se encargaron de ir a buscar algunos pinchos.

—Lea, ¿qué?

—Uf...

—¿Uf qué?

—Es él, es el amor de mi vida, es mi medio limón, es mi sueño, es mi pecado, es mi Todo.

Abrí los ojos muy muy alucinada.

—Lea...

Empezaba a inquietarme tanta ñoñería en ella.

—¿Mmm?

Su mirada estaba ausente.

—Lea, joder, pareces la pava esa de Sandy en *Grease*...

—Ya... Es que Adri es tan... Todo.

Resoplé poniendo los ojos en blanco. Lo que me faltaba. Lea convertida en una zombi enamorada que no sabía decir ni dos palabras seguidas con sentido. Pero... en el fondo me alegré, claro que sí. Lea era una enamoradiza, todos tenían algo especial, pero esto era distinto. Adrián había tocado algo en ella y me removí un poco en el banco, incómoda, al pensar que podía sufrir por culpa de ese chico. Él estaba con otra, era un tipo fiel, y que saliera una tarde con ella no significaba que fuera a dejar a su novia y que se tirara a los brazos de mi mejor amiga.

—¿Todo bien? ¿Aún soñando? —La voz de Thiago en mi cuello me hizo cosquillas y me relajé—. No voy a parar hasta que me digas qué carajos pensabas de ese tipo tan suertudo, ¿lo sabes?

Solté una risilla y pude ver de reojo su sonrisa ladina.

—¿Os gustan estos? —nos preguntó Adrián dejando el plato en la mesa.

Lea lo miró diciendo: a mí me gustas tú y él le sonrió con cierta timidez.

—A mí me gusta todo —respondí sintiendo el calorcito que me llegaba del cuerpo de Thiago.

Estábamos bastante juntos, casi tocándonos, los bancos aquellos no daban más de sí.

Una de sus piernas rozó la mía y tragué saliva. ¿Había sido sin querer? A ver, el muchacho tenía las piernas muy largas, así que podía ser. Pero su pierna izquierda se quedó pegada a mi pierna derecha. Lo miré unos segundos y él me miró sonriendo, como si debajo de la mesa no estuviera ocurriendo nada. Vale, debía recordar que a Thiago le gustaba jugar...

Comí como pude, sintiendo cierto calorcillo en mi cuerpo, pero aguantando el tipo. Compartimos pinchos, mordisqueamos los que ellos nos ofrecieron y brindamos más de una vez.

—¿Otra cerveza? —pregunté yo arrugando la frente al ser consciente de que sería la cuarta.

—Que no se diga, Alexia, que no se diga que unas cervezas pueden con nosotras... —soltó Lea animada.

Eso mismo me había dicho otras veces y al final acababa bebiendo demasiado, como el jueves pasado.

—La última —dije, y miré a Thiago directamente—, que después me voy con chicos malos y me meten en su coche para no sé qué...

Adri y Lea se rieron y Thiago alzó las manos como si la cosa no fuera con él.

—Qué tíos más cerdos —exclamó con voz de pito.

Y me reí con ganas.

—Te lo digo en serio —le seguí la broma como si él fuera una chica—, todavía no sé qué ocurrió en aquel coche mientras yo dormía plácidamente. ¿Tú crees que levantaría mi falda para mirar?

Thiago soltó una risotada y nuestras piernas se rozaron como si se acariciaran.

—Supongo que se dedicaría a observar cómo dormías...

Dejamos de reír y su profunda mirada se clavó en la mía. Continuó la frase en un tono más suave.

—Porque puedo imaginar que debes estar preciosa mientras duermes.

Su mano cogió mi pequeña trenza y la colocó tras mi oreja, como si fuera un mechón de pelo.

—Con el pelo despeinado, cayendo por tus hombros, con algún mechón rebelde colándose por tu cuello...

Su voz grave me acarició como si se tratara de su propia mano.

—Con tus grandes ojos cerrados, con esas pestañas densas..., con tus labios entreabiertos..., respirando plácidamente...

Lo imaginé todo como si estuviéramos en su coche de nuevo y me encantó verlo a él mirándome de esa forma que describía con tanta precisión.

Rozó su pierna con la mía, esta vez a propósito sin ninguna duda. Se humedeció los labios, signo inequívoco de que deseaba algo. Sus ojos dudaron entre mis ojos y mis labios, como si me pidiera permiso para saborearlos.

Joder, estaba... estaba casi temblando. Quería sentirlo, pero a la vez temía dar aquel paso con él. ¿Y si entonces él volvía a echarse atrás? ¿Y si volvía a pensar que yo tan solo era una niña para él?

—Alexia...

Su voz sonaba a súplica.

El murmullo del local dejó de oírse. Allí no había nadie: Lea, Adrián y todos aquellos camareros que iban de un lado a otro habían desaparecido.

—¿Qué? —atiné a preguntar.

Sus ojos y los míos tenían vida propia y me daba la impresión de que mi pecho iba a explotar de un momento a otro. Sentía mi respiración acelerada y podía intuir el movimiento de su pecho. Estábamos agitados, con ganas de algo que no nos atrevíamos a hacer. ¿Debíamos? ¿No debíamos? ¿Allí mismo? ¿Era el momento? Mil preguntas pasaron por mi cabeza y supuse que por la suya también.

Thiago cerró los ojos unos segundos, como si hubiera decidido poner fin a aquello, y yo miré hacia el techo, sintiéndome decepcionada y aliviada a la vez. ¿Por qué pensar tanto algo que con otro sin duda hubiera hecho? Si hubiera sentido una sexta parte de aquello con Nacho, no habría dudado ni una milésima de segundo en enrollarme con él. ¿Qué pasaba con Thiago?

Pasó una mano por su pelo y me miró más serio. En ese momento sonó su teléfono.

—¿Débora?

Perfecto, la que faltaba.

—¿Eh? Sí... Sí, claro... ¿Mañana? Sin problemas. —Thiago rio y a mí me subió la bilis por la garganta—. Un beso. Hasta luego.

Podía actuar de dos modos: cabrearme mucho, muchísimo. U optar por ser tan fría como él.

Pues nada, jugaríamos a ser de hielo.

39

Thiago no estaba interesado en mí. Estaba clarísimo. Aquel no beso lo corroboraba: ¿quién interrumpiría un beso para cogerle el teléfono... a otra? Estaba allí conmigo a saber por qué. ¿Un entretenimiento más? Probablemente.

Y sus risitas con Débora me lo acababan de confirmar del todo.

A Thiago le molaba marear la perdiz y yo entendía mal las señales. Pero las miradas, las palabras y la invitación a tomar algo venían de él. ¿Cómo debía tomarme su actitud? No llegaba a entenderlo. Si hubiéramos estado solos, probablemente lo habría dejado allí plantado, pero estaban Lea y Adri y no quería joderles el plan. Sin embargo, ¿cómo disimular sin mandarlo a paseo? Aquella llamadita lo había jodido todo y yo no estaba nada cómoda con él.

—¿Y tus padres qué tal? —le pregunté en un tono neutro.

Thiago me miró alzando ambas cejas.

—¿Por?

—Por saber —le dije separando mi cuerpo del suyo un par de centímetros.

Si no tenía cuidado, acabaría cayéndome, pero no quería que creyera que allí no pasaba nada, porque sí pasaba: estaba muy molesta, y si no hubiera sido por Lea, le habría dicho que él sí era un calientapollas.

Thiago miró hacia abajo dándome a entender que sabía que no quería tocarlo y entonces se acercó de nuevo a mí. Joder, qué idiota.

—¿Podrías moverte hacia allí un poco? —dije con una sonrisa falsa.

—No.

Parpadeé un par de veces y tomé aire para tranquilizarme. Su juego empezaba a no gustarme.

—¿Estás enfadada? —preguntó mirándome.

Yo seguía con la vista en mi botellín de cerveza, escuchando de fondo a Lea reír.

—¿Quieres saber la verdad?

—Siempre —respondió de inmediato.

—Estoy pensando en Nacho.

—¿En Nacho? —Su tono lo traicionó: no le había hecho ni pizca de gracia.

—Sí, esta mañana me ha invitado a salir y me lo estoy pensando. Tú, como amigo, ¿qué me aconsejas?

Lo miré a los ojos y él me devolvió la mirada lamiéndose los labios. En ese momento estaba pensando la respuesta.

—¿Qué? ¿No me dices nada? —pregunté con sorna.

—Nacho no es hombre de una sola mujer, si es lo que quieres...

—Ha dejado a Gala, ¿lo sabías?

—Sí, me lo explicó él mismo.

—¿Así que sois amigos?

—Algo así —respondió sin añadir más.

—Vale, vais juntos en el grupito ese de pijos —comenté cogiendo mi botella—. Creo que le diré que sí. Un poco de emoción va bien de vez en cuando, ¿no crees?

Thiago buscó en mis ojos: quería saber si bromeaba, pero no, no bromeaba.

Bebí de la botella y él miró mis labios. «Pues ahora lo llevas crudo... Esto no va a ser cuando tú quieras...»

—¿Te importa que dejemos lo de la cena del sábado para otro día? —Mi tono indiferente hizo que me sintiera orgullosa de mí.

Me jodía a mí misma, era cierto, porque me apetecía salir con él, pero no me daba la gana de que jugara conmigo de ese modo. Si algo me había enseñado mi padre a lo largo de mi vida, era a hacerme valer: «Que no te pise nadie, Alexia, no dejes que te lleven por donde quieren, por mucho que desees algo».

—¿Para salir con Nacho? —preguntó en un tono más grave.

«¿Estás mosqueado? Te jodes.»

—Sí, claro. Sábado sabadete... —lo dije mirándolo y con una sonrisa extramegafalsa, pero, claro, él no lo sabía y sus ojos se oscurecieron.

Vi su nuez subir y bajar por su cuello. Mis palabras no le estaban gustando demasiado.

—Además, te debía una cerveza y ya estamos en paz, ¿no? Sé que lo de la cena lo dijiste por la emoción del momento, porque estábamos mosqueados y eso. Así que no te preocupes, te la perdono...

Creo que debería haberme dedicado al teatro o al cine. Era buena fingiendo: me mostraba fría cuando realmente por dentro ardía. Thiago no decía nada, como si no creyera lo que estaba oyendo y no encontrara las palabras.

—¿Así tus padres bien? —volví a preguntarle, cambiando de tema y dando por zanjado lo de la cena.

—Bien —respondió escueto.

—*Un, dos, tres, si te doy un beso ya estás a mis pies...* —canturreé moviendo mis hombros.

Sonaba «1, 2, 3» de Sofía Reyes, De la Ghetto y Jason Derulo, una canción que me encantaba y que mezclaba idiomas. No había nada como la música para subirle a una la moral y demostrar al amigo que me importaba una mierda que pasara de mí.

La seguí cantando, ignorando que él estaba a mi lado, hasta que Thiago me llamó la atención.

—Alexia.

—¿Qué? —pregunté orgullosa.

—Me has preguntado por Nacho y deberías saber que solo busca una cosa.

—¿Sexo? —le pregunté sonriendo—. Genial. ¿Quién te ha dicho que yo busco algo más? ¿Hay algo mejor que el sexo?

Me lamí los labios con vicio y le guiñé un ojo. Thiago abrió los ojos, sorprendido, pero recuperó su rictus severo al segundo.

—¿Lo dices en serio? ¿Solo quieres un polvo?

Me reí al oír su pregunta.

—Joder, Thiago. ¿De dónde has salido? ¿De los años veinte?

—Muy graciosa —comentó por lo bajo.

—¿Me vas a decir que no has tenido rollos de una sola noche? ¿Una tiradita y ya está?

—No me apetece hablar de eso —afirmó sin mirarme.

—¿No? ¿Por qué? Somos dos amigos tomando una cerveza, ¿no, amigo? —lo dije con retintín.

Me miró a los ojos con intensidad.

—Tengo un problema.

—¿Un problema?

—Cuando tengo relaciones, se me duerme.

Lo miré abriendo mucho los ojos. ¿Lo decía en serio?

—Es algo emocional o por nervios, no lo sé bien —continuó explicándome.

—¿Gatillazos?

—Algo parecido...

Me mordí el labio pensando que aquello debía de ser una gran putada.

—Joder, pues no sé..., lo siento...

En aquel momento me arrepentí de ser tan capulla con él, aunque se lo mereciera.

—Más siento yo que te lo creas.

Alzó ambas cejas y sonrió mostrando sus dientes. «¡Qué hijo de su madre!»

—¡Serás imbécil! —exclamé mosqueada.

—Alexia, ¿qué pasa? —nos interrumpió Lea.

Ni me acordaba de la parejita feliz y miré a Lea unos segundos antes de coger mi bolsito.

—Pasa que lo siento mucho, Lea, pero yo no puedo seguir con este gilipollas a mi lado.

Me levanté de golpe, con tanto ímpetu que tiré la cerveza sin querer encima de Thiago.

—Te jodes —le dije saliendo de allí hecha una furia.

¡Menudo imbécil!

Pero ¿qué tipo de radar tenía en mi cabeza para fijarme siempre en los más cabrones?

Eché a correr y me adentré por distintas calles, deseando que ninguno de ellos supiera por dónde me había ido. A los cinco minutos me detuve y me apoyé en la pared de un edificio para coger aire.

Mierda, mierda. ¿Por qué me salía todo como el culo? En cuanto parecía que las cosas me iban bien, se volvían a torcer y empeoraban. Ni siquiera mi actuación había conseguido lo que quería: Thiago me había hecho aquella broma pesada por lo de Nacho, estaba segura. Tú me jodes, yo te jodo a ti. Y yo había sido tan pardilla que le había creído a pies juntillas. Encima, me había preocupado por él...

En ese momento recibí un mensaje de Lea:

¿Dónde estás? Estoy en tu portal, con ellos.

Estoy bien, id donde queráis. Ya iré a casa cuando tenga ganas.

Alexia, por favor.

Apagué el móvil. No me apetecía nada volver a ver a Thiago. Ni quería fastidiar a Lea y Adri. Era pronto, apenas las once de la noche, así que me fui dando un paseo hacia el centro. Aquella zona siempre estaba llena de gente y me relajaba andar por allí pasando totalmente desapercibida entre la multitud.

Sin darme cuenta, llegué a la Plaza Mayor y me fijé en el cartel de Colours. En la puerta había varios grupitos de estudiantes y supuse que el interior estaría hasta los topes.

—No, el avión sale a las nueve...

Me quedé de piedra al reconocer su voz: había pasado tanto tiempo... No me moví, como si de esa forma pudiera hacerme invisible. Quizá si hacía algún tipo de movimiento, ellos se darían cuenta de que estaba allí. Casi no quise ni respirar: su voz confirmaba que estaban en la ciudad. Era real.

—Creía que salía a las diez...

—Míralo en el correo que te envié con los datos del billete.

—Anda, míralo tú en mi móvil. En el correo de Judith, no en el de la revista...

Tragué saliva. Eran ellos. Sus voces eran inconfundibles. Me entraron unas ganas tremendas de llorar al escucharlos después de tanto tiempo, pero me mordí el labio inferior y aguanté estoicamente.

Justo en ese momento vi a Nacho salir de Colours. Me miró sorprendido y sonrió contento. Estábamos a pocos metros, los mismos que me separaban a mí de... de ellos dos. Si se hubieran dado la vuelta, me habrían visto.

—¡Eh! —exclamó Nacho, y antes de que me llamara por mi nombre me abalancé hacia él y marqué mis labios en los suyos pensando en mil cosas menos en ese beso: en sus voces, en su presencia, en él, en ella...

El cuerpo de Nacho se pegó al mío y sus manos atraparon mi cintura. Me sentía como si me hubiera drogado: no era muy consciente de que le estaba besando porque mi cabeza estaba en otro lado.

Nacho se separó y me miró a los ojos.

—Princesa, ¿te has escapado de tu cita?

Miré por encima de mi hombro y los vi saliendo de la plaza. Joder, joder... ¡Dios! ¿Por qué el puto karma me hacía esto?

—¿Te pasa algo? —preguntó Nacho con un tono más suave.

Lo miré y le sonreí.

—Eh..., perdona. Ha sido un impulso.

—Pues me ha gustado tu impulso —dijo ladeando la cabeza.

Y ahora era cuando querría más y yo le diría que no.

—¿Quieres tomar algo? —me preguntó mirando hacia Colours.

Me gustó que no me entrara a saco. Podría decirse que yo me había tirado encima de él.

—No, no, gracias. Estaba dando un paseo... ya sabes, para pensar y eso.

Me miró más serio y acabó sonriendo.

—Entonces, princesa, dejo que sigas tu camino. Pero antes...

Sus manos cogieron mi rostro y con los pulgares acarició mis mejillas.

—Un beso...

Sus labios se posaron sobre los míos con tanta suavidad que me quedé un poco alelada. ¿Nacho besaba así? ¡Uf!

40

NACHO

Hablemos sin tapujos. Soy lo que se conoce como «un tío bueno», de esos que miran las tías al pasar. Ya de bebé estaba cañón, bueno, entonces era muy mono, pero viene a ser lo mismo. Es lo que he oído toda mi puta vida. Incluso mi madre me llevaba a agencias de esas para hacer anuncios cuando era un crío. Mientras mis amigos se quedaban jugando, yo debía ir a esas sesiones de fotos interminables y aburridas.

Cuando crecí un poco, le dije a mi madre que estaba hasta los huevos, pero hasta los quince me obligó a seguir con aquello. Con la pasta que sacábamos me iba cada verano al extranjero de intercambio y eso sí molaba.

A los catorce años me tocó viajar a Berlín y, en la casa donde compartía habitación con un chico de trece, había un bombón de dieciséis años que me desvirgó. Tal cual. Al recordarlo todavía se me pone dura. Qué tía, la alemana aquella. Supongo que al ser mi primer polvo me impresionó mucho más.

A partir de ahí me dediqué a coleccionar experiencias, viendo que con mi físico no tenía problemas para follar con cualquier tía. Con el tiempo me relajé un poco y a los dieciocho años salí con una chica. Pero soy un máquina y a los cinco meses necesitaba catar a otras, era superior a mí. Al final mi novia me pilló, claro. Lo mismo me ocurrió un año más tarde, con otra tipa que me llevaba de culo porque pasaba de mí. A los seis meses de salir con ella, me lie con unas gemelas. Y ya se sabe, al abrir la veda..., no pude parar. Y obviamente me pillaron de nuevo.

Mis amigos me llaman «el generoso», podéis imaginar por qué. Y tengo fama, mala fama podría decirse, y lo sé. Pero me la he ganado a pulso, que conste. Si Dios me ha dado esta carita y este cuerpo, tendré que usarlo y compartirlo, ¿no? Pues sí. Además, ellas siempre pueden decir no. Yo no obligo a nada, eso jamás. Ellas caen en mis redes porque quieren.

Como Alexia.

Aunque debo decir que Alexia... Alexia tiene algo especial que provoca en mí sensaciones extrañas. Incluso actúo con ella de forma distinta y me pregunto: ¿será ella la chica que logre enamorarme, la que logre que no piense en compartir mi cuerpo con ninguna otra?

Tal vez.

41

De camino al dúplex pensé en Thiago, en Nacho, en ellos... Había noches que era mejor no salir de casa, era evidente.

Al llegar al dúplex y abrir la puerta, un sobre en el suelo me dio la bienvenida. Primero pensé que podía ser de Thiago... ¿disculpándose? Pero ¿disculpándose de qué? Me había gastado una broma y yo me lo había tomado fatal porque ya andaba mosqueada con él por no querer nada conmigo. Pero durante el paseo había llegado a la conclusión de que era mejor que fuera sincero, la verdad. Ya sabía a qué atenerme.

Alcancé el sobre y cuando vi mi nombre escrito en él se me cayó de las manos. Conocía esa letra de sobra. Habían... habían estado allí aquella misma noche y... lo habían pasado por debajo de la puerta. Rodeé el sobre, como si fuera una serpiente que me fuera a atacar en cualquier momento, y dudé entre cogerlo y tirarlo a la basura o ver qué había dentro.

La curiosidad me pudo.

Recogí el sobre y lo palpé. Incluso lo olí y pude sentir el aroma masculino que había impregnado en el papel.

Joder, se me encogió el corazón y no me vi con coraje de abrirlo. Aquella noche no. Había tenido suficiente.

Lo que sí hice fue encender el móvil: dos llamadas perdidas de Lea y otra más de Thiago. Y varios mensajes, cómo no.

Lea me seguía preguntando dónde estaba.

Ya estoy en casa y estoy bien. Necesitaba despejarme.

Al minuto mi amiga me llamó y estuvimos casi una hora larga charlando. Primero quiso saber qué había ocurrido con Thiago, porque por lo visto él no había soltado prenda. Más tarde obligué a Lea a que me explicara qué tal con Adrián y cómo habían terminado la noche: él la había acompañado hasta el portal y se habían quedado allí media hora más parloteando de todo un poco y de nada en concreto. Pero estaban a gusto y eso era lo importante. Al despedirse, Adrián le había pedido el teléfono y habían quedado en tomar algo otro día. Parecía que la cosa iba bien, despacio pero bien, a pesar de que él salía con una chica.

Otro de los mensajes era de Thiago.

Siento si te ha molestado mi broma, me estabas poniendo nervioso.

Si solo hubiera sido la broma... Lo que más me había mosqueado era que pasara de mí, que no quisiera besarme.

No le respondí porque lo hubiera mandado a la mierda directamente.

También tenía una notificación de Instagram: era D.G.A.

¿Un lunes fructífero?

Un lunes catastrófico, pero sobreviviré.

Me di una ducha rápida porque olía a humo y me metí en la cama con el pelo mojado. Pensé en mi padre, él me hubiera obligado a secármelo. Pero él no estaba a mi lado para preocuparse por mí.

Miré el sobre que tenía encima de la mesilla y lo cogí para observarlo. Lo guardé en uno de los cajones y apagué la luz para intentar dormir. Estaba un poco agitada con todo lo que había pasado y di varias vueltas entre las sábanas hasta que logré coger el sueño.

—Voy a cortarte las piernas…

Una voz susurrante y fría me acarició el oído y grité del susto con tanta fuerza que me hice daño en la garganta. Busqué el interruptor para encontrar al dueño de esa voz en mi habitación.

Nadie, no había nadie.

Lloré, lloré desconsoladamente. Hacía días que no lloraba así y lo necesitaba. Acabé dormida, con la luz encendida y la almohada empapada.

Cuando me miré en el espejo por la mañana pensé en volver a la cama de nuevo, pero no me apetecía vivir otra vez aquella pesadilla. Casi era mejor enfrentarme a mis terribles ojeras, a mi dolor de cabeza y a Thiago.

Lea me miró preocupada en cuanto me vio llegar a la parada del autobús.

—No digas nada, por favor —le rogué.

Me hizo caso y no comentó nada sobre mi mala cara. Y también respetó durante todo el trayecto que no tuviera ganas de hablar. Me iba echando miraditas y en una de esas le sonreí. Lea estaba preocupada por mí, lo sabía, pero no estaba de humor para dar explicaciones. Aquella voz en mi oído me había jodido la noche.

Al llegar a la facultad anduve cabizbaja: no quería cruzar la mirada con según quién.

Durante las dos primeras horas logré distraer mi mente y entre Estrella, Lea y Max mi ánimo mejoró, aunque el dolor de cabeza seguía.

—Tienes mala cara… —comentó Max durante el descanso.

Colocó su mano en mi frente, como hacía mi padre, y fruncí el ceño.

—Alexia, estás un poco caliente.

—¿Tienes un ibuprofeno? —le pregunté a Lea.

—Sí. ¿Te pido una infusión? —me sugirió ella pasándome el blíster.

—Sí, gracias.

No me encontraba nada bien, como si estuviera incubando algo.

—Alexia, en estos casos nada como una buena sopa caliente de tu madre —comentó Max con la mejor de sus intenciones.

Apreté mis labios al escuchar sus palabras. Si no tenía una madre, difícilmente podía tener su sopa, ni su cariño, ni nada. Joder, ya volvía la vena sensiblera. Tragué con fuerza aquel nudo que se había formado en mi garganta para no verter ni una lágrima.

—Toma, Alexia. —Lea me puso el té enfrente y esperé antes de levantar la mirada—. ¿Alexia?

Entre el dolor de cabeza, el sueño que arrastraba y los comentarios de Max sobre los cariñosos remedios de su madre, sentí que iba a explotar de un momento a otro.

—Estoy bien, tranquila —le dije tomando la taza caliente entre mis manos.

Al levantar la vista vi entrar en el bar a los tres ángeles de Charlie, en masculino, claro. Adri, al vernos, avanzó hacia nuestra mesa y nos saludó. Ignoré la presencia de Thiago, pero él cogió una silla y se sentó a mi lado.

—¿Sigues cabreada? —me preguntó sin importarle que todos los demás estuvieran allí.

Max me miró unos segundos y se dirigió hacia Estrella para comentarle algo de inglés.

—No —respondí cogiendo mi móvil para no mirarlo—. ¿Has quedado con Hugo?

Sentí que mi dolor de cabeza incrementaba por la tensión de hablar con él, pero lo ignoré.

—No lo he visto —respondió con su vista fija en mí.

Sentía el peso de su mirada, era algo extrasensorial y lo notaba.

—¿Puedes dejar el móvil? —preguntó impaciente.

—Poder puedo, pero no quiero. ¿Necesitas algo? —le pregunté en un tono más bien desagradable.

Thiago colocó su mano en la pantalla de mi móvil, cubriéndola. Me fijé en su pulsera trenzada de piel. Parecía que habían pasado semanas desde que la viera en la biblioteca mientras me rozaba con ella. Y solo había pasado una jodida semana. ¿Por qué me había picado tanto con Thiago? ¿Con alguien a quien apenas conocía?

Levanté la vista despacio hacia él, diciéndole así que se estaba pasando.

—Vale, estás enfadada, lo pillo. ¿Podemos hablar?

—¿Sobre tu problema? —le dije alzando un poco la voz.

Thiago me miró más serio porque los demás se volvieron hacia nosotros dos. Me quitó el móvil y se levantó con rapidez.

—Me cago en la puta —murmuré para mí.

Le seguí, por supuesto.

—En cinco minutos empieza la clase —oí que decía Max.

«Voy a necesitar menos tiempo, tranquilo.»

Thiago andaba a paso rápido y con sus largas piernas llegó a la sala de estudios en un santiamén. Estaba abriendo la puerta y me dirigí a él, muy cabreada. ¿De qué iba este?

—Dame el móvil —exigí.

—Dame una explicación —replicó veloz.

—¿Una explicación? No me jodas, Thiago.

—Pasa —ordenó aguantando la puerta.

Resoplé y acaté su mandato.

Cerró la puerta y dejó el móvil en la punta de la mesa.

—Ahí lo tienes.

Fui a por él para poder salir de allí cuanto antes, pero Thiago se interpuso entre la mesa y yo.

—Estás cabreada porque ayer no te besé —dictaminó con seguridad. Nos miramos sin miedo—. Y porque me llamó Débora.

—A mí tu amiga me da igual. Es tu... tu actitud lo que no soporto.

—Alexia, no quiero hacerte daño... ni que tú me lo hagas a mí.

—Me parece una excusa muy absurda, pero tú sabrás —le dije masajeando mi sien.

—Sigues acostándote con Gorka, tienes algo con él. Lo reconozcas o no, es así. ¿Y quieres empezar algo con otra persona?

Lo miré frunciendo el ceño. Joder, realmente no le daba miedo plantar cara a lo que ocurría entre nosotros. Esperaba que escurriera el bulto, como hacían la mayoría de los chicos.

—Y ayer besaste a mi colega Nacho, después de estar conmigo. —«¿Cómo lo sabía?»—. ¿Estás segura de que sabes lo que quieres?

«Joder, joder, joder...»

—Alexia, eres contradictoria, caprichosa e impulsiva. No creo que tú y yo funcionáramos.

¿Caprichosa? ¿Y este quién se creía que era?

—¿Y quién te dice que eso es lo que quiero? ¿O es lo que tú quieres porque se te pone dura cuando me tocas?

—Porque te lo leo en los ojos —respondió sin inmutarse por mis palabras.

—Lo que lees es que estás bueno, algo que ya debes de saber de largo. Pero de eso a querer una relación seria contigo hay un mundo. ¿Qué íbamos a hacer? ¿Ver una película en blanco y negro con tus padres los domingos por la tarde?

Thiago endureció su mirada.

—No, mejor nos metemos unas rayitas y después follamos como posesos. —Su tono grave me supo a hiel.

Aquello había sido un golpe bajo y supuse que estaba bien informado por Luis. Vale, lo sabía todo de mí. Lo de Gorka, lo de Nacho, lo de la coca...

—Por lo menos Gorka le echa huevos, cosa que no sé si podemos decir de ti.

—Precisamente es lo que estoy haciendo —dijo con cierta rabia—. Pasar de ti antes de que me salpiques.

—¿Qué pasa? ¿Que eres un tío de esos a los que le han roto el corazón y no quiere sufrir?

Thiago inspiró y sacó el aire despacio.

—Déjalo, no lo entiendes.

Dio un paso al lado y me dejó espacio para que cogiera el teléfono.

—Lo entiendo perfectamente, Thiago. Eres tú el que no tiene claro lo que quieres. Eres un cobarde.

Tomé mi móvil y él atrapó mi brazo.

—¡Suéltame! —le gruñí molesta.

—No sabes nada de mí —escupió cabreado.

Parecía que su punto débil era que me metiera con su hombría.

—Sé lo que demuestras al tener a una al teléfono y a otra en la boca. O casi.

Thiago me acercó de golpe a su cuerpo y me quedé sin respiración. Nuestros ojos se enredaron en una larga mirada cargada de intenciones.

—¿Qué necesitas? ¿Que te bese? ¿Te quedarás más tranquila?

No me estaba gustando ni lo que decía ni cómo lo decía.

—Tú eres idiota.

—No me insultes —me avisó impaciente.

—Eres tú quien me insulta diciendo eso. ¿De qué vas?

Intenté separarme de él, pero me atrapó entre sus brazos. Una de sus manos se colocó en mi muslo izquierdo y abrí la boca sin ser capaz de vocalizar nada.

¿Qué... qué hacía? Tenía que quitar esa mano de ahí, pero no me salían las palabras. Abrí la boca para hablar, pero no pude emitir sonido alguno.

—¿Quieres saber si tengo cojones?

Thiago parecía como ido... o algo parecido. Me apretó más contra él y sentí todo el calor que desprendía su cuerpo. No sabía a qué atenerme porque aquello parecía más una lucha que un acercamiento.

—Está bien, si no dices nada será que sí...

Su mano subió por mi muslo y sus labios se acercaron a los míos, despacio..., tanto que pude ver cómo cerraba sus ojos al rozarme. Marcó mi boca al mismo tiempo que su mano tocó mi cicatriz, y me separé de él como si fuera el mismísimo diablo.

—¿Qué cojones haces? —le grité furiosa.

—¿Qué...? —Me miró asombrado y seguidamente bajó la vista hacia mi muslo que estaba cubierto por mi falda corta y plisada—. ¿Qué es? —preguntó lamiendo sus labios.

—¡Nada, joder! —Quise irme, pero Thiago agarró mi brazo de nuevo y volvió mi cuerpo hacia él con brusquedad.

—¿Qué coño te ha pasado, Alexia? ¿Te lo hiciste tú? —preguntó en un tono entre preocupado y nervioso.

—Thiago, tú y yo ni siquiera somos amigos. ¿Crees que te voy a confiar algo así?

No sabía cómo escapar de él y mi mejor arma era herirlo.

—Nena...

¿Nena?

Pena... Era pena lo que sentía por mí en esos momentos. Porque Alexia tenía una cicatriz enorme en su muslo izquierdo y daba mucha pena.

—¿Puedes soltarme? —bramé llena de ira.

—Alexia, yo...

—Thiago, no. Vamos a dejar las cosas claras. No... no quiero que vuelvas a tocarme, ¿te queda claro?

—¿Lo dices en serio?

Sus ojos buscaron en mis ojos algo que no encontró porque solo sentía desprecio por él. Se podía meter la pena por donde le cupiera.

—¿Quieres volverme loca? ¿No dices que no quieres nada? ¿A ti qué te pasa? —Mis preguntas atropelladas lo echaron hacia atrás y me soltó el brazo.

Thiago bajó la vista unos segundos y cuando volvió a mirarme lo hizo con sus ojos verdes cargados de frialdad.

—Tienes razón. No quiero nada.

42

Durante la tercera hora de aquel miércoles no me enteré de nada. Revivía en mi cabeza una y otra vez lo que había sucedido en aquella pequeña sala y seguía sin entender las reacciones de Thiago. Ahora sí, ahora no. Puestos a pensar, tampoco era extraño que no lo comprendiera porque apenas sabía nada de él. Aunque en mi interior, inexplicablemente, sentía que lo conocía, lo cierto es que durante aquellos días lo único que habíamos hecho bien era discutir y soltarnos perlas: apenas habíamos compartido nada más. Por eso mismo no dejaba de preguntarme qué era lo que me atraía tanto de él. ¿Su físico? ¿Su mirada? ¿Su seriedad? ¿Su sonrisa? ¿O todo?

Todo.

No podía negármelo, a mí no. Me gustaba y me enfurecía saber que no era recíproco, o por lo menos no tanto como para que él se quisiera implicar más. Había tonteado conmigo y de ahí no íbamos a pasar, me lo había dejado bien claro el día anterior. Thiago no quería sufrir y lo único que se me ocurría era que pensaba que a los dos meses me iba a cansar de él. O, peor, él de mí. Pero para cansarse, primero tenía que existir una relación.

¿Quizá le echaba para atrás saber que yo no había tenido ninguna relación seria? Pero aquello tampoco me entraba en la cabeza. ¿Es que quería un compromiso serio? ¿Sin conocerme? Se suponía que las parejas empezaban primero tonteando y más adelante uno podía afirmar que le apetecía seguir con esa persona o no. ¿Quería Thiago empezar al revés?

O tal vez fuera algo tan simple como que yo no le llenaba lo suficiente. Debía empezar a olvidarme de Thiago...

Y eso fue lo que intenté durante los siguientes dos días. Si de algo podía enorgullecerme, era de mi tenacidad: cuando me fijaba un objetivo, iba a por él y solía conseguirlo. Mi cabezonería extrema me ayudó después del accidente y me iba a ayudar ahora.

Tenía en mi contra el proyecto de Francés, porque me obligaba a pasar algunas horas con él, pero me sorprendí a mí misma con mi actitud indiferente. Era una chica de primero que debía trabajar con uno de tercero y otro de cuarto en un proyecto interesante y del que yo iba a sacar todo el provecho posible. Nada más.

Thiago, por su parte, se comportó casi como yo: ni miraditas, ni palabras de más, lo que implicó que todo aquel acercamiento entre nosotros se diluyera en el aire como si nunca hubiera existido. Era algo extraño: como dos conocidos que han vivido algo y que lo ignoran por completo, empezando de cero. Thiago era educado y formal conmigo, como con muchas otras. Sus ojos verdes no expresaban nada y solía estar más bien callado en aquellas sesiones de tres.

—Pues vaya rollo, yo me veía haciendo una boda a cuatro...

Era viernes por la noche y estábamos en casa de Natalia. Sus padres habían salido y habíamos decidido pedir comida tailandesa.

—Lea, no digas gilipolleces —le dije masticando.

Acababa de poner al día a Natalia sobre lo ocurrido aquella semana en la uni. Entre su trabajo y que le había tocado ayudar a su madre en la tienda, no le habíamos visto el pelo. Sus padres regentaban una pequeña tienda de comestibles que solían atender los dos, pero su padre había estado fuera por no sé qué asuntos relacionados con el negocio.

—¿Qué? Me hubiera molado salir los cuatro —comentó Lea tan contenta.

—¿Adrián ya ha dejado a su chica? —preguntó Natalia mirándola atentamente.

—¿Eh? No, no, pero no tardará. Cuando se dé cuenta de que yo soy la chica de sus sueños, seguro que la deja.

Miré a Lea de reojo. Ella lo veía muy claro, yo no tanto.

—Ayer por la noche estuvimos mandándonos mensajes —añadió con una gran sonrisa.

—¿Subidos de tono? —preguntó Natalia.

—Para nada. Adrián no es de esos, él es más calmado, y eso me pone como una moto. Estuvimos hablando de deportes, le gusta nadar y juega a pádel con Thiago.

Me miró a mí, pero yo no abrí boca. Ella siguió hablando:

—¿Sabes que Thiago compite? Adri dice que es muy bueno, pero que su padre lo agobia con el tema.

—Interesante —le dije en un tono aburrido, aunque realmente sí prestaba atención.

—Por lo que intuyo que es un padre de esos pesados.

La miré arrugando la frente. ¿Qué decía? El padre de Thiago era muy amable y simpático.

—A mí no me lo pareció —le repliqué.

—Pues ya sabes que Adri casca mucho. —Lea rio al decir aquello y yo sonreí.

Era cierto que Adri hablaba por los codos y a veces decía cosas de más.

—Pero ¿habláis mucho? —preguntó Natalia con picardía.

—Bastante —respondió ella coqueta.

—Se buscan como dos perros en celo —le dije a Natalia sonriendo.

Lea me miró abriendo los ojos y nos reímos las tres a la vez. Nada como mis amigas para sentirme bien.

Natalia nos explicó cómo le iba con el calvo de su jefe y que había entrado un nuevo fichaje en la empresa: un titulado en Derecho que era muy guapo y que había provocado un pequeño revuelo entre las féminas.

Lea y yo la acribillamos a preguntas y vi por primera vez en mucho tiempo cierto brillo en los ojos de Natalia. Brillo que días atrás yo también tenía.

El letrado se llamaba Ignacio, tenía seis años más que Natalia y era de Madrid, concretamente vivía en el barrio de las Letras.

—¿También sabes su número de DNI? —le pregunté riendo.

—¿Y las medidas? —añadió Lea con rapidez.

—Ni lo uno ni lo otro, pero ya me gustaría. De momento hemos cruzado un par de miradas de esas que te dejan tiesa... Quizá esta noche se pasa por Marte...

—¡Eh! ¡Eh! Esto promete —comentó Lea brindando con nuestros botellines de cerveza—. Hoy cogemos una buena y lo celebramos. ¿Pillamos maría?

—Yo paso —dijo Natalia. Fumar no le sentaba demasiado bien.

—¿Te apuntas? —Lea me miró y afirmé con la cabeza.

Necesitaba salir, pasármelo bien y desconectar.

Aquellos días, aparte de procurar olvidar a Thiago, había intentado hablar con Gorka, pero él había pasado de mí. Siempre estaba ocupado y no me cogía el teléfono. ¿Era cierto que tenía mucho curro con la agencia de modelos o me estaba evitando? Quería hablar con él sobre esa discusión con Thiago y quería saber su versión de los hechos. No tenía por qué creer a pies juntillas a Thiago.

Podía sumar a todo esto que mi madre estaba más borde de lo normal. El miércoles llegó con una mala hostia que daba miedo y el jueves cuando se dio cuenta de que faltaba una de las botellas de vino me echó la caballería encima. No lo reconocí y con mi tono más irónico le dije que chocheaba, cosa que la enfureció aún más.

—Quién me mandaría a mí hacerle caso a tu padre... —había espetado.

—¿Por tenerme? —le pregunté apoyada en el marco de la puerta de la cocina, observándola ir de un lado a otro, como si no supiera dónde estaban las cosas en su propia cocina.

—Por todo, hija, por todo...

Hija...

Se me cayó de las manos el vaso de agua, y ella me miró iracunda.

—¿Podrías ir con más cuidado? Eres torpe como él. No entiendo que no sepáis mantener algo en vuestras manos. Limpia eso —me ordenó con gravedad.

Toda la magia de esa palabra se esfumó.

Había escrito todo aquello en mi cuaderno para desahogarme. Empezaba a plantearme irme de allí, aunque fuera con las manos vacías, aunque tuviera que dejar los estudios y ponerme a trabajar. Estaba vendiendo mi vida por una carrera y por un techo, pero siempre podía ponerme a estudiar más adelante.

Les expliqué a Lea y Natalia aquella idea que tanto me rondaba por la cabeza.

—Ni se te ocurra, Alexia.

Lea se ponía seria muy pocas veces, y aquella fue una de ellas.

—Alexia, no seas tonta. Ya llevas año y medio con tu madre, casi podríamos decir que has pasado lo peor con ella —añadió Natalia—. En enero cumples los diecinueve y sin darte cuenta ya tendrás los veinte.

—Es que lo poco que la veo me pone histérica —les comenté recogiendo los restos de nuestra cena.

—No le sigas el rollo —me aconsejó Lea.

—Eso es lo que hago yo con mi padre —dijo Natalia yendo hacia la cocina.

Lea y yo nos miramos, ambas pensando en lo mismo.

Dos días antes habíamos hablado del tema. ¿Le ocurría algo a Natalia? El último día que estuvimos con ella y charlamos sobre el cumpleaños de su padre nos había parecido a las dos que estaba muy rara. Siempre había tenido una mala relación con él porque su padre era casi igual de imbécil que mi madre, pero ella siempre lo había llevado más o menos bien.

Tenía el apoyo incondicional de su madre y con su carácter extrovertido había logrado dejar a un lado sus problemas en casa. Natalia era de aquellas personas que habitualmente sonreían, que veían la vida con optimismo y que siempre estaban dispuestas a pasarlo bien. Por eso mismo el gesto contrariado de su rostro al comentar aquel aniversario nos extrañó mucho. Lea insistió en que la dejara hablar a ella en privado en cuanto encontrara el momento. Era cierto que a Natalia no le gustaba que nos metiéramos en ese tema.

Se me pasó por la cabeza que su padre no hubiera acabado zurrando a su madre, pero al final pensé que me estaba volviendo una dramática, cosa que siempre procuraba no parecer. No me gustaban esas personas que siempre andaban llorando, lamentándose y queriendo dar lástima. Cada uno debía lidiar con sus propios asuntos. En el instituto conocíamos a una chica que siempre estaba subiendo fotos en Instagram sobre su vida personal: mi novio me ha dejado, hoy he suspendido un examen o me he mordido la lengua y no puedo comer. ¿Y a mí qué? Me ponía nerviosa ese tipo de personas, ¿qué necesidad tenían de exponer su vida ante todo el mundo? Todos tenemos problemas, joder. Aquella chica acabó con cuatro seguidores en su cuenta, por pesada, claro.

Y hablando de Instagram, D.G.A. me había escrito un par de mensajes preguntándome si estaba bien, pero después de la decepción de Thiago no me apetecía tontear con nadie, así que decidí mantenerme en silencio y no abrí más la aplicación. Tampoco tenía ningún tipo de compromiso real con él y siempre podía mentirle diciéndole que había estado muy ocupada.

—¿Nos vamos? —preguntó Lea colocándose su bolsito—. Estás en la luna, petarda —me dijo a mí.

Le sonreí y salimos las tres con ganas de fiesta, aunque antes pasamos por El Rincón para ver si encontrábamos a Alberto, el ex de Lea, porque sabíamos que siempre llevaba maría encima para pasar.

Adam nos saludó con entusiasmo y le devolví el saludo con una sonrisa sincera, hasta que mis ojos toparon con los de Thiago, que estaba sentado en la barra con una caña de cerveza en la mano.

Cuando quise darme cuenta, Lea y Natalia estaban sentadas con Alberto para comprarle la hierba y Thiago se acercó a mí.

—¿Qué tal? —preguntó medio sonriendo.

Sus pupilas estaban algo contraídas. ¿Había fumado algo...? No parecía muy entero.

—Bien, ¿y tú?

—Pues aquí, celebrando una victoria. Tenía un partido importante y lo hemos ganado.

—Me alegro por ti.

—Te la suda, no seas tan falsa.

Lo miré a los ojos y él sonrió más.

—¿Te has acabado metiendo una raya o qué? —le pregunté viendo que no iba fino.

—Yo paso de mierdas de esas. He bebido un poco, nada más. Y voy a seguir bebiendo hasta que me caiga de ese taburete.

Lo miré sorprendida. ¿Dónde estaba el Thiago formalito?

Lea y Natalia se levantaron de la mesa y vinieron hacia mí.

—Tengo que irme —dije, ignorando los miles de preguntas que pasaban por mi cabeza.

—Alexia.

—¿Qué?

—Lo de tu...

—¿Qué? —le pregunté impaciente.

—Nada.

Se dio la vuelta de repente y observé cómo se sentaba de nuevo en la barra a beber solo, como un jodido alcohólico.

Pues ya era mayorcito para saber qué le convenía.

43

Decidimos ir primero a Colours, estaba cerca de la zona de La Latina y además había muchas probabilidades de encontrarnos allí a Adrián.

Cuando entramos, el calor humano acumulado nos recibió y me quité la chaqueta de punto que llevaba porque estábamos ya a finales de septiembre y refrescaba un poco a esas horas.

—¿Te has puesto Wonderbra? —Lea tenía los ojos puestos en mi pecho.

—Tú eres tonta —le dije riendo.

Llevaba una camiseta de tirantes gris plata brillante y era de una tela suave que se pegaba como una segunda piel. En casa de Natalia no hacía ni pizca de calor, pero allí el bochorno era exagerado.

—Entre la camiseta y la faldita tienes un buen polvo, petarda —continuó ella.

—¿Te gusta? No me la había puesto nunca porque marca demasiado, pero hoy he pensado: a tomar por culo.

Nos reímos las tres y, al entrar, varias miradas masculinas nos siguieron hasta la barra. No había ni una mesa libre y nos hicimos sitio entre la gente para poder pedir.

—Tres cervezas Mahou, por favor.

Eché un vistazo al pub. La música estaba mucho más alta que por las tardes, las luces se habían atenuado y el ambiente era totalmente distinto. Había mucha gente de pie, entre las mesas o en la misma barra charlando, moviendo el cuerpo ligeramente, e incluso había un par de chicas que bailaban a su bola en una esquina.

Supuse que era un buen lugar de encuentro para tomar la primera copa y que a medida que pasasen las horas se iría vaciando.

En el fondo pude ver a Luis con Débora, con la chica del pelo azul y con un par de chicos que no conocía. Los amiguitos pijos de Thiago. ¿Por qué Thiago no estaba con ellos? ¿Y por qué se había quedado en El Rincón bebiendo solo como un colgado? En vez de celebrar con sus amigos aquella victoria, había optado por estar solo y emborracharse sin sentido. Eso era el ojazos, un sinsentido. Ni siquiera sabía por qué pensaba en él.

En ese momento entraron en el local Adri y Nacho, juntos. Los observé por encima de la copa de cerveza y Nacho me miró sonriendo.

—No te gires, el amor de tu vida viene hacia aquí —le dije a Lea.

Ella, por supuesto, volvió la cabeza como la niña de *El exorcista* y Natalia y yo nos reímos.

—Solo hace falta que le digas que no lo haga para que lo haga —dijo Natalia.

—A ver, pensaba que entraba Maxi Iglesias, ¿cómo no iba a mirar? —nos preguntó riendo.

Lea estaba feliz: al ver a Adrián, sus ojos irradiaban una emoción que jamás había visto en ella.

—Buenas noches, guapísimas. —Nacho fue repartiendo besos hasta llegar a mí—. A ti en especial... ¿Quieres dejarme bizco?

Me reí por su gesto.

—No te rías, princesa. —Me cogió de la cintura y me acercó a él—. Estás... preciosa.

—Gracias, mi príncipe —le dije observando sus ojos negros.

—¿Esa camiseta es legal?

Me reí de nuevo y él aprovechó para acercarse a mis labios.

—Alexia, Alexia...

Nos miramos fijamente y yo le sonreí.

—De puta madre, Nacho. Me dijiste que no era por nadie y te veo otra vez con esta...

Gala y sus oportunas interrupciones estaban a nuestro lado. La miré por encima de mi hombro y ella me dirigió una de esas miradas asesinas que a mí me afectaban bien poco.

—¿Algún problema, bonita? —le pregunté con mala leche.

—El problema eres tú, muerta de hambre. —Sus ojos azules se oscurecieron.

—Gala, por favor —le pidió Nacho, colocándose frente a ella y dejándome a mí detrás de él.

¿Qué temía? ¿Que nos tiráramos de los pelos? Yo jamás me había peleado con nadie y menos por un tío.

—Nacho, me dijiste que necesitabas espacio. ¿Para qué? ¿Para irte con ella?

—Gala, lo dejamos claro el otro día. Se terminó. No nos debemos más explicaciones.

—Pero con esa, joder. ¿Qué diría tu madre si te viera con alguien como ella?

¿Alguien como yo? ¿A qué se refería?

—No es de los nuestros —dictaminó ella con orgullo.

Madre mía, de los nuestros. ¿Qué eran, de otro planeta?

—¿Te refieres a que yo no llevo escoba? —le pregunté saliendo de detrás de Nacho.

Ya estaba hasta los ovarios de que me insultara.

—Alexia... —Nacho cogió mi mano, como si temiera que fuera a por ella.

—Me refiero a que los de nuestra clase social, como Nacho o como Thiago, no nos vamos con los de la tuya.

Esta tía era imbécil, pero imbécil de verdad. ¿Clases sociales?

—¿De dónde has salido? ¿De un libro de la Edad Media? —Me volví hacia Nacho—. ¿Lo dice en serio esta payasa? Nacho, que estuvieras liado con esta pava dice muy poco de ti.

—Perdona, zorra... —Gala volvía al ataque.

Me volví hacia ella con brusquedad.

—Zorra tu puta madre, ¿me oyes?

Gala abrió los ojos sorprendida y dio un paso atrás.

—No eres más que un entretenimiento para ellos —escupió con veneno.

—Vale, vale, que tú te vas a casar con Nachete —le dije con ironía—. Pues mira, bonita, mientras tú vas preparando el banquete, yo me lo iré follando, ¿te parece?

Nacho me cogió por la cintura y Gala lo miró furibunda.

—¿Lo sabe Thiago? —le preguntó entornando sus ojos azules.

¿Thiago?

—Gala, deja de meterte en mi vida —respondió Nacho mosqueado.

—Allá tú. —Gala desapareció de nuestro lado, y yo la miré preguntándome por qué había dicho eso.

—No le hagas mucho caso —me aconsejó Nacho, apoyando su cuerpo en la barra.

—¿Qué tiene que saber Thiago? —le pregunté observando que Lea y Estrella estaban solas.

¿Dónde estaba Adrián?

—A saber —respondió él mirando hacia donde estaban sus amigos.

Dirigí mi vista hacia ellos y Adri estaba allí, observándonos.

—¿Nos vemos luego? —me preguntó más animado.

—Tal vez...

Nacho me dio un suave beso en la mejilla y se fue con sus colegas, los pijos. Cogí mi copa y me reuní con mis amigas. Lea me explicó que Adri estaba algo nervioso y no sabía por qué. Cuando estaba con aquella tropa, Adrián era otro y podíamos imaginar la razón: tenía novia, la novia debía ser una pija más y aquellas lagartas podían irse de la lengua. Bueno, todo eso lo suponíamos, porque Adri apenas hablaba de la tal Leticia.

Les relaté las bonitas palabras que me había dedicado Gala y el pique que habíamos tenido. Lea comentó que ella le habría partido la cara, y probablemente hubiera sido así. En cambio, nuestra racional Natalia me dio la razón al haber aguantado el tipo ante sus continuos insultos. Gala había dicho una tontería tras otra y no era necesario ponerse a su nivel, aunque le había replicado con ganas, claro.

Nos quedamos las tres en la barra, dando la espalda a Adri, a Nacho y a sus queridos amigos. A los pocos minutos el móvil me vibró en mi cintura, dentro de mi pequeño bolso.

Era Gorka.

—¿Hola?

—¿Alexia?

Apenas oía nada con el jaleo que había allí dentro.

—Un momento, Gorka —le dije, y me dirigí a las chicas para decirles que salía para hablar por teléfono—. Ya estoy fuera.

—¿De fiesta? —me preguntó con simpatía.

—Pues sí, ¿y tú? ¿Has firmado un contrato con Dolce & Gabbana y no me has dicho nada?

Gorka rio por el auricular.

—He tenido una semana dura, sí... Están preparando la campaña de Navidad y me tienen loco.

—Eso te pasa por estar bueno...

Nos reímos los dos de nuevo y me vino a la cabeza aquella pelea con Thiago.

—Quería hablar contigo —le comenté con cautela—. Aunque no por teléfono.

Gorka tardó unos segundos en responder. Sabía a qué me refería.

—Pues quedamos esta semana y hablamos —me dijo con rapidez—. Yo te llamo.

Gorka solía decir día, hora y lugar, así que se estaba escaqueando.

—Bien, espero tu llamada. —No quise insistir porque acabaríamos hablando del tema y quería tenerlo frente a mí para ver su reacción y, sobre todo, ver sus ojos.

—Pásatelo bien, cielo —se despidió con demasiada celeridad.

—Igualmente, Gorka.

Cuando colgué vi un mensaje de Thiago. ¿Es que no podía dejarme en paz?

Lo de tu pierna, ¿qué te ocurrió?

Apreté los dientes, aguantando todas aquellas sensaciones que pasaban por mi cuerpo cuando pensaba en ello. El accidente. La muerte. El dolor. Las lágrimas. Los cambios...

¿Por qué me agobiaba con el tema si sabía que no quería decírselo?

Tuve un accidente.

Lo juro, juro que cuando le di a enviar me arrepentí al segundo y en cuanto reaccioné para eliminarlo ya era tarde; Thiago lo acababa de leer. «Joder, Alexia, pareces boba.»

Me sonó de nuevo el móvil y lo miré al ver su nombre en la pantalla. ¿Debía cogerlo? Dentro de mi atontada cabeza había dos Alexias: una que me alejaba de él muy razonablemente y otra, la inconsciente, que hacía lo que le salía del mismísimo y que solía ganar en demasiadas ocasiones.

—¿Sí?

—Alexia. —Su voz sonaba pastosa.

Iba bastante más bebido.

—Thiago, ¿qué quieres?

Me puse la mano en la frente pensando que debía colgar, pero algo me impedía dejarlo con la palabra en la boca.

—Quiero saberlo...

Oía voces y supuse que seguía en el bar de su primo.

—¿Saber qué?

Lógicamente, intuía que hablaba del tema del accidente, pero no estaba segura porque llevaba un buen pedal.

—El accidente. ¿Qué... te pasó? ¿Te cortaste?

—Si me preguntas si me lo hice yo queriendo, no; no soy tan gilipollas. Y del accidente no quiero hablar, si no te importa.

—¿Fue muy jodido? —Su voz sonaba muy preocupada.

—Thiago... —le avisé irritada.

—¡Joder, Alexia, deja de hacer ver que no somos nada! —exclamó algo más fuerte.

Parpadeé alucinada al oírlo.

—No, Thiago, deja tú de marearme. No me mola un pelo lo que haces, así que olvídame de una puta vez.

Colgué enfadadísima, porque el muy cabrón me estaba volviendo loca. A la que lograba alejarme, él se acercaba de nuevo. ¿Qué quería realmente?

44

THIAGO

A Carol la conocí en un torneo de pádel organizado por los amigos de mi padre un domingo cualquiera del verano pasado.

Era una chica de estatura media, con unas piernas bonitas y unos ojos que me buscaban constantemente. Al final me picó la curiosidad y me atreví a hablar con ella. Me sorprendió gratamente lo extrovertida que era y que siempre tenía algo que decir. No era una de aquellas niñas de papá callada, tímida y sin opinión. Más bien al contrario, y eso me atrajo de ella, a pesar de sus dieciocho años.

Siempre me había fijado en chicas de mi edad o mayores, me parecían más interesantes, simplemente. Las más jóvenes eran demasiado alocadas, no tenían las ideas claras y siempre andaban con ganas de experimentarlo todo. Yo, a mis veintiún años, empezaba a saber qué quería en la vida, y lo que no quería era cargar con una relación inestable y fluctuante, para eso prefería estar solo.

Pero Carol me atrapó con su manera de desenvolverse, con sus tonterías y sus constantes aventuras. Era dinámica y divertida, y en ese momento me dejé llevar. Pero al mes y medio empezó a mostrar su lado posesivo, y no hablo de unos simples celos. Carol comenzó a comportarse de una manera obsesiva: «¿Dónde estás?», «¿Qué haces?», «¿Con quién estás?», «No quieres estar conmigo», «¿Por qué sales con Adrián?». Y un largo etcétera. Al principio pensé que había tenido una mala semana, pero cuando aquello empezó a ser lo habitual, abrí los ojos y me di cuenta de que Carol era de esas personas que te anulan, que te quieren en una burbuja y que no te dejan ni respirar.

La dejé con la excusa de que no me sentía a gusto con nuestra relación; tampoco quise decirle que era una celosa de mucho cuidado. Carol no aceptó la situación: primero me suplicó, después lloró y al final me gritó. Las dos semanas siguientes fueron un infierno.

Me llamó una noche diciendo que iba a quitarse la vida. No la creí. Pero lo intentó. Y se lio parda porque los padres de Carol, que lograron que aquel corte en la muñeca no fuera a más, se pusieron en contacto con los míos. Eran amigos y tenían negocios juntos.

Mi padre me puso de vuelta y media.

—Thiago, ¿no tienes cabeza? ¿De qué ha servido tanta educación?

—Papá, el problema es ella, no yo —le dije intentando defenderme.

—¿Carol? Siempre ha sido una chica de lo más alegre y ¿ahora? Ha intentado matarse, ¡Jesús! Suerte que sus padres estaban ahí...

Lo miré sintiendo el peso de la culpa.

—Thiago, no quiero que se repita algo así. No puedes ir destrozando vidas de esta forma, ¿lo entiendes?

—Te repito que ella...

—No hablo de ella, hablo de ti. No podemos quedar así delante de nuestros amigos. ¿Qué estarán diciendo de nosotros ahora mismo?

Claro, qué dirán..., qué pensarán...; ese es el gran problema en nuestro mundo, y por mucho que mis padres intentaran ser personas corrientes, no lo eran. El dinero te marcaba, para bien y para mal.

Mi padre no era un mal hombre, pero tenía algunas prioridades: los negocios y las apariencias. Si te entrometías en alguna de ellas, se convertía en un auténtico capullo. Por lo general, nos llevábamos bien, aunque teníamos algunos encontronazos cuando no compartíamos la misma opinión: no quiso que en verano trabajara en el pub y no le gustaba que no me tomara tan en serio como él lo de jugar al pádel. Para mí era un entretenimiento, para él era una manera de lidiar con sus frustraciones de juventud. Siempre había sido de complexión ancha, y eso, sumado a una alimentación demasiado abundante y saturada de grasas por parte de mi abuela, lo había convertido en un joven obeso. Con los años aprendió a comer bien y ahora se mantenía en forma, pero mí, padre tenía esa espina clavada en el corazón. Y la focalizaba en mí presionándome constantemente para ganar, ganar y ganar.

Me preguntaba por los puntos de los partidos antes que por las notas de la universidad. Me compraba camisetas, zapatillas deportivas y raquetas de pádel a la que podía, y en cambio no tenía ni idea de que me encantaba leer novelas policíacas y de suspense. Tenía un calendario con los torneos a los que debía asistir, pero no había sabido jamás cuándo era la época de exámenes. Al principio no me afectaba demasiado, pero últimamente estaba pensando en dejar aquel deporte. ¿Le daría un ataque a mi padre?

El mismo que le daría al saber que Alexia me volvía loco. Ya lo oía diciéndome que era un estúpido y que ya habíamos hablado de no mezclar negocios y relaciones. Y Alexia también tenía dieciocho años. Pero ella no tenía nada que ver con Carol. La historia era distinta. Alexia me gustaba de verdad, me gustaba tanto que no paraba de cagarla con ella, como si toda mi experiencia se hubiera anulado ante ella.

La quería lejos, pero la necesitaba cerca. No quería besarla, y acababa yendo hacia sus labios como un imán.

Hostia puta... Y su muslo... Tenía una buena cicatriz en él, y en cuanto la había acariciado, Alexia se había separado de mí con una mirada feroz en sus ojos. ¿Qué podía haberla causado? Me vino a la cabeza Carol... ¿Se lo habría hecho ella misma? Era un lugar extraño para intentar dañarse uno mismo, pero nunca se sabía.

«Tuve un accidente.»

¿Un accidente? ¿De qué? ¿De coche?

45

De Colours nos fuimos a Marte con ganas de bailar y pasarlo bien. Antes de entrar, Lea se lio un cigarrillo de hierba y nos lo fumamos entre las dos. Acabamos muertas de la risa al terminarlo y nos adentramos en el pub con ganas de juerga.

—¿Bachata? ¡Joder, vamos para allá! —Lea nos guio hacia el centro de la pista y empezamos a bailar las tres moviéndonos con sensualidad.

Algunos chicos se acercaron a bailar con nosotras y uno muy morenito, de más o menos metro noventa, me cogió a mí. Le seguí el rollo bailando a su ritmo y me divertí de lo lindo.

—Si Adri baila igual de bien, ya puedes estar contenta —le dije a Lea cogiendo aire después del meneíto con aquel chico.

—A ver si viene y nos pegamos unos bailoteos de esos agarrados. Lo cogeré por aquí. —Lea puso las manos en mis pechos y nos reímos las dos—. Y luego por aquí. —Me cogió el culo y la empujé de broma.

—¿Le has dicho que estaríamos aquí? —le pregunté entre risas jadeantes.

—Se lo ha cascado Natalia mientras charlábamos con ellos en Colours...

¿Y Natalia? ¿Dónde estaba? La buscamos con la mirada, pero nuestra amiga había desaparecido por arte de magia. ¿Dónde se había metido?

—La madre que me parió —dijo Lea silabeando las palabras.

Seguí sus ojos y vi a Natalia charlando con ¿un modelo? Coño, con

Natalia. ¿Y ese quién era? A los cinco minutos se acercó seguida por el susodicho.

—Chicas, os presento a Ignacio, mi nuevo compañero de trabajo.

—Encantado —nos dijo dándonos dos besos.

Realmente era guapo y vestía con gusto.

—¿Es el nuevo? —le pregunté en un murmullo a Natalia y ella afirmó con la cabeza.

El chico, o casi mejor dicho el hombre, se quedó con nosotras. Joder, a mí y a Lea nos llevaba ocho años, pero o él parecía más joven o nosotras mayores, porque estuvo con nosotras como pez en el agua. Igna, como le llamaba Natalia, había venido con un par de amigos que en aquel momento estaban en la barra charlando.

—¿Os importa que os la robe un rato? —nos preguntó él de forma muy educada.

Natalia nos miró con los ojos brillantes y se fue a la barra a tomar algo y a flirtear un rato largo con el abogado.

Nosotras seguimos a lo nuestro, entre risas y bailoteos, hasta que aparecieron Adri y Nacho, sin sus amigos. Lea y yo nos miramos y sonreímos con picardía. Nos hicimos las tontas como si no los hubiéramos visto, pero de reojo observamos que buscaban a alguien. ¿A nosotras? Por supuesto.

—Princesa...

Nacho me rodeó la cintura con su brazo y me habló al oído en un tono sugerente.

—Nachete, ¿tú por aquí?

Al volverme hacia él, vi cómo Adri charlaba alegremente con Lea.

—Me apetecía bailar un poco de perreo.

Movió sus caderas junto a las mías y me reí.

—Menos risas, Caperucita —bromeó cogiendo mi cintura con ambas manos.

—Qué miedo me das. —Le guiñé un ojo y me puse a bailar con él, rozándonos y haciendo un poco el tonto.

Cuando sonó la siguiente canción, inesperadamente hubo un intercambio de parejas y Adrián me cogió para bailar con él. Lo miré con el ceño fruncido, porque me extrañó.

—¿Pasa algo con Lea? —le pregunté acercándome a él.

—No, no. Todo bien.

Quería decirme algo, pero no lo soltaba.

—Desembucha —le pedí más seria.

—¿Qué tienes con Nacho? —preguntó rápidamente, como si le quemaran las palabras en la lengua.

—¿Lo preguntas tú o tu amigo?

Me miró sonriendo.

—Lo pregunto yo, tranquila.

—Pues de momento somos amigos, pero ¿quién sabe? Me cae bien y me gusta, no te lo voy a negar.

—Entonces no es nada serio.

Me reí porque estos chicos lo veían todo o blanco o negro, y las cosas no eran así.

—No soy adivina, Adri. ¿Te vas a casar con Leticia?

Me miró abriendo mucho los ojos.

—¿Es la chica de tus sueños? ¿La que te hace feliz? ¿Eres realmente feliz con ella?

Se detuvo y me miró frunciendo el ceño.

—¿Te ves con ella? ¿Compartiendo tu vida con Leticia? ¿Para siempre?

Había cogido carrerilla, y como él no decía nada, seguí hablando.

—Vale, vale —dijo al fin.

—¿Lo ves? No puede saberse todo.

—Solo te preguntaba si... —Frunció el ceño de nuevo—. Nacho es un bala perdida, ¿lo sabes? No me gustaría que te hiciera daño.

Lo miré más seria. ¿De qué tenía pinta yo? ¿De una pobre e indefensa chica? Por favor...

—No te preocupes, Adri, sé cuidarme bastante bien. Dudo que Nacho vaya a romperme el corazón.

—Me caes bien, Alexia, y sé cómo se las gasta.

—Lo sé, sois amigos. Gala, Débora, Thiago, Nacho y tú. ¡Ah! Y Leticia. Un grupo curioso.

Adri me miró frunciendo el ceño.

—Nos conocemos desde hace años, aunque no siempre vamos juntos. En la facultad Nacho va a su aire, ya lo ves. Thiago y yo también salimos con otros amigos.

—No hace falta que te justifiques —le dije sonriendo.

Allá ellos si tenían esas amigas tan estúpidas.

—Lo que me parece curioso es que me digas eso de tu amigo Nacho —continué mientras volvíamos a bailar.

—Es que es un rompecorazones, simplemente.

—¿Y Thiago tiene algo que ver? —le pregunté mirándolo de reojo.

—No digo más, que luego todo se sabe.

Nos reímos los dos y Lea y yo nos miramos. Nos intercambiamos las parejas de nuevo y Nacho me abrazó pegándose a mí.

—Me muero por besarte, ¿lo sabes? —Su tono era suave.

Rozó su nariz con la mía y ambos nos sonreímos. Me resultaba un tipo interesante y no me importaba que fuera un donjuán, no pretendía casarme con él. Solo quería divertirme y él era guapo, listo y simpático. ¿Por qué no?

Thiago apareció en mi mente, de repente.

—Lo intuyo —le dije con picardía intentando quitar de mi cabeza el rostro de Thiago.

—Pero como soy consciente de que mi fama me precede, te voy a demostrar que también puedo ser un niño bueno.

Solté una fuerte carcajada y Nacho fingió estar enfadado.

—¿Te ríes porque no me crees o por qué?

—Por todo un poco, Nachete. Me pueden las ganas de saber cómo vas a ser bueno conmigo.

Mis manos subieron hasta su cuello y entrelacé mis dedos. Me miró los labios y sonrió.

—Eres muy mala —ronroneó en mi oído.

—Lo sé —le repliqué, divertida.

—¡Nacho! ¡Es Gala! —Aquella chica del pelo azul, Felisa, nos interrumpió.

—¿Qué le pasa? —preguntó él, juntando sus perfectas cejas.

Ambos nos separamos y la miramos esperando su respuesta.

—No sé, ha bebido lo que no está escrito y no quiere levantarse de la acera hasta que no hable contigo. Solo repite tu nombre... Está como ida. —El rostro de aquella chica denotaba preocupación.

Nacho me miró unos segundos.

—Ve, anda —le animé.

Aunque Gala era una petarda de mucho cuidado, tampoco costaba nada que fuera a hablar con ella. Nosotros teníamos toda la noche por delante.

Nacho siguió a su amiga afuera y Adri y Lea se acercaron a mí para preguntarme qué pasaba. Les comenté lo que había ocurrido, y Lea le preguntó a Adri si quería salir. Él negó con la cabeza y le respondió que prefería quedarse con ella. Sonreí al ver cómo se miraban y me alejé con la excusa de que iba a tomar algo.

En la barra pude divisar a Natalia: seguía hablando con Ignacio de forma coqueta y él respondía a sus insinuaciones. Una caricia, un guiño, un toqueteo voluntario... Me alegraba por ella. Natalia parecía no tener buen ojo para los chicos y las tres relaciones más formales que había tenido habían terminado del mismo modo: ellos le habían puesto los cuernos. Algo que, evidentemente, ella llevaba fatal.

¿Podría yo estar con Nacho sabiendo cómo era? Bueno, tampoco nos veía saliendo en plan parejita. Más bien lo veía a él empotrándome contra una pared de los baños de Marte mientras yo gemía de placer. Hasta ahí sí lo veía claro.

Me reí yo sola y me pedí una cerveza. Me bebí más de la mitad observando a la gente y al poco me fui al baño con ella en la mano.

Había cola y me armé de paciencia a la vez que iba dando traguitos al botellín. ¿Y Nacho? Era raro que no hubiera entrado de nuevo. Sonó en ese momento una canción de Alejandro Sanz y Marc Anthony, «Deja que te bese», y la tarareé mientras mi cuerpo se movía al ritmo de la música.

—*«Tú eres una necesidad y solo con un par de besos, tú puedes derretir mi fuego, puedes incendiar mi mar...»*

Entré en el baño, desde donde seguía oyéndose la canción. La seguí cantando mientras retocaba mi pintalabios rojo brillante delante del espejo.

Al salir, apenas me di cuenta de qué sucedía.

Alguien me cogió con fuerza, me apoyó en una de las paredes del vestíbulo de los baños y pegó todo su cuerpo al mío.

«Joder, Thiago...»

Una de sus manos estaba rodeando mi cuerpo y tenía la otra apoyada en aquella pared. Su rostro se escondió entre mi pelo, como si buscara algo, y noté su aliento caliente en mi cuello.

«Deja que te bese, deja que te bese, deja que lo intente, deja que te invite a que te enamores de esta noche...»

La voz rota de Alejandro nos rodeaba y mi corazón se aceleró en mi pecho.

—Alexia... —Thiago susurró mi voz—. ¿La oyes?

¿La canción? Me la sabía de memoria, la había escuchado muchas veces junto a mi padre. Le gustaba ese cantante y a mí ahora también.

«Me he enamorado, nunca lo olvides...»

Intenté separarme de Thiago, pero él no quiso colaborar.

—¿Puedes apartarte? —le pregunté impaciente.

—Querría, no creas que no. —Su voz grave seguía pegada a mi cuello.

—Creo que has bebido más de la cuenta. ¿Has venido en coche? —Mi tono intranquilo era evidente.

—¿Eh? Sí, pero con un amigo, conducía él. ¿Te preocupa?

—Pues sí, no me gustaría que tuvieras un accidente.

Thiago levantó la vista por fin y me miró fijamente.

—¿Tuviste un accidente de coche? —preguntó balbuceando.

—Creo que no es momento de hablar de eso. ¿Ibas al baño?

—No, te seguía.

Sus ojos recorrieron mi rostro, como si no me conociera. Realmente parecía otro. Siempre tan seguro de sí, tan formal. Verlo bebido era toda una experiencia.

—Me seguías —repetí pensando en si lo mandaba a paseo o lo acompañaba a su casa.

Él hubiera hecho lo segundo por mí. Bueno, ya lo había hecho en la fiesta del jueves.

Bajó la vista hacia el suelo y, cuando me estaba preguntando qué miraba, me cogió la cerveza que tenía en mi mano derecha y me la arrebató para bebérsela entera.

—Ahora... te pido una —dijo intentando focalizar su mirada en mí.

Estaba mal de verdad y yo no lo iba a dejar solo en aquel estado.

46

—¿Puedes andar? —le pregunté con más suavidad.

—¿Por quién me tomas? Voy bien —dijo con esa voz pastosa.

«Sí, claro, y yo soy una monja de clausura.»

—Te llevo a casa —le dije convencida.

—No, no. —Escondió otra vez su rostro en mi pelo y sentí su pecho rozar el mío.

Se tambaleaba y, aunque se sujetaba en la pared, su estabilidad corría peligro. Menuda cogorza llevaba el amigo.

—Si llego a casa tan tajada, mi padre me mata. Mañana tengo partido —murmuró en mi cuello.

Cada vez que hablaba sentía su aliento en mi piel y tenía que hacer un esfuerzo para ignorar las sensaciones que me provocaba.

—Pues vas a estar con una resaca de dos pares...

Thiago bajó la mano que tenía apoyada en la pared hasta mi pelo y empezó a acariciarlo. Nuestras respiraciones se agitaron y, cuando su sexo se apoyó en mi vientre, pude sentir un amago de erección que me llevó a imaginar varias situaciones morbosas con él.

«Vale, Alexia, si él está ciego, tú debes tomar las riendas de la situación.»

Joder, me costaba no seguir mis instintos, pero no iba a liarme con él en ese estado. Aunque estaba segura de que su sexo habría respondido, para muestra un botón...

—A ver, Thiago...

Sus labios subieron por mi cuello, en una suave caricia, y cerré los ojos al sentir cómo mi cuerpo pedía más.

—Alexia, Alexia. —Su tono grave con ese balbuceo seguía siendo igual de sexi—. ¿Bailamos?

Madre mía... sentí un calor casi asfixiante.

Thiago empezó a moverse al son de Maluma mientras cantaba «Me llamas...».

—*«Eres para mí y yo soy para ti...»*

—Thiago.

—¿Mmm? —Hizo un esfuerzo por mirarme.

—¿Salimos a que nos dé el aire?

Frunció el ceño.

—¿Me quieres llevar al huerto? —preguntó con su media sonrisa.

Incluso borracho estaba guapísimo.

—Sí, claro. Me encantaría aprovecharme de ti —le contesté con ironía.

—Joder, nena, que... que voy bien. Mira.

Se acercó a mi rostro y se detuvo a unos cinco centímetros.

—¿Lo ves? Puedo quedarme así horas, junto a tus ojos preciosos...

Sentirlo de ese modo me derretía.

—¡Vamos a bailar, Alexia! —Cogió mi mano y me llevó hacia el centro de la pista.

Me atrapó entre sus brazos y empezó a moverse con ritmo, aunque con poca efusividad. Iba bebido, por mucho que él dijera que no. Sin querer dio un paso hacia atrás y pisó a un tipo que había a su espalda.

—¡Eh! ¡Con cuidado, macho! —le gritó de malas maneras aquel tío.

Thiago me miró a los ojos y se volvió de repente, cabreado.

—¿Te parto la boca? —Se encaró sin miedo.

—Tranquilo, tranquilo —le dijo otro chico que había por allí, y antes de que se liara, lo atrapé por la cintura y me lo llevé hacia el exterior.

Nada como el aire fresco para despejarse.

—Menudo capullo, joder, que lo he pisado sin querer...

—Eres muy gallito —le repliqué una vez fuera.

Observé que la calle estaba llena de gente y que no había ni rastro de Nacho y de sus amigos.

Thiago se apoyó en una de las paredes y cerró los ojos unos segundos. Estaba para comérselo. Me hacía sentir mil cosas por dentro, a todos los niveles. Cada vez me molaba más, incluso verlo en ese estado me gustaba, porque demostraba que era tan humano como cualquiera de nosotros. Aquel no era el Thiago perfecto, y eso me atraía aún más.

—¿Vamos al coche? —le pregunté sin saber bien qué hacer con él.

Thiago no quería ir a su casa, pero yo no podía dejar que siguiera bebiendo.

Afirmó con la cabeza e inspiró fuerte antes de retomar el camino hacia su vehículo. Estaba a tres calles de allí y no tenía claro que supiera llegar hasta él, pero sí, ahí estaba su Golf negro y reluciente.

Abrió el coche y le pedí que me dejara el asiento del piloto para que él estuviera más cómodo. La verdad era que no quería que condujera en ese lamentable estado.

Thiago se recostó en su asiento y cerró de nuevo los ojos.

—Dame cinco minutos —dijo en un murmullo.

Cómo habían cambiado las tornas. El jueves era yo la que llevaba un ciego de campeonato y ahora le había tocado a él. Por supuesto, aproveché para observarlo en esa pequeña intimidad: los ojos cerrados, los labios entreabiertos, el pelo algo despeinado, la camiseta arrugada, los vaqueros marcando esas piernas...

Me daban ganas de abrazarlo y de decirle mil cosas a la vez, pero ni era el momento ni debía demostrarle que me importaba más de lo necesario. Thiago era menos claro que Nacho, y eso me molestaba. Por lo menos con Nacho sabía a qué podía atenerme, pero a Thiago... era difícil entenderlo. Quizá por esa razón me lo hubiera comido a besos en aquel momento y en cambio a Nacho no, o no del mismo modo. Thiago me inspiraba otro tipo de sentimientos más profundos. Era la verdad. ¿Podría enamorarme de él? Empezaba a creer que sí.

Aquella atracción irresistible, esas ganas de verlo, de mirarlo, de buscar sus ojos, esas sacudidas eléctricas que recorrían mi espalda cuando me rozaba, esa rabia que sentía porque él me rechazaba... Eran signos evidentes de que lo mío con él no era un simple juego de seducción.

Thiago se movió un poco y se le levantó la camiseta. No pude dejar de mirar. Su abdomen no era liso, no, porque unas marcadas abdominales con forma de ondas se dibujaban en él. Joder, joder... ¿Esto qué es? Me dieron ganas de tocarlo, solo para saber si era suave o no. Yo qué sé, no había acariciado nunca una tableta de esas... Pero me aguanté las ganas y dejé de mirarlo para no caer en la tentación de meterle mano mientras dormía. ¿Le habría pasado lo mismo a Thiago conmigo el jueves anterior? Solté una risilla al pensarlo y a la vez me puse caliente al imaginarlo.

«¡Basta, Alexia!»

Parecía que iba salida y no era el caso. Con Gorka iba más que servida. Pero no era eso. Era simplemente que Thiago me tenía loca, aunque yo no quisiera reconocerlo.

Volví mis ojos a su rostro y al final, suspirando, dediqué mi atención a mi móvil. Le mandé un mensaje a Lea para decirle que estaba con Thiago. Supuse que en un momento u otro lo leería, no quería que se preocupara por mí.

Seguidamente, leí el mensaje que tenía de Nacho.

Lo siento, princesa. Gala ha pillado una buena cogorza y la llevo a casa. Te llamo.

Planazo total: los dos cuidando a un par de borrachos.

Tranquilo, nos vemos. Un beso.

Abrí Instagram y respondí algunos mensajes que tenía hasta llegar al de D.G.A., a quien dejé para el final, como un buen postre. No le había contestado los dos anteriores, ¿qué me diría?

¿Compartimos más secretos? Ahí va uno mío: escribo sobre mí. ¿Qué te parece? No, no, tampoco es un diario en plan «chica», ya me entiendes. Abro el ordenador y escribo en un documento megasecreto, claro, jajaja. No lo sabe nadie, bueno, ahora tú. ¿Segundo secreto?

Vaya, vaya, con D.G.A., cada día me sorprendía más. Me gustaba que me lo hubiera contado y también me agradaba saber que confiaba tanto en mí.

Vaya, me encantaría leerte. Estoy segura de que hay toda una historia suculenta en ese documento. Me podrías deleitar con un trocito, ¿no? A mí es que me encanta leer.

Segundo secreto...

¿Qué podía decirle? Tengo cientos de pintalabios. No, eso era una tontería al fin y al cabo. ¿Sé muchos idiomas? No, tampoco era ningún secreto. ¿Me siento culpable por el accidente? No quería dramatizar más ni seguir hablando de aquel tema. ¿También escribo sobre mí de vez en cuando en un cuaderno donde están plasmados mis sentimientos más tristes tras aquel accidente? No, más de lo mismo...

No sé qué es el amor, nunca he estado enamorada. ¿Qué te parece? No ha sido algo premeditado, más bien la vida no me ha presentado la oportunidad. Te toca: ¿segundo secreto?

Seguí en Instagram, esperando a que D.G.A. apareciera, pero supuse que a esas horas y siendo viernes estaría de fiesta con sus amigos.

Miré el reloj del salpicadero: había pasado más de media hora y Thiago seguía en el limbo. Cogí su brazo y lo zarandeé, pero nada. Seguía grogui.

—Thiago...

Ni caso.

—¡Thiago! —exclamé un poco más alto.

Ni se inmutó.

—De puta madre —murmuré pensando qué hacer.

Podía avisar a Adrián, pero no quería fastidiarles el plan a él y a Lea, ni dejar solo allí a Thiago. Tampoco podía llevarlo a su casa, y seguir de fiesta quedaba descartado. Solo me quedaba una opción antes que pasar las horas en ese coche: subirlo al dúplex. Probablemente, mi madre no estaría porque era pronto y quizá incluso estaba de suerte y se quedaba con su «follamigo». No me importaba que a mi madre le molestara que subiera a chicos, pero si no la oía dando por saco, mejor. Además, tampoco quería que luego le fuera con el cuento a los padres de Thiago, aunque dudaba bastante que mi madre se metiera en esas cosas. Si pasaba de mí como de la mierda, ¿por qué se iba a interesar por la vida de Thiago?

Decidida, le puse el cinturón de seguridad. Casi sin respirar porque el aroma que desprendía nublaba mis sentidos. Él se movió un poco y me nombró un par de veces, pero no abrió los ojos.

—Tranquilo, novato, que yo me hago cargo.

Reí al oírme.

—Tanto decirme que soy una cría y mírate.

Lo miré de reojo: dormía como un tronco.

Arranqué el coche y lo puse en marcha. Conduje despacio y sin prisas hasta llegar a mi casa. Aparqué en la otra punta de la calle porque estaba repleta de vehículos a esas horas de la noche.

Ahora venía lo jodido: sacar a Thiago del vehículo y andar con él aquellos metros hasta el dúplex.

—Vamos, colabora —le dije estirando su brazo.

—Nena...

Me agaché frente a él y le cogí la cara para que me mirara.

—Thiago, vamos a mi casa, ¿vale? Allí estarás más cómodo.

Me miró con una sonrisa tonta y salió del coche como si apenas supiera andar. Dio un par de pasos y lo abracé por la cintura.

—Cógeme —le ordené.

—Siempre —respondió mirándome.

Puse los ojos en blanco.

—Vamos...

Anduvimos aquellos metros hasta el portal de mi casa zarandeándonos un poco porque él no mantenía bien el equilibrio y además no dejaba de hablar.

—Calla un poco y concéntrate en andar.

—Sí, mi general —respondió entre risas.

Sonreí al ver su gesto.

—Estás guapa hoy —dijo de repente.

—Gracias, Thiago.

—Hoy y ayer y todos los días. ¡Estás buena de cojones! —soltó con más rotundidad.

—Me alegra alegrarte la vista.

—¿Qué? —preguntó frunciendo el ceño—. Hablas demasiado rápido. Eso también. Estás buena, pero tienes mala leche. ¿O solo es conmigo? —Se detuvo y me miró fijamente a los ojos.

Quedaban pocos pasos para llegar.

—Soy así, no te preocupes —respondí condescendiente.

—Pero no te fías de mí —dijo en un tono neutro, volviendo a andar.

—No me fío de nadie, no es por ti.

—No me digas esa frase. La odio.

—Tranquilo, yo también la odio.

Esa excusa de «no es por ti, es por mí» estaba demasiado manida.

Abrí la puerta sintiendo su cuerpo pegado al mío y, en la oscuridad del portal, me arrinconó de nuevo contra una pared.

—Thiago...

—Te deseo —susurró en un tono sensual que llegó directamente a mis partes íntimas como un fogonazo.

Joderrrrrrrrrrrrr.

47

En cualquier otro momento me habría dejado llevar sin pensarlo dos veces. Los impulsos siempre me han guiado en mi vida, pero esta vez puse un poco de juicio en todo aquello. Thiago no era un tío cualquiera y nuestra relación no era especialmente apacible. Si me liaba con él, me sentiría sucia, como si me hubiera aprovechado de la ocasión. Y después... después estaba él, que se sentiría igual o peor. No, no quería que pudiera echarme en cara que lo había metido en mis braguitas estando en ese estado de embriaguez. Si algún día Thiago y yo nos acostábamos, debía ser porque ambos lo deseábamos, punto.

—Thiago, vamos a subir.

—No, nena, déjame saborearte un poco...

Sus labios buscaron los míos y sentí su aliento cálido en mi boca.

—Thiago —le avisé.

—Un poquito...

Apretó su boca contra la mía a la vez que lo hacía con todo su cuerpo. Madre mía... Estaba duro como una roca... Me excité al sentirlo, pero me mantuve firme en mi propósito. Me aparté de sus labios.

—Subimos y... en la cama mucho mejor —se lo dije en un tono sugerente y Thiago soltó una risilla.

—Ahí no te escapas...

El aire corrió de nuevo entre nosotros y suspiré nerviosa. Le di al botón del ascensor y él me miró con lujuria. Iba borracho, pero parecía que tenía clara su meta final: yo.

Entramos en el ascensor y me abrazó con suavidad. Nos sonreímos.

—¿Sabes que me gustas? —preguntó tranquilamente.

—¿Sabes que tú también? —respondí con sinceridad.

Total, quizá mañana no se acordaría de nada.

Entramos en el dúplex, procurando hacer el menor ruido posible, aunque con Thiago era difícil porque se iba tropezando continuamente con todo. Si mi madre estaba, aparecería de un momento a otro, ya que uno de los golpes en una silla fue bastante ruidoso.

—Chis, deja de liarla —le dije en un susurro.

—Eso, eso, deja de liarla —dijo volviéndose como si hubiera alguien detrás.

Me reí por lo bajini. «Este Thiago...»

Mi madre no estaba, afortunadamente. La puerta de su habitación estaba del todo abierta, signo inequívoco de que no se encontraba dentro de ella. El resto de la casa estaba a oscuras.

Lo guie hasta mi habitación y Thiago se quedó mirando como si viera algo extraordinario.

—Aquí duermes —dijo sonriendo.

—Eso mismo —le dije dejando que entrara para cerrar la puerta.

Una vez dentro, estábamos salvados porque mi madre no traspasaba nunca aquella puerta.

Thiago se fue directo a mi estantería para mirar lo que tenía por allí: libros, fotos, souvenirs de algunos países, anillos, pulseras, colgantes... Yo aproveché para sacar la cama nido. Había cambiado las sábanas, así que no tuve que hacerla.

Él me miró alzando ambas cejas.

—¿Y esa cama?

—Para ti —le respondí resolutiva.

—¿No me quieres en la tuya?

Thiago dio un par de pasos y me cogió de la cintura.

—En la mía no cabemos —le dije sintiendo aquel fogonazo de nuevo.

—Depende de la posición, nena...

Sus ojos verdes se clavaron en los míos.

—Ponte cómodo que voy al baño —le dije mientras me desprendía de sus manos.

—Aquí te espero...

Me volví y lo vi quitándose la camiseta. Madre mía, qué cuerpo. Puto cuerpo... Mejor no pensar en él.

Una vez en mi baño, me desmaquillé a conciencia, me lavé bien la cara, me cepillé el pelo con tranquilidad y me puse el pijama. Sabía que cuando volviera a la habitación él estaría medio dormido.

«Medio no, dormido del todo.»

Thiago estaba tumbado boca arriba, con los brazos a los lados de su rostro, la cabeza ladeada mirando hacia mi cama y la sábana tapándolo de cintura para abajo. Sonreí al verlo y lo acabé de cubrir con el nórdico. No hacía frío, pero estaba casi en pelotas porque había dejado sus vaqueros y su camiseta a un lado de la cama.

Me metí entre las sábanas y sentí su respiración pausada. Las camas estaban una al lado de la otra. Podía estirar mi mano y tocarlo. La tentación me pudo y pasé mi mano por su pelo. La poca luz que entraba por las rendijas de la persiana me dejaba ver su perfil. Su pelo era suave, grueso y denso. Madre mía... Aparté la mano de inmediato. No quería seguir con aquello. Me giré dándole la espalda y me costó un mundo dormirme. Tenía miedo de tener pesadillas y de gritar estando él ahí, porque cuando fumaba, bebía y estaba tensa, tenía más números de no dormir bien.

—No, no..., papá..., no puedo, de verdad... Mi pierna no está... no...

—Chis..., nena...

Alguien me abrazó y me relajé al instante.

Me desperté de golpe, al sentir una mano en mi abdomen y un cuerpo pegado al mío.

«Thiago...»

Joder, estaba abrazado a mí... y por la noche había sido él quien había hecho desaparecer mis pesadillas como si fueran humo. Sentí que el corazón me daba un vuelco.

Por la luz que había en la habitación, supuse que serían más o menos las seis de la mañana. ¿Lo despertaba? ¿Me movía? Estaba en la gloria acurrucada junto a su cuerpo y sintiendo su respiración en mi pelo. Sonreí al pensar en un día a día así con él... Despertarme con sus brazos rodeando mi cuerpo, sintiendo su calorcito a mi vera, con su pecho en mi espalda... ¿Qué locura estaba pensando? Solo tenía dieciocho años, por Dios.

Thiago se movió un poco y se acercó más, como si yo fuera su osito de peluche para dormir. Su mano acarició mi abdomen y detuve mi respiración. Como no parara, me iba a poner como una moto. Relajó su mano y se quedó quieto de repente.

—Alexia...

Su voz ronca me puso la piel de gallina.

—¿Duermes, nena?

—No —respondí en un suspiro.

Se había terminado aquel bonito sueño.

—No quería despertarte —le comenté justificando mi inmovilidad.

Thiago no se separó, tal y como esperaba. Miré un punto rojo que había en la pared: era un poco de esmalte de uñas rojo que dejé marcado en una de mis tantas pesadillas.

—¿Has dormido bien? —preguntó hablándome más cerca.

—Sí, claro.

—¿Hablas cuando duermes?

—Eh..., a veces...

—¿Son pesadillas?

Me quedé sin respuesta. Intenté recordar qué había soñado aquella noche, pero no había nada que hubiera alterado mi sueño. ¿Por qué decía aquello?

—¿He hablado? —le pregunté con un hilo de voz.

—Un poco...

—¿Sobre qué?

Me encogí sobre mí misma y él me acarició el pelo. Cerré los ojos, no sabía si quería saber qué había oído Thiago.

—Gemías como quejándote y decías que tu pierna no estaba.

—¿Algo más?

—No, has vuelto a dormirte.

Ni gritos ni lloros ni voces extrañas. Realmente Thiago me sentaba bien.

—Es por lo del accidente —le dije con un nudo en la garganta—. Estuve a punto de perder la pierna.

Thiago acarició mi abdomen de nuevo, como si supiera que con eso lograba calmar mis inquietudes.

—Un accidente de coche —comentó en un murmullo.

—Sí, te lo dije ayer.

Nos quedamos ambos en silencio un par de minutos, yo esperando que se separara de mí de un momento a otro.

—Alexia.

—¿Qué?

—Gracias por cuidarme... Ayer, se me fue la mano con la bebida.

—No hay de qué. Ahora estamos en paz.

—Y gracias por no llevarme a mi casa. Mi padre me hubiera pegado la bronca del siglo.

—Me lo dijiste, hoy tienes partido.

—Sí, esta tarde. ¿Y tu madre?

—Ni idea. Pero no te preocupes, aquí no entraría ni que me oyera follar con un regimiento entero.

Thiago rio y sentí el movimiento de su pecho en mi espalda. Era agradable esa cercanía.

—¿Se me fue mucho la boca ayer? Recuerdo algo...

—Nada, tranquilo. Nada que no supiera ya. Quisiste montártelo conmigo en varias ocasiones, pero no quise aprovecharme de ti.

Nos reímos los dos y Thiago me apretó más contra él, como si quisiera sentirme con todas las partes de su cuerpo.

Estaba desnudo y su piel irradiaba un calor exagerado, aunque yo llevara pijama.

Hundió su nariz en mi pelo.

—No hagas eso —me quejé en un susurro.

Me gustaba demasiado sentirlo tan cerca.

—¿El qué? ¿Esto? —Su voz grave se enredó con mi pelo y sentí que mi piel ardía.

Ambos oímos una puerta, era mi madre que salía de su habitación. Nos quedamos quietos, escuchando. Bajó las escaleras y oí el ruido de la cafetera. Se tomaría el café y se iría al despacho a trabajar durante unas horas.

—¿Y si entra? —preguntó Thiago en un murmullo.

—No entrará, tranquilo —le comenté, convencida de lo que decía.

—¿Va a trabajar? Es pronto...

—Sí, los sábados por la mañana suele pasarlos en el bufete. O eso supongo.

—Mi padre también trabaja los sábados, se ve que no tiene suficiente dinero —comentó en un tono aburrido, y yo solté una risilla.

—Pues se podría juntar con mi madre. Ella está forrada.

—Tú, en cambio, no vas de pija.

—Yo no tengo nada que ver con ella —le dije, sin añadir que además ella me pagaba solo lo justo y necesario.

Oí cómo se cerraba la puerta de la entrada. Mi madre se había ido.

—Vaya, ni ha entrado a ver si estabas —dijo Thiago sin maldad.

—Ya te lo he dicho, no entra nunca.

Jamás comprobaba si estaba bien, si había llegado o si seguía viva. Le daba absolutamente igual. Pero en ese momento no era ella quien me importaba...

48

Thiago me abrazó con más fuerza, como si supiera que la relación con mi madre me afectaba de verdad.

—Deberías irte. —No quería que se marchara, pero prefería ponérselo fácil y no sentirme como una idiota cuando lo dijera él.

—¿Me echas? —preguntó apartando el pelo de mi cuello, que quedó expuesto ante él.

—¿Quieres dormir un poco más? —pregunté intentando parecer natural.

Dos amigos que están en la cama, abrazados. Bueno, muy normal no era.

—No estaba pensando precisamente en dormir...

Su tono sensual llegó directamente a mi sexo y respiré hondo.

—¿En desayunar? —pregunté jugando con él.

—Algo así...

Una de sus manos volvió a acariciarme el pelo y la otra empezó a subir desde mi abdomen hasta mis pechos, pero justo antes de tocarme se detuvo. Yo aguantaba la respiración, pensando que aquello era un sueño más de los míos.

—Alexia, si no respiras, puedes marearte, ¿lo sabes?

Su tono bromista me hizo sonreír y coger aire de nuevo.

—Sería culpa tuya —le repliqué.

—¿Mía? Con lo bueno que soy yo. ¿Sabes lo que realmente te haría?

Lamí mis labios imaginándomelo.

—Dímelo —le pedí en un tono bajo.

Thiago acercó sus labios a mi cuello y me rozó provocando mil conexiones con mi cuerpo. Madre mía...

—Te empezaría besando despacito el cuello. —Sus labios marcaron algunos de aquellos besos de muestra en mi cuello y me estremecí—. Mientras mi mano subiría por aquí...

Sus dedos tocaron mis pechos y contraje mi sexo de deseo. «Joder, joder...» Su mano abarcó un pecho y lo acarició como si fuera algo muy delicado. Me moría... Dios, quería más. Empezaba a sentirme atontada y sin ganas de detener a Thiago.

Él continuó.

—Alexia, eres tan bonita...

Su sexo se acercó a mi cuerpo y sentí su erección. Estaba igual que yo, excitadísimo.

Su otra mano giró mi rostro hacia él y nos miramos con esa intensidad tan nuestra. Sus ojos verdes brillaban y decían mil cosas, las mismas que decían los míos. Nos deseábamos, pero ¿queríamos dar aquel paso?

—Sin pensar, Alexia —dijo más para sí mismo que para mí.

Se acercó a mis labios y no quise perder detalle de su expresión hasta que cerré los ojos para sentir su boca pegada a la mía. Nos besamos despacio, sin prisas, como si nos hubiéramos besado durante años. Como si conociéramos a la perfección la forma de nuestras bocas y como si supiéramos cuál iba a ser la reacción del otro.

Su lengua se introdujo en mi boca del mismo modo, con calma, y yo entreabrí mis labios para recibirlo. Mezclamos nuestros alientos y me gustó sentirlo en mi lengua.

Mis manos buscaron su piel y las suyas mis curvas. Nos empezamos a acariciar mientras seguíamos con aquellos besos. Thiago me besaba, me mordisqueaba el labio inferior y volvía a buscar mi lengua para saborearla. No era de aquellos que no sabían por dónde continuar, él sabía bien cómo excitar a una chica.

Una de sus manos llegó hasta la goma del pijama, en mi cintura, y se introdujo por dentro. Me acarició con suavidad y pasó uno de sus dedos por mi sexo provocando que se humedeciera un poco más. Me sentía algo desbordada, la verdad, pero no quería que se detuviera.

—Nena...

—Thiago...

—Me encantas...

Gemí al oír sus palabras porque a la vez dos de sus dedos se metieron en mis braguitas para rozar mi piel.

—¿Sigo explicándote qué haría?

Lo miré sorprendida, sintiendo la respiración agitada de ambos.

—¿Tú qué crees? —le pregunté atropelladamente.

—Que sí...

Uno de sus dedos entró en mí y arqueé la espalda al sentirlo.

—Dios... Thiago...

—Nena, me muero por hacerte mía.

Su voz ronca, el movimiento de sus dedos, sus besos algo más agresivos... No podía más, iba a tener un orgasmo demasiado pronto y no quería... ¿Y si después no llegaba? No era una chica de orgasmos fáciles, y ese parecía que quería llegar de inmediato.

—Thiago..., para...

—¿Por qué? A mí me parece que te gusta mucho.

—Demasiado —le dije gimiendo.

—Quiero verte, nena, vamos dámelo...

Joder, solo me faltaba eso.

Aceleró el movimiento de su dedo y no pude hacer más que dejarme llevar. A la mierda con todo.

Empecé a gemir sin preocuparme de nada y a los pocos segundos sentí el cosquilleo en mis pies que se expandió por todo mi cuerpo como una gran ola. Solté un par de gritos jadeantes, tensé mis piernas y apreté sus dedos entre ellas para dejarme caer en la cama. Thiago retiró su mano con cuidado.

—Estás deliciosa —susurró en mi cuello.

—Mmm...

—Realmente apetecible...

Sus besos eran como pequeñas descargas.

—¿Satisfecha? —preguntó sonriendo.

—Sí...

Giré mi cuerpo hacia él y nos abrazamos. Yo seguía en pijama y él con una erección de campeonato.

—Pues no he terminado... Quiero oírte de nuevo...

—Lo dudo —le dije divertida.

Después de ese orgasmo glorioso no creía que...

Thiago subió la camiseta de mi pijama hasta quitármela del todo. Seguidamente bajó mis pantalones y entre los dos nos deshicimos de la prenda.

—Ahora estamos en igualdad de condiciones. —Me miró resiguiendo todo mi cuerpo y sentí un leve cosquilleo en mi sexo. ¿Otra vez? Sí...—. Y yo no lo dudaría tanto.

Sus labios buscaron los míos de nuevo y nuestros cuerpos se tocaron sintiendo nuestra desnudez. Nos besamos con hambre mientras nos abrazábamos y nos acariciábamos. Thiago se colocó encima de mí, apoyando el peso de su cuerpo en sus brazos y con su rodilla separó mis piernas para meterse entre ellas. Madre mía... Su sexo junto al mío era como una bomba de relojería. Parecía que el chico iba a explotar, menuda erección. Y yo... yo estaba excitada de nuevo, como si no hubiera tenido ya bastante.

—Alexia, Alexia...

Su tono ronco me volvía loca, y subí un poco mis caderas para provocarlo.

—Hostia, nena..., necesito sentirte.

Parecía que me pedía permiso para ir más allá y eso me encantó. No lo daba todo por hecho, aun estando clarísimo cuál iba a ser el final.

Busqué con mi mano su pene y lo acaricié por encima del bóxer. Estaba duro como una piedra y sentí el latir de su corazón en él. Metí la mano por dentro de su ropa interior y rocé su fina piel. Thiago gimió en mi boca y eso me puso a cien. Saber que lo excitaba me ponía más.

Bajé su bóxer y él mismo se lo quitó con la ayuda de sus pies. Su sexo imponente, altivo y erecto estaba más que preparado para mí.

—Quítame las braguitas —le dije en un tono sensual.

Thiago suspiró mirándome y acató mi orden en silencio para volver a colocarse encima. Clavó sus ojos verdes en mí y temí que algo lo hiciera echarse atrás, era tan impredecible..., pero esta vez sí sabía qué quería: a mí.

—¿Tienes condones? —me preguntó con su media sonrisa.

Joder, ni había pensado en el tema de la protección.

—En el segundo cajón —le indiqué señalándolo con la mano.

Thiago abrió el cajón, sacó un preservativo y se lo colocó sin problemas.

—Dejo el cajón abierto por si necesitamos más. —Alzó ambas cejas y me reí por su descaro.

—¿Qué quieres? ¿Matarme?

—¡Ay! Alexia, si te dijera todo lo que quiero ahora mismo...

Nos reímos los dos y me encantó esa confianza que se respiraba entre nosotros.

—Sorpréndeme —le dije sonriendo.

Thiago colocó su sexo en la entrada del mío y era verdad que estaba casi ansiosa por sentirlo dentro. ¿Cómo sería? ¿Sería de aquellos que dan fuerte o de los que van más despacio? ¿De los que van a lo suyo o de los que procuran que sientas placer?

—Alexia...

—¿Mmm?

—Siente y deja de pensar —me ordenó justo antes de entrar en mí.

—¡Dios!

—Sí, nena...

Thiago se perdió en mi cuello, entre mi pelo, emitiendo constantes gemidos mientras se movía con una tranquilidad agónica.

—Alexia…, me tienes loco…

Yo me dejaba querer, era cierto, pero es que no podía apenas hablar del placer que sentía. Era algo exagerado y me sentía un poco perdida. ¿Qué era todo aquello? ¿Por qué con Thiago me daba la impresión de que no lo había hecho nunca? ¿Por qué ese placer tan exquisito?

«Deja de pensar, Alexia…»

Nuestros gemidos se mezclaron, nuestros jadeos se intensificaron y Thiago empezó a acelerar el ritmo y a darme leves golpes con sus embestidas.

—Sí…, fóllame —le dije extasiada.

Incrementó su velocidad y empezamos a gemir más fuerte, bastante más, hasta que yo volví a percibir que el orgasmo se acercaba y me quedé casi muda, a la espera de sentir aquel cúmulo de placer por todo mi cuerpo.

—¿Ya? —preguntó Thiago intuyendo lo que me ocurría.

—Sí…

Embistió con más ímpetu y fue el detonante para que explosionara y acabara gimiendo con más fuerza mientras él soltaba un ronquido áspero al mismo tiempo que me llamaba.

—Alexia… Alexia…

Me encantó cómo pronunciaba mi nombre y sonreí al oírlo. Thiago relajó su cuerpo y, apoyando el peso en uno de sus brazos, enterró su rostro en el cojín. Podía oír el latir de nuestros corazones junto a nuestras respiraciones aceleradas.

Había sido perfecto.

49

GORKA

Era sábado por la mañana y empezaba a ver las cosas claras. Yo quería a Alexia y estaba casi seguro de que ella sentía algo fuerte por mí. Durante aquella semana me había alejado de ella y me había llamado en un par de ocasiones. Me había costado pasar de Alexia, pero quería saber si yo le importaba.

Cuando la conocí, pensé que era una chica guapa y que estaría bien pasar un rato con ella, pero a medida que transcurrió el tiempo Alexia me fue conquistando. Durante esos cinco meses nuestros encuentros habían sido más bien sexuales, pero ahora quería cambiar aquello. Me apetecía pasear con ella de la mano por la calle o ir al cine y discutir a la hora de elegir una película. Me apetecían otras cosas, el sexo no me bastaba. Ahora ya no.

Mi pique con Thiago me confirmaba lo que yo sentía. Se me había ido un poco la pinza, pero fue verlo y querer darle una paliza. Hasta que lo había conocido a él, entre Alexia y yo todo había funcionado de maravilla. De todos modos no debía temer nada, Thiago terminaría ese año la universidad y después se iría a París. Lo sabía por Luis, mi hermano se lo había sacado todo mientras se hacían unas rayitas.

Los padres de Thiago querían mandarlo a Francia a trabajar en una editorial de renombre. Un enchufe en toda regla, vamos. Pero a mí me iba de puta madre porque así desaparecería del mapa.

Alexia tenía que ser mía.

Esparcí la coca por encima de la mesa. Hice una raya perfecta con mi tarjeta de crédito y la esnifé con rapidez. Me lamí el dedo, lo pasé por la mesa y saboreé los restos del polvo blanco.

—Joder, nada como sentirse bien.

Me recosté en el sofá, notando cómo la droga invadía mi mente.

¿Cuál iba a ser mi siguiente paso? Ir a por ella. Sin miedo alguno.

—Vas a ser mía, pequeña.

50

—¿Bien...? —preguntó Thiago al salir del baño mostrando con naturalidad su perfecta desnudez.

Ni me había acordado de mi cicatriz, y eso era tan extraño y a la vez tan agradable...

—Genial, ahora me toca a mí —le dije incorporándome de la cama.

Thiago me atrapó de la cintura y me empujó hacia el colchón. Me abrazó y, sin dejar de reír, nos caímos encima de mi cama.

—Antes quiero saber cuántos orgasmos has tenido. ¿Seis o siete?

Joder, con Thiago. Me reí y le respondí con sinceridad.

—Dos, que son muchos. Y muy explosivos.

—Mmm. La próxima vez serán tres —dijo dándome un beso suave en los labios.

¿La próxima? No quería pensar en eso.

—¿Y tú qué tal? —le pregunté.

—Brutal —respondió acariciando mi trasero desnudo—. Ve al baño antes de que me ponga tonto otra vez.

Escapé entre risas de su abrazo y me aseé con calma. Me miré en el espejo y me sonreí. Tenía las mejillas sonrosadas, el pelo revuelto y cara de felicidad. ¿Qué más podía pedir?

Sí, podía pedir más: más Thiago. Decidida, salí del baño. Al entrar en mi habitación de nuevo, vi que se había vestido y que estaba sentado en la otra cama; tenía algo en sus manos...

¡Dios! Era la jodida carta.

—¡Joder! ¿Qué haces? —le pregunté cabreada, yendo hacia él.

Le quité el sobre de las manos de un solo golpe y me miró sorprendido.

—Se ha debido de caer cuando he pillado el preservativo —dijo rápidamente.

El sobre estaba abierto. Y yo no había sido.

—¿Tú eres gilipollas? ¿De qué vas?

—Alexia...

—Ni Alexia ni pollas, has abierto algo que no es tuyo. ¿Quién te crees que eres? Te pones a mirar mis cosas, ¿con qué derecho? Solo hemos follado, ¿te enteras?

—Alexia, a ver...

—¡¡¡Lárgate!!! Joder, si es que lo sabía...

Me metí en el baño dando un portazo. Me vestí rápidamente pensando que era un imbécil. ¿Cómo se había atrevido? ¿La habría leído? Observé que una de las esquinas del papel estaba doblado. Aquella carta había salido de aquel sobre: la había leído.

«¡La madre que lo parió!»

Al salir del baño oí que abría la puerta de entrada.

—¡¡¡Thiago!!!

Cerró la puerta y pensé que se habría ido, pero me lo encontré esperándome con los brazos cruzados en su pecho frente a la puerta. Me acerqué a él echando chispas por los ojos.

—No vuelvas a hablarme en tu puta vida, ¿te queda claro?

—No he abierto nada, Alexia —dijo con rotundidad.

Miré sus ojos verdes, pero entre mi enfado y el suyo era imposible saber si decía o no la verdad. De todos modos, era evidente. En mi habitación no había entrado nadie más.

—Eres un jodido mentiroso y creo que empiezo a calarte. Dime, ¿en qué más me has mentido? No querías liarte conmigo, pero sí follarme. Eso sí.

Sus ojos se oscurecieron y sentí mucha rabia al escuchar mis propias palabras.

«Claro, un beso en medio de un bar no, pero un buen polvo sí.»

—Alexia, te estás equivocando —gruñó enfadado.

—¿Equivocando? Claro que sí. Me equivoqué al meterte en mi casa. Debería haberte dejado tirado en la puta calle.

Sentía ganas de gritar, de dar un golpe fuerte a algo y de llorar, todo a la vez. La adrenalina subía y bajaba por mi cuerpo como una montaña rusa. Le di un empujón, muy cabreada.

—Alexia, basta —me avisó entornando sus ojos.

—¿Qué? ¿Me vas a partir la cara? —Me encaré a él, sin darme cuenta de que no tenía nada que hacer contra alguien de su estatura.

Thiago cerró los ojos unos segundos y apretó sus labios.

—Deja de hacer el gilipollas y escúchame.

—¡No! No tengo nada que escuchar.

Oímos unos golpes en la puerta y seguidamente a alguien llamándome.

—¡Alexia! ¿Estás bien? ¡Alexia!

Era Gorka, joder, el que me faltaba.

—¿Doble sesión hoy? —preguntó Thiago con ironía.

Abrí la puerta y salí más enojada si cabía.

—¡Alexia!

Gorka me miró preocupado.

—Estoy bien, tranquilo.

—¿Quién es? —Su tono fue más duro al saber que estaba sana y salva.

—No es nadie —le dije enfadada y retirando mis ojos de los suyos.

No sabía mentir demasiado bien y menos ante algo tan evidente. Estaba cabreada, se me notaba a tres leguas, y tras la puerta había alguien que me había puesto de muy mal humor.

—Entonces, si no es nadie, podré entrar. —Dio un paso hacia la puerta y me puse en medio.

—Gorka. —Mi tono era de aviso, pero entonces la puerta se abrió.

¡Mierda! ¿En qué coño pensaba Thiago?

Se miraron con mala hostia y Gorka entró en el dúplex, pasando por mi lado como si fuera un jodido rayo.

—Fíjate, si es nuestro amigo —escupió, y entonces me miró a mí.

Entré en mi casa y cerré la puerta. No era necesario montar una escena para todo el vecindario.

—¿Ya te la has tirado? —le preguntó Gorka a Thiago.

Él no respondió y me miró a mí, esperando que yo dijera algo.

—¿Qué pasa? ¿Que no puedes hablar? —insistió Gorka.

—Gorka, Thiago ya se iba —le dije intentando aparentar una serenidad que no sentía.

—No, no se va a ir a ninguna parte. Te avisé —gruñó Gorka, dando un paso hacia Thiago.

Me puse entre los dos, mirando a Gorka. Sentía el cuerpo de Thiago cerca, pero ignoré las señales que llegaban a mi cerebro.

—Por favor —le rogué, cansada.

—¿Qué hace aquí? —me preguntó directamente.

—Ha venido a por...

Thiago me cortó.

—He dormido aquí.

Qué cabrón, joder. ¿Qué buscaba? ¿Que Gorka le hiciera una cara nueva?

Gorka me miró a los ojos.

—Vale, sí. Iba ciego perdido y lo traje aquí —le dije, sintiendo un nudo en la garganta al ver su gesto.

Estaba dolido.

—Pero ya se iba —añadí colocando mis manos en su pecho con la intención de que se separara de Thiago.

—No se lo has dicho todo...

Me volví hacia Thiago.

—¿Tú eres imbécil o solo lo pareces?

—Hemos hecho el amor; me parece justo que se lo digas.

Le di otro empujón, enrabiada.

—¡Hemos follado, nada más! Y ha sido una gran cagada, lo reconozco.

Thiago recibió otro empujón, pero esta vez no fui yo, sino Gorka. Cayó al suelo y se golpeó la sien con la mesa. Un fino hilo de sangre le resbaló por la mejilla.

Mierda, mierda.

—¡Gorka, para! —le dije viendo sus intenciones.

Thiago se levantó y me miró a mí.

—Me voy a ir de aquí sin tocar a este imbécil por ti. Recuérdalo.

Gorka quiso ir hacia él, pero me puse delante y chocó con mi espalda.

—¡Basta! ¡Gorka! —Lo cogí del brazo, enfadada.

—Eres un hijo de puta, deja de jugar con ella, ¿me oyes? Cínico de mierda —le gritó Gorka fuera de sí.

Thiago nos rodeó y salió de allí tan serio que ni lo reconocí.

La puerta de entrada se cerró y me volví hacia Gorka.

—¿De qué vas? ¿Quién te crees que eres para venir aquí y montar este pollo en mi casa?

—Alexia... —Me miró confundido y su gesto cambió al segundo—. ¿Te lo has follado y me vienes con esas? —me acusó mirándome con rabia.

—A ti no te importa lo que haga o deje de hacer en mi puta casa, ¿te enteras? Y ahora vete. ¡Vete, joder!

Cuando se marchó, lloré como un niña pequeña. Lloré por todo: por Thiago, por Gorka...

Estaba en la cama, mirando el techo, con el móvil desconectado y poniendo mis ideas en orden en mi cuaderno. Mi mano iba a mil por hora escribiendo todo lo que sentía en aquellos momentos: eso era lo único que podía tranquilizarme. Pero aunque normalmente las páginas de la libreta apaciguaban mis pensamientos, ese día parecía que nada calmaba mi dolor.

No podía dejar de pensar en Thiago. Había sido todo tan perfecto: sus abrazos, sus caricias, su sexo dentro del mío... Y en cinco segundos la magia entre nosotros había desaparecido.

Aquella puta carta lo había jodido todo. ¿Hasta cuándo dejarían de dar por culo? Incluso sin saberlo me fastidiaban la vida, joder.

Estar con Thiago había sido increíble, casi como un sueño y había despertado de golpe. Como si me hubieran dado una bofetada. ¿Por qué había leído la carta? No le interesaba, no era de su incumbencia. ¿Quizá había creído que era de algún chico o de Gorka? Daba igual, no había excusa posible. Además, a saber qué había escrito en ella. Cosas personales. Cosas de mi pasado. Cosas del accidente, seguro. Y él no tenía ningún derecho a saber nada de todo aquello.

No se podía confiar en nadie. Ser desconfiada era la mejor opción, así no podían putearte. Ahora Thiago sabía más cosas de mí que yo misma. Él ya sabía lo que ponía en la carta, mientras que yo la había vuelto a enterrar en el fondo del cajón. No estaba preparada para leerla. Solo esperaba que el muy imbécil no usara aquella información para darme más por saco. Con él nunca se sabía.

Con Gorka no se había cortado un pelo al decirle que habíamos follado. Sabía que saltaría como un muelle y, aun así, ni se lo había pensado. Al revés, parecía que disfrutaba picándole. ¿Buscaba pelea? ¿Para no defenderse después? Era imposible entender a Thiago.

¿Y ahora qué? Menuda mierda.

Estaba cabreada con Gorka.

A Thiago no lo quería ver ni en pintura.

Y yo me sentía más sola que nunca.

Aquel fin de semana no quise salir de casa, lo pasé en mi cama, oliendo como una yonqui el aroma que había dejado Thiago en mis sábanas. Recreé varias veces aquella escena... Joder, no habíamos follado, era verdad. Nos habíamos besado con dulzura, nos habíamos acariciado sin prisas, él había querido que yo disfrutara primero, incluso habíamos reído. Habíamos hecho el amor.

Lea insistió en verme el domingo por la tarde y la dejé pasar.

—Petarda, ¿cómo va esa gripe?

La miré a los ojos y sentí cómo las lágrimas se agolpaban en mis ojos.

51

Hablar con mi mejor amiga siempre me sentaba bien y entre las dos sacamos varias conclusiones.

Debía alejarme de Thiago, pasar de él y olvidarlo.

Debía leer esa carta en un momento u otro y después tirarla a la basura si era lo que me pedía el cuerpo.

Debía tomarme las cosas con más calma y hablar con Gorka más adelante, cuando se me hubiera pasado el mosqueo.

Debía divertirme, mucho. Y en eso Lea era una experta.

Aquella misma tarde fui a su casa, donde vimos un par de comedias españolas con Natalia, mientras comíamos palomitas y patatas y bebíamos Coca-Cola. Estábamos las tres en el sofá, tapadas con una mantita muy fina. Era septiembre y hacía calor, pero nos gustaba ver las pelis así, bien juntitas.

Le expliqué por encima a Natalia entre peli y peli lo que había ocurrido con Thiago y Gorka. Hice un resumen y fin del asunto. No íbamos a hablar más de ellos.

—¿Y qué tal con Ignacio? —le pregunté recordando la noche del viernes.

No sabía cómo habían acabado ninguna de las dos. Me había centrado tanto en mí que ni siquiera les había preguntado.

—¿Y tú con Adrián? —me volví hacia Lea, que alzó sus cejas sonriendo con picardía.

—Primero que te explique ella...

Natalia empezó a parlotear sobre todas las virtudes de Ignacio: que si era guapo, interesante, inteligente, divertido... Vamos, la perfección personificada. Me alegré por ella, que conste, pero acabé pensando que todo el mundo tenía suerte, excepto yo.

Después le tocó el turno a Lea: ella simplemente se había pasado la noche charlando con Adri, como si fueran íntimos.

—Creo que estoy enamorada —afirmó con una gran sonrisa.

—¿Cómo vas a estar enamorada? —le pregunté yo pensando en Thiago.

No podías enamorarte en un par de semanas... ¿o sí?

—Porque lo siento en mi patata. —Su tono bromista nos hizo reír.

Lea era una experta en camuflar sus sentimientos a través del cachondeo, pero ¿lo decía en serio?

—¿Y cómo lo sabes? —insistí yo.

—Porque cuando lo veo me da un vuelco el corazón, me muero por besarlo y porque me gusta todo de él.

«Como yo con...»

—¿Y qué dice él? —le preguntó Natalia.

—¿Sobre qué? —Lea estaba atontada.

—Pues sobre lo vuestro —respondió Natalia medio riendo.

—No hemos hablado directamente, ya me entendéis. —Lea miró sus uñas pintadas de azul oscuro—. Pero tiempo al tiempo. No quiero presionarlo; acabará dándose cuenta de que lo nuestro es mucho más real que su relación a distancia con esa lechuza.

Nos reímos las tres de nuevo.

—¿Tendrán sexo telefónico? —se preguntó Lea a sí misma.

—Lea —le dije poniendo los ojos en blanco.

—¿Qué? Si está tan lejos, el chico tendrá que descargar, digo yo. Seguro que esa pija no le enseña ni las tetas por la cámara.

Natalia y yo nos miramos arrugando la nariz.

—Anda, deja el temita —le pidió Natalia buscando el mando a distancia para poner la siguiente película.

El lunes me costó una barbaridad levantarme, pero quise empezar la semana con buen pie y olvidar lo sucedido durante los dos últimos días. Había dormido medio bien, sin demasiadas pesadillas, aunque en una de ellas había gritado más de la cuenta.

Inesperadamente, me encontré a mi madre en la cocina, tomando café y leyendo algo en el móvil. Levantó la cabeza y me miró.

—Voy a tener que insonorizarte la habitación. ¿Cuándo vas a dejar de quejarte de ese modo?

Sus palabras me hirieron.

—Cuando me salga del coño.

—Alexia, vigila ese vocabulario de barriobajera.

—Es lo que soy, te guste o no. No soy una esnob como tú, ni ganas. Antes de parecerme a ti, me haría una lobotomía.

—¡Alexia!

—¡Joder! Son pesadillas, ¿lo entiendes? ¡Lo paso mal, mal de verdad! ¿Y tú qué haces? Meterme la bronca.

Me encaré a ella y mi madre se echó hacia atrás.

—Si quieres que me vaya, échame. Lo tienes bien fácil.

Sus ojos negros me miraron con su habitual frialdad.

—Me voy a trabajar —dijo ignorándome.

Cuando salió por la puerta, tiré al suelo todo lo que había encima de la mesa con un grito desgarrador.

—¡¡¡Te odio!!!

Me fui dejando aquel desastre por el suelo. Que se cabreara, me la sudaba. Si quería guerra, tendríamos guerra. Yo me iría de su casa, pero primero se las haría pasar putas.

En el autobús estuve trasteando con mi móvil mientras Lea me explicaba cosas suyas.

D.G.A. no había respondido desde mi último mensaje en el que le había explicado que no me había enamorado nunca. ¿Lo habría asustado? Qué tontería, tampoco era para tanto. Bueno, ya respondería, quizá estaba ocupado con sus cosas, con sus ligues..., porque estaba segura de que yo no era la única con la que chateaba. Así que tampoco iba a ser tan tonta de pensar que yo le gustaba en serio. Ligar por chat era como un mundo aparte: tenías tu vida real y tu vida virtual. En mi vida real me había tirado a Thiago y en la virtual confesaba mis intimidades a un desconocido. Si lo pensaba en serio, aquello no era lógico, pero daba igual, a lo hecho pecho.

Tus secretos. Quiero descubrirlos...

Sonreí al releer aquellos mensajes. ¿Por qué no había confiado de la misma forma en Thiago o en Gorka?

Gorka no sabía apenas nada de mí, de mis miedos, de mis preocupaciones ni de mis sueños. Y llevábamos juntos unos cinco meses. Siempre había dejado que hablara él, que me explicara su vida mientras yo le iba haciendo preguntas. Cuando la conversación se centraba en mí, entonces me cerraba en banda y buscaba la manera de escaparme. Y Gorka o no se daba cuenta o no insistía más.

Al sentirme abandonada, tras el accidente, al no entender su decisión, juré no volver a confiar en nadie. Si mi propia familia me hacía aquello, ¿qué podía esperar del resto de la humanidad? Esa capa de hielo con la que cubría todos mis sentimientos me servía para no sentirme vulnerable ante nadie. Era eficaz hasta que alguien como Thiago lograba colarse por una pequeña brecha. Pero él lo había fastidiado todo metiendo las narices donde no debía.

¿Acababa siempre pensando en él o me lo parecía a mí?

Al llegar al campus me obligué a ir con la cabeza bien alta. Lo único jodido iba a ser trabajar con Thiago en el proyecto del profesor Peña, pero ya pensaría en algo. ¿Decirle al profesor que me cambiara de grupo?

Me preguntaría el porqué y no me apetecía mucho ir explicando mis intimidades a un profesor.

Vimos a Max y a Estrella en una de las mesas y nos sentamos con ellos.

—¿Qué tal el fin de semana, chicas? —nos preguntó Max con su bonita sonrisa.

—Genial —le respondí yo, fingiendo de maravilla.

—De P.M. —añadió Lea guiñándole un ojo—. ¿Y el tuyo?

—De vicio...

Max nos explicó una de sus locas historias y nosotras lo escuchamos entusiasmadas. La siguiente en explicar su fin de semana fue Lea, quien lo relató con tanta efusividad que incluso se levantó de la silla y dio un gritito de los suyos que provocó que varias personas nos miraran.

Entre ellas, Thiago. Cruzamos un segundo la mirada y lo ignoré. Estaba a dos mesas de la nuestra, ya era puta casualidad con lo grande que era el bar. Pero éramos de costumbres y muchos nos sentábamos por la misma zona habitualmente.

—Lea, siéntate —le ordené sonriendo.

—Novata, relaja la faja —aquel comentario vino de la mesa de Thiago y todos se rieron, incluso él.

Gilipollas.

—O si quieres te ayudamos a quitártela —dijo otro de aquellos gallitos de cuarto.

Lea continuó a lo suyo pasando de aquel idiota. Era un tío no muy alto, más bien ancho de espalda y a mi parecer feúcho. Vi cómo sacaba la lengua en plan vicioso hacia Lea, quien ya no se enteraba de nada, y fui testigo también de cómo el resto de ellos se reían.

No pude aguantarme. Al segundo estaba al lado de aquel imbécil.

—Perdona, ¿cómo te llamas?

Todos me miraron y cesaron sus risas al instante.

—Como tú quieras, guapísima, ¿Roberto?

—¿Y de apellido? ¿Gilipollas?

El gesto le cambió al instante y se levantó de la mesa para mirarme a los ojos.

—¿Y tú quién eres, novata de mierda?

—Roberto, déjalo. —Thiago se metió en medio.

—A ti nadie te ha dirigido la palabra —le escupí mirándolo con asco.

Me fijé en que tenía la mejilla un poco amoratada y que encima de su ceja izquierda había una pequeña herida.

—¿Así que es esta? ¿La putita de primero?

¿Perdona? ¿Thiago les había dicho que él y yo...? Muy bien.

—¿Hablas de tu madre? —le escupí con rabia.

—Basta. —Thiago me cogió del brazo y me llevó hacia la otra punta del bar—. ¿Qué pretendes con todo esto?

—Os he visto burlándoos de Lea, sois una panda de críos.

—Pues gira la cabeza hacia otro lado e ignóranos —concluyó con rotundidad.

Quizá sí estaba más susceptible de lo normal. En otro momento hubiera pensado que eran idiotas, simplemente, y no me hubiera lanzado como una suicida a insultar a aquel tipo que me doblaba o triplicaba físicamente.

Me fui de su lado sin decirle nada. Salí del bar, me encendí un cigarro y me detuve a pensar seriamente en mi actitud. Parecía una bomba a punto de explotar. Cualquier cosa que me iba a la contra era como una pequeña chispa que podía hacer saltar la casa por los aires. Y no quería ser así, no quería sentirme así. Necesitaba tranquilidad, necesitaba volver a ser yo, y no sabía realmente cómo hacerlo. Me había propuesto pasar de Thiago y a la mínima ya estaba rondándolo, aunque hubiera sido por culpa de sus amigos.

Necesitaba hacer algo más con mi vida. Pero ¿el qué?

52

Al terminar la segunda clase, la de Francés, el profesor Peña se dirigió a mí.

—Alexia, ¿puede quedarse un momento?

Me acerqué a su mesa y esperé a que me mirara.

—Su grupo ha hecho un muy buen trabajo. Hugo me ha enviado esta mañana el documento y pueden estar ustedes muy satisfechos.

—Gracias —le dije contenta por el resultado.

Algo que iba bien...

—Si le parece, para el segundo documento haremos un cambio de grupos. Lucía trabajará con ellos dos y usted lo hará con Ana.

El profesor me miró esperando una respuesta.

—Me parece genial.

Hubiera preferido repetir con Hugo, pero estaba de suerte porque dejaría de ver a Thiago en aquella pequeña sala.

—Puede irse, muchas gracias.

Al salir me dirigí hacia el bar, donde suponía que estarían mis compañeros, pero no los vi por allí.

—Hombre, mirad a quién tenemos aquí. Si es la novata...

Me di la vuelta al reconocer la voz del idiota aquel de cuarto.

—Soy Roberto, de apellido gilipollas, ¿te acuerdas, bombón?

Estaba con tres chicos más y todos le rieron la gracia. Pasé de responder porque no quería entrar al trapo, pero el muy capullo me cogió del brazo para que me detuviera.

—¿Hay que pedir hora o esa boca siempre está dispuesta? —preguntó mirándome los labios.

—Suéltame —le exigí.

—¿Al profesor Peña también se la has chupado? —continuó él, levantándose.

—Tú eres idiota —le escupí cabreada.

Con su otra mano me cogió la cara y marcó sus dedos en mi mejilla.

—Vigila ese pronto que tienes —me dijo en un tono amenazante.

Joder, me estaba haciendo daño de verdad. Me soltó y se sentó de nuevo, riendo con sus amigos.

«Menudo estúpido.»

—¡Eh! Alexia —Era Nacho que entraba en el bar.

Fui hacia él y me dio dos besos.

—Estás un poco roja, ¿estás bien?

Me toqué las mejillas aún doloridas.

—Eh, sí, sí. Tengo calor, nada más.

—¿Qué tal el viernes? —preguntó peinando su pelo hacia un lado.

¿Qué sabía Nacho? Por lo visto, Thiago no había dudado en ir diciendo por ahí que nos habíamos enrollado.

—Bien, ¿y tú?

—No veas la que pilló Gala. La tuve que llevar a casa y después me tocó hacer de niñero un buen rato. Si la ve su madre en ese estado, la mata. No quiere que beba alcohol.

—Claro, la jet set no se emborracha.

Nacho sonrió y yo le hice una mueca divertida.

—¿Te apetece ir al cine el viernes?

Lo miré intentando averiguar sus intenciones. ¿Quería liarse conmigo?

—¿El viernes?

—Sí, he mirado la cartelera y estrenan una española que seguro que te gusta.

Solté una risilla. Nacho realmente me escuchaba cuando hablaba y se había quedado con el detalle de que me gustaba el cine español.

—¿Qué me dices?

—Que sí, me apetece.

En ese momento pasó Thiago con Luis por nuestro lado. Podía reconocer su aroma a kilómetros.

—Pasaré a buscarte —dijo Nacho en un tono más alto.

—Eh..., sí, claro.

—Bien, después miraré la hora y te digo algo.

Me dio la impresión de que Thiago abrazaba a alguien y no pude evitar mirar. Era Débora, la despampanante, quien lo miraba con una sonrisa de oreja a oreja mientras su brazo acariciaba su hombro con mucho cariño. Qué bonito, ¿no?

Algo dentro de mí me escocía y mucho, pero decidí ignorar aquella sensación, como muchas otras que solía sentir a lo largo del día. Si él iba con Débora me lo pondría todo más fácil y olvidarlo sería coser y cantar. Total, solo habíamos follado.

—Me voy a la biblioteca un rato —le dije a Nacho con ganas de desaparecer de allí y perder de vista a la parejita.

—Nos vemos, princesa.

Me dio dos besos de nuevo pasando una de sus manos ágilmente por mi espalda y salí de allí un poco agobiada. Subí a la biblioteca y busqué la mesa más apartada para trabajar sin que nadie me molestara durante la hora que no teníamos clase. Me puse los cascos y escuché música variada con Spotify. Al poco, alguien me tocó el brazo. Era Ana, la chica del proyecto de Francés.

—Te he buscado por toda la facultad —me dijo en un tono duro.

—¿Ah, sí? Pues estaba aquí trabajando.

—Tenemos que hacer juntas el próximo documento, ¿lo sabes?

—Sí, me lo ha dicho el profesor.

—¿Y por qué no me has buscado? —Su tono de sabionda me molestó.

—No me acordaba de tu cara —le respondí con una ironía palpable.

Ella me miró ladeando la cabeza.

—Vamos —me ordenó sin preguntar.

—¿Puedes intentar ser menos autoritaria? —le pregunté algo picada.

—Mira, guapa, no me hace ni puta gracia tener que trabajar contigo, pero que encima tenga que hacer de canguro..., eso sí que no. Si quieres venir, perfecto y, si no, ya le diré al profesor que pasas de todo.

Joder, qué bien. Casi prefería volver con Hugo y Thiago. Menuda compañera me había tocado.

Recogí mis cosas en silencio.

—Te espero en la sala.

Se fue y la miré con asco. ¿Había pisado una gran mierda? Menuda suerte la mía.

—Perdona...

Un profesor alto y joven me obstaculizó el paso.

—¿Eres Alexia Suil?

—Eh..., sí, yo misma.

Me fijé en él: gafas de pasta, nariz grande y boca de labios gruesos. Alto y atlético.

—¿Hablas japonés? —me preguntó en ese idioma.

Le respondí del mismo modo.

—Sí, lo hablo sin problemas.

—¿Y qué otros idiomas dominas?

—Inglés, francés, alemán, ruso, chino, hindi, italiano y un poco de árabe. ¿Por qué?

Él sonrió y carraspeó un poco antes de seguir hablando, esta vez en español.

—Soy el profesor Hernández y soy socio de una empresa de exportación. Me encargo de buscar a estudiantes de traducción que quieran colaborar con nosotros a cambio de empezar a coger experiencia en el mundo laboral. Ahora mismo tenemos dos puestos libres y el profesor Peña me ha hablado de ti.

Me quedé con la boca abierta, sin saber qué decir.

—¿Podría interesarte? Ya sé que estás en el proyecto de Peña y trabajáis duro, pero dado tus amplios conocimientos de varios idiomas..., he pensado que serías un buen fichaje. Mira, solo sería un par de días a la semana, aunque si te sobra tiempo no te diremos que no vengas más días, ¿qué me dices? Supongo que necesitas pensarlo.

Hablaba poco, el profe...

—Sí, debería pensarlo... o saber exactamente qué debo hacer.

Miré el reloj que había en una de las paredes. Ana me estaba esperando en la sala.

—¿Puedo pasar más tarde por su despacho? —le pregunté.

—Estoy hasta las tres, cuando quieras —respondió sonriendo.

—Me pasaré a la una, seguro. ¡Gracias! —le dije yéndome hacia la sala de estudios.

Vaya... ¿podía ser una buena manera de emplear mi tiempo libre? No lo descartaba en absoluto.

Al llegar a la sala, Ana me miró con mala cara, pero lo peor no fue eso, sino que allí también estaban Thiago, Hugo y Lucía.

—Llevo diez minutos largos esperándote —dijo de muy malos modos, y todos me miraron.

—Me he cruzado con el profesor Hernández y...

—Mira, guapa, si decimos que nos vemos ahora es que nos vemos ahora, no cuando a ti te salga de allí, ¿me entiendes?

Me mordí la lengua y me senté enfrente de ella. No quería seguir pareciendo una macarra ante todos y menos ante Thiago, quien acabaría pensando que era una busca problemas.

—¿Qué tenemos que hacer? —le pregunté seria.

Sentía la mirada de Thiago.

—¿Y si vamos a tu casa, Thiago? —Lucía usaba un tono de esos en plan «tonta del bote»—. Todavía hace bueno y podríamos darnos un bañito en tu piscina.

—¿En pelotas? —le preguntó él con una risilla.

—Yo paso —dijo Hugo—. La última vez en tu casa pillé una borrachera de esas que salen en las noticias.

—Aquello fue porque era la fiesta de su cumpleaños. ¿Te acuerdas, Thiago? Debajo de la piscina...

Me mordí el labio porque no quería escucharlos, pero era inevitable. ¿Se había propuesto todo el mundo putearme?

—Lo recuerdo perfectamente —le respondió él en un tono sensual.

—¿... vale? —Miré a Ana: no me había enterado de nada.

«Muy bien, Alexia, estás que te sales...»

—Sí, sí.

Me dio el documento entero y ella me miró con aire triunfal.

—Y cuando tú lo termines, yo lo repaso. No tengo tiempo de ir quedando contigo y encima tener que esperarte. Este año tengo varias optativas, y lo primero es lo primero. Si nos repartimos el trabajo, acabaremos antes.

¿Repartirnos el trabajo? El documento estaba entero. O sea, que la traducción la iba a tener que hacer yo sola.

Miré de soslayo a Thiago y vi que me observaba esperando a que yo saltara.

—Genial —le dije a Ana.

—El viernes me lo pasas —me ordenó mientras cerraba su ordenador.

—Sin problemas.

—Eso espero. No sabes lo que es estar en primero y tener esta oportunidad. No la vayas a perder.

Sonaba claramente a amenaza, pero me callé. Si iba cabreándome con todo el mundo acabaría loca de remate. Ya tenía bastante en mi casa y en mi vida personal como para darle bombo a alguien que no me importaba.

Ana se fue y me quedé allí sola. Me puse los cascos de nuevo y comencé a trabajar en el documento. Podía haber ido a otro lugar porque ni los escuchaba ni los miraba, pero quería demostrarle al ojazos que me importaba una mierda que estuviera presente.

Quedaban solo diez minutos para la siguiente clase y Lucía se fue. Hugo me hizo un gesto con la mano y me quité uno de los cascos.

—¿Qué tal con la estirada? —me preguntó amablemente.

Thiago estaba pendiente, pero yo solo miraba a Hugo.

—Estoy acostumbrada a tratar con idiotas, no te preocupes.

Hugo rio y yo sonreí.

—Es muy pesada, no le hagas mucho caso. No sé por qué Peña ha hecho estos cambios. A mí me ha dicho a primera hora que de momento seguiríamos con los mismos grupos. En fin.

Thiago agachó la cabeza hacia su ordenador y lo miré. ¿Había sido cosa suya? ¿En serio? Sabía que tenía cierta confianza con el profesor, pero ¿tanta como para pedirle que nos separara?

—No pasa nada, Hugo. A mí ya me está bien porque empezaba a no soportar a ese que tienes a tu lado.

Hugo me miró sorprendido y Thiago levantó la vista hacia mí. Cerré el ordenador y lo guardé en su correspondiente funda.

—Gracias, novata. —Thiago volvió a lo suyo.

—Lástima que deje de aprender a tu lado, pero cuando quieras quedamos y grabamos el vídeo ese.

—¿De veras? —Hugo olvidó el tema Thiago al segundo.

—¿El miércoles?

—Joder, sí.

—¿Puede venir mi amiga Lea?

—Pueden venir todas tus amigas. —Hugo movió el cuerpo como si bailara salsa al decir aquello y nos reímos con ganas los dos—. Toma, mi tarjeta.

Me acerqué a él, por el lado contrario para no pasar cerca de Thiago, y me tendió una tarjeta blanca con su nombre, dirección, teléfono y el dibujo de una güija en el centro.

—Vaya, qué chulada. ¿Y eso?

—De vez en cuando jugamos —me dijo haciéndose el interesante.

Thiago se removió en su silla, pero siguió tecleando en el ordenador.

—¿A la güija? —pregunté con mucha curiosidad.

Yo solo había visto de qué iba en las películas.

—Sí, soy todo un experto.

—Eso me lo tienes que explicar.

—Cuando quieras.

Le di un beso inesperado en la mejilla y Hugo rio.

—Cuídate, novata —me dijo mientras me iba.

—Eso haré, Castro.

—¿Qué os pasa? Creía que te molaba... —oí a Hugo hablar con Thiago mientras salía.

Me detuve unos segundos al lado de la puerta. Estaba mal, lo sabía, pero no pude resistirme. Mi vena cotilla pudo más que mi buen juicio.

—Yo qué sé que nos pasa —le comentó Thiago como cansado.

—La semana pasada estabais de puta madre, ¿y ahora?

—Han pasado cosas entre nosotros.

—¿Qué cosas? —insistió Hugo.

Eran bastante más colegas de lo que parecía en un primer momento.

—Es una tía complicada...

Vi a tres chicas acercarse hacia donde yo estaba y antes de que se dieran cuenta de que estaba escuchando a escondidas me fui de allí.

¿Una tía complicada? No, no era cierto. Era una chica impulsiva, con ganas de divertirme, con ciertos problemas personales de los cuales él no sabía nada. Qué fácil era etiquetar a la gente: la complicada, la friki, la sosa, la lista... Y qué complicado era después quitarse aquellos motes de encima.

Recordé en ese momento a Antxon porque él siempre me decía que debía ignorar a las personas que no me aportaban nada y que lo suyo era escuchar a las personas que me importaban de verdad. ¿En qué grupo estaba Thiago en ese momento? Ni en uno ni en otro. Estaba en el limbo de mi mente, entre el sí y el no, entre el quiero y no quiero.

Thiago se me había metido bajo la piel, quisiera o no.

53

ADRIÁN

¿Quitarme a Lea de la cabeza? Eso había dicho. Pero había acabado haciendo todo lo contrario.

Cuanto más la veía, más me gustaba, y no era algo simplemente físico, lo jodido era que me gustaba todo de ella.

Lea era natural, descarada, divertida y a la vez inteligente. No se las daba de nada, era sencilla y veía las cosas con un optimismo contagioso que me encantaba. Era como si lograra ver la vida de un modo más fácil.

Los dos nos sentíamos atraídos por el otro, lo sabíamos, pero ella había respetado en todo momento el que yo tuviera pareja. No era de aquellas que van a la caza, y eso me gustaba porque significaba que Lea quería algo más. Yo me dejé querer al principio, pero poco a poco me había ido enganchando a ella y le empecé a mandar mensajes tontos a todas horas.

La noche del viernes la pasamos juntos bailando, hablando y sobre todo riendo. Nos entendíamos a la perfección, tanto que a veces me daba miedo. ¿Estaba idealizándola? ¿Tal vez porque era la antítesis de Leticia?

Mi chica era controladora, dominante y con mucho carácter. En cambio, Lea era como un alma libre y lo único que te pedía era que tú también fueras libre a su lado. Sin presiones. Sin agobios.

Con ella se me pasaban las horas volando, como si el tiempo se acelerara de repente. Aquella noche del viernes ni me di cuenta de que había perdido a todo el mundo. Yo con Lea tenía más que suficiente.

Estaba jugando con fuego, lo sabía. Y podía quemarme. Sobre todo porque las amigas de Leticia me controlaban como si fueran sus secuaces. Afortunadamente, aquella noche no aparecieron por allí porque Gala pilló un buen ciego.

A media noche, Lea me dijo que Thiago estaba con Alexia y me alegré por él. Thiago no tenía claro qué hacer con ella, no quería volver a tropezar con la misma piedra. Yo le repetía constantemente que Alexia no era Carol, que se dejara de pajas mentales. Pero es muy testarudo cuando quiere.

El sábado por la tarde tenía partido y fui a verlo. Jugó como el culo y su padre lo miró con mala cara, pero Thiago pasó de él. Le pregunté cómo había ido la noche y no quiso decirme mucho.

—Bien.

—¿Bien y ya está? Macho, sé un poco más explícito.

—Dormí en casa de Alexia. Iba muy pedo y me quedé allí a pasar la noche.

—¿En serio? No jodas.

—Sí, pero estamos cabreados de nuevo.

—Coño, ¿y por qué? Parecéis el perro y el gato.

—Nada, discutimos y ya está.

Thiago no me explicó nada más y yo no quise insistir. Mi amigo es muy suyo y no le gusta ir explicando sus intimidades, ni siquiera a mí. Necesitaba su tiempo y, cuando lo creía conveniente, entonces me lo soltaba todo.

Solo esperaba que eso no afectara a mi relación con Lea y Alexia porque la última vez también se habían enfadado conmigo. Al verlas en el bar de la facultad nos saludamos como siempre y Lea me miró con esos ojos preciosos que me tenían atontado.

Sonó el móvil y lo cogí.

—¿Leticia?

Qué oportuna era mi chica. Les di la espalda unos segundos y anduve hacia la salida del bar.

—Cariño, ¿cómo estás?

—Bien, bien.

Estaba a la defensiva porque me extrañó mucho que llamara a esas horas.

—Te echaba de menos, cari.

—Eh, ya. Y yo.

Mentiras y más mentiras.

—¿Sabes qué? Como en Navidades quizá me quede aquí haciendo prácticas he pensado en ir esta semana...

—¿Sí?

«Adri, más entusiasmo, que se te nota mucho...»

—¡Qué bien! ¿no?

Joder, esa semana había quedado con Lea para enseñarle a jugar al pádel. Habíamos hablado del tema y le había prometido que haríamos unas clases juntos.

—Sí, mi amor. En nada nos vemos.

—¿Y cuándo dices que vienes?

Quizá fuera el viernes o el sábado...

—¡Sorpresa! No te digo más. Dame un beso, que tengo que irme.

—Un beso —le dije, sintiendo que Leticia lograba joder mis planes incluso desde la distancia.

54

Después de la clase con Guerrero, le dije a Lea que me esperara en el bar. Habíamos quedado en que comeríamos en la facultad y volveríamos más tarde a casa para adelantar un trabajo conjunto con Max y Estrella. Pero primero quería hablar con el profesor Hernández sobre aquel trabajillo.

Cuando estuve frente a su despacho, llamé con los nudillos a la puerta y él, en un tono neutro, me indicó que entrara.

—¡Ah! Es usted, señorita Suil. Pase y siéntese.

Me senté frente a él y buscó entre unos papeles. El tipo no era muy organizado y me hizo gracia verlo apurado porque no encontraba lo que quería.

—Veamos, Cándido, concéntrate —se dijo a sí mismo.

Alcé las cejas, sorprendida, y me aguanté la risa como pude. El profesor me miró por encima de las gafas y se las sacó despacio con una sonrisilla. Joder, tenía unos ojos bien bonitos que escondía tras esas feas lupas.

—Es mi nombre —me dijo.

—¿Su nombre? —pregunté sin pillarlo.

—Cándido, me llamo Cándido.

—¡Ah! Bien.

Joder con el nombrecito...

—Sí, a mi madre no se le ocurrió otro mejor, por lo visto. Ella dice que le gustó su significado: el que brilla. Y yo siempre le digo que podría haber escogido Aarón o Argoitz, que significan lo mismo. Pero no, tuvo que ser Cándido. ¿Qué te parece?

Le sonreí divertida. Qué tipo tan curioso.

—¿Le soy sincera?

—Eso siempre, señorita Suil.

—Su nombre no dice cómo es usted; el mío significa la protectora y no soy así para nada. Creo que debería estar orgulloso de tener un nombre tan... original. ¿Preferiría llamarse José?

El profesor frunció el ceño y seguidamente me sonrió.

—No, no, prefiero el mío.

Ambos soltamos una risilla y seguidamente me explicó en qué consistía el trabajo en aquella empresa de exportación: necesitaban traducir muchos documentos y con las dos personas que tenían en plantilla no daban abasto. Por eso ofrecían trabajo sin remunerar a estudiantes de traducción. Los trataban con todo el respeto del mundo, les enseñaban a trabajar en una empresa grande y además les ofrecían una experiencia que podían sumar a su currículum.

No me lo pensé dos veces. Era obligatorio ir un par de tardes a la semana e incluso podía tocarte ir el sábado por la mañana. Pero a mí me sobraba tiempo y ganas de aprender, así que cuando le dije que aceptaba me pasó una tarjeta con los datos de la empresa para que llamara. No cogían a cualquier estudiante y realizaban una entrevista previa, pero me dijo que no me preocupara porque yo no tendría problemas.

Me fui de allí mucho más animada. Tenía ganas de hacer aquello y así tener mi cabeza ocupada en otras cosas, no solo en... en Thiago. Aunque era difícil olvidarme de él viéndolo continuamente a mi alrededor.

Nada más entrar en el bar lo divisé enseguida, tonteando con su amiga Débora. ¿Lo hacía para joderme? Me molestaba, por supuesto, pero no iba a demostrárselo. Antes me bajaba de la vida.

Anduve hasta la mesa con la cabeza bien alta. Allí estaba Lea charlando con Adrián.

—Buenas, ¿y los demás? —le pregunté sentándome frente a ellos.

En el bar había bastante gente, aunque mucha menos que a la hora del descanso porque los alumnos habían terminado las clases y se iban a casa a comer.

—Max y Estrella han ido a preguntarle no sé qué a Guerrero, ahora vendrán —me respondió Lea.

Adri me miró y yo le sonreí.

—¿Todo bien? —le pregunté.

—Yo, sí, ¿y tú qué tal? ¿Se puso muy pesado mi amigo la otra noche?

Solté una risilla.

—¿Qué pasa? ¿Que no te ha explicado nada?

—Ni él ni la aquí presente —comentó dirigiéndose a Lea, que hizo un gesto como si cerrara su boca con una cremallera.

—Así me gusta, petarda —le dije a mi amiga—. Pues me extraña que no te haya dicho que nos acostamos —le contesté a Adrián, que abrió la boca de golpe—. Más que nada porque a otros sí se lo ha contado.

—¿Qué otros? —preguntó él mirándome de reojo.

—A Roberto y sus amigos gilipollas.

—¿A Roberto?

—Eso mismo —le dije mirando a Thiago, que estaba jugando con uno de los mechones de Débora—. No sé de qué te extrañas, solo hace falta ver lo que ha tardado en volver con su amiguita.

—Eso es verdad —añadió Lea.

Adrián lo miró también y arrugó su frente al hablar.

—Está un poco raro, no os lo negaré, pero creo que lo hace para joderte, Alexia.

—Eso dice mucho de él, ¿verdad? —solté con ironía.

—Bastante, bastante —comentó Lea mirando a Adri.

—A mí no me miréis, yo apenas sé qué ocurrió el viernes —se justificó él.

—Es que el viernes estabas con una princesa, ¿no es cierto? —le dijo Lea coqueteando con él.

Adrián la miró con una sonrisa en sus ojos y me encantó verlos. Cada día había más complicidad entre ellos y estaba segura de que él acabaría dándose cuenta de que estaban hechos el uno para el otro. La locura y la calma juntos, tal y como debía ser.

—El viernes lo pasé genial —le dijo él haciéndole ojillos a Lea.

—Lo sé, te vi reír como nunca.

Se rieron de nuevo los dos, pero yo me fijé en una chica que venía hacia nuestra mesa con prisas. ¿Quién era y por qué su mirada me gustaba tan poco?

Era de estatura media, como yo, más bien flaca, vestida como recién salida de una revista de moda, con un pelo negro ondulado y unos ojos azul hielo que parecían dos espadas afiladas a punto de atravesarte el corazón.

No me gustó.

Y menos cuando se plantó delante de Adri, lo cogió del cuello y le plantó un sonoro beso en los labios. Lea abrió la boca, impresionada, y yo mordí mis labios alucinada. Thiago nos miró, preocupado.

—¡Cariño, sorpresa!

—¡Leticia! —Adrián se levantó de la silla, pero ella lo empujó suavemente, sentándose en su falda y cogiéndolo del cuello.

Giro su cabeza hacia nosotras como una de aquellas jodidas muñecas de las películas de terror: bien despacio. Sus ojos azules se posaron en los míos, primero.

—Tú debes de ser Alexia —me dijo sonriendo con falsedad.

Le sonreí del mismo modo, pero no la saludé. Estaba claro que le habían explicado quiénes éramos, con lo cual su simpatía era totalmente fingida.

Se volvió hacia Lea, levantando una de sus cejas perfectas.

—Y tú Lea, la rubita.

Lea la miró seria.

—¿Qué... haces aquí? —preguntó Adrián incómodo.

—Cariño, eres un despistado. Te he dicho que vendría, ¿recuerdas?

Acabo de llegar del aeropuerto en taxi, ¿podrías ir a buscarme un café, mi amor?

Adri se levantó al segundo, no sé si para escapar de la situación o porque estaba acostumbrado a seguir las órdenes de aquella tirana.

Leticia se acomodó en la silla y nos miró alternativamente.

—Voy a ser muy clara, bonita —se dirigió exclusivamente a Lea—. Más te vale dejar de putear con Adrián. Hace dos años que salimos y hasta hoy no hemos tenido ningún tipo de problema.

—No soy yo la que sale con alguien —le dijo Lea sin miedo.

—A las malas, soy la más puta de todas. Débora o Gala a mi lado son dos mosquitas muertas. Estás avisada.

—¿Qué vas a hacer? ¿Vas a arañarme la cara? —le replicó Lea.

—¿Arañarte? ¿Crees que voy a mancharme las manos? Puedo joderte la vida y no tienes ni idea de cómo. ¿Sabes lo que es un sicario?

¿Un sicario? ¿Qué coño decía esa tía? Creo que alguien se había flipado con tantas películas de Netflix...

—Perdona, niña. ¿Tú eres idiota? —le dije yo sin poder aguantarme.

Me miró con desprecio y la señalé con mi dedo índice.

—Si tocas a Lea, yo no necesitaré un sicario, ¿lo pillas?

Leticia inspiró mirándome con recelo.

—Mira, Alexia, yo solo aviso a tu amiga de que no juegue con fuego, pero si quieres también te aviso a ti.

Se acercó a mí y me habló en un tono más bajo.

—¿Qué se siente cuando tu madre te abandona al mes de nacer?

Se me cortó la respiración al oírla y salté como una loca sobre ella para darle la paliza de su vida.

—¡Alexia!

La voz de Thiago a mi espalda me frenó de golpe.

—¿Vas a pegarme? ¿En serio, barriobajera? —Leticia ya se había levantado por si acaso.

—Pero, tía, ¿de qué vas? —le gritó entonces Lea.

—Hija de puta —le gruñí cuando Thiago me atrapó la cintura con su brazo.

—Alexia... Chis...

Me volví con unas ganas tremendas de llorar y escondí mi rostro en el pecho de Thiago.

Qué cabrona... ¿Por qué sabía Leticia aquello? ¿De dónde había sacado esa información? Joder, joder. Si la hubiera pillado, le habría arrancado la jodida melena.

—Alexia, ¿qué te pasa?

Thiago hablaba flojo, pero lo oí.

¿Qué me pasa? Acabaría antes explicando lo que no me pasaba. No atinaba una, desde que había empezado la universidad me iba todo fatal. Tres semanas atrás me sentía más o menos feliz, con mis amigas, con Gorka... ¿Y ahora? Todo eran marrones, uno tras otro.

—Nada —le dije encerrándome en mí misma.

Sabía que tampoco podía contar con Thiago, así que limpié con el dorso de mi mano las lágrimas que no había podido impedir que acabaran saliendo.

—¿Estás llorando? —me preguntó en su tono suave.

—No te preocupes. Solo estoy un poco saturada.

Thiago me cogió de la barbilla y me obligó a mirarlo. Por unos segundos imaginé que entre él y yo todo era perfecto, pero no quería engañarme. Cinco minutos antes él estaba tonteando con su amiga del alma y yo era una más de la lista, punto.

Moví con brusquedad mi cabeza para escapar de su mano y me separé de su cuerpo.

Lea estaba pendiente de mí y con una mirada nos entendimos. Nos fuimos de allí *ipso facto*. Que se quedaran los dos con sus chicas. No habíamos sido nunca segundo plato de nadie y no íbamos a empezar a serlo ahora.

55

Aquel lunes, en el autobús, Lea y yo parecíamos dos almas en pena, aunque después de tomar un par de cervezas en El Rincón empezamos a despotricar de Leticia con toda nuestra rabia, que era mucha. No entendíamos cómo había aparecido de repente y cómo sabía aquello de mi madre.

—Alexia...

Adam me miró a través de sus gruesas gafas y le sonreí.

—¿Qué tal, Adam?

—Eh, bien, bien. ¿Puedo hablar con vosotras un momento?

Lea y yo nos miramos y le dijimos que sí con la cabeza. Adam se sentó al lado de Lea.

—Quería preguntaros algo.

—Dale, dale, sin miedo —le animó Lea con su habitual entusiasmo.

—Me gusta una chica —nos dijo directamente.

Lea y yo volvimos a mirarnos.

—Vale, ¿y qué ocurre? —le pregunté yo con intención de ayudarlo.

—Me gusta mucho —añadió sonriendo.

—Que está buena, vamos —le dijo Lea dándole un leve empujón.

Adam se sonrojó un poco.

—Sí, es muy guapa. Y quiero pedirle que salga conmigo, pero no sé cómo hacerlo.

—Supongo que la conoces —le dije yo.

—Viene por aquí a menudo —comentó él.

Lea me miró y me guiñó un ojo.

—Pues lo normal sería que se lo pidieras sin más —le dije con sinceridad.

—Pues sí, total, el no ya lo tienes —bromeó Lea.

—¿Estáis seguras?

—Claro, hombre. Vamos a hacer una prueba, ¿vale? —le dijo Lea—. Imagina que Alexia es la chica esa. Venga.

—Eh... Alexia, ¿te apetece ir conmigo a comer una hamburguesa?

—¡No! —le cortó Lea con brusquedad y ambos la miramos—. ¿Una hamburguesa? ¿Cuántos años tiene? ¿Quince?

—Dieciocho —respondió compungido.

—Pues nada de hamburguesas, joder.

—Bueno, Lea, relaja, ¿eh? —le dije en serio al mismo tiempo que la reñía con la mirada—. A ver, Adam, podrías invitarla al cine o, si quieres, a tomar unas cañas y unas tapas, ¿no? Es como más guay —le dije a él en un tono más suave.

—Vale, lo capto.

—¿Y tienes lentillas? —le preguntó mi amiga sin cortarse ni un pelo.

La miré abriendo los ojos. Joder con Lea.

—Sí, pero me cuesta mucho ponérmelas.

—¿En serio? Yo te enseño —le dijo resolutiva.

Él la miró con ternura y me gustó, me gustó mucho que Lea estuviera dispuesta a echar un cable a Adam.

—No eres al único al que le pasa, ¿sabes? —continuó ella quitando importancia a la mirada del camarero—. Viene mucha gente al centro de mi madre diciendo que se le irritan los ojos. ¿Tienes libre mañana por la tarde? —Lea entonces me miró a mí—. Había quedado con Adri, pero está claro que le van a dar mucho por saco.

—Clarito, clarinete —le dije riendo.

—¿Adrián, el amigo de mi primo? —preguntó Adam.

—¿Lo conoces? —preguntó interesada Lea.

—Sí, sí, es un tío muy majo —respondió él y entonces me miró a mí.

Mierda, ¿no sería yo la chica que le gustaba...?

—Esto...

Lea alargó su sonrisa y me miró haciendo el tonto.

—Mi primo está colado por ti...

—¿Tu primo? —pregunté sin entenderlo.

—Thiago —confirmó con seguridad—. Entonces, ¿me paso mañana por la tarde? —le preguntó a Lea.

—Sí, a las seis me va bien. Pero antes acláranos lo de tu primo. —Lea estaba tan interesada como yo.

—Pues que le gusta mucho Alexia.

Aquello no era nada nuevo, por supuesto. Uno no se acuesta con una chica si no le gusta mínimamente, digo yo.

—¿Qué más te ha dicho? —le preguntó Lea acercándose a él.

—Si os cuento esto, me tenéis que prometer que no saldrá de aquí. —Su tono era más flojo y ambas lo miramos con interés.

—Palabrita de Niño Jesús —le dijo Lea.

—No saldrá de aquí —le dije yo—. Prometido.

Nos acercamos los tres como si nos estuviéramos confabulando para planear algo peligroso.

—El domingo comimos en su casa. Mi madre es la hermana de la madre de Thiago y vamos de vez en cuando, sobre todo cuando hace buen tiempo para disfrutar de la piscina.

—Al lío —le dijo Lea, viendo que Adam se enrollaba.

—Vale. Pues como me dejé el bañador, Thiago me ofreció uno de los suyos, que tiene muchos, ¿sabéis?

—Ya, ya imaginamos —le dije yo intrigada.

—Subí a su habitación para buscar uno y allí estaba...

Adam alzó las manos como si cogiera algo invisible entre ellas y Lea y yo lo miramos, embobadas.

—Su portátil —dijo con un tono o dos más grave.

—¿Su portátil? —repetí yo sin acabar de comprenderlo.

—Sí, señora —confirmó como si aquello fuera el gran descubrimiento del siglo.

—¡Vale! Y lo tenía abierto, ¿verdad? —preguntó Lea con sus ojos brillantes.

¿Ella ya lo había captado? Pues yo no.

—¡Exacto! —exclamó él flojito.

—Y viste... un par de pollas bien grandes, ¿verdad?

Adam la miró horrorizado y yo empecé a reírme con ganas.

—¿No era porno, entonces? —preguntó Lea extrañada.

—No, no, por favor —dijo el chico como si hubiera dicho algo muy raro.

—¿Qué viste? —le pregunté dejando de reír.

«Esta Lea...»

—Thiago había escrito cosas sobre ti —me dijo quitándose las gafas unos segundos para limpiarlas.

—¿Qué cosas? —preguntó Lea mientras yo pensaba que tenía unos ojos bonitos y expresivos.

—De esto ni una palabra —insistió él, poniéndose las gafas—. Tengo buena memoria, decía: «Alexia es distinta. Cuando la veo, siento que ya no puedo dejar de mirarla. Sus preciosos ojos me atrapan y me quedo idiota perdido. Es como si entre ella y yo hubiera una conexión especial que no entiendo. Me gusta. Me gusta mucho».

—¿Qué más? —preguntó Lea dándole otro codazo.

—No pude seguir leyendo porque en ese momento Thiago subió al piso de arriba y yo disimulé como pude buscando el bañador. El nombre del documento era A+A y poco más os puedo decir.

Lea se rio y yo lo miré repitiéndome aquellas palabras mentalmente. «Conexión especial...»

—Vaya, Alexia, ¿y por qué escribiría eso? —me preguntó Lea.

Alcé los hombros diciéndole que no tenía ni idea. A saber. Con Thiago no podías estar nunca segura de nada.

Recordé su abrazo en el bar. Se estaba tan bien entre sus brazos. ¿Por qué había tenido que cagarla de esa manera? Quizá era un jodido cotilla que no sabía respetar las cosas de los demás, porque ¿qué sabía yo realmente de él? No mucho, la verdad.

Solo sabía que besaba de miedo y que tenerlo dentro de mí había sido mágico.

—Ya se nos ha ido —le dijo Lea a Adam señalándome y ambos rieron.

—Muy graciosos —repliqué mostrándoles la lengua.

Adam volvió a su trabajo, aunque apenas había nadie a esas horas. Eran casi las nueve de la noche, la hora de la cena, así que Lea y yo decidimos irnos.

Cuando entré en el dúplex, mi madre ya estaba cenando y mi plato estaba en la mesa, junto a un nuevo jarrón porque yo me había cargado el antiguo esa misma mañana. ¿No me iba a decir nada? Eso sí que era raro.

Me senté frente a ella y justo entonces encendió el televisor, como si mi presencia la molestara. Comí sin muchas ganas, sintiéndome todavía una intrusa en aquella casa y cuando terminé recogí sin decirle nada. Si no quería hablar, mejor para mí.

—Alexia.

Me volví hacia ella antes de salir de la cocina.

—Vigila lo que haces con Thiago Varela. —La miré alucinada—. Su padre es uno de nuestros mejores clientes.

—Tranquila, no va a pasar nada.

—Su coche estaba aparcado en nuestra calle el sábado a primera hora de la mañana, ¿es casualidad?

Nos miramos a los ojos. Ella con su habitual frialdad y yo con rabia porque me había pillado. No quería chicos en casa, era una de sus muchas normas.

Podía haberle dicho que iba bebido y que lo subí a mi habitación, cosa que era verdad, pero no quise parecer una jodida chivata. No sabía si esa información llegaría hasta el padre de Thiago.

—¿Tienes pruebas de que estuvo aquí? —le pregunté sabiendo que no tenía ni una porque ella no pasaba del umbral de la puerta de mi habitación.

—No nací ayer, Alexia. No las necesito. ¿Sabe su padre que andáis juntos?

—No estamos juntos —le dije con rapidez—. Y no entiendo a qué viene este interrogatorio. ¿Desde cuándo te importa con quién me acuesto?

Estuve a punto de decir «follo», pero no quise caldear más el ambiente.

—Desde que es hijo de uno de mis clientes. Te aconsejo que te alejes de él y de sus amigos. Hay muchos más chicos por ahí.

—Haré lo que quiera —le dije sintiendo que mi rabia iba en aumento.

—Si esto perjudica al bufete, habrá consecuencias. Allá tú.

Lo decía en serio, joder.

—¿Qué vas a hacer? ¿Echarme de esta casa?

Mi madre sacó como por arte de magia algo de la silla que estaba a su lado y lo tiró encima de la mesa.

«Hostia puta...»

Era... era mi cuaderno...

—Podría publicarlo, es bueno —me dijo con un gesto duro.

Me quedé paralizada y no supe reaccionar. ¿Había entrado en mi habitación? Claro, joder. ¿Había rebuscado en mis cosas? ¡Dios! ¿Desde cuándo lo tenía? ¿Había sido por venganza? ¿Porque había arrasado con aquel jarrón y todo lo que había en la mesa aquella misma mañana?

—Tengo un par de amigos en una editorial importante que podrían publicarlo.

Di un paso para ir a coger mi cuaderno, pero mi madre lo atrapó con rapidez.

—Si lo quieres, gánatelo.

—Eres una cabrona —le dije sintiéndolo de corazón.

Esa mujer, esa que se suponía que era mi propia madre, era una hija de la gran puta.

—Simplemente me cubro las espaldas y como todavía eres una cría necesito algo que me garantice que no la vas a fastidiar. Si tú te comportas, yo también. Aquí sí tengo las pruebas de que has estado con Thiago, ¿verdad?

—¡Eso es mío! —le grité muy enfadada.

—No te lo pienso devolver hasta que me asegures que jamás volverás a tocar a Varela. Prométemelo.

Sentía que las mejillas me ardían. La rabia me nublaba la vista.

—Alexia, prométemelo.

—Lo prometo —dije sin ni siquiera haberme parado a pensarlo.

—Por si acaso, lo guardaré en la caja fuerte hasta que me asegure de que cumples con tu palabra.

Dios, la odiaba. La odiaba con toda mi alma.

—No quiero que vuelvas a ver a Thiago. Es muy simple.

Le podía haber dicho que lo nuestro se había acabado, pero apenas razonaba al ver mis intimidades en sus manos.

«Te odio, te odio tanto...»

Esa libreta la había estrenado tras el accidente y en ella estaban plasmados todos mis sentimientos, todo mi dolor, mis dudas, mi culpa. En ella estaba resumida toda mi vida. Era el cuaderno de mi propio infierno.

Pensar que lo tenía mi madre... me quemaba por dentro.

56

No podía creer que mi madre hubiera sido capaz de cotillear entre mis cosas y que encima me hubiera cogido el cuaderno. Era algo tan íntimo que me sentía casi violada, joder. Y empezaba a sentirme cansada de ir contra marea, me daba la impresión de que todo me iba al revés.

—Si en unos meses veo que has dejado de tontear con él, te lo devolveré.

Abrió la caja fuerte que había tras uno de los armarios de la cocina y dejó mi libreta ahí.

Me fui de la cocina sin decirle nada y con la firme decisión de ignorarla todavía más. ¿Más? Si no había relación alguna. Y yo tenía todas las de perder.

Me tumbé en mi cama y no quise ni mirar qué más había removido en mis cajones.

«Puedo irme de aquí.»

Otra vez el mismo pensamiento. Pero ¿adónde? Apenas tenía dinero y sabía que, en cuanto me fuera, ella me cortaría el grifo. ¿Dónde iba a vivir? ¿De qué iba a comer? No era tan fácil encontrar trabajo. Siempre podía trabajar por horas en algún pub o podía buscar algo más serio, pero ¿qué podía ganar? ¿Unos seiscientos o setecientos euros? ¿Como Natalia? No tenía ni para empezar. Solo con el alquiler de un piso ya se te iba todo el sueldo. ¿Y si compartía piso? Era algo más barato, pero debía contar también la luz, el agua, la comida, los gastos...

Joder, qué mierda. Y pensar que en poco más de un año podría irme y disponer de la pasta de mi padre sin problemas. Pero un año era un mundo en esta jodida casa. Debía ser optimista como Lea. Si me cogían para hacer prácticas en aquella empresa del profesor Hernández, quizá a la larga podría entrar en plantilla y ganar algo más de dinero. Y así largarme de aquí antes. Ese sería mi plan. Mañana mismo llamaría a la empresa aquella para concertar una entrevista.

En cuanto tomé aquella decisión, me sentí mejor y abrí Instagram para hablar con D.G.A. Me había llegado una notificación indicándome que me había respondido.

Mi segundo secreto es que a veces odio a mi padre. Y eso no está nada bien, lo sé. Pero es superior a mí. Algún día te explicaré el porqué. ¿Tercer y último secreto?

Joder, lo leí tres veces más y me pellizqué fuerte en el brazo. ¿Podía ser que le pasara algo parecido a lo mío? Sonreí al pensar que teníamos más cosas en común que Eminem o Porta.

Me muero por saberlo porque mi relación con mi madre también es muy tensa. Y no, no es un secreto. Quien me conoce bien lo sabe. ¿Tercer secreto? Déjame pensarlo.

Bien, D.G.A. había estado algo desconectado, pero seguía ahí. Cerré los ojos e imaginé cómo sería. ¿Alto? Sí, seguro que sí. Debía de tener unos veinte años, un par más que yo. ¿Sería rubio? Sí, podía tener el pelo rubio oscuro, más corto por los lados y más largo el resto. Y lo llevaba algún día engominado, así en plan pijo. Joder, estaba muy bueno. Eso también. Tenía una mirada enigmática, ojos ¿verdes? No, no, entonces aparecía Thiago en mi mente. Ojos oscuros, rasgados y enigmáticos. A juego con una nariz recta y unos labios muy marcados. Tenía un aire a Mariano DiVaio, así que le puse un pendiente como el del modelo.

Y con ese tonto entretenimiento me quedé dormida con el móvil en las manos.

Me desperté al notar cómo vibraba. Notificación de D.G.A. Joder, ¿qué hora era? Eran las dos de la mañana...

Yo sé tu tercer secreto. Te estás colando por mí.

Lo leí de nuevo y me reí, soñolienta.

¿Se puede saber qué haces despierto? ¿Vienes de fiesta? ¿Un lunes? Podrías haberme invitado. Y no, ese no es mi secreto, aunque he de reconocer que me he dormido pensando en cómo debes ser físicamente...

D.G.A. estaba en línea, por supuesto.

Te hubiera invitado, pero te hubieras aburrido mucho en mi fiesta particular de «no hay manera de coger el sueño». ¿Y tú sigues despierta? ¿Estudiando? Por cierto, me habrás imaginado bien guapo, jajaja.

Estaba durmiendo con el móvil en las manos y me has despertado. Odio estudiar por la noche. Apolo, ¿cómo lo pones en duda? Te he imaginado como un modelo, jajaja.

Siento haberte despertado, pequeña. ¿Rubio o moreno? ¿Alto o bajo? Me estoy mordiendo las uñas. Yo también he jugado a eso, jajaja, y no te digo el final.

¿El final? Madre mía, ¿a qué se refería? Porque yo era muy mal pensada...

Rubio, alto y muy guapo. Puestos a soñar, jajaja. Quiero saber ese final.

Me mordí los labios porque temía su respuesta.

¿Me dijiste que tienes ya los dieciocho? Es para mayores de edad.

Un cosquilleo en mi sexo me hizo suspirar. Esto se ponía un poco calentito, ¿quería seguir o corría un tupido velo? Era la primera vez que D.G.A. usaba ese tono conmigo.

Desembucha.

Vale, tú lo has querido. Eres de estatura media, tienes el pelo largo y liso. Ojos oscuros y bonitos. Boca bien dibujada. Eres realmente guapa. ¿Sigo?

Sonreí al leerlo.

Sigue, sigue.

Sentía una excitación extraña en mi cuerpo. Quería y no quería.

Buen cuerpo y un pecho generoso (puestos a soñar)...

Me reí al leerlo. Mi pecho era de un tamaño medio, pero sabía que muchos chicos soñaban con perderse entre unos pechos inmensos.

Llevas una falda muy corta y una camiseta de tirantes. Te acercas a mí y me miras fijamente. Mi mano sube por tu brazo desnudo hasta llegar a tu cuello y baja por tu clavícula. Estoy cerca de tu pecho y dudo en tocarte o no...

Uf, me estaba poniendo a mil y cerré mis piernas al sentir el pálpito entre ellas.

Al final me decido a no ser tan atrevido y con la otra mano atrapo tu cintura para acercarte a mí. Nuestras bocas están casi tocándose y puedo sentir el calor de tus labios rojos. Subo mi mano hasta tu rostro y paso uno de mis dedos por tu mejilla. ¿Puedo besarte?

Sí...

Me acerco despacio a tu boca y siento tus labios en los míos. Es delicioso...

Dios, estaba húmeda. Realmente húmeda con ese simple escrito. Nos quedamos sin decirnos nada. Yo solo pensaba que necesitaba más.

A veces hacemos más cosas.

Me reí al leerlo, le respondí aún riendo.

Puedo imaginarlo.

Buenas noches, pequeña. Que sueñes conmigo, pero no abuses.

Qué tío...

Buenas noches, Apolo. Estoy segura de que soñaré con tus palabras.

Uf...

Eso mismo pensé yo dejando el móvil a un lado para buscar mi punto sensible y darme el placer que mi cuerpo me pedía. Pensé en él, en mi Apolo particular besándome de aquel modo...

Por la mañana me levanté como nueva, no había tenido pesadillas o no lo recordaba y me sentía con ganas de comerme el mundo. A tomar por saco mi madre, Thiago, Gorka o la zorra de Leticia. Me daban igual. No necesitaba que todo a mi alrededor fuera perfecto, debía aprender que la vida no era así, para nadie. Que todo el mundo tenía sus rollos y que debían pesar más los buenos momentos que los malos. La felicidad era eso: pequeños momentos que ibas viviendo. Como el que yo había experimentado con D.G.A.

Al encontrarme con Lea me miró entornando sus ojos.

—¿Has follado?

Me reí ante sus palabras. Mira que era basta.

—Lea, no seas tan burra. ¿Y tú?

—No, yo no. Pero tampoco tengo esa cara de felicidad que tienes tú ahora mismo.

—He decidido ser feliz, ¿qué te parece?

—De puta madre, así seremos dos en este jodido planeta de aburridos.

Lea y yo nos reímos y en el autobús pasamos de los teléfonos para darle a la sin hueso.

Cuando llegamos al campus, anduvimos hacia el bar de la facultad con paso firme. Nada más entrar vimos a Adrián y Leticia sentados a una mesa. Decidimos ignorarlos, pero ella tenía ganas de gresca porque se puso tras de mí en la cola para buscarme las cosquillas.

—¿Qué tal tu madre?

Me volví para observar sus ojos de hielo.

—¿Tú eres tonta o cómo va la cosa?

—No tienes ni idea de con quién hablas, ¿verdad? Listilla, no soy Gala. Ve con mucho cuidado conmigo.

—¿Te crees que me das miedo?

—Debería.

—¿Me estás amenazando?

—Solo te aviso. Si quieres, puedo empezar un simple rumor sobre ti y tu querida familia. Qué mal lo del accidente, ¿verdad?

Sus palabras más su tono irónico me dejaron bloqueada. Pero... ¿cómo sabía tanto de mí?

Desapareció de mi lado sin darme cuenta y yo volví junto a Lea sin los cafés.

—Alexia... ¿Qué te ha dicho?

—¿Que qué me ha dicho? Esta se va a enterar de lo que vale un peine —le dije a Lea—. Sígueme.

No le di tiempo a replicarme y me dirigí hacia ellos. Estaban sentados uno frente al otro y me senté al lado de Adrián. Lea se sentó al otro lado mirándome alucinada.

—Buenos días, Adri —le dije con toda mi jeta.

Leticia me miró sorprendida.

Pasé mi mano por el pelo afro de Adri y se lo peiné con total confianza.

—Me encanta tu pelo, ¿te lo había dicho? —le pregunté acercándome a él.

Él me miró confundido.

—Es tan esponjoso, ¿verdad, Lea? Dan ganas de frotarse con él, ¿no crees?

Lea me miró con una sonrisa en los ojos. Habíamos jugado a eso miles de veces.

—Mmm... sí... Estoy pensando dónde podríamos frotarlo. ¿Se te ocurre algún sitio en concreto? —me preguntó Lea con un dedo en sus labios.

—A mí muchos, ¿y a ti?

—Pero ¿crees que se dejaría? —Lea lo preguntó haciendo burla.

—A ver, si su chica valiera la pena..., pero no es el caso, Lea. Yo creo que sí.

Le toqué de nuevo el pelo y él me miró acojonado.

—Sois un par de gilipollas —saltó Leticia cuando fue capaz de reaccionar.

—¿Oyes algo? —le pregunté a Adri entornando mis ojos.

—Adrián, diles algo —le gruñó Leticia.

—¡Oh! Fíjate, si sabe hablar —dijo Lea mirándola con desprecio.

Quizá Adrián no nos volvía a hablar en la vida, pero aquella tipa se merecía un buen escarmiento.

Hice el ruido de un cerdo y mis compañeros volvieron a reírse.

—Esta me la pagas —me dijo a mí en un tono amenazador.

—A ver, chicas... —Adri intentó hablar, pero ninguna le hizo caso.

Leticia se levantó de la silla y yo me incorporé para acercarme a ella. La mesa se interponía entre nosotras, pero podíamos darnos una buena hostia a esa distancia tan corta.

—Que sea la última vez que hablas de mí y de los míos. La última —le gruñí acercándome un poco más—. Y si te metes con Lea, te metes conmigo. Estás avisada.

—No tienes ni puta idea de con quién hablas —repitió rabiosa acercándose también.

Nuestros rostros estaban a pocos centímetros el uno del otro.

—Tú tampoco —le repliqué, segura de mí.

Adrián se levantó y estiró mi brazo para que me retirara hacia atrás.

—Basta, ya. Por favor.

—Vigila a tu perro —le dije a Adrián volviéndome hacia Lea para irnos de allí.

—Eres igual que tu madre —se atrevió a decirme Leticia a mis espaldas.

Cerré los ojos unos segundos ante ese golpe bajo. Al abrirlos me topé con Thiago y su mirada profunda me hizo olvidar por unos instantes a Leticia.

—No le sigas la corriente —me dijo en ruso—. Sabes muy bien que no es cierto.

Lo miré seria y seguidamente me acordé de mi madre. Mandaba

cojones que estuviera en todas partes, con lo poco que significaba para mí.

—Gracias —le dije en el mismo idioma.

—¿Qué tal tus pesadillas? —me preguntó interesado.

Miré a mi alrededor por si alguien seguía nuestra conversación, pero estaba todo el mundo a lo suyo. Lea se fue hacia la barra del bar.

—Eh, bien.

—¿Has tenido esta noche? —volvió a preguntar y lo miré alucinada. ¿Y ese interés? ¿A qué venían esas preguntitas?

—Creo que no, pero a veces no las recuerdo.

—Me alegro —dijo sonriendo.

Vale, habíamos intimado y sabía algo de mí que pocos conocían.

—Oye, Thiago, si no te importa, preferiría que ese tema quedara entre nosotros. El resto ya sé que lo has ido diciendo por ahí.

—¿El resto?

—Que follamos y eso —le aclaré en un tono tranquilo.

Había decidido tomarme las cosas con más calma y lo iba a cumplir, costara lo que costase. Estaba cansada de parecer una niñata.

—Yo no se lo he dicho a nadie, ni a Adrián —dijo muy seguro.

Lo miré arrugando la frente.

—¿Y por qué Roberto lo sabía?

—¿Roberto? No sabe nada, ni él ni nadie. Si te ha dicho algo, se lo ha inventado. No suelo ser de los que van explicando sus intimidades como si fueran trofeos. Creía que tenías otro concepto de mí.

—Ya...

No quería decirle que el concepto que tenía de él era el de una abuela cotilla, no quería discutir con él.

—Y tranquila, será nuestro secreto.

Me miró serio y yo asentí con la cabeza.

«Secretos, secretos...»

57

LEA

A veces uno cree que tiene graves problemas, pero cuando miras bien y ves que tienes una familia normal, que tienes salud y que no te falta lo más básico, el resto deja de tener importancia. Todos tenemos problemas, malos rollos y cosas que nos preocupan, pero ¿hasta qué punto son tan importantes?

La vida de Alexia era mucho más complicada de lo que ella mostraba la mayoría de las veces. Era una tipa dura, que había visto mundo, que había visto la muerte de cerca, que había sido separada de los suyos, que desde bien pequeña había sentido el rechazo de su madre... ¿Qué puede haber más jodido que eso?

No entendía cómo podía ser su madre tan zorra con ella. No había justificación posible. ¿Lo había pasado mal de pequeña porque no tuvo unos buenos padres o algo parecido? Muy bien, ¿y? Mi madre había recibido una educación a base de azotes en el culo porque antes era lo normal y a mí nunca me puso una mano encima. Es más, ella siempre lo decía: no repetiré contigo los errores de mis padres. ¿Entonces? ¿Qué le pasaba a la madre de Alexia? Por todo esto cada vez que miraba a Alexia solo podía sentir un orgullo enorme, orgullo de ser su amiga, de tenerla a mi lado, de ver cómo remontaba después de tanta mierda.

Cuando la conocí, pasaba por un mal momento. Más que malo, horrible. Acababa de salir del hospital porque había sufrido un accidente y hacía muy poco que se había mudado a casa de una madre a la que no conocía. Lo había perdido todo en apenas un mes.

Cuando llegó al instituto, pensé que sería una pija de esas guapas, sin cerebro y que se creían las divas del universo. Porque Alexia es guapa de cojones, eso es innegable. En cambio, me encontré con una chica de diecisiete años destrozada, sin ganas de nada, con la cabeza baja y a punto de llorar en muchas ocasiones. No pude evitar acercarme a ella.

Me costó llegar hasta Alexia. No es de esas que se abren con facilidad ni de las que confían a la primera, más bien al revés. Es muy reservada y tozuda, aunque cuando entras en su mundo es como la purpurina de colores: te gusta, se te pega, brilla, es divertida... Alexia es única.

Los primeros meses me los curré con ella, casi podría decir que fui pesada, pero quería sacarla de aquel pozo. Sabía que Alexia merecía la pena y que nadie debía pasar por todo aquello sin una amiga a su lado. Así que con constancia y mucha paciencia logré que Alexia confiara en mí y se convirtiera en mi mejor amiga.

Justo ese primer año en el instituto me encontraba algo sola porque mis amigas habían pasado de estudiar bachillerato. Alexia y yo nos convertimos en amigas de verdad. En poco tiempo nos confiamos mil secretos que jamás salieron de allí y ambas sabíamos cosas de la otra que nadie más llegaría a conocer.

A esa confianza real se añadió nuestro entendimiento con miradas. Apenas necesitábamos hablar para saber lo que pensábamos y lo siguiente fueron nuestros juegos dialécticos. Era realmente divertido seguirnos el rollo. Con ella era libre, pero estaba acompañada. Era yo, y éramos nosotras.

Como aquella mañana con la tonta de Leticia.

Me había reído mucho con ella. Cuando quería, era la hostia. Tendría que haber sacado el móvil para hacerle una foto a la petarda esa: menudo careto se le había quedado al ver a Alexia toquetear el pelo de Adri. Y él no había podido evitar un amago de sonrisa al oírnos.

Uf. Sí, Adrián era el chico de mis sueños. Lo sabía.

58

El viernes había quedado con Nacho para ir al cine y canturreaba por mi habitación mientras elegía la ropa: vaqueros ajustados, camiseta fina de manga corta y una cazadora fina por si refrescaba más tarde.

Los labios bien rojos.

Cuando bajé a la calle, Nacho me esperaba apoyado en un coche rojo aparcado en doble fila. De brazos cruzados y con su sonrisa provocadora. Estaba guapo el tío.

—Puntualidad inglesa —dijo mirando su caro reloj.

Le di la mano y me miró extrañado.

—Los ingleses no se dan dos besos.

Nacho rio con ganas y me uní a él. Me cogió de la cintura y me dio un suave beso en los labios.

—Prefiero el beso español —me dijo sonriendo.

—Yo casi que también —le dije entrando en el coche mientras él sujetaba la puerta.

Nacho estaba bueno, y al volante parecía aún más hombre. Conducía con seguridad, con calma y respetaba todas las señales de circulación. Yo le iba echando miraditas mientras hablábamos de las tradiciones inglesas. Le expliqué que había estado en el Reino Unido varias veces y que conocía bien sus costumbres.

—Vale, aparte del tema de la moqueta...

—Que tiene tela que incluso la pongan en el baño —dijo riendo Nacho.

—Para ver la televisión tienes que pagar.

—¿En serio?

—Muy en serio. Tienes que pagar una licencia para poder ver la tele. Como un impuesto más, vamos.

—Joder, con los ingleses.

—Sí, son muy suyos.

—Más cosas —me indicó animado.

—A ver, más cosas. Hacen cola para todo y siempre respetan los turnos. No les molesta hacer cola como a los españoles.

—Mira que son raros —comentó mirándome de reojo.

—Incluso en situaciones en las que tú saldrías corriendo como un loco, ellos respetan la cola. Según como lo mires está bien. Quizá sea por el té. Beben té a todas horas.

—¿No es solo a las cinco de la tarde?

Solté una risilla.

—No, a todas horas y si te ofrecen no hay que rechazarlo nunca. Si no te gusta, te mojas los labios y ya está, pero así quedas bien.

—Lo tendremos en cuenta. Estoy pensando en ir el próximo verano.

—¿Unos días?

—No, no, me gustaría estar allí mínimo un mes. Podrías acompañarme.

Lo miré alucinada y seguidamente me reí.

—¿Qué? Así me harías de guía.

—Estás chalado —le dije riendo.

—Bueno, ya lo hablaremos más adelante. Estamos en octubre, así que tienes tiempo para pensarlo.

Lo miré más seria. El tío lo decía de verdad.

Dejó el coche en un aparcamiento y fuimos al cine, como dos amigos. Me gustó que no estuviera en plan lapa conmigo. A pesar de su fama de ligón, se comportó como un perfecto galán. Parecía que esa noche se había dejado la artillería pesada en su casa.

Vimos la película, compartimos palomitas y nos reímos de lo lindo.

Sin besos, ni caricias ni nada que me hiciera creer que Nacho era un donjuán.

Al salir del cine me propuso ir a un pequeño pub donde cantaban en directo y me pareció un buen plan. Era pronto para cenar, así que, cogidos de la mano, entramos en aquel local recubierto de piedra. Daba la impresión de que entrabas en una cueva, aunque la barra, las mesas y el pequeño escenario rompía un poco esa sensación.

Yo me senté en un taburete que había libre y él se quedó de pie apoyado en la barra de madera. Pidió un par de cervezas y ambos miramos hacia el escenario. Apareció una chica acompañada de dos chicos con una guitarra. Empezó a cantar «The One That Got Away», imitando el acústico de Katy Perry. Me quedé embobada escuchando lo bien que cantaba hasta que sentí que Nacho me observaba.

—Canta genial, ¿verdad?

—Sí, es muy buena.

Sus ojos brillantes se fundieron en los míos.

—Estás preciosa, ¿lo sabes?

Sonreí ante su halago y le coloqué bien un mechón de su pelo rubio.

—¿Puedo besarte?

Parpadeé un par de veces al escuchar su pregunta. ¿Estaba viviendo un *déjà vu*? Aquella pregunta... D.G.A. había escrito esas mismas palabras la noche anterior.

Alto, rubio, guapo... Joder, me estaba volviendo loca. Nacho no era D.G.A. Así lo había imaginado yo en mi loca cabeza.

Nacho se acercó despacio a mis labios y lo recibí sabiendo que aquel beso sería delicado. Me gustaba cómo besaba. Marcó su boca en la mía y se retiró despacio, mirándome y sonriendo.

Sí, me gustaba mucho.

—¿Qué música sueles escuchar? —le pregunté para quitarme de la cabeza que él era mi Apolo personal.

Mi cabezonería seguía insistiendo.

—Eh, de todo un poco, aunque mi grupo predilecto es Queen.

—¿Y el rap te gusta?

—Algunas canciones, pero no soy fan de ese estilo.

¿Ves? Nada que ver con D.G.A.

—¿Tienes Instagram? —seguí preguntando.

—Tengo una cuenta, pero no la uso. ¿Por qué lo preguntas?

—No, por nada, por curiosidad —le dije a la vez que recordaba que Apolo me había dicho que no le gustaban las palomitas y Nacho había compartido conmigo un buen cucurucho.

Seguimos charlando de otros temas y yo olvidé por completo aquella paranoia sobre D.G.A.

Más tarde pedimos unas tapas en aquel mismo local y de allí fuimos al aparcamiento. Nacho sabía llevar una conversación y no era nada aburrido. Al contrario, su charla era amena y entretenida, aunque... aunque no era Thiago.

Sí, de vez en cuando me venía a la cabeza y me sentía como la protagonista de *Crepúsculo*, a la que de repente se le aparecía el vampiro como si fuera su sombra. «Alexiaaa..., tú eres mía...» Me reí de mí misma por pensar esas tonterías.

—¿A casa? —preguntó Nacho al salir del aparcamiento.

Era la cuarta vez que salíamos juntos y habían pasado dos semanas desde aquel día en el cine.

—Es tarde, sí, y mañana he quedado con Max y Lea para acabar un trabajo —le respondí pensando que Nacho no era ni de lejos como me lo habían pintado.

¿Por qué tantos avisos?

—Está bien, vamos a ser buenos —dijo sin añadir más.

Aparcó en doble fila, lo que significaba que ahí se acababa nuestra cita. Estaba un poco descolocada porque esperaba al pulpo de Nacho y, en cambio, en todas nuestras citas me había parecido que tenía menos peligro que Adam, que ya es decir.

—Princesa, nos vemos, ¿no? —preguntó con su brazo en mi asiento mientras yo me quitaba el cinturón de seguridad.

¿Quizá no le gustaba lo suficiente?

—Sí, claro. Nos vemos por ahí —le dije mirándole.

Sus ojos se clavaron en los míos y después en mi boca.

—Alexia...

—Dime.

—Me encantas —dijo alargando su sonrisa.

—¿Tanto como para comportarte como un auténtico caballero? —le dije bromeando.

—Tanto como para pedirte que salgamos juntos.

Lo miré asombrada.

—¿Salir juntos?

—Salir juntos en serio.

Tragué saliva y él sonrió.

—Lo sé, lo sé. ¿Quién pide hoy día para salir a alguien? Los viejos, pero quiero que tengas claro que me gustas de verdad.

Madre mía, que no bromeaba...

—¿Qué me dices?

Se acercó despacio a mis labios y me susurró en ellos.

—Te prometo que nos vamos a divertir...

Nos besamos de nuevo, despacio, y lo degusté como si fuera el primero.

—Eso espero —le dije separándome de él.

Nos sonreímos y abrí la puerta del coche, pero antes de que me diera cuenta él ya había salido.

—¡Un segundo! —exclamó bromeando al sujetar mi puerta—. A las princesas se las trata como tal.

Me reí y le di un golpe suave en el pecho.

—No seas tan antiguo, Nacho, que me estás dando hasta miedo.

Nos reímos los dos a carcajada limpia.

Vaya, vaya, sin quererlo ni beberlo Nacho se me había declarado, me había pedido para salir en plan cursi y yo no le había dicho que no. ¿Por qué? Porque Nacho me gustaba, porque me lo había pasado genial con él y porque sus besos me sabían a gloria.

¡Ay! Cuando le explicara aquello a Lea. Me reí subiendo en el ascensor. Iba a flipar en colores, segurísimo. ¡Estaba saliendo con un chico! «Bueno, Alexia, relaja. No te vas a casar con él...» No, vale, pero estaba ilusionada. Siempre me había negado a dar un paso más porque mi forma de vida anterior no me permitía profundizar en las relaciones y hasta ese momento tenía claro que no quería salir en plan parejita con nadie. No me sentía preparada o no había encontrado al chico que me gustara de verdad.

¿Era Nacho ese chico? Pues no lo sabía, pero lo iba a descubrir.

Volvió a mi cabeza Thiago y pensé que centrarme en Nacho sería lo mejor para mí. Thiago solo me había traído dolores de cabeza, malos rollos y demasiadas disputas. Y un buen polvo, eso también... Pero lo olvidaría, con el tiempo lo olvidaría. Él estaba tonteando con Débora y los veía continuamente en el bar riendo y coqueteando. Además, mi madre me había prohibido seguir con él y, aunque lo lógico sería llevarle la contraria, quería mi cuaderno. No soportaba que lo tuviera ella, aunque estuviera en esa caja fuerte. Necesitaba recuperar esa parte de mí y asegurarme de que nadie podría leerlo jamás.

59

Habían pasado tres semanas desde mi primera salida con Nacho y casi cuatro desde que me había acostado con Thiago. Si lo pensaba, tenía su gracia: con el donjuán no había pasado de algunos besos y con el formal de Thiago habíamos follado a la primera de cambio. ¿Seguía pensando en él? Era complicado no hacerlo. Lo veía cada día en la universidad, coincidíamos en la sala de estudios para el tema del proyecto y solíamos movernos por los mismos locales: Colours, Marte, Magic...

Era jueves y los alumnos de cuarto de varias facultades de Madrid On volvían a celebrar una fiesta, esta vez para recaudar dinero para el viaje de fin de curso. Yo había quedado con Lea porque tenía claro que no quería dejar de salir con mis amigas, por mucho que me gustara estar con Nacho. Con él quedé que nos veríamos por la discoteca.

Lea pasó a recogerme por el dúplex y cuando la vi con su famosa faldita rosa megacorta me reí un rato.

—¿Qué pretendes? ¿Matar a Adri?

—A ver si así se da cuenta de lo que se pierde.

Leticia, «la bruja» para nosotras, se quedó una semana en Madrid y no dejó a su chico casi ni para respirar. Nosotras éramos meras observadoras de lo manipuladora y mandona que era la chica. Adri parecía otro, la verdad. En el bar siempre estaban separados del resto y ella lo iba a recoger como si fuera una madre con su hijo pequeño. Me exasperaba ver a Adri tan sumiso, tan decaído y sin esa chispa que lo caracterizaba. ¿Qué le pasaba? ¿No se daba cuenta de que esa tipa lo consumía? ¿No veía que no era él? ¿Y Thiago? ¿Por qué cojones no le cantaba la caña a su amigo? Si eso le pasara a Lea o a Natalia, yo no dudaría en decirles cuatro cosas bien dichas. Y es que a mí también me gustaría que me las dijeran. A veces, desde fuera se ven las cosas más claras que cuando estás dentro.

De todos modos, Thiago iba muy a la suya. Lo observaba sin que se diera cuenta. Nuestra relación era cordial, pero más bien fría. Seguíamos fingiendo que ahí no había pasado nada. Pero a veces lo pillaba mirándome y entonces retiraba la vista de inmediato. No me había hecho ningún comentario sobre Nacho, y eso que sabía que salíamos porque eran colegas e iban juntos en el mismo grupo de amigos.

Volviendo a Adrián, cuando su chica se piró a Helsinki, él regresó del planeta de los abducidos y nosotras dos nos alegramos mucho, sobre todo Lea. Fue él quien dio el primer paso: se sentó a nuestro lado en la biblioteca y empezó a susurrar que quería hablar con nosotras. Lea al principio se hizo la dura y yo dejé que ella llevara el mando de la situación. Yo la apoyaría en todo, tanto si lo mandaba a paseo como si no.

Pero Lea perdonó a aquel Adri sumiso y aceptó de buena gana el ir aquella misma semana al cine con él, como dos amigos, claro. Todo lo hacían como amigos, pero entre ellos había una especie de corriente casi palpable. Lea estaba teniendo una paciencia de santa con Adri, pero ambas coincidíamos en que era la mejor manera de calar en él, no era un chico cualquiera, no era de aquellos que se dejan llevar por una aventura. Tenía sus principios y aquello a Lea le encantaba.

Un tío distinto, un tío que se moría por besarla, pero se aguantaba las ganas, un tío que cada día estaba más a gusto con ella y que al final se daría cuenta de que Lea era alguien esencial en su vida. Al final debería tomar una decisión porque, cuando estiras tanto la cuerda, esta puede romperse.

—Ayer —empezó a explicarme Lea—, cuando me dejó en casa con su coche, yo no podía quitar el cinturón de seguridad del anclaje y tuvo que ayudarme.

—Y te metió mano —le dije riendo.

Íbamos en el metro, hacia la zona de Moncloa, donde estaba la discoteca.

—No, *serda*. Pero se acercó tanto... Ay, Alexia que llevo demasiado tiempo sin catar macho y voy más salida que la pipa de un indio.

Me reí al oír esas expresiones tan antiguas.

—Pues ya sabes, esta noche habrá mucho donde elegir.

—Deberías haber estado en mi lugar. Se me acercó tanto que pude olerlo como una perra en celo. Jodido cinturón.

—Lea, cualquier día cae y lo sabes. Solo hay que ver cómo te mira.

—Lo sé, pero como no sea pronto, un día de estos lo empotraré contra una pared.

Nos reímos las dos y bajamos siguiendo con nuestra charla.

—Y con Nachete, ¿qué tal?

—Pues bien. Supongo que esta noche nos veremos y lo que surja —respondí feliz.

—Y yo que te veía más con Thiago...

—Las apariencias engañan. Fíjate lo formal que es Nacho conmigo. ¿Quién lo hubiera dicho?

—Pues sí, no te puedes fiar de nadie.

Nos pusimos en la cola de la discoteca, la fiesta ya había empezado y nosotras habíamos decidido llegar más tarde.

Cuando entramos, el ambiente estaba cargado, hacía calor y había mucha gente animada bailando por todos los lados. Iba a ser complicado encontrar a alguien, pero daba igual, Lea y yo nos bastábamos solitas.

—¡¡¡Alexia!!! ¡¡¡Lea!!!

Nos volvimos al escuchar la voz de Estrella y la vimos junto a Max y algunos más de nuestros compañeros. Fuimos hacia ellos y nos saludamos con los dos besos de rigor. Seguidamente, nos pedimos un par de cervezas y bebimos directamente de la botella mientras parloteábamos con nuestros amigos. Llevábamos casi dos meses juntos en la facultad y había gente muy agradable en nuestro curso.

En ese momento sonó «Mírate» de Antonio Orozco y Estrella pegó un saltito y se abrazó a Lea y a mí. Nos reímos las tres, nos obligó a dejar las botellas en las manos de Max y nos pusimos a bailar. Estrella era toda una caja de sorpresas y empezó a bailar y a cantar aquella canción como si no hubiera un mañana.

«Mírame, escribiendo sueños por volverte a ver...»

Y entonces sentí el peso de su mirada, como si mi cuerpo supiera antes que yo que él estaba ahí. Mis ojos lo buscaron y lo encontré sin problemas, apoyado en la barra, entre sus amigos y con sus ojos verdes fijos en los míos.

«Perdido entre las mil historias que me están pasando...»

Seguí bailando pero con mi mirada puesta en Thiago, era algo inevitable, como si me reclamara y yo no pudiera negarme.

«Dime quién me obligó a pensar que algo es para siempre...»

Thiago seguía mirándome, con su copa en las manos y con esa pose de modelo que estaba para comérselo. Joder, era tan inaccesible que me daban ganas de ir hacia él y comérmelo a besos.

«Alexia..., calma, estás con Nacho, ¿recuerdas?»

La música cambió radicalmente de ritmo y sonó «Mayores» de Becky G. y Bad Bunny y aquellas dos locas me colocaron en medio de sus cuerpos para bailar conmigo con sensualidad. Me reí al sentirme atrapada entre ellas y les seguí el rollo. Arriba, abajo, caderas y culo...

«A mí me gustan más grandes, que no me quepa en la boca, los besos que quiera darme, y que me vuelva loca...»

Lea se volvió hacia mí e hizo un gesto con la mano como si se comiera una minga y yo hice el gesto de loca con la mano mientras volvía mi mirada hacia Thiago. Seguía fijo en mí, como si no tuviera nada mejor que hacer. Saber que me miraba me provocaba un cosquilleo incontrolable y me entraban más ganas de bailar en plan muy muy sexi.

Lea se dio cuenta de que miraba a Thiago y me puso frente a ella, de cara a él. Seguimos bailando de aquel modo.

«A mí me gustan mayores, de esos que llaman señores...»

Canté para él y Thiago curvó sus labios en una sonrisa perversa. Dios, que me daba algo. O paraba o me veía yendo hacia él con paso de gata. Lo miré de reojo y le sonreí con sensualidad antes de volverme y darle la espalda.

—Joder, vigílame porque tengo las feromonas disparadas —le dije a Lea en el oído.

Ella se rio y me cogió de la cintura para acercarse a mí.

—Es la canción esta que nos pone como motos —dijo ella feliz.

«Será eso», pensé.

No quise girarme de nuevo hacia Thiago porque al final me iba a pasar de la raya y debía recordar que yo estaba saliendo con Nacho. Y lo que no quieras para ti no se lo hagas a los demás, era un lema bien sencillo. Pero era fácil de olvidar si tenías a alguien como Thiago mirándote de aquella forma que parecía que te iba a devorar de un momento a otro. Madre mía, qué bueno estaba el cabrón con sus vaqueros ajustados y aquella camiseta de rayas finas blancas y grises. Iba en manga corta porque dentro de la discoteca hacía bastante calor. Yo también iba ligerita de ropa y me había vestido bien mona para la ocasión: falda corta plisada de color gris y un top negro que dejaba mi espalda al descubierto.

La siguiente canción fue «In The Morning» de Jaded, y Max se coló entre nosotras para bailar como un descosido. Le gustaba mucho ese grupo y ya habíamos bailado juntos esa canción en su coche yendo a la fiesta de bienvenida a los novatos. Me cogió de la cintura y nos movimos juntos al ritmo de la música. De reojo vi que Thiago tenía compañía: Débora, con un vestido negro ajustado que marcaba un cuerpo bien modelado y un pecho más bien abundante. La tía sabía sacarse partido, aunque ya era guapa de por sí.

Sentí una punzada de celos, pero sabía que no tenía ningún derecho a sentirme de ese modo y menos a enfadarme, así que opté por comportarme como una chica madura y los observé con disimulo.

Él seguía apoyado en la barra, con la cabeza ladeada hacia ella y le sonreía mientras ella le explicaba algo bien cerca. Se rieron juntos y Débora colocó una de sus manos en el pecho de Thiago. Él me miró en ese momento y yo retiré la vista justo a tiempo, antes de que me pillara. Mi yo masoca quiso seguir enterándose de lo que pasaba allí y cuando levanté la vista Thiago la estaba besando. Su mano en la nuca y su boca atrapando los labios de ella.

Joder, escocía... Mucho.

Miré unos segundos, como si estuviera hipnotizada y me di la vuelta, dándoles la espalda en cuanto me di cuenta de que parecía una colgada mirándolos.

—Voy a por un gin-tonic —le dije a Lea—. ¿Quieres algo?

Ella negó con la cabeza y me fui a la barra, donde estaban los demás compañeros.

—Guapísima, ¿qué te pongo? —me preguntó el camarero con rapidez.

—Un par de gin-tonics —respondió Nacho a mi espalda y sonreí al oírlo—. ¿Está permitido llevar esa prenda?

Su voz ronca me acarició el oído y uno de sus dedos pasó por mi espalda desnuda provocando un escalofrío en mi columna vertebral.

—Creo que no, pero soy muy rebelde —respondí hablando por encima de mi hombro.

Nacho me besó en el cuello y yo cerré los ojos.

—Estás preciosa, princesa.

—Gracias —le dije soltando un suspiro.

Acercó su cuerpo al mío y luego me abrazó por detrás. Me gustaba porque era cariñoso, pero no en plan empalagoso. Cuando me volví hacia él, me quedé sorprendida al ver a Gorka detrás de Nacho, mirándome.

—Eh, hola —atiné a decirle.

¿Qué había pasado con Gorka durante aquellas semanas? Se había negado a hablar conmigo y cuando quiso hacerlo ya era tarde. Yo estaba con Nacho, así de simple, cosa que no le sentó nada bien.

—¿Podemos hablar un segundo? —me preguntó serio.

¿Qué quería? Ya habíamos hablado y él sabía que todo se había terminado entre nosotros. Esperaba que no me montara una de sus peleas de gallitos.

Nacho lo miró con mala cara.

—Dame un minuto —le dije en el oído antes de darle un beso suave en la mejilla—. ¿Qué quieres, Gorka? —le pregunté acercándome a él.

—No sé por dónde empezar.

—¿Qué ocurre?

—No logro sacarte de mi cabeza.

—Gorka, ya te lo dije: tú y yo lo pasábamos bien, pero no era nada serio. Lo sabíamos los dos.

—Joder, Alexia. Me tienes jodido, ¿lo sabes? Yo creía...

No me gustaba verlo sufrir, claro que no, pero a la vez me sorprendía que fuera tan sensible. Hasta ese momento apenas habíamos hablado de sentimientos y ahora que yo había decidido dejarlo me venía con que estaba enamorado de mí. Si lo hubiera sabido antes, no habría alargado lo nuestro. Realmente él no me había demostrado nunca que sintiera algo por mí hasta que apareció Thiago en escena.

—Gorka —le corté—. En serio, no le des más vueltas. Si quieres, podemos ser amigos, yo siempre te lo dejé bien claro. Lo que no sé es si tú me mentías.

—Hay cosas que no se dicen, que pasan sin más —dijo algo picado.

—Vale, pero ahora ¿qué quieres? Yo no siento lo mismo que tú.

Me miró frunciendo el ceño. No quería hacerle daño, pero debía ser sincera.

—¿Y por él sí sientes algo? —No quise responder porque no era de su incumbencia—. ¿Sabe que todavía estás pillada por Thiago?

Parpadeé un par de veces y me lamí los labios, como Thiago.

—Te conozco, cielo. Te conozco bastante —dijo orgulloso de sí mismo.

Vale, sí, Thiago me seguía gustando, pero como era algo extraño y bastante irracional, procuraba no darle importancia. Thiago estaba muy bueno, era un tipo muy sexi y sus ojos me distraían demasiado, pero aparte de todo eso, pues... pues nada, joder.

—Gorka, no quiero mentirte ni hacerte daño, lo sabes. Siempre hemos sido sinceros el uno con el otro, o yo lo he intentado ser. No quiero que esto termine mal.

—¿Puedo llamarte algún día? —me preguntó más relajado.

—Claro que sí —le respondí—. Puedes llamar cuando quieras. Seguimos siendo amigos.

Gorka y yo habíamos estado juntos cinco meses y no quería que desapareciera de mi vida sin más. Habíamos estado enfadados. Él porque me había acostado con Thiago y yo porque había montado esos numeritos: primero en Colours y después en mi casa. Cuando lo hablamos con tranquilidad, me hizo saber sus sentimientos y yo le hice saber que no eran correspondidos. Punto.

Nos despedimos y me volví hacia Nacho, quien tenía su vista puesta en Thiago: estaba abrazado a Débora, coqueteando y besándola de vez en cuando.

—Perdona, Gorka es un poco cabezón —le dije.

Me miró y sonrió con tranquilidad. Eso me gustaba de él, no era uno de esos que se sentían amenazados por los demás chicos. Quizá porque sabía que tenía poca competencia o quizá porque se tomaba las cosas con mucha calma. Me daba igual el motivo, a mí me encantaba.

—Si yo fuera él, también lo sería...

Se acercó a mis labios y me besó con esa dulzura suya.

—Me encantas...

Se lo dije en el oído sintiendo su cuerpo y lo abracé.

Thiago clavó de nuevo sus ojos en mí y volvió a sonreírme, como si él supiera algo que yo me perdía. ¿A qué venía esa sonrisilla?

60

Nacho se fue con sus amigos y yo me adentré en la pista buscando a Lea y a los demás. No me costó mucho encontrar a Max por su altura y me indicó que Lea y Estrella habían salido a la terraza a fumar un cigarrillo. Me apeteció uno y salí a reunirme con ellas. Estaban en una esquina, charlando con dos tipos mayores y sonreí. Éramos unas ligonas de mucho cuidado.

—¿Y este bombón? —preguntó uno de ellos cuando las saludé.

Lea me dio un cigarro mientras me presentaba. El que había preguntado me ofreció fuego y Estrella me miró indicándome con los ojos que le molaba ese chico.

Miré al otro y me quedé con la boca abierta.

—Benditas fiestas —dijo él, esperando que lo mirara.

Era Marco, mi superior en la empresa del profesor Hernández. Había llamado a aquel teléfono, había hecho la entrevista sin problema alguno y justo hacía una semana me habían dicho que me habían elegido. Me presentaron a mi jefe: Marco, un tipo de veintiséis años, alto, atlético y atractivo, aunque no precisamente guapo. Pero tenía otras cualidades; por ejemplo, la labia. Tenía una labia que muchos quisieran.

—Menuda casualidad —le dije mientras nos sonreíamos.

—¿Os conocéis? —me preguntó Lea.

—Será mi jefe —contesté.

—Así que el bombón es esa tía que dijiste que...

Un patadón en la espinilla de su amigo lo hizo callar y nosotras nos reímos.

—Gregorio habla demasiado —señaló Marco sonriendo.

—Joder, Marco. Que solo bromeaba.

—Por si acaso —le replicó alzando los hombros—. Como está casado, no sabe ya ni lo que dice.

—¿Casado? Ni caso —dijo mirando a Estrella, quien rio con ganas.

Allí había tema, pero ¿no era un poco mayor para ella? Bueno, en la canción habíamos cantado que nos gustaban mayores... y el amor no entiende de edades, o eso dicen.

—La verdad es que podríais estar casados —comentó Lea como quien no quiere la cosa.

—No te pases, rubia —le dijo Marco—. Yo tengo veintiséis y Gregorio veinticinco. ¿Vosotras tenéis dieciocho, las tres?

Me miró a mí al preguntarlo y yo afirmé con la cabeza mientras daba una calada al cigarrillo.

—Estas chicas de hoy en día parecen mujeres, joder —comentó su amigo Gregorio y nos reímos por el tono que usó, como si fuera un abuelo.

—Somos mujeres, perdona —le replicó Lea, divertida.

—Nadie lo duda —comentó él mirando a Estrella.

Aquellos dos solo tenían ojos el uno para el otro, y Lea y yo nos miramos entendiéndonos perfectamente: debíamos echarle un cable a Estrella y alargar aquel encuentro, pero yo antes necesitaba ir al baño. Lea se quedó charlando con Marco, y Estrella y Gregorio siguieron haciéndose ojitos.

Había cola para entrar en el baño, ¡cómo no!, y esperé pacientemente mi turno.

—Vaya, vaya, nos encontramos de nuevo en los baños.

Miré hacia mi derecha; era Thiago.

—Eso parece —le dije yo, intentando mostrarme natural con él.

—Cuatro semanas.

—¿Qué dices?

—Que han pasado casi cuatro semanas. Era sábado, hoy es jueves.

Me chocó mucho que llevara la cuenta..., también la llevaba yo. Lo miré a los ojos, intentando averiguar qué quería decir con eso.

—Pero hoy no vas ciego —le dije para quitarle hierro al asunto.

—Ni tú vas a llevarme a tu casa.

—Creo que no —contesté con una sonrisa falsa—. Creo que la afortunada que te llevará hoy será otra.

—Porque tú quisiste que fuera así, claro.

Me lamí los labios y Thiago miró ese gesto. Desde que se lo había visto hacer a él tantas veces, se me había pegado la jodida manía.

—¿Quieres decirme algo en concreto?

La cola avanzó y Thiago dio ese par de pasos hasta ponerse a mi lado de nuevo.

—Que...

Se acercó a mi oído y su mano en mi cintura desnuda me dejó descolocada. ¿Qué hacía, joder?

—Que si yo fuera Nacho te quitaría este top con los dientes.

Se me cortó la respiración al oír lo que decía y sobre todo por su tono grave y ronco. Dios, me iba a dar algo allí mismo. ¿De qué iba este... este buenorro de los cojones?

—Respira, Alexia, respira —dijo retirando la mano de mi cintura con una leve caricia por la parte baja de mi espalda.

Lo vi desaparecer en el baño de chicos mientras seguía sintiendo el rastro de sus dedos en mi piel. Joderrrrrrrrrrrrrr. Me daba la impresión de que la noche transformaba a Thiago, porque en la facultad se había comportado con frialdad y en cambio ahora... esas miradas, esas caricias, esas palabras... ¿Qué quería? ¿Volverme loca o tenerme tras él como un perrillo?

«Te quitaría ese top con los dientes...»

Solo de pensarlo se me ponía el vello de punta.

—¿Sigues aquí? —Era Thiago de nuevo y sonreí.

—Sí, te estaba esperando.

Me cogió de la mano y me sacó de la cola.

—¿Eh? Qué haces —le pregunté sorprendida.

—Ven, hay más baños en la otra sala de la disco y seguro que allí no hay tanta gente.

Le seguí, con su mano cogiendo la mía, y sin perder detalle de su ancha espalda. ¿Por qué siempre terminaba cerca de él? Y lo que era peor, ¿por qué no tenía voluntad para mandarlo a paseo?

Pasamos a la sala donde ponían música salsera, básicamente, y Thiago me señaló los baños a la derecha. El muchacho tenía razón: no tuve que hacer cola para entrar. Al salir me retoqué el pintalabios y me miré en el espejo diciéndome que me tranquilizara. Thiago me había hecho un favor, nada más. Éramos amigos, ¿no? No, no lo éramos. Inspiré aire antes de salir: valor y al toro.

Estaba apoyado en una columna, esperándome con su sonrisa provocativa.

—¿Mejor? —preguntó en un tono de burla.

—Sí, gracias. Tanta amabilidad me escama, Thiago.

—Eso es porque no me conoces, Alexia.

Mi nombre en sus labios sonaba de una forma tan sensual que tuve quc darme una hostia mental para no quedarme mirando su boca como una lela.

—¿Qué tal con Débora? —le pregunté apoyando mi hombro en esa columna.

Me miró desde su altura y se lamió los jodidos labios.

—¿Qué tal con Nacho?

Nos miramos sin respondernos, como si los dos supiéramos que, a pesar de estar con otras personas, seguía habiendo algo entre nosotros.

—La cagaste tú —le acusé.

—No, la cagaste tú —replicó repitiendo mis palabras.

—Yo no me puse a cotillear entre tus cosas personales.

—Yo tampoco.

—Preferiría que lo reconocieras —le dije cruzándome de brazos.

—Y yo preferiría que no fueras tan testaruda. Un día de estos, no sé cuándo, descubrirás que la cagaste y, entonces, ¿qué?

—Lo dudo —le dije con ironía.

—Recuerda esto, Alexia, entonces el jodido tren ya habrá pasado, porque, si hay algo que no soporto, es la desconfianza.

Puso un dedo en mi frente y habló despacio.

—La desconfianza es como un cáncer y tú no confías en nadie.

—Eso no es verdad —le repliqué a la defensiva porque en parte tenía razón.

—Confías en Lea y Natalia. ¿En alguien más?

Pensé en D.G.A., con quien había seguido intercambiando mensajes, aunque no tan asiduamente. Desde aquel día en que habíamos rozado el tema del sexo, nos habíamos alejado un poco el uno del otro. Yo por miedo a empezar algo virtual con un tipo al que apenas conocía. No me gustaban las relaciones de esa índole, aparte de que, si quería empezar con buen pie con Nacho, debía ser honesta con lo nuestro.

—Sí, tengo un amigo en quien también confío bastante.

—¿Un chico? —preguntó Thiago, divertido.

—Sí, un chico.

—¿Que se llama...? ¿El chico invisible?

Lo miré poniendo los ojos en blanco.

—Da igual cómo se llame —respondí con retintín.

—Y tienes a Nacho —añadió él con rapidez.

—Sí, claro.

A Nacho no le había confiado apenas nada, de momento nos divertíamos juntos y nuestras charlas eran más bien triviales, aunque entretenidas.

—Y tú tienes a Débora —le dije mirándolo con una mueca.

—Entonces los dos felices, ¿no? —preguntó acercándose un poco a mí.

—Eso parece, ¿no? Hace un rato te he visto muy feliz —le dije mirándolo sin miedo.

Si pretendía acercarse más a mí, lo llevaba claro. Debía recordar bien que esa boca perfecta estaba besando la de su amiguita diez minutos atrás.

—No me quejo, pero tengo un problema —me dijo guiñándome un ojo.

Me reí al recordar la última vez que me había dicho esas palabras: yo había pillado un buen rebote. Joder, qué tonta me veía al recordar aquel pique y tampoco hacía tantos días de aquello.

—¿Se te duerme con Débora? —le pregunté y él rio.

—Es algo peor.

—No puede haber nada peor —le dije todavía riendo.

—Pienso en otra —me dijo con su voz grave y con una rotundidad que no daba pie a réplica.

—En otra —repetí sintiendo el calor que me provocaban sus palabras.

—Otra chica con la que estuve solo una vez, pero fue... ¿cómo te diría? Fue perfecto, ¿sabes a lo que me refiero?

—Sí...

Joder, joder, que ya me estaba embaucando de nuevo y yo era una jodida novata a su lado. Menudo rollito tenía el amigo...

—Pues pienso en ella a menudo, demasiado a menudo.

Su mano bajó y uno de sus dedos rozó mi cintura desnuda. No nos dijimos nada, solo nos miramos a los ojos con esa intensidad tan nuestra. Como si nos habláramos con los ojos.

Ese dedo se coló por mi espalda y su mano la recorrió entera hasta el final, donde terminó cogiendo con suavidad mi nuca. Allá por donde pasaba su mano me ardía la piel, me quemaba

—¿Qué me aconsejas? —Su voz ronca llegó directamente a mis partes íntimas provocando un calor exagerado.

Joder, Thiago podía conmigo.

—Thiago...

Quise decirle que parara, pero las palabras se me quedaron atrapadas en mi garganta, como si mi cuerpo me traicionara.

Se detuvo a pocos centímetros de mis labios y me miró pidiendo permiso. ¿Qué hacía? No, no podía sucumbir de esa forma cada vez que él se lo propusiera, y yo... Joder, se suponía que yo estaba con otro.

—No puedo —le dije dando un paso atrás y cortando aquello de golpe.

Me miró con un brillo especial en sus ojos verdes y me sonrió con calma.

—No esperaba menos de ti, novata. Vamos.

Se dio la vuelta y me quedé de piedra. ¿Qué era aquello? ¿Un juego para él?

—Oye, oye... —Le cogí del brazo y se volvió hacia mí.

—¿Qué pasa? —preguntó con una parsimonia alucinante.

—Eso digo yo. ¿Me estás probando? ¿Es eso? ¿Para después irle con el cuento a Nacho?

—Alexia, no seas tan fantasiosa. He querido besarte y tú no me has dejado. No le des más vueltas.

Parecía tan simple... visto así. Pero ¿y lo que sentíamos?

—¿Cómo que no le dé más vueltas? ¿Es que eres un puto robot?

—Sabía que no querrías, simplemente. Te conozco más de lo que crees.

Un brillo especial iluminó su mirada. ¿Por qué tenía la impresión de que iba cuarenta pasos por delante de mí? Había conocido a otros chicos de su edad, incluso de más edad, como Marco, y ninguno se parecía a él.

—¿Será porque hurgaste en mis cosas?

—¿Será porque tus secretos no son tan complicados de averiguar?

—¿Mis secretos? —Lo miré confundida.

¿Qué decía?

—Me hablas con los ojos, Alexia, cada día. Me buscas, me observas, sabes dónde y con quién ando en la facultad. En Colours o en Marte, siento cuando estás por ahí por tu mirada.

Abrí la boca, pero la cerré de golpe. Joder, ¿tanto se me notaba?

—Tus secretos son míos —me dijo con su aliento pegado al mío, y era tal mi deseo por él que sentí que me mareaba.

¡Dios! Era como cuando deseas algo con todas tus fuerzas, tantas que te muerdes los labios con ganas, hasta hacerte daño y solo piensas: tiene que ser mío, cueste lo que cueste.

61

THIAGO

Decir a esas alturas que Alexia me tenía loco era decir poco.

Ya habíamos pasado por varias etapas: el acercamiento, el alejamiento, el acostarnos juntos, el pelearnos y el volver a acercarnos. No entendía qué me ocurría con ella porque a mis veintiún años ya no era un adolescente que no supiera qué sentimientos eran los que me rondaban por la cabeza, pero con Alexia nada era sencillo.

Había estado dentro de ella, la había besado, la había degustado y Alexia era como la droga. Una vez que la probabas, querías más. No podía evitarlo y era superior a mí.

En la facultad seguía su rastro como si fuera su guardaespaldas. Sabía dónde estaba, con quién estaba y cuándo se iba de allí. En la sala de estudio donde realizábamos el proyecto de Francés, intentaba coincidir con ella, aunque jamás le demostraba todo lo que me hacía sentir. Además, Alexia había comenzado a salir con Nacho.

Al principio, Nacho explicaba muy por encima aquellas salidas, pero cuando creyó que no me importaban, empezó a explayarse bastante más. Me jodía pensar que ese chico que la llevaba al cine o a cenar debería haber sido yo, pero después me acordaba de que Alexia era demasiado caprichosa y de las palabras de mi padre.

Un día sin ton ni son me habló de ella y no sé cómo acabó diciéndome que esperaba que no repitiera el mismo error de Carol con Alexia y que me quería bien lejos de ella. Cuando me dijo aquello, no supe reaccionar y no contesté nada. Quizá tenía razón y ella no me convenía.

Pero cuando la tenía cerca, como en la discoteca, no podía evitar hacer el gilipollas. Me la hubiera llevado de allí en mi coche, para sentir sus labios de nuevo, para recorrer su piel con mis ojos y para hacerla mía una y otra vez. Pero la realidad era otra.

Yo estaba con Débora y ella con mi amigo.

En la discoteca Débora había buscado mi boca con ansia, así que correspondí a aquellos besos, aunque no tuvieran nada que ver con los de Alexia. No había manera de sacármela de la cabeza, y cuando la vi ir hacia el baño, no pude evitar ir tras ella.

Esa espalda desnuda me tenía tonto, tonto... Y me moría por tocarla, aunque fuera una sola vez. Aunque ella acabara dándome una sonora y merecida hostia.

Pero Alexia estaba tan confundida como yo, a pesar de que pensaba que yo era un auténtico traidor. Se equivocaba, por supuesto. Aquella carta estaba en el suelo y yo la recogí, sin más. Estaba su nombre escrito en ella y supuse que debía de tener relación con alguno de sus secretos.

Esos secretos me habían dado la pista definitiva de que Alexia era mi amiga de Instagram: que no se había enamorado nunca, que había tenido un accidente, sus pesadillas...

Estaba claro que aquel accidente había partido a una Alexia adolescente y que tanta susceptibilidad se debía a que todo aquello no estaba superado. No quería hablar jamás de aquello, ni cuando se lo preguntaba por Instagram con alguna indirecta. Siempre rechazaba hablar de ello y yo me moría por ayudarla, aunque no supiera que D.G.A. era yo.

62

—Van a pensar que nos hemos escapado juntos —le dije a Thiago separándome de él.

—Probablemente —comentó sonriendo.

Seguía con aquella sonrisa provocadora y pícara que no acababa de descifrar. ¿Jugaba conmigo simplemente?

—¿Volvemos?

—Si es lo que quieres —dijo con sorna.

Lo que quería era otra cosa, pero no iba a caer en sus redes de nuevo. Además, ¿no estaba enfadada con él? Había leído aquella carta y eso... eso era imperdonable, ¿no? Pues parecía que no, porque estaba más que perdonado. Thiago tenía algo que podía con mi buen juicio.

—De todo modos, Alexia, me gusta saber que eres así —dijo mirando a su alrededor.

Estábamos al lado de la puerta de salida de aquella sala donde la gente bailaba salsa con entusiasmo.

—¿Así cómo? —le pregunté sin miedo.

—Fiel a tus principios y a Nacho, en este caso.

—Es que no te voy a besar, no seas tan listo. Sigo cabreada contigo.

Thiago se rio de mí y lo miré con una dureza fingida.

—Vale, es verdad. Se nota mucho que no me puedes ver ni en pintura y también que no te gusto un pelo.

Sonrió mostrando sus perfectos dientes y me hizo sonreír.

—De ti no podemos decir lo mismo, guapito de cara. ¿Qué pasaría si me acercara a ti más de la cuenta? —Me pegué a él con alevosía y Thiago entornó sus ojos en un gesto de deseo—. ¿Serías fiel a tu chica? En este caso, a tu amiga Débora.

Lamió sus labios, sonriendo, y me quedé atontada mirándolo.

Sus manos se posaron en mi espalda desnuda y sentí que me moría por besarlo, por abrazarlo y por estar con él. Joder, me daba la impresión de que tenía quince años en esos momentos y que no podía controlar mis impulsos sexuales.

En cambio él... él parecía tan entero que me descolocaba.

—Prefiero no responder —dijo apretándome contra su erección.

¡Joder!

Me separé de él como si quemara y Thiago se rio.

—¿Estás bien? —preguntó con cierta arrogancia.

—Perfectamente —le respondí alterada.

Madre mía. En unas milésimas de segundo había recordado lo que era tenerlo dentro de mí. O me alejaba de él o acabaría llevándomelo al baño, y no para pintarle los labios precisamente.

Sin decirnos nada más salimos de allí y en cuanto entramos en la otra sala nos separamos como dos amantes que no quieren ser pillados.

Localicé a mis amigos sin problemas. Lea estaba hablando con Adri, y Max, con algunos de nuestros compañeros. Ella me miró al verme llegar y alzó las cejas. En nuestro idioma no verbal me estaba preguntando de dónde salía. Yo le sonreí, lo que significaba que todo estaba bien.

—Alexia, ¿qué tal?

Adri me saludó con simpatía.

—Hueles a Thiago —añadió, y yo lo miré pasmada—. Es broma, pero has estado con él por la cara que has puesto.

Le di un golpe en el pecho y él se rio.

—¿Cómo que has estado con él? —preguntó Lea mirándome como si fuera algo muy extraño.

—No le hagas caso. Adri se lo inventa.

—Huele a él —insistió el chico afirmando con la cabeza.

Lea se acercó y me olisqueó.

—¡Joder! Sois tal para cual —les dije riendo y dejándolos solos.

—¡¡¡Alexia!!!

Me volví al reconocer la voz de Adam. Vaya, vaya, parecía otro... Lea había hecho maravillas con él. Ya no llevaba aquellas horribles gafas y mostraba sus bonitos ojos, llevaba el pelo un poco más largo siguiendo el consejo de Lea y vestía guay, porque nos lo habíamos llevado las dos de compras. Seguía siendo Adam, con sus particularidades y su santa inocencia, pero se dejaba mirar, el muchacho.

—¿Qué tal, campeón? Hola, Ivone.

Aquella era la chica de la que Adam estaba pillado y con la que también le habíamos echado un cable. Era muy maja y divertida y miraba a Adam con ojos de... ¿enamorada? Podría ser, pero como él era de los que van despacito, pues todavía no habían pasado a palabras mayores.

—Hola, Alexia. Estás espectacular —me dijo ella con una bonita sonrisa—. A ver, gírate.

Le mostré mi espalda desnuda y en ese momento Thiago se me plantó delante. Sus ojos verdes jugaron unos segundos con los míos.

—Adam, ¿cómo estás? —Saludó a su primo y se colocó a mi lado.

Él le presentó a Ivone y Thiago, muy formal, la saludó con su habitual amabilidad.

—¿Así que sois primos? —preguntó ella.

—Sí, nuestras madres son hermanas y desde siempre...

Desconecté al sentir la mano de Thiago de nuevo en mi espalda. Él continuó charlando con su primo e Ivone, como si no estuviera acariciándome. Lo miré unos segundos, pero por su gesto nadie diría que me estaba metiendo mano. No sabía si reír, darle un buen manotazo o dejarme llevar por ese cosquilleo.

—Y vosotros dos sois pareja, ¿no? —preguntó Ivone sin maldad.

—Eh, no, no —respondí yo retirando su mano de mi piel.

—Ah, perdona —dijo ella con una sonrisilla.

—Haríamos buena pareja, ¿verdad? —preguntó Thiago y su primo se rio.

Qué graciosos.

—Demasiado alto para mí —le dije yo a ella en plan irónico.

—Eso con unos buenos tacones lo arreglamos —replicó Thiago con su habitual rapidez.

—¿Demasiado guapo y creído? —pregunté de nuevo.

—En eso estamos a la par —me contestó con su sonrisa traviesa.

Adam e Ivone nos miraban como si estuvieran en un partido de tenis. ¿Quién se llevaría el punto?

—Yo no soy creída —le dije con una mueca y él se rio.

—Yo tampoco, novata.

—Tú crees que todas andan locas por ti —repliqué con un gesto de indiferencia con la mano.

—¿Todas menos una?

Nos miramos fijamente y, cuando oí la risita de Ivone, reaccioné.

—Esa debe ser bastante más inteligente —le dije alzando mi barbilla.

—Probablemente, aunque a veces se equivoca y juzga antes de tiempo.

Hablaba de la escena de la carta, claro. Seguía insistiendo en que no había sido él quien la había abierto.

—Esto... Ivone y yo nos vamos a bailar —dijo Adam, viendo que aquello se había convertido en una conversación privada entre nosotros dos—. Hasta luego.

Se fueron a la pista y los observé durante unos segundos: ambos reían felices mientras bailaban juntos. Sentí una punzada de envidia porque Adam miraba a Ivone como si fuera única en el mundo.

Cuando iba a decirle a Thiago que podría reconocer de una vez por todas su metedura de pata, vi que Débora venía hacia nosotros.

—Nos vemos luego, me voy con mis amigos —le dije sintiendo la mirada de su amiga.

—Alexia. —Thiago me frenó con su mano en mi brazo.

—Estás con otra, ¿recuerdas?

Mi tono fue duro porque no quería alargar la situación ni tener que pelearme con otra gata. Con Leticia ya habíamos tenido más que suficiente.

Thiago me soltó sin decir nada y me fui de allí. No quise volverme ni ver cómo Débora se lo comía a besos. Salí a la terraza de nuevo para refrescarme y me encontré a Estrella muy acaramelada con Gregorio. ¿Y mi futuro jefe? ¿Por dónde andaría? Seguro que ligando como un loco, tenía fama de ser un picaflor en toda regla.

Cogí un cigarrillo de mi pequeño bolso y pedí fuego a unas chicas que había por ahí. Me dediqué a fumar con tranquilidad mientras pensaba en Thiago. Seguía sin entender su actitud. Tan serio algunas veces y otras tan... tan descarado conmigo. Si me hubieran dicho que tenía un hermano gemelo, el que salía por la noche, me lo habría creído.

—Mira, mira quién tenemos aquí.

Me volví para ver a Gorka y le sonreí. Estaba bailando y se le veía con ganas de marcha. Observé que sus pupilas estaban demasiado dilatadas, supuse que por la coca.

Me cogió con ambas manos y me hizo bailar al ritmo de «Viento» de Gianluca Vacchi. Allí fuera la música sonaba a menos volumen, pero se oía perfectamente.

—Anda, para —le dije sintiendo sus partes restregarse con las mías.

—Antes te gustaba —dijo alzando sus cejas.

—Las cosas no son como antes, Gorka.

¿Volvíamos al tema? Empezaba a aburrirme.

—Podrían serlo y yo no me quejaría.

¿Me estaba diciendo que me enrollara con él en plan amantes?

—No soy de esas y lo sabes.

—No, no lo sé.

Paró de repente y me miró mucho más serio cogiendo mi cintura con sus manos.

—¿Sabes por qué no lo sé? Porque no has querido ir más allá conmigo, por eso no lo puedo saber.

—Gorka, por favor.

Quise darle la última calada al cigarrillo, pero él me lo tiró al suelo.

—¿Qué coño haces? —le pregunté mosqueada.

—Alexia, eso mata —dijo como si fuera un jodido médico.

—Manda cojones que tú me digas eso. ¿Cuántas rayas te has metido?

—Ninguna.

—Y una polla —le repliqué cabreada.

—¿Quieres saberlo? Compruébalo tú misma.

De repente me besó y me vi atrapada entre su cuerpo y sus labios. Intenté empujarlo, pero no pude apartarlo. Al cabo de unos instantes noté que se separaba de mí con brusquedad. ¿Qué...?

—Como vuelvas a tocarla, te parto la cara, ¿me has oído?

Nacho lo tenía cogido por el cuello y Gorka estaba demasiado sorprendido para reaccionar.

—Suéltame, gilipollas —gruñó moviéndose con violencia para zafarse de Nacho.

Se volvió hacia él y temí lo peor. Los dos eran muy chulitos, así que sin pensármelo mucho me coloqué entre ellos.

—Ya está, Nacho. Ha sido un malentendido. Gorka ya se va.

—¡Y una mierda me voy a ir! —exclamó él—. Este tío me ha robado algo que es mío.

—¿De qué hablas? —salté indignada.

—De ti —respondió, como si fuera algo evidente y como si eso tuviera que parecerme increíblemente romántico.

Madre mía, ¿en qué siglo vivían estos hombres?

—A ver, Gorka, ni soy tuya ni soy de nadie. Y deja de liarla, por favor. —Mi tono neutro le llamó la atención y relajó el gesto.

—Está bien, pero no he acabado contigo —le dijo a Nacho en plan chulo.

Mi mano atrapó la de Nacho y él no respondió. Suspiré más tranquila al ver que Gorka se iba adentro.

—¿Estás bien? —me preguntó Nacho observando mi rostro.

—Sí, va de mierda hasta el culo y no sabe lo que hace.

—¿De coca? —preguntó Nacho.

—Sí, de coca.

—¿Tú también esnifas?

Lo miré frunciendo el ceño.

—No, yo paso de eso —respondí mosqueada—. Ahora yo debería preguntarte si sabes hacer la o con un canuto.

—¿Por?

—Como estabas liado con Gala...

Nacho soltó una buena carcajada y me abrazó para seguidamente darme un beso de los suyos: despacio, tierno, sin prisas...

63

Estaba en el coche de Nacho, de vuelta a mi casa. Habíamos bailado, bebido, cantado y disfrutado de la fiesta juntos y por separado. Mi mirada se había cruzado con la de Thiago en alguna que otra ocasión, pero su chica estaba bastante encima de él y yo había optado por ignorarlo. Total, ¿qué ganaba con tontear con él? Liarme más.

Nacho conducía con su habitual seguridad, pero un coche que venía de cara hizo un movimiento extraño y tuvo que dar un volantazo hacia su izquierda.

En cinco segundos pasó por mi mente el accidente. Y me quedé blanca al oír el seco ruido del coche contra algo. «No, joder, no... ¿Otra vez?»

Grité como una loca hasta que dejé de tener voz.

—Tranquila, tranquila...

No, esa persona no era Nacho. No quise abrir los ojos.

—¿Estás bien?

Era una de mis pesadillas. Estaba segura. Ahora despertaría llorando al ver al conductor muerto, pero Nacho estaría bien porque aquello no era real.

—Alexia... —Aquel sí era Nacho, pero me negué a mirar.

No estaba segura de poder soportar según qué viera.

—No, no, no...

Escondí mi cabeza entre las piernas y me mordí el labio inferior con fuerza. No era un sueño porque aquello dolía. Sentí el sabor de la sangre en mi lengua.

—¡Eh! Alexia. —Nacho volvió a llamarme.

Alguien abrió la puerta y me rozó la mano.

—Princesa, estamos bien. Solo ha sido un golpe.

¿Solo un golpe? ¿Él estaba bien? Me cogió de la mano y oí que hablaba por teléfono.

—Adri, ¿está Lea contigo?... He tenido un toque con el coche... No, no es nada... Un gilipollas que iría borracho y me ha sacado de la carretera... Sí, Alexia está bien... Enfrente de la tienda de pádel... Sí...

Vale, estábamos bien, pero yo seguía paralizada, como si el miedo hubiera atrapado mi cuerpo y no me dejara dar ni un solo paso.

—Alexia, ¿puedes moverte? ¿Te duele algo?

Negué con la cabeza.

«Estabilicen el vehículo...»

«Hay un cuerpo, procedemos a la apertura de huecos...»

«Cortamos bisagras...»

«Atrapamiento con el salpicadero, ¿están preparados los sanitarios?...»

«Primero la chica...»

Sentí que me ahogaba, que mi pierna volvía a sangrar y que al final iba a morir en el coche... como él.

—¡Alexia, Alexia! ¡¡¡Joder, Alexia, reacciona!!! —Los gritos agudos de Lea me asustaron.

La miré y ella me abrazó.

—Qué susto, Alexia...

Fuera del coche estaban Nacho y Adrián mirándome preocupados.

—Estoy bien —le dije con un hilo de voz.

La verdad era que no me sentía nada bien, pero no quería dar más explicaciones. No era solo el cuerpo lo que me dolía.

—Quiero irme a casa —le rogué como si pidiera limosna.

Justo en ese momento unas luces azules envolvieron el lugar y se me encogió el estómago.

—Cogeremos un taxi —me dijo Lea entendiendo mi apuro.

Salí despacio y con cierto temor, como si el coche pudiera hacerme algo malo. Nacho se acercó a mí.

—¿Mejor? —me preguntó en un murmullo y afirmé con la cabeza—. Te llamo mañana.

Aquella noche Lea se quedó conmigo, pero ni así logré pegar ojo, estaba demasiado nerviosa.

Ella dormía a mi lado, con su mano cogida de la mía, y me dediqué a mirarla a ratos. La quería muchísimo y a veces pensaba que si la perdía a ella ya no tendría apenas nada. Tanta gente en el mundo y yo sintiéndome tan sola.

Pero si lo piensas bien, ¿a quién tenemos realmente a nuestro lado en los momentos difíciles? Conocemos a mucha gente, tenemos muchos colegas y a bastantes les llamamos amigos, pero ¿quién se moja por ti cuando es necesario? ¿Quién te acompaña en los momentos difíciles pasando del chico de sus sueños?

Lea. Solo Lea.

Alexia, ¿estás bien?

Era un mensaje de Nacho. Eran las seis de la mañana y yo no podía dormir. ¿Qué hacía él despierto a estas horas?

Sí, gracias.

¿Necesitas hablar?

Leí varias veces aquella pregunta y le contesté con otra pregunta para escaquearme.

¿No deberías estar durmiendo?

Estoy debajo de tu casa.

¿¿Cómo??

¿Lo decía en serio? Inspiré reteniendo el aire mientras veía en el wasap que escribía.

No conseguía dormir y he cogido el coche de mi madre para venir a verte.

Dame un minuto.

Salí de la cama procurando no despertar a Lea y me coloqué una sudadera con cremallera por encima del pijama.

Bajé sigilosamente y salí abriendo la puerta con mucho cuidado.

Nacho estaba sentado en las escaleras y cuando me vio se levantó como un cohete para darme un abrazo. Abarqué lo que pude de su cintura con mis brazos y él me acunó unos instantes. Seguidamente, me miró y buscó en mis ojos alguna respuesta.

—Estás mal —afirmó con seguridad.

—Un poco, pero se me pasará.

—Ven.

Nos sentamos en una de las escaleras, muy juntos, como si fuera lo normal entre nosotros.

—Solo he venido por si necesitabas hablar. Sabía que estarías despierta. ¿Lea está contigo?

—Sí, he fingido que dormía y ella ha caído a los cinco minutos. Gracias por venir.

—De nada, estaba preocupado por ti.

—Estoy mejor, tranquilo.

Sus ojos se posaron unos segundos en mis labios y apartó la vista mirando al frente. Pensé que era el momento idóneo de abrirme un poco a él.

—Tuve un accidente de coche hace año y medio y fue muy duro. No me gusta hablar del tema, pero así podrás entender un poco mi reacción.

Nacho me miró a los ojos.

—Entiendo. Cuando quieras explicármelo, aquí estaré.

Así, sin más, sin presiones ni preguntas. En aquel momento se ganó un trocito de mí.

—Deberías intentar dormir un poco —dijo en un tono suave abrazándome.

Me quedé no sé cuánto tiempo entre sus brazos, sintiendo su calor y deseando que no se fuera de mi lado, pero no quería que mi madre me pillara en las escaleras con Nacho.

—Tengo que entrar, mi madre estará a punto de levantarse.

—Bien...

Nos pusimos de pie y dio un paso hacia mí. Me obligó a mirarlo, levantando mi rostro hacia él. Se acercó con una lentitud pasmosa y rozó mis labios con tanta suavidad que no sabía si me estaba tocando o solo era el calor de su aliento. Entreabrí los labios con un silencioso gemido y la punta de su lengua me lamió con calma, como si saboreara mis labios.

—Llámame cuando estés descansada.

—Lo haré.

64

Entré en el dúplex con el mismo cuidado y cuando cerré la puerta vi entrar a mi madre en la cocina. «Mierda.»

Anduve con la misma cautela que antes, pero si algo tenía mi madre era buen oído.

—¿Alexia?

Joder.

Entré en la cocina y me miró de arriba abajo.

—¿De dónde vienes así vestida?

—Nacho ha venido un momento.

—¿Nacho?

—Mi pareja.

Me miró alzando las cejas.

—¿Desde cuándo tienes pareja?

Se tomó el café y continuó mirándome con sus ojos de hielo.

—No voy a explicarte mi vida —repliqué molesta.

—Si quieres tu libreta, sí. ¿Apellidos?

«Qué cerda.»

—Nacho Abellán Díaz.

Mi madre alzó las cejas unos segundos.

—Los conozco, aunque no los tenemos de clientes. Pero quizá me vaya bien que salgas con él.

—¿Con él sí y con Thiago no? —pregunté sin darme cuenta de que preguntaba demasiado.

—El dinero que mueve el padre de Thiago no lo mueve demasiada gente. Déjalo, no lo entenderías.

Mi madre me dio la espalda al dejar la taza en el lavavajillas.

Sí lo entendía, sí. Ella era una zorra de mucho cuidado y seguía siendo tan egoísta como veinte años atrás. Antes estaba su mundo y sus jodidos negocios que su propia hija.

—No entiendo por qué cojones tuviste que tenerme —le dije con rabia.

Se dio la vuelta despacio, mirándome por encima del hombro.

—¿Por qué sigues aquí? —me preguntó en un tono desafiante.

—No tengo otra opción, ya lo sabes.

—Yo me hice a mí misma, jamás estuve tras las faldas de mi madre. Es más, ella murió cuando yo tenía cinco años.

Lo sabía porque mi padre me lo había explicado. Su madre estaba enferma.

—Me queda poco más de un año para irme, y no te preocupes, que no me quedaré ni un segundo más.

—Yo me fui mucho antes y con las manos en los bolsillos. Mi madre se lo bebió todo y mi padre se lo gastó en putas.

La miré muy sorprendida porque no sabía nada de todo aquello.

—Vaya, veo que papá no te explicó la idílica infancia de mamá —dijo en un tono áspero—. No hay mucho más que contar. Mi madre murió debido a su alcoholismo y mi padre era un muerto de hambre.

Realmente no sabía nada de ella. No le había preguntado a mi padre demasiado porque la odiaba. Pero saber que tenía su propia historia me resultó chocante. Siempre pensé que habría crecido en una familia normal, que habría estudiado Derecho sin demasiado esfuerzo y que habría montado su bufete gracias a la ayuda de sus padres. Pero por lo visto nada había sido así.

—Y eso de que no tienes más opciones...

—No voy a dejar los estudios ni a joder mi vida para que tú vivas más tranquila sin mí —le dije cortándola.

—¿Y ellos? ¿Por qué no vuelves con ellos?

La miré, primero sin entenderla.

—No te metas más —le gruñí cabreada.

—No sé si yo querría volver por mucho perdón que pidan y por mucho que digan que Judith está bien —dijo como quien habla del tiempo.

Su frialdad siempre me impactaba y tenía claro que yo había heredado bien poco de ella.

—¿Has leído ya la carta?

Su pregunta me sentó como un puñetazo en todo el estómago.

—¿La carta? —me atreví a preguntar, esperando que me hablara de cualquier otra carta menos de aquella.

—Sí, la que tienes en tu cajón.

«¡Hostia puta!»

—Pero ¿qué cojones me estás diciendo? —le grité—. ¿Has leído esa carta?

—Como vi que no te atrevías a abrirla, lo hice yo por ti.

Su tono tranquilo me indicaba que le importaba una mierda si le chillaba, como si no fuera con ella.

—¡¿La abriste tú?!

«Thiago...»

—Alexia, es solo una carta. No exageres tanto. Pensé que quizá te decían algo urgente, pero ya vi que era más de lo mismo.

—Eres una...

—Vigila ese vocabulario. ¿No querías una madre? Pues ya la tienes.

Puso sus manos en sus caderas, esperando mi reacción.

«Thiago..., joder, joder...»

«Alexia, te estás equivocando...»

Mi madre me miró con aire triunfal y estuve a un tris de saltar a su cuello, pero mi yo razonable me avisó de que eso era precisamente lo que estaba esperando: que me pasara de la raya; entonces no habría excusa posible para no echarme de allí.

Pero ¿valía la pena seguir con ella? ¿Qué iba a hacer? No quería dejar los estudios y tirarlo todo por la borda. Dios, la odiaba de veras.

—Nunca serás una madre, no tienes ni idea de qué es ser madre —le dije para herirla.

Abrió los ojos, pero recuperó la compostura al segundo.

—Y en cambio Judith sí ha sido una buena madre, ¿verdad? ¿No serás tú el problema, Alexia?

Me hice pequeña en un segundo. Escuchar mis pensamientos saliendo de sus labios era como si rascaran con un cuchillo en una herida abierta.

Oí que se caía algo en mi habitación y seguidamente la voz de Lea.

—¡¡¡Alexia!!!, ¿puedes subir?

Subí las escaleras de dos en dos, preocupada por Lea.

—¿Estás bien? —le pregunté al entrar.

Cerró la puerta en cuanto entré y me volví para verla.

—Yo sí, ¿y tú?

Me miró a los ojos.

—Os he oído —me dijo en un murmullo—. Y no podía seguir escuchando más.

Me abrazó y me cogí con fuerza a ella mientras empezaba a llorar con ganas.

—No la creas, Alexia. Sabes que es ella quien no se comporta con normalidad.

Seguí llorando, empapando la camiseta de mi amiga y pensando en un millón de cosas.

Quizá tuviera razón y el problema era yo.

Mi madre no me quería, no me había querido nunca. ¿Por qué? Si yo era solo un bebé. ¿Qué problema podía haber en mí? ¿No se supone que una madre ama a su futuro hijo nada más sentirlo dentro? ¿Por qué conmigo no había sido así? ¿Tenía acaso una especie de tara e iba fastidiando la vida de los demás?

A Gorka le había roto el corazón. ¿Era tan egoísta como mi madre?

¿Me parecía a ella más de lo que creía? Tal vez Leticia tuviera razón. Ahora ya no tenía tan claro que me hubiera comportado bien con Gorka, debería haber sido más clara. A veces damos por hecho que la gente piensa como tú y no es así. A veces debemos explicarnos mejor...

Joder, no había dejado explicarse a Thiago y lo había separado sin más de mi lado. Me había dicho que me estaba equivocando con él y no me había parado ni un segundo a pensar que no me mentía. Yo misma lo había roto todo y aun así Thiago seguía viniendo a mí. Debía pensar que era una tarada, una maldita tarada con pesadillas que lo había metido en mi casa para después largarlo con cuatro gritos histéricos.

Odiaba compadecerme de mí misma, no me gustaba tener esos sentimientos, pero no podía dejar de fustigarme una y otra vez.

«Y en cambio Judith sí ha sido una buena madre, ¿verdad? ¿No serás tú el problema, Alexia?»

No habían dudado en abandonarme. Judith había sido como una madre para mí, pero tras el accidente se había creado un muro entre las dos que ninguna supo derribar. El dolor nos había invadido y no veíamos más allá. Yo me sentía culpable y ella me hacía sentir más culpable aún.

—Deberías dormir —dijo Lea al cabo de un rato.

Me acompañó hasta la cama y me arropó. Se tumbó a mi lado y me acarició el pelo.

—A lo mejor te iría bien leerla —dijo en un susurro.

No respondí, pero pensé en sus palabras. La carta estaba en el cajón desde hacía... casi un mes. La había recibido un viernes y al día siguiente Thiago durmió conmigo. Eso quería decir... que mi madre la había leído aquel mismo sábado. ¿Registraba mis cosas a menudo? No me había dado cuenta nunca, la verdad. Estaba totalmente convencida de que pasaba de todo lo relacionado conmigo. ¿Podía ser que ellos le hubieran dicho que habían dejado una carta para mí antes de irse de Madrid?

«Esta me la apunto, mamá.»

Se lo iba a hacer pagar de un modo u otro.

Logré dormir unas horas y cuando desperté sentí que tenía una pesada losa encima. Lea debía irse para ayudar a su madre en el centro porque era viernes y le dije que no se preocupara, que estaba algo mejor.

Mentira. Me sentía como si me hubiera pasado por encima una apisonadora de miles de toneladas y decidí dormir un poco más. Me sentía traicionada, pero no solamente por mi madre: me había fallado a mí misma. Había roto con Thiago sin ni siquiera escuchar su versión. Mi madre, por enésima vez, había sacado lo peor de mí.

Cuando desperté, era ya tarde, la luz que entraba por la ventana me indicaba que el sol ya se retiraba. Miré la hora en el móvil: las ocho de la tarde. Joder, sí que había dormido. Me desperecé y le di vida a mi móvil. Tenía un mensaje de voz de Lea diciéndome que la llamara para saber cómo estaba, otra llamada perdida de Nacho y varios mensajes de texto, entre ellos uno de Lea, uno de Thiago y otro de Nacho. Leí primero el de Nacho.

Princesa, ¿cómo va eso? Cuando despiertes me llamas.

Estoy bien, gracias. Una ducha y te llamo.

Abrí el de Thiago con inseguridad. Solo pensar que lo había acusado sin tener razón... Me moría de la vergüenza.

Alexia, ¿estás bien? Adri me ha comentado lo que pasó ayer.

Sí, sí, no fue nada. Gracias por preguntar.

Sonreí al ver que se preocupaba por mí y abrí el de Lea.

Eres fuerte, Alexia. No lo olvides.

Gracias por recordármelo.

Era cierto, era fuerte. E iba a seguir siéndolo. Debía leer la carta.

65

LA CARTA

Hola, cariño. No sabíamos cómo empezar a escribir esta carta y hemos pensado que lo mejor será que cada uno escriba su parte porque los dos queremos que nos entiendas, que nos aceptes de nuevo en tu vida y que vuelvas con nosotros.

Alexia, hola, cariño. ¿Cómo estás? Sé que has empezado en la universidad con tu amiga Lea y que estás contenta con tus estudios. ¿Traducción, verdad? Es una elección muy acertada; siempre se te han dado muy bien los idiomas. Recuerdo la primera vez que hablamos en francés y yo creí que estaba ante una parisina de los pies a la cabeza. Cuando supe que hablabas tantos idiomas, me quedé pasmada, y cuando me explicaste el porqué con esa ingenuidad que te caracterizaba, admiré lo poco que presumías de ello. Antxon siempre me comentaba lo sencilla que eras y lo fácil que era todo siempre contigo. ¿Recuerdas aquella chica francesa que lo traía loco? Solo se decidió cuando tú le dijiste: el no ya lo tienes, Antxon.

Fuiste una hermana para él.

Al principio notaba tu ausencia, cuando tú y tu padre os marchabais a una nueva ciudad. Siempre me decía: no te preocupes, mamá, en nada volverán a estar aquí. Pasaban los días y volvíais los dos entusiasmados con la idea de compartir unos días con nosotros. Parecíamos una familia auténtica,

¿verdad? Yo no le había podido ofrecer a Antxon una familia al completo hasta que llegasteis a mi vida. Puedes imaginar lo que supuso para mí que tu padre y tú formarais parte de ella. Aquel medio año que compartimos los cuatro en París fue un sueño.

Un sueño que siempre había deseado para mí y para mi hijo, y que se veía además complementado contigo. Nunca te lo dije porque te conocí en plena adolescencia, con catorce años, pero te quise muchísimo y te sigo queriendo. Quizá si te lo hubiera dicho habrían ido las cosas de otro modo, pero entonces pensé que no era el momento y que ya tendríamos tiempo más adelante, cuando tuvieras dieciocho..., como ahora. Creo que ahora eres capaz de entender mucho mejor las cosas, aunque te parezca que nuestro modo de actuar no fue el correcto. Y en parte tienes razón, te doy la razón en que fui débil, no tuve la suficiente fuerza, no fui como tú. Antxon siempre lo repetía: «Mi hermana es más fuerte que todos nosotros juntos». Se refería a ti, por supuesto.

No quiero hurgar demasiado en la herida. Sé que todos tenemos una, y no es necesario remover según qué cosas, pero necesito hacerte saber que en esos momentos, tras el accidente, mi vida se quedó en blanco y negro. Dejé de sentir, dejé de empatizar, dejé de comprender, de entender, de ser yo. No era yo y no es una excusa. Miro atrás y no me reconozco. Y no me quiero justificar, pero aquel accidente me rompió en dos. No quiero decirte que no lo entenderías porque sé que sí lo entiendes, que tú estabas tan rota como yo, que tenías tu dolor, que sufrías y que tu vida también cambió.

Tengo pesadillas, sueños terribles, revivo el accidente sin estar en ese coche... ¿Cómo debes de estar tú, cariño? Es algo que me he preguntado mil veces y, cada vez que lo imagino, lloro, Alexia. Lloro por ti, por tu dolor, por tu soledad. ¿Te abandonamos? Sí, es cierto. No voy a negar eso, pero puedo jurarte que la Judith que te dejó tirada no era yo. Era una persona sin rumbo, sin ganas de vivir, que no encontraba ya un sentido a su vida.

Estuve a punto de dejarme ir. ¿Para qué vivir? ¿Qué sentido tenía nada ya? Pero lo logré. Como tú.

Dejemos de hablar de lo negativo. Y vayamos a lo realmente importante.

Necesito que nos perdones, necesito que vuelvas a casa y necesito que seas tú de nuevo. Entiendo que todo el proceso requiere un tiempo, pero solo te pido vernos una vez, explicarte todo esto de viva voz, con tu mano entre las mías, como cuando éramos familia. ¿Podrá ser? Lo imagino muchas veces, imagino que estás a mi lado, que me explicas cosas de la universidad, que con tu bonita sonrisa me dices que te has enamorado de un chico mayor y me pides consejo. ¿Sabes qué te diría? Vive, Alexia, no dejes de vivir. Sé feliz. Y equivócate, equivócate mucho porque es la manera que tenemos de aprender.

Yo me equivoqué contigo y quiero remediarlo. No te diré que si volviera hacia atrás no haría lo mismo porque te mentiría. El dolor nos deja ciegos y yo apenas veía nada más allá de mi sufrimiento. Fui egoísta, pero no con alevosía, era lo que sentía, sin más.

Necesito verte, Alexia, y necesito decirte que te quiero muchísimo.

Un beso enorme,

Judith

Mi vida, Alexia. Te echo de menos. Te echo tanto de menos que me duele cuando lo pienso. Sé que esta separación fue decisión mía, pero no por eso me duele menos.

Al mes de nacer, tu madre y yo nos separamos, y cuando me dio la opción de que estuvieras a mi lado cada día de mi vida, no me lo pensé dos veces. Sabes que te he querido como a nadie y que sigo queriéndote con esa locura de padre. Sabes que siempre he estado a tu vera y que he procurado que tuvieras lo mejor, que fueras feliz, que no te faltara de nada, pero sin llegar a ser una engreída, una déspota o una chica sin principios. Y no lo eres. Eres fuerte y eso me enorgullece, no sabes cuánto. Eres tan fuerte que sigues con tu idea de no querer vernos.

Y lo entiendo, no creas que no. Judith y yo lo entendemos perfectamente.

Cuando tuvisteis el accidente, cuando Antxon se quedó entre ese amasijo de hierros, nuestro mundo dio un vuelco. Fue él el que se quedó en esa carretera, pero podías haber sido tú. Fue Judith la que sufrió la muerte de un hijo, pero pude haber sido yo. Y ese miedo terrorífico se me quedó en el cuerpo no sabes cuánto tiempo. No podía quitármelo de la cabeza. En vez de ver el cuerpo de Antxon en aquella camilla blanca, lleno de golpes, arañazos, blanco, frío..., te veía a ti.

Todavía te oigo gritar: «Papáááááá».

Te llamé aquel día por el móvil para saber si ya veníais y cuando descolgaste oí todo lo que ocurrió durante aquellos angustiosos segundos, sin entender en ese momento que estaba siendo testigo de ese horrible suceso. Te llamé no sé cuántas veces: «¿Alexia? ¿Cariño? ¿Alexia? ¿Estáis bien? ¿Alexiaaa?» Y nada, un silencio extraño, largo, pesado y denso, hasta que me llamaste con un grito desgarrador que en la vida olvidaré.

Los primeros días fueron duros, muy duros.

Antxon muerto, Judith destrozada y tú en el hospital con la pierna fracturada.

No sabía dónde ubicar todos mis sentimientos. Debía estar entero para Judith, pero sentía que algo se había roto en ella y que yo no podía hacer absolutamente nada. Debía estar entero para ti y animarte en aquella blanca habitación, pero te sentía tan lejos que dudaba si volverías a ser la Alexia de siempre.

Mi niña, mi vida, aquella nena que siempre reía, que tenía cosquillas en las partes más impensables de su cuerpo, la alegría de mi vida...

No quedaba nada de ti.

Al principio, creí que debido al shock era normal que estuvieras así, e incluso los médicos me dijeron que con el paso de los días todo volvería a la normalidad. Pero tú no regresabas. Seguías anclada en ese accidente, no hablabas, apenas sonreías, no querías nada de mí, casi ni mirarme a los ojos... Y dolía, Alexia. Dolía tanto que la mayoría de las veces salía de tu habitación llorando.

«¿Por qué no ha venido Judith?», me preguntaste al cabo de unos días. No supe qué decirte. Judith estaba hundida y no salía de casa. Estaba en un submundo del que era mejor no obligarla a salir. Los especialistas me dijeron que debía tener mucha paciencia y dejar que corriera el tiempo.

El tiempo todo lo cura.

Me vi dividido entre las dos, Alexia. Ella me necesitaba, tú también. Ella estaba rota, tú también. Ella lloraba desconsoladamente a todas horas y tú también. Y yo durante quince días tuve que partirme en dos. No podía dejarla demasiado tiempo sola y tú me echabas de tu lado con tus silencios. No lograba llegar a ti de ninguna de las maneras. Estabas mal por la muerte de Antxon, lo sé, pero debes entender que a mí también me dolió esa muerte y que en lugar de llorarlo, tuve que luchar por vosotras dos.

Después de tus dos operaciones de fémur, con las cuales sufrí como nunca, porque jamás habías pillado nada más que algún resfriado, regresaste a casa.

Pensé que allí cambiarías de actitud, pero lo primero que hiciste al entrar en aquel piso fue gritarnos a los dos. La habitación de Antxon seguía intacta. Aquel piso lo alquilamos porque pensábamos pasar unos meses en Madrid para después seguir viajando los cuatro.

Nos dijiste que debíamos deshacernos de aquella habitación y Judith se enfrentó a ti por primera vez. No pude creer lo que estaba pasando entre vosotras. Judith jamás te había alzado la voz y tú menos. Ella tenía claro que quería seguir con las cosas de Antxon a su alrededor y tú solo decías que estaba loca, que así no podías vivir en aquel piso...

—Cada vez que pase por su habitación voy a pensar que está dentro, que está tecleando en su ordenador, que sigue ahí..., ¿no lo entiendes?

—No voy a tirar sus cosas, no voy a cerrar la habitación ni tú vas a tocar nada suyo. ¡Es mi hijo!

—¡Tu hijo está muerto!

Aquella fue la primera de muchas discusiones. Era como si aquellas peleas entre vosotras, aquel cruce de palabras lo necesitarais para que Antxon siguiera vivo entre nosotros.

No quisiste ir al instituto, decías que te diera tiempo. Pero ese jodido tiempo lo pasabas en casa, en el sofá, en tu cama, sin hacer nada. Lo único que te reactivaba eran esas disputas con Judith. Sinceramente, pensé que todo mejoraría, que vuestras peleas irían a menos, que volveríamos a ser los de antes. Pero después de un suceso como aquel, nada podía ser como antes y me costó entenderlo.

Una noche te oí llorar en tu habitación y se me rompió el corazón. ¿Qué podía hacer para ayudarte? No me dabas ninguna opción.

La decisión fue mía, Alexia. No la culpes a ella, Judith apenas podía sostenerse ella misma como para decidir nada. Se lo comenté aquella misma noche: tu madre era la única solución que veía posible. E iba a ser algo temporal, ¿unos meses? Sí, unos pocos meses.

Tu madre no se negó porque me lo debía y te lo debía a ti. Además, el dinero siempre funcionó con ella. Tenías diecisiete años, ya no eras una niña y siempre fuiste fuerte. Podrías con tu madre y con cien madres más como ella. Alexia, otra no, pero tú sí. ¿Sufriste? Lo puedo imaginar, pero debía arreglar aquella situación de alguna manera. No podía dejar sola a Judith tras perder a su único hijo y pensé también que alejarte un tiempo de nosotros te haría recapacitar, te haría cambiar de actitud y pensé, siempre pensé, que volverías al cabo de poco, con la cabeza gacha y rogándome que te dejara volver porque querías estar con nosotros dos.

Pero nunca lo hiciste.

Judith logró hablar contigo un minuto en una ocasión porque de mí no querías saber nada, y lo comprendo, cariño. Soy tu padre y decidí lo que creí que era lo mejor para ti, eso no lo pongas en duda. Sé que te hice daño, que te hice sufrir..., pero a veces no nos queda otra opción.

Esta carta tiene un único objetivo: que vuelvas, cariño. Que pienses que aquella solución era temporal y que se ha alargado demasiado. Que aquí te necesitamos. Que te echo mucho de menos y Judith también. No, ella no quiere que sustituyas a Antxon, pero sí te necesita a su lado. Yo te necesito a mi lado.

Y tú también nos necesitas.

Piénsalo, cariño. Te quiero mucho y me encantaría que aceptaras por fin un reencuentro. Podemos ir paso a paso, si es lo que deseas: vernos, tomar un café, hablar un ratito... Nos adaptaremos a lo que pidas. Tú lo hiciste en su día, fuiste tú la que tuviste que adaptarte a tu madre, a su vida, a Madrid... Ahora nosotros estamos dispuestos a lo que sea para que regreses y verte feliz.

Dime que lo pensarás, por favor.

Estaremos en Madrid hasta el 30 de septiembre. Te dejo en el sobre la tarjeta del hotel con nuestros números de teléfono, por si quieres llamarnos.

Deseo con todas mis fuerzas que vuelvas a mí, pequeña.

Tu padre, que te quiere y te añora,

EMILIO

Las siguientes dos horas las pasé llorando en mi cama. Hacía tiempo que no lloraba tanto, y llevaba una racha que no dejaba de hacerlo, por un motivo u otro.

Cuando me calmé, me di una buena ducha y me sentí mucho mejor. Volvía a coger el sobre y observé la tarjeta con su nombre y teléfono. Era el mismo de siempre y me lo sabía de memoria, por supuesto.

Volví a leer la carta y me tumbé en mi cama, mirando el blanco techo. Era cierto que había crecido y que podía entender algunas cosas, pero también era cierto que durante año y medio había alimentado mi rabia hacia ellos y era difícil pasar al otro lado.

Por otra parte, no quería dejar mi vida en Madrid e irme con ellos suponía eso: viajar de una ciudad a otra y no tener residencia fija.

Judith era periodista y había decidido trabajar en una revista digital para poder seguir el ritmo de mi padre. La idea, antes del accidente, era que los cuatro estuviéramos juntos y como de momento mi padre debía seguir viajando con asiduidad, ella optó por aquel trabajo que le permitiría escribir desde cualquier lugar del mundo. No tenía ni idea de si ella seguía trabajando o si lo había aparcado, aunque sí sabía que seguían yendo de ciudad en ciudad y que de vez en cuando se dejaban caer por Madrid. Lo sabía por mi madre, quien al cabo de medio año de estar en su casa empezó a remover el tema.

Quizá podría llamarlos... En el fondo los echaba de menos, por muy enfadada que estuviera. No puedes dejar de querer a tu padre ni puedes dejar de querer a la única mujer que te ha hecho de madre justamente en plena adolescencia. Conecté con ella al momento, igual que conecté con Antxon.

Cerré los ojos al pensar en él. En la carta no hablaban en ningún momento de la culpa. Ni siquiera lo mencionaban por encima: no, Alexia, tú no tuviste la culpa de nada. ¿Por qué? Siempre había pensado que me culpaban del accidente. Quizá debería hablar con ellos...

Podía ver a mi padre escribiendo esa carta y sonreí al imaginarlo. Vaya..., era la primera vez en casi dos años que sonreía al pensar en él.

Hacía días que no iba al cementerio. Lo habían enterrado en Madrid porque tampoco tenían un sitio fijo donde dejar sus restos. Eso me había dicho mi padre. No pude despedirme de él, ni verlo más, ni asistir a su funeral. La fractura se complicó y tuvieron que operarme dos veces con pocos días de diferencia. Quedé también excluida de su despedida y la ira me carcomió por dentro. Yo era su hermana, debería haber estado con él.

—¡Alexia, he triunfado, he triunfado con la rubia! —exclamó Antxon, entusiasmado.

—Claro que has triunfado. Si eras el más guapo de toda la fiesta.

—Esto se merece una de Mecano —dijo riendo.

Era su grupo preferido. Lo recuerdo con su pelo rizado, algo largo, sus ojos siempre brillantes, su nariz no muy grande y su boca siempre sonriendo.

—Creo que me casaré con ella —dijo de repente y los dos soltamos una buena carcajada.

—Y tendrás dos bebés; un niño y una niña.

—Clarísimo. Ella se llamará Alexia y él... ya veremos.

—Jacinto —le dije riendo.

Me miró unos segundos y se rio con ganas.

—Esta, esta, me flipa. Escucha bien...

Subió el volumen y empezamos a cantar con nuestra habitual complicidad hasta que mi padre llamó por teléfono. No me dio tiempo a decirle nada porque Antxon perdió el control del coche debido al hielo de la carretera y chocamos con un camión...

No quería seguir recordando aquel momento, ni aquel día ni todo lo que sucedió en los siguientes días. Cogí mi móvil para desconectar de todas esas palabras y entré en Instagram para charlar con D.G.A. Me había escrito un mensaje hacía pocos minutos.

¿Confías en mí?

¿A qué venía aquello?

Confío en ti.

Respondí pensando que así era. Esperé unos segundos para ver si contestaba y acerté, Apolo estaba en activo.

Falta nuestro tercer secreto.

Joder..., mi tercer secreto en ese momento era aquella maldita carta que había logrado separarme de Thiago. La había cagado de lleno y él había insistido en su inocencia.

¿Por qué no empiezas tú?

Dije eso porque no sabía cuál de todos mis secretos contarle.

¿Las consecuencias de aquel accidente? ¿Mis sentimientos de culpabilidad? ¿Cómo me sentía al no tener familia? ¿Lo buena que era jodiéndolo todo? ¿Que lo había fastidiado todo con el chico de mis sueños?

Está bien, ahí va mi tercer secreto.

Me mordí el labio, con ganas de leerlo.

Podría enamorarme de ti.

Der 96-Prozent-Mann

Georg Bönisch

DER 96 PROZENT MANN

KÖLNS OBERBÜRGERMEISTER THEO BURAUEN (1906–1987)

GREVEN VERLAG KÖLN

Lektorat: Holger Steinemann, Stuttgart
Gestaltung und Satz: Angelika Kudella, Köln
Umschlaggestaltung: Thomas Neuhaus, Billerbeck,
unter Verwendung zweier Fotografien von Helmut Jüliger (vorne)
und Alfred Koch (hinten)
Gesetzt aus der Scala und der Gotham
Lithografie: farbo prepress, Köln
Papier: Lessebo smooth natural
Druck und Bindung: CPI books, Leck

ISBN 978-3-7743-0646-2

Detaillierte Informationen über alle unsere Bücher finden Sie unter:
www.Greven-Verlag.de

INHALT

ANHANG

DER 96-PROZENT-MANN

Daheim bei Theo Burauen, Faßbenderkaul 15, im Kölner Stadtteil Raderthal. Ringsum alles grün, das liebt er. 1968. Seit fast zwölf Jahren ist Burauen Oberbürgermeister in Köln, das Amt liebt er auch. Sechs Monate, sechs lange Monate hat er pausieren müssen – nach einem schrecklichen Flugzeugabsturz im afrikanischen Ruanda Ende Januar.

Erst die Zeit im Hospital, dann die Erholung zu Hause, schließlich der Erholungsurlaub im schweizerischen Bad Ragaz. Ein halbes Jahr weg. Eine lange Strecke für jemanden, der eine öffentliche Person ist. Ein Medienmann, einer, der ständig in der Zeitung steht. Und der zu wissen glaubt, dass sechs Monate Abwesenheit beim Wahlvolk nicht gut ankommen. Vielleicht gar ein Knickpunkt sein könnten.

Auch wenn dem Wahlvolk noch präsent sein müsste, dass seine Partei, die SPD, mit ihm als Spitzenkandidaten bei den Kommunalwahlen 1964 die absolute Mehrheit der Stimmen geholt hatte, das erste Mal überhaupt. 57,4 Prozent, über zehn Prozent mehr als bei den Wahlen zuvor. Ein unerwarteter Sieg, und für die CDU Konrad Adenauers bedeutete dieser Sieg: eine Niederlage, zudem eine gravierende, eine katastrophale. Vier Jahre sind seither vergangen.

Am 16. August, ein paar Tage vor seiner geplanten Rückkehr ins Rathaus, gibt Burauen dem Journalisten Peter Espe von der *Kölnischen Rundschau* ein Interview, daheim in seinem grünen Garten, bei »Kaffee, Keksen, Kognac«. Im kommenden Jahr, 1969, sind sowohl Bundestagswahlen angesetzt als auch Kommunalwahlen.

»Und werden Sie gewinnen?«, fragt Espe.

Burauen: »Ich denke doch.«

Espe: »Wieder mit absoluter Mehrheit?«

Burauen: »Das ist nicht unterschrieben. Ich habe meinen Freunden im Rathaus immer gesagt, daß wir uns keinen Illusionen hingeben dürfen. Wir müssen mit allem rechnen.«

Eigentlich ist er der Optimist schlechthin, angeblich gehört der Optimismus zum Wesenszug des Kölners. Und jetzt diese leicht pessimistische Anwandlung. Burauen schätzt die Lage in der Tat so ein, er ist authentisch. Das heißt auch: ehrlich sein.

Jedoch, er verschätzt sich grandios.

Anfang 1969 erkundet ein kleiner Trupp Wissenschaftler der Kölner Universität die Befindlichkeiten potenzieller Wähler, Thema der Arbeit im Auftrag der SPD: »Die Ausgangslage der Kölner Parteien vor der Bundestags- und Kommunalwahl«. Befragt wird, Ende Januar und Anfang Februar, »ein repräsentativer Querschnitt der Bevölkerung«, im Zufallsverfahren herausgepickt aus dem Aktenbestand des Einwohnermeldeamtes. 634 Personen, alte und junge, arme und weniger arme, gebildete und weniger gebildete, die Hälfte Frauen, die Hälfte Männer.

Diejenigen, die die Hauptarbeit leisten, werden sich später einen Namen machen. Da ist Anke Brunn, kurzzeitig Berliner Senatorin für Jugend, Familie und Sport, zwischen 1985 und 1998 über 13 Jahre lang unter Johannes Rau in Düsseldorf Ministerin für Wissenschaft und Forschung. Und Manfred Güllner, einst Direktor des Statistischen Amtes der Stadt Köln; seit 1984 leitet er das Markt- und Meinungsforschungsinstitut »forsa«.

Vorrangiges Ziel sei es nicht, schreiben Brunn und Güllner, »zu einem relativ weit vor der Bundestags- und der Kommunalwahl liegenden Zeitpunkt exakte Prognosen über den Wahlausgang ... zu liefern«. Es gehe vielmehr um eine »Analyse der Ausgangslage der Parteien« – und ganz besonders um eine spannende Frage: nämlich den »Bekanntheits- und Beliebtheitsgrad der Kölner Politiker«.

Was das Duo über Theo Burauen herausfindet, kann es dann nur so formulieren: »überraschend«, »überwältigend«, »geradezu unwahrscheinlich«.

Fast 96 Prozent der Befragten, präzise: 95,9, kennen ihn – und sie wissen auch, welches Amt er bekleidet. 97,6 Prozent aller Männer, 94,5 Prozent aller Frauen. Und wenn im Schematismus unterteilt wird nach Bildung, kommt eine fast irreale Zahl heraus. Jeder, der die mittlere Reife hat, Abitur oder der die Universität besucht, kann etwas anfangen mit dem Namen Burauen. Jeder, das bedeutet: 100 Prozent.

Und dieses Ergebnis wird untermauert. Auf die Frage, welchem Politiker sie »sehr großes« und »großes« Vertrauen entgegenbringen, antworten 91,4 Prozent: Burauen.

Ihm folgt, erst mit 57,8 Prozent, der frühere Oberstadtdirektor Max Adenauer. Die »Magie des Namens«, merken die Auswerter der Umfrage an, habe ihm nicht geholfen. Und der SPD-Fraktionsvorsitzende John van Nes Ziegler erzielt ein ziemlich schlechtes Ergebnis: Ihm vertrauen nur gut 30 Prozent.

Noch ein Wert aus dem Zahlenwerk des Wissenschaftlerteams. Auch dieser ein überragender. Gäbe es eine direkte Wahl des Oberbürgermeisters, würden nur 18 Prozent für Adenauer votieren, der als OB-Kandidat antreten will. Aber über 72 Prozent für Burauen.

Bei den Bundestagswahlen am 28. September 1969 holt die SPD zum ersten Mal in ihrer Geschichte alle vier Kölner Wahlkreise. Und zum zweiten Mal auf kommunaler Ebene die absolute Mehrheit. Dank Theo Burauen, der daran leicht gezweifelt hatte. Dank des 96-Prozent-Mannes.

Der Mann des Volkes, aber kein Volkstribun. Einer, der Autorität besaß, ohne Macht zu haben. Weil er die Sprache der Menschen hier sprach. Weil er ihre Sorgen und Nöte verstand. Weil er versöhnte, statt zu spalten. Weil er nie Ideologe war. »Ich bin für alle da«, sagte er, »die Leute können nur sagen, der ist *in* einer Partei, aber nicht, er *ist* Partei.« Nicht Partei sein hieß für ihn, »über alles Trennende hinweg der Stadt und den Bürgern zu helfen«. Zu arbeiten »für die Minsche, die in unserer Stadt wunne, mich Dag för Dag zo sorje«.

Das, genau das, war sein Credo. Theo Burauen war Köln, ob die Menschen ihn »Döres« nannten oder »Herr Oberbürgermeister«. Vorher hat es keinen wie Burauen gegeben. Und danach auch nicht.

DER VOLKSSCHÜLER

Cöln am Rhein. Ja, Cöln. So hatte es der Kaiser mit einem Federstrich verfügt und sein Innenministerium im Jahre 1900 dekretiert – zum Entsetzen der Menschen hier, die das C an Cologne erinnerte, an die französische Besatzung. An die Kontributionen, an die Raubzüge der napoleonischen Soldateska durch Museen und Bibliotheken, an die Entweihung des Doms, der als riesiger Pferdestall herhalten musste. Und an die politische Degradierung der Stadt.

Deshalb hieß sie nach dem Abzug der Okkupanten bewusst Köln – mit K. Auch gestrengen Philologen konnte der monarchische Entscheid nicht passen. Das C vor Vokalen, argumentierten sie, müsse doch wie ein Z ausgesprochen werden. »Zöln«, »Zölner« – ein schrecklicher Gedanke. Und deshalb auch hielten sich die allermeisten nicht ans Berliner Oktroi. Für sie blieb es bei Köln, egal, was die da oben dachten und sagten.

1906. Köln ist mit seinen 460 000 Einwohnern die zweitgrößte Stadt Preußens, eine durchaus moderne. Seit Langem schon gibt es Telefon, es wird millionenfach genutzt. Fast ein Viertel der Haushalte ist ans Stromnetz angeschlossen, zwischen Köln und Bonn verkehrt die Rheinuferbahn, mit 70 Stundenkilometern die schnellste elektrisch betriebene Bahn im ganzen Reich. Tägliches Passagieraufkommen: 6000, der Clou: eine »Zugrestauration«.

Und doch kollidiert an manchen Ecken der Stadt solcherlei Fortschrittlichkeit in krasser Form mit Rückständigkeit, Armut, Entsagung. Nämlich da, wo Petroleumlampen in beengten Wohnungen rußen und stinken. Wo das Klo im Treppenhaus oder draußen ist, wo jeder mindestens eine Woche lang dieselben Klamotten am Körper trägt. Da, wo die Väter so wenig Geld nach Hause bringen, dass jeder Monat zwangsläufig im Defizit endet – weil Butter und Brot so teuer sind.

19. Oktober 1906, ein Freitag, 23.15 Uhr. In der »Provincial-Hebammen-Lehranstalt Cöln« bringt Maria, die Frau des Schriftsetzers Theodor Josef Burauen, ihren ersten Sohn zur Welt – Theodor. Das Hospital liegt an der Jakobstraße, nicht weit entfernt von der Wohnung des jungen Paares, das im Jahr zuvor geheiratet hat.

Theo Burauen wird also dort geboren, wo Köln wohl am authentischsten ist: im Severinsviertel, dem Vringsveedel.

Der Kleine ist erst wenige Wochen alt, als die Eltern umziehen. Perlenpfuhl 29, so lautet die neue Anschrift, ein 20-Parteien-Haus mit großem Hinterhof, vierte Etage. »Jede Familie«, erinnert sich Burauen später, »hatte mehrere Kinder, so daß man einen eigenen Kindergarten hätte einrichten können.« 1909 bekommt er ein Brüderchen, den Hans.

Maria, eigentlich Anna Maria Katharina, und Theodor Josef Burauen sind beide Kölner. Marias Vater betrieb in der Großen Brinkgasse eine Kupferschmiede, der ihres Mannes war Ackerer drüben im rechtsrheinischen Poll, ein Landwirt also. Weil die Eltern ganz früh starben, wuchs Theodor Josef Burauen im Waisenhaus auf.

Vom Perlenpfuhl, dieser mündet in die Hohe Straße, hat er es nicht weit bis zum Ursulaplatz. Hier arbeitet Theodor Josef Burauen seit einigen Monaten in der Druckerei der *Rheinischen Zeitung*, der Tageszeitung der Sozialdemokraten, die 1892 zum ersten Mal erschienen ist. Ein Titel, der sich anlehnte an den der *Neuen Rheinischen Zeitung*, eines der entscheidenden Organe der Revolutionsjahre 1848/49. Dessen Chefredakteur hieß Karl Marx.

Klar, dass Theodor Josef Burauen bei diesem Job Mitglied der SPD war, auch gehörte er der Gewerkschaft an. Die starke Anbindung des Vaters an die Programmatik der Partei sollte den Sohn

Aufmerksamer Blick in die Kamera: der kleine Theo, ein Jahr alt

nachhaltig prägen. »Hausgesinnung«, so hat Burauens Biograf Peter Fuchs dessen Bezug zur Sozialdemokratie beschrieben. Ein nettes Wort, doch war es viel mehr: Lebensgesinnung.

Mit sieben wird Theo Burauen eingeschult, ein Jahr später beginnt der Erste Weltkrieg. Köln jubelt, tagelange Spannungen entladen sich in nationalistischer Euphorie. Auf den Militärzügen, die gen Westen rollen, sind Siegerparolen aufgemalt: »Jeder Stoß ein Franzos, jeder Schuß ein Ruß!« Oder: »Platz da, Eilzug nach Paris!«

Auch die *Rheinische Zeitung* stimmt ein in den Chor: »Dieser Aufmarsch eines großen Volkes hat etwas Gewaltiges, etwas Mitreißendes! Eine Riesenwoge unerhörten Opfermutes rollt durch

Der Perlenpfuhl, gelegen zwischen Herzogstraße und Hohe Straße: Hier wuchs Theo Burauen auf.

das Land! Der gereifte, hart arbeitende Proletarier in Uniform! Aus dem Frondienst für das Kapital, aus dem Befreiungskampf für seine Klasse wird er zum Schutz für das bedrohte Land gerufen!« Und in den Schulen wird diese Zuversicht, jeden Gegner niederringen zu können, in Reimen formuliert: »Einst wenn wir nimmer klein sind mehr / Dann dienen als Soldaten / Wir in des Deutschen Kaisers Heer / Ziehn aus zu großen Taten / Und wandern wir ins Weite / Im großen, großen Streite / Wird wieder man es hören / O Deutschland, hoch in Ehren!«

Schick gemacht für die Erstkommunion, 1917: Theo Burauen (rechts) mit seinem Freund Heinrich

Die Realität ist eine andere. Schon nach einem Kriegsjahr sind 4516 Kölner Soldaten gefallen, im zweiten sterben 2682, zwischen August 1916 und August 1917 mehr als 3100. Briefe und Tagebücher werden zu Dokumenten der Grausamkeit. »Schrecklicher Anblick«, hält ein Lehrer am 18. September 1914 fest, »Offiziere und Soldaten auf Krücken, beide Beine ab, viele erblindet, beide Augen ausgeschossen ...«

Köln hungert, Köln leidet – die Spanische Grippe grassiert, an manchen Tagen sterben bis zu 50 Frauen und Männer, vor allem

Erwachsene zwischen 25 und 40 Jahren. Köln wird aus der Luft angegriffen – am Pfingstsamstag 1918 töten britische Bomben 41 Menschen, das jüngste Opfer ist gerade zwei Monate alt. Und doch, deklamiert der Kölner Oberbürgermeister Konrad Adenauer, solle die »Bevölkerung ... alle Unbilden des Krieges mit Ausdauer und Vaterlandsliebe ertragen«.

Bald danach ist dieser Krieg zu Ende, verloren. Deutschland trauert, die Jugend trauert. »Ich glaube nicht, daß die deutsche Niederlage irgendjemandem einen tieferen Schock versetzt haben kann als dem elfjährigen Jungen«, notierte später der Historiker und Publizist Sebastian Haffner. »Wo war Halt und Sicherheit, Glauben und Vertrauen, wenn das Weltgeschehen so hinterhältig war?« Ein Elfjähriger in tiefem Zweifel, Theo Burauen war ein Jahr älter als er.

Über solcherlei Befindlichkeiten hat er nie geredet, wohl aber über seine Leistungen in der Schule. In acht Jahren habe er »sieben Mal das beste und einmal das zweitbeste Zeugnis« bekommen, und doch blieb es ihm versagt, aufs Gymnasium gehen zu dürfen – kein Geld, der Vater habe »nur 20 Mark in der Woche nach Hause gebracht«. Ihm ein Stipendium zu gewähren, kam der – katholischen – Schulleitung nicht in den Sinn, weil die, so Burauen, »wußte, daß Vater ein Sozialdemokrat war«.

Theo Burauen, der intelligente Volksschüler, besucht einmal in der Woche die Abendhochschule, hier lernt er auch ein wenig Englisch. Der Vater empfiehlt ihm, Schriftsetzer zu werden wie er, doch die Mutter interveniert: »Eine Bleikopp en dr Familisch jenöch« – die Buchstaben, mit denen der Schriftsetzer hantierte, waren aus Blei gegossen. Stattdessen rät sie zu einer Lehrstelle als kaufmännischer Angestellter: »Do häs en jot Handschreff, do kanns dat!« Und setzt sich durch: 1921 beginnt Burauens Berufsweg am Mauritiuswall bei der Firma Peter Josef Bex, der Kölner Niederlassung der Aachener Schokoladenfabrik »Trumpf«.

Eigentlich wollte er doch lieber Schriftsetzer werden, oft genug hatte er seinem Vater bei der Arbeit zugeschaut. Wahrscheinlich reizte ihn nicht allein das Handwerk, sondern auch die mit ihm verbundene Möglichkeit, politische Gedanken transportieren zu helfen, nur eben auf technischem Wege. Burauen spielte Fußball, Schlagball, er war ein guter Schwimmer, ein schneller Radfahrer. Sport war wichtig für ihn – genauso wichtig für ihn war die Politik.

Nicht aber das Theoretische an Politik, das Wissenschaftliche. Im Bücherregal des Vaters steckte *Das Kapital* von Karl Marx: »Ich habe es nicht mal halb gelesen. Der Stoff war für mich so unlebendig, so schwierig. Das lag mir einfach nicht. Dogmatisches Denken war mir absolut fremd.« Ferdinand Lassalle, der gehörte zu seinen Protagonisten. Lassalle, der Präsident des »Allgemeinen Deutschen Arbeitervereins«, ein Pragmatiker. Oder August Bebel, Mitbegründer der SPD und einer der bedeutendsten Parlamentarier der Kaiserzeit, ein begnadeter Rhetoriker.

Der Diskurs mit dem Vater war Burauen heilig, aber politisch beeinflussen konnte der ihn nicht. Signalwirkung hatte für ihn der Mord an Walther Rathenau, dem Industriellen und kurzzeitigen Außenminister der jungen Weimarer Republik, weil, wie er es formulierte, »ab da in mir ein politischer Aufbau begann«. Rathenau, ein Liberaler, für den auch viele Linke große Sympathie zeigten, wurde am 24. Juni 1922 auf dem Weg ins Ministerium von einer Clique rechtsextremistischer Terroristen der »Organisation Consul«, die sich als national bezeichneten, mit fünf Schüssen getötet – Mord war aus deren Sicht ein legitimes Mittel der politischen Auseinandersetzung.

Drei Tage nach Rathenaus Tod zog eine riesige Menschenmenge durch Köln, 250 000 Menschen, etwa ein Drittel der Bevölkerung. Dieser gigantische Protestmarsch gegen die Radikalen, gegen die »monarchistischen Mörderbanden«, wie ein SPD-Redner formulierte, bewegte den 16-Jährigen tief. Politischer Aufbau, das hieß für ihn lange nicht, ein Amt bekleiden zu wollen: »Ich wollte aktiv etwas tun für diese demokratische Republik, die mich begeisterte, und für die Freiheit, die in ihr war.«

1923, im Jahr der Ruhrbesetzung durch die Franzosen, im Jahr der ersten Großen Koalition, im Jahr des Hitler-Ludendorff-Putsches, wird er Mitglied der Gewerkschaft. 1925 tritt er dem Reichsbanner Schwarz-Rot-Gold bei, einem sozialdemokratisch dominierten Kampfbund, der vor allem Parteiveranstaltungen schützen soll.

Am 19. Oktober 1926 wird Burauen Mitglied der SPD, genau an seinem 20. Geburtstag, dem ersten Tag seiner Wahlmündigkeit. Da heißt auch Köln längst wieder Köln, seit dem Ende der Kaiserzeit ist das K amtlich.

DER BAUCHLADENVERKÄUFER

Mutter also hat sich durchgesetzt: was Kaufmännisches, kein Bleikopf. Nach der Lehre bleibt Theo Burauen noch ein Jahr bei der Firma Bex. Harte, ganz harte Zeiten brechen an. Die Kriegslasten nach der Niederlage 1918 sind nun so drückend, dass der Wert des Geldes in rasanter Geschwindigkeit verfällt und die Preise nach oben schießen; seither kennt die Ökonomie einen neuen Begriff: Hyperinflation. Sie enteignet Rentner, kleine Sparer und die bürgerliche Mittelschicht auf brutale Art und Weise.

Ironisch-nüchtern beschreibt eine Hauptfigur in Erich Maria Remarques Roman *Drei Kameraden* diese Zeit der Beschwernis: »1923 war ich Reklamechef einer Gummifabrik ... Zweihundert Billionen Mark hatte ich monatlich verdient. Zweimal am Tag gab es Geld und jedes Mal eine halbe Stunde Urlaub, damit man in die Läden rasen und etwas einkaufen konnte, bevor der nächste Dollar-Kurs rauskam – dann war das Geld nur noch die Hälfte wert.«

Und es ist die Zeit, in der Hitlers NSDAP ihre erste große Chance wittert. Sie erklärt kurzerhand die ungeheure Vernichtung realer Werte zum Werk des jüdischen Finanzkapitals, das sich in der Demokratie frei entfalten könne: Wenn das Volk bemerke, hetzt Hitler, dass man »bei Milliarden Hunger leiden kann«, schließe es daraus: »Wir beugen uns nicht länger einer Institution, die auf einem trügerischen Majoritätsgedanken aufgebaut ist, sondern wir wollen die Diktatur!«

Die Inflation macht Burauen arbeitslos, für ein paar Monate findet er Anfang 1925 einen Job – bei einer Buchhandlung in der

Domstraße. Dann ist er wieder arbeitslos. 1926 beginnt er bei der Konsumgenossenschaft »Hoffnung« im rechtsrheinischen Gremberg als Lagerbuchhalter und Expedient, 1928 übernimmt er in der »Mittelrheinischen Druckerei«, die die *Rheinische Zeitung* verlegt, die Leitung der Lohn- und Gehaltsbuchung – Vater und Sohn arbeiten unter einem Dach.

1928. Die Nazis, mit nur einem Stadtverordneten im Rat vertreten, starten ihre erste große Hetzkampagne gegen Juden – um mehr Aufmerksamkeit zu erregen. Opfer ist die Familie Katz-Rosenthal, die mehrere gut gehende Metzgereien betreibt und im Frühjahr ein Restaurant eröffnet hat. Riesig aufgemacht berichtet das NS-Wochenblatt *Westdeutscher Beobachter,* in einem Gulaschgericht sei eine Maus gefunden worden, die Klage der Familie wegen Geschäftsschädigung wird abgewiesen – obschon Zeugen beobachtet haben, dass ein prominenter Profiboxer, begleitet von Parteichargen, die Maus im Essen versteckt hat.

Die perfide Berichterstattung steigert die Auflage des *Westdeutschen Beobachters* – bald erscheint er täglich – ums Vierfache, auf 40 000 Exemplare. Bei der Kommunalwahl 1929 erhöht sich der Stimmenanteil der Hitler-Partei auf 4,6 Prozent und verdoppelt sich damit, jetzt sitzen vier Nationalsozialisten im Stadtrat. Bei den Reichstagswahlen 1930 erreicht die NSDAP, quasi aus dem Stand heraus, 17,6 (reichsweit: 18,3) Prozent der Stimmen und ist, hinter der Zentrumspartei und der SPD, aber vor den Kommunisten, bereits drittstärkste Kraft. Binnen weniger Wochen steigt die Mitgliederzahl der NS-Ortsgruppe »Groß-Köln« von 3200 auf 4625.

Jetzt ist für Burauen endgültig klar: Er muss helfen, diese »völkische Bewegung« zu bekämpfen.

Zwei Jahre später wird er Vertriebschef der *Rheinischen Zeitung,* für den Schriftsetzersohn durchaus ein sozialer Aufstieg. Immerhin ist sie die größte sozialistische Zeitung in Westdeutschland. Mittlerweile sind Verlag und Redaktion umgezogen – vom Ursulaplatz nach Deutz, ins Bebel-Haus. August Bebel ist 1840 hier als

Soldatenkind geboren worden: in den Kasematten der Deutzer Garnison.

Auch beim Reichsbanner Schwarz-Rot-Gold nimmt Burauen eine Führungsrolle ein. Er gehört dem Hauptvorstand an, leitet die Kameradschaft Köln-Mitte und den Nachrichtendienst, damit ist er eine Art Sprecher der Organisation, die ein starkes Gegengewicht sein will zum Roten Frontkämpferbund der Kommunisten und den SA-Horden der Nationalsozialisten. Sein Trupp ist bewaffnet, mit Gewehren und Pistolen; sie lagern im 1906 eröffneten, viergeschossigen »Volkshaus« an der Severinstraße, dort, wo Partei, Gewerkschaften und das Reichsbanner Büros haben und Versammlungsräume.

Die SA-Schläger wagen sich an etliche Objekte, nicht aber an die *Rheinische Zeitung*. Sie wird beobachtet, Tag und Nacht, ins Gebäude allerdings setzt keiner einen Fuß. Hier schieben ständig Männer einer Hundertschaft Wache, die SA »wußte, da ist ein kleines Heerlager vom Reichsbanner, das ist eine gefährliche, windige Ecke« (Burauen). Vielleicht deshalb unterschätzen die Sozialdemokraten anfangs die »Mussolini-Affen«, wie die *Rheinische Zeitung* jene Hitler-Jünger beschreibt. »Einstweilen wird der Gummiknüppel noch durchaus mit solchen Lausbübereien fertig«, kommentiert ein Leitartikler. Einstweilen.

Regelmäßig besucht Burauen die wöchentlich stattfindenden Sitzungen des Stadtrates, seine Zeitung hat ihn mit einem Presseausweis versorgt. Hier trifft er Stadtverordnete, die ihm prophezeien: »Eines Tages kommst du auch noch dran, dann wirst du kandidieren. Mir bruche nämlich junge Lück« – Burauen ist zu diesem Zeitpunkt 26 Jahre alt.

Und im Rathaus erlebt er, im Herbst 1932, eine Schlacht – kommunistische und nationalsozialistische Stadtverordnete werfen sich gegenseitig Aschenbecher an den Kopf, »quer durch den Sitzungssaal. Adenauer war gar nicht mehr imstande, Ruhe zu gebieten.« Der Oberbürgermeister bricht die Sitzung ab.

Der Ton wird immer rauer, rüder, »es kam ein Gigant auf einen zu, diese Aufmärsche tausender Uniformierter, da konnte einem angst und bange werden«. Und Burauen spürt »ganz deutlich: Eines Tages ist es zu Ende mit der Weimarer Demokratie. Man hatte nur keine Ahnung, wie und wann es zu Ende gehen würde.«

Das Ende kommt schnell, und es musste schnell kommen, weil es dieser Weimarer Demokratie seit Anbeginn an Demokraten gemangelt hatte. Die Burauens dieser Welt – sie waren zu wenige. Am 30. Januar 1933 ernennt Reichspräsident Paul von Hindenburg den NSDAP-Vorsitzenden Adolf Hitler, diesen Niemand aus Österreich, diesen Gefreiten, diesen »Bierkelleragitator« (so der Historiker Ian Kershaw), zum Reichskanzler. Ein Traum für dessen Parteigänger, ein Albtraum für die Gegner.

Nach nur vier Wochen existieren die in der Weimarer Verfassung geschützten Bürgerrechte nicht mehr. Nach nur acht Wochen ist nicht mehr das Parlament Herr der Gesetzgebung. Innerhalb von nur 14 Wochen werden die Gewerkschaften aufgelöst. Innerhalb von nur 23 Wochen werden die Oppositionsparteien verboten – oder sie verkünden selbst ihr Ende. Übrig bleibt nur noch eine Partei: die NSDAP.

Die *Rheinische Zeitung* wird am 28. Februar dichtgemacht – Burauen steht auf der Straße, wieder einmal; Chefredakteur Wilhelm Sollmann, Kölner SPD-Vorsitzender, Reichstagsabgeordneter und ehedem kurzzeitig preußischer Innenminister, überlebt nur knapp die Prügelattacken mehrerer Angreifer (»mit schußbereitem Revolver, mit Beilen und mit hochgeschwungenen Messern«). Am 2. Mai stürmen 80 SS-Leute das »Volkshaus« – und beschlagnahmen »Karabiner, Seitengewehre und illegale Schriften, die sich gegen die nationale Regierung richten«, heißt es in einer Verlautbarung der NS-Gauleitung. 50 »Volkshaus«-Mitarbeiter werden abgeführt und, das ist der Terminus der Nazis für Qual und Erniedrigung, in »Schutzhaft« genommen.

Dem in Thüringen geborenen Sollmann – 1917 noch hatte er geschrieben: »Köln ist eine wundervolle Stadt, und das Rheinland ist ein Paradies« – gelingt die Flucht nach Saarbrücken. Burauen hat sie organisiert, zusammen mit »zwei anderen Kameraden« übernimmt er den »persönlichen Geleitschutz«. Und vernichtet, in Sollmanns Auftrag, »trotz polizeilicher Bewachung« der Redaktionsräume, etliche Aktenstücke, darunter »Personallisten sozialdemokratischer Beamter und Angestellter in Staats-, Kommunal- und Polizeidienststellen sowie der Mittelsmänner zur NSDAP«. Eine mutige Tat.

Zwangsläufig gerät Burauen ins Visier der Geheimen Staatspolizei (Gestapo), einige Male wird er vernommen, im Mai 1933 sitzt er zweieinhalb Tage lang in Untersuchungshaft. So jedenfalls hat er es berichtet und angefügt: Wieder freizukommen sei ihm nur »durch geschicktes Manövrieren« gelungen.

»Die Herrschaft der Nationalsozialisten in Köln«, notierte der Geschichtsforscher und Autor Werner Jung, sei »zu keinem Zeitpunkt ernsthaft durch Widerstand bedroht« gewesen, und auch Burauen war kein Widerständler. Zwar registrierte die Gestapo, frühere SPDler hätten sich zu »kleinen Zirkeln« zusammengeschlossen oder träfen sich »unter dem Vorwand der Abhaltung harmloser Skat- und Kegelabende« – eine klandestine, fürs Regime gefährliche »Zellenbildung« sei dies allerdings nicht. »Die meisten Anhänger«, so die Schlussfolgerung der Gestapo, »haben sich ... mit den heutigen Verhältnissen abgefunden.«

Auch Theo Burauen.

Auf seiner Karteikarte im Arbeitsamt steckt fortan ein roter Reiter – was bedeutet: Sozi. Für Sozis gibt es unter den Nazis keine Arbeit. Nur Schwarzarbeit. Burauen schuftet, illegal, auf dem Großmarkt. Versucht, Versicherungspolicen zu verscherbeln. Hilft, »im Stillen«, einer Textilfirma beim nicht so netten Inkassogeschäft. Sie gehört zwei Brüdern Sollmanns. In der »Wolkenburg«, dem Sitz des Kölner Männer-Gesang-Vereins, läuft er abends mit einem

Bauchladen herum, verkauft Zigaretten, Zigarren, Schokolade: »Da habe ich dann schönes Geld verdient, die Kellner kannten mich alle«.

Und 1936, im Jahr der Olympischen Spiele, geht Burauen als Süßwarenverkäufer auf die »Drachenfels«, ein kleines Rheinschiff, das zur »Weißen Flotte« der Köln-Düsseldorfer Deutsche Rheinschiffahrt gehört, der »KD«, wie die Kölner knapp sagen. Dann landet er auf der »Goethe«, einem der größten KD-Schiffe. »In dem Jahr habe ich massig Geld verdient«, erzählte Burauen, »denn die Amerikaner, die von der Olympiade aus Berlin kamen, machten ihre Rheintouren und waren ganz scharf auf kleine Matrosenpüppchen, die ich anbot.« Er verkauft an Bord auch Zeitungen, Zeitschriften, Bücher. Später rechnete er aus, wie viele Kilometer er auf den Schiffen zurücklegte – 21 000, die Hälfte des Erdumfangs.

Ein Jahr danach, 1937, heiratet er seine Freundin Berta Krebs, beide kennen sich seit vielen Jahren. Ihre Mutter ist Kölnerin, ihr Vater, ein Schweizer, arbeitet in einer Gasfabrik. Berta gibt einen guten Job auf – den als Arzthelferin bei einem der renommiertesten Gynäkologen im Rheinland, sogar feine Damen der Pariser Gesellschaft sind bei ihm Patientinnen.

Und Burauen hat wieder eine feste Anstellung: als Buchhalter bei einem Fachverlag für Rechts- und Steuerliteratur. Dann, 1938, geht er als Geschäftsführer zu einem Unternehmen an der Bachemer Straße, das Steuerungen für Druckmaschinen entwirft und Druckzangen für Schaffner produziert.

1938, 10. November. Auf dem Weg zur Arbeit kommt Burauen an der Synagoge vorbei, »vor mir ein Bild der Zerstörung und des Grauens. Glas, Holz, Möbel, Gardinen, Bettzeug, Hausrat, Kleidung, alles lag wirr durcheinander, zum Teil zerschlagen und zerfetzt, zum Teil angesengt. Aus leeren Fensterhöhlen zogen dünne Rauchschwaden – es roch nach kaltem Rauch.« Und er sieht eine »große Blutlache. Hier hatte man einen Menschen kopfüber ... auf die Straße geworfen. Ich schloß meine Augen – es fror mich – meine Hände krampften sich zusammen«. Männer, »übernächtigte, verdreckte Gestalten, sägten am eisernen Gestänge des Davidsterns. Unten zogen andere an einem langen Seil. Dann kam ein Aufschrei! Kratzend und polternd rutschte und schlug das Symbol des Gotteshauses ... herunter. Und dann begann der Veitstanz jener vertierten, entwurzelten Kreaturen ob ihres vermeintlichen Sieges.«

Plötzlich nahm Burauen wahr, dass er »nicht allein stand. Es gab noch Bürger, die mit Abscheu, Ekel und Entsetzen still protestierende Zeugen dieses erbärmlichen Schauspiels gewesen sind. Ich bin mir sicher, daß sie dachten: Das also ist das Volk, das ... den Anspruch erhebt, ein Kulturvolk zu sein.«

»Ich habe mich nie in meinem Leben so geschämt wie an jenem Tage«, sagte Burauen. Die brutalen Übergriffe der SA gegen Juden im ganzen Land sind als Novemberpogrome in die Geschichte eingegangen, viele benennen die Nacht vom 9. auf den 10. November verzerrend-verniedlichend so: Reichskristallnacht. Dabei markierte diese Nacht eines – den Übergang von der Entrechtung der Juden hin zu ihrer gewaltsamen Vertreibung und Verfolgung.

Zehn Monate später beginnt der Zweite Weltkrieg.

DER SOLDAT

Theo Burauen war bereits 33 Jahre, als er zur Wehrmacht eingezogen wurde. Mit 33 kam kaum einer zur kämpfenden Truppe, jedenfalls im zweiten Kriegsjahr noch nicht. Burauen musste bei der Luftnachrichtentruppe antreten – in der Abteilung II des Luftgau-Nachrichtenregiments 17, stationiert im Osten Österreichs.

Am 19. Juli 1940 nimmt er Abschied von seiner Familie, Sohn Werner ist zwei Jahre, der kleine Hans erst sechs Monate alt. Ein bitterer Abschied. Um 7.05 Uhr besteigt Burauen am Hohenzollernring die Straßenbahn zum Wehrbereichskommando, von dort geht es zum Hauptbahnhof, das Ziel: Steyr in Oberösterreich.

Präzise um 7.05 Uhr. Jahrelang hat Burauen das Ticket mit der Uhrzeit aufgehoben. Und deshalb konnte er später genau ausrechnen, wie lange ihn der Krieg festhielt.

Soldaten der Luftnachrichtentruppe hatten ihren fliegenden Kollegen in vielfältiger Form Unterstützung zu leisten. Sie mussten etwa Telefonverbindungen über Draht, Funk und Richtfunk einrichten. Oder Radargeräte des Gegners so stören, dass sie keine brauchbaren Ergebnisse liefern konnten. Oder Flugbewegungen beobachten und melden. Eine wichtige Aufgabe war auch die Funkaufklärung.

Wenn Kriegsapologeten die Bedeutung dieser Truppe beschreiben, greifen sie gerne auf deren größten Erfolg zurück, der doch keiner war. Sie hatte rechtzeitig die Invasion der Alliierten in der Normandie vorausgesagt und präzise die Örtlichkeiten benannt. Die Führung aber, allen voran Hitler, negierte lange jene Erkenntnisquelle.

Im Krieg: Obergefreiter Burauen (rechts) und zwei Kameraden von der Luftnachrichtentruppe (vermutlich im Sommer 1944)

In Steyr, und ab jetzt gilt Burauens eigene Schilderung, weil keinerlei Dokumente existieren, wurde er zum Funker ausgebildet. Dann ging es nach Brünn, Pilsen, Budweis und Prag. 1941 versetzte ihn die Kriegsadministration für einige Monate an die deutsche Botschaft in Ungarns Hauptstadt Budapest. Hier assistierte er dem Luftwaffenattaché Oberst Heribert Fütterer, gut zehn Jahre älter als Burauen; Fütterer war kein in der Wolle gefärbter Nazi, eher ein »gerader und anständiger Charakter«, wie es in einem Zeugnis hieß, »gewandt und bestimmt in seinem Auftreten, tadelloser Gesellschafter, geistig guter Durchschnitt und rege«.

Anfang Juli 1943, Burauens Einheit soll in Wien aufgelöst und einer Panzergrenadierdivision der Waffen-SS unterstellt werden – Vorbereitungen für ein »Kommando Y«, er hatte schon seine »Uniformteile abgegeben und Infanterieuniformteile erhalten«, erinnerte sich Burauen. Da holt ihn der Kompaniefeldwebel zu sich: »Sie müssen sofort zum Chef kommen!«

Kompaniechef: »Sagen Sie mal, ist Berta Burauen Ihre Mutter?«

Burauen: »Nein, meine Mutter lebt nicht mehr.«

Kompaniechef: »Ja, ist das denn Ihre Frau?«

Burauen: »Ja, was ist denn los zu Hause?«

Kompaniechef: »Ihr Vater ist durch eine Bombe getötet worden. Frau Berta Burauen hat uns gebeten, Sie in Urlaub kommen zu lassen. Sie können sofort fahren.«

Am 29. Juni, einem Dienstag, hatten 519 britische Bomber ab 1.30 Uhr 55 Minuten lang ihre tödlichen Lasten abgeworfen: Sprengbomben, Phosphorbomben, Brandbomben, Luftminen. An diesem 29., dem Tag des Gedenkens an die Kirchenväter Simon Petrus und Paulus von Tarsus, wurden fast 4500 Menschen getötet, 10 000 verletzt, 230 000 wurden obdachlos, 35 000 Wohnungen wurden auf einen Schlag vollständig zerstört. »Hölle Köln«, notierte der Chronist Heinz Pettenberg.

Dieser »Peter-und-Paul-Angriff«, wie er schon bald genannt wurde, gilt als einer der schwersten des Zweiten Weltkriegs. Und in dieser Hölle Köln war Burauens 62-jähriger Vater Theodor Josef ums Leben gekommen. Er hatte sich in einen Luftschutzkeller retten wollen – da detonierte eine Luftmine, und »alles, was in der Nähe war, lag mit geplatzter Lunge da« (Burauen).

Wenig später, am 9. Juli, machte sich Hitlers Propagandaminister Joseph Goebbels vor Ort ein Bild. Er notierte in seinem Tagebuch, dass Gauleiter Josef Grohé »von rein defaitistischen Erscheinungen trotz aller Nachforschungen noch nichts« habe »bemerken können«, und Goebbels will auch gewusst haben, warum dies so war: Die Kölner hätten eben, verglichen mit den allermeisten Deutschen, »mehr Humor und Lebensoptimismus«.

Goebbels, den die Briten »evil genius« nannten, böses Genie, wollte diesen vermeintlichen Optimismus weiter am Leben erhalten – er gab Order, eine Sonderration Zigaretten zu verteilen, »15 Stück pro Nase, das hat sich die Bevölkerung reichlich verdient«. Und soll verfügt haben, dass alle Soldaten auf Urlaub, die sich an Aufräumarbeiten beteiligten, weitere 15 Tage bei ihren Familien bleiben durften. Dies jedenfalls will bei Burauen haften geblieben sein.

Ende Juli kehrt er zurück nach Wien. Seine Kompanie – weg. Und er will erfahren haben, dass die Einheit der Waffen-SS »restlos aufgerieben« worden sei in der »Kesselschlacht von Radom«: »Da ist keine Maus mehr heil herausgekommen.« Im Nachhinein hielt er dies alles für »Fügung« und sagte: »Es gibt Zufälle im Leben, die sind so unglaublich, daß man gar nicht mehr denken kann, daß so etwas möglich ist.«

Am 6. Mai 1945 setzen sich Burauen und einige Kameraden bei Graz von der Truppe ab und marschieren in Richtung Nordwesten über die Alpen, den Amerikanern entgegen. Wenige Wochen sitzt er in Gefangenschaft, arbeitet kurz bei einem Pastor im oberbayerischen Murnau, dann bringt ihn am 19. Juni ein amerikanischer Transporter nach Köln – in sein Köln, ins hillige Köln. Jetzt der größte Schutthaufen der Weltgeschichte, »30 Millionen Kubikmeter aufgelockert«, wie Statistiker festhielten, ohne zynisch sein zu wollen, »23 Millionen Kubikmeter unaufgelockert«. Zerschlagen, zerhauen, zerstört, wie damals, im Jahre 881, als die Normannen hergefallen waren über die Stadt. »Dat einzije, wat he noch stimme dät«, klagte ein alter Kölner, »wor die geographische Lage.« Kaum eine andere Stadt und ihre Bewohner hatten so gelitten, mochte auch der Kölner Heinrich Böll »eine Art Wettstreit der deutschen Städte« über den jeweiligen Grad der jeweiligen Zerstörung als »deutscheste Form des Perfektions-Perversionsspiels« missachten.

Es ist 19.15 Uhr, als Burauen am Barbarossaplatz vom Lastwagen der Amerikaner springt. Seine Kriegszeit, die Zeit weg von der Familie, hat also genau vier Jahre, elf Monate und zwölf Stunden gedauert. Vom Barbarossaplatz läuft er in die Brüsseler Straße, wo seine Frau und die Kinder wohnen. Unterwegs hat er »ganze sieben Personen gesehen«. Köln ist menschenleer. Und in der Wohnung leben andere.

*

Über diese knapp fünf Jahre hat Theo Burauen kaum gesprochen, seine Söhne Werner und Hans können sich nicht daran erinnern, dass er es jemals zu Hause tat. Erkennbar nur zweimal redete er mit Journalisten darüber, und es war klar, dass das, was er sagte, öffentlich würde. Im April 1966 interviewte ihn der städtische Pressesprecher Peter Fuchs, zuvor Lokalchef der *Neuen Rhein Zeitung* (NRZ). Fuchs, er hatte im Krieg ebenfalls bei der Luftnachrichtentruppe gedient, machte daraus zu Burauens 60. Geburtstag einen »biografischen Bildbericht«, der im Greven Verlag erschien. Später betonte der Autor, sein Text habe weitgehend auf »Burauens eigenen Darstellungen« beruht. Solcherlei Selbstzeugnisse, vor allem die aus der Militärzeit, sind für Historiografen problematische Quellen.

Das zweite Mal stand Burauen Redakteuren der *Kölnischen Rundschau* Rede und Antwort, das war Anfang Dezember 1973, kurz vor dem Ende seiner Amtszeit. Das Gespräch im Konferenzraum der Zeitung dauerte bis tief in die Nacht, es sollte Grundlage für eine achtteilige Serie werden, Titel: »Die Ära Burauen«. Der Verfasser dieses Buches ist einer der beiden Serienautoren.

Ein Thema des Gesprächs war, zwangsläufig, der Krieg. Burauen berichtete, tief berührt, vom Bombentod seines Vaters: »Der war mein Lebensretter.« Er erzählte vom Kommando Y, von der Kesselschlacht bei Radom, von der aufgeriebenen SS-Division. Und von der Goebbels-Order, allen Soldaten auf Heimaturlaub, die beim Aufräumen halfen, 15 Tage plus zuzugestehen.

Nur: Dies alles stimmt nicht. Es kann nicht stimmen.

In seinem akribisch geführten Tagebuch, dessen wissenschaftlichen Wert Experten als hoch ansehen, weil es in weiten Teilen kein propagandistisches Machwerk ist, erwähnt Goebbels diese Art von Belohnung nicht – wohl aber jene 15 Zigaretten.

Ein Kommando Y kennt kein Militärhistoriker, und bei Radom, es liegt im südöstlichen Polen, hat es zum fraglichen Zeitpunkt keine Kesselschlacht gegeben. Nirgendwo ist eine Division gänzlich vernichtet worden, in den Julitagen 1943 tobte die sogenannte Schlacht im Kursker Bogen, Deckname der Operationsvorbereitung: »Zitadelle«. Diese Schlacht gilt als die größte überhaupt in der Weltgeschichte, zwei Millionen Soldaten kämpften auf deutscher und auf russischer Seite.

Hier waren tatsächlich drei Waffen-SS-Panzergrenadierdivisionen (»Totenkopf«, »Leibstandarte Adolf Hitler«, »Das Reich«) eingesetzt, deren Verlustquote betrug zwischen 12 und 13,5 Prozent. Und tatsächlich hatten in diesen SS-Einheiten viele Angehörige von Luftgau-Nachrichtenregimentern Dienst tun müssen.

Es muss im Unklaren bleiben, warum Burauen diese Version einer zwar ganz kurzen, aber für ihn bedeutsamen Lebensphase präsentierte. Vielleicht gehörte sie zu einem Verdrängungsprozess, wie ihn Millionen Soldaten durchmachten. Zu einer Realitätsverschiebung, die half, unerträgliche Schrecklichkeiten in einer Art Zwischenwelt verschwinden zu lassen, die nur der Betroffene selbst kennt.

Zwei Archivalien aus Burauens Militärzeit sind überliefert, die einzigen Beweisstücke. Zum einen existiert die Formel seiner Erkennungsmarke: 398-L.N.17. Er war also tatsächlich Angehöriger des Luftgau-Nachrichtenregiments 17.

Zum anderen ist eine Urkunde erhalten, die den Einsturz des Kölner Stadtarchivs, wo Burauens Nachlass aufbewahrt wurde und wird, schadlos überstanden hat. Sie dokumentiert in dürren Worten, dass dem »Obergefreiten Theodor Burauen« am 30. Januar 1944 »im Namen des Führers und Obersten Befehlshabers der Wehrmacht« das Kriegsverdienstkreuz II. Klasse mit Schwertern verliehen worden ist. Was ihn auszeichnete, wird nicht vermerkt. Im Reichsgesetzblatt hieß es lapidar, dieser Orden werde vergeben »für besondere Verdienste beim Einsatz unter feindlicher Waffeneinwirkung oder für besondere Verdienste in der militärischen Kriegführung«.

DER NEUBEGINN

Die Hölle Köln hatten seine Frau und die beiden Söhne, anders als deren Großvater, überlebt. Aber wo sie sie überlebt hatten, das wusste der Kriegsheimkehrer Burauen nicht.

Er fragt eine alte Hausbewohnerin und bekommt zur Antwort: »Ich glaube, die sind in Kleineichen.« Seit Jahren schon hat Burauen hier, nahe Rösrath, wo das Bergische Land beginnt, ein Gartenhäuschen gemietet. Tags drauf macht er sich auf den Weg, zu Fuß. Ein Nachbar berichtet, die Familie sei längst evakuiert. Und nennt eine Adresse ziemlich weit weg: in Limburg an der Lahn. Burauen leiht sich ein Fahrrad, radelt stundenlang Richtung Süden. Er findet das Haus – es ist zerstört. Fragt spielende Kinder, ob sie wüssten, wo sein Hansel und sein Werner seien. Eine Mutter sagt: »Die Kölschen, die sind nicht mehr hier. Die sind in Dreihausen, das ist im Marburger Land.«

Nachmittags kommt er an. Fährt zur Bürgermeisterei. Eine Frau will wissen, wo er denn herkäme – »Aus Köln, meine Frau und meine Kinder sollen hier sein«. »Wie heißen die denn?« – »Hans und Werner heißen meine Kinder.« – »Ja, die sind beim Schmerhannes.« Berta steht gerade vor der Tür, als er den Bauernhof erreicht. Sie sackt in sich zusammen, wird kurzzeitig ohnmächtig, »wie die fromme Helene bei Wilhelm Busch« (Burauen). Zwei lange Jahre haben sie sich nicht gesehen.

Fürs Erste kommen die Burauens in Köln bei einer Cousine unter, Brüsseler Straße 68. Im Juli stellt er sich beim Arbeitsamt vor und kann wählen: Kriminalpolizei oder Stadtverwaltung. Er entscheidet sich für die Stadtverwaltung, Ernährungsamt. In der Bezirksstelle an der Overbeckstraße, Köln-Ehrenfeld, wird er stellvertretender Leiter.

Im Krieg hat er sich geschworen, auf ewig von der Politik die Finger zu lassen. Zu stark, zu groß war die Enttäuschung »beim wehrlosen Zusammenbrechen der Weimarer Republik. Ich wollte nicht mehr.« Und doch hält dieser Schwur nicht lange – weil Burauen eines hasst: Ungerechtigkeit. Und weil er sich verpflichtet fühlt, zu helfen angesichts dieses »grausigen Trümmerfeldes mit seinen hilflosen wenigen Menschen«.

Deswegen beginnt seine politische Karriere ganz unten. In einem der sogenannten Ortsausschüsse, die kein Vorbild haben und entstanden sind aus »mehr oder minder wilder Wurzel«, wie es der Historiker Horst Matzerath formulierte. Lokale Selbsthilfegruppen, die sich gründen, als die Verwaltung noch ein Provisorium ist – und deren Mitglieder aus allen Schichten kommen: Kapläne und Professoren, Arbeiter und Handwerksmeister, ein Zeitungshändler, sogar ein Dompteur. Diese Ortsausschüsse kümmern sich um Evakuierte, die trotz strikter Verbote zurück in die Stadt strömen. Schieben Wachen an dunklen Stellen. Versuchen, mit Schippen und Handkarren die ersten Trümmer zu beseitigen, so gut wie möglich. Reparieren Gas-, Strom- und Wasserleitungen. Besorgen Kartoffeln, Obst, Getreide.

Und sie machen aufmerksam auf jene Mitbürger um die Ecke, die im vermeintlich Tausendjährigen Reich sich als »Pg« verdingt haben – als Parteigenossen Hitlers. Fassen schriftlich zusammen, wie diese aufgetreten waren: »Nazi-Schwerverdiener«, »sehr rühriger Aktivist«, »sehr gemeiner Pg«.

In den linksrheinischen Ortsausschüssen dominieren zu Beginn die Kommunisten, und sie kujonieren auch die kleinsten Parteigänger Hitlers. Burauen ist überzeugt davon, dass diese Menschen – aus seiner Sicht bedeutungslose Pg, die niemandem ernsthaft geschadet hätten – ungerecht behandelt würden. Auch weil »mich meine Freunde darum baten«, lässt er sich am 27. März 1946 zum Vorsitzenden des Ortsausschusses Köln-Mitte wählen, mit den Stimmen von CDU, SPD und FDP, »die Kommunisten überrumpelnd«. Schon hier entwickelt sich ein Politikmodell, *sein* Politikmodell der Zukunft: Zusammenarbeit, Zusammenarbeit der Demokraten. Mit nur einem Interesse: Köln und den Kölnern zu nützen, in sozialer Gemeinschaft. »Mein inneres Gesetz ist es immer gewesen«, sagte er später, »mich nicht vorzudrängen, solange nicht Not am Mann ist.« Oder solange kein Unrecht geschieht, »bei dem man eingreifen muss«.

Erster Schritt bei der Anwendung dieses Politikmodells ist es, einen christdemokratischen Mitstreiter im Ortsausschuss – Erich Wolter, CDU-Mann mit der Mitgliedsnummer 1781 – zu beauftragen, »Häuser ... festzustellen, welche zu Wohnzwecken geeignet« und »in welcher Stärke sie belegt« seien. Es geht darum, jenen Menschen, die nach Kriegsende zu Zehntausenden in die Heimat zurückkehren, ein Dach über dem Kopf zu organisieren; Wolter hat Burauens Vertrauen. Und er dürfte auch, mit dessen ausdrücklicher Genehmigung, bei etwaiger Gegenwehr, »polizeiliche Hilfe in Anspruch« nehmen.

Diese Ortsausschüsse, die Burauens politischer Ziehvater Robert Görlinger als »wertvolle Bindeglieder zwischen der Verwaltung und dem einzelnen Bürger« beschrieben hat, verloren schon bald an Bedeutung. Manche Mitglieder störte auch, dass sie Hilfestellung leisten sollten bei der sogenannten Entnazifizierung oder, wie es auch bei vielen hieß: Entnazisierung. Die von den Alliierten eingeführte Prozedur – vorausgegangen war ihr das »Gesetz zur Befreiung von Nationalsozialismus und Militarismus« – erwies sich bald schon als bürokratisches Monstrum. 13,4 Millionen Deutsche über 18 Jahre mussten einen Fragebogen mit 131 Positionen ausfüllen; davon hing ab, ob jemand als »Hauptschuldiger«, »Belasteter«, »Minderbelasteter«, »Mitläufer« oder »Entlasteter« einzustufen sei.

Allein der Teil zur Mitgliedschaft in der Hitler-Partei und ihren zahlreichen Nebenorganisationen umfasste 60 Einzelfragen. Die meisten Deutschen empfanden die Beantwortung als Zumutung, weil Ausdruck einer »Siegerjustiz«. Vielleicht deshalb wurde der kritisch-zynisch gehaltene, autobiografische Roman des umstrittenen Schriftstellers Ernst von Salomon, Titel: *Der Fragebogen,* einer der ersten Bestseller nach dem Krieg. O-Ton Salomon: »Nicht die katholische Kirche ist es, die in Fragen der Erforschung meines Gewissens an mich herangetreten ist, sondern eine Institution, weitaus weniger bewunderungswürdig, die Alliierte Militärregierung ... Sie naht mir nicht wie der Geistliche dem armen Sünder in der von der Welt abgeschiedenen Zelle des Beichtstuhles, sie sendet mir den Fragebogen ins Haus und beginnt sofort barschen Tones wie ein Untersuchungsrichter gegenüber dem Verbrecher ...«

Als dann die Entnazifizierung deutschen Dienststellen übertragen wurde, verspotteten Patrioten aller Couleur bitter empört die neu eingerichteten Spruchkammern als »Bruchkammern« oder »Sprüchekammern«. Gleichzeitig mogelten sich etliche aus der Verantwortung, indem sie gefälschte Erklärungen vorlegten. Ein besserer Begriff hätte für solche Papiere nicht erfunden werden können: »Persilscheine«. Darin versicherten die Westdeutschen, klar: die Kölner auch, sich gegenseitig, stets anständig geblieben zu sein.

Burauen nennt das System der Entnazifizierung – am Ende sollten 0,65 Prozent aller Betroffenen als »Hauptschuldige« oder »Belastete« eingestuft werden – »ein lächerliches Spiel«, einen »neuen Kardinalfehler der europäischen Politik«. Und er beschreibt in einem Brief an Wilhelm Sollmann, wie das Problem besser gelöst worden wäre – »wenn gegen etliche Zehntausende zwei Tage lang die Maschinengewehre gesprochen hätten«.

Eine harsche, radikale Aussage. So harsch und so radikal, dass eigentlich schwer vorstellbar ist, hier offenbare sich sein wahres Gedankengut. Er habe das Recht auf eine »klare Sprache«, betonte Burauen, weil er nie etwas Unrechtes getan habe: »Wäre ich auch nur eine Sekunde in meinem Leben wankend geworden, hätte ich mich dieses Rechts begeben.«

Und Burauen plädiert für einen »generellen Schlußstrich«. Weil er, wie Millionen andere, die breite Masse des Volkes frei sieht von Schuld und Verantwortung. Wie Millionen andere auch verkennt Burauen dabei, dass die fehlgeschlagene Entnazifizierung gleichzeitig vor allem eines bedeutet: den Friedensschluss mit den Tätern.

Und es gibt einen zweiten Grund für ihn, in die Politik zu gehen. Einen durchaus persönlichen, für viele wäre er vermutlich kein Grund gewesen. Burauens Tätigkeit als Ortsausschuss-Vorsitzender nervt den Leiter des Ernährungsamtes gehörig, deshalb versetzt der ihn in eine Außenstelle ziemlich weit weg – in der Hoffnung, dies würde sein Engagement zügeln. Das ist für ihn ein Affront, eine Kampfansage, darauf muss ein Burauen reagieren.

Genau in dieser Phase sucht SPD-Fraktionschef Görlinger einen Geschäftsführer, fragt ihn, ob er es machen wolle. Nach ganz kurzer Bedenkzeit sagt Burauen zu, sein erstes Gehalt: 250 Reichsmark, der Schwarzmarktwert von 25 Zigaretten. Im provisorischen Rathaus, untergebracht im Allianz-Gebäude am Kaiser-Wilhelm-Ring, trifft er am selben Tag noch seinen Kontrahenten vom Ernährungsamt – und bescheidet ihm kühl: »Sie wollten mich aus dem Rathaus herausbringen, jetzt zeige ich Ihnen, wie ich da doch reinkomme.«

*

Ein Blick zurück. Auf den 1. Oktober 1945. 16 Uhr, Universität, Hörsaal IV. Kölns Stadtkommandant J. Alan Prior, Major der britischen Armee und im Zivilberuf Industrieberater, eröffnet die erste Stadtratssitzung der Nachkriegszeit. Er hat die Stadtverordneten bestimmt – »nominated representative council«, so heißt dieser Rat in seiner Muttersprache. Es sind 24 Stadtverordnete, querbeet bestellt aus Parteien, Handwerk, Industrie, Gewerkschaften, Freiberuflern, ein Student ist dabei. Drei der Deputierten sind Frauen.

Parteipolitisch gesehen, stellt sich die Sitzverteilung so dar: neun Christdemokraten, sieben Sozialdemokraten, unter ihnen Görlinger, fünf Kommunisten, drei Neutrale.

Prior, ein intelligenter, junger Offizier, redet Klartext. Was er auf Englisch vorträgt, liegt bereits übersetzt und gedruckt auf den Bänken. »Unser Hauptziel ist es«, sagt er ins Mikrofon, »Deutschland im wahrsten Sinne des Wortes wieder zu erziehen, um ihm die Möglichkeit zu geben, schließlich einen Platz unter den anderen demokratischen Völkern wieder einzunehmen. Alle Deutschen, mit denen ich zusammenkomme, geben ihrem Abscheu vor der nationalsozialistischen Partei, allen ihren Handlungen und Zielen bereitwilligst Ausdruck. Es bleibt jedoch die Tatsache bestehen, daß Deutschland zwölf Jahre lang die systematische Ausplünderung Europas offensichtlich unterstützt und willig an ihr teilgenommen hat.«

Dann macht Prior eine kurze Pause. Um seine Worte wirken zu lassen.

Und fährt fort: »Verantwortlich für die Regierungsführung eines Landes ist letzten Endes die Nation selbst, die eine solche Regierung auf die Dauer duldet.« Um »Gefühle für eine solche demokratische Verantwortlichkeit zu wecken«, übertrage er nun der Versammlung alle Pflichten und Rechte, »die sie früher unter der Weimarer Verfassung genossen« habe.

Er hoffe, ergänzt Prior, bevor er Oberbürgermeister Adenauer zum Sitzungsleiter beruft, dass »diese Wiedergeburt des Verantwortlichkeitsgefühls in der Verwaltung wesentlich« zu einem beitragen werde – »diese einstmals so schöne Stadt in ihrem früheren Glanze wieder erstehen zu lassen«.

Adenauer antwortet. »Wir von der Verwaltung sind glücklich, wieder Rat und Hilfe aus der Bürgerschaft zu haben. Wir sind froh, wieder Kritik zu haben, aufbauende Kritik. Ich glaube, die Verhältnisse sind so, daß Sie« – gemeint sind die Besatzer – »selbst sich davon überzeugen werden, daß nur aufbauende Kritik in einer solchen Lage am Platz ist.«

Das ist durchaus ein Seitenhieb Adenauers auf die Militärs, vorgetragen in seiner typischen Diktion. Prior und sein Dolmetscher bemerken nicht, dass die beiden Wörter »aufbauende Kritik« harte Kritik an der britischen Obrigkeit sind – weil sich die Mehrheit der Kölner, Adenauer eingeschlossen, schlecht behandelt fühlt, gar schikaniert von, wie sie meinen, ewig meckernden Aufsehern. Die wenigsten haben das Gefühl, politisch befreit worden zu sein. Schuld und Verantwortung, diese Worte kennen die meisten nicht. Und den Besatzern »wurde häufig entgegen gehalten, man habe im Krieg genug gelitten« (Werner Jung). Die Kölner sehen sich deshalb eher als Opfer – und fordern Nachsicht ein.

So auch Theo Burauen.

DER AUSSCHUSSVORSITZENDE

Robert Görlinger und Theo Burauen sind also seit Herbst 1946 ein Tandem. Ein interessantes Tandem. Kölner der eine, Pfälzer der andere. Burauen jung, ein Kraftpaket, athletisch. Görlinger fast 20 Jahre älter, klein, rundlich. 1905, ein Jahr vor Burauens Geburt, war er mit 17 aus der kleinen Ortschaft Ensheim, mitten in der rheinhessischen Weinlandschaft gelegen, nach Köln gegangen – in diese Riesenstadt, die, wie es Peter Fuchs hübsch formulierte, »von Beginn an schwarz war«. Schwarz, das hieß: katholisch. Katholisch hieß, politisch gesehen: Zentrum. Die Partei der Reichenspergers, der Stegerwalds. Der Adenauers.

Wie Burauen stammte Görlinger aus kleinen Verhältnissen. Musste in Ensheim als junger Bursche auf dem Feld arbeiten, um ein paar Groschen für die vielköpfige Familie heimzubringen; in Köln verdingte er sich als Laufbursche, als Fabrikarbeiter, als Löter. Er bildete sich weiter und schaffte es schließlich, bei Siemens als Obermonteur angestellt zu werden.

Seit 1909 war Görlinger Mitglied der SPD und bis zu seiner Einberufung 1915 Vertrauensmann für das Arbeiterviertel Ehrenfeld; vier Jahre später wurde er, zusammen mit 42 Genossen, in den Stadtrat gewählt. 1920 wurde er Geschäftsführer der Fraktion, 1927 ihr Vorsitzender. Die gleiche Karriere, die auch Burauen machen sollte.

Als die Hitler-Partei an die Macht kam, musste Görlinger fliehen, erst ins Saargebiet, dann nach Frankreich. Hier wurde er im Mai 1941, nach der Okkupation durch die Truppen der Wehrmacht und der SS, festgenommen – als »führendes SPD-Mitglied«. Wegen angeblicher »Vorbereitung eines hochverräterischen Unternehmens« verurteilte ihn ein in Hamm tagender »Sondersenat« des Volksgerichtshofs zu zwei Jahren Haft. Am 1. Juni 1943 verschleppte ihn die Gestapo ins Konzentrationslager Sachsenhausen, Häftlingsnummer: 67438.

Als die Briten im Mai 1945 das KZ befreiten, schrieb Görlinger voller Ungeduld: »Ich habe nur einen Wunsch, sobald als möglich nach Köln zu kommen, um mitzuarbeiten an der Reinigung des öffentlichen Lebens von dem Nazismus in jeder Form und am Wiederaufbau eines demokratischen Lebens. Ich glaube, daß ich nach den Erfahrungen und der Kenntnis des rheinischen Volkes besonders befähigt bin zu dieser Arbeit.« Am 10. Juli kehrte der Ex-Häftling zurück. Drei Wochen nach dem Ex-Soldaten Burauen.

Sofort wurde Görlinger politisch wieder aktiv – musste aber einsehen, dass die Bedingungen für seine Partei denkbar schlecht waren, »außerordentlich unerfreulich«, wie er notierte: »Die Amerikaner und die Engländer hatten bei ihrem Einmarsch in Köln sich in erster Linie an die Katholiken gewandt und die führenden Leute des Zentrums ... mit der Führung der Verwaltungsgeschäfte beauftragt ... Die sozialistischen Kreise waren in den führenden Stellen nicht vertreten ...«

Nicht nur das. Die allermeisten SPDler hatten nach dem Krieg geglaubt, dass nur sie in der Lage sein würden, Neuanfang und Wiederaufbau zu organisieren – »zum einen empfand man sich nach dem Zusammenbruch der NS-Diktatur als einzige moralisch legitimierte Kraft«, schreibt der Publizist Helmut Frangenberg. Und zum anderen sei, marxistische Logik, »nach Krieg, Zerstörung und Niederlage das gesamte Volk zum Proletariat« geworden, ergo reklamierte die SPD für sich, die einzig mögliche deutsche Volkspartei zu sein. Ein Irrtum historischen Ausmaßes schon deshalb, weil etwa der Mittelstand sich mitnichten, so Frangenberg, »in seine neue Rolle im Gesamtproletariat einweisen« lassen wollte.

Die von der SPD propagierte Alternative »Sozialismus oder Untergang« konnte auch deshalb nicht ziehen, weil den Sozialdemokraten mit Adenauers ganz junger CDU ein bemerkenswert starker Gegner gegenüberstand, und mit dem Hinweis des Kölner SPD-Chefs Christian Fette, Sozialismus sei »nichts anderes als Christentum der Tat«, konnte kaum ein Wahlbürger etwas anfangen. Das Ergebnis der ersten freien Kommunalwahlen am 13. Oktober 1946 war deshalb eindeutig: 34,6 Prozent der Stimmen für die SPD, die CDU holte 53,4 Prozent, die KPD 9,3.

Nur zwei Sozialdemokraten ergatterten sich, in den Wahlkreisen Altstadt-Süd und Neustadt-Süd, direkte Mandate. Der eine war Peter Fröhlich. Der andere Burauen, er hatte mit einem einfach-kölschen Slogan geworben: »Mer künne widder wähle.« Und weil immer noch das Mehrheitswahlrecht der Briten galt, saßen im 51-köpfigen Stadtparlament lediglich acht Sozialdemokraten, aber 41 Christdemokraten und zwei Kommunisten. Burauen zog als jüngster Sozialdemokrat in den Rat ein, wenige Tage vor seinem 40. Geburtstag. Seine erste wichtige Funktion: Vorsitzender des Ernährungsausschusses.

Wieder die Universität, wieder der Hörsaal IV. Donnerstag, 21. November 1946. Burauen hält seine erste Rede als Stadtverordneter. Eine lange, eine fulminante Rede, am Ende wird der Protokollführer notieren: »Stürmischer, anhaltender Beifall.«

Burauen rechnet ab mit den Briten. Wenn Adenauer im Jahr zuvor noch halbwegs diplomatisch gewesen war, so ist der Geschäftsführer der SPD-Fraktion jetzt von einer dramatischen Direktheit. Quält sich nicht durch den Dschungel verbindlicher Worte. Verbiegt sich nicht. Scheut sich nicht, darauf hinzuweisen, dass »zuweilen 20 Menschen, darunter Familien, die auf einem einzigen Zimmer leben, evakuiert« worden seien – um »sechs Räume zu beschaffen für einen Offizier und seine Frau«.

Er sagt: »Bei allem Respekt, den wir gegenüber den Militärbehörden haben und dem gesamten britischen Volke haben und einhalten wollen, sei jedoch vor aller Welt einmal festgestellt, daß es sich beim deutschen Volk nicht etwa um ein Volk von Kulis handelt, deren Lebensinhalt nur aus der dankbaren Entgegennahme einer Schüssel warmer Suppe oder einer Handvoll Reis oder Mais besteht.« Und er spricht eine »eindeutige und unmißverständliche Warnung« aus: »Man soll den Millionen deutschen Schaffenden nicht zuviel zumuten! Alle Geduld hat einmal ein Ende ... Warum quält man das Volk?« Bei den Besatzern könne »unmöglich noch der gesunde Menschenverstand regieren«.

Die Kölner leiden, ganz schlimm. Im März 1946 ist die Brotration halbiert worden. Bis Juni sind keine Kartoffeln auf dem Markt, nur auf dem Schwarzmarkt, wo beständig die Leistungsfähigkeit einer Schattenwirtschaft demonstriert wird. Wo aber das Pfund Butter so viel kostet, wie eine Lehrerin im Monat verdient. Im Juli stehen jedem pro Tag nur noch 775 Kalorien zur Verfügung – notwendig sind mindestens 2400. Die Fettdepots der Menschen sind erschöpft, sie zehren von ihrer Muskelsubstanz, die Folgen: Hungerödeme, der Stoffwechsel kann zusammenbrechen.

Zwei Stunden lang muss Burauen nach seiner Philippika britischen Geheimdienstlern Rede und Antwort stehen – und bleibt unbehelligt. Das, was er losgeworden ist, den »Notschrei über Ernährung und Hausbrand«, findet wenige Wochen später einen kräftigen Widerhall in der Silvesterpredigt von Erzbischof Josef Frings. Der Kardinal spricht nicht im Dom, der noch zu stark beschädigt ist, sondern in der Riehler St.-Engelbert-Kirche.

»Wir werden uns erforschen müssen, jeder für sich, ob er das siebte Gebot treu befolgt hat, das das Eigentum des Nächsten schützt«, formuliert Frings. »Wir leben ... in Zeiten, in denen der staatlichen Obrigkeit mehr Rechte über das Eigentum der einzelnen zustehen als sonst. Und in denen ein gerechter Ausgleich zwischen denen, die alles verloren haben, und denen, die noch manches gerettet haben, stattfinden muß.« Und dann dieser Satz: »Wir leben auch in Zeiten, da in der Not der einzelne das wird nehmen

»Sehr gute Zusammenarbeit«: SPD-Fraktionschef Burauen mit seinem Amtsvorgänger Robert Görlinger, einem gebürtigen Pfälzer

dürfen, was er zur Erhaltung seines Lebens und seiner Gesundheit notwendig hat, wenn er es auf andere Weise, durch seine Arbeit oder durch Bitten, nicht erlangen kann.« Ein vermeintlicher Freibrief des Kirchenfürsten. Ein Freibrief, Kohle klauen zu dürfen.

All jene, die »fringsten« (der Kölner gilt seit jeher als genialer Wortschöpfer), hatten nicht gewusst oder längst vergessen, dass der Erzbischof diese angebliche Form der Absolution gleich im nächsten Satz halbwegs wieder einkassierte. Sagte er doch: »In vielen Fällen« sei »weit darüber hinausgegangen worden« – und da gebe es »nur einen Weg: unverzüglich unrechtes Gut zurückzugeben, sonst gibt es keine Verzeihung bei Gott«. Immerhin, an manchen Tagen wurden von den Zügen bis zu 900 Tonnen Briketts gestohlen.

Der Katholik Burauen freilich wertet die Predigt so, wie es alle anderen tun. Auch er fringst, »um kochen und stochen« zu können. »Seelisch erleichtert« durch das Kardinalswort.

Görlinger hat Burauens Rede gut gefallen, außerordentlich gut. Auch er ist ein Mann des präzisen Wortes, präzise hieß auch: unmissverständlich. Schon deshalb sei er »sehr gut« übereingekommen mit dem Fraktionschef, schreibt Burauen an Wilhelm Sollmann, er lerne »eminent viel« von ihm.

Ein Lob zwar, aber doch ein vergiftetes. Denn er schreibt auch: »Die Postenkleberei unserer Altvordern« – Görlinger ist einer von ihnen – sei das »größte Hemmnis zur Entwicklung einer heutigen modernen Parteibewegung«; viele lebten »noch in den engen Gedankengängen unserer früheren Entwicklungsstufen«. Jene »biedern und braven Sozis mit den Patriarchenbärten holzen im Strauchwerk herum und vergessen, daß es später unsere Bäume sein werden« – anstatt »veränderten und neuen Gesichtspunkten Rechnung zu tragen«.

Kein Zweifel, ein Ideologe ist dieser Burauen nicht. Er ist ein Erneuerer. Und hat eine glänzende Idee, als er im Allianz-Gebäude eine Art Bürgerbüro einrichtet, so etwas kennen die Kölner nicht. Alle, die Rat suchen, können zu ihm kommen, nicht nur Parteifreunde. Dahinter steckt Kalkül, jedoch auch der wirkliche Wunsch, helfen zu wollen.

Viele Frauen nutzen diese Möglichkeit – den Frauen hatte die CDU im Wesentlichen ihren Erfolg zu verdanken, weil sie »in der Nachkriegszeit mit ihrem zahlenmäßigen Übergewicht der wahlentscheidende Bevölkerungsteil« gewesen seien, so die Analyse des Kölner Zeithistorikers Otto Dann.

Bald schon zeigt sich: Im schwarzen Köln gibt es durchaus eine politische Alternative. Dafür steht keine Partei, dafür steht ein Name: Theo Burauen.

DER FRAKTIONSCHEF

1948. Ein wichtiges Jahr für die Deutschen im Westen, dem neuen Westen. Da war die Währungsreform, die alle Guthaben abwertete im Verhältnis 10:1 und die D-Mark brachte. Erst gab es 40 Mark für jeden, dann noch einmal 20.

Oder die Luftbrücke, über die das von den Sowjets blockierte West-Berlin versorgt wurde – Berlin, Schnittstelle der nunmehr bipolaren Welt, eine Insel im Ozean der Unwägbarkeiten. 280000 Flüge amerikanischer und britischer Piloten, oft waren 40 Flugzeuge, von den Berlinern liebevoll »Rosinenbomber« genannt, gleichzeitig in der Luft. Gestaffelt auf fünf Ebenen übereinander, jede drei Minuten eine Landung, die fliegerische und logistische Meisterleistung schlechthin. Und eine beispiellose Aktion zugunsten des Feindes von gestern, die nebenbei ein Propagandaziel hatte: die Menschen einzuschwören auf eben diesen neuen Westen.

Im bayerischen Schloss Herrenchiemsee erstellten zahlreiche Delegierte der westdeutschen Ministerpräsidenten nach einer Order der Militärgouverneure Frankreichs, Großbritanniens und der USA einen Verfassungsentwurf für den Parlamentarischen Rat – er sollte ein Grundgesetz erarbeiten. Am 1. September trat dieser Rat im Bonner Naturkundemuseum Koenig zusammen, unter den gläsernen Augen zweier ausgestopfter Giraffen.

Auch für die Kölner war das Jahr 1948 ein ganz wichtiges. Gut, es ist das Gründungsjahr des 1. FC Köln, dieser Hinweis gilt den Fans des Klubs. Das Hänneschen-Theater spielte auf, »Meister Nikola« hieß das Stück. Im Staatenhaus auf dem Messegelände präsentierte sich die erste Ausstellung nach dem Krieg: *Christliche Kunst der Gegenwart*.

Über die Hohenzollernbrücke rollten wieder Züge; eine neue Brücke für Fußgänger, Auto und Straßenbahn, die Deutzer Brücke, wurde eröffnet. Experten machten sich Gedanken darüber, wie die Stadt wiederaufgebaut und der Verkehr geleitet werden könnten. Der sollte um den historischen Stadtkern herumfließen – in einer »großen imperialen Kurve«. Was immer auch diese denk- und merkwürdige Diktion zu bedeuten hatte: Weite Teile der Planung entstammten der NS-Zeit, auch die Nord-Süd-Fahrt, für die allermeisten eine städtebauliche Großsünde. Burauen hat diese Schneise, die gewachsene Viertel brutal durchtrennte, immer verteidigt.

An Karneval 1948 organisierten die Roten Funken einen ersten, kleinen Umzug – für die kölsche Seele ein Akt der Befreiung. Und noch stärker öffneten sich die Herzen, als im August eine Woche lang Hunderttausende Menschen den 700. Jahrestag der Grundsteinlegung des Kölner Doms und dessen Wiedereröffnung feierten – in Anwesenheit des päpstlichen Legaten Clemente Micara.

Diese Festwoche diente nicht nur der geistig-kulturellen Erbauung, sie war auch Signum für Mut und Zuversicht in einer immer noch dramatischen Zeit. Und »ein entscheidendes Zeichen des lokalpatriotischen Aufbruchs«, wie die *Chronik zur Geschichte der Stadt Köln* formuliert. »Auf das Lebensgefühl der Kölner«, konstatierte der Pädagoge, Historiker und langjährige CDU-Stadtverordnete Robert Frohn, »wirkte das Domjubiläum stärker als die Währungsreform.«

Draußen, auf den Straßen, konnten erstmals wieder Würstchen gekauft werden, und zwar ohne Lebensmittelmarken. Der Krätzchessänger Karl Berbuer schmetterte erstmals: »Wir sind die Eingeborenen von Trizonesien«, das Karnevalslied wurde bald schon zur Hymne, genauso wie sein »Heidewitzka, Herr Kapitän«. Trizone, das war die inoffizielle Bezeichnung für den politisch-wirtschaftlichen Einflussbereich der drei westlichen Alliierten.

17. Oktober, Tag der Kommunalwahlen. Es sind die zweiten nach 1946. Das Wahlrecht ist nach einem ganz knappen Landtagsbeschluss (100 : 98 Stimmen) geändert worden, umgestellt vom Prinzip der Mehrheitswahl auf das der Verhältniswahl. Dieses Verfahren scheint vielen fairer, weil es darum geht, die Zahl der abgegebenen Stimmen möglichst spiegelbildlich in Mandate umzurechnen. Wer beispielsweise 30 Prozent holt, der soll auch in etwa den entsprechenden Anteil an Sitzen bekommen. Diejenigen, die die Mehrheit haben, sorgen sich um die politische Zukunft. Ein CDU-Mann nennt das neue Wahlrecht »kompliziert und töricht«.

Eine Chance also für Görlinger, Burauen und Co. Selbst wenn es beim 1946er-Ergebnis bliebe, würde sich die Zahl der sozialdemokratischen Vertreter im Rat wohl verdoppeln. Und doch ist die Stimmung keine sonderlich gute. Zum einen ist die SPD bei den Landtagswahlen im Jahr zuvor unter die 30-Prozent-Marke gerutscht. Zum anderen hat sie auf einem Feld, das sie bei der gesellschaftlichen Neuordnung als ein überaus wichtiges ansieht, böse verloren – der Schulpolitik.

Die Sozialdemokraten favorisieren, ganz im Interesse der Militärregierung, als Schultypus die Gemeinschaftsschule, freilich »unter Sicherung der weltanschaulichen Belange der Kinder bzw. ihrer Eltern«, wie es in einem Programmpapier heißt. Selbst mit dieser Zusicherung steht sie auf verlorenem Posten. Bei einer Umfrage, angeordnet von den Besatzern, stimmen 77 Prozent aller Eltern für die Konfessionsschule – und die CDU-dominierte Stadtverwaltung schafft schnell Fakten: Es gibt alsbald 80 katholische Schulen, nur sieben überkonfessionelle. Eine Niederlage der SPD im allerersten politischen Streit, keine Frage.

Allerdings, gerade Kommunalpolitik war (und ist) eine Politik des Pragmatismus. Der Endpunkt einer vor Ort kontrovers geführten Schuldebatte barg die Chance, dass »nun in allen anderen Fragen der Weg für eine ... Zusammenarbeit einfacher wurde«, urteilt Helmut Frangenberg. »Hier zeigte sich zum ersten Mal, was in den Folgejahren typisch war. Die Kommunalpartei konnte immer ein paar Schritte weiter gehen als die Landes- und vor allem Bundespartei, die weiterhin die großen ideologischen Schlachten schlug.«

Und der Wähler honoriert es. Was eine höchst ungewöhnliche Situation heraufbeschwört, überdies eine Situation, die Burauen auf intelligente Art und Weise zu lösen hilft. Im Interesse seiner Partei.

Exakt 89 918 Stimmen bekommt die CDU – 42,5 Prozent. 22 951 Stimmen die KPD – 10,9 Prozent. 12 293 Stimmen die FDP – 7,2 Prozent. Die Daten der SPD: 79 710 Stimmen, 37,7 Prozent. Also haben die Sozialdemokraten über drei Prozent hinzugewonnen. Und die CDU hat fast 11 Prozent verloren, im Stadtteil mit den meisten Katholiken, Bickendorf, bringt sie es zur Überraschung aller nur auf ganz magere 35,6 Prozent.

Umgerechnet in Mandate bedeutet dies: 19 für die CDU, 17 für die SPD, fünf für die KPD, drei für die FDP. In Koalitionen gerechnet: 22:22 Sitze, vorausgesetzt, die Sozialdemokraten gehen mit den Kommunisten und die Christdemokraten mit den Freidemokraten. Ein klassisches Patt.

Tatsächlich kündigt KPD-Sprecher Heinrich Gérard an, seine Fraktion werde aller Voraussicht nach Robert Görlinger wählen; und der freidemokratische Fraktionschef Fernando Casaretto tut kund, er wolle seinen Parteifreunden vorschlagen, dem amtierenden Stadtoberhaupt Ernst Schwering, der im April Hermann Pünder abgelöst hat, ihre Stimme zu geben. Schwering, unter Adenauer städtischer Beigeordneter bis 1933, sei die »geeignete Persönlichkeit«.

15. November, Tag der Oberbürgermeister-Wahl. Hier Görlinger, da Schwering. Der Sozialdemokrat Helmut Braubach, Mediziner von Beruf, umschmeichelt erst Schwering. Ihm gehörten, sagt er, »im Menschlichen« die Sympathien aller. Dann deutet er das Wahlergebnis, rhetorisch geschickt, um in den »Willen der Bevölkerung nach einem Wechsel im Spitzenamt«. Und kritisiert die vergangenen

beiden Jahre der CDU-Ägide als eine Mixtur aus »Autokratie, Bürokratie, ergänzt durch Kaplanokratie, das Ganze gemildert durch Klüngel«. Bei der Wortfindung Kaplanokratie vermerkt das Protokoll: »Heiterkeit links«.

Aus Heiterkeit wird Freude pur. Bevor Fritz Fuchs (CDU), der weißhaarige Alterspräsident der Ratsversammlung, das Ergebnis verkündet, spricht er von »gewissen Propheten, die es vorausgesagt« hätten – 22:22. Auch der zweite Wahlgang endet im Unentschieden.

Peter Josef Schaeven, Fraktionschef und örtlicher CDU-Generalsekretär, schlägt Neuwahlen vor, weil er vermeiden will, was der nordrhein-westfälische Innenminister Walter Menzel als Landeswahlleiter für eine solche Situation bestimmt hat – den Losentscheid. Aber Schaeven setzt sich nicht durch, obgleich keiner der Stadtverordneten glücklich ist mit dieser Form eines Gottesurteils.

Der jüngste Politiker muss ran, es ist der Freidemokrat Hans Jürgen Baumann. Um Punkt 19 Uhr greift er in die Lostrommel, gibt den Zettel Fuchs. Der sagt nur ein Wort: »Görlinger«.

Mit Görlinger stellte die SPD den ersten Oberbürgermeister in der Kölner Stadtgeschichte, ein Ereignis, das landesweit mit großem Interesse zur Kenntnis genommen wurde. Der *Vorwärts*, das überregional erscheinende Parteiorgan, bejubelte gar einen »bedeutenden Sieg ..., der die ... traditionelle Mehrheit der Partei Adenauers zerschlagen« habe.

Das Wahlergebnis war mitnichten ein Sieg und die Adenauer-Partei längst nicht zerschlagen. Doch »dieser Zugriff der SPD« aufs höchste politische Amt habe »euphorisierend« gewirkt, urteilt Winfried Herbers, der die Lage der Kölner CDU bis Mitte der 1960er-Jahre in seiner Doktorarbeit (Titel: *Der Verlust der Hegemonie*) glänzend analysiert hat. Und Herbers weist darauf hin, dass mit diesem Losentscheid eine ganz wichtige Spielregel verletzt worden sei – dass nämlich die stärkste Fraktion den Anspruch aufs OB-Amt hat.

Das Kölner Ordal zeitigt ein weiteres Ergebnis: Theo Burauen wird, als Görlingers Nachfolger, zum Chef der SPD-Fraktion gewählt. Das Durchschnittsalter der sozialdemokratischen Stadtverordneten liegt bei knapp 50 Jahren. Burauen ist erst 42 Jahre alt, längst aber schon tief verwurzelt in der Systematik einer Politik, der er eigentlich bereits abgeschworen hatte. Vorsitzender des Ernährungsausschusses, Vorsitzender des Sozialausschusses – sein Weg ist markiert, weil er bei einem mithelfen wollte: »... diese Stadt wiederaufzurichten und den Menschen dieser Stadt ein möglichst harmonisches Zusammenleben zu gestalten«. Burauen, der Sozialpolitiker.

Deshalb ist es auch nur konsequent, dass er im selben Jahr die Geschäftsführung eines gemeinnützigen Vereins übernimmt – der Arbeiterwohlfahrt (AWO). Das ist fortan sein Brotberuf neben dem des Fraktionsvorsitzenden, doch dieser Beruf ist auch Berufung.

Schon Monate zuvor hat ihn die AWO-Mitgliederversammlung überraschend zum Vorsitzenden gewählt. Und er prangert mit ehrlichen Worten an, was durchaus auch für die Ohren der britischen Besatzer gedacht ist: »Harter Winter ... besonders empfunden durch: a) nicht winterfeste Wohnungen, b) ungenügenden Hausbrand, c) ungenügende Bekleidung, d) ungenügende Ernährung. Bevorzugtes Verlangen wirtschaftlicher Hilfe daher verständlich.«

Dann geht Burauen ein auf das Selbstverständnis der Arbeiterwohlfahrt, das auch seines ist bei den brennenden sozialen Fragen der Zeit: »Nicht Caritas – Mildtätigkeit – Spenden. Unsere Aufgabe – Durchsetzung des Rechtsanspruchs des Hilfsbedürftigen. Unser Grundsatz: Selbsthilfe – Solidarität – Kameradschaft. Pflegen wir diesen Geist, dann wird unser Werk gelingen.« Burauens Bericht, notiert der Schriftführer, habe »in der ganzen Versammlung dankbaren Widerhall gefunden«. Hier offenbaren sich seine menschlichen Stärken: Kümmerer, Versöhner, Friedensstifter.

All diese Qualitäten sorgen auch dafür, dass im Kölner Rathaus ein einmaliges Experiment versucht werden kann: die Wippe. Oder, wie Burauen es nannte: »Schaukelstuhl«.

Karneval 1949, beim Bier treffen sich Burauen und Schaeven. Es geht um das leidige Los, die Widersinnigkeit des Verfahrens, dessen undemokratisches Element. Schaeven sagt: »Das paßt mir eigentlich alles nicht.« Burauen antwortet: »Ja, mir auch nicht. Kann man denn nicht absprechen, einmal der, einmal der, den wir alle wählen? Das ist doch viel besser.« Später wird er sagen: »echter Klüngel«. Und sich sogleich korrigieren: »echter, guter Klüngel«.

Und so kam es, dieses Unikum kommunaler Geschichte, das der Historiker Werner Jung als »frühes Musterbeispiel für die fraktionsübergreifende Zusammenarbeit im Rat« wertet. Am 9. Dezember wurde Schwering wieder Oberbürgermeister, im Namen der SPD-Fraktion sagte Burauen ihm »unsere positive und konstruktive Mitarbeit« zu. Ab dem 23. November 1950 amtierte Görlinger, ab dem 8. November 1951 Schwering – der dann den Vorteil hatte, mit dem Amtsbonus in den kommenden Wahlkampf ziehen zu können.

Am 9. November 1952 fanden die Wahlen statt – knapper Sieg für die CDU. Elf Tage danach wählten die Stadtverordneten Schwering mit großer Mehrheit zum Oberbürgermeister, von den 26 Sozialdemokraten votierten 24 für ihn, natürlich auch der SPD-Fraktionschef. In einem Glückwunschschreiben an Schwering gab sich Kanzler Adenauer erleichtert darüber, dass »das etwas eigenartige Wechselspiel mit Görlinger aufhört und daß nunmehr die Stadt Köln eine zielbewußte Politik treiben kann«. Allerdings, dieser »symbolträchtige Wechsel« (Winfried Herbers) hatte eines verdeckt – den überaus geringfügigen Anstieg der CDU-Stimmen um gerade mal ein halbes Prozent, die SPD hatte 0,6 Prozent verloren. Nur 0,6 Prozent, das sollte ein Fingerzeig sein.

Seine Philosophie, nicht gegen die CDU arbeiten zu wollen, sondern mit ihr, erklärte Burauen so: »Mögen wir heute oder in Zukunft in dieser und in jener Frage aus parteipolitischen Gründen einmal geteilter Meinung sein – in den lebenswichtigen Fragen unserer Stadt kann es nur ein Gemeinsames geben: unserem Köln und seinen Bürgern nach besten Kräften zu dienen.«

Und als es im Finanzausschuss wieder einmal eine einmütige Beschlusslage gab, wandelte Burauen ein Wort Kaiser Wilhelms II. ab: »Wir kennen keine Parteien mehr, wir kennen nur noch Kölsche.« Allerdings, eine solche Politik jenseits der Klassenkampfparolen früherer Jahre fand nicht jedermanns Zustimmung in der SPD. Ganz offen, frank und frei, hatte Burauen im Wahlkampf verkündet: »In den Köpfen mancher ... spuken noch immer Geister von früher. Sie wollen nicht wahrhaben, daß eine neue Zeit angebrochen und es das Gebot der Stunde ist, über alles Trennende hinweg der Stadt und den Bürgern zu helfen.« Mehr noch: »Echte Toleranz« müsse »Gemeingut aller Politiker« werden. Das war kein Spruch. Das war Burauens feste Überzeugung.

Im Übrigen, die Burauen-Schaeven-Erfindung war auch Thema im Rosenmontagszug 1952. Auf einem der Festwagen stand die »Kölsche Wipp«, links Görlinger, rechts Schwering. Dazu der Text: »Das gab's nur einmal, das kommt nicht wieder.«

DER BÜRGERMEISTER

Am 10. Februar 1954 stirbt Robert Görlinger, der politische Lehrmeister Burauens, der älteste und erfahrenste Kölner Sozialdemokrat im Stadtrat. Aber er war keiner mehr gewesen, der die SPD richtig nach vorne hätte bringen können. Trotz der »von ihm vorangetriebenen Öffnung der Partei und der konsequenten pragmatischen Politik«, merkt der Köln-Forscher Thomas Deres an, sei er immer eines geblieben: »Symbol der Weimarer Republik und der Verfolgung im Nationalsozialismus«. Görlinger, ein Auslaufmodell also.

Die Partei, alle Parteien, brauchten andere Typen: Modernisierer. So sah es auch Burauen. So war seine Bemerkung im Brief an Sollmann zu verstehen. Und so verstand er sich.

Bei der Trauerfeier lobt er Görlingers Pflichtbewusstsein und Uneigennützigkeit – weil der sich ganz der »demokratischen Selbstverwaltung unseres Gemeinwesens« verschrieben hätte, »Grundvoraussetzung einer staatlichen Demokratie«. Dies zu sagen ist Burauen wichtig, denn: Gleiches gilt genauso gut für ihn. Kommunalpolitik ist für ihn das Fundament der Demokratie.

Über fünf Jahre ist er nun Fraktionschef, ein wichtiger Job im Rahmen der kommunalen Selbstverwaltung. Jetzt, nach Görlingers Tod, geht es darum, in der SPD-Fraktion einen neuen Bürgermeister zu finden. Josef Haubrich könnte es werden, jener Anwalt, der den Kölnern seine Sammlung moderner Künstler geschenkt hat – Werke von Chagall, Dix, Kokoschka, Nolde, Utrillo, ihr Wert: wohl fünf Millionen D-Mark. »Ein guter Mann«, so Burauen, »er wäre es wahrscheinlich auch liebend gerne geworden.«

Doch die Fraktionäre haben einen anderen Kollegen im Sinn: Helmut Braubach, den Arzt. Ein kölscher Typ, kein akademischer. Einer wie Burauen. Bei einer Probeabstimmung bekommt Braubach die Stimmenmehrheit. Allerdings, die Entscheidung, wer Görlinger nachfolgt, fällt ganz woanders: bei der CDU nämlich. Der stärksten Fraktion.

Ende Februar 1954 lädt Oberbürgermeister Schwering anlässlich eines Empfangs zu Ehren der Schauspielerin Friedl Münzer ins Haus der Kammerspiele ein. Die Wienerin, eine Jüdin, gehört seit Mitte der 1920er-Jahre dem Ensemble an, in der Nazi-Zeit hatten sie Freunde jahrelang versteckt und so vor der Deportation in den sicheren Tod bewahrt. Eine wunderbare Mimin – und viel umschwärmte Diva, die viele Verehrer hat. Zu denen gehört auch Burauen.

Mit ihr zu plaudern, dazu hat er kaum Zeit. CDU-Kollege Schaeven winkt ihn zu sich »mit seinem langen, schmalen Zeigefinger« (Burauen). Und legt sogleich los: »Sie wissen ja, wie mir mit Ihne stonn, ich jönne Ihne dat von Häzze. Ich mein, ich wär et auch emal jern jewoode, ävver dat is nit mieh drin.« Und dann, auf Hochdeutsch: »Hier haben Sie meine Hand. Ich gehe mit Ihnen.«

Burauen, völlig verblüfft: »Ja, wat han Se dann?«

Schaeven: »Sie sind vorgeschlagen zum Bürgermeister. Wir wählen Sie alle mit.«

Burauen: »Ja, jetz bin ich ävver fädig.«

Er ist gerührt, innerlich erregt: »Zum ersten Mal habe ich mit einem Glas in der Hand gezittert.« Spät am Abend sagt er daheim zu seiner Frau: »Mutter, do kütt ävver jet op uns zo. Ich weiß nit, ob ich dat mache kann.«

Berta Burauen: »Vater, das mußt du selber wissen.« Für Politik hat sie sich nie wirklich interessiert. »Sie ist halt Schweizerin«, merkte Burauen gelegentlich an. Sollte heißen: Sie ist politisch neutral. Und der festen Überzeugung: »Die Herren machen Politik.« Nur die Herren.

Der Stadtrat wählt Burauen am 4. März 1954 zum Bürgermeister, und zwar mit überwältigender Mehrheit. Es ist eine Jubiläumssitzung: die 100. seit der ersten am 21. November 1946.

Bürgermeister, also der Stellvertreter des OB, Fraktionschef – Burauen ist nun ein wichtiger, mächtiger Mann in der Kölner SPD. Er sitzt, als ordentliches oder stellvertretendes Mitglied, in 16 Ratsausschüssen; Hans Grün, einer seiner besten Freunde, bringt es auf 21. Dass das Arbeitspensum der Stadtverordneten von Jahr zu Jahr steigt, zeigt die Zahl der Beschlüsse, die in den Ausschüssen gefasst werden. 1953 lag sie bei etwa 1600, 1955 sind es schon 2600. Die Ratsmitglieder haben mit Bergen von Papieren zu kämpfen, 1952 beispielsweise beschäftigte sich, statistisch gesehen, jeder der Stadtverordneten »mit 3600 Seiten vervielfältigten Unterlagen«, heißt es in einem Ratsprotokoll – »oder täglich mit zehn Seiten«.

Als städtischer Parlamentarier ist Burauen ein Allrounder. Einer mit neuem Politikstil – Bürgernähe zeigen, die Diktion der Klassenpartei vermeiden und, ganz wichtig: sich als Katholik präsentieren. Und immer schon, dies zieht ganz besonders, »verstand er sich als eine Art Gralshüter für kölnische Belange« (Werner Jung). Mit zwei Lieblingsthemen.

Ein Thema ist das Hänneschen-Theater, um das er sich rührend sorgt. So glaubt er – er glaubt es wirklich –, »Pflichtvorstellungen« für Schülerinnen und Schüler im Hänneschen-Theater könnten ein geeignetes Erziehungsinstrumentarium sein; und als unter den Puppenspielern Nachwuchsmangel droht, schlägt er vor, für die Rollen des Hänneschen und des Bärbelchen »in den Oberklassen unserer Schulen Umschau zu halten, ob sich dort zwei junge Leute finden, die sich stimmlich und nach ihrer Begabung dazu eignen, diese Rollen später einmal zu spielen«. Falls sie dann ausfallen sollten, »durch Stimmbruch« etwa, müsse die Stadtverwaltung, »deren Personalbereich so vielfältig ist, diese Kinder in ein ... Anstellungsverhältnis übernehmen«.

Hartnäckig plädiert Burauen auch, nicht immer zur Freude aller im Ratskollegium, für ein Unterrichtsfach der besonderen Art: Kölsch. An manchen Schulen üben die Lehrer schon mit ihren Schützlingen, »aber das genügt uns nicht«, klagt er. Es komme »nicht nur auf den Gebrauch der Sprache allein an nach Orthographie, Grammatik und Aussprache«. Sondern, und jetzt klingt Burauen fast gravitätisch: »Durch ihre besondere Pflege wollen wir die innere Liebe zu unserer Stadt entzünden.« Zwar sei sie »substantiell schon von Geburt an in unseren Kindern lebendig«, jedoch bedürfe es »einer dauernden Pflege und eines immerwährenden Wachhaltens« – ansonsten drohe die Gefahr, dass Köln »eines Tages nicht mehr Köln« sein werde.

Was mancher Zuhörer als eher kitschig und einfach dahergesagt empfunden haben mag, ist durchaus ernst gemeint. Und Beleg dafür, dass Burauen Kölner durch und durch ist, ein wesentliches Momentum seiner Popularität schon jetzt, 1954. Es gebe »wohl kaum einen Menschen, der nicht der Überzeugung ist«, schreibt der *Kölner Stadt-Anzeiger,* »daß man mit Theo Burauen den rechten Mann auf den richtigen Platz gestellt hat«.

Diese innere Bindung an Köln, dieses unbedingte Gefühl, ein Kölner zu sein, hat eine Entsprechung in seinem politischen Handeln – die innere Überzeugung, helfen zu müssen, unbedingt. Den Armen, den Kranken, den Alten. Und denen, die immer noch unter unwürdigen Umständen in Bunkern hausen, in Gartenlauben, Kellern. Da ist er wahrhaft ein Sozialist.

»Ich bin ein Freund des Schönen in der Welt und auch ein Freund der Heiterkeit«, sagte er einmal. »Aber ich bin auch der Meinung, daß der Mensch erst dann das Schöne erleben und sich von Herzen freuen kann, wenn man ihm hilft, sich aus den Fesseln der Not zu befreien.«

*

Mittwoch, der 27. Januar 1954, knapp fünf Wochen vor seiner Wahl zum Bürgermeister. Der Landtag in Düsseldorf, gegen 10.30 Uhr. Burauens zweite Karriere als Politiker beginnt – sie sollte über zwölf Jahre andauern.

Am 13. Januar hat sein Parteikollege Heinrich Sträter, Gewerkschafter und ehedem einer der Lizenzträger der *Westfälischen Rundschau,* das Landtagsmandat zurückgegeben, Burauen steht auf der Liste der Nachrücker an Position eins. Präsident Josef Gockeln heißt ihn als »Dienstjüngsten« willkommen und fügt an: »Sie sind im politischen Leben kein Sextaner mehr. Die Kölner würden es nicht dulden, wenn ich das sagen wollte.«

Bald schon wird Burauen, als einer von acht sozialdemokratischen Abgeordneten, Mitglied des wichtigen Hauptausschusses, später stellvertretender Vorsitzender seiner Fraktion. 65 Mal fehlt er im Landtag, bei insgesamt 250 Sitzungen bis zum Mai 1966 eine durchaus respektable Anwesenheitsquote. An den Debatten freilich beteiligt er sich kaum.

Als er sein Mandat antritt, liegt die monatliche Höhe der Diäten (im Parlamentsdeutsch: »Aufwands- bzw. Grundentschädigung«) bei 300 Mark, hinzu kommen eine Kostenpauschale von 150 Mark und ein Sitzungsgeld von täglich 30 Mark, pro Kilometer im Auto gibt es 22 Pfennig Fahrtengeld. Unterm Strich: etwa das Monatseinkommen eines Diplom-Ingenieurs. Bis Anfang 1966 verdreifachen sich die Diäten, die Kostenpauschale verdoppelt sich, allein die Höhe der Sitzungs- und Kilometergelder bleibt fast konstant. Alles in allem: Das Landtagsmandat, sein AWO-Gehalt und die städtischen Zuwendungen garantieren Burauen und seiner Familie ein gutes Auskommen.

Wirklich Landespolitik zu betreiben war kaum sein Ziel, mag dies auch – bei Licht betrachtet – durchaus kritikwürdig erscheinen. Burauen nutzte das Mandat, um für seine Stadt das Beste herauszuschlagen: als Begründer einer parteiübergreifenden »kölschen Fraktion«, die noch lange nach seinem Ausscheiden existieren sollte.

Und er war Mitgestalter eines überaus interessanten politischen Experiments – der ersten sozialliberalen Koalition in Deutschland.

In Nordrhein-Westfalen amtierte seit 1954 ein Bündnis aus Christdemokraten und Freidemokraten unter Führung des CDU-Ministerpräsidenten Karl Arnold. Auch in Bonn stand Kanzler Adenauer einer solchen Koalition vor. Die Freidemokraten unterlagen seiner besonderen Beobachtung – vor allem, weil ihr Fraktionsvorsitzender Thomas Dehler dem strikten Westkurs Adenauers eine andere Idee entgegensetzte: die einer eigenständigen, nationalliberalen Deutschlandpolitik, einer Wiedervereinigungspolitik. Was dem Kanzler überhaupt nicht gefiel.

Um die FDP disziplinieren zu können, hielt er ein besonderes Drohmittel in der Hinterhand – die Änderung des Wahlrechts. Danach sollten 60 Prozent der Bundestagsabgeordneten direkt, 40 Prozent auf Listen gewählt werden, Politologen haben dieser Mischform einen besonderen Namen gegeben: »Grabenwahlrecht«. Es hätte, wäre es realisiert worden, die großen Parteien bevorzugt und die kleinen benachteiligt.

Das Ziel, das in der christdemokratischen Bundestagsfraktion vorgegeben wurde, war ein klares: die FDP »entweder für alle Zeiten als Satelliten an die CDU-Kette zu legen«, wie ein Beobachter formulierte. Oder ihr mithilfe eines neuen Wahlrechts den Weg in den Bundestag zu verbauen.

Die Freidemokraten mussten also um ihre Existenz fürchten – und ein kleiner Trupp »einflußreicher und energiegeladener junger NRW-Liberaler«, so beschreibt sie der Kölner Historiker Dieter Düding, machte sich daran, den Ministerpräsidenten zu stürzen. Erst kündigte die FDP, im Januar 1956, die Koalition mit der CDU auf. Dann unterbreiteten die »Jungtürken«, wie sie in der Presse genannt wurden, den Sozialdemokraten ein Angebot – was für diese völlig überraschend kam.

Am 6. Februar votierte die SPD-Fraktion einstimmig für offizielle Verhandlungen mit den FDP-Kollegen, tags drauf schon trafen sich die Delegationen beider Parteien daheim beim Bundestagsabgeordneten Walter Scheel, dem nachmaligen Außenminister und Bundespräsidenten, zu ersten Sondierungsgesprächen; Scheel wohnte damals im Düsseldorfer Stadtteil Benrath.

Jede Delegation war vier Mann stark. Einer der Sozialdemokraten: Theo Burauen. Um 17 Uhr hatte das Treffen begonnen. Schon zwei Stunden später stand im Prinzip fest: Arnold sollte, mithilfe eines konstruktiven Misstrauensvotums, abgewählt werden. Und so geschah es am 20. Februar. Fritz Steinhoff, SPD, ein gelernter Bergmann, wurde zum Ministerpräsidenten gewählt; übrigens mit den Stimmen des Zentrums, der alten Partei Adenauers. Sie stellte in der neuen Koalition einen Minister.

Es war eine Sensation, und der Kölner Bürgermeister und SPD-Fraktionsvorsitzende hatte entscheidend an ihr mitgewirkt. Diese Düsseldorfer »Aktion«, schrieb *DER SPIEGEL*, habe die stickige deutsche Innenpolitik durchlüftet, sie trage »alle Züge einer echten politischen Rebellion, die die gesamte Bundesrepublik entscheidend wandeln könnte«. Prophetische Worte.

Über Kanzler Adenauer, der die FDP mithilfe einer Gesetzesänderung hatte kleinhalten wollen, notierte Burauen während der Koalitionsverhandlungen, er sei »im Grunde ein kaltschnäuziger, rücksichtsloser und menschenverachtender Mann« – und es würde ihn kaum wundern, wenn dieser »röm. Kaiser dt. Nation des kath. Abendlandes des 20. Jahrhunderts eines Tages noch selig oder gar heilig gesprochen würde«. Bittere Worte, bittere Worte schon deshalb, weil Burauen öffentlich über Adenauer ganz anders sprach. Mit Achtung, mit Respekt.

Über die FDP merkte er an: »kein leichter Partner«. Bald schon sollten zwei freidemokratische Politiker für eine Kölner Sensation sorgen.

DER OBERBÜRGERMEISTER

Amerika. Washington, New York, Los Angeles, Jacksonville, San Diego – über zwei Monate reist Burauen im Herbst 1955 mit drei SPD-Landtagskollegen durch die Vereinigten Staaten, eingeladen von der Eisenhower-Administration. Die Einladung übermittelt hat der in Düsseldorf residierende US-Generalkonsul und in einem Schreiben angemerkt, sie sei »eine der höchsten Ehren, die die Regierung der Vereinigten Staaten einem deutschen Staatsbürger geben kann«. Es ist Burauens erste ausgedehnte Auslandstour, eine faszinierende Unternehmung, »ungeheuer interessant und aufschlußreich«. Und ein sprudelnder Quell neuer Ideen.

In New York, der größten Stadt, blättert er erst einmal in den Telefonbüchern, um – typisch Burauen – festzustellen, wie viele »Schmitz« es denn hier gebe: genau 30. Er besucht den gebürtigen Kölner Mathias Engel, Bahnradweltmeister von 1927 und nun Besitzer eines Fahrradgeschäfts; Engel war, verheiratet mit einer Jüdin, 1937 vor den Nazis aus Deutschland geflohen.

Burauen trifft sich mit »Müllers Aap«, Peter Müller; der Boxer tourt gerade als »Clown of Cologne« durch die Staaten. Bei den in New York lebenden Rheinländern, einem verschworenen Haufen, muss er einen riesigen Kuchen anschneiden. Drauf steht, seherisch: »Für den Oberbürgermeister von Köln«. Nach seiner Dankesrede, natürlich auf Kölsch, sei »das ganze Auditorium in Heimweh-Rührungsszenen zerflossen« (Burauen).

Fast jeder Amerikaner, mit dem er spricht, kennt Köln, »The Cathedral«, den Dom. Und allerorten wird der Wiederaufbau der

Stadt als »eine der bemerkenswertesten Leistungen Nachkriegsdeutschland gewürdigt« – schließlich sei den Amerikanern »durch Fotos und Filme die totale Zerstörung« bekannt gewesen. So beschreibt jemand seine eigenen Leistungen, geschickt gewählt über den Umweg Amerika.

Als einziger europäischer Kommunalpolitiker nimmt Burauen am 32. US-Städtetag teil; hier erlebt er – wie auch an »Thanksgiving«, dem traditionellen Feiertag, der dem Erntedankfest in Deutschland entspricht – Stimmungen besonderer Art: pralle Freude, Musik, Spektakel, kein Grau, kein Schwarz. Alles bunt.

Und Burauen fasziniert, dass die Bürger bereits früh und weitgehend sich an städtischen Planungen und Projekten beteiligen können. Nach seiner Rückkehr berichtet er davon, strotzend »vor reformatorischem Eifer«, wie die *Kölnische Rundschau* kommentiert: Burauen werde »in nächster Zukunft hinter den Kulissen einige Initiativen entwickeln« – »wobei er auf das Einverständnis maßgeblicher Leute anderer Fraktionen« rechnen müsse.

Dies ist weit gedacht, zu weit. Wenn Burauen etwas loswerden will, dann taktiert er nicht. Er sagt es glatt heraus. Und ohne Rückversicherung.

So plädiert er, nach seinen »amerikanischen Erfahrungen«, für konsequente Öffentlichkeit: »Ein Mikrofon für die Bürger«; jeder, der etwas zu sagen habe, dürfe hineinsprechen, wenn es denn wirklich der Sache diene: »Das ist die innere Erziehung in der dortigen Demokratie.« Und Burauen lobt, »sämtliche Türen aller Büros aller Verwaltungen« stünden jedermann offen, und jeder würde »freundlich empfangen« – ganz im Gegensatz zu den Verhältnissen in Köln. Hier spüre er »sehr oft ein Mißbehagen über die Behandlungs- und Verhandlungsformen«.

Dies war ein ziemlicher Hieb gegen die Stadtverwaltung, und doch schadeten Burauen diese klaren Worte nicht. Es hätte ihn auch wenig interessiert. Sich zu präsentieren, eben öffentlich zu sein, im Karneval, in Vereinen, in den Veedels, zu kommunizieren auf eine liebevolle, aber doch auch moderne Art, dies war ein neuer, interessanter Aspekt im Verhältnis zwischen den Bürgern und den Regierenden. Kein Schwering hatte ihn eröffnen können, kein Adenauer, kein Görlinger. Regelmäßige SPD-Sprechstunden in allen Wahlbezirken, Stichwort Bürgernähe, sorgten überdies für eine gewisse Bindung.

Parallel dazu verfestigte sich das Vertrauen vieler Menschen in Burauen, weil es ihm gelang, sie von einem zu überzeugen: dass er es ernst meinte, wenn er sagte, er trage ihnen gegenüber Verantwortung, soziale Verantwortung. Mit aller Macht hat er dafür gekämpft, alle Elendsquartiere in Köln nach und nach schließen zu können – als er am Ende seiner Karriere gefragt wurde, was denn seine »größte politische Tat« gewesen sei, lautete seine Antwort: »Die Leute aus den Bunkern herauszuholen.«

Diese Mammutaufgabe hatte einen Namen: Entbunkerungsprogramm, sein Urheber: Burauen. Es endete im Frühjahr 1956, dann erst waren alle Bunker leer. Elf Jahre nach Kriegsende.

Eigentlich ein Paradoxon. Jene Zeit, die 1950er-Jahre, trug den Titel: Wirtschaftswunder; die erste Etappe: »Fresswelle«. Die zweite: »Wohnwelle«. Die Frage, wer sich wie einrichtete, hatte Sozialprestige: »Gelsenkirchener Barock«, schwere Wulstmöbel und Polstersessel. Oder Schalensessel, Nierentische, schwenkbare Tütenlampen – Ausdruck der Leichtigkeit des Seins.

In den Spießerhöhlen weiche Gemütlichkeit – röhrende Hirsche und Kuckucksuhren, Alpenlandschaften, an den Wänden Baumscheiben mit eingebrannten, tumben Sprüchen. Wie diesem: »Drei Tage war der Vater krank, jetzt säuft er wieder, Gott sei Dank.« Oder: »Seit ich die Menschen kenne, liebe ich die Tiere.«

Rudolf Schuricke besang die »Capri-Fischer«, Bill Haley jaulte: »Rock Around the Clock«. 1955 wurden in Deutschland eine Million Plattenspieler verkauft, am 5. August desselben Jahres lief ein besonderer VW-Käfer vom Band – der mit der Nummer 1 000 000.

Ganz oben auf Burauens politischer Agenda stand auch der Wohnungsbau, vor allem der soziale Wohnungsbau. 1939 gab es über 250 000 Wohnungen, 1948 nur noch 112 000. Im Schnitt lebten fünf Menschen in einer Wohnung, neun Jahre zuvor waren es drei. 1956 war die Zahl der Wohnungen angestiegen auf 200 000 – mitten im Wirtschaftswunder immer noch viel zu wenig, und deshalb sollte der »Mangel an Wohnraum … die Kommunalpolitiker in den nächsten Jahrzehnten beschäftigen« (Thomas Deres).

Ein Gegenpol zum Wirtschaftswunder, Burauen brachte es auf den Punkt: hier »Geschäfts- und Versicherungsbauten, neue Theater und Museen, Kinos, Gaststätten und Mercedes 300«. Da immer noch »Obdachlose … in Elends- und Massenunterkünften. Sie stehen vor einem ›Wunder‹, das für sie kein Wunder wurde.« Diesen Zustand hielt er für »eine sozialpolitische und staatspolitische Gefahr ersten Ranges«.

1956 – dennoch ein besonderes Jahr. Das Jahr der Kommunalwahlen, es sind die dritten nach 1946. Bei den letzten, 1952, hat die SPD 37,1 der Stimmen geholt. Die CDU 43 Prozent. Noch ein Zahlenvergleich, bezogen auf die nordrhein-westfälischen Landtagswahlen 1954: Die CDU holte 46,4 Prozent, eine Steigerung gegenüber 1950 um 0,9 Prozent. Die SPD 34,2 Prozent, ein Plus von 3,1 Prozent.

Trotz dieser Steigerung – alles spricht für die CDU. Für die Schwerings, für die Schaevens, für die Gefolgsleute des Kölner Parteivorsitzenden Johannes Albers.

Und vielleicht deshalb entscheiden sich die Christdemokraten auf Landesebene dafür, im Wahlkampf weniger kommunalpolitische Themen zu behandeln, sondern »in der Hauptsache Fragen der Bundespolitik«. Ein verhängnisvoller Beschluss. Schwering mag das Ende vorausahnen. Er preist seine »erfolgreiche Gemeindepolitik«, wichtigste Aufgabe sei es, die finanzielle Leistungsfähigkeit der Stadt herzustellen.

Albers hingegen spricht vom »Aktivkonto« Adenauers und des gewesenen NRW-Ministerpräsidenten Arnold, nimmt Stellung zur

Wehrpolitik und zur Rentenfrage, um dann seine Partei in Sicherheit zu wiegen: Köln sei doch die »einzige Großstadt in Deutschland mit mehr als 200 000 Einwohnern, die alle Bundestags- und Landtagsmandate in direkter Wahl für die CDU erobert« habe. Soll heißen: Sieg.

Schwerings Konkurrent kann nur einer sein: Burauen, der Bürgermeister und Fraktionschef. Schon im Februar, nach einer Diskussionsveranstaltung im Westdeutschen Rundfunk, ist klar gewesen, welches eines seiner Ziele ist: »Mehr Licht und Öffentlichkeit im Rathaus«, eine Erkenntnis der Amerika-Reise. Diese Forderung läuft auf eine Modernisierung des kommunalpolitischen Systems hinaus.

Um sie realisieren zu können, erklärt er den Wählern, müsse eine »neue Wache« her; das bedeutet: Wachablösung im städtischen Parlament. Dafür macht die SPD auf ganz besondere Weise Werbung: Sie organisiert in der Flora einen Varietéabend, »Starparade« genannt – der Saal ist ausverkauft, trotz zwei Mark Eintritt. Das Vorbild für die fetzige Veranstaltung, bei der auch Mannequins auftreten: amerikanisches Gepränge. Ein Novum.

Und dann unterläuft der CDU ein schwerer strategischer Fehler – indem sie der SPD unterstellt, »grundsätzlich die Werte der christlichen Glaubenslehre, der christlichen Sittenlehre und der christlichen Soziallehre« zu bekämpfen. Deshalb, so Schwering, sei die CDU der bessere Garant, wenn es um eine »Politik christlicher Verantwortung und ständiger Grundsatztreue« gehe.

Eine bessere Steilvorlage hätte es für Burauen, den Christen, den Katholiken aus tiefster Überzeugung, nicht geben können. »Lüge«, sagt er – um dann geschickt zu kontern: »Ich fühle mich nicht angesprochen, darf ich mir aber darum umso mehr die Frage erlauben: Wer ist gemeint und was ist damit beabsichtigt? Ich muß schon sagen, daß eine solche Diffamierung alles andere als Fairneß in sich birgt.« Als »katholischer Christ« könne er nicht verstehen, wie Mitmenschen »in dieser Frage beurteilen und verurteilen«.

Das ist gewiss ein Wirkungstreffer, ansonsten aber verläuft der Wahlkampf in ruhigen Bahnen. Erstaunlicherweise greift die CDU als Thema kaum auf, dass im Lande eine sozialliberale Koalition herrscht – mit denkbaren Auswirkungen auf Köln. Stattdessen müht sie sich ab, Burauens Sozialdemokraten als linke, sozialistische Parteigänger abzubilden – was sie beileibe nicht sind und was sich, dies mag aus Sicht der Wähler vielleicht noch schwerer wiegen, auch nicht wirklich erklären lässt. Ein Beispiel nur: Burauens Wahl zum Bürgermeister, initiiert von eben dieser CDU.

Und die bemüht sogar das im August 1956 vom Bundesverfassungsgericht ausgesprochene Verbot der KPD, um gegen die SPD zu polemisieren. »15 000 Kommunisten« würden nun bereitstehen, »der SPD zum Oberbürgermeister zu verhelfen«, heißt es auf einem Flugblatt: »Das müssen wir verhindern.« Und, an anderer Stelle, der Reim: »Wo im Dorfe oder Stadt / Die SPD die Mehrheit hat / Dort kommt unsichtbar und über Nacht / Genosse Wehner an die Macht.« Herbert Wehner, der frühere Kommunist und jetzige sozialdemokratische Bundestagsabgeordnete, ist für die Schwarzen ein rotes Tuch. Aus CDU-Sicht steht, trotz allem, das Signal auf Grün. »Es kann nicht anders sein«, sagt der junge Christdemokrat Rudi Conin, »als daß Köln von der CDU regiert wird.«

Dann kommt alles ganz anders. Die Niederlage, eine Katastrophe. Der Sieg, Burauens Sieg am 28. Oktober 1956. Ein erstaunlicher, ein unerwarteter Sieg: 46 Prozent der Stimmen.

Der Verlierer an diesem Sonntag ist die FDP – sie rutscht von 11,4 auf 7,2 Prozent. Die CDU verliert 1,1 Prozent, nur 1,1 Prozent. Die SPD gewinnt fast neun Prozent hinzu – und weil die Wahlbeteiligung höher liegt als 1952, steigt die Zahl ihrer Mandate im Stadtrat von 26 auf 32. Die der CDU sinkt – von 31 auf 29. Die FDP-Truppe ist fünf Mann stark.

66 Sitze – wer Oberbürgermeister werden will, muss also mindestens 34 Stimmen bekommen. Eine hoch spannende Angelegenheit. Die OB-Wahl wird auf den 9. November terminiert, einen

Freitag. Burauen hat seine Ämter als Bürgermeister und Fraktionsvorsitzender zwischenzeitlich niedergelegt, ein deutlicher Fingerzeig, dass er als OB-Kandidat antreten will.

Bei dieser Sitzverteilung ist klar, dass es auf den Wahlverlierer ankommt, die FDP. Eine dreiköpfige Verhandlungskommission der CDU nimmt mit ihr Fühlung auf, auch John van Nes Ziegler, gerade zum neuen SPD-Fraktionschef gewählt. Ein schwieriger Job. Zwar gibt es auf Landesebene seit neun Monaten die sozialliberale Koalition. Aber im Kölner Rat haben die Freidemokraten regelmäßig die CDU unterstützt. Rudi Conin, zu dieser Zeit ein »Greenhorn im dritten Glied«, später Fraktionsvorsitzender: »Wir waren alle der festen Überzeugung, daß die FDP geschlossen für unseren Kandidaten stimmen würde.« Für Schwering.

Was Conin nicht weiß: John van Nes Ziegler ist es gelungen, zumindest einen FDPler ins Boot zu holen – Friedrich Lercher, der vor 1933 der SPD angehört hatte. Und es kursiert das Gerücht, der FDP-Stadtverordnete Oskar Türk, Doktor der Medizin und der Jurisprudenz, würde sich der Stimme enthalten. Türk war in der NS-Zeit Stadtkämmerer, Schwering hingegen von der örtlichen Hitler-Kamarilla als Beigeordneter hinausgeworfen worden, wie auch sein Chef Adenauer.

Wahltag, Großer Saal des Gürzenich, Kölns guter Stube, im Jahr zuvor wiederhergestellt. Das Rathaus ist noch nicht fertig. Alle 66 Ratsmitglieder sind anwesend, dazu über 600 Zuschauer. Punkt 16 Uhr gibt der CDU-Stadtverordnete Fritz Fuchs, mit 74 Jahren Alterspräsident der Sitzung, das Ergebnis bekannt: 31 Stimmen für Schwering, eine Enthaltung. 34 Stimmen für Burauen.

Die Sensation ist perfekt. Türk hat sich tatsächlich der Stimme enthalten und neben Lercher ein zweiter Freidemokrat für Burauen gestimmt – der Rechtsanwalt Friedrich Jacobs. Applaus brandet auf, »stürmisch, anhaltend, Bravorufe bei der SPD und aus dem Zuhörerraum«, vermerkt das Protokoll. Fuchs lässt gewähren. Eigentlich, sagt er, seien »Beifalls- oder Mißfallensäußerungen nicht gestattet.

Aber in solchen Fällen haben wir immer Ausnahmen gemacht.« Dann vereidigt Fuchs das gerade gewählte Stadtoberhaupt. Burauen schwört, er werde seine »Pflichten gewissenhaft erfüllen«. Und fügt an: »So wahr mir Gott helfe!« Die religiöse Beteuerung wäre nicht notwendig gewesen – für ihn ist sie eine Selbstverständlichkeit.

Burauen, vor ein paar Wochen 50 geworden, geht in seiner ersten Rede als Oberbürgermeister kurz ein auf die Wahlen. »Fürwahr, ein politisch-geschichtlicher Vorgang von großer Bedeutung«, weil seine Partei zum ersten Mal in Köln die stärkste geworden ist: »Es erfüllte sich damit eine Sehnsucht von Männern vergangener Jahrzehnte, von August Bebel über Wilhelm Sollmann bis Robert Görlinger. Männer, die neben vielen anderen mit der Geschichte dieser Stadt unlöslich verbunden sind.«

Und er dankt seinem Vorgänger Ernst Schwering »in aufrichtiger Gesinnung« für dessen »Ehrendienst ... als erster Repräsentant unserer Stadt«. Es sei stets sein »unverrückbares Prinzip« gewesen, »in Ihnen nicht den Abgeordneten einer Partei, sondern den Oberbürgermeister zu sehen und zu respektieren ... So spreche ich hier die Bitte aus, mir fürderhin in der gleichen Haltung zu begegnen.« Die Geplänkel im Wahlkampf – längst vergessen.

Er wolle, verspricht Burauen, das Amt »mit größter Objektivität gegenüber jedermann führen«, er wolle »eine echte Kollegialität zwischen Rat und Verwaltung in ihren jeweiligen Zuständigkeiten garantieren helfen«. Die Arbeit des Rates solle »in breitester Öffentlichkeit« stattfinden, »unter Mitbeteiligung der Bürgerschaft«. Eine Herzensangelegenheit. Und was ihm noch wichtiger ist: »Den Armen und Bedrängten, den Hilflosen und Schwachen gehört unser erster Beistand.«

Burauen schaut ins Auditorium, hält kurz inne. »Für mich«, sagt er, »war bisher jeder Stein meiner Vaterstadt ein Stück von mir, und so wird es auch immer bleiben. Lassen Sie mich mit einem Ausspruch unseres Volkes schließen, der in seiner tiefsten

Bedeutung nichts anderes als die ganze unsagbare Liebe zu unserer alten Mutter Colonia beinhaltet, indem ich Ihnen zurufe: Köllen Alaaf!«

Daheim, spätabends, öffnet er eine Flasche Bier und sinniert über den Tag. »Du wirst es nicht leicht haben«, sagt er zu sich. »In Universitätskreisen bist du ein Vollblut-Volksschüler. In Kulturkreisen giltst du als Mensch, der sich etwas angeeignet hat. Und in Wirtschaftskreisen – da hatte ich immerhin eine kaufmännische Lehre. Aber alle werden dich wissen lassen, daß sie dir ein Pfund über haben. Also: Du gehst als Mensch hinein. Da kann doch jeder gekleidet und betucht sein, wie er will, hinter jeder Fassade, da steht doch nur nackt und bloß ein Mensch.«

Am 12. April 1957 wird der Sitzungssaal im Spanischen Bau feierlich eingeweiht, bis heute tagt hier der Rat. Burauens erste Amtshandlung gilt den Pförtnern: Jeder Besucher, so seine Weisung, solle ungehindert durchs Rathaus streifen dürfen – dem freien Haus des freien Bürgers.

*

Sie wiegt fast ein Kilo, ist aus massivem Gold, 23 eingefasste Münzen zieren sie. Ihr Versicherungswert: 250 000 Euro. Die Amtskette des Kölner Oberbürgermeisters ist ein ganz besonderes Stück – schon deshalb, weil sie an Kölns Vergangenheit seit den Römertagen erinnert. An eine geschichts-, eine traditionsbeladene Zeit. Auch an eine ganz böse Zeit.

Die Kette ist mitnichten ein Symbol der Macht und sie zu präsentieren keine Pflichtübung, sondern Privileg. In der Hauptsatzung der Stadt Köln, eine Art Magna Charta, bestimmt Paragraf 4, wann sie getragen werden darf – »bei feierlichen Anlässen« nämlich. Ein weiter Begriff, gerade in Köln, und doch haben sich Regeln entwickelt. Das Fronleichnamsfest ist ein solcher Anlass, die Verleihung des Ehrenbürgerrechts, der Abschluss einer Städtefreundschaft.

Oder der Empfang hoher Gäste – Königinnen und Könige, Präsidenten, der Papst.

Als Köln Freie Reichsstadt war, eine der bedeutendsten, führten die Bürgermeister als Zeichen ihrer Würde weiße Stäbe mit sich, die Ratsherren braune. Seit 1815 gehörte Köln zu Preußen, und die preußische Städteordnung schrieb zwingend vor, alle »Magistratsmitglieder und Stadtverordneten« müssten bei Ausübung ihres Amtes »ganz schwarze Kleidung und goldene Ketten mit goldenen Medaillen« tragen. Gestrenges Preußen, auch, was den Habit anging. Nur: Köln hat die preußische Städteordnung erst ganz spät akzeptiert, bis 1845 galt die französische, die napoleonische Gemeindeverfassung. Die kannte eine solche Vorschrift nicht. Und, ehrlich gesagt, den Stadtvätern damals war die Anschaffung solcher Insignien glattweg zu teuer.

Der erste OB, der aufgrund königlicher Kabinettsorder eine Kette trug, war Hermann Heinrich Becker, wegen seiner republikanischen Gesinnung und seiner Haarfarbe »roter Becker« genannt. Im Mai 1880 wurde die Kette geliefert, Kostenpunkt: 700 Mark. Das Material: vergoldetes Silber.

1917 sollte die Kette eingeschmolzen und gegen ein Stück aus Eisen ersetzt werden, zur Linderung der Kriegskosten schien jedes Mittel recht. Statt im Ofen landete sie im Tresor der städtischen Hauptkasse – und fiel den Nazis in die Hände. Jetzt prangte auf ihr auch ein Hakenkreuz. Diese Kette schmolz tatsächlich: bei einem Bombenangriff, der auch das Rathaus zerstörte.

Ziemlich spät fürs geschichtsbeflissene Köln, erst 1953, kam die Erinnerung zurück, da trugen etliche Oberbürgermeister längst wieder eine Amtskette, etwa die von Bonn oder Düsseldorf. 1954 verabschiedete der Rat die Hauptsatzung, ohne freilich, was die Kette betrifft, exakt zu formulieren. Es hieß nur, sie müsse »unter anderem das Wappen der Stadt Köln« zeigen.

Den Auftrag erhielt die Goldschmiedin Elisabeth Treskow, die zuvor bereits die Meisterschale des Deutschen Fußball-Bundes entwor-

Ein Kilo schwer, mit 23 Münzen, die die Stadtgeschichte symbolisieren: Burauen erklärt die OB-Amtskette seinem Kollegen aus Liverpool, Kölns Partnerstadt.

fen hatte. Museumsspezialisten besorgten die seltenen Münzen, und die kurzen, erläuternden Texte für die Kette entwarf ein Jurist – Oberbürgermeister Ernst Schwering, der Vorgänger Burauens.

Das älteste Stück ist ein sogenanntes Regenbogenschüsselchen, eine schüsselförmige Goldmünze aus dem ersten Jahrhundert vor Christi Geburt, wahrscheinlich geprägt von einem Handwerker der Ubier. Jenes Germanenstamms, den Caesar als den kultiviertesten beschrieb. Vorne, auf dem Brustschild der Kette, ist erkennbar, was in Köln Identität gestiftet hat: die Heiligen Drei Könige, stehend auf dem Dekor des Römerturms, das Stadtwappen, der Ursulataler. Zu sehen sind auch: Vitellius und Trajan, beide in Köln zum römischen

Kaiser erhoben, Konstantin der Große, der in seinem Riesenreich die Religionsfreiheit garantierte. Agrippina, die Gründerin Kölns. Und Bruno, der jüngere Bruder Ottos des Großen, Kölns erster Erzbischof, der gleichermaßen geistlicher und weltlicher Herrscher war.

Auf der Rückseite eine Medaille, die den Dom und die Altstadt im Flammenmeer zeigt, 1943. Die Inschrift lautet: »Köln durch Bomben zersprengt und verbrannt schien tot. Zu neuem Leben ward es erweckt durch Liebe und Kraft seiner Bürger.«

1943 – in diesem Jahr starben hier Tausende Menschen. Auch Burauens Vater.

DER SIEGGEWOHNTE

Theo Burauen, Oberbürgermeister von Köln, der sechste seit dem Neubeginn. Konrad Adenauer, Willi Suth, Hermann Pünder, Robert Görlinger, Ernst Schwering – keiner von ihnen sollte ihm Vorbild sein. »So, wie du bist, so mußt du sein«, dies war seine Richtschnur: »Nachahmen wäre Schauspielerei, und schauspielern auf politischer Bühne macht verdächtig.«

Von Anfang an beschäftigt ihn die wichtige Frage, ob die Konstruktion dieses Amtes wirklich eine richtige ist. Der Oberbürgermeister der alten rheinischen, sprich: preußischen, Städteordnung, die den Beginn der modernen kommunalen Selbstverwaltung markiert hatte, übt sich als Doppelspitze: Vorsitzender des Stadtrates und Chef der Verwaltung. Die britischen Besatzer zerschlugen diese Doppelspitze, und die nordrhein-westfälische Gemeindeordnung hat die Kompetenzen des Rates so definiert: »allzuständig«.

Eine komplizierte Sache, wie Burauen empfindet. Der langjährige städtische Pressesprecher Hans Schmitt-Rost, unter dem Pseudonym Fritz Franz Florian konnte er trefflich über Probleme sinnieren, notierte: »Die Verwaltungsressorts wissen zwar, wie es gemacht wird, sie haben Initiativen und Ideen. Eigentlich dürfen sie gar nicht. Das kann, theoretisch gesehen, dahin führen, daß einem hohen Stadtbeamten verübelt wird, wenn er eine Sache tatkräftig und selbständig angreift und vorantreibt.« Gerade der Kölner, Adenauers Tatkraft bis 1933 noch vor Augen, würde »aus dieser Verfassung nicht schlau«, für sie leide die »Autorität seines Oberbürgermeisters«. Das »System«, so Schmitt-Rost alias Florian, bringe »Umständlichkeiten mit sich«, vor allem Reibungsverluste, und so recht verstanden es die Bürger auch nicht.

Zwei Beispiele nur. Die legendäre Zirkus-Chefin Carola Williams, deren Unternehmen in Köln sein Winterquartier hatte, bedankte sich in einem Brief ans Rathaus für die langjährige Treue der Besucher hier, die »nicht zuletzt« auch Verdienst »der Kölner Stadtverwaltung« sei, »an der Spitze mein lieber Theo Burauen«. Der hatte sich immer starkgemacht für den Zirkus. Auch Journalisten, die gemeinhin als gute Beobachter gelten, lagen schief. So schrieb der *Rheinische Merkur* im Juni 1954 über Burauens Vorgänger Schwering, der handhabe, schon 68 Jahre alt, geschickt einen »umfangreichen Verwaltungsapparat«.

Demoskopen merkten an, die Bevölkerung habe die politischen Institutionen kaum auseinanderhalten können. In seinem Buch *Die befragte Nation* schrieb Gerhard Schmidtchen: »Als Regierung erscheint offenbar alles, was oben ist.« Schon Görlinger hatte gesagt: »Das Amt des Oberbürgermeisters zerfällt in zwei Teile. Das hat der Bürger nicht begriffen und wird es nicht begreifen.«

Immer wieder debattierte Burauen, auch mit seinen Kolleginnen und Kollegen des Landtags, über eine Lösung, über eine Abkehr vom »englischen Schnittmuster« (Schmitt-Rost). Zwar sehe »von draußen« die »Zweiteilung der Gewalten sehr demokratisch aus« – für den »ehrenamtlichen Oberbürgermeister« sei sie jedoch »keine leichte Sache«, sagte er: Der sollte alles »in der Hand« haben. Schon früh war Burauen überzeugt davon, dass »das jetzige System« nicht allzu lange »weiterbestehen« werde. Allerdings, die Düsseldorfer Abgeordneten konnte er damals nicht für eine Änderung gewinnen; erst im Mai 1994 entschied der NRW-Landtag, die von den Briten dekretierte Kommunalverfassung, auch »Norddeutsche Ratsverfassung« genannt, in die »Süddeutsche Ratsverfassung« umzuwandeln: mit einem direkt gewählten, hauptamtlichen Bürgermeister als Chef der Verwaltung. Burauens Plan schon lange.

Und doch akzeptierte er diese Ämtertrennung, »da halte ich sauber den vorgeschriebenen Weg ein«. Was aber nicht ausschloss, auch einmal den kleinen Dienstweg zu nutzen – wenn er irgendwo einen Müllhaufen sah oder ein Schrottauto. Die Durchwahlnummern vieler zuständiger Beamter hatte er im Notizbuch stehen, dann klappte es reibungslos. Ansonsten galt für ihn: »Der Chef der Verwaltung hat seinen Kopf dafür herzuhalten, alles in Ordnung zu bringen.«

Und mit diesem Chef, Max Adenauer, dem drittältesten Sohn des Kanzlers, verstand sich Burauen gut – was deswegen bemerkenswert ist, weil Adenauers Verhältnis zu seinem Parteifreund Schwering »problematisch« gewesen sei, urteilt Winfried Herbers: Schwering habe sich »als erster Bürger« gefühlt und als »Spitze des Kölner Gemeinwesens«, mit gestrengem Blick aufs Protokoll und auf seine Amtswürde. »Adenauer dagegen versuchte, die Bedeutung des ... Amtes gegen Gewohnheiten und Mentalitäten in Verwaltung und Bevölkerung als das bedeutsamere der beiden herauszuarbeiten.« Burauen dachte anders als Schwering – ein Vorteil für Adenauer, aber auch für ihn selbst. Denn stilvolles Auskommen miteinander passte in sein »politisches Harmoniemodell« (Werner Jung).

Seine ersten beiden Amtsjahre, 1957 und 1958, sind rasante Jahre. Am 12. April 1957 leitet er im neu eröffneten Rathaus, dem Spanischen Bau, die erste offizielle Sitzung der Stadtverordneten – Spanischer Bau deshalb, weil an dieser Stelle die Spanische Liga getagt hatte, diesen Beinamen trug das katholische Militärbündnis während des Dreißigjährigen Krieges. Der Bau hatte Geschichte freigelegt: Fundamente eines Prätoriums, des Sitzes des römischen Statthalters (Burauen später: »Jeder Besucher ... ist stumm vor Staunen angesichts der steinernen Zeugen unserer römisch-antiken Vergangenheit«), Reste des Judenviertels, ein Ritualbad.

Am 26. April startet die Bundesgartenschau im Deutzer Rheinpark – Theo Burauen schreitet Seite an Seite mit Theodor Heuss, dem Bundespräsidenten, durch ein Blumenmeer von 400 000 Hyazinthen, Tulpen, Narzissen. Mit dabei, natürlich: Konrad Adenauer, der Kanzler. Bilder haben prägende Kraft. Die Seilbahn über den Rhein, die das Gelände mit dem Zoo verbindet, konnte bereits im März fahren; nach nicht mal zwei Monaten wurde schon der 500 000. Fahrgast begrüßt.

18. Mai: Das Große Haus der Städtischen Bühnen ist fertig, ein monumentaler Bau mit zwei 34 Meter hohen Bühnentürmen. *Oberon* wird gegeben, die Oper von Carl Maria von Weber. Unter den Gästen: Präsident Heuss, Kanzler Adenauer. 25. Mai: Wiedereröffnung des Wallraf-Richartz-Museums, jetzt endlich bekennt Dauergast Heuss, zwischen ihm und Köln bestehe »ein Liebesverhältnis«. 18. Juli: Auf dem Flughafen in Wahn wird die britische Kriegsflagge eingeholt und eine schwarz-rot-goldene Fahne gehisst – der Airport ist wieder in Kölner Hand. 23. September: Einweihung des neuen Hauptbahnhofs mit lichter, großer Halle. Der alte Romantiker Burauen kann es sich nicht verkneifen, an die alte Halle zu erinnern: »Ein vielseitig beliebter Treffpunkt. In die sich immer wiederholenden Szenen des Abschiednehmens und des Wiedersehens fügte sich die Zärtlichkeit verliebter Paare ebenso stilvoll wie unauffällig ein.«

Nicht zu vergessen: Im Kölner Zoo gibt dessen größter Fan und Aufsichtsratsvorsitzender Burauen 1958 das Gehege für die Eisbären frei. In Köln leben wieder über 760 000 Menschen, damit ist der Bevölkerungsstand der Vorkriegszeit erreicht – wer will, der kann hiermit den »Abschluß der Trümmerperiode« (Peter Fuchs) definieren. 11. Januar: Wiedereröffnung des Kölnischen Stadtmuseums. 14. Mai: Eröffnung des Agrippabades. 21. Juni: Einweihung des Glockenspiels am Rathausturm, ein Geschenk der Handwerkerschaft. 3. Juli: Vertrag über Städtepartnerschaften zwischen Köln und Esch-sur-Alzette (Luxemburg), Lille, Lüttich, Rotterdam und Turin – ein ganz wichtiges Ereignis, gerade mal 13 Jahre nach Kriegsende. 13. Dezember: Eröffnung der Sporthalle in Deutz, 7000 Besucher haben Platz. Die Radrennbahn ist knapp 167 Meter lang – am zweiten Weihnachtsfeiertag startet hier das erste »Kölner Sechstagerennen« seit vielen Jahren, ein europaweites Sportereignis mit langer Tradition.

Und dieses Jahr 1958 ist für Burauen auch aus anderen Gründen ein wichtiges, einschneidendes. 4. Juli, ein Freitag, brütende Hitze. Kurz nach 15 Uhr eröffnet Burauen die 8. Sitzung des Stadtrates, nennt die Namen jener Abgeordneter, die fehlen – um sofort innezuhalten. Peter Josef Schaeven, der Fraktionsvorsitzende der CDU, ist zusammengebrochen: Sekundentod. Vier Tage später hält Burauen die Trauerrede, wohl eine seiner persönlichsten Reden. Schaeven, sagt er, sei ihm »ans Herz gewachsen«, und was »zunächst einseitige Empfindung« gewesen sei, habe in »einer stillen Freundschaft« geendet – »weil wir beide aus einem gleich schlichten Bürgerhaus, aus dem Schoße dieser Mutter Colonia gekommen sind«.

8. November, ein Samstag, ungemütlich kalt. Wieder eine OB-Wahl, nach zwei Jahren nur. So sieht es die NRW-Gemeindeordnung vor. Wieder das Duell: Burauen gegen Schwering.

Die Kölner CDU-Funktionäre sind, trotz des Schocks von 1956, voller Zuversicht. Bei der Bundestagswahl 1957 haben die Christdemokraten, mit der CSU an ihrer Seite, einen grandiosen Sieg eingefahren und, erstmals, die absolute Mehrheit geholt. Und bei den NRW-Landtagswahlen am 6. Juli 1958, gerade erst vier Monate her, hat Schwering in seinem Kölner Wahlkreis den Kandidaten Burauen niedergehalten. Schwering hat 11 000 Stimmen mehr auf sich vereinen können, somit seien alle Befürchtungen obsolet, glaubt er, der könne Kapital schlagen aus seiner »Karnevalspopularität«. Ein Irrtum.

Adenauers Partei hatte, anders als Schwering, diesen Burauen und dessen Qualitäten »durchaus anerkannt und sehr ernst genommen«, sagt Winfried Herbers. Beleg dafür: die Protokolle der Vorstandssitzungen 1958 bis 1961. Viermal wurde der Kölner

»So wahr mir Gott helfe!«: Ex-Oberbürgermeister Ernst Schwering (CDU) vereidigt als Alterspräsident des Rates das SPD-Stadtoberhaupt Theo Burauen.

Oberbürgermeister darin erwähnt, respektvoll und lobend. Ein außergewöhnlicher Vorgang.

Schwering tritt am 1. Oktober 1958 vom Amt des Fraktionsvorsitzenden zurück, um dem jüngeren Franz Lemmens, wie Burauen Jahrgang 1906, Platz zu machen – weil er darauf setzt, wie schon früher das repräsentative OB-Amt einnehmen zu können. Der erste Wahlgang findet am 4. November statt: 32 Stimmen für Burauen, 29 für Schwering, fünf für den FDP-Kandidaten Friedrich Jacobs. So entspricht es der Sitzverteilung in der Ratsversammlung. Für den 8. November gilt: Wenn im ersten Durchgang niemand die absolute Mehrheit schafft, reicht im zweiten die relative.

Wie schon zwei Jahre zuvor, versucht eine kleine CDU-Delegation, die Freidemokraten auf ihre Seite zu ziehen. Schwering zeigt sich überzeugt, dass vier der fünf FDPler für ihn stimmen werden, und wenn sich der übrig gebliebene Kollege enthalte, könne er gewählt werden – mit einer Stimme Mehrheit.

Die *Kölnische Rundschau* leitartikelt, Schwering müsse Oberbürgermeister werden, schließlich hätten die 1956er-Wahlen »keine sozialistische Mehrheit« gebracht. Für die *Neue Rhein Zeitung* hingegen ist klar: »Kölns OB heißt Burauen.« Und sie prophezeit, er werde bereits im ersten Durchgang »obsiegen«.

So kommt es. Weil drei Freidemokraten weiße – ungültige – Zettel abgeben, erhält Burauen 32 Stimmen, Schwering, für den zwei FDPler votieren, 31. Eine Stimme plus, ein knapperes Ergebnis ist nicht möglich. Aber es bedeutet, bei 63 abgegebenen Stimmen, die absolute Mehrheit.

Zu den Treppenwitzen kölnischer Stadtgeschichte gehört es, dass diese Zwischenwahl in Vergessenheit geraten ist, wie auch jene vom 28. März 1963, die ebenfalls aus rechtlichen Gründen nötig und nicht Ergebnis einer Kommunalwahl war: mit einem glatten Sieger Burauen. Auch das offiziellste aller offiziellen Dokumente schweigt sich später darüber aus – Burauens Ehrenbürgerurkunde. Das alles ist schon deshalb erstaunlich, weil zumindest das 1958er-Ereignis zum Wendepunkt in seinem politischen Leben hätte werden können: wenn zwei Stadtverordnete der FDP binnen Sekunden umgeschwenkt wären auf Schwering. Ein nach nur zwei Jahren Amtszeit abgewähltes Stadtoberhaupt – der Neustart hätte unter schwierigen Bedingungen stattfinden müssen.

Und Burauen sah dies exakt so, als er einmal über den 8. November sprach. »Ich weiß noch genau, wie es angefangen hat«, sagte er. »Da habe ich erst ganz hinten an dem letzten Tisch gesessen, und allmählich, da war ich Fraktionsvorsitzender, da wurde ich schon bis zur Mitte platziert. Dann wurde ich Bürgermeister, da kam ich an die erste Tafel, aber seitwärts. Und dann musste ich selbst das Mittelfeld besetzen. Aber ich bin ehrlich: Es würde mir nichts ausmachen, auch mal wieder in der letzten Bank zu sitzen.«

»In der Demokratie« müsse man »einfach mit vorn und hinten und mit hinten und vorn einverstanden sein«. Sonst dürfe man sich »nicht Demokrat nennen«.

DER POPULÄRE

Für die Christdemokraten geriet Burauens ständig wachsende Popularität allmählich zum Problem – »er war nicht nur in den Kölner Köpfen«, schrieb Peter Fuchs, »sondern auch in den Kölner Herzen«. Ein Satz wie aus dem Libretto einer Seifenoper, jedoch: Er stimmt.

Der Historiker Jost Dülffer, der sich als einer der wenigen Hochschullehrer der Kölner Universität für die Stadtgeschichte interessiert, erklärte die Erfolge Burauens so: »Unermüdlich und damit letztlich systematisch« habe er Kraft und Zeit investiert, »das Kölner Milieu oder die vielen kleinteiligen Kölner Milieus auch außerhalb der herkömmlichen Arbeiterklasse« zu erobern. Ein Satz vom Katheder, jedoch: Auch er stimmt.

Burauen-Schlagzeilen, Burauen-Bilder beherrschten die Kölner Lokalpresse. Ein Kontrapunkt aus CDU-Sicht war es schon, wenn neben Burauen bei öffentlichen Terminen, sei es die Einweihung der Severinsbrücke im November 1959, sei es der Empfang eines Staatsgastes, der »Alte« ebenfalls anwesend war, der Alte von Rhöndorf, Konrad Adenauer. Die Magie des Namens – Schwering auf dem Foto, dies interessierte nicht sonderlich.

Adenauer saß im Bonner Palais Schaumburg, dem Kanzleramt, Burauen indes war überall: etwa als der Wiederaufbau von St. Georg begann, dieser wunderbaren romanischen Kirche im Severinsviertel. Als die erste E-Lok samt Zug den Hauptbahnhof verließ. Als in der Ruine der Kirche St. Alban am Gürzenich das Mahnmal für die Weltkriegstoten eingeweiht wurde, ein ganz besonderer Ort

Burauen als Großfigur im Kölner Rosenmontagszug, 1957: Wenige Monate zuvor war er Oberbürgermeister geworden.

der Erinnerung an das Gestern. Oder als am Kaufhof das erste Parkhaus Deutschlands mit Liftbetrieb startete, Sinnbild des technischen Morgen.

Am 19. März 1961 stehen Kommunalwahlen an. Eigentlich hätten sie schon im Jahr zuvor stattfinden sollen, doch wegen einer Verfassungsbeschwerde sind sie verschoben worden. Die Taktik der Christdemokraten nun: kratzen an Burauen, kratzen an den Sozialdemokraten, die der CDU-Geschäftsführer Kurt Schmelter »Pseudosozialdemokraten« genannt hat. Er fordert einen »harten Wahlkampf«. Die oft geübte Harmonie der beiden großen Parteien in Köln – dieses Prinzip ist jetzt außer Kraft gesetzt.

Was den Wiederaufbau der Stadt anbelangt, sagt Schmelter, schmücke sich die SPD »mit fremden Federn«. Dies ist, weil wider besseren Wissens, ein Hieb gegen Burauen. Der gebe sich »nach außen hin so gerne bürgerlich«, »charmant«, in Wirklichkeit sei er ein »roter Wolf«, getarnt im »Schafspelz«. Wahlhelfer Konrad

Adenauer sagt, etwas irritierend: »Sozialist bleibt Sozialist, auch wer sich als Oberbürgermeister ... über seine sozialistische Gemeinschaft zu erheben versucht.«

Ein solcher Oberbürgermeister sei nicht nur ein »Schönheitsfleck«, er könne, die Mehrheit im Rat hinter sich, eine »große Macht über viele Dinge erreichen«. Das ist eine Warnung an seine Parteifreunde. Der Versuch, Burauen zu demontieren, geht gar ins Lächerliche. So verbreitet die CDU auch, eigentlich passe er gar nicht in die SPD. Und macht die danach dutzendfach variierte Episode vom alten Mütterchen publik, das auf einer Wahlveranstaltung der CDU angeblich gesagt habe: »Ich danke Ihnen, daß Sie Herrn Burauen wieder aufgestellt haben.«

Auf ihre Plakate lässt die SPD den Slogan drucken: »Vertrauen zu Burauen«. Was Ernst Schwering veranlasst, mit einem gedruckten Reim die Wahlbürger zu erfreuen: »Vertrauen zu Burauen? / Nein, Nein, Nein! / Denn er war und ist / Ein echter Sozialist! / Darum nicht Burauen / Sondern ›Dem Erfolg vertrauen‹ / Den gibt wie bisher auf Dauer / Einzig Konrad Adenauer ...«

»Dem Erfolg vertrauen«, dies ist eine der CDU-Wahlkampfparolen. Der Erfolg liegt lange zurück, und den Bundeskanzler zu bemühen, »der für Köln als seine Stadt Herrliches geschaffen« habe, ist doch eher ein Akt der Hilflosigkeit – sollte doch, sagt Winfried Herbers, die »Konzentration aller Kräfte« auf ein Ziel nur ausgerichtet werden: »Wiedereroberung der Macht im Kölner Rathaus«.

Daraus wird nichts. Zwar legt die CDU gegenüber 1956 (41,9 Prozent) zu und holt 45,4 Prozent der Stimmen, aber auch die SPD verbessert ihr gutes Ergebnis von damals 46 auf 46,8 Prozent. Die Strategie der Christdemokraten, den beliebtesten Kölner Sozialdemokraten zu attackieren und so Wähler zu fischen, ist fehlgeschlagen – da hilft auch nicht der Trost, dass die CDU auf Landesebene stärkste Partei geworden ist.

Für den Journalisten Johann Wilhelm Koch, den erfahrenen kommunalpolitischen Redakteur der CDU-nahen *Kölnischen Rundschau,* kommt dieser Burauen-Erfolg einer historischen Stunde gleich. »Nachdem es auch jetzt nicht gelungen ist, eine Rückkehr zu einer dem Wesen unserer alten Stadt zweifellos gemäßeren christlichen Ratsmehrheit zu erzielen«, schreibt er fast enttäuscht, »dürfte die Chance so ziemlich endgültig verpaßt sein. Man kann also die Wahl ... getrost als eine Art Wendepunkt in der Orientierung einer Stadt bezeichnen, die sich stets gern als das ›heilige Köln‹ gerühmt hat.« Wendepunkt, das passende Wort.

Dann dieser Satz: »Vielleicht war es aber auch an der Zeit, endlich mit der altmodischen Anschauung aufzuräumen, daß eine permanent sozialistische Ratsmehrheit nicht mehr zu Köln passt.« Eine Strophe Abgesang.

Die SPD hat sich in ihren Hochburgen, den Arbeitervierteln, weiter verbessern können. Eine Verbesserung bedeutet auch, analysiert die *Neue Rhein Zeitung,* dass sie »erfolgreich« auf einen »Teil der katholischen Arbeiterschaft« habe zugreifen können, die sich von der CDU »abzuwenden« begonnen hätte. Hin zu Burauen, dem erklärten Katholiken.

Die OB-Wahl ist angesetzt für den 29. März. Dass die FDP für Burauen votieren wird, scheint abgemacht. Unter der Hand dealen SPD und CDU: Falls sie, die Christdemokraten, keinen OB-Kandidaten nominieren würden, seien die Sozialdemokraten bereit, für deren Bürgermeister-Anwärter zu stimmen. Und so kommt es.

Die Einordnung, die *Rundschau*-Mann Koch vorgenommen hat, ist eine vortreffliche. Drei Jahre später, bei den Kommunalwahlen am 27. September 1964, gelingt der SPD nämlich eine Sensation: Sie holt 57,4 Prozent der Stimmen, über zehn Prozent mehr als 1961: absolute Mehrheit, zum ersten Mal in ihrer Geschichte. Die »vor der Wahl gestellten Prognosen«, urteilen eher zur Nüchternheit neigende Statistiker, seien »von der Wirklichkeit völlig überholt« worden. Der Wahlspruch heißt diesmal: »Mit Burauen weiterbauen.«

Die FDP verschwindet aus dem Rat, die CDU verliert massiv: 7,3 Prozent. Ex-Kanzler Adenauer, immer noch Bundesvorsitzender, klagt, dies sei in Nordrhein-Westfalen der »zweithöchste Verlust«. Und für seinen Sohn Max Adenauer bedeutet dieser Verlust: Abschied nehmen vom Amt des Oberstadtdirektors. Im Wahlkampf noch hat Burauen zugesichert, dass die SPD erneut für ihn stimmen werde, der Rat wolle »keine Experimente« eingehen – eine Anspielung auf den Slogan des Vaters bei den Bundestagswahlen 1957. Und doch erklärt Max Adenauer, für eine weitere Amtsperiode nicht mehr zur Verfügung zu stehen.

Den Grund benennt er zwei Monate nach der Wahl, im November 1964, in einem Gespräch mit Redakteuren des Hamburger Nachrichtenmagazins *DER SPIEGEL*. Adenauer: »Ich habe dem SPD-Fraktionsvorsitzenden van Nes Ziegler erklärt, daß ich nun wohl in einem solchen Maße von anderen Mitarbeitern umgeben würde, daß ich in meiner Arbeit an Händen und Füßen gefesselt würde. Daraufhin hat er mir bestätigt: ›Wir werden Sie einmauern.‹

SPIEGEL: Ein böses Wort?

ADENAUER: Es war für mich eine Bestätigung dafür, daß ich mich richtig entschieden habe. Es ist bekannt, daß die SPD ... erhebliche Ansprüche geltend machte und eine Reihe wichtiger Ämter mit ihren Leuten besetzen will ... Jetzt besteht die Gefahr, daß ich nichts mehr zu sagen habe ...«

Adenauers Nachfolger wird binnen 24 Stunden gefunden, erstaunlich schnell: Heinz Mohnen, der Präsident des Kölner Amtsgerichts. Ein Sozialdemokrat. Adenauer zieht sich auf den ruhigeren Posten eines Bankdirektors zurück.

Das Wahlergebnis bestätigt der SPD, politisch richtig gehandelt zu haben. Aber es zeigt auch, dass *eine* Person, *eine* Figur zum entscheidenden Momentum werden kann. Mit der allmählichen Wandlung des einst schwarzen Köln zu einer SPD-Hochburg ist nur dieser Name verbunden: Burauen. Wer ihn wollte, schrieb der Publizist Hans Schmitz, der »mußte SPD wählen«.

Oberstadtdirektor Adenauer hat den Oberbürgermeister in seiner *SPIEGEL*-Schelte außen vor gelassen. Die Zusammenarbeit mit ihm sei »absolut einwandfrei« gewesen, sagt er. Und Adenauer verteidigt ihn massiv, als es um den Verdacht geht, Burauen sei bevorzugt behandelt worden. Solcherlei Anwürfe tragen in Köln gemeinhin eine Überschrift: Klüngelei.

Spätsommer 1962. Die Stadt hat sich beworben um die Ausrichtung der für 1971 geplanten Bundesgartenschau, vorgesehenes Terrain: der »Grünzug Süd«, gelegen zwischen Brühler und Bonner Straße, Gürtel und Militärringstraße. Für Teile dieses Gebietes gilt eine Bausperre. Der Oberbürgermeister kauft ein Grundstück an der Faßbenderkaul im Stadtteil Raderthal, 600 Quadratmeter groß, er will bauen. (Nach dem Krieg hatten die Burauens in der Brüsseler Straße gewohnt, 1953 sind sie in die Volksgartenstraße 2 umgezogen – vierter Stock, 70 Quadratmeter, ziemlich beengt für eine vierköpfige Familie.) Notar in dieser Angelegenheit: Franz Lemmens, Fraktionschef der CDU und Bürgermeister.

Nur »eine Ausnahme« gelte bei der Bausperre, schreibt die *Kölnische Rundschau* am 26. September 1962 – und zwar bei dem geplanten Anwesen Burauens. Eine Falschmeldung, die einen Tag später, während einer Ratssitzung, Max Adenauer mit Vehemenz richtigstellt. Das Grundstück habe »nie in diesem in Frage stehenden Gelände gelegen«, korrigiert er. Und fügt, fast erbost, an: »Ich meine, es müßte einem Manne, der im öffentlichen Leben steht, ebenso recht und billig sein, ein Grundstück zu erwerben, wie es jedem anderen Bürger recht ist, ohne daß deshalb gleich Verdächtigungen gegen diesen Mann ausgesprochen werden.« Das Protokoll vermerkt: »Lebhafter anhaltender Beifall.«

Und doch liegt irgendwie ein Schatten über diesem Grundstückskauf. Das Liegenschaftsamt hatte eigentlich, so die Recherche des Köln-Forschers Werner Jung, einen Quadratmeterpreis von 27 Mark verlangt. In einem Brief an die Fraktionsvorsitzenden bittet Burauen darum, den Preis zu senken, Begründung: »Etwas früher« habe der Quadratmeter bei Arealen in direkter Nachbarschaft lediglich 25 Mark gekostet.

»Sie wissen«, schreibt Burauen, »daß ich nicht begütert bin, und daß ich nur unter sehr großen Einschränkungen versuche, endlich aus meinen jetzigen beschränkten Wohnverhältnissen herauszukommen«, er müsse »mit jedem Tausendmarkschein rechnen«. Bisher habe er »noch keine derartigen Ansprüche an die Stadt gestellt«. Ansprüche an die Stadt, eine denk- und merkwürdige Formulierung.

Zu diesem Zeitpunkt – 1962 – belaufen sich seine monatlichen Einkünfte auf mindestens 3000 Mark: knapp 1400 Mark Aufwandsentschädigung (»Ehrensold«) für das OB-Amt, etwa 1200 Mark an Diäten und Tagegeldern für das Landtagsmandat, 500 Mark Entlohnung für den Vorsitz in der Landschaftsversammlung. Das jährliche »Durchschnittsentgelt«, eine Rechengröße der Sozialversicherung, liegt in diesem Jahr bei gut 7300, bei Burauen sind es 36 000 Mark.

Tatsächlich senkt die Verwaltung die Kosten für die Parzelle, Burauen spart 1200 Mark. Kein kritisches Wort in der Öffentlichkeit, ganz im Gegenteil. Kurz nach dem Einzug im Juli 1964 lobt ihn der *Kölner Stadt-Anzeiger* wegen seiner Bescheidenheit: »Man kann sich nicht vorstellen, daß andere Repräsentanten anderer Städte acht Jahre lang in einer kleinen Wohnung im vierten Stock eines Mietshauses geblieben wären, wenn die es hätten ändern können. Zu Burauen scheint diese Haltung wie angegossen zu passen.«

Er habe, sagt Burauen, bereits kurz nach der ersten Wahl zum Oberbürgermeister ein Haus bauen können. Doch dazu habe ihm einfach die »Courage« gefehlt. Was immer dies heißen mag.

*

Die beständigen Versuche der CDU, insbesondere vor Wahlen »einen scharfen weltanschaulichen Trennungsstrich« (Winfried Herbers) zwischen sich und der SPD, sprich: Burauen, zu ziehen, war mit dem überragenden Wahlergebnis endgültig gescheitert. Die Christdemokraten konnten den Christen Burauen nicht entzaubern.

Er war kein frömmelnder Kirchgänger, sondern, wie es der Kölner famos auszudrücken vermag: »ne jode Katholik«. Hieß: liberal den Zehn Geboten gegenüber, nie Eiferer, nie Klerikaler.

Als praktizierender Katholik hatte er deshalb, vor 1933, »große Schwierigkeiten« in der SPD, weil er »nicht der Dissidentenwelle damals folgte«; gemeint ist: Austritt aus der Kirche, Verleugnung des Glaubens. »Ich habe immer gesagt, wenn ihr daran rührt, brauche ich keinen Beitrag mehr zu bezahlen. Das ist für mich eine private Angelegenheit. Ich bin aus katholischem Haus.«

Zwei Jahre nach dem Krieg, 1947, zeichnete er in einem Brief an Wilhelm Sollmann ein Stück SPD-Zukunft. Die Partei, argumentierte Burauen, dürfe sich nicht »mehr die Freidenkerpropaganda« von früher »zu eigen machen«, dies sei »ein entscheidender Faktor zur zukünftigen Entfaltung«. Und freute sich über seine »Stärke und ... die verhaltene Wut der CDU hier in Köln, daß sie mir in diesen Dingen nicht an den Wimpern klimpern können«.

Als er 1956 zum Oberbürgermeister gewählt wurde, sei es »eine Selbstverständlichkeit« gewesen, »daß ich daraus keinen Hehl machen würde. Es hätte auftreten können in der Fraktion wer auch immer: Der wäre abgeblitzt bei mir. Oder hätte mich abwählen müssen.« Deshalb war es für ihn eine Selbstverständlichkeit, bei der Fronleichnamsprozession in vorderster Reihe zu gehen – die Amtskette lag stets korrekt auf Schultern, Brust und Rücken. Fronleichnam, ein Hochfest im katholischen Kirchenjahr.

Seine Haltung wirkte bei den Wählern, und Burauens Rolle als katholischer Familienvater überzeugte vor allem die Frauen. Lange hatten sie überdurchschnittlich stark CDU gewählt – und ihr so geholfen, Wahlen auch zu gewinnen. Die Statistiken in der Burauen-Ägide sprechen eine deutliche Sprache: Er war es, allein er, der Frauen überzeugen konnte, auf dem Wahlzettel SPD anzukreuzen.

»Ich bin aus katholischem Haus«: Theo Burauen, geschmückt mit der Amtskette des Oberbürgermeisters, führt die Fronleichnamsprozession an.

Die deutsche Sozialdemokratie brach erst im Herbst 1959 mit ihrer eher kirchenfeindlichen Tradition, die einst August Bebel begründet hatte. Das »Godesberger Programm« manifestierte eine »Zusammenarbeit mit den Kirchen und Religionsgemeinschaften im Sinne einer freien Partnerschaft« – ganz so, wie es Burauen praktizierte. Und zwar seit Jahren schon.

Auch lagen ihm die Aussöhnung mit den Juden und die Beziehungen zu Israel sehr am Herzen. Recht früh schon, 1958 und 1960, war er zu Besuch dort, führende Vertreter der Synagogengemeinde dankten ihm für »die einmaligen Leistungen auf dem Gebiet der Annäherung zwischen Deutschen und Juden« – diplomatische Beziehungen zwischen Israel und der Bundesrepublik konnten erst 1965 aufgenommen werden.

1958 wurde die »Kölnische Gesellschaft für Christlich-Jüdische Zusammenarbeit« gegründet, 1959 die »Germania Judaica«, eine Bibliothek zur Geschichte der deutschen Juden, im selben Jahr wurde die neue Synagoge an der Roonstraße eingeweiht. Die jüdische Gemeinde, sagte Burauen, erlebe »heute einen glücklichen und festlichen Tag«, und er erinnerte an die Schändung und Zerstörung des Gebäudes durch »Verbrecherhände« im November 1938, »ein unerhörtes Sakrileg, das alle Kölner mit Abscheu, Entsetzen und Schauder erfüllt« habe.

Alle Kölner – diese Formulierung war ein historischer Missgriff. Er wollte wohl sagen: alle Kölner, die so denken wie ich. Es ist eine gerne gepflegte Legende, in dem doch so liberalen Köln habe der Nationalsozialismus nicht richtig Fuß fassen können, und es ist eine ebenso gern gepflegte Legende, hier sei der Widerstand gegen das Regime energischer gewesen als anderswo. Wenige Wochen nach ihrer Eröffnung beschmierten zwei junge Rechtsextremisten die Synagoge mit Hakenkreuzen und Nazi-Parolen wie »Juden raus« – was weltweit für Aufsehen sorgte.

Im Jahr danach, 1960, besuchte eine erste Kölner Schülergruppe Tel Aviv; hieraus entwickelte sich ein Austauschprogramm, das Schuldezernent Johannes Giesberts (CDU) angestoßen hatte, immer unterstützt von Burauen; es führte schließlich zu einer Städtefreundschaft zwischen Tel Aviv und Köln.

Der Oberbürgermeister war ein häufiger Gast in der Synagoge – und immer hochwillkommen. An Dezembertagen spielte er vor Kindern den Chanukkamann. Chanukka ist eigentlich ein mehrtägiges Lichterfest. Juden kennen weder den Weihnachtsmann noch das Christkind oder den Nikolaus. Und so erfanden jüdische Eltern diese Figur, die in keinem der heiligen Bücher auch nur andeutungsweise erwähnt wird – auf dass auch ihre Kinder, wie die der Christen, beschert werden könnten. Vom Chanukkamann.

»Zweifellos der beliebteste dieser Gattung« nach dem Urteil eines Zeitgenossen: Burauen. Im Buch *Zuhause in Köln ... Jüdisches Leben 1945 bis heute* ist ein wunderschönes Foto abgedruckt – der Oberbürgermeister, ein Geschenkpaket in der Hand, vor ihm drei Kinder. Die Zeile auf dem Bild: »Dat jitt et nur in Kölle.«

DER MENSCH

Theo Burauen hatte ein Faible für Sportler. Für Schwimmer. Für Radfahrer. Für Fußballer. Wann immer es ging, besuchte er die Heimspiele der Viktoria oder des 1. FC Köln.

Natürlich ist er dabei, als der FC mit seinem Kapitän Hans Schäfer am 12. Mai 1962 zum ersten Mal um die deutsche Meisterschaft spielt – in Berlin. »Na, Theo, wie sieht's denn aus?«, fragt Willy Brandt, Berlins Regierender Bürgermeister, seinen Tribünennachbarn und Parteifreund. Burauen: »Hoffentlich gut.« Darauf Brandt: »Ich gönne es dir.«

Die ersten zehn Minuten, analysiert Burauen in Kennermanier, »waren wohl die schwersten des ganzen Spiels« – und dennoch sei er »von einer seltenen Ruhe getragen« worden, »die ich mir selber nicht erklären konnte«. Köln gewinnt am Ende souverän mit 4:0 gegen Nürnberg; als Burauen in der Kabine dem FC-Präsidenten Franz Kremer auf die Schulter klopft, »da wurde meine Hand feucht, es war der Schweiß, der des Edlen wert ist«. Kremer, ein Leidender über 90 Minuten.

Burauen hatte ebenso ein Faible für Leichtathleten. Für einen wie Klaus Ulonska etwa, Sprintstar des ASV Köln, nachmalig Stadtverordneter der CDU und Vorsitzender des Sportausschusses: Deutscher Meister in der 4-mal-100-Meter-Staffel 1961, Europameister 1962 in derselben Disziplin, wiederum Deutscher Meister ein Jahr später.

Und nach den Triumphen gibt es stets einen Empfang beim Oberbürgermeister im Rathaus. Beim letzten schaut er Ulonska, der

Riesentrubel auf dem Neumarkt: Burauen empfängt am 14. Mai 1962 den deutschen Fußballmeister 1. FC Köln, Kapitän Hans Schäfer zeigt die Meisterschale.

ist gerade erst 21, kurz an. Sagt: »Du bist jetzt das dritte Mal hier.« Streckt ihm die Hand hin: »Ich bin der Döres, du kannst mich duzen.« Der junge Mann ist überrascht, »total überrascht«, aber auch »unglaublich stolz«. Das Du hat bis zum Ende gehalten.

Viel später, ebenfalls im Rathaus. Burauen begrüßt Gäste aus Tunesien. Eine junge Journalistin ist offenkundig zum ersten Mal hier, sie wirkt irgendwie verloren, unsicher. Er bemerkt es, fasst sie um die Schultern: »Hier tut Ihnen niemand etwas. Was möchten Sie wissen? Fragen Sie mich ruhig.«

Viele bewunderten ihn wegen seines Instinkts, im rechten Augenblick das Richtige zu tun. Vielen litten auch – weil Burauen ab und an cholerisch reagierte. Da konnte es passieren, dass er vor den Augen einer Sekretärin wutgeladen Akten von seinem Schreibtisch auf den Boden hieb. Um wenig später den Versuch zu starten, wieder charmant zu sein: mit einer Flasche »4711« in der Hand. Und der Entschuldigung: »Das war nicht gegen Sie gemeint.«

Burauen, der Herzliche. Und manchmal der Herrische. Einer, der beharrlich sein konnte. Wenn er sich im Recht wähnte. Burauen, der Autoritäre.

Autobahn Köln, Richtung Düsseldorf. Sein schneeweißer Dienst-Mercedes schleicht kilometerlang auf der linken Spur, Burauen sitzt im Fond und blättert in Akten. Ein Theologiestudent, an Bord zwei Kommilitonen, fährt lange mit seinem klapprigen Fiat 500 hinterher, dann zieht er entnervt rechts am Mercedes vorbei – was Burauen in hohem Maße ärgert. Er notiert sich das Kennzeichen, erstattet Anzeige: Rechts zu überholen ist im Prinzip ein Verstoß gegen die Straßenverkehrsordnung.

Es kommt zum Prozess. Als Zeuge erscheint er nicht in der Gerichtsverhandlung, sein Anwalt verliest lediglich eine Erklärung. »Die Anzeige des Oberbürgermeisters«, sagt der Staatsanwalt in seinem kurzen Plädoyer, »war etwas unglücklich.« Der Amtsrichter spricht im Mai 1966 den Studenten frei – und kann sich die Bemerkung nicht verkneifen, »der moderne Klassenkampf« spiele sich offenkundig »heute auf der linken Fahrspur ab«.

Burauen war leidenschaftlicher Briefmarkensammler, Volkssport in den 1960er-Jahren. Und er kegelte gerne, er fotografierte. Es machte ihm großen Spaß, als Ehrengast auf Veranstaltungen kleiner Vereine die Menschen hier – sie erwarteten hehre Worte, auch Festreden genannt – mit lebensnahen Episoden zu unterhalten. Bei einer Jubiläumsfeier des Züchtervereins »Kanaria« etwa.

»Ich will Ihnen mal ein Kindheitserlebnis erzählen«, hebt er an. »Meine Mutter hatte einen schönen Kater. Vor Weihnachten saßen Vater, mein Bruder und ich zusammen. Was schenken wir ihr? Einen Kanarienvogel. Käfig gekauft, Vogel rein – sie hatte Spaß, der Kater kam ja nicht ran. Dann stand eines Tages kein Mittagessen auf dem Tisch, Mutter weinte. Sie hatte vergessen, den Käfig zu schließen. Der Vogel war draußen, und zack, der Kater hatte ihn.« Da müssen selbst die Züchter von Kanarienvögeln herzlich lachen.

Lachen. Burauen mag kein redegewaltiger Volkstribun gewesen sein, er liebte es, in der »natürlichen Sprache des Volkes« zu reden, »einem gepflegten Kölsch«, schnörkellos, klar, mitunter auch schroff. Dafür war er im Karneval ein begnadeter Büttenredner, Meister der Parodie und der feinen Verspottung. »Er hielt«, schreibt Peter Fuchs, »keine Vorträge, sondern sprach improvisiert, nahm einen aktuellen Fall aufs Korn, witzig, gefühlsbetont, ungeniert und mit überraschender Pointe – dabei jedoch niemanden verletzend, auch den politischen Gegner nicht.«

Und Burauen streute immer wieder Begriffe ein, die der Semi-Kölner gar nicht kannte und die beim wirklichen Kölner oftmals in Vergessenheit geraten waren. »Nöttelefönes« zum Beispiel, ein verdrießlicher, immer kritisierender Zeitgenosse. Oder der »Loß mich jon«: einer ohne Mumm, ohne Energie.

Im Karneval 1957, zu Beginn seines ersten Amtsjahrs, gierten die Gesellschaften regelrecht danach, ihn dem Publikum präsentieren zu können, es hagelte Einladungen. Da habe er »konsequent« reagieren müssen: eine annehmen, zwei – »Und sonst keine? Doch dann verbiesterst du dir die anderen.« Also ging er überall hin, 71 Veranstaltungen: »69mal stand ich in der Bütt.« Und hielt als »Döres« durch.

Derlei Auftritte konnte er auch als eine Art Regulativ nutzen, als eine Art pädagogischer Maßnahme. Dem Sozialpolitiker aus Passion war beim Wiederaufbau der Stadt eines ganz wichtig gewesen: »Keine Ghettos« zu schaffen »für Evakuierte oder Flüchtlinge oder Vertriebene. Nein, hübsch untereinander gemischt jung und alt, Rheinländer, Schlesier, West- und Ostpreußen, Mecklenburger und Pommer.«

Jene Menschen wurden in Köln oftmals, wenig liebevoll, Pimmocks genannt. Die rheinische Fähigkeit zur Wortschöpferei ist hinlänglich bekannt, aber woher die Bezeichnung rührt und was sie bedeutet, ist den Rheinländern nicht wirklich bekannt. Pimmocks könnten Steinmetzen am Kölner Dom gewesen sein, die

Lustiges »Stippeföttche« mit seinem Vertreter und Vertrauten: Burauen und CDU-Bürgermeister Franz Lemmens auf einer Sitzung der Roten Funken

aus dem Piemont stammten. Oder, im 19. Jahrhundert, Erntearbeiter aus ostelbischen Gebieten. Auf jeden Fall galt und gilt: Der Begriff Pimmock kommt schlechter weg als der des Imi. Ins saubere Wissenschaftsdeutsch übertragen: Er ist negativ konnotiert. Burauen sagte es anders: Es sei eine Schande, Menschen »mit diesem schrecklichen Begriff herabzuwürdigen«. Und weil so mancher Büttenredner dummdreiste Witze über sie riss, drohte der Oberbürgermeister mit einem Besuchsboykott – was überaus nachhaltig wirkte.

Er konnte auch einen Auftritt nutzen, um, wie Fuchs anmerkte, »freundlich zu karikieren«. Bei einer Herrensitzung der Lyskircher

Junge am Neujahrstag ging Burauen in die Bütt – und forderte die Anwesenden auf, sich doch von ihren Plätzen zu erheben: »Ich habe Ihnen etwas Außergewöhnliches zu sagen.« Und weil er so salbungsvoll sprach, standen alle gehorsam auf und schauten erwartungsvoll zur Bühne. »Meine Herren, Prosit Neujahr!« Zwei Sekunden Pause. »Ihr sid mir joh schöne Demokraten«, sagte er und ging grielächelnd zu seinem Tisch zurück, der Saal tobte. Noch Jahre später ist er immer wieder auf diese Szene angesprochen worden. Im Übrigen, bei den Roten Funken, einem der großen Kölner Traditionscorps, wurde Burauen als General geführt. Sein »nom de carnaval«: Flintenbein.

Aus dem Stegreif zu formulieren ist eine Kunst – auch in Reimen zu formulieren. Als er sich um seine Berta bemühte, steckte er ihr bei jedem Treffen ein kleines Gedicht zu, liebevolle Zeilen. Und wenn das Ehepaar mit Freunden sonntags eine Wanderung unternahm, reimte er: über eine Mühle, einen Teich, eine Kuh.

Anfang der 1950er-Jahre, als Fraktionsvorsitzender, schrieb er acht Strophen über »D'r Stadtrot«, eine richtig gute Persiflage auf den Rathausbetrieb; gesungen wurden sie zur Melodie eines Klassikers von Willi Ostermann: »Die Wienanz han 'nen Has em Pott, miau, miau, miau.« Eine Strophe lautete: »Em Rothuus en der Quasselbud / O jömmich – jömmich – nä! / Sitz beienein, ov schwazz ov rud / Mänch Stoppe – mänche Pääl / En Klick, die nix wie klüngele deit / Ov Frauminsch oder Kääl / Wenn et nor öm Pößge geit / O jömmich – jömmich – nä!«

Und Burauen widmete ein Gedicht seiner Heimatstadt. Die letzten Zeilen gehen so: »Ich jevve nix för Ruhm un Ehr / En mingem Häzze brennt e Fòör / Un wör ich och su ärm wie Job / Hätt minge Brassel all verklopp / Künnt nit mie opрääch jon, nit kruffe / Hätt kein Schohn am Foß, nor Schluffe / Dann wör ich doch dr richste Mann / Weil ich noch dich, ming Kölle han!«

Schon als junger Mann war Burauen ein großer Fan klassischer Musik – Giacomo Puccini, Giuseppe Verdi, nur »zu heldisch« durfte die Musik nicht sein. Seine Lieblingssinfonie: *Die Unvollendete* von Franz Schubert, h-Moll, der dritte Satz bricht, in der 23. Minute, nach wenigen Takten ab. »Daß das plötzlich so aufhört. Man überlegt, warum geht das nicht weiter. Dann fange ich an zu spinnen.«

Um zu entspannen, las er viel. Romane, Krimis, historische Biografien, Lyrik. Bei Zugfahrten hatte er immer ein »Lyrikbändchen mit, da kann man aufhören, wann man will«. Von der Schreibkunst eines Heinrich Böll, seines Landsmanns, war Burauen wenig angetan: »Er ist bei mir immer etwas komisch angekommen. Ich konnte das nie ganz verdauen.« Bölls Roman *Gruppenbild mit Dame*, der die Geschichte einer Frau im Krieg und in der Nachkriegszeit erzählt und der Partei ergreift für Außenseiter und Leistungsverweigerer, hat er nach »zwei, drei Kapiteln« weggelegt.

Gruppenbild mit Dame soll, kleine Fußnote nur, den Ausschlag gegeben haben, Böll am 10. Dezember 1972 mit dem Literatur-Nobelpreis auszuzeichnen. Gut zwei Wochen später trug er sich in das Goldene Buch der Stadt Köln ein, Redner: Oberbürgermeister Burauen. Es war eine kurze Ansprache, in der er auch diesen Satz sagte: »Die literarhistorische Bewertung der einzelnen Werke ist Sache Berufenerer.«

Ein paar Worte noch zum Privatier Burauen, zum Menschen. Der Elefantenplastiken sammelte – obgleich er gar nicht genau wusste, warum er dies eigentlich tat. Die kleinsten waren einen Zentimeter groß, geschnitten aus getrocknetem Pflanzenmark, andere aus Elfenbein oder Halbedelsteinen wie Lapislazuli, Tigerauge, Rosenquarz. Aus Glas, Porzellan, Bronze. Insgesamt 320 Exemplare, viele davon Geschenke. Die größte Plastik, ein hölzerner Elefant, maß fast 80 Zentimeter, »auf dem konnte ich reiten«. Ausgerechnet der wurde gestohlen – nachdem Kölns »pater elephantorum«, wie ihn ein Autor nannte, das Paradestück für eine Ausstellung hergegeben hatte.

Er war einer, der das einfache Essen mochte, »keinen Küchenfirlefanz«. Frugal in bestem Wortsinn. Weißkraut an Silvester, »das

Interessantes Hobby: Burauen sammelte über 320 Elefantenfiguren, ein Journalist nannte ihn »pater elephantorum«.

soll Glück bringen«, behauptete Berta Burauen. »Himmel un Äd'«, der kölsche Klassiker: Stampfkartoffeln mit zerkochten Äpfeln und gebratener Blutwurst. Gedünstete Bohnen mit Tomaten, das hatte schon Burauens Mutter für den Sohn zubereiten müssen. Seine »Götterspeise«: Kartoffelsalat mit Ei.

Nach einem Knochentag von 12, manchmal 16 Stunden griff er sich daheim ein Kreuzworträtsel, setzte sich in den Sessel, neben sich ein Schnäpschen. Dann saß er da, mit nackten Füßen, in dünner, leichter Haushose.

*

Als Theo Burauen gewählt worden war zum Oberbürgermeister, musste er seinen Freunden gegenüber einen Satz loswerden. »Wenn ihr mich demnächst in Frack und Lackschuhen seht, dann denkt daran, ich tue nur meine Pflicht«, sagte er. Und versprach: »Ich rutsche auf dem Parkett nicht aus.«

Tat er nie. Königinnen und Könige, Staatspräsidenten und Ministerpräsidenten – egal, wen Burauen im Rathaus empfing: Er tat es souverän. Dunkler Anzug, weißes Hemd, silberfarbene Krawatte. Oder Fliege. Die Amtskette lag perfekt auf seinen Schultern. Gerade so, als sei sie für einen Mann dieser Statur angefertigt worden.

Und wer in seine Augen sah, erkannte es: Burauen war stolz und glücklich gleichermaßen, aber auch immer ein wenig nervös ob solcher »schwerer Tage«. Wenn er, der Junge vom Perlenpfuhl, geboren im Vringsveedel, der Bauchladenverkäufer auf Rheinschiffen, die Großen dieser Welt zu Gast hatte. Bei deren Deutschland-Besuchen war die Köln-Visite Pflicht. Nicht nur, weil Bonn, die Hauptstadt, direkt neben der Domstadt lag. Nein, Köln, das ist Deutschlands Geschichtsstadt schlechthin.

Am 5. September 1962 fährt Charles de Gaulle vor, Frankreichs Staatspräsident, an seiner Seite Kanzler Adenauer. »Exzellenz«, begrüßt ihn der Oberbürgermeister, »Sie kommen aus Paris, der alten Königsstadt, und kommen nach Köln, der alten Bürgerstadt. Sie besuchen uns als das Staatsoberhaupt eines, wie ich als Rheinländer wohl sagen darf, uns sehr lieben und neidlos verehrten Nachbarvolkes.« In diesem Satz offenbart sich, wie dieser 5. September eingeordnet werden muss: als historischer Tag.

Er sei »gerührt über den herzlichen Empfang«, sagt de Gaulle, »gerührt« auch deshalb, »weil heute … Köln, die Stadt am Rhein, beweist, daß die ehemaligen Streitigkeiten zwischen Deutschland und Frankreich der Vereinigung und Freundschaft Platz gemacht« hätten. Nach einem Festmahl im Gürzenich mit fast 300 Gästen trinken Präsident und Oberbürgermeister auf diese deutsch-französische Freundschaft – aus einem Prunkbecher des Ratssilbers.

Ein »ganz klein wenig dazu beigesteuert zu haben, daß die deutsch-französischen Revanchegelüste« ein Ende hatten, war für Burauen »ein Gefühl der inneren politischen Befriedigung«.

Bei de Gaulles Besuch herrschte höchste Sicherheitsstufe. Erst zwei Wochen zuvor hatten Mitglieder der terroristischen »Organisation de l'armée secrète«, kurz OAS, bei Petit-Clarmart südlich von Paris versucht, den Staatspräsidenten zu töten. Über 180 Schüsse feuerten sie auf das Fahrzeug, in dem de Gaulle saß – er blieb unverletzt. Hintergrund: Die OAS kämpfte mit allen Mitteln dagegen, dass die langjährige französische Kolonie Algerien in die Unabhängigkeit entlassen wurde. Dieser Kampf kostete Tausende Menschen das Leben.

Die nordrhein-westfälischen Sicherheitsbehörden hatten »aus München« (Burauen) den Hinweis erhalten, besonders wachsam zu sein. München, das hieß: BND, Bundesnachrichtendienst. Polizeipräsident Theo Hochstein ordnete an, auf allen Dächern nahe dem Rathaus Scharfschützen zu postieren.

Vor dem Spanischen Bau stand ein kleines Podest, von dem de Gaulle, Punkt elf Uhr, sprechen sollte. Der Platz war bereits von Polizisten abgesperrt. Um zehn Uhr meldete ein Rathauswachtmeister »ganz aufgeregt und leichenblaß« (Augenzeuge Peter Fröhlich, der SPD-Haudegen), unter dem Pult liege ein Paket, in dem es verdächtig ticke. Dienstzimmer wurden geräumt, ein alarmierter Feuerwerker öffnete mutig das Paket. Und förderte eine verrostete, mit Sand gefüllte Konservendose zutage, ein paar Drähte und einen alten Wecker, der auf elf Uhr eingestellt war.

Trotz Entwarnung appellierte Hochstein dringlich an den Oberbürgermeister, sich gleich »nicht so dicht neben den Präsidenten zu stellen«. Burauen, ein Stück weit zynisch: »Was kann mir denn Besseres passieren, Hochstein. Der Präsident von Frankreich wird erschossen, der Bundeskanzler wird erschossen, der Burauen als OB wird erschossen. Das gibt ein Staatsbegräbnis.« Und ließ Hochstein (»Das konnte der nicht verstehen«) allein.

Historischer Besuch, 17 Jahre nach Kriegsende: Frankreichs Staatspräsident Charles de Gaulle spricht am 5. September 1962 zu den Kölnern; hinter ihm Konrad Adenauer, der Bundeskanzler, und dessen Sohn Max, der Oberstadtdirektor.

Die Queen, Elizabeth II. von England, kam am 25. Mai 1965. Vom Flughafen ging es direkt nach Köln. 200 000 Menschen wollten sie sehen, trotz regnerischen Wetters; bei de Gaulle waren es 50 000 gewesen. Das Protokoll hatte Burauen eingeschärft, nie zuerst das Wort zu ergreifen – immer nur auf Fragen der Königin zu antworten. Da habe er gemerkt, dass derlei protokollarisches Gehabe »einfach blöd« sei. Beide plauderten munter miteinander, auch wenn es vielleicht kleine Schwierigkeiten gab bei der Wortfindung. Burauen war begeistert von ihr: »Frau, Mutter und Königin zugleich, eine faszinierende Persönlichkeit.« Und zeigte sich entzückt darüber, wie die Monarchin ihm, »dem jungen Republikaner«, entgegengekommen sei: »in großartiger Weise und Einfachheit«.

Nach seinem legendären »Kölle Alaaf!« ein Bad in der Menge: US-Präsident John F. Kennedy bei der Köln-Visite am 23. Juni 1963

So sehr Burauen die Queen und de Gaulle auch schätzte – die wichtigste Figur der Weltgeschichte, die er traf in seinem Köln, war der 35. Präsident der Vereinigten Staaten: John F. Kennedy. Weil der ihn mit »seiner burschikosen, jugendlich frischen Art« befreit hatte »von politischen Zweifeln: ob die westliche Welt 100prozentig uns zur Seite steht«.

Kennedy war hier knapp zwei Jahre vor der Queen, am 23. Juni 1963. Bei ihm hatte das Protokoll angeordnet: würdige Distanz. Gleich im Rathaus griff Kennedy sich Burauen, ein Dolmetscher übersetzte: »Stimmt es, Oberbürgermeister, daß es bei euch ein bestimmtes Grußwort gibt: Kölle Alaaf?«

Burauen: »Das stimmt. Wenn Sie es sagen, haben Sie Köln für sich gewonnen.«

Kennedys kurze Rede ist wohl die launigste, die je ein Mann seiner Güte in Köln hielt. Erst übermittelte er Grüße seiner Landsleute, angeblich auch die der Bürger von »Cologne/Minnesota, Cologne/New Jersey und Cologne/Texas«. Dann sprach er die vermeintliche

Sorge vieler Amerikaner an, im »öffentlichen Leben« gebe es zu viele Kennedys, sein Konter: Bei euch gibt's doch jede Menge Adenauers – der Kanzler, lange Jahre Oberbürgermeister, stand direkt neben ihm, dessen Sohn Max Adenauer, Oberstadtdirektor seit 1953, nicht weit entfernt.

»Ich komme aus Boston«, sagte Kennedy, »Boston gilt als die älteste Stadt der Vereinigten Staaten.« Und jetzt sei er »in Köln, wo stolz die Römer marschierten, als wir Bostoner noch in Fellen herumliefen«. Die Menschen lachten. Und dann die zwei Worte: »Kölle Alaaf!« Die Menschen jubelten.

Fast auf den Tag genau fünf Monate später fiel der mächtigste Mann der Welt einem Attentat zum Opfer. Die Menschen trauerten. Über 5000 Kölner beteiligten sich am 25. November an einem Schweigemarsch zu Ehren Kennedys, der an der Universität begann und Richtung Amerika Haus zog. Bei der offiziellen Trauerfeier der Stadt am 28. November lobte Bürgermeister Franz Lemmens, der Stellvertreter Burauens, Kennedy habe »ein Licht entzündet, das unter den freien Völkern nicht mehr erlöschen wird. Er wird nie vergessen in Köln ...« Wenig später wurde ein Abschnitt des Deutzer Ufers umbenannt in Kennedy-Ufer.

DER AMOKLAUF

Es ist Donnerstag, der 11. Juni 1964. Ein wunderschöner Sommertag. Und doch ein Tag der Trauer. Ein Tag tiefster Trauer.

Burauen hat einen Termin in der Stadt, von zu Hause aus geht es direkt dorthin. Kaum sitzt er im Büro, erreicht ihn der Alarmruf: Amoklauf in Volkhoven, Flammenwerferangriff auf die Volksschule. »Sofort los«, sagt er seinem Fahrer. Gegen 10.30 Uhr erreicht er den Tatort, ein Polizist macht Meldung. Das Erste, was Burauen sieht, wird sich ihm auf ewige Zeiten ins Gedächtnis einbrennen. Im Flur einer der drei Schulpavillons liegt die Lehrerin Ursula Kuhr, erst 24 und gerade verheiratet. Brutal getötet mit einem Stich in den Rücken. »Ein Arzt, ein Arzt«, das waren die letzten Worte ihres kurzen Lebens.

Ein Pressemann will fotografieren. Burauen und ein Brandmeister stellen sich vor den Leichnam, um ihn abzuschirmen. Dennoch gelingt es dem Fotografen, über deren Köpfe hinweg eine Aufnahme zu machen. »Wollen Sie Ihren Lesern solche Bilder wirklich zeigen?«, herrscht Burauen den Fotografen an. »Um der Sensation willen? Verschwinden Sie! Treten Sie mir nie mehr unter die Augen!« Und dann schlägt ein junger Feuerwehrmann dem Reporter die Kamera aus der Hand. Der Oberbürgermeister geht in eines der Klassenzimmer. An der Wand hängt ein Kreuz, darunter Brandspuren. Umgeworfene Stühle, auf den Tischen verkohlte Reste von Schulbüchern, Heften, Mäppchen. Er schaut zur Tafel, sein Blick scheint ins Leere zu gehen. Minutenlang verharrt er so.

»Schrecklich, grausam, erschütternd«: Theo Burauen nach dem Amoklauf von Volkhoven am 11. Juni 1964 in einem der verwüsteten Klassenzimmer

Burauen hat den Krieg erlebt. Er hat viele tote Menschen gesehen, auch solche, die Opfer eines Bombenangriffs geworden waren. Aber dies hier, der Überfall auf eine Schule, auf diesen Hort der Geborgenheit, ist ein nicht begreifbarer Akt der Entmenschlichung.

Zwei Stunden zuvor, kurz nach neun Uhr. Der 42 Jahre Walter Seifert verlässt seine Wohnung am Volkhovener Weg, sie liegt nicht weit entfernt von der Schule. Seifert ist eine tragische Figur. Seine Frau ist 1961 im Kindsbett gestorben, und seinen Dienst als Polizist hat er vor vielen Jahren bereits wegen einer Tuberkulose quittieren müssen. Seither kämpft er darum, dass die Krankheit als Spätfolge seiner Soldatenzeit anerkannt wird. Dies würde die knapp bemessene Rente von 100 Mark, die er wegen seiner Arbeitsunfähigkeit bezieht, ein klein wenig erhöhen. Immer wieder hat er wirre Briefe geschrieben, an den Gesundheitsdezernenten, den Oberstadtdirektor, den Regierungspräsidenten. Und sich beklagt, ungerecht behandelt zu werden. Mediziner haben bei ihm »schizophrene Defekte« diagnostiziert. Aber die Mediziner, längst seine Feindbilder, haben auch gesagt, Seifert sei nicht »gemeingefährlich«.

Auf dem Rücken trägt er ein Pflanzenspritzgerät, gefüllt mit einer hoch brennbaren Mixtur aus Toluol, Essigsäureethylester, Butylacetat und Naphthalin. Diese Art von Cocktail kennt er aus dem Krieg. In der Hand hält er eine selbst gebastelte, 1,50 Meter lange Lanze und eine Eisenschleuder. Die ersten, die ihn sehen, sind drei Schülerlotsen. Sie sollen in der großen Pause Kakaoflaschen verteilen, die nahe dem Tor zum Schulhof stehen. Nachdem er es passiert hat, blockiert Seifert es mit einem nagelgespickten Holzkeil. »Was machen Sie da?«, fragt einer der Lotsen. Keine Antwort.

Auf dem Hof hat die Klasse der Lehrerin Anna Langohr Turnen. Als Seifert drei Meter von ihr entfernt ist, zielt er mit der Spritze auf die Kinder – heraus schießt eine sechs Meter lange Flamme. Einige Kinder fangen sofort Feuer, Seifert schreit: »Ich bin Hitler II.«, dann geht er nach rechts zu einem Pavillon, zerstört mit der Schleuder ein Fenster, hält den Flammenwerfer ins Innere der Klasse. Ein Junge, der weglaufen will, stolpert auf den Stufen und fällt. Gnadenlos richtet Seifert den Feuerstrahl auf ihn.

Die Lehrerin Gertrud Bollenrath wirft sich ihm entgegen – er sticht sie nieder. Im gegenüberliegenden Pavillon versuchen Ursula Kuhr und eine Kollegin, die Tür zuzuhalten, Seifert rüttelt, zieht, er ist stärker. Ursula Kuhr stürzt über die Stufen auf den Schulhof, Seifert rammt ihr die Lanze in beide Oberschenkel, sie rappelt sich auf, taumelt zurück ins Klassenzimmer – der Hieb dann zwischen die Schulterblätter ist tödlich.

Seifert flüchtet. Das Spritzgerät hat er weggeworfen und einen kurzen Schluck aus einem Plastikröhrchen genommen: E 605, ein hochgiftiges Pflanzenschutzmittel, verwandt mit dem chemischen Kampfstoff Tabun. Männer verfolgen ihn, Minuten später stellt ihn die Besatzung des Streifenwagens »Arnold 23« nahe der Trasse Köln–Neuss, bei Bahnkilometer 8,5. Der Streifenführer zieht seine

Pistole, ruft: »Halt, stehen bleiben oder ich schieße!« Seifert versucht, ihn mit der Lanze zu attackieren, der Polizist weicht zurück, stolpert, fällt auf die Gleise. Im Liegen schießt er, aus fünf Metern Entfernung. Seifert wird am linken Bein getroffen. Er macht noch ein paar Schritte, fällt um. Es ist 9.55 Uhr.

Zwei Kriminalbeamte erreichen den niedergestreckten Attentäter kurz darauf: Manfred Gundlach, promovierter Jurist, Oberkommissar, Chef der Mordkommission, und der Obermeister Peter Wucherpfennig. Gundlach fragt, Wucherpfennig notiert.

Gundlach: »Können Sie mich verstehen? Können Sie sprechen?«

Seifert: »Ja.«

Gundlach: »Warum haben Sie das getan?«

Seifert: »Man wollte mich töten.«

Gundlach: »Wer wollte Sie umbringen?«

Seifert: »Der Obermedizinalrat Dr. Creischer wollte mich töten.«

Gundlach: »Kannten Sie eine der Lehrerinnen?«

Seifert: »Nein, ich kannte keine.«

Gundlach: »Hatten Sie Ärger mit der Schule?«

Seifert verneint, er verliert das Bewusstsein. Ein Notarzt spritzt ihm Atropin, ein Gegengift, und versucht im Krankenwagen, Seifert den Magen auszupumpen. Plötzlich wackelt das Gefährt, einige Männer versuchen, es umzuwerfen. Gundlach bleibt nichts anderes übrig: Er zückt seine Waffe, um die Männer in Schach zu halten.

Gertrud Bollenrath überlebt ihre schwere Verletzung nicht, sie stirbt gegen 13.30 Uhr. Seifert kommt noch einmal zu sich, am Abend erklären ihn die Ärzte für vernehmungsfähig. Wieder befragt ihn der Oberkommissar, begleitet von drei Kollegen. Mit im Zimmer sind vier Ärzte.

Gundlach: »Warum gerade die Kinder?«

Seifert: »Das ist zu langatmig.«

Gundlach: »Mögen Sie Kinder nicht?«

Seifert: »Doch.«

Gundlach: »Warum dann?«

Seifert: »Es ist vielleicht eine verderbte Idee.«

Gundlach: »Warum gerade diese Menschen, diese Kinder, diese Schule?«

Seifert: »Zufall.«

Gundlach: »Tut es Ihnen leid? Was soll ich Ihrer Mutter sagen?«

Seifert: »Wie es ist.«

Gundlach: »Und dem Bruder?«

Seifert: »Wie es war.«

Gundlach: »Wie lange schon hatten Sie den Plan dazu? Seit einer Woche, einem Monat?«

Seifert schweigt. »Wann haben Sie den Speer gemacht?« – »Acht Wochen so rum.« – »Wann haben Sie den Flammenwerfer gemacht?« – »Kurze Zeit vorher.«

Auf Anraten der Mediziner wird das Verhör an dieser Stelle abgebrochen. Bald darauf ist Seifert tot.

28 Kinder hat er bei seinem Amoklauf verletzt, schwer verletzt, lebensgefährlich. In fünf Krankenhäusern versuchen Ärzte, ihnen zu helfen, manche arbeiten tagelang durch. Brandwunden bei jungen Menschen sind viel kritischer als bei Erwachsenen, schon der Verlust von zehn Prozent der Hautoberfläche reicht aus, um Körperfunktionen erheblich zu beeinträchtigen, die meisten Kinder haben deutlich gravierendere Verletzungen. Was in aller Regel folgt, benennen Mediziner so: Verbrennungskrankheit.

Dorothea, 9, stirbt am 15. Juni als Erste, die Todesursache: Lungenödem. Ihr folgen Klara, 9, Stefan, 9, Rosel, 12, Renate, 9, Ruth, 10, Karin, 11, und die neunjährige Ingeborg.

Dienstag, der 16. Juni, Südfriedhof. Tausende nehmen auf einer Trauerfeier Abschied von Gertrud Bollenrath und Ursula Kuhr. 200 Kränze, verziert mit duftenden Nelken und Rosen, umgeben die Särge, unter den hochgewachsenen, alten Bäumen dieses Gottesackers brennen überall Kerzen.

Burauen tritt ans Rednerpult, wartet länger als sonst, bis er zu sprechen beginnt. Die ganze Bürgerschaft, sagt er, schulde beiden

Frauen Dank, tiefen Dank, »ihr Sterben zeigt die Größe wahren Heldentums«. Und: »In der Erfüllung ihrer selbstgewählten Pflicht liegt die ganze Tragik, die nur mit den duldsamen Märtyrern aus der Frühzeit des Christentums vergleichbar ist.« Beide seien beseelt davon gewesen, Schutzschild der ihnen anvertrauten Kinder zu sein. »Das Herz der Stadt stand still, als die Kunde über das grausige Geschehen sich verbreitete, und Köln hat bisher nicht zum normalen Pulsschlag zurückfinden können.«

Das Herz der Stadt stand still, und für Burauen war dieser Tag, dieser Sonnentag, der schwärzeste in seinem Leben: »Schrecklich, grausam, erschütternd.«

AUFSTAND DER JUGEND

Bundesrepublik Deutschland, im Sommer 1966. Der Boom der Gründerjahre ist vorbei, das sogenannte Wirtschaftswunder schon Geschichte. Die Staatsausgaben sind schneller gewachsen als das Sozialprodukt, eine wirtschaftliche Talfahrt hat das Defizit im Haushalt erhöht, Kanzler Ludwig Erhard, Adenauers Nachfolger, der einst den Mut zum Konsum propagiert hatte, predigt jetzt: maßhalten. Rezession herrscht.

Auch im Kölner Etat sind Löcher aufgerissen. Für die SPD, für Burauen, für Verwaltungschef Mohnen ist die Marschroute klar, wie denn die Rezession in ihrem Sprengel zu bekämpfen sei – mit der Streichung von Geldern in den Bereichen Kultur, Schule, sozialer Wohnungsbau, stadteigene Betriebe. Eine Erhöhung der Gewerbesteuer, das nämlich ist die Empfehlung von Experten gewesen, um gegenzusteuern, kommt für die Oberen nicht infrage.

Und deswegen sollen die Unteren bluten. KVB-Kunden zum Beispiel. KVB, das ist ein städtisches Unternehmen, KVB heißt ausgeschrieben: Kölner Verkehrsbetriebe. Der KVB-Chef trägt den Titel Generaldirektor. Und Wilhelm Wiese ist beides: General und Direktor. Seine Idee, auf welche Weise schwindende Einnahmen kompensiert werden könnten, ist verblüffend einfach: Fahrpreiserhöhung – keine Diskussion, Befehl.

Und er legt, um seine Qualitäten als guter Geschäftsmann unter Beweis zu stellen, mit Zahlen nach. Für KVB-Passagiere kämen pro Ticket lediglich Pfenningbeträge hinzu, für Schüler, Studenten und Lehrlinge kann er es präzisieren: »Nur acht Pfennige.«

Acht Pfennige, Peanuts, freilich eine Verharmlosung. Im Saldo sahen die Zahlen anders aus. Was der Stadtrat vor Kurzem gegen die Stimmen der CDU-Fraktion – und trotz erheblicher Proteste der Gewerkschaften – beschlossen hat und was am 24. Oktober in Kraft treten soll, ist, als würde er den jungen Menschen einen Fehdehandschuh hinwerfen wollen. Der Preis für eine Wochenkarte steigt für sie um 52 Prozent, von 2,50 Mark auf 3,80; Erwachsene kommen besser davon: Für sie erhöht er sich um 33 Prozent.

18 Gymnasien gibt es in Köln, die allermeisten ihrer Schüler sind auf die KVB angewiesen; die Zahl der Studenten, die an der Universität immatrikuliert sind, liegt bei 20 000, von auswärts kommen 16 000, viele mit dem Zug. Die Linie 8 bringt sie raus nach Lindenthal.

Am 10. Oktober schreibt Klaus Laepple, der Vorsitzende des Allgemeinen Studentenausschusses (AStA), Briefe an Burauen, dessen Stellvertreter Franz Lemmens und den SPD-Fraktionsvorsitzenden van Nes Ziegler. Die Preiserhöhung sei nicht hinnehmbar, klagt er. Und verlangt, sie zurückzunehmen. Zumindest müsse darüber geredet werden.

Lemmens, auch Chef der christdemokratischen Rathausfraktion, antwortet: »Die CDU gibt Ihnen recht«, aber dies hilft dem CDU-Mann Laepple nicht weiter. Van Nes Ziegler schickt das Protokoll der entscheidenden Ratssitzung und merkt an: »Damit ist alles gesagt.« Burauen, der seit 1957 im Kuratorium der Universität den Vorsitz führt und eigentlich ein Ohr für Studenten haben sollte, hüllt sich in Schweigen.

Nur einer redet mit ihnen – Peter Fröhlich, Aufsichtsratsvorsitzender der KVB, ein Urviech der Kölner Sozialdemokratie und doch Hardliner in Sachen Preiserhöhung. Mitte Oktober taucht er im Studentenparlament auf, Fazit der Diskussion: »Et jeht nit anders, mer bruche dat Jeld.«

Den abgemeierten Studenten und Schülern bleibt nur eins: demonstrieren. Das Versammlungsrecht verlangt: Eine Demonstration muss bei der Polizei angemeldet werden. Zuerst versuchen es ein 18-jähriger Schüler des Apostelgymnasiums und die gleichaltrige Sprecherin der gestrengen Liebfrauenschule – abgelehnt. Leiter oder Leiterin einer Demo müssen volljährig sein, also mindestens 21 Jahre alt. Dann erklärt sich eine Vertrauenslehrerin aus Mülheim bereit – sie wird von ihrer Partei, der SPD, zurückgepfiffen. Schließlich stellt Laepple den Antrag. Ein Polizeibeamter sagt, als ahne er etwas: »Ich hoffe, Sie wissen, was Sie da unterschrieben haben.«

Freitag, 21. Oktober, Neumarkt. Mit 1000 Demonstranten haben die Veranstalter gerechnet, jetzt sind es 6000, bald 8000. Etliche tragen Schilder und Plakate, auf einem steht »Nieder mit der SPD – denn sie schützt die KVB«, auf anderen »Ausbeutung«, »Nepper, Schlepper, Bauernfänger«, »Bereicherung auf Kosten der Schwächsten«. Tomaten fliegen, Eier fliegen, Weichen werden blockiert, Bahnen springen aus den Schienen, die Polizei knüppelt brutal und wahllos. Protestler ziehen zum Rathaus – kein Politiker redet mit ihnen. Zu Journalisten sagt der SPD-Ratsherr Hans Grün, Burauens engster Vertrauter seit Jahren: »Die ganze Sache ist gelenkt.«

Richtig ist, dass auf dem Neumarkt Flugblätter der linksradikalen Deutschen Friedens-Union gefunden wurden, richtig ist auch, dass Krawallmacher die fiebrige Atmosphäre nutzten, »um da irgendwelche niederen Instinkte abzureagieren« (Laepple). Genauso richtig aber ist, dass die Jugend hier zum ersten Mal etwas probierte: nämlich den Ausbruch aus der Ordnung, der Bevormundung, dem Autoritätsgehabe.

50 Personen werden ins Polizeipräsidium geschafft, zwecks Feststellung der Personalien, 15 weitere festgenommen: Landfriedensbruch lautet der Vorwurf. Am Samstag geht es weiter, auch am Montag. Sitzstreiks auf Straßenbahnschienen, Züge werden demoliert, die Polizei setzt Wasserwerfer ein, um, wie sie sagt, einer »Ganovendemonstration« Herr zu werden. Jugendliche werfen Rauchbomben, es gibt Verletzte. Ein völlig unbeteiligter Engländer wird von einem Polizisten niedergestreckt, mit der Handkante.

Burauen gibt sich entsetzt – freilich nicht wegen der Polizei. »Schüler wollten protestieren«, schreibt er am 27. Oktober im Boulevardblatt *EXPRESS,* »Rektoren und Lehrkräfte habe die Schüler animiert und bestärkt und sie dann alleine gelassen. Alleingelassen auch in den Situationen, für die Schüler nichts können, sondern die von anderen genutzt wurden, ihr Mütchen zu kühlen.« Dies aber seien »keine Pennäler« gewesen, »sondern Gammler und sonstige Müßiggänger, die auf Kosten unserer Gesellschaft leben«.

Und er fährt fort: »Wenn es Studenten waren, die sich an den Auswüchsen beteiligt haben, wäre dies eine Unverschämtheit« gegenüber den Kölner Steuerzahlern. Diese hätten »seit Jahren ... in die Millionen gehende Beträge für Studenten, von denen nur ein geringer Prozentsatz aus der Stadt selber stammt, aufgebracht. Daraus müssen Konsequenzen gezogen werden« – welche, sagt er nicht.

Dann die letzten Zeilen, Zeilen, die eigentlich gar nicht zu passen scheinen in Burauens Weltbild: »Köln lebt und besteht auch ohne die, die mit unserer Stadt nicht zufrieden sind. Wir können auf eine ganze Reihe von ihnen ganz gern verzichten.« Die Überschrift seines Beitrags lautet: »Ich klage an!«

Erstaunlich ist, dass weite Teile der Öffentlichkeit auf die Geschehnisse zwischen dem 21. und dem 24. Oktober einen anderen Blick haben und sie mitnichten so deuten wie der Oberbürgermeister. Eine kleine Umfrage der *Kölnischen Rundschau,* wahrlich nicht des Sympathisantentums verdächtig, belegt, dass Bürger durchaus Verständnis zeigen. Josef Fischer, Lokalchef der Zeitung, formuliert überdies Gedanken, als habe er die Absicht, das zarte Pflänzlein der Demokratie erretten zu wollen. »Die Jugend will ändern, besser machen. Und das ist auch gut so«, schreibt er. Sie wolle sich »Behördenallmacht nicht, wie es dem Bürger schlechthin allgemein nachgesagt« werde, »über den Kopf wachsen lassen«.

Der *Kölner Stadt-Anzeiger,* er erscheint im selben Verlag wie der *EXPRESS,* geht noch einen Schritt weiter. Ein Autor brandmarkt die »Ignoranz der Stadtspitze« und lobt den Mut der jungen Leute, »in einem Land politisches Engagement zu zeigen, in dem seit Kaisers Zeiten Ruhe erste Bürgerpflicht« gewesen sei.

Wer will, der kann die Kölner Ereignisse, die auch international stark beachtet wurden, als Anfangspunkt der 68er-Bewegung sehen. Hier, in der Burauen-Stadt, begann es: der Bruch mit den Vätern, der Bruch mit den Traditionen des Adenauer-Staates, die Konfrontation mit den überholten Idealen und Moralvorstellungen der Kriegsgeneration.

*

Jene Ereignisse, diese Wirren, läuteten ein Stück Rechtsgeschichte ein. Die Kölner Staatsanwaltschaft klagte Laepple und einen AStA-Kollegen an: Landfriedensbruch, Aufruhr, Widerstand gegen die Staatsgewalt. Doch das Landgericht sprach beide frei. Ein Argument war, dass sie durchaus hehre Ziele verfolgt hätten – weil sie mit der Demonstration »erreichen wollten«, dass einer der Stadträte oder der Oberbürgermeister mit ihnen redete, ihnen die Möglichkeit gab, »Gegenvorstellungen« zu erheben. Mehr noch, der Rat mit seinem Vorsitzenden Burauen sei »von Rechts wegen gehalten« gewesen, Schüler und Studenten zu informieren, bevor er »seine Zustimmung zu neuen«, sie »erheblich mehr belastenden Tarifen« erteilte.

Der Bundesgerichtshof hob diesen Freispruch auf. Ein Sitzstreik, urteilte er, sei »Gewalt«, stets »verwerflich« und deshalb als Nötigung zu ahnden. Der – friedliche – Schneidersitz auf den Schienen, der sich leicht hätte als Ordnungswidrigkeit einstufen lassen, war ohne Not zum kriminellen Unrecht hochstilisiert worden. Dieses Urteil blockierte fortan über Jahre hinweg jede vernünftige Weiterentwicklung der Rechtsprechung zu passiven Formen des Bürgerprotests.

Eine zweite Hauptverhandlung, diesmal angesetzt vor dem Landgericht Wuppertal, wurde obsolet. Im Mai 1970 trat eine Amnestie für all diejenigen in Kraft, die zwischen Anfang 1965 und Ende 1969 wegen Demonstrationsdelikten mit Ermittlungs- oder Strafverfahren überzogen worden waren. »Nachträgliche Legalisierung des Terrors«, so nannte der CSU-Rechtsaußen Richard Jaeger diesen staatlichen Akt der Milde. Bundesjustizminister Gerhard Jahn (SPD) machte indes der »jungen Generation« deutlich, dass ihr »Aufbegehren« kein Grund sei, »sie von oben herab mit einem kalten Nein abzufertigen«.

Nach dieser Amnestie erkaltete auch der Versuch der KVB, Laepple zivilrechtlich zu belangen. Schon Anfang 1967 hatte sie ihre Rechnung aufgemacht – exakt 89 292,45 Mark Schadenersatz wegen Einnahmeausfall oder Überstunden der Beschäftigten. Zwar beschäftigte sich eine Kammer des Landgerichts mit dieser Klage, bereits am ersten Verhandlungstag allerdings offerierte der Vorsitzende einen Vergleichsvorschlag: Laepple solle höchstens ein Fünftel der Kosten tragen.

Die Klage wurde schließlich nicht weiterverfolgt. »Ich bin sicher«, sagt Laepple heute, »dass Burauen da Druck gemacht hat.« Wenn es so war, hatte der Oberbürgermeister schnell gelernt.

ABSTURZ IN AFRIKA

Ruanda im Jahr 1968, eines der kleinsten Länder auf dem Riesenkontinent Afrika, Nordrhein-Westfalen ist 8000 Quadratkilometer größer. Eine ganz dicht besiedelte Region, bitterarm. Bis 1916, zu Kaisers Zeiten, war Ruanda eine deutsche Kolonie, dann herrschten hier die Belgier. Seit 1962 erst ist es unabhängig – und doch abhängig von Hilfe, Hilfe von außen.

Ein wunderschönes Land, es liegt im Osten Afrikas, knapp unterhalb des Äquators. Manche nennen es »Land der tausend Hügel«, manche die »tropische Version der Schweiz«. Und Tierschützer preisen es als Heimstätte der Berggorillas, die im Parc National des Volcans, nordöstlich der Hauptstadt Kigali, in Familientrupps umherziehen.

Köln und Kigali, beide Städte haben eine besondere Beziehung. Hier, im 20 000-Einwohner-Ort, betreibt die Deutsche Welle seit 1965 eine leistungsstarke Relaisstation, und Deutsche-Welle-Mann Joachim Kannegießer, der die Station mit aufgebaut hat, fungiert als Berater in Sachen Rundfunk. Im Kölner Zoo, der international einen guten Ruf genießt, werden ruandische Tierpfleger geschult. Deren Reisekosten übernimmt das Bundesministerium für wirtschaftliche Zusammenarbeit, die Aufenthaltskosten das Land Nordrhein-Westfalen.

Zoochef Wilhelm Windecker besitzt das Vertrauen des jungen Staatspräsidenten Grégoire Kayibanda, der dem Stamm der Hutus angehört. Auch Windecker ist Berater. Auf Kayibandas Bitte hin macht er sich Gedanken darüber, wie die Nationalparks, insbesondere der Kagera-Park, besser erschlossen werden könnten für Safari-Touristen, mit Straßen, Hotels, Lodges, Flugverbindungen. Köln hat eine Art Patenschaft übernommen für dieses Projekt, das den Ruandern neue Finanzquellen eröffnen würde. Treibende Kraft: der Oberbürgermeister, der auch Aufsichtsratsvorsitzender der Kölner Zoo AG ist.

Zum ersten Mal war Windecker 1965 im Kagera-Park auf Erkundung, er staunte über die ungeheure Vielfalt der Fauna. Zebras, Nashörner, Elefanten und Impalas, Paviane, Bongos oder Krokodile, Stachelschweine, Löwen und Leoparden – eine halbe Million Tiere, ganz grob geschätzt. Und natürlich erwähnte er die Berggorillas, deren Territorien außerhalb des riesigen Kagera-Parks liegen. »Inmitten einer großartigen Pflanzenwelt«, notierte Windecker, fänden die »vom Aussterben bedrohten« Affen »günstige Lebensbedingungen«.

Es ist Dienstag, der 30. Januar 1968. Seit drei Tagen hält sich Theo Burauen in Ruanda auf, als »Ehrengast unserer Regierung«, wie es Ferdinand Muhigana formuliert, Kigalis Botschafter in Bonn. Eine etwas sonderbar anmutende Wendung, denn Burauen, so ist es abgemacht, bezahlt vor Ort weitgehend aus eigener Tasche, für die Begleichung der Flüge hin und zurück sorgt das Bonner Bundespresseamt. Geld soll kein Thema sein, dem Oberbürgermeister ist einzig wichtig, dass der »Besuch … dazu dienen soll, die engen freundschaftlichen Beziehungen Ruandas mit Deutschland und insbesondere mit der Stadt Köln zu vertiefen«. Auch könne er beitragen »zu einem besseren gegenseitigen Verständnis der beiderseitigen politischen und entwicklungspolitischen Probleme und Auffassungen«.

Das klingt ziemlich hoch gegriffen, gar schwülstig. Doch es sind nicht Burauens eigene Sätze, obgleich sie unter seinem Briefkopf stehen. Ein Bonner Ministerialer hat sie ihm reinredigiert, weil nur auf diese Weise die vom Bund gesponserten Gastgeschenke des Oberbürgermeisters gegenüber dem Bundesrechnungshof gerechtfertigt werden können, die gerade auf einem Schiff unterwegs sind: je zwei Kleintransporter der Marken Ford und Volkswagen. Sie sollen helfen, die Logistik im Nationalpark zu verbessern.

Die Regierung in Kigali hat für Burauen eine zweitägige Tour durch Orte und Landstriche organisiert, die, meldet der deutsche Missionschef nach Bonn, »für eine touristische Entwicklung Ruandas von Bedeutung« seien. An diesem Dienstag geht es im Auto nach Gabiro, das am Rande des riesigen Parks liegt. Mit dabei sind Informationsminister Froduald Minani und der Generaldirektor für Tourismus, auch Kannegießer, der in Ruanda hoch angesehen ist. Einer hat kurzfristig absagen müssen – wegen Grippe.

Tags drauf wird die Exkursion mit dem Flugzeug fortgesetzt. Die einmotorige, sechssitzige Cessna Centurion 210-9XR-LC, zehn Jahre alt, ist in gutem Zustand; ihr Motor, Baujahr 1965, bringt 285 PS Leistung. Erst vor ein paar Tagen hat die vorgeschriebene 100-Stunden-Inspektion stattgefunden. Pilot ist der Belgier Jean Debry, 41, mit über 7400 Flugstunden sehr erfahren. Die Cessna gehört zur kleinen Flotte der Fluggesellschaft »Trans-Africair«.

Gegen elf Uhr Ortszeit startet Debry in Gabiro, es geht gen Westen. Burauen schießt Fotos, mit seiner Acht-Millimeter-Kamera filmt er. Und zwar in aller Ruhe. Er ist Vielflieger, trotz einer Notlandung gut vier Jahre zuvor steigt er immer wieder ins Flugzeug. Angstfrei.

Damals, am 23. November 1963 beim Landeanflug auf den Hongkonger Flughafen Kai Tak, konnte der Pilot der Boeing 720 das Bugrad nicht ausfahren. Der »Lufthansa«-Jet schlidderte in einer riesigen Staubwolke über die Landebahn, Tausende Funken sprühten, an Bord blieb es erstaunlich ruhig. Über Rutschen verließen die Passagiere die Maschine, niemand wurde verletzt. Oberstadtdirektor Max Adenauer, der Burauen auf dem Weg in die japanische Partnerstadt Kyoto begleitete, wiegelte ab: »Ich muß sagen, die ganze Sache war harmloser, als sie sich anhört.« Lebensgefährlich war sie freilich doch.

Ziel heute ist das Städtchen Gisenyi. Der dortige Gouverneur lädt ein zu einer Bootsfahrt auf dem Kiwusee, dem saubersten Gewässer Afrikas. Für 16 Uhr ist der Rückflug nach Kigali angesetzt, es dauert etwas, weil Minister Minani den Piloten aus einem nahen Restaurant holen lassen muss. Burauen sitzt neben Debry, schnallt sich an, die Cessna rollt los. Was dann geschieht, schildert er kurz danach so: »Der Start war ganz normal nach meinem Empfinden und kaum, daß wir uns einige 100 Meter vom Boden erhoben hatten, fing die Maschine an, etwas zu wackeln und verlor immer mehr an Höhe, in einem Sekundenbruchteil kontrollierte der Pilot alle Geräte, aber immer mehr und mehr neigte sich das Flugzeug der Erde zu. Er pumpte und spritzte, wie man so sagt, noch etwas Benzin hinein in den Motor, verstellte noch einige Dinge. Aber da merkte er, daß alles nichts nützen würde.«

Die Cessna streift mit dem Propeller einen kleinen Hügel, schlägt auf, wird kurz hochgeschleudert, berührt wieder den Boden, springt noch mal hoch, dreht sich um die eigene Achse – und liegt zerschmettert auf dem Rücken. Der Aufprall ist so heftig, dass die Kabine in der Mitte auseinanderbricht und der Motor herausgerissen wird; er landet etliche Meter neben dem Wrack.

Alle fünf Insassen werden aus dem Flugzeug katapultiert, die zwei Schläge bekommt Burauen noch mit – »dann weiß ich nichts mehr«. Er wird wach: »Atme mal tief durch«, denkt er sich, »vielleicht kommst du noch besser ins Bewußtsein hinein. Gott, man weiß nicht, wie lange, vielleicht eine Minute, zwei Minuten oder drei.« Als er aufstehen will, merkt er, dass sein »linker Fuß nicht standfähig« ist. Denn der steckt »schräg im Schuh drin«.

Debrys Brustkorb ist eingedrückt, eine schwere Verletzung. Die beiden Ruander kommen mit leichteren Verletzungen davon. Joachim Kannegießer, der erst Monate zuvor geheiratet hat, liegt nur wenige Meter von Burauen entfernt regungslos auf dem Gesicht – Genickbruch. Der Mann ist sofort tot gewesen, »ich habe keinen Schrei von ihm gehört«, sagt Burauen.

Der Deutsche-Welle-Journalist wird, so entscheidet es seine junge Ehefrau, alsbald schon in Kigali beigesetzt. Eine große Trauergemeinde nimmt Abschied von ihm, darunter fünf Minister und etliche Botschafter. Kannegießer habe, kabelt der deutsche Diplomat nach Bonn, »in allen Kreisen … besondere Wertschätzung genossen«.

Präsident Kayibanda soll sich tagelang zurückgezogen haben, aus Schmerz und in tiefer Sorge, der Unfall könne das Verhältnis Ruandas zu Deutschland und zu Köln trüben. Später wird Burauen Ruandas Staatsoberhaupt in einem sehr persönlichen Brief beruhigen. Jenes »tragische Vorkommnis« habe in keinerlei Weise »mein Interesse und meine Zuneigung zu Ihrem Land beeinflußt«, schreibt er. Und verspricht, alsbald »weitere Hilfen für Sie erreichen« zu wollen: »mit Energie und Freude«.

Die Meldung vom Absturz erreicht Köln mit gehöriger Dramatik, auch weil Kigali, aus welchen Gründen auch immer, ein striktes Informationsverbot verhängt hat und das Auswärtige Amt in Bonn mauert: »top secret«. Die französische Presseagentur AFP berichtet zudem, der Oberbürgermeister sei »Opfer eines schweren Flugzeugunglücks« geworden, das klingt böse. »Es war der blanke Horror«, erinnert sich ein früherer Mitarbeiter. 24 Stunden nach dem Absturz erst kommt die Entwarnung. Am Rande einer Ratssitzung erklärt Burauens Bürochef Willi Rockenbach einem Reporter, der Chef sei »wohlauf. Ich habe gerade Nachricht bekommen.«

Wohlauf, das ist schon arg euphemistisch.

Burauen ahnt, dass es Gerüchte geben könnte, schlimme Gerüchte, da ist er Profi genug. Unter allen Umständen will er vermeiden, dass seine Familie über Einzelheiten von Dritten informiert wird, er möchte es selbst tun, sie soll seine eigene Stimme hören. Telefonieren aus dem Krankenhaus heraus ist nicht möglich. Deshalb spricht er einige Sätze auf Tonband, sie werden von der Relaisstation nach Köln zur Deutschen Welle übermittelt und hier ebenfalls auf Band aufgenommen. Und dieses wird Berta Burauen vorgespielt. Alles nicht so schlimm, beruhigt er seine Frau.

Drei Tage nach dem Absturz fliegt Burauen, umsorgt von einer Krankenschwester, mit einer planmäßigen »Sabena«-Maschine Richtung Brüssel, sie landet dort, nach Zwischenstopps, am Samstagmorgen kurz nach fünf Uhr. Zwei Kölner Feuerwehrleute holen ihn mit einem Krankenwagen ab, begleitet von Berta Burauen und vom Oberarzt der Chirurgischen Klinik Köln-Merheim, Dr. José Hernández-Richter. Vor Ort checkt Hernández-Richter den Patienten kurz – und sieht sofort, dass Burauen doch schwerer verletzt ist, als dieser selbst angenommen hat.

Die genaue Untersuchung wenige Stunden später bringt es an den Tag. Der vermeintliche Knöchelbruch ist ein komplizierter Verrenkungsbruch, in einer mehr als zwei Stunden dauernden Operation werden das Gelenk wieder in die richtige Stellung gebracht und die gebrochenen Fußwurzelknochen mit Silberstiften genagelt. Der Brustkorb ist geprellt, drei Rippen sind angebrochen, am rechten Sprunggelenk ist ein Teil des Knochens abgesprengt, überall Hautabschürfungen, Schwellungen und Blutergüsse, hinzu kommt eine Gehirnerschütterung. Professor Wilhelm Schink, Chefarzt der Chirurgie und Dekan der Medizinischen Fakultät an der Universität zu Köln, fasst sein Bulletin so zusammen: »Gemessen am Umfang des Unglücks ist Herr Burauen sehr glimpflich davongekommen.« Und doch wird er vier Monate lang im Krankenhaus bleiben müssen.

Die Anteilnahme ist groß; sobald sein Zustand es zulässt, geben sich die Besucher die Klinke in die Hand. Der höchste ist Bundespräsident Heinrich Lübke. Fast eine Stunde lang bleiben er und seine Frau Wilhelmine am Krankenbett, ein Thema ist die Fliegerei. Zum Zeitpunkt des Besuchs am 7. April kennt Burauen längst das Ergebnis einer offiziellen ruandischen Untersuchung, die mit einem lapidaren Satz endete: »Es ist unmöglich, die Ursache des Unfalls zu bestimmen.«

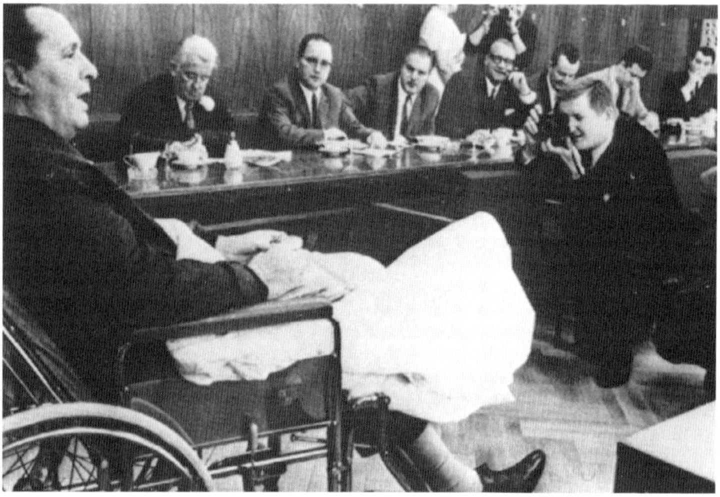

Erste Pressekonferenz nach dem Flugzeugabsturz in Ruanda: Medienmann Burauen am 13. März 1968 im Klinikum Köln-Merheim; ein halbes Jahr lang war er außer Gefecht.

Fest steht allerdings, dass der rechte Tank der Cessna leer war, der linke aber so gut gefüllt, dass der Sprit locker für den einstündigen Flug zurück nach Kigali gereicht hätte. Sicher ist aber auch, dass der Pilot in dem Moment, als der Motor aussetzte, »auf den rechten – leeren – Behälter umschaltete, um sofort wieder auf den linken Behälter einzustellen« (Expertenbericht). Aus welchen Gründen er so handelte, konnte nicht geklärt werden, und deshalb bleibt dieses Sekundenmanöver ein Rätsel.

Wilhelmine Lübke hat Blumen mitgebracht, weiße Lilien und rote Nelken, rot-weiß: die Stadtfarben Kölns. Und natürlich ist die Stadt, das Rathaus, auch Thema. Burauen ist sehr zufrieden mit der Arbeit, die Franz Lemmens, der christdemokratische Bürgermeister, als sein Stellvertreter leistet. Aber er ist zornig. Zornig auf den Verwaltungschef – und auf John van Nes Ziegler, den mächtigen Vorsitzenden der SPD-Fraktion. Etliche Jahre schon sind sich Burauen und van Nes Ziegler in herzlicher Abneigung verbunden, die konservative *Kölnische Rundschau*, die der Oberbürgermeister durchaus schätzt, schreibt gar von »insgeheim schwelender Feindschaft«.

Seit einiger Zeit ist Burauen auch überzeugt davon, dass der Fraktionschef und Heinz Mohnen, der SPD-Oberstadtdirektor, sich gegen ihn verschworen haben. Jetzt erreicht ihn auf dem Krankenlager eine Nachricht, die die allermeisten für eine Petitesse halten – wer Burauen kennt, weiß, dass es für ihn keine ist. Der Ratsausschuss, der über den Wiederaufbau des im Zweiten Weltkrieg zerstörten Rathauses wacht, hat entschieden, die Fenster an der Westfassade im klassischen Stil gestalten zu lassen – rund, nicht spitz. Burauen legt Wert auf Tradition, und sein Wort sollte Gewicht haben, schließlich ist er Vorsitzender dieses Ausschusses.

Steine im Wert von 80 000 Mark sind schon bestellt, doch dann wird der Beschluss des Ausschusses diskutiert, zerredet, umgestoßen. Van Nes Ziegler ist die treibende Kraft. Auf »mindestens« zwei Sitzungen seiner Fraktion habe sie »mehrheitlich« erkennen lassen, erklärt er, dass sie diesen Beschluss »nicht billige«. Mohnen transportiert ihn in den Hauptausschuss, weil nun, bei veränderter Sach- und Rechtslage, die Verwaltung gefragt ist. Hier beantragt die SPD-Fraktion, die Entscheidung des vom Oberbürgermeister geleiteten Ausschusses vor den Rat zu bringen – und der votiert gegen runde Fenster. Und damit gegen Burauen, den keiner seiner Parteifreunde im Krankenhaus informiert hat.

Das ist eine schmerzliche Niederlage für ihn, die erste von Bedeutung. »Wer an den Grundfesten des stadtkölnischen Bürgerstolzes rüttelt«, sagt der Traditionalist, »der kennt mich schlecht« – ein Orakel. Und er wettert »über die Leute im Rat«, die sich »so etwas von ein paar Verwaltungsbeamten, die bald die Pensionsgrenze erreicht haben, bieten lassen«. Wenn er wieder im Amt sei, werde er sich »die Namen einiger Herren aus der Bauverwaltung ins Notizbuch schreiben«.

Ende Mai wird Burauen aus dem Krankenhaus entlassen. Wenige Wochen später fährt er in Genesungsurlaub – nach Bad Ragaz, dem

Kurort im schweizerischen Kanton St. Gallen. Bald darauf kehrt er ins Rathaus zurück. Verändert, schmäler geworden. Und er hat aufgehört zu rauchen. Fast zwölf Jahre ist Burauen jetzt Oberbürgermeister.

*

Noch in Bad Ragaz erreicht Burauen ein Brief Wilhelm Windeckers, datiert vom 5. August. Gerade ist der Zoodirektor von einer Ruanda-Reise zurückgekehrt, er bestellt Grüße vom Informationsminister und der »deutschen Colonie«. Und berichtet Erfreuliches. »Zwei unserer schwarzen Praktikanten«, schreibt Windecker nicht ohne Stolz, hätten »gute Stellungen erhalten«: einer sei bei Minani im Ministerium tätig, der andere zum Chef des Parc des Volcans avanciert und »damit verantwortlich für das Schicksal von etwa 1400 Berggorillas«.

Dann folgt ein entscheidender Satz: »Bei der Begegnung mit Herrn Minani bat ich um Überlassung von 1,1 dieser Berggorillas. Vielleicht haben wir Glück ...« 1,1 – das heißt in der Sprache der Tierforscher und Zoologen: ein Männchen, ein Weibchen.

In keinem deutschen Zoo leben Berggorillas, ein solches Pärchen wäre eine Sensation, ein Publikumsmagnet. Das weiß Burauen, und wahrscheinlich weiß er als langjähriger Vorsitzender des Zoo-Aufsichtsrats auch, dass Berggorillas in einem »Rotbuch« gefährdeter Tierarten gelistet sind. Windecker weiß es gewiss, er hat es in seinem Kagera-Papier ausdrücklich erwähnt. Und er weiß mit hoher Wahrscheinlichkeit, dass ihr Export einen Verstoß gegen die Londoner Konvention von 1933 darstellen könnte – schließlich ist Windecker Präsident der Internationalen Vereinigung der Zoodirektoren.

Und deshalb muss, als Minani im Sommer 1969 tatsächlich zwei kleine Berggorillas nach Köln bringt, eine Sprachregelung her. Sie lautet, ganz schlicht: Die Affen sind ein Staatsgeschenk, und ein

Für den Kölner Zoo tat er alles: Theo Burauen, der langjährige Aufsichtsratsvorsitzende, spielt mit einem indischen Bären.

Staatsgeschenk darf nicht zurückgewiesen werden. Burauen wird noch hinzufügen: »ein spontanes Geschenk«. Kein Wort davon, dass Windecker die Initiative ergriffen hat; wäre sein Brief an Burauen bekannt geworden, dann hätte der losbrechende Protest von Tierschützern in einer regelrechten Affäre enden können.

Die Vorgeschichte jenes angeblich spontanen Staatsgeschenks ist eine tragische, ein filmreifes Stück. Sie beginnt im Parc des Volcans, wo die US-amerikanische Zoologin Dian Fossey das Leben der aussterbenden Affenart studiert, ihr Auftraggeber ist die National Geographic Society. Anfang Januar 1969 sucht sie der Parkchef auf – jener Mann also, der bei Windecker sein Praktikum gemacht hat. Er fragt, ob sie ihm helfen könne, »zwei Gorillas für den Kölner Zoo zu bekommen« (O-Ton Fossey). Natürlich lehnt sie ab und erklärt ihm »lang und breit, warum solche Tierfänge im Widerspruch« zu seinem Job stünden. Für sie ist die Sache damit erledigt.

Knapp zwei Monate später erfährt sie, dass im Büro des Parkchefs seit Tagen ein kleiner Gorilla gefangen gehalten wird. Er hockt in einem winzigen Käfig, apathisch, schlecht ernährt, Verletzungen, an denen er leidet, haben sich entzündet. Dian Fosseys Frage, wie er an das Tier gekommen sei, beantwortet der »Aufsichtsbeamte«, so nennt ihn die Wissenschaftlerin, »ohne die geringste Verlegenheit«: Er habe eine Gruppe Wilderer damit beauftragt, sagt er. Ein Jungtier aus einer vielköpfigen Familie zu greifen, ist so gut wie unmöglich – die Gegenwehr wäre zu stark. Die einzige Möglichkeit ist: töten. Dian Fossey erfährt, bei dem Fang seien zehn Gorillas abgeschlachtet worden.

Kategorisch erklärt sie, das Gorillababy mit zu ihrer Station nehmen zu müssen, und setzt sich damit durch. Für sie ist es ein Wunder, dass es überlebt hat. Sie päppelt es auf, gibt ihm Vitamine, Traubenzucker, dann stellt Dian Fossey auf Pflanzenkost um, Labkraut, Disteln, Nesseln. Sie erkennt, dass es ein Weibchen ist, und nennt es Coco – zum Andenken an eine alte Gorilladame, die kürzlich eines natürlichen Todes gestorben ist. Und für sie steht fest, dass Coco, deren Alter sie auf zweieinhalb, höchstens drei Jahre schätzt, hierbleiben muss, um dann eines Tages ausgewildert zu werden und, wie sie hofft, »im Schutz erwachsener Gorillas« zu überleben. Eine Hoffnung, die sich nicht erfüllen sollte.

Drei Wochen später stehen sechs Männer vor ihrer Station, auf den Schultern Bambusstangen, an denen etwas hängt, das »wie ein riesengroßes Bierfaß« ausschaut. Darin hockt ein zweiter Gorilla, den Wilderer gefangen haben. Er stammt aus einer achtköpfigen Familie, und wie bei Coco sind alle Angehörigen bei dem Versuch, das Junge zu verteidigen, umgekommen. »Sie wollen, daß Du es pflegst«, heißt es in einem Begleitbrief, den ein Freund Dian Fosseys geschrieben hat. Sie, das sind die Leute des Parkchefs.

Das Tier ist ebenfalls ein Weibchen, wohl etwas älter als Coco. Dian Fossey nennt es Pucker, das englische Wort für Runzel, Falte. Auch Pucker ist verletzt, am Kopf, an den Handgelenken und den Knöcheln, einige Verletzungen eitern. Etliche Tage dauert es, bis sie Pucker so gut in Form gebracht hat, dass alle drei, begleitet von Hund Cindy, Ausflüge in die Wälder machen können. Ein Foto zeigt, wie sie Coco im Arm hält, im Gras tollt Pucker.

Ende Februar taucht der Parkchef bei ihr auf – und verlangt die Herausgabe der beiden. »Er behauptete«, so Dian Fossey, »der Kölner Zoo habe ihn unter Druck gesetzt, die Tiere auszuliefern, ganz gleich, in welchem Gesundheitszustand.« Und der Mann droht: Wenn sie nicht pariere, würde er Wilderer losschicken, um noch zwei junge Gorillas zu fangen. »Damit hatte er mich in der Falle. Noch am selben Tag telegrafierte ich an die Kölner Zooverwaltung, sie könnte die Gefangenen haben, sobald diese transportfähig für die weite Reise seien.«

Für Dian Fossey ist dieses Telegramm, »das weitere Gemetzel verhindern soll«, einer der »größten Kompromisse, die ich in den Jahren meiner Gorillaforschung schließen mußte«. Als sie abends Coco und Pucker an sich drückt, kommt sie sich »wie ein Verräter« vor.

Und doch sieht sie noch eine Möglichkeit. Sie schreibt an Burauen, sie schreibt an Windecker, sie bittet, bettelt, sie klagt, schimpft, sie mobilisiert Melvin M. Payne, den hoch angesehenen Chef der National Geographic Society, der sich auch an Burauen wendet. Der World Wildlife Fund wird ebenso eingeschaltet wie die Zoologische Gesellschaft Frankfurt, eine der renommiertesten Naturschutzorganisationen weltweit. In Kigali scheucht sie das gesamte diplomatische Corps auf – nichts hilft.

Anfang Mai werden Coco und Pucker abgeholt, in eine sargähnliche Kiste gesteckt, erst in die Hauptstadt und von dort nach Brüssel geflogen, am 4. Juni treffen sie in Köln ein. Am 12. Juni präsentieren der Oberbürgermeister, Minister Minani, Botschafter

Muhigana und Zoodirektor Windecker die kleinen Gorillas der Öffentlichkeit – eben als Staatsgeschenke Ruandas. Rätselhafterweise kann Windecker ihr Alter präzise benennen: Coco sei 13 Monate alt, Pucker 19. Und sagt, das Pärchen – 1,1 – könne sich, wenn's denn klappt, »in etwa fünf, sechs Jahren« fortpflanzen.

Konnte es nicht – weil beide, wie Dian Fossey richtig erkannt hatte, Weibchen waren. Die Gorillamädchen starben neun Jahre später kurz hintereinander, im April und im Mai 1978. »In schwerem infektiös-toxischen Schockzustand«, ausgelöst durch »eine generalisierende bakterielle Infektion, die von einer Harnwegs- bzw. Darm- und Lungenentzündung ihren Ausgang genommen hatte«, wie es in einer Expertise hieß. Die Immunabwehr war defekt.

Dian Fossey wurde 1985 auf brutale Art ermordet. Am Holzkreuz auf ihrem Grab hing ein Foto, das zwei Gorillababys zeigte: Coco und Pucker.

DER UNENTSCHLOSSENE

Wenn der Prototyp des konservativen Sozialdemokraten gesucht würde – Theo Burauen stünde auf der Liste ganz oben. Seine Position im Links-rechts-Schematismus der Partei beschrieb er selbst so: »eher rosarot als dunkelrot«. Parteiarbeit im klassischen Sinne war nie sein Ding, und deshalb gehörte er auch nie einem Parteivorstand an. Sein Verhältnis zur Fraktion, die er acht Jahre lang geleitet hatte, wurde beständig schlechter. 1969, im Jahr neuerlicher Bundestags- und Kommunalwahlen, sei es »zerrüttet« gewesen, urteilt Thomas Deres. Und nennt den Grund: Als Oberbürgermeister habe er sich »nicht immer an Beschlüsse« gehalten oder Versprechungen gemacht, »die von der Fraktion nicht einzuhalten« gewesen seien. John van Nes Ziegler, der Nachfolger Burauens im Amt des Fraktionsvorsitzenden, »musste die Schecks einlösen, die der OB ausgestellt hatte«. So formuliert es Heinrich Große-Sender, ehedem nordrhein-westfälischer Landtagsdirektor und einer der engsten Vertrauten van Nes Zieglers. Diese Praxis gefiel »Big John«, wie er respektvoll genannt wurde, nicht sonderlich.

Die beiden duzten sich zwar, aber das war das typische Genossen-Du, kein Freundschafts-Du. Überdies, schon in ihren Biografien war der Gegensatz angelegt. Hier der Katholik Burauen, ein Kind aus dem Volk, Volksschüler. Da der Protestant van Nes Ziegler, sozialisiert in bürgerlicher Gesellschaft. Studierter Jurist, einst Vorsitzender des Sozialistischen Deutschen Studentenbundes und Präsident der Sozialistischen Studenten-Internationale. Hier der Kümmerer, Mann der Arbeiterwohlfahrt. Da der Intellektuelle, in den 1950er-Jahren Mitherausgeber der politischen Zeitschrift *Aufklärung*.

Freilich, der konservative Burauen war durchaus modern in seiner politischen Methodik. Schon früh etwa hatte er erkannt, dass ein gutes Verhältnis zur Presse, zu Leuten von Funk und Fernsehen durchaus von Nutzen sein konnte; für Journalisten schaufelte er schnell Termine frei, für Telefonate hatte er in aller Regel Zeit, auch wenn er in Urlaub oder zur Kur war.

Eine Kolumne im Boulevardblatt *EXPRESS* (»Hier spricht Theo Burauen«), die erste war am 28. April 1966 erschienen, erlaubte ihm darüber hinaus, nicht nur, wie es in der Redaktionsankündigung hieß, »kurz, aber unmißverständlich für die Kölner über Köln« zu schreiben – etwa anlässlich der Erhöhung des Kölsch-Preises, sein Rat: »Trinkt ein Glas oder eine Flasche weniger.«

Dieses Forum nutzte er auch, um die Stadtverwaltung zu rügen. Weil sie, ein Beispiel nur, seiner Meinung nach einer Verschandelung von Hohe Straße und Schildergasse – »unsere in aller Welt bekannten Basarstraßen« – tatenlos zusehe. Er habe alles »fein säuberlich notiert für die interne Verwendung«, teilte er seinen Lesern mit. »Sie werden mir wohl nicht verargen, daß ich auch in Ihrem Interesse nunmehr darauf drängen muß, der Stadt an ihren wichtigsten Punkten wieder ein einwandfreies Gesicht zu geben.« Deutliche Worte, ein ungewöhnliches Vorgehen.

Und Heinz Mohnen, der mit diesen Zeilen gemaßregelte Oberstadtdirektor, ärgerte sich über solche Spitzen. Fraktionschef van Nes Ziegler auch, weil er auf ein gutes Verhältnis zum Verwaltungschef Wert legte und Wert legen musste – obgleich die absolute Mehrheit seiner Partei im Stadtrat ein Durchregieren ziemlich einfach machte. In solchen Fällen arbeitete er gerne gegen den Oberbürgermeister, mal aus der Deckung heraus, mal offen. Diese Taktik beschrieb die *Kölnische Rundschau* als »Nadelstichpolitik«. Auch hier ein Beispiel nur: der bereits erwähnte Fenster-Fall. Burauen hatte, als es um die Gestaltung der Westfassade des Historischen

Rathauses ging, auf runden Fensterbögen bestanden. Sein Kontrahent van Nes Ziegler setzte spitze durch. Ein Punktsieg.

Etwa zur gleichen Zeit – Burauen lag nach dem Flugzeugabsturz immer noch im Krankenhaus – tauchte erstmals das Gerücht auf, van Nes Ziegler wolle ihn als Oberbürgermeister beerben. Zwar hatte der SPD-Kreisparteitag wenige Monate zuvor beschlossen, Burauen solle 1969 wieder antreten für eine weitere Legislaturperiode. Aber es wurde kolportiert, der 46-jährige van Nes Ziegler sei nicht bereit, bis 1974 zu warten – weil er dann zu alt sei. Der Fraktionschef dementierte: »Es ist nicht mein politisches Ziel, Oberbürgermeister von Köln zu werden.« Burauen bleibe OB, »im Fall seiner Wahl«, schränkte er ein.

Und es gab ein zweites Gerücht. Falls Burauen gewählt würde, hieß es, stünde er nur noch für eine halbe Wahlperiode zur Verfügung. Und jetzt dementierte der Oberbürgermeister. »Wenn ich mich wählen lasse, dann für meine Person und natürlich für meine Partei. Ich werde nicht Steigbügelhalter für einen anderen sein.« Er wolle mit »beharrlichem Willen durchhalten, wenn's die Gesundheit erlaubt«.

Halbe Wahlperiode. Steigbügelhalter. Gerüchte. Dementi dort, Dementi da: eine irritierende Gemengelage. Und Burauen, stets entschlossen eigentlich, wurde zunehmend unentschlossener. Diese Veränderung konnte durchaus zu tun haben mit der Tragödie in Ruanda, mit dem Tod eines seiner Begleiter, der neben ihm starb. Mit den Verletzungen, die haften blieben im Kopf.

Oder mit vermeintlichen Verletzungen, die herrührten aus parteiinterner Konkurrenz.

Ende 1968 hatte ihn der Kölner SPD-Parteichef Hans-Jürgen Wischnewski gebeten, sich für den Bundestag aufstellen zu lassen – im Wahlkreis 62, einer Hochburg der Sozialdemokraten. Burauen zögerte, dann erklärte van Nes Ziegler den Vollzug: »Er kandidiert.« Was der Oberbürgermeister am 10. Januar 1969 bestätigte. Diese Aussage hatte allerdings eine nur ganz kurze Halbwertzeit.

Denn Burauen kandidierte nicht, seine Argumente: Erstens habe er »noch gar keine feste Zusage« für eine Kandidatur gegeben, konstatierte er Anfang März. Zweitens habe er »eingehende Erkundigungen über die zeitliche Belastung eines Bundestagsabgeordneten eingeholt«, beides zusammen könne er demnach nicht sein: MdB und OB. Natürlich hätte er sich alles einrichten können, so wie er es auch als Landtagsabgeordneter getan hatte, natürlich hätte ihm das Bonner Mandat beachtliche Diäten eingebracht, verbunden mit einer guten Altersversorgung.

Er sagte nur: »Materielle Überlegungen spielen bei so einer Entscheidung für mich keine Rolle. Da bin ich ein Verrückter.« Auch der Ablauf bis dahin war eine verrückte Sache.

Also trat er, 1969, nur an als Kandidat für den Posten des Oberbürgermeisters. Nach 13 Amtsjahren wieder einmal. Sein CDU-Gegenkandidat: Max Adenauer. Dessen Prominenz benannte er mit als Grund, auf ein Mandat im Bundestag zu verzichten: »Ich möchte das Heft in der Hand behalten. Und da mein Gegenkandidat kein unbekannter Mann ist, erfordert das meine regelmäßige Anwesenheit in Köln.«

Wegen des plötzlichen, unerwarteten Rückzugs hatte Adenauer ihm »schwankendes Verhalten« vorgeworfen und behauptet, »eigentlichen Einfluß« habe Burauen »in seiner eigenen Partei nicht«, auch nur »wenig Rückhalt«. Was den inneren Zirkel der SPD anging, mochte der Kanzlersohn recht haben. Wenn Adenauer daraus schloss, Burauens Reputation bei den Menschen draußen habe deshalb gelitten, dann irrte er gewaltig.

Das Ziel, bei den Kommunalwahlen am 9. November 1969 die absolute Mehrheit der SPD zu brechen, verfehlte der CDU-Kandidat um Längen. Seine Partei holte lediglich ein halbes Prozent mehr Stimmen als 1964, die SPD verlor zwar – blieb aber mit 53,8 Prozent ganz vorne und schaffte locker zum zweiten Mal hintereinander die absolute Mehrheit. Der FDP gelang die Rückkehr ins Rathaus, mit vier Stadtverordneten.

Eine Woche vor der für den 20. November angesetzten Oberbürgermeister-Wahl berichtete der *Kölner Stadt-Anzeiger* über die Umfrageergebnisse des Wissenschaftlerteams der Universität – und jenem Sensationsergebnis, nämlich Burauens Bekanntheitsgrad von knapp 96 Prozent. Max Adenauer hatte 32,1 Prozent erreicht, weniger noch als sein Parteifreund Wilhelm Lenz, der Kölner CDU-Parteivorsitzende.

Die Wahl war Formsache, Burauen wurde mit 64 von 67 möglichen Stimmen wiedergewählt. Für den Posten des ersten Stellvertreters kandidierte Adenauer – und erlebte ein Debakel.

Obgleich es nur diesen Personalvorschlag gab, kam Adenauer in geheimer Abstimmung lediglich auf 27 Stimmen, dies war die Kopfzahl der CDU-Fraktion. Für Franz Lemmens, den christdemokratischen Fraktionsvorsitzenden, der gar nicht vorgeschlagen worden war, votierten 37 Stadträte; dies war die Kopfzahl der SPD-Fraktion. Lemmens musste ablehnen, weil die Fraktionsdisziplin nichts anderes zuließ. Der zweite Wahlgang brachte ein ähnlich irritierendes Ergebnis, für den dritten schlug die FDP ihren Fraktionsvorsitzenden Friedrich Jacobs vor. Er bekam 40 Stimmen, Adenauer nur 26. Jacobs war gewählt, zweite und dritte Stellvertreter wurden Hans Grün und Else Schmitt von der SPD.

Zum ersten Mal in der Geschichte des Kölner Rates stand eine Frau mit an der Spitze. Und zum ersten Mal gehörte kein CDU-Mann mehr der parlamentarischen Führungsriege an. Seine Parteifreunde, notierte Peter Fröhlich, hätten verhindern wollen, dass »ihnen bei der nächsten Wahl der Name des Bürgermeisters Max Adenauer in Riesenbuchstaben von den Wahlplakaten herunter ins Gesicht lachen würde«. Es sei nicht gegen ihn selbst gegangen, »als Person«. Einen »Schmitz oder Müller« hätte die SPD gewählt.

Und doch konstatierte Fröhlich, der Ausgang dieser Wahl sei »für alle Seiten blamabel« gewesen. Das Klima im Rat verschlechterte sich schlagartig, auch wenn es Burauen »kraft seiner Autorität und seiner humorvollen Art« immer wieder gelungen sei, so der

CDU-Stadtverordnete Robert Frohn, »die Wogen zu glätten, wenn sie stürmisch zu werden drohten«.

Indes, das 1969er-Wahlergebnis festigte Burauen nicht, ganz im Gegenteil. Jetzt brach eine wirkliche Zeitenwende an: Der bereits recht Unentschlossene wurde noch unentschlossener.

In CDU-Kreisen wurde schon bald verbreitet, Kollegen der SPD seien sich sicher: Burauen ist amtsmüde. Im Sommer 1970 berichtete die *Kölnische Rundschau,* van Nes Ziegler stehe unmittelbar vor der Tür – bei den Landtagswahlen am 14. Juni hatte die CDU die SPD überholt mit der Folge, dass der Fraktionschef sein Amt als Landtagspräsident verlor. Es gebe eine parteiinterne Vereinbarung, dass Burauen für diesen Fall den Sessel räumen werde. »Unkerei«, konterte der. »Der Rat und damit die Kölner Bürgerschaft haben mich am 20. November für weitere fünf Jahre gewählt. Vor und nach dieser Wahl ist mit niemandem eine andere Vereinbarung getroffen worden.«

Am 16. Oktober 1971 erklärte Burauen, er werde bei den nächsten Wahlen nicht mehr kandidieren. Dies hatte auch niemand erwartet. Und er fügte an, die laufende Legislaturperiode wolle er »voll durchstehen«.

Als er sich aus Anlass seines 15-jährigen Amtsjubiläums am 9. November ins Goldene Buch der Stadt Köln eintrug, tat er plötzlich kund, vor Ablauf der Legislaturperiode zurückzutreten – eine Riesenüberraschung.

Mitte August 1972 nannte er ein präzises Datum: den 17. Dezember 1973. Niemand konnte mit diesem Datum etwas anfangen. Spekuliert worden war über einen Termin vor der Sommerpause des Rates. Oder nach den Karnevalstagen, schließlich war der Kölner Karneval in diesem Jahr etwas ganz Besonderes: Das Festkomitee, die oberste Interessensvertretung aller Gesellschaften und Vereine, wurde nämlich 150 Jahre alt.

Oder vielleicht sogar noch früher: unmittelbar nach der Eröffnung des wiederaufgebauten Rathauses am 24. August 1972, einem

»historischen und beglückenden Ereignis für die Kölner«, wie Peter Fuchs schrieb. Burauen war Vorsitzender des Ratsausschusses für den Rathausneubau gewesen – und habe sich mit diesem Gebäude »selbst ein Denkmal gesetzt«. Tatsächlich war für Burauen mit diesem Ereignis der Wiederaufbau der Stadt nach den Kriegsverheerungen endgültig abgeschlossen, weil Köln, wie er sagte, »seine alte Bedeutung wiedererlangt und noch gesteigert« habe: »In dieser Stadt läßt sich leben.« Ein idealer Tag also, um Abschied zu nehmen.

Am 16. Dezember 1973 – einen Tag vor dem geplanten Rücktritt – sollte ein Mann seinen 60. Geburtstag feiern, für den Burauen mittlerweile große Sympathien entwickelt hatte: Iwan D. Herstatt, der Bankier. Ihm hatte er versprochen, noch als Oberbürgermeister, in Amt und Würden, bei der Feier dabei zu sein. Dieses Versprechen wollte er halten, auch wenn er damit die Zeitpläne van Nes Zieglers torpedieren sollte. Der wurde am 30. September 1972, wenige Wochen nach Burauens Erklärung und der Rathaus-Einweihung, auf einem außerordentlichen Parteitag zum OB-Kandidaten gekürt. Und hoffte, dass vielleicht alles viel schneller ginge.

Doch Burauen blieb. Und nahm ganz offenbar nicht wahr, dass sich innerhalb der SPD ziemlich schnell eine Opposition gegen ihn aufbaute. »Wir haben gemerkt, dass er deutlich nachließ«, sagt Franz Wendland, damals stellvertretender Fraktionsvorsitzender. »Er war nicht mehr der Alte. Ich denke, das hing auch zusammen mit dem Flugzeugabsturz.« Burauen schien »schwer gehandicapt«, erinnert sich Erich Henke, seit Frühjahr 1973 SPD-Chef in Köln. Er habe sich »überlebt«, so Heinrich Große-Sender – weil sich die »gesellschaftliche Anforderung an Politiker veränderte«: weg von den praktischen, zupackenden Typen der Nachkriegszeit, den Burauens. Hin zu denen, die fähig seien, »Zukunft zu gestalten«.

Große-Sender urteilt: »Die Zeit war reif dafür.« Auch schon deshalb, weil ein Riesenprojekt anstand – die kommunale Neuordnung in Nordrhein-Westfalen, die Köln zur Millionenstadt machen könnte, van Nes Ziegler war einer der Wegbereiter. Burauen wollte aus der Stadt »keinen Moloch« machen, weil er um ihr »Eigenleben« fürchtete.

Mit Argwohn betrachteten die Männer um van Nes Ziegler auch, dass Burauen sich anscheinend »in konservativen Kreisen wohler fühlte als bei der SPD« (Große-Sender). Und als durchsickerte, wegen der kommunalen Neuordnung würden die Wahlen von Herbst 1974 aufs Frühjahr 1975 verschoben, glaubten sie bei Burauen einen Sinneswandel erkannt zu haben: bis zu diesem Termin im Amt bleiben zu wollen, entgegen der Zusage. »Wir mussten handeln«, sagt ein altgedienter Sozialdemokrat.

So setzte Fraktionschef und OB-Aspirant van Nes Ziegler Unterhändler in Marsch, die Burauen überzeugen sollten, am Termin 17. Dezember keinesfalls zu rühren. Einer der Emissäre war Wendland. »Es war ein höllisch schwerer Gang für mich«, erinnert er sich. Anderthalb Stunden habe das Gespräch gedauert, »in eisiger Atmosphäre«. Burauen versprach, »über alles nachzudenken«.

Der andere war Henke. Bei seinem ersten Besuch habe Burauen gezögert, beim zweiten habe er noch mal erklärt, unbedingt Herstatts Geburtstag mitfeiern zu wollen. Und direkt danach zu gehen. Henke: »Er war ja im Prinzip Realist.« Zwei Angebote gab es, um Burauen wirklich festzunageln. Das eine die Zusicherung, er könne, entgegen der Regeln, auch nach seiner Demission Aufsichtsratsvorsitzender des Zoos bleiben. Ein Amt, das ihm ganz wichtig war. Das andere: die Ehrenbürgerschaft.

Am 13. Dezember 1973 leitete Oberbürgermeister Burauen zum letzten Mal eine Ratssitzung. Um 20.20 Uhr war Schluss.

DER OB-RENTNER

Am 16. Dezember 1973 feiert Iwan D. Herstatt seinen 60. Geburtstag – mit Burauen als Ehrengast. Am 17. Dezember legt der Oberbürgermeister sein Ratsmandat nieder – eine Ära endet. Am 20. Dezember, nur drei Tage später, beschließt der Stadtrat, Punkt 3 der Tagesordnung, Burauen das Ehrenbürgerrecht zu verleihen. Die höchste Auszeichnung.

Und vergeben in Rekordzeit. Kein Ehrenbürger dieser Stadt – Burauen ist der 14. seit Einführung der Rheinischen Städteordnung im Jahre 1856 und der siebte seit Jahrhundertbeginn – ist in dieser Schnelligkeit von Amts wegen belobigt worden: binnen 72 Stunden. Der Zeitplan, den seine drängelnden Parteifreunde mit Burauen ausgehandelt hatten, ist also eingehalten worden. In derselben Ratssitzung erfüllen sie die zweite Bedingung: Burauen wird wieder für den Vorsitz im Zoo-Aufsichtsrat vorgeschlagen, die SPD-Fraktion ist einhellig dafür. Dieser Beschluss ist notwendig, weil eigentlich nur amtierende Mitglieder des Stadtrates einen Sitz im Aufsichtsrat haben dürfen.

Die Verleihung des Ehrenbürgerrechts, verbunden mit der Aushändigung einer kalligrafisch wunderbar gestalteten Urkunde, findet am 17. Januar 1974 statt. Ein großer Akt im Großen Sitzungssaal des Rathauses. Erst spricht Burauens Nachfolger, John van Nes Ziegler. Ehrt ihn als »politischen Kämpfer«, als »unerschrockenen realistischen Politiker«, als »geradlinige, profilierte Persönlichkeit«, als »Mann mit sozialen Prinzipien, bei klugem Taktieren aus klarem Verstand und aus einem feinem Gespür«. Beschreibungen und

Worte, die hoch angemessen sind für eine solche Feierstunde. Und die dazugehören – auch wenn der Redner vielleicht anders denkt.

Dann spricht Heinz Kühn, der nordrhein-westfälische Ministerpräsident, wie Burauen in Köln geboren, ein paar Jahre jünger als er. Beide kennen sich seit Jahrzehnten. Mal sagt Kühn: Theo, mal: sehr verehrter Herr Alt-Oberbürgermeister. Und er erwähnt, eher beiläufig: An Burauens »Lebenshorizont« sei »gelegentlich der Ministertitel, der des Landes oder der Bundes, aufgeblitzt«.

Nie hat Burauen darüber gesprochen, dass es Avancen solcher Art gegeben haben könnte; und wenn doch: Es wäre nicht seine Art gewesen, Spekulationen zu verbreiten. Deshalb auch geht er in seiner Dankesrede darauf gar nicht ein. Aber benennt Lebensweisheiten, die ihn geprägt haben. Wie die seiner Mutter: »Jung, denk dran, Berg und Dal bejähnt sich nit, ävver eine Minsch dem andere.« Der Vater hatte ergänzt: »Un öm ene Penning zerbrich die beste Fründschaff.« Sollte heißen: immer bereit sein zu Gesprächen, zur Kooperation, zur Aussöhnung.

Und Burauen beschreibt eine Dreiteilung der Gesellschaft. Es gebe »die wenigen, die dafür sorgen, daß etwas geschieht«, sagt er, »die vielen, die zusehen, wie etwas geschieht, die meisten, die überhaupt keine Ahnung haben, was geschieht«. Ein Appell an mehr Engagement, mehr gesellschaftliche Verantwortung.

Klar, dass er am Ende seiner Rede ausruft: »Alaaf, ming Kölle am Ring!«

Wenige Tage später wählt ihn der Zoo-Aufsichtsrat erneut zu seinem Vorsitzenden, einstimmig. Als Wilhelm Windecker, der langjährige Direktor des Zoologischen Gartens, im Frühjahr 1975 schwer erkrankt, übernimmt Burauen für mehrere Monate kommissarisch die Leitung des Zoos – bis im Herbst Windeckers Nachfolger Ernst Kullmann antritt.

Seine ersten Maßnahmen als Interimschef: Für den Futtertransport lässt er einen Elektrokarren anschaffen, und um Laub von den Grünanlagen besser entfernen zu können, wird ein leistungsstarker

Sauger gekauft: »Alles mit den Händen zu machen, ist doch viel zu aufwendig und viel zu kräftezehrend.« Unter seine Ägide beginnen dann die Planungen für ein Menschenaffenhaus.

Als OB-Rentner bleibt Burauen noch eine Zeit lang Präsident der »Deutsch-Tunesischen Gesellschaft«, der »Deutsch-Belgisch-Luxemburgischen Gesellschaft« und Vorsitzender der »Deutsch-Finnischen Gesellschaft«. Und Baas des Kegelklubs »Nur Treffen«. 1977 gründet sich, auf seine Initiative hin, die »Tischrunde ehemaliger Mitglieder des Rates der Stadt Köln«, die einmal im Monat tagt – beim »Sion«, eine Wurfweite vom Rathaus entfernt. Ihr Präses: natürlich Burauen. Der Zusammenschluss ist eine überparteiliche Institution, ganz in seinem Sinne. Eine »Kölsche Fraktion«. Unter seinen früheren Kolleginnen und Kollegen fühlt er sich äußerst wohl. Es geht um die Erinnerung, die Runde will keinesfalls, so Peter Fuchs, ein »imaginäres Schattenkabinett« sein.

Von der Politik entfernt sich Burauen zusehends: »Das ist Sache der nachfolgenden Generation. Sie soll sich ihr Haus zimmern, in dem sie wohnen möchte. Ich will nicht zum Kreis der Weisen gehören.« Und, das ist ihm ganz wichtig, eines werde er nie tun: »erinkruffen«. Eine Wendung, die im Hochdeutschen noch unfeiner als im Dialekt klingt: jemandem hineinkriechen, sich selbst anbieten.

Zwar kann er immer noch bei der Fahrbereitschaft des Rathauses einen Wagen anfordern, tut es aber nie. Er fährt lieber mit dem Fahrrad. Und mit Bus oder Bahn. Briefe beantwortet er postwendend – auf seiner Reiseschreibmaschine. Apropos schreiben: Immer wieder hatte er angedeutet, seine Lebenserinnerungen verfassen zu wollen. Oder besser: sie auf Band zu sprechen und dann bearbeiten zu lassen. Keine Chronologie des Lebens – eher eine Aneinanderreihung von Episoden oder Empfindungen. »Wenn ich zum Beispiel an Kennedy denke«, sagt er, »dann höre ich ihn im Geiste sprechen. Das ist ganz eigenartig bei mir.« Aus diesen Plänen wird nichts.

Gut gelaunt im Rollstuhl, in der Linken ein Glas Kölsch: Alt-Oberbürgermeister Theo Burauen auf einem Karnevalistenempfang im Gürzenich

Sein letztes Amt, Zoo-Aufsichtsratschef, gibt er Ende 1980 auf, erbost, erzürnt, vielleicht auch beleidigt. Das tut ihm weh, aber konsequentes Handeln, dies ist seine Maxime. Über die Jahre hat sich eine Front gegen Direktor Kullmann und dessen Personalführung aufgebaut, als es dann um die Verlängerung seines Fünf-Jahres-Vertrages geht, können sich die Kullmann-Gegner durchsetzen, mit gehöriger Unterstützung der SPD: Verlängerung um ein Jahr, mehr nicht. Kullmann ist Burauens Mann und treibende Kraft gegen Kullmann, so sieht es jedenfalls der Ex-OB, einer seiner Parteifreunde. Mit ihm kämpfe »eine ganz kleine Clique, aus persönlichen Gründen und Karrieresucht«, klagt er. Und wirft hin: »Ich lasse mir meinen guten Namen nicht besudeln.«

Für die Stadt Köln ist Kullmanns Rauswurf ein teures Unterfangen. Monat für Monat muss sie ihm 7000 Mark überweisen, weil er herausgekauft worden war aus seinem Professorenjob an der Kieler Universität. Aus seinem Beamtenstatus.

Im November 1981 muss sich Burauen an der Hand operieren lassen – hiermit beginnt, sachte noch, der Streik seines Körpers. Im Oktober 1983 zwingen ihn die Spätfolgen des Flugzeugabsturzes zeitweise in den Rollstuhl: »Die Beine wollen nicht mehr.« Im Februar 1984 wird ihm, mit 77 Jahren, ein Tumor im Kopf wegoperiert. Im Oktober 1985 verschlechtert sich der Zustand des rechten Beines so sehr, dass es bis zum Knie amputiert werden muss.

Eine Prothese will er nicht. Jetzt ist er endgültig auf den Rollstuhl angewiesen. Erst scheut er die Öffentlichkeit, sagt: »Die Leute sollen nicht denken, kaum ist er aus dem Krankenhaus, da kommt er schon im Rollstuhl an, weil er überall dabei sein will.« Schon bald sieht er es anders – sich zu zeigen, als Kranker, auf mechanische Hilfe angewiesen, könne anderen Mut machen, sich nicht zurückzuziehen hinter verhangene Fenster und geschlossene Türen.

Und so rollt Burauen am 19. Oktober 1986 ins Rathaus. Empfang zum 80. Geburtstag, mit 1000 Gästen.

Bevor er dann herausrollt, sagt er: »Ich bin glücklich und zufrieden, Sie alle wiedergesehen zu haben.« Es klingt wie ein Abschied von den Menschen und den Ereignissen seiner Zeit, Abschied einer »legendären Gestalt aus fernen mühevollen und heroischen Tagen« (Peter Fuchs).

Und es ist in der Tat ein Abschied.

Am 1. Juli 1987 feiern Berta und Theo Burauen ihre Goldene Hochzeit. Wenige Monate später stirbt Berta Burauen, mit 83, an einem Herzinfarkt. Einen Tag vor ihrer Beerdigung am 8. Oktober wird Theo Burauen wegen Atembeschwerden und Erschöpfungszuständen ins Krankenhaus eingeliefert – er kann nicht dabei sein, als sich der Sarg mit seiner verstorbenen Frau in die Erde senkt. Am 28. Oktober, es ist ein Mittwoch, versagen bei ihm die Lunge und das Herz. Um 11.45 Uhr stirbt Theo Burauen.

Seine letzten Worte: »Ich kann nit mieh.«

DER ABGELEHNTE

Köln atmet Geschichte – und der Atem der Geschichte ist ganz besonders stark zu spüren am Turm des Rathauses, 61 Meter hoch, einer der Blickfänge in der historisch beladenen Altstadt. 124 Figuren schauen herab auf römisch-fränkisch-mittelalterlich-reichsstädtisch-preußisch-kölschen Boden: 18 Frauen, 106 Männer. Eine Figur, Nummer 83, drittes Obergeschoss, stellt – notabene! – Eugen Langen dar, den Ingenieur, Erfinder, Zuckerfabrikanten.

Der Turm ist ein Remake, das Original, auch »raizthorn« genannt, stammte aus der Anfangsphase des 15. Jahrhunderts, Bauzeit: sieben Jahre, Baukosten: 50 000 Gulden. Dass er finanziert worden sei aus eingezogenem Vermögen der von den Zünften und Gaffeln (manche glauben: Vertretern des Volkes) vertriebenen Patrizier, ist ein frommer Wunsch. Nämlich jener, die Kölns vermeintlich frühdemokratische Vergangenheit bejubeln – obgleich diese doch, bis zum Ende des Ancien Régime, eine oligarchische war. Eher ist richtig, dass sich mit diesem Turm die Stadt, repräsentiert durch den Rat, nach dem Sturz der Familiengeschlechter »ein Denkmal … selbst gesetzt hat« (Historiker Wolfgang Herborn). Aus Steuermitteln.

Damals schon zierte ein Figurenzyklus das mächtige Gebäude. Wer für würdig erachtet worden war, wohlwollend auf die Kölner zu blicken (oder wohlwollend von denen betrachtet zu werden), ist nicht überliefert. Schon Ausgang des 18. und zu Beginn des 19. Jahrhunderts hatten Wind, Wetter und Steinfraß, vielleicht auch Diebe oder Napoleons Revolutionsarmisten, für leere Stellen gesorgt; als am Ende des 19. Jahrhunderts die Renovierung des Rathauses anstand, wurde 1892 ein neues Figurenprogramm aufgelegt. Dessen Motto beschrieb die langjährige Kölner Stadtkonservatorin Hiltrud Kier mit diesen Worten: »Verherrlichung der geschichtlichen Größe von Köln im Mittelalter«.

Bei den Bombenangriffen im Zweiten Weltkrieg war das Rathaus-Ensemble fast völlig zerstört worden, der Turm ragte als schwarzer Stumpf gen Himmel. Im Frühjahr 1950 gründete sich auf Initiative der Kölner Handwerkerschaft hin die »Bauhütte Rathausturm«, am 26. Mai war Grundsteinlegung für den Wiederaufbau des Turms, es entstand ein Betonskelett, ausgefüllt mit Ziegelsteinen, abgedeckt mit einer Helmspitze. Ein fünf Meter hoher »Turmbläser«, geschaffen vom Bildhauer Elmar Hillebrand, diente als Wetterfahne.

Im September 1954 war Richtfest, wenig später beschloss der Rat, die Außenwände des Turms sollten »nach historischer Vorlage« gestaltet werden – Startschuss für dessen eigentliche Rekonstruktion. Als das Rathaus am 24. August 1972 wiedereröffnet wurde, gingen die Arbeiten am Turm weiter, bis 1975. Was noch fehlte, waren Figuren, die »nicht nur inhaltlich von größter Bedeutung« seien, »sondern auch die architektonische Erscheinungsform des Turms entscheidend« mitbestimmen sollten (Hiltrud Kier).

Und die Stadtkonservatorin schlug vor, auf ein ähnliches Konzept wie im vergangenen Jahrhundert zu verzichten; stattdessen sollte ein völlig anderes her, das »bis in die Gegenwart« reiche, »dabei könnten durchaus die Gegensätze in dieser Stadt dargestellt werden«. Hier etwa Kaiser Heinrich IV., der 1106 vor seinem Sohn Zuflucht in Köln fand und es »mit Wall und Graben befestigen« ließ. Sein Kontrapunkt: der machtvolle Erzbischof Anno, der den jungen Heinrich eine Zeit lang gefangen hielt. Oder Konrad Adenauer und der Sozialdemokrat Wilhelm Sollmann, der den Alten von Rhöndorf seinen »persönlichen Freund und politischen Gegner« genannt hatte. Oder Georg Fritze, Antifaschist und evangelischer Theologe, der sich für die Ordination von Frauen eingesetzt hatte, sein Gegenüber die zum Christentum konvertierte Jüdin Edith Stein, Frauenrechtlerin und Nonne, 1942 ermordet im Vernichtungslager Auschwitz.

Die Nachkriegszeit könnten zwei Männer wie Josef Haubrich und Peter Josef Schaeven repräsentieren – der eine kulturpolitisch engagierter Sozialdemokrat, der andere im sozialen Bereich stark engagierter CDU-Politiker. Bei der Erarbeitung des Figurenprogramms, so Hiltrud Kiers Hoffnung, biete sich die »Chance einer allgemeinen Geschichtsdiskussion«.

Anfang 1983 tagte zum ersten Mal eine »Historikerkommission«, fünf Jahre sollte sie die Angelegenheit beschäftigen. Das Gremium bestand aus acht Männern und einer Frau, Klara van Eyll, Leiterin des Rheinisch-Westfälischen Wirtschaftsarchivs, ihre Kollegen: drei Chefarchivare, zwei Geschichtswissenschaftler, ein Museumsdirektor, auch Helmut Rehker gehörte dazu, ehedem Hauptgeschäftsführer der Industrie- und Handelskammer, und Peter Fuchs, der langjährige Pressechef der Stadt Köln. Die Kommission legte Regeln fest, welche Kriterien bei der Figurensuche zu gelten hätten. In die Liste nicht aufgenommen werden sollten erstens »lebende Personen«, zweitens »Gestalten der Legende« und drittens »Versinnbildlichungen von Bevölkerungsgruppen«.

Wer Platz haben sollte, dies definierte ein kleines Regelwerk so: »Personen, die durch ihr persönliches Wirken auf die Kölner Stadtgeschichte Einfluß genommen haben«; »Personen, die durch ihre Tätigkeit der Stadt ein besonderes Ansehen verliehen haben«, wobei auch »berühmte Persönlichkeiten« berücksichtigt werden sollten, »die in Köln geboren sind oder zeitweise in Köln gelebt haben«; »Kölner Bürger, die sich durch ihr Denken und Handeln menschlich ausgezeichnet haben«; schließlich »Kölner Bürger, die sich in ihrem jeweiligen Wirkungskreis mit besonderer Auszeichnung bewährt haben«. Und über allen, ganz oben, im vierten Geschoss, dem »Kölner Himmel«, würden die städtischen Schutzpatrone Wache halten.

Eine erste Namensliste legte Hiltrud Kier im Juli 1983 vor, vier Jahre dauerte es, bis eine modifizierte und ergänzte ohne Beanstandung den zuständigen Ratsausschuss für Kunst und Kultur passierte – vier Jahre. Nur dieser Hinweis genügt, um eines infrage zu stellen – nämlich den Umgang mit der eigenen Geschichte. Das immer wieder herausgekehrte historische Selbstbewusstsein der Kölner muss in dieser Zeit arg gelitten haben und strapaziert worden sein.

12. März 1987, Ratssitzung. Viele rechnen damit, dass die Liste problemlos durchgewunken wird. Doch da sind die Grünen vor. Zu wenige Frauen, sagen sie. In der Tat, es sind nur fünf, und die Grünen schlagen vor, aus fünf 27 zu machen. Darunter sind Namen, die selbst geschichtsbeflissene Mitbürger kaum je in ihrem Leben gehört haben.

Zu Recht kritisiert die Kommission das Prozedere: »Eine bloße Wohlwollens- oder eine Proporz-Zuteilung nach dem Geschlecht wäre nicht nur unfair gegenüber viel würdigeren Ausgeschiedenen, sondern schlicht ungeschichtlich.« Hugo Stehkämper, der Direktor des Historischen Archivs der Stadt Köln, ärgert sich schließlich so sehr, dass er die Kommission verlässt. Was auf dem Tisch liege, klagt er, entspreche »nicht mehr dem methodisch abgesicherten Erkenntnisstand der Geschichtswissenschaft«.

Die Sache zieht sich hin, und zwischenzeitlich ist ein neuer Name hinzugekommen – Theodor Heuss, erster Präsident der Bundesrepublik und Kölner Ehrenbürger. Und plötzlich gibt es noch einen weiteren Kandidaten: Theo Burauen.

Am 28. Oktober 1987 ist der Alt-Oberbürgermeister gestorben, mit seinem Tod steht einer Ehrung also nichts mehr im Wege, und die anderen Kategorien gelten allemal für ihn: Er hat durch persönliches Wirken auf die Stadtgeschichte Einfluss genommen, er hat durch seine Tätigkeit der Stadt ein besonderes Ansehen verliehen, er hat sich durch Denken und Handeln menschlich ausgezeichnet, er hat sich in seinem Wirkungskreis mit besonderer Auszeichnung bewährt. Der Vorschlag, eine Burauen-Figur vom Rathausturm auf die Stadt, seine Stadt, hinunterblicken zu lassen, stammte von Kurt Rossa, dem sozialdemokratischen Oberstadtdirektor. Und es ist die CDU-Fraktion, die den entsprechenden Antrag in den Rat einbringt.

Doch der lehnt ihn in der Sitzung am 28. Januar 1988 ab, auch Heuss hat keine Chance. An dessen Stelle taucht Arnold (oder Arndt) von Siegen auf, keine schlechte Wahl. Die *Allgemeine Deutsche Biographie* beschreibt ihn als einen der »angesehensten und einflussreichsten Bürger Kölns im 16. Jahrhundert«, zwölf Mal war er Bürgermeister in Köln, sein Palast auf dem Holzmarkt galt als Sehenswürdigkeit.

Und anstelle von Burauen setzt sich Eugen Langen durch. Der Mann, der sein Geld dafür gab, dass Nikolaus August Otto – auch er hat seinen Platz am Turm gefunden – im rechtsrheinischen Deutz den Verbrennungsmotor entwickeln konnte, ein Aggregat, das die Motorisierung der Welt vorantrieb. Langen konzipierte auch Schwebebahnen, in Dresden (für eine ganz kurze Strecke) und in Wuppertal, da ist sie über 13 Kilometer lang, beide Bahnen sind immer noch im Einsatz. Auch gelang es ihm, aus Rüben Zucker zu gewinnen, in Elsdorf nahe Bergheim baute er eine Fabrik. Hier starb er, 1895. Langen war ein Multitalent, ganz gewiss. Ein Pionier auf technischem Gebiet, der für eigenes Geld arbeitete. Für die brennenden sozialen Fragen seiner Zeit freilich hatte er kein Gespür.

Auch Burauen war ein Multitalent. Er aber hatte das Gespür für die brennenden sozialen Fragen seiner Zeit. Er hatte entscheidend mitgeholfen, Menschen nach der schrecklichen Kriegszeit wieder ein Heim zu geben, ein Zuhause. Er war ein Versöhner, Parteigrenzen bekümmerten ihn nicht. Und er wusste um seine Macht – die Macht des Wortes, die Macht der Überzeugung.

Da oben am Rathausturm, drittes Obergeschoss, fehlt Burauen. Der neben Konrad Adenauer bekannteste Politiker, der je in Köln amtierte. Der alles für Köln tat. Der beliebteste.

Der 96-Prozent-Mann.

ANHANG

Ämter und Auszeichnungen

Die Liste ist lang, sehr lang. Burauens andere Ämter, Burauens Auszeichnungen – ein Kompendium der ganz besonderen Art. Und zur Chronistenpflicht gehört, es in Gänze zu präsentieren. Was ganz sicher nicht in seinem Sinne gewesen wäre.

Politischer Bereich

Landtag Nordrhein-Westfalen: Mitglied vom 25.1.1954 bis zum 23.7.1966

Landschaftsverband Rheinland: Mitglied vom 1.10.1953 bis zum 29.1.1970, Vorsitzender vom 18.1.1957 bis zum 19.3.1961 und vom 7.1.1965 bis zum 29.1.1970

Städtetag Nordrhein-Westfalen: Mitglied des Vorstandes seit dem 19.3.1957, Vorsitzender vom 20.2.1970 bis zum 18.2.1972

Deutscher Städtetag: Mitglied des Hauptausschusses seit dem 7.9.1962, Mitglied des Präsidiums seit dem 20.10.1965

Polizeibeirat bei der Kreispolizeibehörde Köln-Stadt: Mitglied seit dem 16.12.1948, Vorsitzender seit dem 11.1.1957

Wirtschaftlicher Bereich

Messe- und Ausstellungsgesellschaft mbH: Mitglied des Aufsichtsrates seit dem 14.12.1948, Vorsitzender des Aufsichtsratsrates seit dem 19.1.1957

Köln-Bonner Eisenbahnen AG: Vorsitzender des Aufsichtsrates seit dem 17.12.1956

Gemeinnützige Wohnungs- und Siedlungsgesellschaft »Neue Heimat Köln«: Vorsitzender des Aufsichtsrates seit dem 18.4.1968
Thüringer Gas AG: stellvertretender Vorsitzender des Aufsichtsrates seit dem 12.7.1968
RHENAG – Rheinische Energie Aktiengesellschaft: Mitglied des Aufsichtsrates seit dem 3.7.1962
Gasversorgungsgesellschaft mbH im Landkreis Köln: Mitglied des Aufsichtsrates seit dem 21.12.1956
Köln-Bonner Flughafen Wahn GmbH: Mitglied des Aufsichtsrates seit dem 15.10.1956
Rheinische Braunkohlenwerke AG: Mitglied des Aufsichtsrates seit dem 25.7.1966
Sparkasse der Stadt Köln: Mitglied des Verwaltungsrates seit dem 20.11.1964

Sozialer Bereich
Deutsches Rotes Kreuz, Kreisverband Köln: Vorsitzender vom 23.1.1963 bis zum 19.9.1970
Deutsche Altershilfe: Mitglied des Kuratoriums seit dem 3.7.1969
Landeskuratorium Nordrhein-Westfalen zur Förderung der Lepra-Hilfe: Mitglied seit dem 17.10.1972
Forschungsgemeinschaft »Das körperbehinderte Kind«: Vorsitzender des Kuratoriums seit dem 30.3.1965
Deutsches UNICEF-Komitee: Mitglied seit dem 13.10.1971

Kultureller Bereich
Zoologischer Garten Köln: Vorsitzender des Aufsichtsrates seit dem 13.1.1956
Deutsche Gesellschaft für Photographie: Mitglied des Vorstandes seit dem 29.9.1958
Kölnische Gesellschaft für Christlich-Jüdische Zusammenarbeit: Mitglied des Kuratoriums seit dem 1.1.1968

Carl-Diem-Institut an der Deutschen Sporthochschule Köln: Mitglied des Beirates seit dem 12.12.1964

Kuratorium der Stiftung Deutsche Sporthilfe: Mitglied seit dem 10.6.1970

Italienisches Kulturinstitut Köln: Vorsitzender des Beirates seit dem 8.12.1956

Verein Freunde des Wallraf-Richartz-Museums: Mitglied des Vorstandes seit dem 13.12.1954

Zentral-Dombau-Verein zu Köln: Mitglied des Vorstandes seit 1956

Wissenschaftlicher Bereich

Förderergesellschaft des Instituts für Strahlen- und Krebsforschung Prof. Teschendorf: Mitglied des Vorstandes seit dem 14.11.1962

Gesellschaft für Rheinische Geschichtskunde: Mitglied des Vorstandes seit dem 9.5.1957

Universität zu Köln: Mitglied des Kuratoriums seit dem 17.10.1956, Vorsitzender seit dem 23.1.1957. An der Universität war er außerdem Ausschuss- oder Beiratsmitglied folgender Institutionen: Verein zur Förderung des Instituts für Energierecht, Betriebswirtschaftliches Institut für Organisation und Automation, Gesellschaft zur Förderung des Instituts für Handelsforschung, Institut für Rundfunkrecht, Verein der Förderer des Instituts für Versicherungswirtschaft

Max-Planck-Institut für Züchtungsforschung: Mitglied des Kuratoriums seit dem 1.5.1968

Internationaler Bereich

Europa-Union, Kreisverband Köln: Mitglied des Vorstandes seit dem 27.4.1954, stellvertretender Vorsitzender seit dem 4.12.1962

Deutsch-Tunesische Gesellschaft: Präsident seit dem 16.4.1961

Deutsch-Belgisch-Luxemburgische Gesellschaft zu Köln: Präsident seit dem 2. 12. 1970

Deutsch-Finnische Gesellschaft Köln: Vorsitzender des Kuratoriums seit dem 7. 11. 1957

Deutsch-Kanadische Gesellschaft: Mitglied des Präsidiums seit dem 11. 11. 1960

Auszeichnungen

Bundesrepublik Deutschland: Großes Verdienstkreuz (1964), Großes Verdienstkreuz mit Stern (1974)

Peru: Großoffizierskreuz des Ordens der Sonne

Belgien: Commandeur de l'Ordre de la Couronne; Komturkreuz des Leopold-Ordens

Italien: Grande Ufficiale nell'Ordine »Al Merito della Repubblica«

Frankreich: Komturkreuz des Ordens der Ehrenlegion

Senegal: Commandeur de l'Ordre National

Finnland: Komturkreuz I. Klasse des Ordens des Löwen von Finnland

Österreich: Großes Silbernes Ehrenzeichen mit dem Stern der Republik

Tunesien: Chevalier de l'Ordre de la Republique; Komturkreuz, Großoffizierskreuz

Somalia: Komturkreuz des Ordens vom Somalischen Stern

Großbritannien: Commander of the Order of the British Empire

Ruanda: Offizier des Nationalordens

Rumänien: Verdienstkreuz für Kultur I. Klasse

Japan: III. Klasse des Ordens der Aufgehenden Sonne

Schweden: Großoffizierskreuz des Königlichen Nordsternordens

Norwegen: König-Haakon-Medaille

Luxemburg: Kommandeur der Eichenlaubkrone

Ferner wurden ihm verliehen das Ehrenzeichen der Deutschen Ärzteschaft, das Ehrenzeichen des Deutschen Roten Kreuzes, das Ehrenzeichen der Johanniter-Unfallhilfe am Bande, das Ehren- und Verdienstzeichen in Gold der Deutschen Lebens-Rettungs-Gesellschaft, die Friedland-Medaille in Silber des Verbandes der Heimkehrer, die Karl-von-Holtei-Medaille der Landsmannschaft Schlesien, die Silbermedaille der Deutschen Nationalstiftung auf dem Campo Santo Teutonico bei St. Peter zu Rom.

Als das in Düsseldorf erscheinende *Handelsblatt* am 17. Oktober 1966 anlässlich Burauens 60. Geburtstag die bis dahin gültige Liste abdruckte, bemerkte der Autor über den »Ämterreichen«: »Er ist der Mann, der für die Kölner SPD die Kommunalwahlen gewinnen muß. Bisher hat er das auch immer geschafft.« Das Kompliment eines Düsseldorfers.

CHRONIK

1900

19.10.1906: Theodor Burauen kommt in der »Provincial-Hebammen-Lehranstalt Cöln« zur Welt. Die Eltern wohnen im Severinsviertel. Sie ziehen kurz nach der Geburt um in die Innenstadt, an den Perlenpfuhl 29.

1909: Geburt des Bruders Hans (als Soldat seit 1944 vermisst)

1910

1.1.1912: Bei den Reichstagswahlen wird die Sozialdemokratische Partei Deutschlands in Köln erstmals vor dem Zentrum stärkste Partei.

1913–1921: Besuch der Volksschule

1914–1918: Erster Weltkrieg

29.11.1917: Konrad Adenauer wird zum Oberbürgermeister von Köln gewählt. Wiederwahl am 17.12.1929: mit einer Stimme Mehrheit.

9.11.1918: In Berlin wird die Republik ausgerufen.

1.1.1919: Wahlen zur Deutschen Nationalversammlung. Erstmals haben Frauen das aktive und passive Wahlrecht. Die Parteien der »Weimarer Koalition« (SPD, Deutsche Demokratische Partei, Zentrum) erhalten in Köln zusammen 89,4 Prozent der Stimmen (reichsweit: 79,1 Prozent).

1920

6.6.1920: Erste Reichstagswahlen. Die »Weimarer Koalition« verliert im Reich ihre absolute Mehrheit. In Köln votieren noch 66,2 Prozent für sie.

18.8.1923: Der Kölner Sozialdemokrat Wilhelm Sollmann übernimmt im Kabinett Stresemann für knapp vier Monate den Posten des Innenministers.

1921–1924: Kaufmännische Lehre, danach Tätigkeit als kaufmännischer Angestellter

1925: Mitglied des Reichsbanners Schwarz-Rot-Gold, eines sozialdemokratisch dominierten Kampfbunds

19.10.1926: Eintritt in die SPD an seinem 20. Geburtstag

1926–1933: Expedient bei der Konsumgesellschaft »Hoffnung«, Leiter der Lohn- und Gehaltsbuchhaltung der »Mittelrheinischen Druckerei«, Leiter der Vertriebsabteilung der *Rheinischen Zeitung*. Nach der sogenannten Machtergreifung der Nationalsozialisten wird das »August-Bebel-Haus«, der Verlagssitz, am 7.4.1933 enteignet.

1930

6.11.1932: Reichstagswahlen: Die SPD erreicht nur 17,4 Prozent der Stimmen (NSDAP: 20,4, KPD: 24,5, Zentrum: 27,3).

30.1.1933: Hitler wird zum Reichskanzler ernannt. Bei den Reichstagswahlen am 5. März wird die NSDAP auch in Köln erstmals stärkste Partei. Mit 33,1 Prozent liegt sie jedoch weit unter dem Reichsdurchschnitt.

22.6.1933: Verbot der SPD

1933–1937: Aus politischen Gründen ist Burauen arbeitslos bzw. als Gelegenheitsarbeiter tätig, etwa als Bauchladenverkäufer.

1.7.1937: Heirat mit Berta Krebs. Er ist wieder fest angestellt, als Buchhalter bei einem Fachverlag. Das Paar wohnt in der Brüsseler Straße 20.

8.11.1937: Geburt des Sohnes Werner

1938–1940: Geschäftsführer einer Firma für Steuerungsgeräte

1939–1945: Zweiter Weltkrieg

1940

22.1.1940: Geburt des Sohnes Hans

19.7.1940: Einberufung zum Militär, Luftgau-Nachrichtenregiment 17 (Österreich, Ungarn)

23.10.1941: Tod der Mutter

29.6.1943: Tod des Vaters bei einem Bombenangriff

4.5.1945: Die US-Militärregierung setzt Konrad Adenauer als Oberbürgermeister ein.

19.6.1945: Burauen kehrt aus dem Krieg zurück.

Juli 1945: Angestellter der Stadt Köln beim Ernährungsamt

10.10.1945: Erste öffentliche Mitgliederversammlung der Kölner SPD

27.3.1946: Vorsitzender des Ortsausschusses Köln-Mitte

13.10.1946: Erste Kommunalwahlen: Burauen wird als einer von zwei Sozialdemokraten direkt in den Rat gewählt. Er ist Mitglied des Ernährungsausschusses, des Ausschusses für die Luftkriegsbetroffenen, Vorsitzender des Wohlfahrtsausschusses (später umbenannt in Sozialausschuss).

21.11.1946: Erste Rede als Ratsmitglied. Burauen attackiert heftig die britischen Besatzer.

4.4.1947: Erste Landtagswahlen in Nordrhein-Westfalen (CDU: 92 Sitze, SPD: 64, KPD: 28, Zentrum: 20, FDP: 12)

1948–1956: Vorsitzender der SPD-Stadtverordnetenfraktion als Nachfolger von Robert Görlinger, der zum Bürgermeister bzw. Oberbürgermeister gewählt wurde (15.11.1948; das Amt übernimmt Burauen erneut am 23.11.1950). Geschäftsführer der Arbeiterwohlfahrt, Bezirk Mittelrhein

5.5.1949: Der Parlamentarische Rat bestimmt Bonn zur vorläufigen Bundeshauptstadt.

23.5.1949: Verkündung des Grundgesetzes

14.8.1949: Erste Bundestagswahlen. Die SPD wird stärkste Fraktion. Eine Koalition aus CDU/CSU, FDP und Deutscher Partei wählt am 15.9.1949 Konrad Adenauer mit einer Stimme Mehrheit (einschließlich seiner eigenen) zum Bundeskanzler.

1950

6.1.1951: Wilhelm Sollmann, der 1933 ins Exil ging, stirbt in New Haven (USA).

1.7.1953: Familie Burauen zieht um in die Volksgartenstraße 2.

7.7.1953: Max Adenauer wird zum Oberstadtdirektor gewählt.

1954–1966: Mitglied des nordrhein-westfälischen Landtags, stellvertretender Fraktionsvorsitzender

1954–1970: Mitglied der Landschaftsversammlung, zeitweise Vorsitzender

10.2.1954: Robert Görlinger, Burauens politischer Ziehvater, stirbt.

20.2.1954: Konstruktives Misstrauensvotum gegen NRW-Ministerpräsident Karl Arnold (CDU). Koalition aus SPD und FDP – Burauen hat der vierköpfigen SPD-Verhandlungsgruppe angehört. Fritz Steinhoff (SPD) folgt auf Arnold.

4.3.1954: Burauen wird zum Bürgermeister gewählt.

26.6.1954: Die neue Kölner Stadtverfassung tritt in Kraft.

9.11.1956: Wahl zum Oberbürgermeister mit 34:31 Stimmen

4.4.1957: Erste Ratssitzung im neuen Rathaus (Spanischer Bau)

3.7.1958: Verträge über die Städtepartnerschaften mit Turin, Rotterdam, Lüttich, Lille, Esch-sur-Alzette

8.11.1958: Burauen wird mit knapper Mehrheit als OB wiedergewählt.

1960

29.3.1961: Erneute Wiederwahl. Bei der Kommunalwahl am 19.3.1961 hatte die SPD 46,8 Prozent geholt.

26.–30.5.1962: SPD-Bundesparteitag in Köln

5.9.1962: Besuch des französischen Staatspräsidenten Charles de Gaulle in Köln

28.3.1963: Erneute Wiederwahl

23.6.1963: Besuch des amerikanischen Präsidenten John F. Kennedy in Köln

11.6.1964: Anschlag auf die Volksschule in Volkhoven. Zwei Lehrerinnen sind sofort tot, acht Kinder sterben im Krankenhaus. Viele werden zum Teil lebensgefährlich verletzt.

1.7.1964: Die Familie zieht um nach Raderthal, Faßbenderkaul 15.

27.9.1964: Bei den Kommunalwahlen holt die SPD mit Burauen an der Spitze zum ersten Mal die absolute Mehrheit der Stimmen. Sie kann ihr Ergebnis von 1961 um mehr als zehn Prozent steigern. Erneute Wiederwahl

1.10.1964: Heinz Mohnen (SPD) wird neuer Oberstadtdirektor.

25.5.1965: Besuch der britischen Königin Elizabeth II. in Köln

10.7.1966: Landtagswahlen. Zum ersten Mal überflügelt die SPD mit 49,5 Prozent der Stimmen die CDU (42,8). Es bildet sich eine CDU-FDP-Koalition.

21.–24.10.1966: Heftige Proteste Tausender Schüler und Studenten gegen die Erhöhung der KVB-Preise. Ein Gericht erklärt später, Verwaltung und Rat unter dem Vorsitz von Burauen hätten darüber rechtzeitig informieren müssen. Zwei wegen Landfriedensbruch angeklagte Studenten werden unter anderem deswegen vom Landgericht freigesprochen.

27.11.1966: Im Bund Bildung der Großen Koalition aus CDU/CSU und SPD

31.1.1968: Flugzeugabsturz in Ruanda mit erheblichen Verletzungen. Einer seiner Begleiter, der Rundfunkjournalist Joachim Kannegießer, stirbt. Mehrmonatiger Krankenhausaufenthalt im Klinikum Köln-Merheim

11.6.1969: Ehrenbürger der Universität zu Köln

20.3.1970: Einweihung des neuen Flughafen-Empfangsgebäudes in Wahn

27.4.1971: Eröffnung des Aquariums (mit Terrarium und Insektarium) am Zoo

24.8.1972: Einweihung des wiederaufgebauten Historischen Rathauses

17.12.1973: Niederlegung des Ratsmandates, damit endet das OB-Amt.

20.12.1973: Der Rat wählt John van Nes Ziegler zu seinem Nachfolger und beschließt einstimmig, Burauen zum Ehrenbürger zu ernennen.

26.1.1974: Die Rechtswissenschaftliche Fakultät der Universität zu Köln verleiht Burauen die Ehrendoktorwürde.

4.5.1975: Bei den Kommunalwahlen verliert die SPD die absolute Mehrheit, bleibt aber mit 47,8 Prozent der Stimmen stärkste Partei.

1977: Auf Initiative Burauens wird die »Tischrunde ehemaliger Mitglieder des Rates der Stadt Köln« gegründet, er ist der Präses. Die Runde trifft sich in regelmäßigen Abständen.

Februar 1984: Operative Entfernung eines Gehirntumors

Oktober 1985: Teilamputation des beim Flugzeugabsturz verletzten rechten Beines

19.10.1986: Großer Empfang der Stadt anlässlich seines 80. Geburtstages

1.7.1987: Goldene Hochzeit des Ehepaares Berta und Theo Burauen

25.9.1987: Berta Burauen stirbt.

28.10.1987: Theo Burauen stirbt. Unter großer Anteilnahme der Bevölkerung wird er am 4.11.1987 auf Melaten neben seiner Ehefrau beigesetzt.

30.6.1988: Der Rat der Stadt Köln beschließt gegen die Stimmen der Grünen, das Laurenzgitterplätzchen neben dem Spanischen Bau in Theo-Burauen-Platz umzubenennen.

AUSGEWÄHLTE LITERATUR

Barbara Allebrodt: Robert Görlinger – Oberbürgermeister von Köln, in: Jost Dülffer (Hrsg.): Köln in den 50er Jahren. Zwischen Tradition und Modernisierung, Köln 2001.

Reinhold Billstein: Das andere Köln. Demokratische Traditionen seit der Französischen Revolution, Köln 1979.

Reinhold Billstein: Sozialdemokratie und Kommunistische Partei in Köln nach dem Zweiten Weltkrieg, Köln 1988.

Georg Bönisch: »Alles leer, öde, zerstört.« Köln 1945, in: Wolfgang Malanowski (Hrsg.): 1945. Deutschland in der Stunde Null, Reinbek 1985.

Georg Bönisch und Klaus Wiegrefe (Hrsg.): Die 50er Jahre. Vom Trümmerland zum Wirtschaftswunder, München 2007.

Gerhard Brunn: Köln in den Jahren 1945 und 1946. Die Rahmenbedingungen des gesellschaftlichen Lebens, in: Otto Dann (Hrsg.): Köln nach dem Nationalsozialismus. Der Beginn des gesellschaftlichen und politischen Lebens in den Jahren 1945/46, Wuppertal 1981.

Gerhard Brunn (Hrsg.): Sozialdemokratie in Köln. Ein Beitrag zur Stadt- und Parteiengeschichte, Köln 1986.

Gerhard Brunn und Jürgen Reulecke: Kleine Geschichte von Nordrhein-Westfalen, Köln 1996.

Otto Dann (Hrsg.): Köln nach dem Nationalsozialismus. Der Beginn des gesellschaftlichen und politischen Lebens in den Jahren 1945/46, Wuppertal 1981.

Thomas Deres: »Die Fraktion beschließt einstimmig …« Die SPD-Fraktion im Rat der Stadt Köln 1945–1998, Köln 1999.

Thomas Deres: Die Gegensätzlichen: die Oberbürgermeister Theo Burauen und John van Nes Ziegler, in: Jochen Ott, Thomas Deres und Wolfgang Uellenberg-van Dawen (Hrsg.): Köln Rot. Sozialdemokratische Politik von 1945 bis heute, Köln 2008.

Carl Dietmar: Die Chronik Kölns, Köln 1991.

Carl Dietmar: Köln und der Erste Weltkrieg. Dossier Nr. 1 des Verlags DuMont Schauberg, Köln 2014.

Dieter Düding: Zwischen Tradition und Innovation. Die sozialdemokratische Landtagsfraktion in Nordrhein-Westfalen 1946–1966, Bonn 1995.

Jost Dülffer (Hrsg.): Köln in den 50er Jahren. Zwischen Tradition und Modernisierung, Köln 2001.

Jost Dülffer: »Auferstanden aus Ruinen« – und wie weiter? Die SPD in Köln 1945–2008, in: Jochen Ott, Thomas Deres und Wolfgang Uellenberg-van Dawen (Hrsg.): Köln Rot. Sozialdemokratische Politik von 1945 bis heute, Köln 2008.

Fritz Franz Florian (d. i. Hans Schmitt-Rost): Köln am Rhein, du schönes Städtchen, Köln am Rhein, du schöne Stadt. Kleine Gebrauchsanweisung für eine große Stadt, Köln 1973.

Dian Fossey: Gorillas im Nebel, München 1989.

Helmut Frangenberg: Der Weg zur Volkspartei. Die Kölner SPD von 1946 bis 1956, in: Jochen Ott, Thomas Deres und Wolfgang Uellenberg-van Dawen (Hrsg.): Köln Rot. Sozialdemokratische Politik von 1945 bis heute, Köln 2008.

Karl-Heinz Frieser (Hrsg.): Die Ostfront 1943/44. Der Krieg im Osten und an den Nebenfronten, München 2007.

Peter Fröhlich: Es war ein langer Weg. Erinnerungen eines alten Kölners, Köln 1976.

Robert Frohn: Köln 1945–1981. Vom Trümmerhaufen zur Millionenstadt. Erlebte Geschichte, Köln 1982.

Peter Fuchs: Theo Burauen. Oberbürgermeister von Köln. Ein biographischer Bildbericht, Köln 1966.
Peter Fuchs: Wiederaufbau der Stadt Köln 1945–1970, Köln 1971.
Peter Fuchs: Theo Burauen. Oberbürgermeister der Stadt Köln 1956–1973. Ausgewählte Ansprachen, Köln 1986.
Peter Fuchs: Theo Burauen 1906–1987. Oberbürgermeister und Ehrenbürger der Stadt Köln. Texte, Bilder, Dokumente, Köln 1988.
Peter Fuchs: Chronik zur Geschichte der Stadt Köln, Bd. 2: Von 1400 bis zur Gegenwart, Köln 1991.
Peter Fuchs: Das Rathaus zu Köln. Geschichte. Gebäude. Gestalten, Köln 1994.
Peter Fuchs: Kölner Themen, Köln 1996.
Günther B. Ginzel und Sonja Güntner (Hrsg.): »Zuhause in Köln …« Jüdisches Leben bis heute, Köln 1998.
Winfried Herbers: Der Verlust der Hegemonie. Die Kölner CDU 1945/46–1964 (Forschungen und Quellen zur Zeitgeschichte, Bd. 42), Düsseldorf 2003.
Karl Otto Hoffmann: Ln – die Geschichte der Luftnachrichtentruppe, Bd. 2, Neckargemünd 1973.
Kurt Holl und Claudia Glunz (Hrsg.): 1968 am Rhein. Satisfaction und Ruhender Verkehr, Köln 1998.
Franz Irsfeld: Die Wiedergeburt der AWO aus ihren Traditionen 1947–1997, hrsg. von der Arbeiterwohlfahrt Kreisverband Köln, Köln 1997.
Werner Jung: Von der Trümmerlandschaft zur modernen Metropole. Köln 1945 bis 1998, in: Günther B. Ginzel und Sonja Güntner (Hrsg.): »Zuhause in Köln …« Jüdisches Leben bis heute, Köln 1998.
Werner Jung: Theo Burauen, der kölsche Versöhner. »Volks-OB« in der Zeit des Wiederaufbaus und des Wirtschaftswunders, in: Jost Dülffer (Hrsg.): Köln in den 50er Jahren. Zwischen Tradition und Modernisierung, Köln 2001.

Hiltrud Kier, Bernd Ernsting und Ulrich Krings (Hrsg.): Köln: Der Ratsturm. Seine Geschichte und sein Figurenprogramm, Köln 1996.
Adolf Klein: Köln im Dritten Reich, Köln 1983.
Heinz Kühn: Kölns Sozialdemokraten. Einige Gedanken zu Vergangenheit und Zukunft, in: Gerhard Brunn (Hrsg.): Sozialdemokratie in Köln. Ein Beitrag zur Stadt- und Parteiengeschichte, Köln 1986.
Jochen Ott, Thomas Deres und Wolfgang Uellenberg-van Dawen (Hrsg.): Köln Rot. Sozialdemokratische Politik von 1945 bis heute, Köln 2008.
Barbara Peter: Das Herz der Stadt stand still. Das Flammenwerfer-Attentat von Köln-Volkhoven, Köln 2004.
Martin Rüther: Köln im Zweiten Weltkrieg. Alltag und Erfahrungen zwischen 1939 und 1945, Köln 2005.
Hans Schmitt-Rost: Die Amtskette des Oberbürgermeisters der Stadt Köln, Köln 1955.
Wolfgang Uellenberg-van Dawen: Schwierige Zeiten. Kommunalpolitik der SPD zwischen Mitverantwortung und Opposition (1922–1928), in: Gerhard Brunn (Hrsg.): Sozialdemokratie in Köln. Ein Beitrag zur Stadt- und Parteiengeschichte, Köln 1986.
Rita Wagner: Cöln. Die sozialen Verhältnisse um 1900, Köln 1989.

BILDNACHWEIS

Archiv Helmut und Alfred Koch, Köln: 70, 138, Umschlagrückseite
Walter Dick, © www.bilderbuch-koeln.de: 80, 87, 90
Kölnische Rundschau / Hansherbert Wirtz: 99
Erich Lambertin, © Foto Lambertin: 103
Dietrich Maguhn: 100
Verlagsarchiv: 13 ff., 27, 43, 77, 93, 96 (Foto: Dietrich Spranger), 120 (Foto: P. Prange), 123, Umschlagvorderseite (Foto: Helmut Jüliger)

Autor und Verlag haben sich bemüht, alle Rechteinhaber ausfindig zu machen. Eventuell bestehende Ansprüche werden selbstverständlich im Rahmen der üblichen Vereinbarungen abgegolten.

PERSONENREGISTER